Wolfgang Hohlbein
Unheil

Zu diesem Buch

Er ist der Vampir. Ein bestialischer Killer, der in unseren Großstädten sein Unwesen treibt. Er entführt seine Opfer, foltert sie und saugt ihnen bei lebendigem Leib das Blut aus. Die Polizistin Conny, im Dauerstreit mit ihrem Vorgesetzten, ermittelt auf eigene Faust. In einer finsteren Disco entgeht sie nur knapp selbst dem Monster. Und kann sich von diesem Moment an nirgends mehr sicher fühlen. Immer wieder erscheint ihr ein geheimnisvolles Phantom, das offenbar übernatürliche Kräfte besitzt. Sind die Schergen der Finsternis nun auch hinter ihr her? Und welche Absichten verfolgen ihre vermeintlichen Vertrauten? Conny wird Opfer eines erbarmungslosen Feldzugs, und die Hölle bläst zum entscheidenden Angriff …

Wolfgang Hohlbein, Jahrgang 1953, war Industriekaufmann, bevor er 1982 mit seinem Debüt »Märchenmond« einen Autorenwettbewerb gewann. Seitdem schreibt er einen Erfolgsroman nach dem anderen und gilt als der Großmeister der deutschen Phantastik. Titel wie »Das Druidentor«, »Die Tochter der Himmelsscheibe« sowie der »Enwor«-Zyklus wurden bei Piper zu Bestsellern. Weiteres zum Autor: www.hohlbein.de, www.unheil.org

Wolfgang Hohlbein

UNHEIL

ROMAN

Piper München Zürich

Mehr über unsere Autoren und Bücher:
www.piper.de

Von Wolfgang Hohlbein liegen bei Piper vor:
Das Vermächtnis der Feuervögel
Die Nacht des Drachen
Die Tochter der Himmelsscheibe
Unheil
Das magische Reich. Wolfgang Hohlbeins Enwor. Neue Abenteuer 1
Die verschollene Stadt. Wolfgang Hohlbeins Enwor. Neue Abenteuer 2
Der flüsternde See. Wolfgang Hohlbeins Enwor. Neue Abenteuer 3

FSC
Mix
Produktgruppe aus vorbildlich bewirtschafteten Wäldern und anderen kontrollierten Herkünften
www.fsc.org Zert.-Nr. GFA-COC-1223
© 1996 Forest Stewardship Council

Ungekürzte Taschenbuchausgabe
Dezember 2008

Umschlagkonzeption: Büro Hamburg
Umschlaggestaltung: HildenDesign, München – www.hildendesign.de
Umschlagabbildungen: Maximilian Meinzold, HildenDesign
und Iacopo Bruno, New York (Hintergrund)
Autorenfoto: Arne Schultz
Satz: Filmsatz Schröter, München
Papier: Munken Print von Arctic Paper Munkedals AB, Schweden
Druck und Bindung: CPI – Clausen & Bosse, Leck
Printed in Germany ISBN 978-3-492-26681-9

1

Ohne den Leichenwagen mit dem Sarg auf dem Dach hätte sie den Laden vermutlich nicht einmal gefunden. Ihr sündhaft teures GPS-System hatte ihr den Stinkefinger gezeigt und sie gleich dreimal an der entscheidenden Abzweigung vorbeigelotst, um sie fünfzig Meter weiter mit einer enervierend freundlichen Stimme zum Wenden aufzufordern, und wäre sie dem (eigentlich unübersehbaren) Hinweisschild gefolgt, dann hätte der betagte Toyota jetzt wahrscheinlich bis zu den Achsen im Schlamm gesteckt, wenn sie sich nicht gleich auf dem Dach liegend und fünf Meter tiefer auf den Bahngleisen wiedergefunden hätte. Conny fragte sich nicht zum ersten Mal – und nicht zum ersten Mal vergeblich – warum die Betreiber des *Trash* sich eigentlich solche Mühe machten, ihr Etablissement zu *verstecken*.

Sie fragte sich auch nicht zum ersten Mal, was das *Trash* eigentlich *war*.

Natürlich wusste sie es. Sie war nicht ganz so blauäugig, wie manche ihrer sogenannten Kollegen es gerne darstellten, und hatte ein paar Erkundigungen eingezogen und im Internet recherchiert: ein ehemaliges Fabrikgelände, das nun eine Mischung aus Diskothek und Veranstaltungsort beherbergte und sich in den letzten Jahren zu einem Insider-Tipp der Gothic-Szene entwickelt hatte.

Aber sie überlegte trotzdem – und das nicht unbedingt mit einem guten Gefühl –, was sie hinter den Türen des großen, unscheinbaren Gebäudes vor ihr erwarten mochte, das einst wummernde Maschinen beherbergt hatte. Eine Diskothek, gut. Eine Gothic-Diskothek, das war vielleicht schon weniger gut – nicht, dass sie prinzipiell etwas gegen die Gothic-Szene oder ihre Anhänger gehabt hätte, doch sie hatte das entsprechende Alter nun wirklich hinter sich, und auch die Musik traf nicht mehr unbedingt ihren Geschmack – und das Publikum, das *heute* dort verkehrte … nun ja.

Conny schnippte den Stummel ihrer Zigarette aus dem Fenster, ohne auch nur einen Anflug schlechten Gewissens dabei zu verspüren, zündete sich praktisch noch in der gleichen Bewegung eine weitere West an und ließ ihren Blick zum wiederholten Male über den nur zur Hälfte belegten, schlammigen Parkplatz schweifen. Für die meisten wäre dieser Parkplatz nichts anderes gewesen als eben ein Parkplatz, aber ihr kundiger Blick verriet ihr auch noch eine Menge mehr. Der offenbar mit einer Rolle lackierte ehemalige Leichenwagen mit dem Pappsarg auf dem Dach, dem sie es letztendlich verdankte, das *Trash* überhaupt gefunden zu haben (sie war ihm kurzerhand gefolgt), war sicher nicht typisch für das, was sie sah; ein Unikum eben. Immerhin stimmte die *Richtung*.

Kaum einer der Wagen, die sie sah, schien vor weniger als sieben oder acht Jahren gebaut worden zu sein. Es gab ein paar Ausnahmen: Nicht einmal weit entfernt parkte ein silbernes BMW-Cabriolet, und direkt am Anfang des Parkplatzes, weit genug von den anderen Wagen entfernt, um nicht ganz aus Versehen mit dem Schlamm bespritzt zu werden, in dem ihr eigener klappriger *Celica* allmählich zu versinken schien, ein offensichtlich nagelneuer *Hummer*. Die meisten Wagen hier waren alt, nicht besonders gut gepflegt, und vor allem *billig*. Conny hatte nichts gegen billige Autos (sie fuhr selbst eines), aber es war eben eine ganz besondere Art von billig. Sie sah nur sehr wenige Fahrzeuge, deren Zustand ihre Besitzer als Autofreaks outete; um nicht zu sagen, so gut wie gar keines. Das, was sie hier sah, waren schlichte Beförderungsmittel.

Was ihr im Prinzip allerdings eher sympathisch war.

Sie kam zu dem Schluss, nun wirklich lange genug auf ihrem selbst ernannten Beobachtungsposten ausgeharrt zu haben, stieg aus und steuerte mit energischen Schritten den im Vergleich zur Größe des Gebäudes eher winzigen Eingang an, vor dem ein knappes Dutzend typischer Gothic-Fans (schwarz auf schwarz, und das Ganze geschickt zur Geltung gebracht mit ein paar schwarzen Accessoires) herumlungerte und rauchte. Die überraschten Blicke und hochgezogenen Augenbrauen tapfer ignorierend, versuchte Conny irgendwie an ihnen vorbeizukommen und dabei zumindest noch ein Mindestmaß an Würde zu wahren; ein Vorhaben, das aber von ihren hochhackigen Pumps gründlich torpediert wurde, auf denen sie beständig im Schlamm zu versinken drohte. Welcher Teufel hatte sie eigentlich geritten, in *diesem Aufzug* hierherzukommen?

Conny formulierte ihre eigene Frage in Gedanken um, als sie die Raucherfraktion passiert hatte und den ungefähr drei Meter großen Muskelprotz ansteuerte, der mit verschränkten Armen vor der Tür stand und darauf wartete, dass jedermann seine entblößten Ober- und Unterarmmuskeln bewunderte. Welcher Teufel hatte sie eigentlich geritten, *überhaupt* hierherzukommen?

Ihre wildesten Befürchtungen schienen sich zu bestätigen, als sie dem missbilligenden Stirnrunzeln des Fleischbergs begegnete. Sie war weder passend für diesen Anlass gekleidet, noch hatte sie das passende Alter … aber gut, wenn er ihr krummkam, hatte sie immerhin den passenden Dienstausweis, der ihn aus dem Weg scheuchen würde.

Hoffentlich.

Dann wurde ihr klar, dass sein grimmiger Blick weder ihrem bordeauxroten Kostüm noch den zwanzig Jahren zu viel galt, die sie auf dem Buckel trug, sondern der brennenden Zigarette in ihrer Hand. Sie nahm noch einen abschließenden tiefen Zug, schnippte den Rest in hohem Bogen davon und wurde mit einem zufriedenen Grinsen und einem mittleren Erdbeben belohnt, als sich der Koloss zur Seite schob und den Weg freigab.

Allerdings entblödete er sich nicht, ihr die Tür aufzuhalten; auf eine Art, die sie das Wort *Muttchen* beinahe hören ließ.

Sie wusste selbst nicht genau, was sie erwartet hatte – dröhnende Musik, vibrierende Fußböden, verräucherte Luft und blitzendes Laserlicht – aber sie gelangte zunächst lediglich in einen schmalen Gang, der von einem schweren Vorhang begrenzt wurde. Zur Linken gab es etwas, das sie an einen vergitterten Bankschalter aus dem vorvorletzten Jahrhundert erinnerte. Eine misstrauisch dreinschauende junge Frau reichte ihr eine kleine Pappkarte, mit der sie nicht wirklich etwas anzufangen wusste, und forderte sie mit einer so ruppigen Kopfbewegung zum Weitergehen auf, dass sie ganz instinktiv gehorchte.

Hinter dem Vorhang wurde die Musik lauter – Rammstein, Oomph!, irgendetwas in dieser Richtung –, wenn auch nicht annähernd so laut, wie sie befürchtet hatte. Trotzdem – und obwohl sie ein paar Fotos gesehen hatte und eigentlich wissen sollte, was sie erwartete – blieb sie einen Moment stehen und sah sich staunend um. Der Raum war riesig und konnte allein aufgrund seiner Größe und der hohen Decke seine ursprüngliche Bestimmung nicht leugnen, brodelte aber jetzt vor Leben, wie es in seiner Zeit als Maschinenhalle vermutlich niemals der Fall gewesen war. Conny versuchte erst gar nicht zu schätzen, wie viele Gäste sich augenblicklich hier drinnen aufhalten mochten. Vielleicht hundert, vielleicht auch drei- oder vierhundert, oder noch mehr. Jeder Versuch, sie zu zählen, wäre von vornherein zum Scheitern verurteilt gewesen. Die vorherrschende Farbe war Schwarz (was sich nicht nur auf die Kleidung der Gäste beschränkte), und es gab nur einige wenige Ausnahmen: hier und da ein weißes Hemd oder ein totenbleich geschminktes Gesicht, ein Tupfer von Rot oder Violett, aber im Grunde war alles schwarz. Selbst das Licht.

Zumindest das kam ihr allerdings zugute, als sie die lang gestreckte Theke auf der anderen Seite des Raumes ansteuerte. Das im Rhythmus der Musik flackernde Schwarzlicht löschte die unpassende Farbe ihres Kostüms aus und ließ es weit dunkler als zuvor erscheinen … was natürlich nichts daran änderte, dass sie die erstaunten und zum Teil abfälligen Blicke fast körperlich spüren konnte, die ihr auf dem Weg quer über die nur spärlich frequentierte Tanzfläche folgten. Sie gehörte nicht hierher, das spürte sie deutlich.

Aber war sie etwa freiwillig hier?

Genau genommen ja, gestand sie sich widerwillig ein. *Ganz genau* genommen war sie sogar hier, obwohl ihr sehr deutlich gesagt worden war, dass sie nicht hierherkommen sollte …

Sie verscheuchte den Gedanken, drängelte sich zur Theke durch und bestellte eine Cola, wozu sie sich anstrengen musste, um die Musik zu überbrüllen, die auf dieser Seite der Halle sonderbarerweise viel lauter zu sein schien. Als sie in ihrer Handtasche nach Kleingeld kramte, schüttelte die Bedienung heftig den Kopf und begann noch heftiger zu gestikulieren. Conny sah sie verständnislos an.

»Sie müssen ihre Karte abgeben«, sagte eine Stimme hinter ihr.

Conny drehte sich um und blickte mindestens genauso verständnislos in ein Gesicht, das (allerhöchstens) halb so alt war wie ihr eigenes, aber so bleich, als wäre sein Besitzer seit mindestens der doppelten Anzahl von Jahren tot. »Wie?«

Der Junge (sie nahm zumindest an, dass es einer war) begann ebenfalls heftig zu gestikulieren. Er musste schreien, um die Musik zu übertönen, was ihn noch deutlich jünger erschienen ließ, als er vermutlich war.

»Ihre Karte! Haben Sie keine bekommen, am Eingang?« Als Conny ihn nur weiter verwirrt ansah, zog er seine eigene bedruckte Pappe aus der Hemdtasche und hielt sie der Bedienung hin. Sie stempelte sie mit einer verärgert wirkenden Geste ab, und endlich durfte Conny auch ihre mit einer Unmenge von Eis verpanschte Cola an sich nehmen, während der Junge seine Karte wieder verschwinden ließ.

»Man zahlt hier, wenn man rausgeht!«, erklärte er, immer noch beinahe schreiend. »Bist du das erste Mal hier?«

Conny nickte zwar ganz automatisch, aber sie konnte nur hoffen, dass ihre Gesichtszüge nicht allzu sehr entgleisten. Hoffentlich war dieses Bübchen nicht der, der sie herbestellt hatte. Wenn doch, dann … nun ja, dann hätte sie wenigstens das Gelächter des gesamten Kommissariats auf ihrer Seite.

»Setzen wir uns?«, brüllte Junior. »Im Nebenraum ist es ein bisschen leiser. Da können wir reden!«

Reden?, dachte Conny verwirrt. *Mit dir? Worüber wohl?* Aber sie nickte nur und bedeutete ihm mit einer entsprechenden Kopfbewegung, vorauszugehen.

Im Nebenraum war es tatsächlich leiser, allerdings nicht viel, doch dafür herrschte ein Gedränge, bei dessen bloßem Anblick sie Atemnot bekam. Vielleicht zwei oder drei Dutzend Zuschauer hatten sich um eine kleine Bühne versammelt, auf der irgendetwas dargeboten wurde, das mit mittelalterlichen Kostümen und Schwertern zu tun hatte und ziemlich unästhetisch aussah. Sie sah einen Moment hin, deutete dann ein Kopfschütteln an und kehrte in den großen Raum zurück. Ihr jugendlicher Charmeur wirkte ein bisschen enttäuscht, wie ein Kind, das sein neues Spielzeug vorführt und nicht den erhofften Applaus bekommen hat, aber natürlich gab er nicht auf, sondern stellte sich im Gegenteil auf die Zehenspitzen und deutete dann zum anderen Ende des Raumes. Vielleicht hatte er einen freien Platz entdeckt. Conny folgte ihm, auch wenn sie inzwischen ziemlich sicher war, dass die E-Mail nicht von ihm stammte.

Tatsächlich gelangten sie nicht nur zu einem freien Platz, sondern gleich an einen komplett freien Tisch. Die Diskothek war zwar gut besucht, aber der Großteil der Gäste hielt sich auf der anderen Seite der ehemaligen Maschinenhalle auf, wo die Musik lauter war, oder folgte der Schwerter-Pantomime im angrenzenden Raum. Auf einer kleinen Empore, nicht einmal weit entfernt, saß ein langhaariger Bursche vor einem kleinen Pult und las aus einem (natürlich schwarz) eingeschlagenen Buch vor, wobei er allerdings alle Mühe zu haben schien, die dröhnende Musik zu überbrüllen. Hätte man dem armen Kerl ein Mikrofon gegeben, wäre es vielleicht einfacher gewesen.

»Zum ersten Mal hier?«, schrie ihr weißgesichtiger Begleiter. Er hatte seine Lautstärke noch dem Lärmpegel auf der anderen Seite der Tanzfläche angepasst und wirkte selbst fast ein bisschen erschrocken. Als er weitersprach, senkte er die Stimme ein wenig. »Ich meine: Gefällt es dir?«

»Schon«, antwortete Conny und nippte an ihrer Cola. Sie war hoffnungslos verwässert und so kalt, dass sie an den Zähnen schmerzte. »Es ist ... interessant.«

Das schien nicht unbedingt die Antwort zu sein, die er hatte hören wollen. Er machte auch keinen Hehl aus seiner Enttäuschung, aber was hatte er erwartet?, dachte sie spöttisch. Dass sie sich mit ihren fast zweiundvierzig Jahren die Kleider vom Leib riss, sich das Gesicht weiß anmalte und ein Stachelhalsband anzog?

Selbstverständlich ließ er sich auch nicht davon entmutigen. Nachdem sie sein Gesicht unter all der weißen Schminke etwas genauer studiert hatte, korrigierte sie ihre Schätzung noch einmal ein gutes Stück nach oben. Sie war mindestens *fünf*undzwanzig Jahre älter als er. Sie hätte seine Mutter sein können. Aber er schien wild entschlossen, sie im Sturm zu erobern.

»Was ist das hier?«, fragte sie. »Ich meine: Ist hier immer so viel los?«

»Besuchermäßig ja«, antwortete er. »Wenn du die Vorführungen meinst, nein. Heute ist das Jahrestreffen.«

»Der Vampire?«, fragte sie amüsiert.

»Nein. Der Gothic-Szene.« Er war nicht beleidigt, sondern lachte. »Ein paar Mittelalter-Fans sind auch dabei, und der eine oder andere Punk. Aber die meisten gehören zu uns. Ich bin Tom. Und du?«

Beinahe hätte sie sich als Conny vorgestellt, nannte dann jedoch ihren richtigen Namen. »Cornelia«, um die Distanz zwischen ihnen nicht noch schmaler werden zu lassen.

»Conny also«, stellte er fest. So viel dazu. »Darf ich dir eine Frage stellen?«

»Ich dachte, das tust du schon die ganze Zeit.«

Tom ignorierte ihre Antwort. »Warum bist du hier? Ich meine, nur aus Neugier? Wenn dich das hier wirklich interessiert, könnte ich dich ein bisschen rumführen. Dir alles zeigen, deine Fragen beantworten und so.«

Verlockend wäre gewesen: *Ich suche meine minderjährige Tochter, die sich gegen meinen Willen in diesem Schuppen rumtreibt, mit Typen wie dir abhängt, raucht und Alkohol trinkt.* Aber so groß die Versuchung auch war, sie gab ihr nicht nach, sondern deutete nur ein Schulterzucken an und blieb – beinahe – bei der Wahrheit. »Ich bin hier verabredet.«

»Dein Freund oder Mann?« Keine Spur von Enttäuschung.

»Nein. Ich weiß nicht, mit wem.« Jetzt wurde sein Blick ratlos, und Conny fügte mit einer Geste in die Runde hinzu: »Ich habe nur eine Nachricht bekommen, dass wir uns hier treffen wollen.«

»So eine Art *Blind Date.*« Tom grinste. »Lass mich raten: Als Erkennungszeichen habt ihr ausgemacht, dass er was Schwarzes anzieht.«

»Ja, so ungefähr«, seufzte Conny, musste aber zugleich und fast gegen ihren Willen lächeln. Sie hoffte, dass der Junge nicht tatsächlich recht hatte. Mittlerweile hoffte sie sogar, dass sich das Ganze nicht als übler Scherz eines ihrer netten Kollegen herausstellte, der jetzt in irgendeiner dunklen Ecke stand und sich vor Lachen krümmte, während er die Oma beobachtete, die zwischen all diesen schwarz angemalten Kids mehr als nur deplatziert wirkte. Und sie am besten auch gleich filmte, damit es sich morgen im Aufenthaltsraum auch alle ansehen konnten.

Aber das wäre vermutlich doch zu aufwendig gewesen. Ihre Kollegen kannten einfachere Methoden, sie lächerlich zu machen.

Eine Bewegung am Eingang erregte ihre Aufmerksamkeit. Über den Köpfen der schwarzhaarigen Menge erschien der Sarg, der bisher draußen auf dem Leichenwagen gelegen hatte. Er wurde von zwei kräftigen Burschen getragen und von einem stämmigen Mann mit Vollbart und schulterlangem Haar begleitet, der ein Schwert an der einen Seite seines Gürtels und einen zugespitzten Holzpflock und einen Hammer an der anderen trug. Hammer und Pflock waren vermutlich in Ordnung, doch sie fragte sich, was das Waffengesetz zu dem Schwert sagen mochte, noch dazu in einer Diskothek voller Jugendlicher, von denen die eine Hälfte inzwischen vermutlich betrunken und die andere high war.

»Keine Sorge, das gehört zur Show«, sagte Tom. »Ich hab die Nummer schon mal gesehen. Sie ist echt cool.«

»Du meinst, in dem Sarg ist gar kein richtiger Vampir?«, fragte Conny mit gespielter Überraschung. »Jetzt bin ich aber enttäuscht.«

Tom lachte, doch als er etwas sagen wollte, trat eine große, sehr schlanke Gestalt an ihren Tisch und sah sie an. Conny hätte ihr unter normalen Umständen wahrscheinlich gar keine Beachtung geschenkt. Der Mann war außergewöhnlich groß und trug ein schwarzes Cape, ein altmodisches Rüschenhemd mit einem noch altmodischeren Binder; dazu ein albernes Gehstöckchen mit einem Griff in Form eines Drachenkopfes, und sein Haar war kurz geschnitten und selbstverständlich ebenso schwarz wie sein Gesicht bleich. Kurz: Er unterschied sich nicht wirklich von mindestens neunzig Prozent der Anwesenden; sah man vielleicht von seinem Alter ab, das – wenigstens auf den zweiten Blick – mehr in ihre Richtung tendierte als dem hier vorherrschenden Durchschnitt. Und doch war irgendetwas an ihm, das ihn … *anders* machte. Conny sah irritiert auf und begegnete dem Blick zweier dunkler, sehr durchdringender Augen, die den Eindruck erweckten, dass ihnen nichts entging. Irgendetwas … Sonderbares schien den Mann zu umgeben, das nicht zu beschreiben, aber sehr unangenehm war.

Vielleicht war es auch die simple Tatsache, dass sie auf jemanden wartete.

Und zwar auf ihn, wie seine nächsten Worte bewiesen. »Sie sind also gekommen.«

Tom setzte dazu an, etwas zu sagen, doch der Schwarzhaarige brachte ihn mit einem einzigen eisigen Blick aus seinen sonderbaren Augen nicht nur zum Verstummen, sondern auch dazu, hastig aufzuspringen und davonzueilen. Conny sah ihm nach, bis er in der zum Takt des zuckenden Schwarzlichtes wogenden Menge verschwunden war, aber sie spürte den Blick der seltsamen Augen die ganze Zeit weiter auf sich ruhen; wie die Berührung einer warmen und unangenehm trockenen Hand.

»Wer war das?«, fragte der Fremde. Auch seine Stimme war … seltsam, fand Conny. Ein warmer, sehr weicher Bariton, der etwas Einschmeichelndes hatte und zugleich so kalt und schneidend wie scharf geschliffener Stahl klang.

»Nur ein Verehrer.« Conny blinzelte, als sie sich wieder umdrehte und zu ihm aufsehen wollte. Er hatte sich gesetzt, auf denselben Stuhl, auf dem Tom bisher gesessen hatte. Sie hatte es weder gehört noch gespürt; als hätte er sich nicht nur lautlos, sondern *überhaupt nicht* bewegt.

Conny rief sich in Gedanken scharf zur Ordnung. Dieser Mann war zweifellos seltsam, aber das war auch schon alles. »Haben Sie mich herbestellt?«, fragte sie, wobei sie zugleich gegen das vollkommen absurde Gefühl ankämpfen musste, dass das gar nicht sein konnte. Die Nachricht hatte sie als E-Mail erreicht, und alles in ihr sträubte sich einfach gegen die Vorstellung, dass er der Absender sein sollte. Nicht wegen ihres Inhalts oder dieses seltsamen Treffpunktes. So etwas wie eine E-Mail … *passte* einfach nicht zu ihm.

Als hätte er ihre Gedanken gelesen, lächelte er plötzlich auf eine nicht nur beunruhigend wissende, sondern auch beinahe spöttische Art und beließ es bei einem angedeuteten Nicken als Antwort. Conny überlegte, ob er das mit Absicht tat und nur aus dem einzigen Grund, um sie zu verunsichern. Wenn ja, hatte er Erfolg.

»Warum?«

»Um mich mit Ihnen zu treffen. Und Sie wollten es doch offensichtlich auch, sonst wären Sie nicht hier.« Er beugte sich leicht vor, wobei er sich mit beiden Händen auf den Knauf seines albernen Spazierstocks stützte. Conny fiel auf, dass er sehr schlanke, fast filigrane Finger hatte, die trotzdem den Eindruck großer Kraft vermittelten; fast wie man sie bei einem Pianisten erwarten mochte, oder einem Chirurgen. Das *fast* resultierte aus der Tatsache, dass seine Fingernägel zwar gepflegt, aber außergewöhnlich lang und spitz zugefeilt waren. Außerdem waren sie schwarz lackiert.

»Vielleicht war ich nur neugierig«, antwortete sie.

»Neugierig?«

»Auf jemanden, der sich so viel Mühe macht, nur um mir eine kryptische Nachricht zukommen zu lassen, in der eigentlich nichts steht.«

Das war keineswegs übertrieben. Nicht einmal den Spezialisten aus der Cyberspace-Abteilung war es gelungen, den Absender der E-Mail zu ermitteln, und die Jungs waren gut; was bedeutete, dass er mindestens ebenso gut war, wenn nicht besser.

»Ganz so sinnentleert kann sie nicht gewesen sein, sonst wären Sie nicht hier, oder?«

Conny unterdrückte das Gefühl von Hilflosigkeit und Wut, das diese Antwort in ihr hervorrief. Natürlich war nichts sinnentleert, was mit Lea zu tun hatte. Sie konnte den Anblick des halb nackten toten Mädchens nicht vergessen, das jemand wie ein Stück Abfall entsorgt und in einen Altpapiercontainer am Straßenrand geworfen hatte, nicht annähernd so schlimm zugerichtet wie manche andere, die sie zuvor gesehen hatte, aber mit einem Ausdruck so abgrundtiefer Furcht in den erloschenen Augen, dass sie diesen Anblick nie wieder wirklich vergessen könnte. Erst sehr viel später in dieser Nacht, nachdem man auch die Kleider und die Handtasche des Mädchens im gleichen Altpapiercontainer gefunden hatte und sie den Namen auf dem Personalausweis las, hatte sie überhaupt begriffen, wer das tote Mädchen war.

Lea. Die Tochter ihrer besten Freundin.

»Was wollen Sie?«, fragte sie mit rauer Stimme.

»Sie kennenlernen.« Er hob besänftigend die Hand, als sie auffahren wollte. »Und Ihnen meine Hilfe anbieten.«

»Hilfe?« Conny dachte an Lea, an ihre gebrochenen Augen, die sie anklagend in ihren schlimmsten Träumen verfolgten; ein Anblick, der den abgebrühtesten Profi erschüttert hätte. Sie hatte sich vorgenommen das Schwein zu fassen, dass ihr das angetan hatte. Doch dafür brauchte sie einen klaren Kopf. Wie schon so oft zuvor verscheuchte sie die Erinnerung an das übel zugerichtete Mädchen aus ihren Gedanken und den Hass und den Abscheu, den sie tief in sich empfand.

»Ich könnte mir vorstellen, dass Sie ein bisschen Hilfe gebrauchen könnten«, setzte er nach.

Jetzt war sie wirklich beunruhigt, wenn auch aus einem anderen Grund, als er vermutlich ahnte. Es ging nicht nur um Lea, sondern auch um all die anderen Opfer des Wahnsinnigen. Das Allerletzte, was sie bei der Jagd nach ihm brauchte, war ein begeisterter Amateur, der fest davon überzeugt war, unendlich viel schlauer zu sein als sie und alle ihre Kollegen.

»Erweisen Sie mir den Gefallen, sich zuerst einige Augenblicke mit mir zu unterhalten, bevor ich diese Frage beantworte?«

Eigentlich sollte sie jetzt erst recht ärgerlich werden, doch das genaue Gegenteil war der Fall: Sie versuchte sich sogar dagegen zu wehren, aber dieser Bursche hatte einfach ihr Interesse geweckt. Allein dieser Satz: *Erweisen Sie mir den Gefallen.* Er sprach nicht nur altmodisch, irgendwie … *war* er es, angefangen von seiner Kleidung über seine gestelzte Art zu sprechen bis hin zu seinem ganzen Habitus, der lächerlich hätte wirken können, es aber nicht tat.

Wie man es von jemandem erwarten kann, der einen Ort wie diesen als Treffpunkt vorschlägt, meldete sich der logische Teil ihres Verstandes zu Wort. Er war weiß Gott nicht der einzige, der hier in Klamotten aus dem neunzehnten Jahrhundert herumlief.

Allerdings war er vielleicht der Einzige, der darin überzeugend wirkte. Wenn er eine Rolle spielte, dann perfekt.

»Wer zum Teufel sind Sie eigentlich?«, fragte sie.

»Oh, wie unhöflich von mir.« Der Ausdruck von Betroffenheit, der über sein schmales Gesicht huschte, wirkte so echt und überzeugend wie alles andere. »Ich habe es ganz versäumt, mich vorzustellen. Das ist unverzeihlich. Bitte halten Sie es dem Umstand zugute, dass mich die Gegenwart einer so charmanten und schönen Frau meine guten Manieren vergessen ließ.« Er deutete eine knappe Verbeugung an, ohne dass der Blick seiner dunklen Augen ihr Gesicht dabei losließ. »Mein Name ist Vladimir. Aber meine Freunde nennen mich Vlad.«

»Mir ist nicht nach Schmeicheleien«, sagte Conny kalt ... was zugleich stimmte und auch nicht. Allmählich begann sie sich wirklich über den Kerl zu ärgern, der entweder verrückt war oder versuchte, sich über sie lustig zu machen, oder beides. Dennoch schmeichelten ihr seine Worte, und darüber ärgerte sie sich fast noch mehr.

»Und mir ist auch nicht nach albernen Spielchen«, fügte sie noch schärfer hinzu.

»Spielchen?«

»Vlad, wie? Und gleich werden Sie behaupten, Ihr Nachname wäre Tepes. Oder soll ich Sie gleich Graf Dracula nennen?«

Vlad lächelte dünn. »Sie sind eine gebildete Frau, wie ich sehe. Trotzdem erliegen Sie demselben weit verbreiteten Irrtum wie die meisten.«

»Dem Irrtum, dass ich mit meiner Zeit etwas Besseres anfangen könnte, als sie mit diesem Unsinn zu vertrödeln?«

»Dracula – und ganz genau *Dracul* – war nicht der Name des legendären Vlad Tepes, sondern sein Titel«, fuhr Vlad ungerührt fort. »Es heißt nichts anderes als Drache. Er war ein Ritter des berüchtigten Drachenordens.«

»Wie interessant«, sagte Conny scharf. »Und ich nehme an, Sie sind ein direkter Nachkomme ... oder sind Sie es sogar selbst. Er ist ja unsterblich, wenn ich mich richtig erinnere.«

»Eine interessante Theorie«, lächelte Vlad. »Und ein großes Kompliment, vor allem aus dem Mund einer so charmanten Frau.«

»Das reicht jetzt.« Conny machte Anstalten, aufzustehen. »Ich habe wirklich Besseres mit meiner Zeit zu tun, als sie mit diesem Unsinn ...«

»Aber ich bin doch schon fertig, meine Liebe«, fiel ihr Vlad ins Wort.

Conny hielt inne. Ihre Augen wurden schmal. »Womit?«

»Ich wollte mir einen Eindruck von Ihnen verschaffen, und das habe ich«, antwortete er. »Ich glaube, dass wir uns einig werden.«

»Einig? Worüber?« Widerwillig ließ sie sich wieder auf ihren Stuhl sinken. Sie hatte tatsächlich Besseres zu tun, als ihre Zeit mit diesem Irren zu verschwenden – aber auf ein paar Minuten mehr oder weniger kam es nun auch nicht mehr an. Und wenn gar nichts dabei herauskam, konnte sie ihn immer noch verhaften und ihm wegen Behinderung der Behörden und Verstoß gegen irgendein Datenschutzgesetz die Daumenschrauben anlegen.

»Ich möchte Ihnen helfen, Conny«, sagte er. »Ich darf Sie doch Conny nennen? Oder bestehen Sie auf Cornelia? Bitte verzeihen Sie mir meine Offenheit, aber ich finde, das klingt so ...«, er suchte sichtbar nach dem richtigen Wort und hob dann die Schultern, »... altbacken.«

Sie reagierte gar nicht, was er selbstverständlich als Zustimmung auffasste, denn er fuhr nach einer kaum merklichen Pause und mit einem angedeuteten Nicken fort: »Ich machen keinen Hehl daraus, dass ich selbstverständlich eine gewisse ... Gegenleistung erwarte, wenn wir uns einig werden.«

»Eine Gegenleistung *wofür?*«, fragte Conny scharf.

»Ich kann Ihnen den Vampir liefern«, antwortete Vlad.

Conny starrte ihn an. Eine Sekunde lang, dann zwei. Schließlich zehn. Dann lachte sie. »Stimmt. An Vampiren herrscht ja hier im Moment kein Mangel. Fangen wir direkt mit Ihnen an?«

Vlad blieb ernst, und plötzlich erschien in seinen Augen etwas, das ihr einen eisigen Schauer über den Rücken laufen ließ. Vielleicht auch nicht in seinen Augen. Vielleicht war es ... *in ihr,* dachte sie schaudernd. Sie hatte plötzlich das unheimliche Gefühl, von etwas Körperlosem und unendlich Kaltem tief in ihrer Seele berührt zu werden. »Du weißt, von wem ich spreche.«

Ob sie es wusste? Ob sie *wusste,* wovon er sprach?

Allein die Frage war schon beinahe lächerlich. Jeder, absolut *jeder* in diesem Land, der Zeitung las, einen Fernseher besaß oder ein Radio, wusste, wer der *Vampir* war. Die Medien beschäftigten sich seit drei Wochen praktisch mit nichts anderem – jedenfalls kam es ihr und ihren Kollegen mittlerweile so vor – und der Tenor dieser

Berichterstattung war im gleichen Maße ungeduldiger und hämischer geworden, in dem ihre Menschenjagd ergebnislos verlief. Mittlerweile war die SOKO Vampir auf über hundert Köpfe angewachsen, und die aktuelle Schlagzeile der Revolverblätter hatte gelautet: *Acht zu null für den Vampir*. Das war nicht lustig. Die Acht stand für acht tote Teenager – keiner von ihnen älter als siebzehn – und die Null für ihre Fahndungserfolge. Acht Tote ... Conny konnte sich an den einen oder anderen Serienmörder erinnern, der durchaus fleißiger gewesen war, wenn auch an keinen, der so schnell und in so kurzen Abständen gemordet hatte.

»Das ist nicht komisch«, sagte sie ernst. »Ich weiß nicht, was in Ihrem Kopf vorgeht. Wenn Sie glauben, dass ich in dieser Sache auch nur über einen Funken Humor verfüge, dann täuschen Sie sich. Das hier ist kein Spiel, und ich bin keine Kindergärtnerin. Also, wenn Sie mir nicht einen verdammt guten Grund liefern, warum Sie mich hierher zitiert haben, dann machen Sie sich darauf gefasst, verhaftet und so lange durch die Mangel gedreht zu werden, bis Sie sich wünschen, meinen Namen niemals gehört zu haben.«

»Er ist hier«, sagte Vlad.

Diesmal starrte Conny ihn noch länger an. »Hier?«, murmelte sie schließlich. »Sie ... Sie meinen, hier in diesem Lokal?«

»Sogar in diesem Raum«, antwortete Vlad ruhig. »Wenn du dich umdrehst, kannst du ihn sehen.«

Alles in Conny schrie danach, ganz genau das zu tun. Stattdessen beherrschte sie sich und blickte ihr sonderbares Gegenüber nur noch durchdringender an.

»Schade«, seufzte sie schließlich. »Ich hatte gehofft, dass Sie es nicht so weit treiben. Ich weiß zwar nicht warum, aber irgendwie ... möchte ich Sie nicht verhaften. Allerdings fürchte ich, dass Sie mir da keine andere Wahl lassen.«

»Du glaubst mir nicht«, seufzte Vlad. Er klang nicht etwa enttäuscht, sondern allenfalls auf eine Art resigniert, als hätte er genau das gehört, was er erwartet hatte, aber bis zuletzt auf etwas anderes gehofft. Seine schlanken Finger spielten mit dem silbernen Drachenkopf des Stöckchens, als wären es kleine, eigenständige Wesen. Er stand auf. »Komm mit.«

Aus keinem anderen Grund als dem, mit dem sie sich gerade schon einmal selbst beruhigt hatte – nämlich, dass es auf ein paar Sekunden jetzt auch nicht mehr ankam – erhob sie sich tatsächlich und folgte ihm. Außerdem hatte sie gerade die Wahrheit gesagt: Aus irgendeinem Grund *wollte* sie ihn nicht verhaften.

Was sie nicht daran hindern würde, es zu tun, wenn der Kerl sich einbildete, sie verarschen zu können.

Sie gingen nur ein paar Schritte, gerade weit genug, um die Tanzfläche überblicken zu können, auf der jetzt wieder nur mäßiges Gedränge herrschte. Anscheinend wechselte die Frequenz von Lied zu Lied; falls man das Röcheln eines gerade an Kehlkopfkrebs Sterbenden wirklich Musik nennen wollte.

»Dort drüben.« Vlad machte eine Kopfbewegung. »An der Theke. Der Langhaarige mit dem schwarzen T-Shirt.«

Davon gab es gleich drei, aber Conny wusste trotzdem, wen er meinte. Der Junge lehnte ganz außen an der Theke, ein großer, schlaksiger Bursche in der hier allgemein angesagten schwarzen Kleidung und mit ebenfalls schwarzem Haar, das er zu einem bis in die Mitte des Rückens hinunterfallenden Pferdeschwanz zusammengebunden hatte. Er wäre vollkommen unauffällig gewesen (zumindest in diesem Umfeld), wäre da nicht sein Blick gewesen, der einen krassen Gegensatz zu der betont lässigen Haltung bildete, in der er an der Theke lehnte. Er suchte etwas. Vielleicht auch jemanden.

»Dieses Bürschchen?«, fragte sie ungläubig. Der Junge war vielleicht gerade zwanzig.

»Er ist auf der Jagd«, sagte Vlad ungerührt. »Er hält gerade Ausschau nach seiner nächsten Beute. Das spüre ich. Und du spürst es auch.«

Das Verrückte war, dachte sie bestürzt, dass es stimmte. Es blieb dabei. Der Bursche war ein … Kind, nicht nur äußerlich, sondern viel mehr noch von seiner Ausstrahlung her. Jeder, der freiwillig in einen Schuppen wie diesen ging und nicht nur Geld dafür bezahlte, sich das Gehör ruinieren zu lassen, sondern auch noch Spaß daran hatte, sich von Kopf bis Fuß in Schwarz zu hüllen, das Gesicht totenweiß zu schminken und sich an den unmöglichsten Stellen zu piercen, musste tief drinnen ein Kind sein. Und das war er auch, ganz zweifelsfrei … aber zugleich hatte er auch etwas von einem Raubtier an sich. Kein Jäger. Er war kein Leopard oder Tiger, der seine Beute zu Tode hetzte und dann mit einem Prankenhieb niederstreckte, sondern eine Spinne, die lautlos und mit unendlicher Geduld auf ihre Beute lauerte, um dann aus dem Hinterhalt heraus zuzuschlagen; heimtückisch, aber nicht weniger tödlich.

»Das ist lächerlich«, sagte sie trotzdem, wenn auch mit einem deutlichen Zittern in der Stimme, das sie selbst erschreckte. »Der Kerl ist ein … ein Kind. Kaum älter als die meisten seiner Opfer.«

»Und das bedeutet automatisch, dass er unschuldig sein muss?«, fragte Vlad. »Weil er *jung* ist?«

Conny biss sich auf die Unterlippe und schwieg. Das Schlimme war, dass er *recht* hatte. Sie spürte es einfach.

»Und was soll ich jetzt tun …«, um ein Haar hätte sie ihn geduzt, »… Ihrer Meinung nach?«

»Ihn verhaften?«, schlug Vlad vor.

»Und mit welcher Begründung?« Conny schüttelte heftig den Kopf, ohne den Langhaarigen auch nur für den Bruchteil einer Sekunde aus den Augen zu lassen. Er lehnte noch immer in scheinbar vollkommen entspannter Haltung an der Theke, nippte ab und zu an einem Glas Cola mit Eis und erweckte vollkommen überzeugend den Eindruck, sich ohne irgendein spezielles Interesse umzusehen … bei allen anderen. Conny entging keineswegs, *wie* taxierend seine Blicke unter dieser Maske waren; Blicke, denen nicht die geringste Kleinigkeit entging. Obwohl es nicht den Eindruck erweckte, war sein Kopf (und vor allem seine Augen) in ununterbrochener Bewegung. Ein oder zwei Mal streifte sein Blick sogar Conny, aber sie war vermutlich zu weit weg, als dass er sie genau erkennen konnte, und außerdem passte sie nicht in sein Beuteschema, ganz egal, nach welcher Art von Wild er auch Ausschau hielt. »Ich kann ihn nicht einfach verhaften, nur weil mir jemand, den ich noch nicht einmal kenne, gesagt hat, dass er ein Serienkiller sei.«

Sie bekam keine Antwort, und als sie sich ärgerlich zu Vlad umdrehte, begriff sie auch, warum.

Er war nicht mehr da, und einen Moment lang fragte sie sich ganz ernsthaft, ob er überhaupt jemals da gewesen war oder sie vielleicht allmählich durchdrehte.

Das war natürlich Unsinn. An einem Ort wie diesem einen Kerl mit Pelerine, Rüschenhemd und Gehstock zu sehen, den es gar nicht gab, das mochte ja noch angehen (vor allem, wenn man in den letzten beiden Nächten so gut wie nicht geschlafen hatte), aber sie hatte schließlich mit ihm gesprochen. Und nicht nur das.

Trotzdem blieb er verschwunden, so aufmerksam sie sich auch umsah.

Und als sie sich wieder zur Theke umdrehte, war auch der Langhaarige nicht mehr da.

Für eine oder zwei Sekunden drohte sie fast in Panik zu geraten, doch dann sah sie eine schlanke Gestalt mit einem auffällig langen, gepflegten Pferdeschwanz im anderen Saal verschwinden und machte sich hastig daran, ihr zu folgen. Sie hatte nicht vor, ihn anzusprechen oder gar etwas *wirklich* Dummes zu tun (wie zum Beispiel ihn zu verhaften), aber es konnte nicht schaden, ihn einfach noch ein paar Minuten im Auge zu behalten. Außerdem stieg in seiner Nähe vermutlich die Wahrscheinlichkeit, den selbst gebastelten Vlad Dracul wieder zu treffen.

Auf der Bühne im angrenzenden Saal war mittlerweile eine andere Inszenierung im Gange. Der Pappsarg, den man vorhin hereingebracht hatte, stand im Zentrum eines Dutzends unterschiedlicher, ausnahmslos grellbunter Scheinwerferstrahlen, die im Licht der hämmernden Heavy-Metal-Musik zuckte, die das Röcheln des Krebskandidaten abgelöst hatte. Eine Trockeneismaschine produzierte brodelnden weißen Dampf, und der Typ mit Hammer und Schwert trat gemessenen Schrittes auf die Bühne hinauf. Wahrscheinlich, dachte sie, würde gleich der Sargdeckel aufspringen, und eine totenblass geschminkte Frau in zerrissenen Kleidern würde heraussteigen, um von ihrem Kollegen möglichst publikumswirksam gepfählt zu werden.

Eigentlich sollte diese Vorstellung lächerlich sein. Sie *dachte* diesen Gedanken sogar ganz bewusst, um sich im Stillen darüber lustig zu machen, aber es wollte ihr nicht gelingen. So naiv und dilettantisch diese Laienvorstellung auch war, der Gedanke an das, was gleich dort oben auf der Bühne passieren würde, bereitete ihr fast körperliches Unbehagen.

Sie schüttelte den Gedanken ab, trat ganz instinktiv aus dem hellsten Licht heraus und machte dann noch einmal einen raschen Schritt zurück, nachdem sie sich suchend umgesehen hatte. Die Scheinwerfer, die die Bühne beleuchteten, waren so hell, dass alles andere ringsum praktisch unsichtbar wurde. Auch wenn der Kerl mit dem Pferdeschwanz ganz bestimmt kein Interesse an ihr hatte (Conny bezweifelte, dass er sie überhaupt zur Kenntnis genommen hatte), musste sie den Langhaarigen ja nicht unbedingt mit der Nase darauf stoßen, dass sie sich für ihn interessierte; schon, um im Zweifelsfall sich selbst ein paar sehr unangenehme Fragen zu ersparen …

Conny fragte sich erneut und mit immer größerer Verwunderung, was zum Teufel sie hier eigentlich *tat*. Ganz egal, wie man es drehte oder wendete, es lief genau auf das hinaus, was sie gerade selbst zu Vlad gesagt hatte: Sie bespitzelte einen ihr völlig unbekannten jungen Mann (einen *Bürger*, und somit per Definition jemanden, der so lange unschuldig wie ein neugeborenes Baby war, wie sie ihm nichts nachweisen konnte oder zumindest einen vernünftigen Anfangsverdacht hatte), und das nur auf die wilden Anschuldigungen eines vollkommen Fremden hin. Die Chancen, dass sich hier heute jemand gehörigen Ärger einhandelte, standen gar nicht schlecht. Sie war nur nicht sicher, wer das sein würde.

Der Pferdeschwanzträger schien sich weder für sie noch für das Geschehen auf der Bühne zu interessieren. Conny musste nach ihm suchen, um ihn in der dicht an dicht stehenden Zuschauermenge überhaupt zu entdecken. Er war nicht allein, sondern unterhielt sich in scheinbar vertrautem Ton mit einem vielleicht sechzehn- oder siebzehnjährigen Mädchen, das ihm kaum bis zur Brust reichte und ein schwarzes T-Shirt, einen gleichfarbigen Minirock (der eigentlich nur ein breiter Gürtel war) und sorgsam zerrissene Netzstrümpfe über einer weißen Strumpfhose trug. Anders als die meisten hier hatte sie ihre Haare nicht schwarz gefärbt, sondern in einem strähnigen Violett, und all ihre Mühe, sich mit totenbleicher Schminke, schwarzem Lippenstift und bitumenähnlichem Mascara zu entstellen, konnte ihre natürliche Schönheit nicht verhehlen.

Vielleicht war es der Anblick des Mädchens, der Connys letzte Zweifel beseitigte. Sie passte einfach zu gut ins Beuteschema des Vampirs: irgendetwas zwischen fünfzehn und siebzehn Jahren alt, hübsch und auf eine Art selbstbewusst, die ihr nichts von ihrer mädchenhaften Ausstrahlung nahm. Und unter dieser Maske schrecklich verwundbar.

Für einen Moment erschien ein knappes drei Viertel Dutzend anderer Gesichter vor ihrem inneren Auge, säuberlich aufgereiht und mit der unbarmherzigen Detailtreue moderner Digitalfotos. Acht bleiche Gesichter, denen man gnädigerweise die Augen geschlossen hatte, damit das Foto den abgrundtiefen Schrecken nicht festhielt, der sich im Angesicht des Todes in ihre Augen gekrallt hatte. Jedes Einzelne dieser Gesichter war ebenso bleich und starr gewesen wie das der Kleinen, der der Langhaarige mittlerweile den Arm um die Schulter gelegt hatte, nur dass die Blässe in *diesen* Gesichtern nicht aufgeschminkt war, sondern nie wieder verschwinden würde.

Eines dieser Gesichter hatte sie gekannt, bevor diese monströsen Fotos entstanden waren …

Ein paar Sekunden lang drohten sie die Erinnerungen zu überwältigen, aber sie drängte die schrecklichen Bilder zurück, auch wenn es ihr wirklich *große* Mühe bereitete. Sie presste die Kiefer so fest zusammen, dass ihre Zähne knirschten und ein dünner Schmerz bis in ihre linke Schläfe hinaufstieg; schlimm genug, um ihr Tränen in die Augen schießen zu lassen.

Sie blinzelte sie weg, atmete drei oder vier Mal bewusst tief und lang ein und aus und verscheuchte auch noch die letzten Bilder aus ihrem Kopf. Pferdeschwanz hatte inzwischen nicht nur den Arm um die Schulter der Kleinen gelegt, sondern zog sie auch unauffällig zu sich heran. Seine Fingerspitzen spielten an ihrem Hals. Sie schien nichts dagegen zu haben, sondern hatte ganz im Gegenteil den Kopf an seine Schulter gelegt und die Augen halb geschlossen. Ihr Fuß wippte im Takt der hämmernden Bässe. Das alles machte einen so vertrauten Eindruck, dass Conny sich automatisch fragte, ob sie sich vielleicht geirrt hatte, und die beiden alte Freunde waren. Aber vielleicht ging so etwas heutzutage ja auch einfach schneller. Manchmal kam sie sich mit ihren gerade einmal etwas über vierzig vor wie ein

Dinosaurier; ein Mitglied einer vom Aussterben bedrohten Spezies, das unversehens in eine fremde Welt versetzt worden war, deren Regeln sie nicht mehr verstand.

Jemand rempelte sie an. Conny machte einen hastigen halben Schritt zur Seite, um ihr Gleichgewicht wiederzufinden, und murmelte eine Entschuldigung, obwohl sie es gewesen war, die man angerempelt hatte, und fing einen ärgerlichen Blick eines dunkel umrandeten Augenpaares auf, in den sich in der nächsten Sekunde ein deutlich überraschter Ausdruck mischte.

Das war nicht gut. Der junge Mann, der sie angerempelt hatte, ging kopfschüttelnd weiter und hatte sie im nächsten Augenblick wahrscheinlich schon wieder vergessen, aber das kurze Erstaunen, das in seinen Augen aufgeblitzt war, machte ihr sehr deutlich, *wie* auffällig sie war; zumindest in dieser Umgebung.

Die Grundregeln der Observierung, dachte sie ärgerlich. Tag eins, Stunde eins, Lektion eins. Versuch dich deiner Umgebung anzupassen – oder wenigstens nicht aufzufallen wie ein bunter Hund. Sie benahm sich tatsächlich wie eine Anfängerin!

Sie schrak auch wie eine ebensolche zusammen, als Pferdeschwanz plötzlich die Schulter der Kleinen losließ und zielsicher auf sie zukam, und drohte schon wieder in Panik zu geraten. Am liebsten wäre sie herumgefahren und einfach davongestürzt, aber diesmal gewannen ihre antrainierten Reflexe im letzten Moment die Oberhand. Sehr ruhig drehte sie sich um, ging die paar Schritte zur Theke und gewann ein wenig Zeit, indem sie übertrieben umständlich in ihrer Handtasche nach dem Kärtchen grub, das sie am Eingang bekommen hatte.

Als sie es gefunden hatte, tauchte Pferdeschwanz neben ihr auf. Nahe genug, dass sich ihre Schultern beinahe berührt hätten, lehnte er sich neben ihr gegen die Theke und winkte die Bedienung herbei. Conny konnte nicht verstehen, was er sagte – die Musik schien im gleichen Maße lauter zu werden, in dem sie versuchte, sie irgendwie auszublenden – aber die Bedienung machte sich unverzüglich daran, zwei Getränke zu mixen. Pferdeschwanz drehte sich neben ihr um und lümmelte sich übertrieben lässig und mit dem Fuß in einem vollkommen anderen Takt als dem der hämmernden Musik wippend gegen die Theke und vertrieb sich die Wartezeit damit, das Mädchen zu beobachten. Aber *bevor* er das tat, glitt sein Blick kurz und ganz eindeutig abschätzend über ihre Gestalt und ihr Gesicht, und diesmal *nahm* er sie zur Kenntnis. Conny spürte nicht nur sein Erstaunen, sondern auch so etwas wie ein sachtes Erschrecken; und ein umso jäheres Aufflammen von Misstrauen. Dann erlosch sein Interesse genauso schlagartig wieder, und er konzentrierte sich erneut auf sein potenzielles Opfer.

Conny musste sich beherrschen, um ihn ihrerseits nicht anzustarren, aber sie beging auch nicht den Fehler, ihn demonstrativ zu ignorieren, sondern versuchte sich in einem komplizierten Balanceakt dazwischen.

Anscheinend mit Erfolg, denn sein Interesse an ihr war nicht nur vollkommen erloschen; er widmete sich wieder völlig dem Mädchen mit den violetten Haaren und schien von dem Geschehen auf der Bühne so gut wie nichts mehr mitzubekommen. Auch aus der Nähe betrachtet hatte er noch etwas von einem Kind, fand Conny, wenn auch sicherlich nicht mehr sehr viel von einem *unschuldigen* Kind. Sie korrigierte ihre anfängliche Schätzung noch einmal ein wenig nach unten – er war *allerhöchstens* Anfang zwanzig, eine Vorstellung, die sie zutiefst entsetzte, wenn sie an seine Opfer dachte – aber ihr fielen auch noch ein paar Dinge auf, die sie aus der Entfernung nicht wahrgenommen hatte und die zumindest merkwürdig waren. Er war für hiesige Verhältnisse fast dezent gekleidet. Sowohl seine schwarzen Jeans als auch das schwarze T-Shirt mit dem *Evanescence*-Aufdruck waren neu, und die bleiche Schminke, die er aufgetragen hatte, machte auf den ersten Blick einen perfekten Eindruck. Allerdings fehlte ihr irgendwie die Leichtigkeit, die man bei fast allen anderen hier beobachten konnte; als hätte er versucht, mangelnde Übung mit umso größerer Sorgfalt auszugleichen. Er kam ihr vor wie ein Chamäleon … aber ein *fabrikneues* Chamäleon, das sich vorsichtig auf unbekanntem Terrain bewegte.

Aber machte ihn das automatisch zu einem Verdächtigen?

Was war wohl wahrscheinlicher? Dass ihr ein vollkommen Fremder einfach so den zurzeit meistgesuchten Serienmörder des Landes auf dem Silbertablett präsentierte, ohne auch nur zu sagen, warum, oder dass der Bursche einfach genauso neu hier war wie sie, sich aber ein etwas passenderes Outfit zugelegt hatte und einfach nur scharf auf die Kleine mit den violetten Haaren war?

Conny verzichtete wohlweislich darauf, sich eine ehrliche Antwort auf diese Frage zu geben, und beobachtete weiter den Langhaarigen, der mit zwei Gläsern in der Hand zu seinem potenziellen Opfer zurückschlenderte. Je länger sie ihn beobachtete, desto verdächtiger kam er ihr vor. Aber das war nur normal. Wenn hier mit jemandem etwas nicht stimmte, dann mit ihr. Hätte sie ihren Verstand auch nur halbwegs beisammen, dann würde sie diesen Radauschuppen auf der Stelle verlassen und sich auf dem Rückweg schon einmal Gedanken über eine glaubhafte Ausrede für den halben Tag machen, den sie mit diesem Schwachsinnsunternehmen verplempert hatte.

Jemand berührte sie an der Schulter. Die Bedienung beugte sich hinter ihr weit genug über die Theke, dass Conny bis zum Bauchnabel hinab in den Ausschnitt ihres pseudo-mittelalterlichen Kleides blicken konnte, und erkundigte sich mit einem unwilligen Blick nach ihren Wünschen. Conny bedeutete ihr ebenso wortlos, ihr dasselbe zu bringen, das Pferdeschwanz für sich und seine Freundin bestellt hatte, und sah kurz zur Bühne hoch. Der Sargdeckel stand inzwischen offen, und wie sie erwartet hatte, war der Vampirjäger gerade dabei, seinem Opfer (das ganz eindeutig *nicht* unschuldig aussah) den Rest zu geben. Was sie ein wenig überraschte, war die Qualität der Vorstellung, die schon beinahe professionelles Niveau erreichte.

Aber sie war nicht hier, um eine künstlerische Darbietung gleich welcher Qualität zu genießen.

Pferdeschwanz und das Mädchen standen wieder Schulter an Schulter da, nippten an ihrer verwässerten Cola und schäkerten, was das Zeug hielt; ein Anblick, der Conny fast ein schlechtes Gewissen bereitete. Wahrscheinlich war der Junge tatsächlich einfach nur heiß auf das Mädchen.

»Ist er weg?«

Conny registrierte gleichzeitig eine Berührung an der linken Schulter und die Stimme von links. Während sie mit der einen Hand ein Glas Cola mit sehr viel Eis entgegennahm und bemerkte, dass sie ja gar keine Stempelkarte besaß, sah sie nach links und in ein Gesicht, mit dem sie im ersten Moment nichts anfangen konnte.

»Tom«, sagte sie dann.

Ihr jugendlicher Verehrer von vorhin strahlte, offensichtlich geschmeichelt, dass sie sich an seinen Namen erinnerte. Als ob man eine solche Nervensäge so schnell vergessen könnte!

Er hielt ihr eine Karte hin. »Hier, die habe ich für dich besorgt.«

Verdutzt nahm Conny die Karte und ließ sie von der Bedienung abstempeln.

»Also, ist er weg, dein Freund?«, erinnerte Tom sie. »Der, mit dem du verabredet warst. Dieser komische Robert-Craven-Verschnitt.«

Conny konnte mit diesem Namen nichts anfangen, aber sie wusste natürlich, wen er meinte. »Kann es sein, dass du ihn nicht magst?«, fragte sie lächelnd, nahm einen kräftigen Schluck aus ihrem Glas und hätte beinahe einen Hustenanfall bekommen, als sie feststellte, dass es keineswegs nur verwässerte Cola enthielt, sondern Cola-Rum; wobei die Betonung eindeutig auf *Rum* lag.

»Irgendwie war mir der Kerl unheimlich«, sagte Tom. Das klang ihm fast lächerlich, inmitten eines halben Tausends schräger Gestalten, die sich alle Mühe gaben, möglichst unheimlich auszusehen. Immerhin verstand sie, was er meinte.

»Ich glaube, er ist weg.«

»Du bist noch da.« Was für eine scharfsinnige Feststellung. Wenn dies seine Vorstellung von Small Talk war, dann war er tatsächlich *sehr* small. Sie lächelte nur, nippte noch einmal – vorsichtiger – an ihrem Getränk und sah wieder zu Pferdeschwanz und dem Mädchen hin.

»Kennst du die beiden?«, fragte Tom.

»Wieso?«

»Weil du sie die ganze Zeit anstarrst.«

»Sieht man das so deutlich?«, fragte sie überrascht.

»Und nicht nur ich«, antwortete Tom gewichtig. »Auch jemand, den du kennst?«

Ganz allmählich begann der Bursche ihr auf die Nerven zu gehen. Conny überlegte, die ganze Diskussion mit ein paar passenden Worten zu beenden, aber dann kam ihr eine Idee. Sie deutete nur ein

Schulterzucken an und sah weiter zu den beiden hin. Pferdeschwanz hatte seinen Arm wieder um das Mädchen gelegt, diesmal aber nicht um ihre Schulter, sondern um ihre Taille, was die Berührung zugleich vertrauter wie … besitzergreifender machte, auf eine unangenehme Art. Sie redeten noch eine Weile miteinander, bis sich das Mädchen mit einer kompliziert aussehenden Bewegung aus seinem Arm wand und eine zerknitterte Zigarettenpackung und ein violettes Einwegfeuerzeug aus der Hosentasche grub. Arm in Arm verschwanden die beiden im hinteren Teil des Saals. Täuschte sie sich, oder drehte Pferdeschwanz im letzten Moment den Kopf und sah sie kurz und hämisch an?

Die Schatten verschluckten ihn, bevor sie sicher sein konnte, aber ein sehr ungutes Gefühl blieb zurück. Conny versuchte es mit einem Schluck aus ihrem Glas hinunterzuspülen, machte es damit jedoch nur schlimmer. So stark konnte der Drink eigentlich gar nicht gewesen sein, und trotzdem glaubte sie den Alkohol schon zu spüren; zumindest ein leichtes Schwindelgefühl.

»Hast du die beiden gesehen?«, fragte sie.

»Die du so unauffällig angestarrt hast?« Tom grinste. »Ich will dir nicht zu nahe treten, aber du solltest lieber nicht als Privatdetektivin arbeiten. Was ist mit denen? Die Kleine ist süß.«

»Kennst du sie?« Tom schüttelte den Kopf und setzte zu einer – vermutlich anzüglichen, irgendwie spürte sie das – Antwort an, und Conny fuhr rasch fort: »Das ist meine Tochter.«

»Du spionierst ihr nach?«

»Nein«, antwortete Conny, so überzeugend sie konnte. »Eigentlich waren wir hier verabredet.«

»Doch dann hast du ihren neuen Verehrer gesehen und dir gedacht, du schaust einfach mal, was er mit deinem Töchterchen anstellt, wenn Mami nicht dabei ist.«

Conny kam sich plötzlich unbeschreiblich dämlich vor, war jedoch schon zu weit vorgeprescht, um noch einen Rückzieher zu machen. »Das nicht, aber …«

»Aber der Kerl gefällt dir nicht, und du würdest zu gerne wissen, was die beiden jetzt da hinten im Dunkeln treiben.« Tom stellte sein Glas auf der Theke ab. »Schon erledigt, Boss.«

Er verschwand, bevor sie ihn zurückhalten konnte (was sie auch nicht vorgehabt hatte), und Conny sah ihm nach, bis er ebenfalls mit den Schatten im hinteren Teil des Raumes verschmolzen war. Sie konnte dort hinten noch immer nicht viel erkennen, aber dann und wann blitzte einer der Scheinwerfer besonders grell auf, riss ein einzelnes, stroboskopisches Bild aus den Schatten und zeigte ihr immerhin, dass sich der Raum dort noch überraschend groß ausdehnte. Tom war längst verschwunden, als hätten ihn die gemauerten Eingeweide des *Trash* einfach aufgesaugt. Hoffentlich passierte dem Jungen nichts. Wenn sie ihn wirklich auf den Vampir gehetzt hatte …

Conny vertrieb sich die Zeit damit, dem Rest der Vampirshow auf der Bühne zu folgen. Sie hatte richtig vermutet: Es war durchaus sehenswert und tatsächlich beinahe professionell in Szene gesetzt. Die Vampirin ging in einem Crescendo von dröhnenden Bässen und jaulenden Gitarrentönen, grellen Lichtblitzen und farbig angestrahltem Trockeneis-Nebel endgültig zugrunde, und für eine einzelne, aber schier endlos erscheinende Sekunde erloschen nicht nur die Scheinwerfer, sondern sämtliche Lichter.

Begeisterter Applaus brandete auf, als es wieder hell wurde. Die beiden Hauptdarsteller verneigten sich tief und genossen ihren wohlverdienten Beifall, und Tom kam pünktlich wie auf ein Stichwort zurück, ein breites Grinsen auf seinem geschminkten Kindergesicht, das sie mutmaßen ließ, dass sie sich wohl *tatsächlich* blamiert hatte.

»Alles in Ordnung«, griente er. »Die Unschuld deiner Tochter ist nicht in Gefahr. Allenfalls ihre Lungen.«

Conny dachte an die Zigarettenpackung, die das Mädchen hervorgezogen hatte, und kam sich für einen Augenblick noch hilfloser vor. Mittlerweile unterliefen ihr keine Anfängerfehler mehr, sondern einfach nur noch … *Dummheiten.* Man musste nicht drei Jahre lang die Polizeischule besuchen, um die richtigen Schlüsse aus der Beobachtung zu ziehen, dass jemand eine Schachtel Zigaretten zückte.

»Da hinten ist der Raucherraum«, vermutete sie.

»Stimmt.« Tom nickte. »Unter anderem.«

»Und was noch?«

»Kino, ein paar verschwiegene Kuschelecken … aber keine Bange, alles ganz jugendfrei.«

»Kino?« Sie zog es vor, die letzte Bemerkung zu ignorieren. So lange die beiden nur kuschelten, ganz egal wie intensiv, war alles in Ordnung.

»Es läuft gerade Bram Stokers Dracula«, antwortete Tom. »Und danach Gothika … oder umgekehrt, ganz sicher bin ich nicht.«

»Ein ganz schöner Aufwand für eine Wochenend-Disco.«

»Lass das nicht den Veranstalter hören«, antwortete Tom mit übertrieben geschauspielertem Schrecken. »Das hier ist das Jahrestreffen. Die stecken 'ne Menge Energie und Mühe in die Vorbereitung und Planung. Soll ich dich ein bisschen rumführen?«

Conny konnte sich auf Anhieb ungefähr tausend Dinge vorstellen, die sie lieber getan hätte, aber andererseits ergab sich ja auf diese Weise vielleicht die Möglichkeit, noch einmal einen Blick auf Pferdeschwanz und seine neueste Eroberung zu werfen. Sie nickte. »Warum nicht?«

Tom streckte die Hand nach seinem Glas aus. Conny nahm ihm die Arbeit ab und reichte es ihm – wobei sie unauffällig an seinem Inhalt schnupperte. Er *roch* zumindest nur nach Cola. Der Junge tat so, als wäre ihm die kurze Kontrolle weder aufgefallen noch ärgere er sich darüber, sondern schnappte sich sein Glas und eilte voraus, wobei er sich geschickt und auf eine Art durch die immer noch applaudierende Menge schlängelte, die eine Menge Übung verriet. Conny folgte ihm etwas weniger geschickt, aber nicht unbedingt langsamer, wobei sie sowohl ihr Verzehrkärtchen als auch ihr Glas mitnahm, um nicht aufzufallen. Natürlich erreichte sie damit das Gegenteil. Das hier war schließlich keine Cocktailparty, auf der man mit einem Glas in der Hand herumlief; und das im Grunde genommen eigentlich, *um* aufzufallen.

Hinter ihnen stieß die Trockeneismaschine eine letzte, zischende Nebelwolke aus, und das Licht wurde heller. Das Publikum begann sich zu zerstreuen, während der Vampirjäger und sein auf wundersame Weise wiederauferstandenes Opfer damit begannen, ihre Utensilien zusammenzupacken, um die Bühne für die nächste Darbietung freizugeben. Das heller gewordene Licht machte es etwas leichter, sich zu orientieren, aber es nahm seiner Umgebung auch eine Menge von ihrem vorgetäuschten Zauber, der mehr auf dem geschickt eingesetzten Spiel von Licht und Schatten als auf wirklicher Magie beruhte. Und so ganz nebenbei war auch jetzt *sie* deutlicher zu erkennen.

Tom führte sie durch eine schmale Tür in einen weiteren, unerwartet großen Raum, der momentan als improvisierter Kinosaal diente. Er ging langsamer und erwartete vermutlich, dass sie stehen bleiben und im schwachen Streulicht der Leinwand nach den Gesichtern ihrer angeblichen Tochter und ihres Begleiters suchen würde. Aber sie ging ganz im Gegenteil sogar schneller und sah nicht einmal hin. Hier drinnen war das Mädchen in Sicherheit. Der Vampir konnte kein Publikum gebrauchen, wenigstens nicht während er seinem perversen Hobby nachging. Hinterher, ja: So viel wie möglich.

Tom öffnete eine weitere Tür und deutete auf eine rechteckige Linie aus blassem Licht am Ende eines schäbigen Korridors, in dem eine so schwache Glühbirne brannte, dass es vermutlich *heller* wurde, wenn man sie ausschaltete: eine Tür nach draußen, die nicht ganz geschlossen war, aber so verzogen in den Angeln hing, dass Tageslicht hereindrang. Conny blieb nun doch stehen und warf Tom einen zweifelnden Blick zu. Falls er versuchte, sie auf den Arm zu nehmen, würde er sich gleich wünschen, sie niemals angesprochen zu haben. Tom eilte jedoch nur mit schnellen Schritten weiter, riss die Tür auf und bedeutete ihr mit jetzt eindeutig ungeduldigen Gesten, ihm zu folgen. Conny blinzelte in das ungewohnt helle Tageslicht und hob schützend die Hand über das Gesicht.

Während sie drinnen gewesen waren, musste es geregnet haben. Die Luft roch feucht, und es war spürbar kälter geworden. Sie befanden sich auf einer mit rissigem Beton bedeckten rechteckigen Fläche von den Abmessungen eines kleinen Schulhofs, der von einem mehr als zwei Meter hohen Maschendrahtzaun umgeben war.

Ein Mauervorsprung war mit Graffiti besprüht. *unheil* stand in ungelenken Buchstaben darauf. Conny schüttelte die Gänsehaut ab, die sie überkam.

Überall standen mit matschig gewordenem Sand gefüllte Aschenbecher, und auf dem Boden lagen mindestens eine Million Zigarettenkippen. Vielleicht ein Dutzend ausnahmslos jugendlicher Gothic-Fans beiderlei Geschlechts standen in kleinen Gruppen herum und rauchten. Pferdeschwanz und das Mädchen waren nicht dabei.

»Das hier ist der Raucherraum?«, fragte sie zweifelnd.

»Der Raucher*bereich*«, verbesserte sie Tom. »Drinnen ist rauchen verboten. Der Zaun ist dafür da, dass niemand geht und vergisst, sein Kärtchen zu bezahlen.«

»Und einen anderen gibt es nicht?«

»Selbst den hier haben sie erst eingerichtet, als ihnen die Gäste wegzubleiben begannen«, entgegnete Tom. »Eine Gothic-Fete ohne Joints? Unmöglich.«

Conny sagte nichts, aber etwas an ihrer Reaktion musste ihn wohl alarmiert haben, denn er hob hastig beide Hände und rettete sich in ein verlegenes Grinsen. »War natürlich nur ein Scherz.«

»Natürlich.«

»Soll ich mich erkundigen, ob jemand die beiden gesehen hat?«

»Warum nicht?« Wo sie schon einmal hier waren. Und wenn sie das schon war, konnte sie die Gelegenheit auch gleich vernünftig nutzen. Während sich Tom umdrehte und davoneilte, zog sie Zigaretten und Feuerzeug aus ihrer Handtasche und nahm einen ersten, beinahe gierigen Zug, nach dem ihr prompt schwindelig wurde. Trotzdem atmete sie den bitter schmeckenden Rauch gleich noch einmal und tiefer ein, und diesmal blieb das Schwindelgefühl aus. Trotzdem stellte sie fest, dass sie sich nicht besonders wohlfühlte, als sie in sich hineinlauschte. Sie hatte kein Fieber, aber ein Gefühl, als hätte sie es, und sie verspürte ein sonderbares Kribbeln im Magen, das nicht besonders angenehm war. Vielleicht bekam ihr die schlechte Luft dort drinnen nicht, der Lärm und das zuckende Licht und das Übermaß an Eindrücken, oder vielleicht war die Erklärung auch viel simpler, und sie spürte die Vorboten einer Erkältung, die sie sich eingefangen hatte und die schlichtweg ihre Entscheidungsfähigkeit trübte.

Tom kam zurück, als sie ihre Zigarette halb aufgeraucht hatte. »Hier waren sie nicht. Jedenfalls nicht in den letzten zehn Minuten. Ich hab jeden gefragt.«

Das stimmte. Conny hatte ihn beobachtet und gesehen, dass er tatsächlich jeden Einzelnen hier draußen angesprochen hatte. Sie hatte auch die schrägen Blicke gesehen, mit denen sie etliche der gepiercten Paradiesvögel hier draußen gemustert hatten. Dass sie behaupteten, sie nicht gesehen zu haben, bedeutete nicht, dass sie nicht hier gewesen waren.

»Vielleicht sind sie doch im Kino«, schlug Tom vor.

»Oder in einer deiner Kuschelecken?«

»Die gibt es nicht«, gestand Tom mit einem verlegenen Grinsen. »Hab ich erfunden, um dich hochzunehmen.«

»Ja, das war in der Tat sehr witzig.« Conny schnippte ihre Zigarette weg und trat wieder ins Haus zurück, machte aber eine rasche Handbewegung, als Tom die Tür hinter sich zuziehen wollte. »Warte.«

Der Junge gehorchte, und Conny nahm sich die Zeit, den kurzen Korridor noch einmal genauer in Augenschein zu nehmen. In dem blassen Schein gerade hatte sie eher das Gefühl gehabt, in ein Glas mit trübem, gelbem Honig zu blicken, das von außen hereinfallende Tageslicht ließ sie jedoch mehr Einzelheiten erkennen. Sie bestanden allerdings zum größten Teil aus deprimierenden Details. Der Gang war vielleicht zehn Meter lang und durch und durch schäbig. Der Zementfußboden war ebenso schlimm aufgerissen wie der draußen, und in der nackten Ziegelsteinmauer hatte sich schon vor Jahrzehnten der Schwamm eingenistet. Leere Kabelkanäle baumelten von den Wänden und der mindestens zehn Meter hohen Decke, und rechter Hand führte eine schmale Eisentreppe zu einer Tür auf halber Höhe hinauf.

»Wohin geht es da?«, fragte sie.

»Keine Ahnung«, antwortete Tom. »Jedenfalls glaube ich nicht, dass die es hier gern haben, wenn wir da oben rumschnüffeln.«

Das hatte sie auch nicht vor. Ein bisschen Paranoia war ja ganz in Ordnung, aber allmählich kam sie selbst zu dem Schluss, dass sie es übertrieb. Wahrscheinlich saßen Pferdeschwanz und das Mädchen friedlich im Kinosaal und fummelten ein bisschen, oder sie hatten eine verschwiegene Ecke gefunden, wo sie mehr tun konnten, als nur zu fummeln. Sie gab dem Jungen ein Zeichen, die Tür zu schließen, ging weiter und blieb nach zwei Schritten wieder stehen.

»Was war das?«

»Was war *was?*«, fragte Tom.

Conny gestikulierte unwillig, still zu sein, und lauschte mit schräg gehaltenem Kopf und angehaltenem Atem. Nichts. »Ich dachte, ich … hätte einen Schrei gehört«, sagte sie zögernd.

»Hast du wahrscheinlich auch«, antwortete Tom. »Nebenan läuft ein Horror-Film.«

Das war eine sehr überzeugende Erklärung, und mit ziemlich hoher Wahrscheinlichkeit auch die Wahrheit. Jetzt, wo der Junge sie einmal darauf aufmerksam gemacht hatte, waren die Filmgeräusche kaum noch zu überhören; verschwommene Stimmen und tatsächlich so etwas wie ein Schrei und ein tiefes, vibrierendes Grollen, mehr zu spüren, als wirklich zu hören. Die Wände hier waren dick, aber vermutlich brauchten sie dort drinnen eine 52 000-Watt-Dolby-Surround-Anlage, um die Musik zu überbrüllen. Mit einem schlechten Gefühl ging sie weiter und blieb wieder stehen, bevor sie den Schritt auch nur zu Ende gebracht hatte.

Diesmal war sie sicher, dass der Schrei von oben gekommen war.

Sie drehte sich um, schob den Jungen kurzerhand aus dem Weg und ging zur Treppe zurück. Tom setzte zu einem schwächlichen Protest an, aber Conny ignorierte ihn einfach. Unter normalen Umständen hätte sie es sich dreimal überlegt, ihr Gewicht einer Treppe anzuvertrauen, die nur aus Rost und hervorstehenden Schrauben und Bolzen zu bestehen schien, aber jetzt stürmte sie einfach weiter und hielt erst an, als sie die rostige Eisentür an ihrem obersten Ende erreicht hatte.

»Was tust du da?«, rief Tom ihr nach. Er klang nervös. »Das ist keine gute Idee. Komm lieber da runter.«

Conny legte behutsam die Hand auf die Türklinke und stellte ohne besondere Überraschung fest, dass sie nicht abgeschlossen war. Musik und die Geräusche des Films drangen lauter an ihr Ohr, als sie die Klinke vorsichtig weiter herunterdrückte und die Tür einen Spaltbreit aufzog, sowie eine Menge anderer Geräusche, die sie nicht identifizieren konnte.

»Komm da runter!«, quengelte Tom, »und …«

»Bleib, wo du bist!«, unterbrach ihn Conny hastig. »Oder besser noch, verschwinde. Wenn ich in zehn Minuten nicht zurück bin, rufst du die Polizei!«

»Aber du …«

Conny zog die Tür weiter auf, schlüpfte hindurch und drückte sie so leise hinter sich wieder ins Schloss, wie sie konnte. Sie befand sich in einem weitläufigen hohen Raum, der so mit … *Dingen* vollgestopft war, dass sie der Anblick fast überforderte. Es war dunkel, wenn auch nicht vollständig, und Musik und Filmgeräusche vermischten sich zu einem Durcheinander, das schon wieder ein heftiges Schwindelgefühl hinter ihrer Stirn auslöste. Ihr Herz klopfte.

Während sie dastand und darauf wartete, dass all die verschiedenen Geräusche und Eindrücke endlich einen Sinn ergaben, versuchte sich ihre Vernunft ein letztes Mal zu Wort zu melden. Sie hatte mehr getan, als nur eine Tür zu öffnen. Spätestens jetzt war sie nicht mehr nur auf dem besten Weg, sich lächerlich zu machen, sondern ihren Job aufs Spiel zu setzen. Wenn die Sache hier schiefging, dann war das genau die Art von Zwischenfall, auf die ihr Vorgesetzter Eichholz seit zwei Jahren wartete.

Irgendetwas polterte. In dem akustischen Chaos, das sie umgab, war es schwer, die genaue Richtung zu bestimmen, aus der ein Geräusch kam, aber sie war ziemlich sicher, dass es nicht aus dem Film stammte und zu laut gewesen war, um aus der Diskothek heraufzuwehen.

Als sie die Augen öffnete, ordnete sich das Chaos ringsum wenigstens weit genug, ihr eine ungefähre Ahnung von ihrer Umgebung zu vermitteln. Sie befand sich in einem weitläufigen, nur schummerig beleuchteten Raum, der sich über einen Großteil der gesamten Anlage zu erstrecken schien. Alles, was weiter als ein paar Meter entfernt war, verschmolz zu einem Konglomerat düsterer Schatten und ineinanderfließender Umrisse, die etwas sonderbar Bedrohliches zu haben schienen. Und um die Sache etwas interessanter zu gestalten, war zumindest dieser Teil des Raums anscheinend schon vor Jahren zur Rumpelkammer deklariert worden, in die man wahllos alles hineingestellt und -geworfen hatte, was man im Moment nicht brauchte. Überall standen Kisten, Kartons, Papierbündel, Rollen mit alten Plakaten und Säcke und aller möglicher anderer … *Kram*, der eine regelrechte Barrikade ringsum bildete, durch die ein Durchkommen auf den ersten Blick fast unmöglich schien.

Aber irgendjemand *war* hindurchgegangen. Da war etwas an einem bestimmten Teil dieser Unordnung, das sie nicht wirklich greifen konnte, das ihr aber sehr deutlich sagte, dass es neu war. Jemand hatte etwas verändert, erst vor ganz kurzer Zeit.

Vielleicht ein Angestellter des Trash, *der gerade hier gewesen war, um die Sperrmüllsammlung um einige weitere Stücke zu bereichern,* flüsterte ihr die schwächer werdende Stimme ihrer Vernunft zu. Möglicherweise derselbe, der gleich wieder auftauchen würde, um sie dreikantig rauszuschmeißen.

Was sie nicht daran hinderte, sich behutsam in dieselbe Richtung in Bewegung zu setzen.

Das Poltern wiederholte sich, leiser, zugleich aber auch deutlicher, sodass sie ausmachen konnte, woher es kam: direkt von vorne, genau aus der Richtung, in die ihr Gefühl sie lenkte.

Flackerndes Licht drang durch die Ritzen zwischen den Bodendielen, und jetzt wurde die Musik auch wieder lauter; vor allem die hämmernden Bässe, die die Luft rings um sie herum zum Vibrieren zu bringen schienen und es fast unmöglich machten, einen bestimmten Laut aus der allgemeinen Geräuschkulisse herauszufiltern. Zu allem Überfluss musste sie sich mittlerweile wohl genau über dem Kinosaal befinden, in dem sich der Film gerade seinem Showdown näherte: Schreie und trappelnde Schritte drangen durch die Bodenbretter, dröhnendes Hufgeklapper und das Klirren von Schwertern, und noch mehr Gebrüll und Schreie. Verdammt, konnten sie sich dort unten nicht Bambi ansehen oder Das Dschungelbuch?

Wieder ein Poltern, dann ein Scharren und Klappern, das irgendwie zu … modern klang, um Teil des Historienschinkens unter ihr zu sein. Die anhaltende Lärmberieselung machte es unmöglich, seine genaue Richtung zu bestimmen, aber ihre Augen hatten sich inzwischen an das flackernde Dämmerlicht gewöhnt. Sie folgte tatsächlich einer Spur in der flockigen Staubschicht auf dem Boden, schwach, trotzdem zu erkennen, wenn man wusste, wonach man zu suchen hatte. Jemand war hier langgegangen, erst vor wenigen Augenblicken.

Vor ihr war eine weitere, kurze Metalltreppe, die zu einem höher gelegenen Teil des Zwischenbodens führte. Staub tanzte im Rhythmus der hämmernden Bässe in dem flackernden Licht, das durch die Ritzen der schlampig verlegten Dielen drang, und sie nahm vage, sonderbar geometrische Umrisse wahr, die sich beim Näherkommen als rechteckige große Gitterverschläge entpuppten, in denen wahrscheinlich noch mehr Gerümpel untergebracht war. Dann hörte sie ein Wimmern, leise und schwächlich, aber ihre Phantasie machte etwas anderes daraus; einen verzweifelten Schrei, der unter einer brutalen Hand erstickt wurde, vielleicht auch von einem Streifen Klebeband.

Sie setzte den Fuß auf die Treppe, machte dann wieder einen halben Schritt zurück und zog die Schuhe aus, mit deren hohen Absätzen sie sonst Gefahr gelaufen wäre, nicht nur ein verräterisches Geräusch zu verursachen, sondern womöglich in den fingerbreiten Ritzen zwischen den Fußbodenbrettern stecken zu bleiben. Sie öffnete ihre Handtasche, zog ihre Pistole heraus und lud die Waffe durch, wobei sie die linke Hand über den Schlitten legte, um das metallische Klicken zu unterdrücken, das dabei entstand. Ein kurzes, humorloses Lächeln huschte über ihr Gesicht, als sie daran dachte, dass das ebenso gut das Geräusch sein konnte, mit dem Eichholz ihre Personalakte schloss – und zwar für immer –, wenn die Sache schiefging und sich herausstellte, dass sie ohne triftigen Grund mit einer entsicherten Waffe in der Hand durch eine Diskothek voller Kinder geschlichen war, deren einziges Verbrechen darin bestand, einen schlechten Musikgeschmack zu haben.

Sie ließ Schuhe und Handtasche am Fuß der Treppe zurück, ging die wenigen Stufen hinauf und näherte sich dem ersten Verschlag. Wie sie vermutet hatte, handelte es sich um einen Gitterkäfig von gut acht oder zehn Metern Kantenlänge, der fast bis unter die Decke mit ausrangierten Möbeln und Kisten vollgestopft war. Praktisch unmöglich, irgendetwas darin zu erkennen, und eigentlich auch nicht nötig. Die Tür war mit einem altmodischen, sehr massiv aussehenden Vorhängeschloss versperrt, an dem sich sichtlich niemand zu schaffen gemacht hatte.

Conny rüttelte trotzdem prüfend daran und wandte sich dann dem nächsten Verschlag zu, von denen es mindestens ein Dutzend gab, wenn nicht mehr, die sich längs der Wände um den freien Zwischenboden gruppierten. Vielleicht hatte das ja einen Grund, flüsterte eine dünne Stimme hinter ihrer Stirn. Vielleicht war es ja besser, nicht auf die Bretter dort zu treten. Die ganze Konstruktion sah nicht besonders vertrauenerweckend aus, und sie hatte keine Ahnung, wie ernst man es hier mit den Bauvorschriften genommen hatte.

Ärgerlich schüttelte sie den Gedanken ab und wandte sich dem nächsten Verschlag zu. Sie hatte keine Zeit, sich um Nebensächlichkeiten wie ihre eigene Sicherheit zu kümmern. Wenn sie wirklich dem Vampir auf der Spur war, dann lief ihr die Zeit davon.

Auch der zweite Verschlag war verschlossen, und ebenso der dritte. Das Vorhängeschloss an der vierten Tür fehlte.

Conny erstarrte für eine Sekunde und versuchte, mit angehaltenem Atem das Durcheinander aus Schatten und Umrissen hinter dem rostigen Maschendraht zu durchdringen. Sie sah nichts Dramatischeres als ein paar Dutzend deckenhoch aufgestapelter Pappkartons, hinter denen sich alles Mögliche verbergen konnte, oder auch nur eine Reihe weiterer Pappkartons. Vorsichtig ging sie weiter, streckte die Hand nach der Tür aus und hörte ein Geräusch, das ihr schier das Blut in den Adern gerinnen ließ: ein weiches, sonderbar *warmes* Reißen, gefolgt von einem unterdrückten Seufzen, und diesmal musste sie nicht mehr darauf warten, dass ihre Phantasie die passenden Bilder dazu erschuf. Sie riss die Tür auf, stürmte hindurch und registrierte erst jetzt, dass es einen schmalen Spalt in der Wand aus Pappkartons gab, hinter dem sich Schatten bewegten.

Mit einem Satz war sie hindurch …

… und stand in der Folterkammer des Vampirs.

Die gestapelten Pappkartons bildeten eine komplette zweite Wand, die das Innere des Verschlages vor allen neugierigen Blicken abschirmten und vermutlich auch noch eine ganz hervorragende Schallisolierung bildeten. Dahinter war ein gut vier oder fünf Meter messender quadratischer Raum frei geblieben, dessen Boden mit alten Matratzen und Stofffetzen ausgelegt war; wenn auch vermutlich nicht aus Gründen der Bequemlichkeit, sondern damit nichts hindurchlief und den Tänzern in der Disco unten auf die Köpfe tropfte. Genau in der Mitte dieser Potemkinschen Kiste stand ein eisernes Bettgestell, das mit geschmiedeten Drachenköpfen und Gargoyles verziert war und so aussah, als stamme es direkt aus der Requisitenkammer des Filmes, der gerade unter ihr lief. Eine der Matratzen auf dem Boden musste aus diesem Bett stammen, denn es besaß nur noch einen nackten Sprungrahmen aus Metall, sodass sich die Enden der rostigen Federn tief ins Fleisch des halb nackten Mädchens gruben, das darauf lag. Seine Arme waren über dem Kopf mit Handschellen an das eiserne Bettgestell gefesselt, die Fußknöchel eng zusammengebunden mit einem Strick an sein Fußteil. Ein Streifen Paketband knebelte ihren Mund, und nicht nur ihre Kleider lagen zerrissen neben dem Bett auf dem Boden – sie trug nur noch einen hautfarbenen Slip, dessen Schritt sich dunkel gefärbt hatte – auch das Stachelhalsband hatte sich zu der schrecklichen Trophäensammlung auf dem Boden gesellt. Dafür war ihr Kopf mit einem breiten Ledergürtel auf dem Bettgestell fixiert, so grausam fest angezogen, dass sich die mit Nieten verstärkten Löcher in ihre Haut gruben und Blut an ihrer Stirn und den Schläfen hinablief; wie in einer grausamen Verhöhnung einer Dornenkrone.

Der Vampir selbst kniete auf der anderen Seite des Bettes und presste mit der linken Hand ihren Oberkörper auf das Gestell. Die andere hatte er an der Seite ihres Halses, genauer gesagt, an ihrer Hals*schlagader*, in die er etwas gebohrt hatte, das wie ein grotesk großer, silberner Fingernagel aussah. Ein dünnes, durchsichtiges Röhrchen aus flexiblem Kunststoff schlängelte sich von dort aus zu einer bauchigen Glasflasche auf dem Boden. Sie war bereits zwei Finger hoch mit einer dunkelroten, zähen Flüssigkeit gefüllt.

Conny nahm das alles mit einem einzigen Blick wahr – und noch tausend andere, furchtbare Einzelheiten – aber der Anblick war so bizarr und entsetzlich zugleich, dass sie für die Dauer eines einzelnen Herzschlages einfach erstarrte und nicht fähig war, auch nur einen klaren Gedanken zu fassen.

Um ein Haar hätte sie dieses Zögern das Leben gekostet, denn im Gegensatz zu ihr reagierte Pferdeschwanz mit beinahe übermenschlicher Schnelligkeit.

Er machte sich nicht die Mühe, aufzuspringen und um das Bett herumzulaufen oder darüber hinwegzuspringen, sondern warf es in einer ebenso schnellen wie fast unmöglich erscheinenden Kraftanstrengung einfach um. Sein eiserner Fingernagel riss den Hals des Mädchens weiter auf, sodass ihr Blut nun nicht mehr in die Flasche lief, sondern in einer hellroten, pulsierenden Fontaine gegen die Pappwände spritzte. Und praktisch aus der gleichen Bewegung heraus packte er seinen schrecklichen Sammelbehälter mit der anderen Hand und schleuderte ihn nach Conny.

Diese duckte sich, um dem heimtückischen Wurfgeschoss auszuweichen, und drückte gleichzeitig ab, und das Geräusch des Schusses und das Klirren von Glas unmittelbar über ihrem Kopf vermengten sich zu einem einzigen, unglaublich *lauten* Bersten. Neben Pferdeschwanz' Schulter erschien ein winziges, rauchendes Loch in den Pappkartons, und Conny hatte das Gefühl, mit einem Nadelkissen geohrfeigt zu werden; gleichzeitig lief etwas Warmes und Klebriges und ungeheuer *Widerwärtiges* über ihr Gesicht, aber sie reagierte trotzdem, schwenkte die Waffe herum und drückte noch einmal ab. Sie war schnell, unglaublich schnell, aber der Vampir war schneller.

So rücksichtslos, als hielte er sich tatsächlich für so kugelfest wie das mythologische Ungeheuer, dessen Namen er sich ausgeliehen hatte, stürzte er über das umgekippte Bett hinweg auf sie zu. Conny *sah,* wie die Kugel seinen linken Unterarm durchschlug und seine Schulter zurückriss, aber der Kerl wurde nicht einmal langsamer, sondern prallte gegen sie, riss sie mit seinem Gewicht von den Füßen und schlug gleichzeitig nach ihrer Waffe. Die Pistole wurde ihr aus der Hand gerissen und flog in hohem Bogen davon, und Conny prallte gegen die fragile Wand aus Pappkartons, die zur Gänze zu wanken begann und wohl nur deshalb nicht zusammenbrach, weil sie das Gitter auf der anderen Seite stützte. Etwas Silbernes, Bösartiges blitzte vor ihrem Gesicht auf. Irgendwie gelang es ihr, dem Hieb der künstlichen Kralle auszuweichen, doch dann krümmte sie sich und japste vergeblich nach Luft, als der Kerl sie wuchtig in den Magen boxte. Schmerz explodierte in einer grellen Lohe vor ihren Augen, und für Sekundenbruchteile war sie vollkommen hilflos. Pferdeschwanz packte sie mit beiden Händen und warf sie noch einmal gegen die Pappwand, und diesmal gelang es ihr nicht mehr vollkommen, dem Hieb seiner silbernen Kralle auszuweichen. Rasiermesserscharf geschliffenes Metall schlitzte den Stoff ihrer Jacke und die Bluse über ihrer linken Schulter auf, und eine Linie aus dünnem, brennendem Schmerz zog sich von ihrer Schulter bis zum Brustbein hinab.

Ganz instinktiv zog sie das Bein an und rammte dem Kerl das Knie zwischen die Beine. Er drehte sich im letzten Moment zur Seite, sodass sein Oberschenkel die allergrößte Wucht des Treffers abfing, aber Conny hatte so hart zugestoßen, dass ihr eigenes Knie taub war. Der Vampir keuchte vor Schmerz, torkelte einen Schritt zurück und starrte sie eindeutig mehr wütend als schmerzerfüllt an. Unverzüglich wollte er sich erneut auf sie stürzen, aber sein geprelltes Bein gab unter seinem Gewicht nach, und er fiel schwer auf ein Knie hinab.

Conny half der Entwicklung noch ein bisschen nach, indem sie nach ihm trat. Sie traf, wenn auch nicht sein Gesicht, wie sie es beabsichtigt hatte. Ein schmal geschnittenes Kostüm eignete sich nicht besonders gut, um einen perfekten Karate-Tritt auszuführen, selbst wenn das anvisierte Ziel vor einem kniete, und Pferdeschwanz warf sich im letzten Moment herum, sodass sie seine Schulter traf und nicht sein Gesicht – aber es war der angeschossene Arm, und diesmal wurde sie nicht nur mit einem schmerzerfüllten Grunzen belohnt.

Pferdeschwanz kippte nach hinten, prallte hart mit Hinterkopf und Schultern gegen das umgestürzte Bett und rollte halb benommen zur Seite.

Als er auf den Boden rutschte, schloss sich seine Hand um die Pistole, die sie fallen gelassen hatte.

Die Zeit schien zu einem klebrigen Sirup zu erstarren, die ihre Bewegungen zu einem grotesken, pantomimischen Tanz verlangsamte, während sich ihre Gedanken zugleich mit zehnfacher Schnelligkeit überschlugen, ohne dass es ihr etwas nutzte. Sie sah, wie sich seine Hand um die Waffe schloss und er sich umzudrehen begann, ebenso grotesk langsam und pantomimisch wie sie, aber immer noch *schneller*, als sie ihn irgendwie erreichen konnte, und tat das Einzige, was ihr noch übrig blieb: Sie ließ sich einfach auf ihn fallen, rammte ihm die Knie in die ungefähre Gegend seiner Nieren und riss mit beiden Händen an seinem Pferdeschwanz. Wenn sie ihm auf diese Weise das Genick brach, sollte es ihr auch recht sein.

Das geschah nicht. Der Pferdeschwanz löste sich, und Conny fiel vom Schwung ihrer eigenen Bewegung nach hinten gerissen auf den Rücken, und noch bevor sie richtig begreifen konnte, was überhaupt passierte, schlug er ihr den Lauf der Pistole mit solcher Wucht ins Gesicht, dass sie nahezu das Bewusstsein verlor.

Es tat nicht einmal wirklich weh. Trotzdem wurde ihr schwarz vor Augen, und sie spürte, wie alle Kraft zuerst aus ihren Gliedern und dann aus ihrem ganzen Körper wich. Alles wurde unwirklich, und eine körperlose, dunkle Hand schien nach ihren Gedanken zu greifen und sie einzuhüllen.

Mit einer gewaltigen Willensanstrengung gelang es ihr, die Ohnmacht zurückzudrängen, und sie spürte auch, dass allerhöchstens ein paar Sekunden verstrichen sein konnten, aber es waren wohl die entscheidenden Sekunden gewesen: Der Vampir hockte vor ihr auf den Knien und zielte mit ihrer eigenen Pistole auf sie. Sein Gesicht war blutüberströmt, aber sie gewahrte auch das schmutzigste Grinsen darauf, das sie jemals gesehen hatte. Der Pistolenlauf deutete genau auf ihre Stirn.

»He! Was ist denn da los?!«

Eine halbe Sekunde lang war Conny felsenfest davon überzeugt, dass die Stimme nichts als eine Ausgeburt ihrer eigenen Phantasie war, aber dann flog der Kopf des Angreifers mit einem Ruck herum, und ein Ausdruck von plötzlichem Erschrecken wischte das hämische Grinsen von seinem Gesicht.

»Was ist da los? Wer ist da?« Schritte näherten sich, ein Poltern und Klirren und dann ein halb überraschter, halb erschrockener Ausruf. Der Vampir fuhr hoch, einen halben Atemzug lang unschlüssig, was er tun sollte, und Conny trat nach ihm. Sie traf, wenn auch nicht fest genug, um ihm wehzutun, aber er stolperte trotzdem einen halben Schritt zurück und zielte nun wieder auf sie. Aus irgendeinem Grund drückte er jedoch nicht ab, sondern fuhr auf dem Absatz herum und stürzte davon. Draußen ertönte ein Schrei, gefolgt von einem einzelnen Schuss, einem heftigen Scheppern, polternden Schritten und weiteren Schreien.

Conny wurde übel. Ihr Gesicht schmerzte, sie fühlte sich auf eine unbeschreibliche Art *besudelt*, und der Kratzer auf ihrer Brust brannte wie Feuer, als wäre die silberne Kralle mit einem ätzenden Gift bestrichen gewesen. Vielleicht war sie es ja. Aber sie hatte keine Zeit, um in Ohnmacht zu fallen. Das Mädchen hatte aufgehört, zu wimmern und sich vergebens gegen die Fesseln zu wehren, sondern hing reglos unter dem umgestürzten Bettgestell. Aus der Wunde in ihrem Hals schoss noch immer ein dünner, pulsierender Blutstrom.

Ohne auf das Poltern und den immer noch anhaltenden Lärm draußen zu achten – immerhin fielen keine weiteren Schüsse –, griff sie mit beiden Händen zu, stemmte das Bett mit der puren Kraft der Verzweiflung in die Höhe und warf es herum. Das Mädchen war noch bei Bewusstsein. Ihre Augen standen weit offen und waren schwarz vor Angst. Tränen liefen über ihr Gesicht. Und Blut. Unvorstellbar viel Blut.

Conny war mit einem einzigen Satz am Kopfende des Bettes und fiel auf die Knie. Mit einer Hand riss sie das Klebeband vom Gesicht des Mädchens, mit der anderen versuchte sie den pulsierenden Blutstrom zu stoppen, der aus ihrer aufgerissenen Halsschlagader sprudelte, aber es wollte ihr nicht gelingen. Ihre Hände waren mittlerweile so voll von Blut, als trüge sie nasse, hauteng anliegende Handschuhe.

Wieder erschollen draußen ein Schrei und ein Poltern, dann flogen auch noch die letzten Kartons zur Seite, und eine riesenhafte Gestalt taumelte herein. Conny schrak entsetzt zusammen und fuhr hoch, aber es war nicht der Vampir, der zurückkam, um ihr den Rest zu geben, sondern der Muskelprotz, der sie vorhin hereingelassen hatte, oder zumindest sein Zwillingsbruder aus derselben Spezies. Er rollte zwar wie eine Lawine aus Muskeln heran, prallte dann jedoch zurück, und der Ausdruck auf seinem Gesicht wandelte sich schlagartig in pures Entsetzen.

Sie gab ihm keine Gelegenheit, auch nur eine einzige Frage zu stellen, sondern herrschte ihn an: »Einen Notarzt! Schnell!«

Warmes Blut floss über ihre Hand, und sie spürte, wie das Herz des Mädchens immer schneller und härter pumpte, wie um gegen den Druck anzukämpfen, den Conny auf die Halsschlagader ausübte, um das Leben trotzdem irgendwie aus ihr herauszupressen. Gesicht und Schultern des Mädchens hatten sich inzwischen fast komplett rot gefärbt, aber Conny hätte nicht ins Gesicht des Türstehers sehen müssen, um zu wissen, dass sie selbst auch keinen besseren Anblick bot. Ihre Jacke war zerrissen und ihr Haar und ihr Gesicht mit dem Blut des Mädchens verschmiert, und in ihren Augen musste wohl etwas flackern, das noch viel schlimmer war, denn der Bursche prallte ein zweites Mal und noch viel heftiger zurück, als er ihrem Blick begegnete, und war dann wie der Blitz verschwunden; allerdings nur, um zwei anderen Gestalten Platz zu machen, die hintereinander hereinstürmten und dann genauso entsetzt stehen blieben wie er zuvor. Bei einem davon schien es sich um einen weiteren Zwillingsbruder aus derselben Familie zu handeln, der andere war Tom, der ganz offensichtlich nicht die besprochenen zehn Minuten gewartet und dann die Polizei, sondern gleich die Kavallerie gerufen hatte. Guter Junge.

»Mein Gott!«, keuchte er. »Was … was ist denn hier …?« Dann verfinsterte sich sein Gesicht. »Dieses verdammte Schwein! Aber die Drecksau kriegen wir, keine Sorge!«

»Den Teufel wirst du tun!«, fuhr Conny ihn an, in so herrischem Ton, dass er erstarrte und sie verdutzt ansah. Genau das konnten sie jetzt noch gebrauchen: eine hübsche kleine Verfolgungsjagd inklusive einer lustigen Schießerei in einer voll besetzten Disco. In ihrer Waffe waren immer noch zehn Schuss. Genug, um eine *Menge* Schaden anzurichten. »Lauf zur Treppe und hol meine Tasche! *Los!*«

Tom verschwand beinahe noch schneller als sein Vorgänger, und Conny winkte den zweiten Türsteher mit einer entsprechenden Kopfbewegung herbei und presste nun beide Handflächen auf den Hals des Mädchens. Es klappte einfach nicht, die Blutung zu stoppen oder wenigstens zu verlangsamen. Verzweiflung begann sich in ihr auszubreiten. Sie hatte gelernt, wie man mit einer solchen Wunde umging, aber ihr Kopf war plötzlich wie leer gefegt. Panik, dachte sie hysterisch. Was sie spürte, war nichts anderes als Panik. Aber die konnte sie sich nicht leisten, wenn das Mädchen am Leben bleiben sollte.

Der Muskelprotz streckte die Hände aus, um den Lederriemen von der Stirn des Mädchens zu lösen, doch Conny schüttelte hastig den Kopf. »Nicht! Wenn sie sich bewegt, verblutet sie noch schneller!«

Der Bursche wirkte nicht überzeugt, aber ihr Ton, in dem eine befehlsgewohnte Sicherheit schwang, die sie nicht einmal ansatzweise selbst empfand, tat seine Wirkung und ließ ihn verharren.

»Hat es jemanden erwischt?«, fragte Conny hastig. »Der Schuss gerade. Hat er jemanden getroffen?«

Er schüttelte immer noch schweigend und zu Tode verängstigt den Kopf, und sie gestattete sich zumindest ein flüchtiges Gefühl der Erleichterung. Wenigstens war nicht noch jemand verletzt worden.

»Was ... ist denn überhaupt ... passiert?«, murmelte der Türsteher schließlich. Sein Gesicht war vollkommen starr, und seine Stimme kam Conny schon fast unangemessen ruhig vor. Schock. Er stand – natürlich – unter Schock. Mit ein bisschen Glück kippte er gleich aus den Latschen, und sie hatte ihn auch noch am Hals.

Sie wusste, dass sie das eigentlich nicht sagen sollte, doch irgendwie musste sie ihn beruhigen, bevor er den Anblick verinnerlichte und auf komische Gedanken kam. »Ich bin Polizistin«, erklärte sie. »Der Kerl, der gerade auf Sie geschossen hat ... das war der Vampir.«

»Der Vampir?«

»Lesen Sie keine Zeitung?« Unendlich behutsam und trotzdem der Verzweiflung näher als irgendetwas anderem, versuchte Conny die Finger auf die Halsschlagader des Mädchens zu pressen, um auf diese Weise so etwas wie einen Druckverband mit den bloßen Händen zu improvisieren. Das Problem war, sie dabei nicht ganz aus Versehen umzubringen.

»Der Vampir? Du meinst diesen Serienkiller?«

Es war nicht der Türsteher, sondern Tom, der zurückkam und ihre Handtasche schwenkte. Ihre Schuhe hatte er auch gleich mitgebracht.

»Na, wonach sieht es hier wohl aus? Nach einem Schäferstündchen vielleicht?«, fauchte Conny. »In der Tasche sind meine Handschellen und die Schlüssel. Mit ein bisschen Glück passen sie. Aber macht sie noch nicht los. Erst muss ich dieses verdammte Blut irgendwie stillen!«

Falls es ihr gelang.

Im Moment sah es allerdings eher so aus, als würde das Mädchen unter ihren Händen verbluten.

2

Später an diesem Tag – wenn es noch derselbe Tag war nicht einmal dessen war sie sich sicher – erschien es ihr, als würde sie langsam aus einem Albtraum erwachen; nicht schnell und mit klopfendem Herzen und schweißgebadet, sondern langsam, mühevoll und immer wieder auf dem Weg innehaltend, um Kraft zu sammeln. Beinahe als tauche sie vom Grunde eines schwarzen Ozeans voller namenloser, schrecklicher Dinge seiner hell erleuchteten Oberfläche entgegen, aber erfüllt von dem sicheren instinktiven Wissen, dass in diesem vermeintlich rettenden Licht nur weiterer, noch größerer Schrecken lauerte.

Müde und mit zusammengebissenen Zähnen, weil die Bewegung einen neuen, heftigen Schmerz durch ihren bandagierten Arm schießen ließ, schob sie den Ärmel ihrer geliehenen Jacke zurück und sah auf die Uhr. Ihre eigene Kostümjacke war nicht nur zerfetzt, sondern befand sich bei der KTU, so wie übrigens jeder andere Fetzen, den sie am Leib getragen hatte. Ihr Gefühl hatte sie nicht getäuscht: Es war nach Mitternacht, sogar schon über eine Stunde nach Mitternacht, und sie fragte sich, was mit der Zeit passiert war. Sie hatte das Gefühl, seit einem Jahrhundert hier zu sitzen, und zugleich schienen erst Sekunden vergangen zu sein, seit ihre Kollegen und eine schiere Ewigkeit danach auch endlich das Rettungsteam vom DRK aufgetaucht waren und sich das *Trash* endgültig in ein Tollhaus verwandelt hatte.

Was danach folgte, war im Grunde nichts als die übliche Routine gewesen: Kripo, Spurensicherung und der ganze Rest, einschließlich des üblichen Spießrutenlaufs an der Journalistenmeute vorbei, auch wenn ihr *dieser* Teil diesmal zum Glück erspart blieb. Nachdem sie das Mädchen in aller Hast notversorgt und weggebracht hatten, war sie trotz ihrer heftigen Proteste in einen zweiten Krankenwagen verfrachtet und in die nächste Klinik gebracht worden.

Abgesehen von dem Teil mit dem Krankenhaus hatte sie all das schon unzählige Male erlebt, wenn auch sicher nicht in dieser Dimension, und es sollte Routine sein. Irgendwie war es das auch gewesen, und zugleich kam es ihr im Nachhinein wie ein surrealistischer Traum vor, in dem sie zwar die Hauptrolle gespielt hatte, zugleich aber auch zur unbeteiligten Zuschauerin degradiert worden war. Sie hatte jedes bisschen Schmerz und Schrecken bis zur Neige ausgekostet, aber ihr war auch jede Möglichkeit verwehrt, sich zu verteidigen.

Seitdem war sie hier, und sie konnte wirklich nicht sagen, ob es eine, zwei oder fünf Stunden gewesen waren. Ein paarmal hatte jemand hereingeschaut (ausnahmslos ihr völlig unbekannte Streifenbeamte, niemals einer ihrer Kollegen) und gefragt, ob sie etwas brauche, und einmal hatte man ihr einen Teller mit belegten halben Brötchen und eine Thermoskanne Kaffee gebracht. Die Brötchen hatte sie nicht angerührt, aber die Thermoskanne war längst leer. Wahrscheinlich doch eher fünf Stunden als eine.

Wieder näherten sich Schritte der Tür. Sie konnte nicht einmal sagen, ob in unmittelbarem Anschluss an diesen Gedanken oder ob dazwischen abermals Zeit verstrichen war und wie viel. Es spielte auch keine Rolle. Sie hatte das sichere Gefühl, dass sie so oder so den Rest der Nacht im diesem Büro verbringen würde, und auch das war ihr egal.

Diesmal gingen die Schritte nicht vorbei, sondern die Tür wurde geöffnet, und Eichholz trat ein, ohne anzuklopfen oder sich mit etwas so Nebensächlichem wie einer Begrüßung aufzuhalten. Ebenso wortlos schloss er die Tür wieder hinter sich und steuerte den freien Platz auf der anderen Seite des einfachen Kunststofftisches an, aber sie wurde noch einmal aufgerissen, bevor er sich setzen konnte. Nun kam Trausch herein, *Kriminalhauptkommissar* Kurt Trausch, um genau zu sein, Stellvertretender Leiter der SOKO Vampir und damit nicht nur Eichholz' direkter Untergebener, sondern auch ihr zweitoberster Vorgesetzter, zumindest in diesem Gebäude. Auch er sagte kein Wort, schenkte ihr jedoch anders als Eichholz wenigstens ein flüchtiges Lächeln, und der besorgte Blick, mit dem er sie maß, wirkte durchaus echt.

Eichholz wartete, bis er ebenfalls Platz genommen hatte – nach einem fast unmerklichen Zögern und weder auf seiner noch auf Connys Seite, sondern am Kopfende des Tisches – und legte dann die Fingerspitzen auf der verschrammten Resopalplatte gegeneinander. Sowohl er als auch Trausch waren mit leeren Händen gekommen. Keine Unterlagen, keine Aktenordner oder Notizbücher, nicht einmal einen der roten Plastikschnellhefter, wie Eichholz sie so sehr liebte. Sie wie mit dem Hieb einer Bullenpeitsche auf den Tisch zu klatschen, war gewissermaßen zu seinem Markenzeichen geworden, und im Präsidium ging das Gerücht um, dass er diese Fähigkeit nicht nur jahrelang trainiert hatte, sondern seine Schnellhefter auch oft genug leer waren. Jetzt hätte Conny sich beinahe gewünscht, den peitschenden Schlag zu hören. Die leeren Hände, mit denen die beiden Männer gekommen waren, machten sie nervös.

»Die gute Nachricht zuerst«, begann Eichholz, nachdem er ungefähr eine Minute lang vergebens versucht hatte, sie niederzustarren. »Ich habe vor zehn Minuten mit dem Krankenhaus telefoniert. Das Mädchen ist außer Lebensgefahr, und die Ärzte sind zuversichtlich, dass sie keine bleibenden Schäden zurückbehalten wird.«

Conny gestatte sich ein erleichtertes Seufzen. *Zuversichtlich* bedeutete nicht *sicher*, aber aus dem Mund eines Arztes war das vermutlich die optimistischste Prognose, die sie nach so kurzer Zeit erwarten konnte. Es *war* eine gute Nachricht.

»Und die Schlechte?« Ganz plötzlich verspürte sie ein fast unwiderstehliches Verlangen nach einer Zigarette, aber sie verzichtete auf eine entsprechende Frage.

»Mit welcher soll ich anfangen, Kommissarin Feisst?«, erwiderte er mit unbewegtem Gesicht, bedeutete ihr aber auch gleichzeitig mit einer raschen Geste, still zu sein. »Vielleicht mit einer Frage?«

»Zum Beispiel?«

»Zum Beispiel der, was, zum Teufel, Sie in dieser Diskothek zu suchen hatten«, antwortete Eichholz.

»Ich dachte, das hätte ich schon gesagt.« Conny kramte fast panisch in ihrem Gedächtnis, ohne jedoch sagen zu können, ob er ihr diese Frage heute schon einmal gestellt hatte oder vielleicht sogar mehrmals, und wenn ja, was sie geantwortet hatte. Sie konnte sich nicht einmal erinnern, ob sie sich heute überhaupt schon einmal gesehen hatten. Ihre Gedanken schienen sich immer langsamer zu bewegen.

»Sie sind einem anonymen Hinweis nachgegangen«, erinnerte sie Eichholz, ohne an ihrer aufsässigen Antwort Anstoß zu nehmen. »Dieser ominösen E-Mail, von der Trausch mir berichtet hat, nehme ich an?«

Sie nickte. Das war immer noch keine Antwort auf die Frage, ob sie sich seit ihrer Rückkehr schon gesehen hatten, aber sie konnte sich anstrengen, sosehr sie wollte, sie konnte sich einfach nicht erinnern. Anscheinend war der Muskelprotz aus dem *Trash* nicht der Einzige, der einen Schock erlitten hatte. Seltsam, wie ... *fremd* sich so etwas anfühlte, wenn es einem selbst passierte, und nicht immer nur den anderen.

»Das ist keine Antwort auf die Frage, was Sie dort zu suchen hatten, Frau Feisst«, sagte er, immer noch mit unbewegtem Gesicht und auf eine ruhige Art, die sie allmählich wirklich nervös zu machen begann. Er zitierte aus dem Gedächtnis. »Kommen Sie am Samstag ins *Trash*, wenn sie den Vampir sehen wollen. Allein. Keine Unterschrift, kein E-Mail-Absender.«

»Es war ein Hinweis«, antwortete Conny. »Gut, er war anonym. Eine anonyme E-Mail, deren Absender nicht einmal unsere Spezialisten herausfinden können, ist allerdings schon etwas Besonderes, finde ich. Und schließlich gehen wir auch anonymen Hinweisen nach.«

Sie hatte gewusst, dass dieses Gespräch kommen würde. Vielleicht hatte ein Teil von ihr gehofft, dass es nicht *heute* kommen würde, nicht gleich zu Beginn, doch *dass* es kommen würde, war so sicher gewesen wie das Amen in der Kirche. Sie hatte geglaubt, sich halbwegs darauf vorbereitet zu haben, aber jetzt hörte sie sogar selbst, wie schwächlich ihre Verteidigung klang. Eichholz schüttelte auch nur beinahe mitleidig den Kopf.

»Das ist richtig«, gab er zu. »Nur, dass es sich dabei normalerweise nicht um einen Hinweis auf das Jahrestreffen der halben deutschen Gothic-Szene handelt, bei dem ungefähr die Hälfte der Anwesenden als Vampire verkleidet herumläuft.«

»Er war da, oder?«

»Das bestreitet niemand«, räumte Eichholz gelassen ein. »Aber Sie haben meine Frage nicht beantwortet. Was hatten *Sie* dort verloren, noch dazu ohne mein Einverständnis?«

»Weibliche Intuition?«, schlug Conny vor. Da war plötzlich wieder jene leise, hysterische Stimme in ihrem Kopf, die sie diesmal mit Nachdruck fragte, ob sie eigentlich den Verstand verloren hatte. Eichholz war innerlich nicht annähernd so ruhig, wie er sich gab. Er war *niemals* so ruhig. Connys einzige Hoffnung, die Dienstzeit bis zu ihrer Pension durchzustehen, bestand in ihrer durchaus realistischen Einschätzung, dass er in spätestens zehn Jahren einen Herzinfarkt oder Schlaganfall erleiden würde; nicht, weil sie es ihm gönnte (das auch), sondern weil sein Blutdruck vermutlich niemals unter zweihundert sank. Die Ruhe, die er ihr vorspielte, hatte etwas von einer als Samtkissen getarnten Bombe, die er ihr unterzuschieben versuchte. Und sie gab sich auch noch alle Mühe, die Zündschnur in Brand zu setzen!

»Ich halte eine Menge von Intuition, Frau Feisst«, antwortete er ernst. »Tatsächlich besteht einer der Grundpfeiler unserer Arbeit aus Intuition. Der andere ist Teamarbeit, und Disziplin: Kommissar Trausch hat mir von Ihrem Verdacht erzählt, Frau Feisst, und auch, dass er Ihnen untersagt hat, dorthin zu gehen.«

»Untersagt ist vielleicht nicht das richtige Wort«, mischte sich Trausch ein. »Ich habe lediglich gesagt, dass ich diesen Hinweis nicht für ernst genug halte, um ihm nachzugehen.«

Conny konnte einen leicht überraschten Blick in seine Richtung nicht unterdrücken. Trausch war von Anfang an der Einzige in der SOKO gewesen, der sich nicht mehr oder weniger offen auf Eichholz' Seite gestellt hatte, der sie nicht spüren ließ, dass sie eigentlich nur dabei war, um Kaffee zu kochen und an einem guten Tag vielleicht das Papier in der Faxmaschine auszutauschen, aber sie hatte trotzdem nicht erwartet, dass er sie so offen verteidigen würde.

Nicht, dass sich Eichholz davon irgendwie beeindruckt gezeigt hätte. »Ich habe keine Lust, mich mit Haarspaltereien aufzuhalten«, sagte er nur. »Tatsache ist, dass Sie dort nichts zu suchen hatten. Sie wissen, was ich von Alleingängen halte.«

»Und dass ich ihn gefunden habe«, versetzte Conny patzig. »Ohne meinen *Alleingang* wäre das Mädchen jetzt tot.« Toll, sie hatte die Zündschnur soeben auf die Hälfte zurückgeschnitten und dann neu angezündet.

»Und das ist auch der einzige Grund, aus dem Sie jetzt noch hier sitzen und nicht in einer Zelle im Untersuchungsgefängnis, Frau Feisst«, sagte Eichholz eisig. »Und quasi als kleiner Ausgleich, um das Spiel ein bisschen spannender zu machen, läuft dieser Irre jetzt mit Ihrer Dienstpistole irgendwo dort draußen herum. Eine Waffe, mit der er um ein Haar drei weitere Unbeteiligte erschossen hätte, nebenbei bemerkt. Verdammt noch mal, was ist in Sie gefahren, Feisst? Gut, wie es aussieht, haben Sie tatsächlich den Richtigen erwischt, aber wieso vergessen Sie dann von einer Sekunde auf die andere die fundamentalsten Dinge? Observieren, unauffällig bleiben und auf Verstärkung warten! Wer hat Ihnen beigebracht, sich wie eine Lara Croft für Arme zu gebärden?«

»Es war Gefahr im Verzug«, verteidigte sich Conny.

»Der zweite Grund, aus dem sie noch auf freiem Fuß sind, Frau Feisst«, antwortete Eichholz ruhig, »zusammen mit der Tatsache, dass sich Kommissar Trausch für Sie eingesetzt hat. Bedanken Sie sich bei ihm.«

Conny warf Trausch einen zweiten, überraschten Blick zu. Er nickte beinahe unmerklich, und sogar mit der Andeutung eines Lächelns. Conny fragte sich, ob es sich um einen bloßen Zufall handelte oder sie mittlerweile endgültig zu *Frau* Feisst und *Kommissar* Trausch geworden waren.

»Vielleicht sollten wir Kollegin Feisst jetzt erst einmal ein wenig Ruhe gönnen«, sagte Trausch. »Es war ein langer Tag, für uns alle, und vor allem für sie.«

Das grenzte an eine Palastrevolution, dachte Conny verblüfft; aber Eichholz' Reaktion war beinahe noch erstaunlicher. Er explodierte nicht einmal jetzt, sondern legte nur flüchtig die Stirn in Falten.

»Das ist wahr«, seufzte er. »Es war für uns alle ein langer Tag. Aber ich weise ausdrücklich darauf hin, dass die Angelegenheit damit nicht erledigt ist. Ihr Verhalten wird möglicherweise Konsequenzen nach sich ziehen, Frau Feisst.«

»Eine Beförderung?«, fragte Conny.

Sie spürte, wie Trausch die Augen verdrehte, und selbst Eichholz fiel es nun sichtlich schwer, weiter ruhig zu bleiben. »Um es ganz klar zu sagen, Frau Feisst ...« Er hob die Hand und deutete einen Abstand von weniger als einem Zentimeter zwischen Daumen und Zeigefinger an. »Sie sind *so* dicht an einer Suspendierung mit anschließendem Disziplinarverfahren vorbeigeschrammt, und ich behalte mir darüber hinaus vor, Ihnen eine Abmahnung zu erteilen, die sich gewaschen hat. Aber das klären wir später, wenn Sie zurück sind. In frühestens drei Tagen.«

»Bin ich also doch suspendiert?«, fragte Conny erschrocken.

Eichholz blinzelte. »Nein. Krankgeschrieben.« Er wirkte verblüfft. »Hat Ihnen das niemand gesagt?«

Wahrscheinlich hatte das jemand, und genauso wahrscheinlich hatte sie es gar nicht zur Kenntnis genommen oder wieder vergessen. »Das ist doch nur ein Kratzer«, behauptete sie und zuckte demonstrativ mit der verletzten Schulter. Der Schmerz trieb ihr beinahe die Tränen in die Augen, was selbstverständlich weder Trausch noch Eichholz entging.

»Haben Sie in letzter Zeit einmal in den Spiegel gesehen?«, fragte Eichholz ruhig.

Das hatte sie ganz bewusst vermieden, aber es war auch nicht notwendig. Sie musste nicht einmal eine besonders ausgeprägte Phantasie haben, um sich vorzustellen, wie ihr Gesicht aussah. Immerhin hatte sie einen heftigen Schlag mit einem Pistolenknauf bekommen, und dass es der Lauf ihrer eigenen Waffe gewesen war, machte es auch nicht wirklich besser. Ihre Wange glühte, und ihre Oberlippe war angeschwollen und fühlte sich taub an. Eigentlich war es ein kleines Wunder, dass sie problemlos sprechen konnte.

»Davon abgesehen dauert der Test drei Tage«, fuhr Eichholz fort, als sie nicht antwortete, »und so lange will ich Sie im Büro nicht sehen. Mindestens.«

»Welcher Test?«, fragte Conny alarmiert.

»Der AIDS-Test.« Eichholz stand auf. »Was haben Sie gedacht – dass es reicht, zu duschen und sich gründlich zu waschen?« Er brachte sie mit einer herrischen Geste zum Schweigen, noch bevor sie überhaupt etwas sagen konnte. »Kommissar Trausch wird Sie nach Hause bringen – oder in ein Hotel, wenn Sie es wünschen. Wir übernehmen die Kosten, keine Sorge. Ich möchte Sie allerdings bitten, Ihr Zimmer oder Ihre Wohnung nicht zu verlassen!«

»Stehe ich unter Arrest?«, fragte Conny spröde.

»Nur, wenn Sie mich dazu zwingen. Aber es wäre mir lieber, wenn Sie sich daran erinnern, dass Sie nicht nur Polizeibeamtin sind, sondern im Moment auch unsere wichtigste Zeugin, und es durchaus sein kann, dass wir Sie brauchen.«

Er ging genauso, wie er gekommen war, schnell und ohne sie noch eines einzigen Blickes zu würdigen oder etwas zu sagen. Trausch wartete, bis er die Tür hinter sich geschlossen hatte und seine Schritte draußen auf dem Flur verklangen, aber dann rang er sich zu einem plötzlichen, aufmunternden Lächeln durch.

»Es war Ihnen klar, dass das kommen musste, oder?«, fragte er.

»Was? Seine herzliche Dankbarkeit, dass ich ein Menschenleben gerettet habe ... und beinahe den Vampir erwischt hätte?«

»Seien Sie froh, dass es nur *beinahe* war, Conny«, sagte Trausch, zwar mit ernstem Gesicht, ohne das spöttische Funkeln jedoch ganz aus seinen Augen verdrängen zu können. »Hätten Sie ihn wirklich erwischt, dann würde er Ihnen das nie verzeihen.«

»Aber ich habe ihn nicht erwischt«, sagte Conny bitter.

»Wir wissen jetzt, wie der Kerl aussieht, und wir haben eine vernünftige Spur«, widersprach Trausch. »Wir *werden* ihn kriegen, keine Sorge. Und das wäre nicht so, ohne Sie.«

»Und deshalb faltet er mich zusammen?«

»Was haben Sie erwartet?« Trausch lachte leise. »Sehen Sie es positiv: Er hat Ihnen vielleicht auf die Zehen getreten, aber Sie haben ihm spitze Nadeln unter die Fingernägel getrieben. Und zwar unter *alle* Fingernägel. So was tut weh.« Er stand auf. »In einem Punkt hat er allerdings recht: Es ist spät, und Sie müssen todmüde sein ... genau wie ich, nebenbei bemerkt. Hotel oder Wohnung?«

»Haben Sie keine Angst, sich mit AIDS zu infizieren, wenn Sie mich in Ihrem Wagen mitnehmen?«, fragte Conny.

Trausch machte sich nicht einmal die Mühe, darauf zu antworten.

Sie fuhren mit dem Aufzug direkt bis in die Tiefgarage hinunter und stiegen in Trauschs Privatwagen, einen unauffälligen blauen 5er-BMW, der seine besten Tage schon lange hinter sich hatte, statt in einen der viel PS-stärkeren schwarzen BMWs, die Eichholz als Einsatzflotte für seine SOKO requiriert hatte. Conny warf ihm einen fragenden Blick zu, bekam aber keine irgendwie geartete Erklärung zur Antwort, sondern nur ein fast erschrockenes Kopfschütteln, als sie auf den Beifahrersitz steigen wollte.

»Nach hinten«, sagte er knapp. »Legen Sie sich auf den Boden. Auf dem Sitz ist eine Decke. Decken Sie sich damit zu.«

»Warum?«, fragte Conny, ebenso misstrauisch wie verwirrt.

»Sie glauben doch nicht wirklich, dass ich mich neben eine ansteckende Pestbeule setze, oder?«, antwortete Trausch mit einem breiten Grinsen, wurde aber praktisch sofort wieder ernst und schüttelte den Kopf. »Tun Sie's einfach. Ich sage Ihnen Bescheid, sobald Sie wieder hochkommen können.«

Conny sah ihn zwar noch eine oder zwei Sekunden lang verstört an, doch dann gehorchte sie, krabbelte umständlich in den schmalen Fond des Wagens und quetschte sich in den Spalt zwischen Sitze und Rückbank. Trausch wartete, bis sie die Decke gefunden und sich darunter verkrochen hatte, bevor er den Motor startete und losfuhr.

Sie hatte den Fehler gemacht, sich auf ihre verletzte Schulter zu legen. Im ersten Moment war es nur unangenehm, aber wirklich nur im *aller*ersten Moment. Danach glaubte sie jedes Staubkorn zu spüren, über das der Wagen rollte, und noch bevor sie das erbärmliche Quietschen hörte, mit dem sich das Rolltor der Tiefgarage nach oben quälte, begann ihr der Schmerz die Tränen in die Augen zu treiben. Instinktiv biss sie die Zähne zusammen, wobei ihr der geschwollene Kiefer allerdings schnell klarmachte, dass das vielleicht auch keine allzu gute Idee gewesen war.

Sie hörte, wie der Wagen auf die Straße hinausrollte und schon nach ein paar Metern wieder zum Stehen kam. Trausch drückte zwei- oder dreimal kurz und wütend auf die Hupe, und der Wagen rollte weiter, wenn auch nur, um nach allerhöchstens zwei oder drei Metern schon wieder zum Stehen zu kommen. Trausch hupte erneut, sehr viel länger jetzt, und irgendetwas schien gegen die Karosserie des Wagens zu prallen.

Dann war es ganz plötzlich vorbei, und sie fuhren weiter. Conny wusste nicht, wie lange sie es noch aushalten würde, auf ihrer verletzten Schulter zu liegen, aber sie biss tapfer (wenn auch nur im übertragenen Sinne) die Zähne zusammen und hielt durch, bis das Motorengeräusch nach der schieren Ewigkeit von zwei oder drei Minuten wieder ruhiger wurde und sie spürte, dass er an Geschwindigkeit verlor.

»Ich glaube, jetzt ist es sicher genug«, drang Trauschs Stimme unter ihre Decke hervor. »Sie können rauskommen.«

Conny tat nichts lieber als das. Hastig schlug sie die Decke zurück und stemmte sich auf der Rückbank in die Höhe. Das Pochen ihrer Schulter hörte augenblicklich auf.

»Ich möchte ungern anhalten«, fuhr Trausch fort. »Trauen Sie sich zu, auf den Beifahrersitz zu klettern, ohne den Ganghebel abzubrechen oder mir ins Gesicht zu treten?«

»Und wenn doch?«, fragte sie.

Conny stemmte sich noch weiter auf der schmalen Bank hoch und warf einen Blick durch die Heckscheibe. Sie waren vielleicht fünf- oder sechshundert Meter vom Präsidium entfernt und wurden jetzt wieder schneller, aber sie konnte trotzdem das gute Dutzend Automobile erkennen, das nicht nur den Haupteingang belagerte, sondern auch die Ausfahrt der Tiefgarage.

»Auf der Rückseite stehen auch noch welche«, sagte Trausch. Ihre Bewegung war ihm nicht entgangen. »Die ganz Schlauen.«

»Wer?«, fragte Conny verwirrt.

Trausch bedachte sie über den Rückspiegel mit einem beinahe mitleidigen Blick. »Kommen Sie, Conny, so naiv sind Sie doch nicht.«

»Und wenn doch?«, fragte sie.

Trausch verdrehte die Augen und beschleunigte den Wagen. »Wohl eher etwas überlastet«, seufzte er. »Kommen Sie nach vorne. Ich möchte hier weg, bevor einer von den Witzbolden da hinten auf die Idee kommt, uns nur zur Vorsicht nachzufahren.«

Conny kam seiner Aufforderung endlich nach, und es war nicht ganz so schlimm, wie sie befürchtet hatte, aber doch beinahe. Sie brach zwar nicht den Ganghebel ab, doch statt ihm ins Gesicht zu treten, rammte sie ihm wenigstens den Ellbogen gegen den Wangenknochen. Der Wagen geriet zweimal bedrohlich ins Schlingern, und Trausch atmete mindestens genauso erleichtert auf wie sie, als sie sich endlich in den knarrenden Schalensitz fallen ließ und mit zitternden Händen nach dem Sicherheitsgurt tastete.

»Tut mir leid«, sagte sie.

Trausch lächelte gequält. »Schon gut. Was so eine gestandene Vampirjägerin ist, die darf das.«

Conny zog es vor, diese Bemerkung zu überhören. Stattdessen drehte sie sich im Sitz um und sah noch einmal aus dem Rückfenster, obwohl sie schon zweimal abgebogen waren. Angesichts der späten Stunde waren die Straßen nahezu leer. Nicht vollkommen, wenn auch beinahe. Soweit sie es beurteilen konnte, wurden sie nicht verfolgt.

»Presse?«, fragte sie. Trausch sah sie nur mitleidig an, und Conny fügte zweifelnd hinzu: »Aber doch nicht meinetwegen!«

»Was haben Sie denn gedacht?« Trausch lachte leise. »Die sind *nur* Ihretwegen hier, Conny. Sie sind eine Berühmtheit, spätestens seit heute Nachmittag.« Er blickte auf die Uhr im Armaturenbrett und verbesserte sich. »Gestern.«

»Aber das ist doch Unsinn«, widersprach Conny, wenn auch mit wenig Überzeugung in der Stimme. »Niemand weiß, dass …«

»Sie Ihr eigenes Leben riskiert haben, um das lila Streifenhörnchen zu retten?«, unterbrach sie Trausch. »Oder Sie die Einzige sind, die den Vampir nicht nur gesehen, sondern ihn auch daran gehindert hat, ein weiteres Mädchen abzuschlachten? Nein, natürlich nicht. Woher auch?«

»Niemand weiß, wer ich bin!«, protestierte Conny.

»Abgesehen von Ihrem kleinen Freund, den Sie als Aushilfspolizisten requiriert haben«, sagte Trausch seufzend.

»Tom?«

»Ich glaube, das war sein Name, ja«, bestätigte Trausch nach kurzem Überlegen. »Sein Gesicht konnte ich mir besser merken. Im Moment können Sie auf jeden beliebigen Fernsehsender schalten und sehen ihn nach spätestens fünf Minuten. Wenn er so weitermacht, kommt er ins Guiness Buch der Rekorde. Die meisten Interviews in der kürzesten Zeit.«

»Und was habe ich damit zu tun?«

»Nicht besonders viel … abgesehen davon, dass er Ihre Handtasche hatte. Mit Ihrem Dienstausweis.« Er ließ ein Geräusch hören, das wie eine Mischung aus einem Seufzen und einem leisen Lachen klang. »Finden Sie sich damit ab. Sie sind berühmt. Wenigstens heute. Die Medien nennen Sie schon die Lara Croft vom Rhein.«

»Ich dachte, das wäre Eichholz' Spruch«, sagte Conny.

»Und was glauben Sie, woher er ihn hat?« Trausch machte eine fragende Geste. »Hotel oder nach Hause?«

»Was zum Teufel soll ich in einem Hotel?«, fragte Conny.

»Zum Beispiel Eichholz ärgern.« Trausch klang vollkommen ernst. »Er hat gesagt, dass er die Rechnung übernimmt. Ich an Ihrer Stelle würde in ein Fünfsternehotel gehen. Eichholz trifft der Schlag, wenn er die Rechnung abzeichnen muss.«

Der Gedanke gefiel ihr, aber nur kurz. »Und zum anderen Beispiel?«

»Eine halbe Million Journalisten, die Ihre Wohnung belagern?«, schlug Trausch vor.

Das war tatsächlich ein Argument, über das sich nachzudenken lohnte. Trotzdem schüttelte sie den Kopf. »Nach Hause.«

Sie hatte mit vehementem Widerspruch gerechnet, doch Trausch seufzte nur und bog an der nächsten Ampel links und damit in die richtige Richtung ab. Conny konnte sich nicht erinnern, ihm jemals ihre Adresse genannt zu haben.

Eine Zeit lang fuhren sie schweigend durch die fast verlassenen Straße der schlafenden Stadt. Trausch sah ein paarmal in den Rückspiegel, schien jedoch nichts Beunruhigendes zu entdecken. Er bog ein paarmal vermeintlich wahllos ab, behielt aber die allgemeine Richtung bei. Er wusste, wo sie wohnte. Warum war sie eigentlich erstaunt?

»Nervös?«, fragte Trausch plötzlich.

Conny wusste ziemlich genau, was er meinte. Trotzdem drehte sie sich demonstrativ im Sitz um und sah noch demonstrativer aus dem Heckfenster.

»Nicht wegen denen.« Trauschs Tonfall war leicht genervt, und Conny gestand sich selbst ein, dass dieses Spielchen vielleicht doch zu albern gewesen war. »Der HIV-Test.«

»Sollte ich?«, fragte Conny.

»Drei Tage sind eine lange Zeit«, sagte Trausch. »Ich an Ihrer Stelle würde mir allerdings keine allzu großen Sorgen machen. Die statistische Wahrscheinlichkeit, dass einer der beiden infiziert war, ist nicht besonders groß.«

Was für ein Trost, dachte Conny bitter. Aber Trausch täuschte sich. Eichholz' Worte vorhin im Präsidium hatten sie schockiert, bevor sie alle Implikationen, die sich daraus ergaben, hastig verscheucht hatte. Ein billiger Trick, der jedoch funktioniert hatte und sogar jetzt noch funktionierte.

»Ja, wahrscheinlich nicht«, sagte sie säuerlich. »Aber ehrlich gesagt bin ich viel zu müde, um darüber nachzudenken.« Sie zerbrach sich im Gegenteil angestrengt den Kopf über ein anderes Thema, über das sie reden konnten, und fragte schließlich beinahe wahllos: »Wir kriegen ihn, oder?«

»Natürlich!«, antwortete Trausch überzeugt, hob die Schulter und fügte etwas leiser hinzu: »Jetzt.«

»Jetzt – oder irgendwann?«

»Vielleicht morgen oder in einer Woche oder zwei.« Trausch klang verärgert. »Vielleicht auch erst in drei Monaten oder sechs. Aber jetzt haben wir eine Spur, und das heißt, dass wir ihn kriegen, früher oder später. Verdammt, was soll das? Sie wissen so gut wie ich, wie das Spiel läuft! Wir sammeln Staubkörner ein und versuchen, ein Hunderttausend-Teile-Puzzle zusammenzusetzen, und das ohne Vorlage, und manchmal funktioniert es sogar. Im Grunde warten wir darauf, dass diese Ungeheuer einen Fehler machen, und jetzt *hat* er einen Fehler gemacht!« Er grinste humorlos. »Er hat sich mit der Falschen angelegt.«

»Im Augenblick fühle ich mich eher wie Miss Marple statt wie Lara Croft«, gestand Conny, aber Trausch schüttelte nur noch einmal den Kopf, und sein ohnehin nur aufgesetztes Grinsen erlosch endgültig.

»Verstehen Sie endlich, dass Sie den Kerl erwischt haben«, sagte er ernst. »Es spielt keine Rolle, ob jetzt oder in vier Wochen, verdammt! Wir kriegen den Kerl! Wir wissen, wie er aussieht, wir wissen, welchen Wagen er fährt, wir haben seine Fingerabdrücke und seine DNS! Und das alles haben wir *Ihnen* zu verdanken! Was wollen Sie denn noch?«

Conny verstand diesen plötzlichen Ausbruch nicht wirklich und reagierte mit einem entsprechend verwirrten Blick.

»Was glauben Sie, warum Eichholz Ihnen nicht den Kopf abgerissen hat?«, fragte Trausch. »Er kann Ihnen nichts tun! Sie sind eine Berühmtheit, Conny, dafür hat Ihr kleiner Freund mit seiner Personality-Show im Fernsehen gesorgt.« Er nahm den Fuß vom Gas, als sie in die Straße einbogen, in der Connys Wohnung lag, und wechselte abrupt das Thema. »Letzte Chance. Noch kann ich Sie in ein Hotel bringen.«

»Hat Ihnen Eichholz aufgetragen, mich dazu zu überreden?«

»Nicht direkt«, gestand Trausch nach kurzem Zögern.

»Aber irgendwie schon?«, vermutete sie. »Warum?«

Trausch antwortete erst, nachdem sie ein gutes Stück die Straße hinabgefahren waren, und mit einer entsprechenden Kopfbewegung nach vorne. »Deshalb.«

Das Appartementhaus, in dem Conny wohnte, lag ganz am Ende der Straße, ein rechteckiger, klotziger Block, der ebenso anonym wie hässlich war und am jenseitigen Ende eines betonierten Wendeplatzes aufragte. Trotz der Dunkelheit konnte sie mühelos das knappe Dutzend Wagen erkennen, das auf der freien Fläche parkte. Der Belagerungsring war nicht ganz so dicht geschlossen wie der um das Präsidium, aber sehr viel fehlte nicht.

»Fahren Sie direkt in die Tiefgarage.« Sie griff in die Jackentasche und drohte fast in Panik zu geraten, als ihre Finger ins Leere tasteten. Erst dann erinnerte sie sich wieder, dass sie nicht ihre eigenen Kleider trug, und angelte umständlich den durchsichtigen Plastikbeutel hinter dem Sitz hervor, in dem sich ihre persönlichen Habseligkeiten befanden. Wenigstens die hatten sie ihr zurückgegeben, wenn auch nicht alle.

Sie kramte den Schlüsselbund hervor, reichte ihn an Trausch weiter und überlegte ernsthaft, wieder nach hinten zu klettern und sich unter der Decke zu verkriechen. Aber dann erschien ihr schon die bloße Vorstellung viel zu anstrengend, und wahrscheinlich wäre es ohnehin vergebliche Mühe. Wenn sie in all den Jahren eines über Journalisten gelernt hatte, dann, dass sie hartnäckig waren.

Trausch fuhr langsam weiter, gab im letzten Moment wieder Gas und steuerte den Wagen in die Einfahrt der Tiefgarage, bevor die versammelte Journaille auch nur richtig mitbekam, dass sie da waren. Ebenso rasch steuerte er den Wagen die Rampe hinab und auf Connys Stellplatz – ohne dass sie ihm die Nummer genannt hatte. Eine nur schemenhaft erkennbare Gestalt huschte davon, kurz bevor die Scheinwerferstrahlen sie richtig erfassen konnten, und Trausch runzelte ärgerlich die Stirn. »Allmählich werden sie lästig.«

»Wer?« Conny hatte plötzlich nicht einmal mehr Lust zum Sprechen. Selbst diese kleine Mühe erschien ihr zu viel. Aber sie spürte, dass Trausch diese Frage von ihr erwartet hatte.

»Dieses Journalistenpack!«, antwortete er aufgebracht und eigentlich ganz und gar gegen seine sonst immer so beherrschte Art. »Oder was glauben Sie, wer das gerade war?«

Conny war viel zu müde, um überhaupt etwas zu glauben. Sie hatte einen flüchtigen Eindruck von dunkler Kleidung und einer irgendwie sehr sonderbar wirkenden Frisur und einem sehr bleichem Gesicht gehabt – eigentlich nicht das, was sie sich unter einem typischen Journalisten vorstellte –, aber es erschien ihr plötzlich viel zu mühsam, das auch nur zu erwähnen. Sie nickte nur, nahm den Schlüsselbund wieder an sich und stieg aus dem Wagen.

Conny rechnete zwar damit, dass Trausch im Wagen sitzen bleiben und warten würde, bis sie im Aufzug verschwunden war, jedoch nicht, dass er aussteigen und sie begleiten würde. Aber genau das tat er. Sie blieb stehen und sah ihn fragend an.

»Ich begleite Sie nach oben.«

»Sollten wir damit nicht wenigstens warten, bis das Testergebnis da ist?«, fragte sie.

Trausch blieb ernst. »Wahrscheinlich lungern die Kerle auch vor Ihrer Wohnung herum. Auf die paar Minuten kommt es jetzt auch nicht mehr an. Kommen Sie.« Er wedelte mit einem aufmunternden Lächeln in Richtung des Aufzugs und nahm ihr mit einer energischen Bewegung den Schlüsselbund wieder ab. Eigentlich sollte sie sich darüber ärgern, aber auch das war ihr im Moment einfach zu anstrengend. So plötzlich, als hätte jemand in ihrem Inneren einen unsichtbaren Schalter umgelegt, überkam sie eine bleierne Müdigkeit. Sie nickte einfach nur, ging zum Aufzug und war nicht einmal wirklich überrascht, als er ganz selbstverständlich den Knopf für die fünfte Etage drückte, in der ihr Appartement lag.

Sie fuhren schweigend nach oben, und es zeigte sich, dass Trausch recht hatte: In dem fensterlosen kahlen Flur, an dessen anderem Ende ihr Appartement lag, warteten gleich drei Reporter auf sie; vier, wenn sie den Burschen mitzählte, der sich in einer Ecke gegen die Wand gelehnt hatte und den großen Moment offensichtlich verschlief. Keiner seiner Kollegen machte sich die Mühe, ihn zu wecken.

Es hätte ihm auch nichts genutzt. Sie war plötzlich sehr froh, dass Trausch darauf bestanden hatte, sie zu begleiten. Die Journalisten waren zwar nur zu dritt, fielen aber wie eine zehnmal so große Meute über sie her. Einer der Kerle hätte ihr fast mit einem kleinen digitalen Diktiergerät die Zähne eingeschlagen, bevor Trausch ihn unsanft aus dem Weg stieß. Sie wurde mindestens zwanzig oder dreißig Mal fotografiert, und die Fragen, die auf sie herunterprasselten, versuchte sie erst gar nicht zu zählen. Sie beantwortete keine einzige davon, sondern eilte rasch und mit gesenktem Blick weiter. Trausch öffnete die Tür, trat unmittelbar hinter ihr ein und knallte sie einem besonders vorwitzigen Reporter vor der Nase zu.

Conny tastete unsicher nach dem Lichtschalter und nickte zugleich dankbar. »Ich nehme alles zurück. Danke.«

»Sie haben doch gar nichts gesagt.«

»Aber gedacht.«

Trausch lächelte flüchtig, sah sich aber zugleich aufmerksam und unverhohlen neugierig in der winzigen Diele um und ging ungefragt weiter. Conny war zu verdutzt, um zu reagieren, eilte ihm dann jedoch mit energischen Schritten hinterher. »Ich glaube, ich komme jetzt allein zurecht.«

»Etwas anderes habe ich auch nicht angenommen«, antwortete

Trausch, trat ans Fenster und schlug die Gardine zurück, um dahinterzusehen.

»Was wird das, wenn es fertig ist?«, erkundigte sich Conny. »Sie glauben doch nicht wirklich, dass sich irgendein rasender Reporter hinter den Gardinen versteckt hat, oder …« Dann begriff sie.

»Sie haben Angst, er wäre hier?«

»Angst würde ich es nicht nennen. Aber man kann nie wissen.« Trausch hob betont beiläufig die Schultern, lugte hinter die Couch und ging in das winzige Bad. Conny verzichtete darauf, ihm zu folgen. Sie hörte auch so, wie er den Wandschrank öffnete, um hineinzusehen.

»Das ist lächerlich«, sagte sie, als er zurückkam. Trausch nickte zustimmend, was ihn jedoch nicht daran hinderte, auch noch in die Küche zu gehen. Wenigstens verzichtete er darauf, die Spülmaschine zu öffnen oder den Mülleimer zu durchsuchen. Er antwortete erst, als er zurückkam. Er sah irgendwie … unzufrieden aus.

»Vermutlich ist es das. Aber man kann nie vorsichtig genug sein.«

»Sie sind gar nicht hier, weil Eichholz Angst hat, dass ich mit der Presse spreche«, sagte Conny in leicht vorwurfsvollem Ton. »Sie haben tatsächlich Angst, dass dieser Mistkerl hier auftauchen könnte. Wissen Sie was? Das *ist* lächerlich. Das hier ist die Wirklichkeit, nicht Hollywood.«

»Sie sind die Einzige, die den Kerl wirklich gesehen hat«, sagte Trausch ernst.

»Und Sie glauben im Ernst, er kommt hierher, um mich umzubringen?« Sie versuchte zu lachen, doch es klang nicht überzeugend. »Wir haben die Phantomzeichnung. Seine Fingerabdrücke und eine Beschreibung seines Wagens. Was sollte ihm das nutzen?«

»Nichts, wenn er wie ein vernünftiger Mensch denkt«, antwortete Trausch. »Aber wenn er das tun würde, würde er nicht herumlaufen und junge Frauen abschlachten. Der Kerl ist verrückt, Conny. Schon vergessen?« Er hob abwehrend die Hand. »Aber jetzt machen Sie sich nicht verrückt. Ich stelle einen Beamten ab, der das Haus im Auge behält.«

»Der Einzige, der versucht, mich verrückt zu machen, sind Sie«, grummelte sie. »Möchten Sie einen Kaffee?«

»Im Prinzip gerne«, antwortete Trausch, »wenn ich nicht Angst hätte, dass Sie mitten in der Bewegung einschlafen und mit dem Gesicht voran in die Kaffeemaschine fallen.«

»Sehe ich so schlimm aus?«

»Schlimmer«, antwortete Trausch, lächelte aber auch schon wieder leicht spöttisch. »Schlafen Sie sich gründlich aus, und …«

Das Telefon klingelte. Trausch ging hin, nahm das Gerät von der Ladestation und schaltete es ab, ohne auch nur auf das Display gesehen zu haben.

»Finden Sie nicht, dass Sie es allmählich übertreiben?«, fragte Conny.

»Das war garantiert einer von ihren Freunden dort draußen auf dem Flur«, antwortete Trausch achselzuckend. »Oder wer ruft Sie sonst nachts um halb drei an?« Er griff in die Jackentasche und zog ein winziges schwarzes Handy heraus, das er ihr reichte. »Benutzen Sie vorerst nur das. Die Nummer kennen nur Eichholz und ich. Aber es ist ein Dienstapparat. Es wäre nett, wenn Sie nicht stundenlang mit Ihrem Onkel in Kanada telefonieren würden.«

»Ich habe keinen Onkel in Kanada.«

»Oder wo auch immer.« Trausch unterdrückte ein Gähnen. »Schlafen Sie sich erst mal gründlich aus. Ich komme morgen Nachmittag vorbei und bringe Sie auf den neuesten Stand.«

Er ging, ohne sich noch einmal zu verabschieden. Conny hörte seine Stimme draußen im Gang noch einmal lauter werden, und nicht einmal dreißig Sekunden später klingelte es. Sie ging zwar zur Tür, machte sich aber nicht einmal die Mühe, durch den Spion zu schauen, sondern stellte sich lediglich auf die Zehenspitzen, um die Klingel abzustellen. Wenn jetzt einer der Kerle auf die Idee kam, so lange zu klopfen, bis sie öffnen würde, dachte sie grimmig, dann würden sie ihre Aufnahmen von ihrer Lara Croft vom Rhein bekommen, wie sie dem Kerl gerade den Arm auskugelte.

Der Gedanke hatte etwas Tröstliches, obwohl sie selbst nicht sagen konnte, warum.

Conny amüsierte sich noch ein paar Sekunden an dieser albernen Vorstellung, dann wandte sie sich um, ging ins Wohnzimmer zurück und schloss die Zwischentür hinter sich, bevor sie behutsam ihren

Arm aus der Schlinge nahm und endlich die geliehene Jacke abstreifte; ein ebenso kleidsames wie unauffälliges Stück, grellgrün mit einem reflektierenden weißen Aufdruck auf dem Rücken: POLIZEI.

Und sie wunderte sich, dass man sie erkannte?

Wieder überkam sie ein so plötzlicher Schub bleierner Müdigkeit, dass sie sich am liebsten sofort gegen die Wand gelehnt hätte, um im Stehen einzuschlafen. Und warum eigentlich nicht? Sie hatte schließlich nichts vor, und wenn bei dieser ganzen Geschichte überhaupt etwas Positives herausgekommen war, dann drei Tage unerwarteter Sonderurlaub. Die Vorstellung, sich gründlich auszuschlafen und einfach einmal eine Weile nichts zu tun, hatte etwas durchaus Verlockendes ... aber mehr auch nicht. Es war eine nette Idee, wenn es auch natürlich vollkommen anders kommen würde. Da war immer noch dieser verfluchte Test. Die Wahrscheinlichkeit, dass sie infiziert worden war, war nicht besonders groß ... doch was zählten schon Wahrscheinlichkeiten, wenn Angst im Spiel war? Noch gelang es ihr, sie einfach wegzuleugnen, aber sie war da, tief in ihr. Die nächsten drei Tage würden lang werden.

Plötzlich – vielleicht ausgelöst durch diesen Gedanken – fühlte sie sich schmutzig. Sie hatte heute schon drei- oder viermal geduscht, und trotzdem hatte sie plötzlich das Gefühl, am ganzen Leib besudelt zu sein. Die geliehenen Kleider schienen an ihrer Haut zu kleben, und überall juckte es. Sie war noch immer schrecklich müde, wusste allerdings auch, dass sie in diesem Zustand sowieso keinen Schlaf finden würde. Und auf ein paar Minuten mehr oder weniger kam es jetzt auch nicht mehr an.

Aus den paar Minuten wurde nahezu eine halbe Stunde, in der sie unter der Dusche gestanden und darauf gewartet hatte, dass das heiße Wasser seine Wirkung tat. Es hatte nicht funktioniert. Statt sie müde zu machen, hatte die Wärme sie vielmehr erfrischt, als hätte sie eine Eisschicht über einem bisher unentdeckten Reservoir neuer Kräfte in ihrem Inneren weggeschmolzen. Sie fühlte sich auf eine bizarre Art sowohl müde als auch energiegeladen, als sie schließlich kapitulierte und unter der Dusche hervor ans Waschbecken trat.

Der Spiegel war beschlagen und zeigte nur einen verschwommenen hellen Fleck, wo ihr Gesicht sein sollte; vielleicht eine Warnung, die sie besser beherzigte.

Sie tat den Gedanken als so albern ab, wie er war, nahm all ihren Mut zusammen und stellte sich dem Anblick, indem sie mit der flachen Hand mehrmals über den Spiegel fuhr.

Es war nicht so schlimm, wie sie erwartet hatte. Schlimm genug, aber nicht *so* schlimm. Ihre linke Gesichtshälfte war angeschwollen und von einem dunkelblauen, fast schwarzen Bluterguss verunziert, wo sie der Pistolenlauf getroffen hatte, und auch ihre Oberlippe war angeschwollen und aufgeplatzt. Aber immerhin hatte das Schicksal einen gewissen Sinn für Symmetrie: Die rechte Wange war mit Dutzenden winziger Riss- und Stichwunden übersät, wo sie die Splitter der zerborstenen Flasche getroffen hatten. Die meisten waren so winzig, dass man es im Krankenhaus nicht einmal für nötig befunden hatte, ein Pflaster daraufzukleben.

Wenigstens, dachte sie spöttisch, konnte sie in ein paar Tagen wieder auf die Straße gehen, ohne sofort angesprochen zu werden. Wenn ihre Blessuren erst einmal verheilt waren, dürften die Fotos, die diese Dummköpfe da draußen von ihr gemacht hatten, keinen besonderen Wiedererkennungswert mehr haben.

Viel mehr Sorge bereitete ihr die gut dreißig Zentimeter lange Risswunde, die sich von ihrer Schulter bis zur Brust hinunterzog. Sie brannte wie Feuer, und Conny hatte das unheimliche Gefühl, dass da noch mehr war, etwas, das sich … darunter bewegte, als wäre irgendein verrückter außerirdischer Parasit direkt aus dem Drehbuch eines Horrorfilms in ihren Körper eingedrungen und täte sich nun an ihrem Fleisch gütlich. Der Gedanke war ebenso grotesk wie verstörend.

Die Schwester im Krankenhaus hatte behauptet, dass das Pflaster wasserdicht sei und sie getrost damit duschen oder sogar baden konnte, aber sie hatte wohl nicht mit einer halben Stunde kochenden Wassers gerechnet. Das Pflaster hatte sich bereits an den Kanten gelöst und wirkte verschrumpelt. Als sie es abzog, sah es ein bisschen aus wie ein Streifen abgestorbener Haut, der sich von ihrer Brust löste.

Was darunter zum Vorschein kam, veranlasste sie zu einem überraschten Stirnrunzeln. Anstelle eines außerirdischen Parasiten, der emsig unter ihrer Haut herumwuselte und nach einem Weg zu den tiefer gelegenen Leckereien suchte, gewahrte sie kaum mehr als eine Schramme; eine unterbrochene gepunktete Linie, die aussah wie ein drei Tage alter Kratzer, der spätestens morgen endgültig verschwunden sein würde. Dabei brannte er immer noch wie Feuer, was aber wahrscheinlich an dem heißen Wasser lag oder den Unmengen von Duschgel, die sie verbraucht hatte. Dennoch blieb es eine Schramme, mehr nicht.

Und trotzdem fünfzig Prozent ihrer Chance, sich mit einem tödlichen Virus infiziert zu haben. Sie hätte dem verdammten Kerl das Genick brechen sollen, statt ihn nur zu skalpieren.

Conny schnitt ihrem Spiegelbild eine Grimasse, trocknete sich flüchtig ab und schlüpfte in ihren Morgenmantel, bevor sie ins Wohnzimmer zurückging. Ihr Verstand riet ihr, nun endgültig schlafen zu gehen – ein rascher Blick auf die Uhr erst recht: Es war nahezu drei – aber sie verspürte plötzlich wieder einen regelrechten Heißhunger auf eine Zigarette. Vielleicht nur ein paar Züge, um die schlimmste Sucht zu befriedigen. Sie grub den Plastikbeutel mit ihren persönlichen Dingen aus der Tasche der geliehenen Polizeijacke und erlitt etwas wie einen stillen inneren Wutanfall, als sie sah, dass zwar ihr Feuerzeug da war, die Zigaretten aber nicht. Irgendein Witzbold im Labor musste die angebrochene Packung wohl zu einem wichtigen Beweisstück erklärt haben ... vermutlich Eichholz, und nur aus dem einzigen Grund, sie zu ärgern. Außerdem war der Kerl der militanteste Nichtraucher, den sie kannte. Ein weiterer Grund, aus dem er ihr auf Anhieb unsympathisch gewesen war.

Sie warf den Plastikbeutel ärgerlich auf die Couch und zog die Schubladen des Sideboards auf, um nach Zigaretten zu suchen. Sie war ziemlich sicher, keine mehr im Haus zu haben, aber wie hatte Trausch vorhin so treffend gesagt: Man konnte schließlich nie wissen.

In diesem Fall schon. Sie wurde nicht fündig und überlegte gerade, vielleicht auch noch die Küche ein wenig zu verwüsten, als eine sonderbar weiche Stimme hinter ihr sagte: »Eine widerliche Angewohnheit, wenn du mich fragst.«

Conny erstarrte, als etwas wie ein eisiger Hauch durch das Zimmer zu wehen schien; für eine halbe Sekunde, vielleicht etwas weniger, dann fuhr sie wie von der sprichwörtlichen Tarantel gestochen herum und hätte um ein Haar aufgeschrien, als sie die hoch gewachsene, nahezu vollkommen in Schwarz gekleidete Gestalt erblickte, die hinter ihr aufgetaucht war.

»Aber schlechte Angewohnheiten haben die schlechte Angewohnheit, sich nicht so schnell ablegen zu lassen, nicht wahr?«, fuhr Vlad lächelnd fort. Er stützte sich lässig auf den silbernen Knauf seines Spazierstocks, griff mit der anderen Hand unter seine Jacke und förderte ein flaches silbernes Etui zutage, das er mit einer geschickten Bewegung aufklappte. Conny sah, dass es ein gutes Dutzend schlanker, filterloser Zigaretten enthielt.

Statt danach zu greifen, starrte sie die Tür hinter ihm an. Sie war geschlossen, und der Schlüssel steckte. »Wie ... kommen Sie hier herein?« *Wieso sprach sie überhaupt mit ihm?*

»Oh, das war kein Problem«, erwiderte Vlad. »Du solltest auf das hören, was du selbst deinen Mitmenschen immerzu rätst, und deine Tür vernünftig sichern.« Er wedelte mit dem Zigarettenetui. »Darf ich Ihnen zu Diensten sein, gnädige Frau?«

»Ich denke, Sie halten es für eine widerliche Angewohnheit?«, fragte Conny verwirrt. Sich selbst fragte sie, ob sie gerade eine Halluzination erlebte oder möglicherweise träumte. Trotzdem – oder vielleicht gerade deshalb; wenn es nur ein besonders verrückter Traum war, den sie erlebte, was hatte sie zu verlieren? – griff sie nach dem Etui, nahm eine der Zigaretten heraus (sie waren nicht nur filterlos, wie sie feststellte, sondern offensichtlich auch selbst gedreht) und wollte sich der Couch zuwenden, um ihr Feuerzeug aus der Plastiktüte zu nehmen, aber Vlad ließ das Etui mit einer blitzartigen Bewegung wieder unter seiner Jacke verschwinden und zauberte aus der gleichen Geste heraus ein Feuerzeug hervor, das mindestens so antiquiert war die das Etui. Es stank durchdringend nach Benzin, als er es aufflammen ließ.

»Das ist wahr«, sagte er. »Aber wer bin ich, dir Vorschriften zu machen? Es ist schließlich deine Gesundheit.«

Conny beugte sich vor und nahm einen tiefen, gierigen Zug, der so intensiv nach Benzin schmeckte, dass ihr beinahe übel geworden wäre. Erst dann trat sie einen Schritt zurück, sah noch einmal die verschlossene Tür an und fragte mit fester, fordernder Stimme: »Wie kommen Sie hier herein? Und was *wollen* Sie?« *Falls es dich überhaupt gibt.* Sie war beinahe sicher, dass es nicht so war.

Vlad steckte auch sein altmodisches Feuerzeug ein, sah sich suchend um und ging dann zu dem kleinen Esstisch neben der Durchreiche, um sich daran niederzulassen. In einer perfekten Imitation seiner Bewegung aus dem *Trash* legte er beide Hände auf den Knauf seines Spazierstocks und ließ die Schultern nach vorne sinken. Conny hatte das verrückte Gefühl, dass er trotzdem plötzlich irgendwie *größer* wirkte. »Ich muss gestehen, dass ich ein wenig enttäuscht bin.«

»Von mir?« Conny nahm einen zweiten Zug aus ihrer Zigarette, der wenigstens nicht mehr nach Benzin schmeckte, aber immer noch … seltsam.

»Um ehrlich zu sein, hatte ich fest damit gerechnet, dass du ihn verhaftest«, antwortete er. »Oder wenigstens deine Kollegen. Ich fürchte, ich habe euch überschätzt. Mein Fehler.«

»Ihnen ist doch wohl klar, dass ich eigentlich jetzt *Sie* verhaften müsste?« Connys Gedanken überschlugen sich. Sie verstand einfach nicht, wie dieser Kerl hier hereingekommen war. Nun gut, es war ein Standardschloss, das sie zusammen mit der kompletten Wohnung gemietet hatte, und hielt niemanden auf, der *wirklich* hineinwollte. Aber draußen auf dem Flur lungerte eine halbe Hundertschaft neugieriger Reporter herum. Wie um alles in der Welt war er an ihnen vorbeigekommen?

»Möchtest du es versuchen?«, fragte er.

Conny kniff die Augen zu schmalen Schlitzen zusammen. Wenigstens das rechte; das andere war ohnehin beinahe zugeschwollen. »Soll das eine Drohung sein?«

»Nein«, antwortete Vlad. Er klang fast amüsiert. »Nur eine Frage. Wir haben es doch nicht nötig, uns gegenseitig zu bedrohen, oder?« Er lachte leise, aber seine Augen blieben so kalt wie ein Paar polierter schwarzer Steine. »Wenn du vorhättest, mich an deine Kollegen zu verraten, dann hättest du ihnen von mir erzählt.«

»Das habe ich«, antwortete Conny.

»Nicht wirklich«, behauptete Vlad, und auch das war die Wahrheit. Natürlich hatte sie von ihm erzählt. Es hätte wenig Sinn gehabt, ihre Begegnung und das kurze Gespräch mit dem sonderbaren Fremden zu verschweigen, dafür hatte allein ihr jugendlicher Verehrer gesorgt, den Eichholz und ihre Kollegen garantiert stundenlang durch die Mangel gedreht hatten. Sie hatte einfach nur gesagt, dass sie mit ihm gesprochen hatte, irgendein Fremder eben, der zwar behauptet hatte, der Absender der sonderbaren E-Mail gewesen zu sein, ihr im Grunde jedoch jeden Beweis dafür schuldig geblieben und dann wieder verschwunden war, schon aus dem verständlichen Bedürfnis heraus, sich nicht zu blamieren und Eichholz nicht noch mehr Munition zu liefern. Aber auch noch aus einem anderen Grund heraus, der ihr selbst nicht ganz klar war.

Sie fragte sich nur, woher *er* das wusste.

Ohne dass sie etwas gegen die Bewegung tun konnte, irrte ihr Blick schon wieder zur Tür. Ihre Hand, die die Zigarette hielt, zitterte leicht.

»Du hast Angst vor mir«, stellte Vlad fest. »Aber das ist wirklich nicht nötig. Schade. Ich dachte, du hättest inzwischen begriffen, dass ich auf deiner Seite bin.«

»Das Einzige, was ich begriffen habe, ist, dass mit Ihnen etwas nicht ganz koscher ist«, antwortete Conny nervös. »Sie wissen, wer der Vampir ist. Ich bin sicher, meine Kollegen würden sich gerne mit Ihnen über dieses Thema unterhalten.«

»Vermutlich. Warum rufst du sie nicht an?« Er machte eine Kopfbewegung auf die grün-weiße Jacke, die immer noch auf dem Boden lag, wo sie sie vorhin fallen gelassen hatte, und es dauerte eine geschlagene Sekunde, bis Conny klar wurde, was er mit dieser Geste meinte: Das Handy, das Trausch ihr gegeben und das sie achtlos eingesteckt hatte. *Aber wie konnte er das wissen?* Sie rührte sich nicht.

»Ja, das dachte ich mir«, seufzte er. »Du müsstest eine Menge unangenehmer Fragen beantworten, wenn du deinen Vorgesetzten jetzt anrufen und von mir erzählen würdest, nicht wahr? Ich meine: *Wirklich* von mir erzählen. Außerdem«, fügte er mit einem leisen Seufzen hinzu, »fürchte ich, dass sie die Sache auch diesmal wieder versauen würden. Ich denke, ich werde es selbst in die Hand nehmen müssen … doch das ändert natürlich nichts an unserer Abmachung.«

»Welcher Abmachung?«, fragte Conny misstrauisch.

»Wir hatten einen Handel, wenn ich mich richtig erinnere«, antwortete er. »Ich liefere dir den Vampir, und du schuldest mir dafür einen Gefallen.« Er hob die Hand, obwohl sie noch nicht einmal dazu angesetzt hatte, zu widersprechen. »Ich habe meinen Teil der Vereinbarung eingehalten. Es ist nicht meine Schuld, dass er dir und deinen Kollegen entkommen ist.«

»Welchen Gefallen?«, fragte Conny noch einmal. Sie sog wieder an ihrer Zigarette. Der Rauch schmeckte schal und irgendwie faulig, aber sie sog ihn schon beinahe trotzig so tief in die Lungen, dass ihr leicht schwindelig wurde.

»Ich werde zu gegebener Zeit darauf zurückkommen«, sagte er lächelnd. »Keine Sorge – es ist nichts Ungebührliches.«

»Und Sie sind sicher, dass Ihr Name Vlad ist und nicht Doktor Faust?«

»Mephisto, wenn schon.« Er schüttelte den Kopf und verzog dann kurz und angewidert den Mund, als sie versehentlich eine Rauchwolke in seine Richtung blies. »Und nein, das ist nicht mein Name. Habe ich dir schon gesagt, dass ich das für eine ausgesprochen unappetitliche Angewohnheit halte?«

»Nein«, antwortete Conny. »Sie sagten *widerwärtig*, wenn ich mich richtig erinnere. Und es stimmt. Schade, dass Sie nicht Mephisto sind. Dann würde ich Ihnen nämlich meine Seele verkaufen, um von dem Scheiß loszukommen … oder wenigstens einen Teil davon.«

»Und wie groß wäre dieser Teil?«

Conny machte eine ärgerliche Handbewegung. »Der Vampir. Sie wissen, wer der Kerl ist. Sagen Sie mir, wie er heißt und wo ich ihn finde. Und zerbrechen Sie sich nicht den Kopf darüber, wie ich das meinen Kollegen erkläre. Mir fällt schon etwas ein.«

»Ja, dessen bin ich mir sicher«, seufzte er. »Aber du weißt, wie gefährlich er ist.«

»Stellen Sie sich vor, ich bin ihm schon begegnet«, sagte Conny spöttisch. »Und noch einmal unterschätze ich ihn nicht, keine Sorge.« Davon abgesehen *hatte* sie ihn nicht unterschätzt. Sie hatte eine Entscheidung treffen müssen – er oder das Überleben des Mädchens –, und es war die richtige gewesen. Irgendwie hatte sie allerdings nicht die geringste Lust, mit ihm darüber zu reden.

»Oh, ich bin nicht in Sorge um dich«, antwortete Vlad amüsiert. »Ganz im Gegenteil. Aber ich kann nicht zulassen, dass du etwas Dummes tust.«

»Wie ihn zu verhaften?«

»Oder ihn zu töten und dir damit eine Menge Probleme einzuhandeln«, sagte Vlad ruhig. »Das läge nicht in meinem Interesse.«

»Was? Dass ich ihn töte oder dass ich in Schwierigkeiten gerate?«

Vlad lächelte dünn. »Vielleicht beides?« Er stand auf. »Mach dir keine Sorgen. Ich kümmere mich darum.«

»Und genau das kann ich nicht zulassen«, erwiderte Conny lahm. »Sie finden sich ganz schnell gleich neben Ihrem Freund sehr weit oben auf der Wunschliste meiner Kollegen, wenn Sie hier eine Selbstjustiznummer abziehen.« Falls er nicht sowieso dorthin gehörte. Oder falls es ihn überhaupt gab. Die Situation kam ihr immer unwirklicher vor. Auf eine groteske Art erschreckend, die sie von Sekunde zu Sekunde mehr verunsicherte. Sie war so etwas nicht von sich gewohnt.

»Du solltest tun, was dein Kollege dir geraten hat, und dich gründlich ausruhen«, sagte Vlad, ohne auf ihre Worte einzugehen. »Und mach dir keine Sorgen. Das Blut dessen, den ihr den Vampir nennt, ist rein.«

Gut, jetzt war sie sicher, zu träumen. Das *konnte* er nicht wissen, wenn er nicht die ganze Zeit unsichtbar dabei gewesen war und gelauscht hatte. Auch diese Vorstellung war beunruhigend, aber wenn ihre Phantasie sie schon mit solchen Albernheiten heimsuchte, konnte sie das Spielchen genauso gut auch mitmachen.

»Und was ist jetzt mit dem versprochenen Gefallen?«, fragte sie. »Verlangen Sie einen Teil meiner Seele, oder reicht Ihnen ein Pfund Fleisch, an einer beliebigen Stelle aus meinem Körper herauszuschneiden?«

»So dramatisch wird es nicht«, antwortete er. »Du wirst sehen, ich bin ein bescheidener Mensch. Aber nun wird es Zeit für mich, zu gehen. Sosehr ich deine Gesellschaft auch genieße.«

»Tun Sie das?«

»Mehr, als du dir vorstellen kannst«, erwiderte Vlad. »Man trifft heutzutage leider nur noch sehr wenige kultivierte Menschen.«

Aber dafür umso interessantere Gespenster, dachte Conny amüsiert. Wenigstens im Traum. Sie sagte nichts mehr, sondern nahm einen weiteren Zug aus ihrer Zigarette. Sie schmeckte widerwärtig.

3

Sie erwachte am nächsten Morgen mit dröhnendem Kopf, einem heftigen, stechenden Schmerz unter dem rechten Auge und einem noch scheußlicheren Geschmack auf der Zunge, und ihre Laune besserte sich auch nicht unbedingt, als sie die Vorhänge aufzog und feststellte, dass der Morgen schon lange kein Morgen mehr war. Der Tag war merkwürdig trüb, aber die Sonne stand fast im Zenit; vielleicht hatte sie ihn auch schon ein Stück überschritten, so genau hatte sie das mit den Himmelsrichtungen nie begriffen.

Ganz offenbar war sie Trauschs Rat gefolgt und hatte sich gründlich ausgeschlafen, *fühlte* sich jedoch nicht erfrischt, sondern ganz im Gegenteil so müde, als hätte sie kein Auge zugemacht. Aber das war nach einem Tag wie gestern vermutlich normal.

Sie fragte sich, ob die Belagerung noch immer aufrechterhalten wurde, und setzte dazu an, die Tür zu öffnen und auf den winzigen Balkon hinauszutreten, doch dann fiel ihr im letzten Moment das Wort *Teleobjektiv* ein. Das fehlte noch: ein Foto auf dem nächsten Abendblatt, das sie in einem zerknautschten Bademantel, mit verwüsteter Frisur und noch zerknautschterem Gesicht auf dem Balkon zeigte, am besten noch mit der genauen Uhrzeit.

Stattdessen tappte sie benommen in die Küche, füllte mit zitternden Fingern mehr als umständlich die Kaffeemaschine und tappte kaum weniger schlaftrunken ins Bad. Einige Hände voll kalten Wassers, die sie sich ins Gesicht schaufelte, vertrieben die Benommenheit wenigstens halbwegs, und nachdem sie sich zweimal hintereinander die Zähne geputzt hatte, verschwand auch der widerwärtige Geschmack aus ihrem Mund.

Erst danach wagte sie es, sich dem Anblick ihres Spiegelbilds zu stellen.

Sie war überrascht. Ihr Gesicht hatte gestern keinen besonders erbaulichen Anblick geboten, aber sie hatte genug (gottlob keine eigene) Erfahrung mit so etwas, um zu wissen, dass es eigentlich jetzt schlimmer sein sollte. Das war es jedoch nicht. Aus dem Blauviolett des Blutergusses war inzwischen tatsächlich ein sattes Schwarz geworden, während ihre geschwollene Lippe schon wieder deutlich besser aussah. Nicht, dass sie sich so in die Öffentlichkeit wagen würde (oder gar vor eine Kamera). Gutes Heilfleisch, hatte ihre Mutter immer gesagt. Anscheinend traf das zu.

Ein anhaltendes Blubbern und der Duft von frisch gebrühtem Kaffee, die aus der Küche herüberwehten, machten ihr klar, dass sie genug Zeit mit ihrer Morgentoilette verschwendet hatte. Sie schlüpfte wieder in den zerknitterten Bademantel von gestern, ging in die Küche und goss sich einen Kaffee ein. Die erste Tasse stürzte sie schwarz und so heiß herunter, wie sie es gerade noch ertrug, schenkte sich unmittelbar darauf eine zweite ein und stellte sie auf den Tisch, um sie abkühlen zu lassen. Während sie darauf wartete, dass die belebende Wirkung des Koffeins einsetzte, streifte sie den Bademantel ab und trat an den Schrank, um sich anzuziehen.

Erst als sie fertig war, fiel ihr Blick in den großen Spiegel, der an der Innenseite des Schrankes angebracht war, und sie stutzte.

Genauer gesagt wusste sie zunächst nicht, ob sie lachen oder vielleicht schon wieder besorgt sein sollte. Sie war der Meinung gewesen, wahllos nach den erstbesten Kleidungsstücken gegriffen zu haben, die ihr in die Hände fielen, aber wenn, dann war es wirklich ein *sehr* großer Zufall.

Sie war vollkommen schwarz gekleidet: schwarze Sandalen und Socken, schwarze Jeans und ein anthrazitfarbener Pullover, was von aller Oberbekleidung, die sie besaß, das war, was *schwarz* noch am nächsten kam.

Wahrscheinlich war es wirklich nur ein Zufall, versuchte sie sich selbst zu beruhigen. Oder sie musste ein bisschen mehr auf ihre Träume achten.

Sie war ernsthaft versucht, sich wieder umzuziehen, allerdings auch viel zu müde, um diesen Entschluss in die Tat umzusetzen. Außerdem wäre es ihr irgendwie so vorgekommen, als hätte sie damit vor dem Traum kapituliert.

Die Wohnung stank nach kaltem Zigarettenrauch und Asche. Das tat sie praktisch immer, aber aus irgendeinem Grund störte es sie heute. Sie ging zum Fenster, öffnete es und wollte sich um ihren zweiten Kaffee kümmern, als ihr Blick in den Aschenbecher fiel. Und sie erstarrte.

Auf dem zerschrammten Kristallglas lag eine ausgedrückte filterlose Zigarette.

Ihr Herz begann zu klopfen, und sie konnte sich zusammenreißen, sosehr sie wollte, ohne dass ihre Hände deshalb weniger zitterten. Das war unmöglich. Wenn diese Zigarette echt war, dann bedeutete das, dass auch ihr unheimlicher Besucher von gestern Abend …

Nein. Sie gestattete sich nicht einmal, den Gedanken zu Ende zu denken. Ihre Begegnung gestern im *Trash* (und vor allem ihre eigene Reaktion) war bizarr genug gewesen, aber jetzt auch nur die bloße *Möglichkeit* in Betracht zu ziehen, war grotesk. Es musste für diese Zigarette eine logische Erklärung geben, und sie würde sie finden – wenn nicht sie, wer dann? Sie war Polizistin. Sie hatte gelernt, scheinbar unlösbare Rätsel zu lösen.

Und natürlich löste sie auch dieses. Sie rauchte keine filterlosen Zigaretten – schon gar keine selbst gedrehten. Doch sie erinnerte sich gut daran, gestern Abend einen heftigen Suchtanfall bekommen zu haben; etliche Schubladen, die sie durchwühlt hatte, standen immer noch offen. Wahrscheinlich hatte sie die Zigarette in irgendeiner Ecke gefunden – weiß der Teufel, wer das Ding hier vergessen hatte – und genauso wahrscheinlich war sie Monate alt, wenn nicht mehr. Kein Wunder, dass sie wie gepresster Kuhdung geschmeckt hatte.

Die Erklärung klang selbst in ihren eigenen Ohren reichlich konstruiert. Immerhin *war* es eine Erklärung, und für den Moment musste sie reichen.

Das Telefon klingelte, und sie fuhr erschrocken zusammen und sah den Apparat an, der noch immer ausgeschaltet und tot neben dem Ladegerät lag, wo Trausch ihn gestern hingelegt hatte. Es klingelte trotzdem fröhlich weiter; und außerdem in der falschen Tonlage. Und aus der falschen Richtung. Das Klingeln kam aus der Tasche der geliehenen Polizeijacke.

Sie hob sie auf, förderte den Apparat zutage und klappte ihn mitten im vierten oder fünften Klingeln auf. Es war Trausch.

»Wir haben ihn«, sagte er übergangslos.

»Wen?«

»Den Vampir. Oder jedenfalls so gut wie. Sind Sie in Ordnung?«

»Ja, aber ...«

»Dann hole ich Sie in einer halben Stunde ab. Sagen wir, in zwanzig Minuten, unten in der Tiefgarage. Sehen Sie zu, dass Sie diese Reporterbande irgendwie loswerden.«

Er hängte ebenso abrupt ein, wie er das Gespräch begonnen hatte, und ließ eine ziemlich hilflose Conny zurück, die das Handy noch gut fünf Sekunden lang anstarrte, ehe sie es zuklappte und neben dem Aschenbecher auf den Tisch legte. *Sie hatten ihn?* Was sollte das heißen? Noch vor ein paar Stunden hatten sie nicht viel mehr als eine Phantomzeichnung und eine ziemlich übel zugerichtete Kriminalkommissarin gehabt und die vage Beschreibung eines Wagens, von dem es wahrscheinlich allein in dieser Stadt zehntausend Stück gab. Und *jetzt hatten sie ihn?*

Gegen ihren Willen musste sie noch einmal an ihren verrückten Traum *(Traum?)* von vergangener Nacht denken. Was hatte Vlad gesagt? *Mach dir keine Sorgen. Ich kümmere mich darum.*

Beinahe erschrocken verscheuchte sie den Gedanken und sah auf die Uhr. Zwanzig Minuten, hatte Trausch gesagt. Das sollte reichen, um in die Tiefgarage hinunterzukommen. Doch wie sollte sie die Journalisten loswerden, die vermutlich noch immer draußen im Hausflur herumlungerten, und wenn nicht das, dann garantiert vor dem Haus?

Eine dieser Fragen konnte sie sofort beantworten.

Sie trat nun doch auf den Balkon hinaus und sah nach unten. Vor dem Haus standen noch immer einige Wagen; weniger als gestern Abend, aber sie waren da. Eingedenk des kalten Zigarettenrauchs, der noch immer in der Luft hing, ließ sie die Tür offen, durchquerte die Wohnung und war ziemlich erstaunt, niemanden zu sehen, als sie durch den Spion lugte. Natürlich hatte das nicht viel zu sagen; schließlich überblickte sie nur einen schmalen Bereich unmittelbar vor der Tür. Aber sie hatte eher damit gerechnet, direkt in eine

Kameralinse zu blicken, die einer dieser Hirnis von außen gegen den Spion presste.

Sie verbrachte die nächsten zehn Minuten damit, ihren noch immer viel zu heißen Kaffee auszutrinken und ihre Schubladen ein zweites Mal gründlich zu durchwühlen, diesmal allerdings auf der Suche nach einer Sonnenbrille. Als sie fertig war und eine – diesmal absichtlich – schwarze Windjacke überstreifte, auf deren Taschen sie den Inhalt des Plastikbeutels verteilte, blieben ihr noch knappe zehn Minuten, um in die Tiefgarage hinunterzufahren. Sie hatte immer noch keine Ahnung, wie sie die Journalisten austricksen sollte. Sie würde wohl improvisieren müssen.

Vielleicht aber auch nicht. Der Hausflur war leer, als sie das Appartement verließ. In einer Ecke hatte jemand einen Aschenbecher aus einer leeren Zigarettenschachtel improvisiert, und sie entdeckte eine Papiertüte mit dem Aufdruck von McDonald's, die mit leeren Kaffeebechern, verschmutzten Servietten und anderen Essensresten gefüllt war (der Hausmeister würde sich freuen), aber von den Journalisten selbst war nichts mehr zu sehen, was ihr einigermaßen seltsam vorkam, nachdem sie sie schließlich die halbe Nacht lang belagert hatten.

Die Erklärung fiel ihr ein, noch bevor sie den Aufzug erreichte und den Knopf für die Tiefgarage drückte: Sie hatten eine lohnendere Story gefunden. Trausch würde sich freuen, wenn die Journalistenmeute, die sie eigentlich abschütteln sollte, an ihrem Ziel schon auf sie wartete. Aber ihr Mitleid hielt sich in Grenzen.

Viel früher, als sie erwartet hatte, kam sie in der Tiefgarage an, die nicht nur verlassen, sondern auch nahezu leer war, und selbstverständlich kam Trausch nicht wie besprochen nach zwanzig, sondern gut dreißig Minuten, sodass sie nahezu eine Viertelstunde auf ihn warten musste – eine schiere Ewigkeit, in der sie reichlich Zeit hatte, sich mit ihren eigenen Gedanken zu beschäftigen, die immer wieder in eine Richtung abschweifen wollten, die ihr gar nicht behagte. Sie wurde die Erinnerung an ihren verrückten Traum einfach nicht los. Ganz egal, wie viele unwiderlegbare Argumente sie auch dafür fand, dass es ein Traum und sonst nichts gewesen war, da war etwas in ihr, das hartnäckig auf dem Gegenteil beharrte. Vlad war … so realistisch gewesen, trotz seiner lächerlichen Erscheinung und der vollkommen unmöglichen Art, in der er vermeintlich aufgetaucht und wieder verschwunden war. Sie hatte seine Nähe *gespürt*, auch ganz körperlich, und irgendwie glaubte sie das immer noch zu tun, als hätte er etwas zurückgelassen, wie einen düsteren Hauch, der die Luft ringsum verpestete und ihr das Atmen schwer machte.

Es kostete sie enorme Anstrengung, den Gedanken abzuschütteln, aber irgendetwas in ihr musste es wohl darauf angelegt haben, sie zu quälen, denn nun zerbrach sie sich den Kopf über Trauschs geheimnisvollen Anruf und dessen Bedeutung.

Sie fand eine Menge Erklärungen, von denen eine unbefriedigender als die andere war, und schließlich tat sie das Einzige, was ihr übrig blieb: Sie fasste sich in Geduld.

Endlich hörte sie das charakteristische Rattern, mit dem sich das Gittertor zusammenrollte, machte zwei rasche Schritte in die entsprechende Richtung und blieb dann stirnrunzelnd wieder stehen. Während das Brummen eines schweren Motors näher kam, zog sie ihren Schlüsselbund aus der Tasche und fächerte ihn auf. Ihr Blick verdüsterte sich.

Ein schwarzer BMW mit der typischen Haifischflosse einer Satellitenempfangsanlage auf dem Dach näherte sich, beschrieb auf kreischenden Reifen einen Dreiviertelkreis und kam unmittelbar neben ihr zum Stehen. Eine der beiden hinteren Türen flog auf, und Trausch winkte sie ungeduldig heran. Conny gehorchte, behielt aber den Schlüsselbund demonstrativ in der Hand und sah ihn gleichermaßen fragend wie vorwurfsvoll an.

»Sind Sie okay?«, fragte er.

»Darf ich fragen, wie Sie hereingekommen sind?«, gab sie zurück, ohne auf seine Worte zu achten.

Trausch lächelte müde. Er wirkte im Allgemeinen müde, fand sie. Sein Gesicht hatte einen wächsernen grauen Schimmer, und sein Blick flackerte unstet; irgendwie gelang es ihm nicht, ihn länger als einen Sekundenbruchteil auf einen bestimmten Punkt zu konzentrieren. Conny war ziemlich sicher, dass er seit ihrem letzten Zusammentreffen keine Sekunde geschlafen hatte. Trotzdem grinste er wie ein zu groß geratener Schuljunge, dem ein besonders raffinierter Streich gelungen war, während er ihr einen einzelnen Schlüssel reichte. »Ich dachte mir, so geht es vielleicht schneller. Im Moment haben Sie ja sowieso keinen Wagen.«

Conny sparte sich jeden Kommentar dazu und befestigte den Schlüssel wieder an ihrem Bund. Sie hatte nicht einmal bemerkt, wie er ihn abgemacht hatte. »Sie haben ihn? Was genau soll das heißen?«

»So gut wie«, antwortete Trausch. »Das SEK ist schon unterwegs. Mit ein bisschen Glück, und wenn …« Er unterbrach sich, sah sie seltsam an und griff umständlich in die Jackentasche, um einen mehrfach zusammengefalteten Zettel hervorzuziehen, den er ihr kommentarlos reichte. Der Wagen schnurrte die Auffahrt hinauf, und sie wartete, bis sie im Freien waren, um die winzige Schrift besser entziffern zu können. Dann sah sie Trausch überrascht an.

»Das ist …«

»Eine E-Mail von Ihrem geheimnisvollen Freund«, fiel ihr Trausch ins Wort. »Sie ist vor einer guten Stunde gekommen.«

Conny sah noch einmal auf das Blatt hinab, während sie zugleich beiläufig registrierte, wie der Wagen einen plötzlichen Satz machte und dann so stark beschleunigte, dass sie beide in die Sitze gedrückt wurden. Hinter ihm brach hektische Aktivität aus, als Gestalten zu ihren Wagen hetzten und Motoren angelassen wurden, aber sie hatten keine Chance. Bei dem Tempo, das der Wagen jetzt schon hatte, mussten sie verschwunden sein, bevor die Kerle auch nur gewendet hatten. Sie las den Text ein zweites und auch noch ein drittes Mal, ohne wirklich schlauer daraus zu werden … aber ihre Stimmung sank bei jedem Mal weiter.

Das Blatt enthielt nur einen einzigen Satz: **Wenn du es noch einmal versuchen willst, geh in die Fledermaushöhle**, gefolgt von einer ellenlangen Buchstaben- und Zahlenkombination.

»Was ist das?«, fragte sie spröde.

»Das sind GPS-Koordinaten«, antwortete Trausch. »Im Norden, ganz in der Nähe von …«

»Das meine ich nicht.« Conny tippte ärgerlich auf die Kopfzeile der Nachricht. »Das ist meine E-Mail-Adresse.«

»Ich weiß«, antwortete Trausch.

»Meine *private* E-Mail-Adresse«, fügte sie anklagend hinzu. »Seit wann lesen Sie meine privaten E-Mails? Und wer zum Teufel liest noch meine Post? Das ganze Präsidium?«

Trausch blickte kurz erschrocken nach vorne, aber der Fahrer war offensichtlich voll und ganz damit beschäftigt, den Wagen mit dem Doppelten der zulässigen Höchstgeschwindigkeit durch den dichter werdenden Verkehr zu jagen. Bis jetzt hatte er sich weder die Mühe gemacht, das Blaulicht aufs Dach zu stellen, noch die Sirene einzuschalten.

»Also?«

Trausch wirkte fast unglücklich, aber seine Antwort fiel vollkommen anders aus, als sie erwartet hatte. »Bevor Sie jetzt ausrasten und alles noch viel schlimmer machen, indem Sie auf Ihren Rechten herumreiten oder den Datenschutz zitieren, sollten Sie sich lieber eine gute Antwort auf die Frage überlegen, die Eichholz Ihnen garantiert gleich stellen wird.«

»Eichholz? Er weiß, dass Sie mich abholen?«

»Er hat mich geschickt«, antwortete Trausch. »Was dachten Sie denn? Und er ist nicht besonders guter Laune, das kann ich Ihnen sagen.«

Wann wäre er das je gewesen?, dachte Conny. »Ich reite nicht auf meinen Rechten herum«, sagte sie mit erzwungen ruhiger Stimme. »Ich frage mich lediglich, seit wann Eichholz meinen privaten E-Mail-Verkehr liest. Und wer ihm das Recht dazu gibt.« Sie sagte bewusst *Eichholz*, um ihn auf diese Weise aus der Verantwortung zu nehmen; obwohl sie längst nicht mehr sicher war, dass das wirklich stimmte. Aber wenn er diese goldene Brücke überhaupt sah, betrat er sie nicht.

»Seit wir uns fragen, was Sie *wirklich* mit diesem Kerl zu tun haben«, antwortete er ernst. Diesmal kam er ihr zuvor, als sie auffahren wollte. »Wir haben den Absender gecheckt. Er ist nicht herauszufinden, genau wie bei der ersten Mail, die Sie bekommen haben. Wer ist der Kerl, Conny, und was haben Sie mit ihm zu tun?«

»Wie kommen Sie auf die Idee, dass ich ihn kenne?«, fragte sie.

Trausch seufzte. Er wirkte enttäuscht. »Weil Sie mit ihm gesprochen haben.«

»Das ist …«

»Ihr kleiner Freund aus dem *Trash* war sehr redselig«, fuhr Trausch ungerührt fort. »Keine Sorge – Eichholz weiß nichts davon. Aber ich kann Ihnen nicht versprechen, dass das noch lange so bleibt. Sie wissen, wie Eichholz ist. Wenn er einmal Blut geleckt hat, gibt er so schnell nicht auf.«

Conny hätte den Vergleich mit einer Ratte passender gefunden, die einfach nicht mehr loslassen konnte, wenn sie sich einmal in etwas verbissen hatte. Aber sie verstand, was er meinte..

»Ich weiß es nicht«, sagte sie. »Er hat nur ein paar Sätze mit mir geredet.«

»*Er* hat Ihnen gesagt, wer der Vampir ist«, vermutete Trausch.

Conny nickte. »Und dann ist er verschwunden.«

Trausch seufzte erneut, und noch tiefer. »Und warum zum Teufel haben Sie nichts davon gesagt?«, fragte er, in sehr viel mehr resignierendem als vorwurfsvollem Ton. Genau dieselbe Frage stellte sich Conny auch, und das seit gestern. Im ersten Moment, als sie sich selbst – fast überrascht – dabei ertappt hatte, ihre Begegnung mit Vlad zu verschweigen oder doch wenigstens herunterzuspielen, hatte sie es auf ihre eigene Aufregung geschoben und den Schock, den sie erlitten hatte. Aber seither hätte es hundert Gelegenheiten gegeben, dieses Versäumnis nachzuholen. Sie ... *wusste einfach nicht,* warum sie keine einzige davon ergriffen hatte.

»Ich weiß es nicht«, gestand sie. »Zuerst habe ich es einfach vergessen. Und dann ...« Sie hob unglücklich die Schultern, und Trausch seufzte zum dritten Mal, und noch tiefer.

»Dann ist Ihnen aufgegangen, dass Sie einen Fehler gemacht haben, und statt es zuzugeben, haben Sie versucht, die Sache irgendwie zu vertuschen, oder nicht? Eine kleine Korrektur hier, ein winzige Unwahrheit da ...« Er sah sie durchdringend an. »Kommt Ihnen dieses Verhaltensmuster irgendwie bekannt vor?«

Natürlich tat es das. Sie hatte es unzählige Male erlebt, bisher allerdings immer von der anderen Seite des Tisches aus. Vor ihr hatten tausend arme Sünder gesessen, die sich von einer Lüge zur anderen zu hangeln versuchten und sich dabei in einem Gewirr von Widersprüchen verstrickten. Wie hatte sie nur so *dämlich* sein können?

»Sie wissen schon, was jetzt passiert, oder?«, fragte Trausch. Conny schwieg, und er fuhr fort: »Das Mindeste, was Eichholz jetzt glauben muss ist, dass Sie versucht haben, einen Alleingang zu starten und am Schluss als strahlende Heldin dazustehen.«

»Das Mindeste?«

»Wenn Sie Glück haben.«

»Und wenn nicht?«

Trausch schnaubte. »So naiv sind Sie doch nicht, Conny! Was soll Eichholz wohl glauben? Sie *kennen* den Kerl. Sie wissen, wie er aussieht, und Sie haben mit ihm gesprochen, ohne uns auch nur ein Wort davon zu sagen! Und jetzt schickt er Ihnen eine private E-Mail, damit Sie es *noch einmal versuchen können!* Außerdem duzt er Sie! Was glauben Sie wohl, was sich Eichholz dabei denkt?«

Es dauerte eine Weile, bis sie begriff, worauf er hinauswollte. Sie starrte ihn an. »Sie glauben doch nicht etwa, dass ich etwas damit ...?«

»Nein«, unterbrach sie Trausch. »Natürlich nicht. Das glaubt nicht einmal Eichholz. Aber das wird ihn möglicherweise nicht daran hindern, so zu tun, als würde er es glauben. Er zählt nicht unbedingt zu Ihren besten Freunden, wenn ich mich nicht irre. Das war sehr dumm von Ihnen, Conny.«

Treffender hätte sie es nicht ausdrücken können, dachte sie bitter. *Dumm* war gar kein Ausdruck. Es war schlicht und einfach dämlich gewesen, einfach bescheuert und vollkommen irrsinnig ...

... und ganz und gar nicht ihre Art. Sie hatte schon vor sehr langer Zeit begriffen, dass sie nicht zu den talentiertesten Mitarbeiterinnen gehörte, die Eichholz hatte, aber bisher hatte sie sich wenigstens auf ihre Vernunft verlassen können und ihren Instinkt, der sie mehr als einmal davor bewahrt hatte, eine Dummheit zu begehen oder in eine der Fallen zu tappen, die Eichholz ihr regelmäßig stellte.

Diesmal hatte sie sie selbst aufgestellt und war prompt hineingestolpert.

Kurz dachte sie daran, ihm von ihrem Traum zu erzählen, entschied sich aber dann dagegen; nicht einmal sosehr, weil sie eine ziemlich konkrete Vorstellung davon hatte, wie Eichholz reagieren würde, wenn sie jetzt anfing, von einem *Traum* zu erzählen, sondern es ihr auch peinlich gewesen wäre. Auf einer Ebene, die sie nicht mit

Worten erklären konnte, hatte diese zweite und imaginäre Begegnung mit Vlad etwas so Intimes gehabt, dass es ihr einfach unmöglich war, mit irgendjemandem darüber zu sprechen.

»Also gut.« Trausch machte eine Handbewegung, wie um das Thema endgültig wegzuwischen. »Im Moment haben wir Wichtigeres zu besprechen. Zu allererst: Wie fühlen Sie sich? Sind Sie halbwegs fit?«

Statt direkt zu antworten, nahm Conny die Sonnenbrille ab und gewährte ihm einen Blick auf ihr grün und blau geschlagenes Gesicht. Er musterte sie interessiert, wenn auch eher überrascht als erschrocken, und er sagte nahezu dasselbe, was sie vorhin beim Blick in den Spiegel gedacht hatte.

»Das sieht nicht gerade gut aus, aber ich hätte Schlimmeres erwartet. Sie haben Glück gehabt.«

Conny setzte hastig die Sonnenbrille wieder auf; nicht nur, weil das Sonnenlicht unangenehm hell und fast schmerzhaft in ihre Augen stach. Sie konnte nicht sagen, warum, aber seine Worte jagten ihr einen kalten Schauer über den Rücken. Rasch drehte sie den Kopf und sah aus dem Fenster. Ohne, dass sie es bemerkt hatte, waren sie auf die Stadtautobahn aufgefahren und rasten mit mindestens hundertdreißig Stundenkilometern in Richtung Flughafen. Etliche Fahrer, die sie überholten, hupten wütend oder blinkten ihnen mit der Lichthupe hinterher.

»Wir sind gleich da«, sagte Trausch. »Wenn Sie einen guten Rat von mir annehmen wollen, dann seien Sie ehrlich, wenn Eichholz Sie gleich anspricht. Und kommen Sie ihm bloß nicht mit Ihrer Privatsphäre oder so was.«

Das war vermutlich ein wirklich gut gemeinter Rat – und so nebenbei das einzig Vernünftige, was sie überhaupt noch tun konnte. Dennoch wandte sie sich ihm wieder zu und fragte in fast trotzigem Ton. »Wieso hat Eichholz Sie überhaupt geschickt, um mich abzuholen, wenn er mir nicht traut?«

»Weil Sie die Einzige sind, die den Kerl sicher identifizieren kann«, antwortete Trausch, zögerte einen Moment und grub dann einen zweiten, eng zusammengefalteten Zettel aus der anderen Jackentasche. »Und deshalb.«

Conny faltete das Blatt mit einem sehr unguten Gefühl auseinander und strich es mit dem Handrücken glatt, um die winzige Schrift überhaupt zu entziffern, und ein nicht einmal so kleiner Teil von ihr wünschte sich fast, sie hätte es nicht getan, nachdem sie den Text gelesen hatte.

Es handelte sich ebenfalls um den Computerausdruck einer E-Mail, die allerdings diesmal nicht an sie adressiert war, sondern an Eichholz, mit einem cc-Vermerk an Trausch. Der Text lautete: **Bringt Conny mit, wenn ihr ihn haben wollt.**

Sie brauchten noch knapp fünf Minuten, um ihr Ziel zu erreichen, das nur zwei Ausfahrten in einer anonymen, tristen Hochhaussiedlung vor dem Flughafen lag, die Conny in ihr schmuddligen Art mehr als deutlich machte, dass es noch schlimmere Gegenden gab als den Häuserblock, in dem sie selbst untergekommen war. Sie sah die improvisierte Wagenburg des Einsatzkommandos schon von weitem: drei weitere, bullige BMW von unterschiedlicher Farbe, aber alle mit den verräterischen Haifischflossen auf dem Dach, und einen neutral lackierten Sprinter, der wahrscheinlich bis unter das Dach mit bis an die Zähne bewaffneten SEKlern vollgestopft war. Conny fragte sich, warum Eichholz nicht gleich eine rote Fahne aufgestellt hatte oder einen zehn Meter hohen Mast mit einem Blinklicht auf der Spitze.

Eichholz winkte sie ungeduldig heran, kaum dass sie ausgestiegen war. Er hielt sich nicht mit einer Begrüßung auf, sondern deutete knapp auf den Stadtplan, den er auf der Motorhaube des BMW ausgebreitet hatte. Daneben lagen zwei Handys, ein altertümlich anmutendes Funkgerät und ein aufgeklappter Laptop, den Conny ohne sonderliche Überraschung als ihren eigenen erkannte.

»Das sind die Koordinaten aus der E-Mail. Das Haus hinter uns.« Er machte eine entsprechende Kopfbewegung, und als Connys Blick der Geste folgte, nahm sie einiges von dem zurück, was sie gerade gedacht hatte. Unmittelbar hinter Eichholz stand ein zweistöckiger Flachbau mit einem Kiosk und den fast leeren Schaufenstern eines Sonnenstudios im Erdgeschoss, hinter dem sämtliche Angestellten zusammengelaufen waren, um sich die Nasen an der Scheibe platt zu drücken. Wahrscheinlich wären sie längst herausgekommen, hätte Eichholz nicht einen uniformierten Beamten vor dem Ausgang postiert, der die Tür verrammelte. Das Gebäude, das er vermutlich *meinte*, entdeckte sie erst, als sie den Kopf in den Nacken legte und in den diesigen Himmel hinaufblinzelte: das typische Flachdach einer Siebzigerjahre-Mietskaserne, sieben oder acht Stockwerke hoch und mit einem Wald von Antennen und Entlüftungsrohren bepflastert. Nicht einmal die Fenster des obersten Stockwerkes waren von hier aus zu sehen, was bedeutete, dass sich umgekehrt auch Eichholz' gesamte kleine Angriffsstreitmacht im toten Winkel befand. Was immer das helfen mochte.

Als hätte er ihre Gedanken gelesen, bedachte Eichholz sie mit einem missmutigen Blick, sagte jedoch immer noch nichts, sondern winkte irgendjemandem zu, der hinter ihr stand. Conny tat ihm nicht den Gefallen, sich umzudrehen, sondern trat ganz im Gegenteil neben ihn und warf zuerst einen Blick auf den hochgeklappten Bildschirm ihres Laptops – er war eingeschaltet, zeigte aber nichts als das farbenfrohe Blumenbukett, das sie als Hintergrund gewählt hatte – dann auf die Karte. Es war kein normaler Straßenplan, wie sie zuerst angenommen hatte, sondern eine Spezialkarte, die nicht nur die Lage der Gebäude, sondern auch den Verlauf der Kanalisationsrohre, Strom- und Gasleitungen und anderer Versorgungseinrichtungen zeigte.

Jemand berührte sie am Arm. Conny drehte sich nun doch um und blinzelte verwirrt ins Gesicht einer jungen Streifenbeamtin, die ihr eine beigefarbene Schutzweste hinhielt.

»Ziehen Sie das Ding an«, raunzte Eichholz. »Ich will mir nicht nachsagen lassen, ich hätte Sie leichtfertig in Gefahr gebracht.«

Conny verkniff sich jeden Kommentar, schlüpfte aus ihrer Jacke und zog die Schutzweste an. Ihre geprellte Schulter hatte ihr bis jetzt keine Probleme bereitet, aber sie merkte plötzlich, wie steif sie war. Sie bewegte sich so ungeschickt, dass die Beamtin ihr helfen musste, die Klettverschlüsse zu befestigen und wieder in ihre Windjacke zu schlüpfen. Eichholz deutete ein missbilligendes Kopfschütteln an, als sie sich ihm wieder zuwandte.

Eines der beiden Handys klingelte. Eichholz nahm ab, ohne sich zu melden, hörte ungefähr dreißig Sekunden lang schweigend zu und unterbrach die Verbindung dann, noch immer, ohne ein Wort gesagt zu haben.

»Haben wir eine … genauere Ortsbestimmung?« Conny räusperte sich unbehaglich. »Ich meine: In dem Haus müssen doch mindestens hundert Wohnungen sein.«

»Acht Etagen, mit jeweils vierzehn Wohnungen«, antwortete Eichholz, ohne den Blick von der Karte zu heben. »Einhundertzwölf, um genau zu sein. Fünfzehn davon stehen leer.«

Was die Sache nur noch schwieriger machte. »Wissen wir wenigstens die Etage?«, fragte sie.

Eichholz machte ein Gesicht, als hätte sie etwas furchtbar Dummes gefragt, würdigte sie aber noch immer keiner Antwort, sondern sah stattdessen auf die Armbanduhr. Als er schließlich sprach, galten seine Worte der Allgemeinheit, nicht ihr. Irgendwie hatte sie das Gefühl, *ganz besonders* nicht ihr. »Also gut, Sie wissen alle Bescheid. Das SEK ist bereits im Haus und sichert den Keller und die Tiefgarage. Die beiden benachbarten Gebäude werden gerade evakuiert, so weit das unauffällig möglich ist, und sämtliche Straßen im Umkreis von anderthalb Kilometern sind abgeriegelt. Wir warten nur noch auf das SEK, und dann schnappen wir uns den Mistkerl. Und nur, um es noch einmal und in aller Deutlichkeit zu sagen: Ich will keine Heldentaten, keine Alleingänge und keine *Unfälle*, verstanden? Ich weiß genauso gut wie Sie, was die Presse und die sogenannte öffentliche Meinung über dieses Ungeheuer da drinnen sagt. Aber glauben Sie mir, dieselben Leute werden uns ans Kreuz nageln, wenn sich dieser Mistkerl auch nur einen Fingernagel abbricht und wir nicht haarklein beweisen können, dass wir alles versucht haben, um es zu verhindern.«

Niemand antwortete, und auch Conny nickte nur stumm. So albern und überflüssig Eichholz' Worte einem Außenstehenden vielleicht auch vorkommen mochten, in diesem Moment waren sie vermutlich nötig. Es hatte nichts mit der öffentlichen Meinung oder der Presse zu tun. Keiner von ihnen hatte die Gesichter der acht Mädchen vergessen, die der Kerl umgebracht hatte. Und er hatte eine von ihnen angegriffen und um ein Haar ebenfalls getötet. Es spielte keine Rolle, dass Eichholz sie nicht leiden konnte und ein Gutteil ihrer sogenannten Kollegen schon allein darum Abstand zu ihr hielt; sie war eine von ihnen, eine Polizistin. Niemand brachte einen Polizisten um.

Wenigstens niemand, der noch ein paar seiner fünf Sinne beisammenhatte.

»Und worauf warten wir noch?«, fragte sie.

Eichholz funkelte sie nur noch feindseliger an und sah wieder auf seine Armbanduhr, statt zu antworten, doch ihr Computer ließ einen leisen, melodischen Glockenton hören, und auf dem Bildschirm erschien ein stilisierter Briefumschlag.

»Sieht so aus, als hätten Sie eine E-Mail bekommen«, sagte Eichholz. »Wollen Sie sie nicht abrufen?«

»Hier?«, fragte Conny ungläubig.

»Das Sonnenstudio ist ein Hot Spot«, erklärte Trausch. »Bis vor einem halben Jahr war es ein Internet-Café, aber es ist wohl nicht gelaufen.«

»Wahrscheinlich nicht die richtige Gegend dafür«, sagte Eichholz. »Na los, öffnen Sie schon die Nachricht!«

Conny wollte ihm schon raten, es gefälligst selbst zu tun, wo er doch ihren Laptop benutzte und das Passwort ja auch schon kannte, aber dann trat sie stattdessen gehorsam neben ihn und klickte den Briefumschlag an. Er faltete sich mit einem hörbaren Knistern auseinander. Diesmal kam jedoch kein Brief zutage, sondern eine Art Grundriss. Conny wollte sich neugierig vorbeugen, wurde von Eichholz aber einfach zur Seite geschoben.

»Das scheint ein Grundriss des Hauses zu sein«, sagte er. »Die vierte Etage. Dann fehlt uns nur noch die richtige Wohnung.« Er tippte auf die entsprechende Zeile in der Beschreibung des Plans und sah Conny fragend an, doch sie konnte nur mit den Achseln zucken. Sie wusste so wenig wie er, was dieser Plan wirklich bedeutete. Oder wo er herkam.

»Gut«, sagte er. »Dann gehen wir in alle Wohnungen. Gleichzeitig.«

»Das sind vierzehn Appartements«, gab Trausch zu bedenken.

»Ich weiß.« Eichholz sah einen ganz kurzen Moment lang zweifelnd aus, nickte aber dann nur noch einmal. »Wir haben keine Wahl. Ich kann nicht riskieren, dass der Mistkerl entkommt oder am Ende noch Geiseln nimmt. Trausch – wir brauchen mehr Leute. Mindestens noch zwei SEK-Einheiten und eine Hundertschaft von der Trachtentruppe. Und das Ganze schnell, bevor die Presse Wind davon bekommt und dieser Mistkerl unsere Vorbereitungen im Fernsehen beobachtet. *Und ab!*« Er klatschte in die Hände, und die Männer und Frauen eilten zu ihren Wagen. Conny wollte sich Trausch anschließen, wurde jedoch von Eichholz mit einer unwilligen Geste zurückgehalten. »Sie fahren mit mir.«

Er deutete auf den Sprinter, den Conny bisher für einen getarnten SEK-Transporter gehalten hatte. Als Conny dicht hinter ihm einstieg, entpuppte er sich als etwas, das wie eine Mischung aus einem rollenden Fernsehstudio und der Brücke der Enterprise aussah. Zwischen den mit Computern, Bildschirmen und allen möglichen technischen Gerätschaften vollgestopften Regalen auf beiden Seiten blieb gerade noch ein schmaler Gang, in den sie nur hintereinander treten konnten. Zwei Techniker in Zivil – beide mit altmodischen Headsets ausgerüstet und damit beschäftigt, mindestens ein halbes Dutzend Monitore gleichzeitig im Auge zu behalten, saßen an den Geräten und nickten kurz, als sie eintraten. Eichholz ignorierte sie und zog die Tür hinter sich zu. Der Motor wurde angelassen, und der Wagen fuhr los, noch bevor sie Gelegenheit fand, sich zu setzen, sodass sie schmerzhaft mit der Hüfte gegen die Kante des eisernen Regals prallte.

Eichholz klopfte mit den Fingerknöcheln gegen die vergilbte Trennscheibe zum Führerhaus. »In die Tiefgarage. Aber fahren Sie langsam.«

Der Wagen schien ganz im Gegenteil eher schneller zu werden, gleichzeitig jedoch auch ruhiger, sodass Conny es wagte, ihren Halt loszulassen und sich zu einem der beiden noch freien Bürostühle vorzutasten, die es anstelle von Sitzen gab. Conny fragte sich vorsichtshalber nicht, was passieren würde, wenn der Wagen in einen Unfall verwickelt würde, während sie auf so einem Ding saß.

»Haben Sie mir vielleicht etwas zu sagen?« Eichholz hatte auf dem letzten freien Stuhl Platz genommen und stemmte sich mit dem linken Arm gegen eines der Regale, um nicht ununterbrochen hin und her zu rollen. Unter dem anderen Arm trug er ihren zusammengeklappten Laptop. Er war noch eingeschaltet.

»Ich wüsste nicht, was.«

Das war die falsche Antwort, wie sie in seinen Augen lesen konnte. Dennoch blieb er äußerlich ruhig. »Ich habe soeben die größte Polizeiaktion anlaufen lassen, die es seit zwanzig Jahren in dieser Stadt gegeben hat«, sagte er ruhig. »Ich habe zwei komplette Wohnblocks evakuieren lassen, und jeder, der den dritten betreten oder verlassen will, wird auf der Stelle verhaftet und weggebracht. In ein paar Minuten werden zweihundert schwer bewaffnete SEK-Beamte eine komplette Etage stürmen, vierzehn Türen eintreten und mindestens dreizehn unbescholtenen Bürgern nebst ihren Familien gründlich das Mittagessen verderben, von dem Verkehrschaos, das diese Aktion in der halben Stadt anrichtet, ganz zu schweigen. Ich wüsste einfach nur gern, warum ich das getan habe.«

»Um einen Serienmörder zu schnappen?«

Das war die falsche Antwort. Sie musste Eichholz nicht einmal ansehen, um das zu wissen.

»Dieser Kerl, der Sie so großzügig mit Informationen versorgt – wer ist das? Was haben Sie mit ihm zu tun?«

»Nichts«, antwortete sie. »Ich kenne ihn nicht. Ich habe ihn gestern in dieser Diskothek zum ersten Mal gesehen. Das ist die Wahrheit.«

»Und vorher?« Eichholz legte ihren Laptop vorsichtig auf den Boden.

»Nur diese eine E-Mail.«

»Keine andere? Keine Anrufe, Briefe, SMS?«

»Nichts von alledem«, beteuerte Conny. »Ich weiß nicht, wer er ist … oder warum er das tut.«

Eichholz seufzte. »Das heißt also, ich fange hier gleich einen mittleren Bürgerkrieg an – nur auf das Wort eines Mannes hin, den niemand von uns kennt und von dem wir rein gar nichts wissen?«

»Gestern hatte er immerhin recht«, wandte Conny ein.

»Das stimmt«, bestätigte Eichholz. »Anscheinend weiß ihr geheimnisvoller Gönner wirklich, wer dieser Mistkerl ist. Ich frage mich nur, warum er uns nicht einfach *sagt*, wo wir ihn finden, statt dieses Spielchen zu spielen.«

»Vielleicht mag er Spielchen.«

»Vielleicht ist er ja ein genauso kranker Mistkerl«, sagte Eichholz. »Vielleicht gehören die beiden ja sogar zusammen, haben Sie diese Möglichkeit schon einmal in Betracht gezogen?«

»Ich hätte ihn fast erwischt«, erinnerte Conny.

»Sie sagen es: fast.« Eichholz wiegte den Kopf. »Wenn ich Ihren Bericht richtig gelesen habe, dann war es eher ein Zufall.« Er hob rasch die Hand. »Das soll kein Vorwurf sein, verstehen Sie mich nicht falsch. Ganz im Gegenteil. Sie hatten nicht wirklich die Chance, ihn zu schnappen.«

Conny hätte ihm gern widersprochen, aber sie konnte es nicht. Es stimmte ja. Wäre sie eine halbe Minute länger oder kürzer draußen geblieben oder hätte das Mädchen nicht genau in dem Moment geschrien, in dem der Film eine Atempause einlegte, wäre sie niemals auf diese Tür aufmerksam geworden. Wie lange hätte es gedauert, bis das Mädchen verblutet wäre?, überlegte sie. Zehn Minuten? Wahrscheinlich weniger. Zugegeben: Er wäre davongekommen.

Das Licht, das vom Führerhaus her hereinfiel, wurde dunkler, und der Wagen begann zu schaukeln und neigte sich ein Stück nach vorne. Kurz darauf konnte sie anhand des veränderten Echos hören, dass sie die Tiefgarage erreicht hatten. Der Wagen wurde langsamer, und Eichholz stand auf und balancierte zur Tür, noch bevor er gänzlich angehalten hatte.

Da Eichholz es ihr nicht ausdrücklich verboten hatte, folgte sie ihm und stieg ebenfalls aus. Die Tiefgarage war deutlich größer als die unter ihrem eigenen Appartementhaus, wirkte auf den ersten Blick aber kleiner, denn sie war nicht nur voller Fahrzeuge, sondern wimmelte geradezu vor Polizisten, nur wenige in Zivil, die meisten in Uniform oder den schwarzen Kampfmonturen des SEK. Conny fragte sich besorgt, ob es Eichholz wirklich gelungen war, diese kleine Armee hier unbemerkt hereinzubringen.

Sie entdeckte Trausch in einiger Entfernung und wollte auf ihn zugehen, doch er winkte nur ab und kam seinerseits auf sie zu, um ein aufmunterndes Lächeln bemüht, das allerdings nicht über den angespannten Ausdruck auf seinem Gesicht hinwegtäuschen konnte. »Wie ich sehe, hat er Ihnen nicht den Kopf abgerissen.«

»Ich glaube, das ist nur aufgeschoben«, antwortete Conny mit einem schiefen Lächeln. »Wie sieht es aus? Ist die Kavallerie schon da?«

»Ungefähr die Hälfte«, antwortete Trausch. »Aber der Rest ist unterwegs und in spätestens zehn Minuten hier.«

Conny sah sich demonstrativ um. Es war schwer zu schätzen, aber allein in diesem Teil der Tiefgarage mussten sich an die zwanzig SEK-Männer aufhalten; mehr als doppelt so viele wie bei jedem anderen Einsatz, den sie mitgemacht hatte. Es sah aus, als bereite sich Eichholz auf einen kleinen Krieg vor.

»Mit ein bisschen Glück brauchen wir sie gar nicht.« Trausch wedelte mit einem Zettel und bedeutete ihr mit einer Geste, mitzukommen.

Eichholz war in ein intensives Gespräch mit zwei Männern in schwarzen Uniformen, Helmen und schweren Waffen vertieft, unterbrach sich jedoch sofort, als sie näher kam. Trausch schwenkte seine Liste.

»Die Mieterliste von der Verwaltung«, sagte Trausch. »Es sieht gar nicht einmal so übel aus.«

»Wieso?«

Trausch' Zeigefinger stieß fast triumphierend auf das Blatt hinab. »Das sind die Mieter der vierten Etage. Eine Wohnung steht leer. Zwei allein stehende alte Frauen und eine WG, ausschließlich Studentinnen. Ein achtzigjähriger Rentner, der zweimal am Tag von der Caritas Essen bekommt, und sieben ganz normale Familien, allesamt mit Kindern – zwischen einem und drei. Nur in einer einzigen Wohnung lebt ein allein stehender Mann, Martin Aisler. Einundzwanzig. Student. Aber sie wissen nicht, was er studiert.«

»Gibt es ein Foto?«, fragte Eichholz, wobei er Conny einen raschen, fast hoffnungsvollen Blick zuwarf.

»Bei den Mietverträgen?« Trausch schüttelte den Kopf. »Wir haben ein paar Hausbewohnern das Phantombild gezeigt, das wir nach Connys Angaben gemacht haben, aber sie sind sich nicht sicher. Aisler scheint sehr zurückgezogen zu leben. Er wohnt seit anderthalb Jahren hier, ohne in dieser Zeit irgendjemandem aufgefallen zu sein.«

»Wäre ja auch zu schön gewesen«, murrte Eichholz.

»Wir könnten zuerst nur seine Wohnung stürmen«, schlug Conny vor.

»Falls er dort ist und sich nicht in dem leer stehenden Appartement versteckt.« Es war nicht Eichholz, der das sagte, sondern der maskierte SEK-Mann, mit dem er gerade gesprochen hatte. »Oder einer der netten alten Omas die Kehle durchgeschnitten hat und in ihrer Wohnung hockt oder gerade eine der Studentinnen vögelt oder vielleicht auch den netten Nachbarn spielt und bei Papa, Mama und den Kindern zum Kaffeetrinken eingeladen ist.« Er schüttelte heftig den Kopf. »Nein. Das ist viel zu gefährlich. Wir stürmen alle Wohnungen zugleich oder gar keine.«

Eichholz schien ernsthaft über die zweite Möglichkeit nachzudenken, schüttelte aber dann den Kopf. »Dann alle.«

Der Mann entfernte sich rasch, und Conny wandte sich noch einmal an Eichholz. »Vielleicht könnten wir tatsächlich einfach abwarten, bis er von selbst herauskommt, und ihn dann festnehmen.«

»Dafür ist es zu spät«, sagte Trausch ruhig, und Eichholz fügte hinzu: »Möchten Sie die Verantwortung übernehmen, wenn wir noch ein totes Mädchen aus seiner Wohnung tragen?« Er winkte ab. »Beten sie, dass Ihr geheimnisvoller Freund sich nicht nur einen schlechten Scherz mit uns erlaubt hat.«

Ein weiterer Wagen rollte in die Tiefgarage und spie uniformierte Gestalten aus. Eichholz winkte einen der Männer heran und verwickelte ihn sofort in ein von heftigem Gestikulieren begleitetes Gespräch, das allerdings fast nur daraus bestand, dass *er* redete und der andere dann und wann versuchte, irgendetwas zu sagen, meistens vergeblich. Aber er wirkte halbwegs zufrieden, als er zurückkam.

»Die Scharfschützen sind in Stellung«, sagte er. »Noch ein paar Minuten. Trausch, Sie gehen mit der ersten Gruppe. Ich verlasse mich darauf, dass da oben niemand Wildwest spielt.«

Trausch schälte sich aus seiner Jacke, um eine Schutzweste anzuziehen, und Conny fragte: »Bei welcher Gruppe bin ich?«

»Sie?« Eichholz wirkte ehrlich überrascht. »Bei keiner. Sie bleiben schön hier unten und genießen die Show im Fernsehen. Nur mit Popcorn und Cola kann ich leider nicht dienen.«

»Aber ich bin …«

»… krankgeschrieben«, fiel ihr Eichholz ins Wort. »Nur falls Sie es vergessen haben sollten. Sie dürften gar nicht hier sein. Haben Sie auch nur eine Vorstellung davon, was los ist, wenn ihnen irgendetwas passiert?« Er beantwortete seine eigene Frage mit einem heftigen Kopfschütteln. »Sie sind nur aus zwei Gründen hier – weil Ihr geheimnisvoller Gönner darauf bestanden hat, und um den Kerl zu identifizieren, wenn wir ihn haben.«

Conny wollte ganz instinktiv widersprechen – nicht nur, weil ihr schon die bloße Vorstellung unerträglich erschien, tatenlos hier unten herumzusitzen, während ihre Kollegen dort oben ihr Leben riskierten. Es war völlig absurd, aber tief in ihr war plötzlich die feste Überzeugung gewachsen, dass dieser Kerl *ihr* gehörte. Keiner der anderen hatte das Recht, ihn zu fangen. Es war *ihre* Beute, ihr ganz persönlicher Preis, für den sie all das auf sich genommen hatte, basta! Eichholz ließ sie allerdings gar nicht zu Wort kommen, sondern deutete mit einer gebieterischen Geste auf den Sprinter, mit dem sie gekommen waren. »Sie warten dort drinnen. Und gnade Ihnen Gott, wenn Sie auch nur einen Fuß in den Aufzug oder ins Treppenhaus setzen.«

Ein bisschen kam sie sich vor wie in einem reißerischen Science-Fiction-Film, in dem der Kommandant der tapferen Space-Marines in der Zentrale seines gepanzerten Weltraumzerstörers saß und seinem Eingreiftrupp (aus sicherer Entfernung) dabei zusah, wie sie die Festung der außerirdischen Monster stürmten. Nur, dass sie das Gefühl hatte, der Hölle wesentlich näher zu sein als dem Himmel. Irgendetwas würde geschehen. Etwas Schlimmes. Sie wusste es einfach.

Abgesehen vom leisen Summen der Klimaanlage und dem geschäftigen Klicken, mit dem die Finger der beiden Techniker über die Tastaturen huschten, herrschte im Inneren des Wagens eine schon fast gespenstische Stille. Niemand gab auch nur den geringsten Laut von sich. Niemand schien zu *atmen*. Ihr (wahrscheinlich fünfzigster)

Blick auf die Uhr zeigte ihr, dass noch nicht einmal fünf Minuten vergangen waren, seit Eichholz den endgültigen Einsatzbefehl gegeben und sich die Tiefgarage mit gespenstischer Schnelligkeit geleert hatte. Abgesehen von einem einsamen Streifenpolizisten, der neben der Aufzugtür Wache hielt – sie hatte sich ein paarmal vergeblich gefragt, warum eigentlich –, war die Tiefgarage jetzt menschenleer. Die kleine Armee, die Eichholz zusammengezogen hatte, um einen einzelnen durchgeknallten Studenten zu fangen, war vier Stockwerke über ihnen in Stellung gegangen, und Conny fragte sich, worauf Eichholz eigentlich noch wartete. Auf den fünf hintereinandergeschalteten Monitoren vor ihnen waren fünf nahezu identische Abbilder des Hausflurs oben zu sehen, aufgenommen von den winzigen Helmkameras der Männer und in entsprechend schlechter Qualität. Aber selbst die miserabelste Qualität hätte mehr als ausgereicht, um die kleine Armee zu zeigen, die lautlos vor den gleichförmigen Türen in Stellung geschlichen war. Mehr als dreißig Mann; zwei für jede Wohnung und *fünf* für das Appartement des vermeintlichen Vampirs, das Eichholz nun doch als Erstes stürmen lassen wollte – allerdings nur mit einer Verzögerung von maximal drei Sekunden. Länger würden die fünf Männer nicht brauchen, um das aus nur zwei Zimmern bestehende Appartement zu stürmen. Wenn sie ihn dort nicht vorfanden ... nun, dann würde drei Sekunden später dort oben wohl der dritte Weltkrieg ausbrechen.

»Worauf ...«, begann Conny, doch Eichholz hob fast erschrocken die Hand, um sie zum Schweigen zu bringen, und legte die Finger der anderen auf den winzigen Knopf in seinem Ohr. Conny deutete seinen konzentrierten Gesichtsausdruck erst jetzt richtig. Offenbar lauschte er schon eine ganze Weile auf die Stimme darin.

Weitere fünf oder zehn endlos lange Sekunden verstrichen, dann nahm Eichholz die Hand herunter und nickte dem Techniker neben sich zu. Das Bild auf zwei Monitoren wechselte. Eines zeigte jetzt die Fassade des Gebäudes, offenbar vom Dach des benachbarten Hauses aus aufgenommen, die andere die Großaufnahme eines Fensters. Das eingeblendete grüne Fadenkreuz entlarvte sie als das Bild einer Gewehrkamera, mit der einer der Scharfschützen das Fenster anvisierte.

Der Bildausschnitt zoomte heran, sodass sie jetzt einen Blick ins

Innere des Appartements werfen konnten. Zunächst erkannte sie nur verwaschene Bewegung und schwarze und graue Umrisse, als wäre die Kamera in einen Tümpel mit schmutzigem Wasser getaucht, in dem es von grauen Fischen und staubfarbenen Kreaturen wimmelte, dann wurde das Bild schlagartig scharf, und sie sah den Ausschnitt eines kleinen und fast vollkommen schwarz eingerichteten Zimmers. Selbst die Wände waren schwarz gestrichen. Kein Wunder, dass die Kamera Mühe gehabt hatte, Details aufzufangen.

»Da ist er!«

Conny hatte kaum mehr als einen flüchtigen Schemen gesehen. Eine Gestalt – vielleicht –, die für einen Moment im Bild erschienen und dann wieder verschwunden war. Eine Sekunde später tauchte sie jedoch erneut auf, und diesmal blieb sie nicht nur stehen, sondern drehte sich auch um und wandte das Gesicht dem Fenster zu, sodass die Kamera es direkt erfassen konnte.

Der Techniker fror das Bild ein und tippte hektisch auf seiner Tastatur, um das blasse Gesicht heranzuzoomen. Es wurde größer, aber auch eine Spur unschärfer; auf eine fast unheimliche Art ebenso bleich und geisterhaft wie die geschminkte Totenmaske, die sie in Erinnerung hatte.

»Ist er das?«, fragte Eichholz.

Sie war nicht sicher. Alles in ihr wollte *ja* schreien, so laut sie nur konnte, und sei es nur, damit dieser an den Nerven zerrende Albtraum endlich zu Ende war. Dennoch zögerte sie. Das Gesicht, das sie in der Diskothek gesehen hatte, war fast bis zur Unkenntlichkeit geschminkt und von flackerndem Schwarzlicht beleuchtet gewesen, in dem jeder wie Draculas anämischer Bruder ausgesehen hätte, und später, als sie ihm oben gegenübergestanden hatte, hatte sie etwas Besseres zu tun gehabt, als sich seine von purem Hass verzerrten Züge so vorzustellen, wie sie unter anderen Umständen aussehen mochten.

»Frau Feisst?«, drängte Eichholz.

Kommissarin *Feisst, du Blödmann,* dachte sie, *wenn schon.* Der Techniker neben ihm riss beinahe entsetzt die Augen auf, und auch Eichholz runzelte die Stirn; wenn auch eher verwirrt als erbost. Anscheinend hatte sie nur gedacht, ihre Antwort nur zu denken …

»Ich bin nicht ganz sicher«, antwortete sie. »Können Sie …?«

Der Techniker berührte eine einzelne Taste, und das Gesicht auf dem Monitor drehte sich in ruckelnden Einzelbildern weiter.

»Halt!«

Das Bild erstarrte, und sie begegnete dem Blick des Vampirs. Es spielte keine Rolle, ob sie das Gesicht erkannte oder nicht. Die Ähnlichkeit erschien ihr jetzt sogar weniger groß als ein paar Bilder zuvor, aber das spielte keine Rolle. Es waren seine Augen, die sie nicht vergessen würde. Er hätte eine weiße Eishockeymaske tragen können, und sie hätte ihn erkannt. Niemand, der jemals in diese Augen geblickt hatte, würde sie jemals wieder vergessen.

»Kommissarin Feisst!«, sagte Eichholz scharf.

»Das ist er«, sagte Conny gepresst. »Kein Zweifel.« Ihr Herz klopfte, und sie spürte, wie sich ihre Hände so fest zu Fäusten ballten, dass sich ihre Fingernägel schmerzhaft in die Handflächen gruben. Sie war so wenig imstande, irgendetwas gegen die Bewegung zu tun, wie es ihr möglich war, ihren Blick von diesen schrecklichen schwarzen Augen zu lösen. Alles drehte sich um sie, und plötzlich wurde ihr klar, dass diese Augen nicht nur zufällig in Richtung der Kamera blickten. Eichholz und alle anderen mochten das glauben. Sie mochten sogar annehmen, dass Aisler den Scharfschützen im gegenüberliegenden Fenster entdeckt hatte und direkt in die Kamera sah, aber Conny wusste, dass das nicht stimmte. Er sah nicht die Kamera an. Er wusste, dass sie da war, und er starrte *sie* an!

Die Zeit lief weiter. Eichholz schlug mit der flachen Hand auf den Tisch, dass es klatschte, und brüllte: »*Zugriff!*«, und auf den drei anderen Monitoren brach im nächsten Sekundenbruchteil das Chaos aus. Zwei der drei Bildschirme zeigten weiter den Hausflur, auf dem die SEK-Beamten die Tür des betreffenden Appartements stürmten und so schnell einschlugen, dass man es nicht einmal wirklich sah. Die dritte Aufnahme stammte offensichtlich von der Helmkamera des Mannes, der als Erster durch die aufgebrochene Tür stürmte. Bewegung und Farben stürzten so schnell durcheinander, dass das Bild beim bloßen Hinsehen schon Schwindel erzeugte. Alles ging irrsinnig schnell. Die Männer brauchten nicht einmal *annähernd* die drei Sekunden, die Eichholz ihnen zugebilligt hatte, um das Appartement zu stürmen.

Conny sah kaum hin. Sie versuchte es, aber es gelang ihr einfach nicht, sich aus dem Bann dieser unheimlichen Augen zu lösen. Ihr Verstand versuchte vergebens, ihr klarzumachen, dass sie nichts als eine Aufzeichnung sah, ein auf Festplatte gespeichertes Bild, in dem nicht das geringste Leben war. Diese Augen starrten sie an, und es war irgendetwas in diesem Blick, das sie an der tiefsten Stelle ihrer Seele zu berühren schien und sie zum Erschauern brachte. Vielleicht war sie bisher der Meinung gewesen, es wäre die abgrundtiefe Bosheit, die sie darin las, aber plötzlich begriff Conny, dass das genaue Gegenteil der Fall war. In diesen Augen war überhaupt kein Leben. Es war, als blicke sie in die Augen eines Toten.

»Was soll das heißen?«, fauchte Eichholz neben ihr. Er richtete sich kerzengerade in seinem Stuhl auf. »Was heißt hier *nicht da?*«

Conny fuhr ebenso erschrocken wie die beiden Techniker zu ihm herum, und während sie es tat, blieb ihr Blick an dem fünften Bildschirm hängen, der noch immer die Außenansicht des Hauses zeigte. Sie hatte das Gefühl, eine Bewegung darauf wahrzunehmen; nicht mehr als das rasche Flackern eines Schattens, der erlosch, noch bevor er ganz Gestalt annehmen konnte.

»Was soll das heißen, es ist niemand da?«, wiederholte Eichholz aufgebracht. Er war ganz aufgesprungen und hatte die Hand gegen den winzigen Funkempfänger in seinem Ohr geschlagen. »Das ist vollkommen unmög …« Er brach ab, nahm die Hand herunter und wurde noch blasser als ohnehin. »Ich verstehe«, murmelte er. »Nehmt euch die Nachbarwohnungen vor. Ich bin in einer Minute oben!«

Conny hielt ihn am Arm zurück, als er herumfahren wollte. »Was ist passiert?«

»Der Kerl ist weg!« Eichholz riss sich los. »Die Wohnung ist leer.«

»Aber das ist doch unmöglich! Er war …«

»… da«, unterbrach sie Eichholz wütend. »Und wenn Sie fünf Sekunden früher geantwortet hätten, dann wäre er auch immer noch da gewesen, und wir hätten ihn gehabt!« Er riss die Tür auf und sprang aus dem Wagen. »Sie rühren sich nicht von der Stelle, bis ich zurück bin!«

Die Wucht, mit der er die Tür zuknallte, ließ den gesamten Wagen erzittern. Conny drehte sich um und sah durch die Frontscheibe hindurch zu, wie er im Laufschritt zum Lift eilte und in die wartende Kabine sprang.

Verwirrt sah sie wieder zu den Bildern der Helmkamera hin. Mittlerweile hatten alle verbliebenen Männer die Wohnung betreten, sodass sie das winzige Appartement in sich überschneidenden Ausschnitten praktisch komplett im Blick hatte. Ihr erster Eindruck bestätigte sich: Die gesamte Wohnung war schwarz – Wände, Boden und Möbel; selbst die Decke war schwarz gestrichen, und während eines raschen Kameraschwenks erhaschte sie einen flüchtigen Blick auf ein sonderbares Möbelstück, das beinahe wie ein Sarg aussah. Die Kamera schwenkte zu schnell weiter, um Einzelheiten zu erkennen, aber sie zeigte ihr auch, dass Eichholz die Wahrheit gesagt hatte. Die Wohnung war leer.

»Das ist doch unmöglich«, murmelte sie.

»Ich kann Sie beruhigen«, sagte einer der beiden Techniker leise. »Es waren keine fünf Sekunden. Allerhöchstens zwei.«

Conny spürte die gute Absicht hinter diesen Worten, ignorierte sie aber trotzdem. Es spielte überhaupt keine Rolle, ob sie drei oder dreißig Sekunden mit ihrer Antwort gezögert hatte. Vor Aislers Tür hatte eine halbe Hundertschaft Polizisten gestanden, also wie zum Teufel war er aus dem Appartement gekommen?

Sie starrte das, was Vlad in seiner E-Mail so treffend *Fledermaushöhle* genannt hatte, noch ein paar Sekunden lang verwirrt an, dann deutete sie auf die Außenansicht des Wohnblocks. »Können Sie dieses Bild zurücklaufen lassen?«, fragte sie. »Langsam.«

Der Mann sah sie zwar verwirrt an, zuckte dann jedoch mit den Schultern und tat, worum sie ihn gebeten hatte.

Das Ergebnis war ... sonderbar. Das Bild zeigte nichts als die Fassade des Hauses, auf der sich rein gar nichts bewegte. Trotzdem spürte man irgendwie, dass die Aufnahme nun rückwärts lief. Conny konnte selbst nicht sagen, worin der Unterschied bestand, aber er war da, und es war sehr verstörend.

»Stopp!« Conny hob erschrocken die Hand. Wieder hatte sie ein rasches, rauchiges Flackern gesehen; wie ein Schatten, der für den Bruchteil eines Atemzuges über das Bild huschte und wieder verschwand. »Wieder vor«, bat sie. »Noch langsamer.«

Der Techniker gehorchte und ließ die Aufnahme in rasch aufeinanderfolgenden Einzelbildern ablaufen. Trotzdem mussten sie sich noch mehrmals mühsam vor- und zurücktasten, bis sie den Schatten schließlich sahen.

Es wurde sehr still.

Der Schatten war tatsächlich nur auf einem einzelnen Bild zu sehen – eigentlich war es ein kleines Wunder, dass es ihr überhaupt aufgefallen war – und es war nicht wirklich nur ein Schatten, aber auch kein … ja, was eigentlich?

»Das … muss ein Fehler sein«, murmelte der Techniker. Sein Kollege schwieg, machte sich dann jedoch hastig an seiner Tastatur zu schaffen und versuchte das Bild irgendwie zu verbessern. Es gelang ihm sogar, aber Conny war nicht sicher, ob sie sich wirklich darüber freuen konnte.

Der Schatten blieb ein Schatten, rauchig und mit zerfaserten Umrissen und irgendwie nicht ganz stofflich, sodass man meinte, das Mauerwerk hinter ihm sehen zu können. Wahrscheinlich nur eine optische Täuschung, versuchte sie sich zu beruhigen, dadurch zustande gekommen, dass hier zwei oder gar drei Bilder gleichzeitig belichtet worden waren. Aber all das änderte nichts an der Form des Schattens. Es war eindeutig der Umriss eines Menschen, der kopfunter wie eine riesige Fledermaus die Wand hinunterkletterte …

»Das *muss* ein Fehler sein«, beharrte der Techniker. »Ich schaue mir das gleich noch einmal in Ruhe an. Vielleicht ein Schmutzfleck auf der Linse. Oder eine Wolke, die sich vor die Sonne geschoben hat.« Das hätte möglicherweise sogar überzeugend geklungen, hätte seine Stimme nicht hörbar gezittert.

»Können Sie mir einen Ausdruck davon machen?«, fragte sie.

»Sicher, aber …«

»Dann tun Sie es, bitte.« Conny unterstrich ihre Worte mit einer nervösen Geste, die sie irgendwie in einen Befehl zu verwandeln schien, denn der Techniker wagte es nicht mehr, ihr zu widersprechen, sondern machte sich hastig an einem digitalen Videoprinter zu schaffen, der irgendwo in dem Durcheinander vor ihm stand.

Sie hörte, wie sich die Lifttüren zusammenschoben und jemand die Tiefgarage betrat, und sah automatisch über die Schulter zurück. Ein rauchiger Schemen glitt aus der Liftkabine und verschwand aus ihrem Blickfeld.

Conny erstarrte. Die Aufzugtüren schlossen sich bereits wieder, und Conny glaubte einen verkrümmten Körper zu sehen, der auf dem Boden der Kabine lag, aber sie konnte auch diesmal nicht sicher sein. Trotzdem war sie es.

»Haben Sie eine Waffe?«, fragte sie.

Einer der beiden Techniker sah sie nur fast empört an, der andere schüttelte den Kopf. »Nein. Was ist los?«

»Dann rufen sie Eichholz runter. Schnell! Und bleiben Sie im Wagen, ganz egal, was passiert.« Sie verließ den Wagen, bevor einer der beiden antworten konnte, sah sich hastig um und lauschte zwei oder drei Sekunden lang konzentriert. Vielleicht waren da tatsächlich Schritte, vielleicht aber auch nicht, und sie war gerade dabei, sich endgültig zum Narren zu machen. Eine Riesenfledermaus, die kopfunter die Wand hinabkletterte, und jetzt ein Schatten, der Aufzug fuhr – wunderbar! Warum piepste sie Eichholz nicht gleich an und teilte ihm mit, dass sie Dracula persönlich jagten?

Sie sah noch einen Moment lang konzentriert in die Richtung, in der der vermeintliche Schatten verschwunden war, und sah natürlich nichts. Ganz einfach, weil auch niemals etwas da gewesen war. Sie setzte ihren Weg trotzdem fort, ging zum Lift und drückte den Rufknopf, und als die Kabine fünf Sekunden später kam und die Tür aufglitt, blieb die Zeit zum zweiten Mal stehen, und eine eisige Hand griff nach ihrer Kehle und schnürte ihr die Luft ab.

Auf dem Boden der Liftkabine lag eine Gestalt in einer grünen Polizeiuniform. Sein Hemd und die linke Schulter seiner grünen Jacke hatten sich dunkel gefärbt und glänzten nass, und aus seiner aufgerissenen Kehle lief hellrotes Blut, das eine rasch größer werdende, dampfende Lache unter seinem Kopf bildete. Die Finger seiner Linken versuchten vergeblich, den Blutstrom zu stillen, der aus seiner zerfetzten Kehle sickerte, die andere Hand hatte sich um den

Griff seiner Waffe verkrampft. Es war ihm noch gelungen, den schmalen Gurt zu lösen, der sie im Halfter hielt, aber nicht mehr, sie zu ziehen.

»Können Sie mich verstehen?«, fragte Conny hastig. Sie versuchte, seine Hand von der furchtbaren Wunde in seinem Hals zu lösen, aber ihre Kraft reichte nicht. Immerhin lebte er noch und war bei Bewusstsein. In seinen weit aufgerissenen Augen stand nichts als Schmerz und maßlose Angst, aber er atmete, wenn auch mit schrecklich röchelnden, nassen Tönen. Vielleicht war der Schnitt nicht tief genug gewesen, um ihn sofort zu töten.

»Halten Sie durch!«, sagte sie. »Ich hole Hilfe. Atmen Sie!«

Sie sprang auf, stürzte aus der Liftkabine und machte nach einem Schritt noch einmal kehrt, um seine Waffe an sich zu nehmen. Erst dann fuhr sie endgültig herum und rannte zum Wagen zurück.

Als sie ihn fast erreicht hatte, flog die Tür auf und traf sie mit solcher Wucht an der Schulter, dass sie zurücktaumelte und um ein Haar gestrauchelt wäre, und wahrscheinlich war das der einzige Grund, aus dem sie der gebogenen Messerklinge entging, mit der der Vampir nach ihrem Gesicht schlug. Entsetzt stolperte sie einen weiteren Schritt zurück, verlor endgültig das Gleichgewicht und kippte nach hinten, aber sie war trotz allem auch nicht zu erschrocken, um nicht die Waffe hochzureißen und abzudrücken.

Nichts geschah. Sie hörte nicht einmal ein Klicken, und ihr Finger stieß auf unerwarteten Widerstand. Ein Gefühl von absolutem, kaltem Entsetzen breitete sich in ihr aus, als sie begriff, dass sie schlicht vergessen hatte, die Waffe zu entsichern. Ihr Daumen tastete nach dem winzigen Sicherungshebel an der Seite der Waffe, aber ihre Hand schien sich plötzlich nur noch in Zeitlupe zu bewegen, als müsse sie gegen einen nahezu unüberwindlichen Widerstand ankämpfen.

Aisler hatte diese Probleme nicht. Ganz im Gegenteil schien er sich plötzlich mit fast übernatürlicher Schnelligkeit zu bewegen. Er trat nach ihrer Hand und verfehlte sie zwar, nutzte den Schwung seiner eigenen Bewegung aber auch aus, um sich nach vorn zu werfen und noch einmal nach ihr zu schlagen.

Conny warf sich in einer verzweifelten Bewegung herum, rollte zwei, drei Mal über den Boden und erkannte trotz allem, dass es kein Messer war, mit dem er nach ihr schlug, sondern drei rasiermesserscharfe, silberne Fingernägel von gut fünf Zentimetern Länge, die wie ein bizarrer Schlagring an seinem Zeige-, Ring- und Mittelfinger befestigt waren. Nur eine Handbreit neben ihrem Gesicht stoben Funken aus dem Beton, und Conny warf sich ein weiteres Mal herum, trat blindlings aus und war beinahe selbst überrascht zu spüren, wie ihr Fuß auf Widerstand traf. Ein zorniges Keuchen erscholl, und dann war sie endlich herum und auf den Knien und hörte das befriedigende Klicken, mit dem der Sicherungshebel nach unten glitt.

Sie drückte ab, ohne zu zielen.

Der Schuss ging nicht einmal in seine Richtung, aber Aisler prallte trotzdem zurück und starrte sie für einen Sekundenbruchteil aus aufgerissenen Augen an, und mehr Zeit brauchte sie nicht, um sich vollends zu ihm umzudrehen und ein zweites Mal abzudrücken. Diesmal hatte er keine Chance, der Kugel zu entgehen.

Er schaffte es trotzdem.

Aislers Gesicht wetterleuchtete rot im Widerschein der Mündungsflamme, die aus kaum zwei Metern Entfernung nach ihm stieß, und er hätte nicht die winzigste Chance haben dürfen, dem tödlichen Geschoss zu entgehen, doch im allerletzten Moment … *schlängelte* er sich irgendwie zur Seite und nach unten, sodass ihn die Kugel verfehlte und lediglich ein rauchendes rundes Loch in die Karosserie des Wagens hinter ihm stanzte.

Sie gab einen dritten Schuss ab, der ihn noch weiter verfehlte und das Seitenfenster eines Wagens weit hinter ihm zertrümmerte, fluchte ungehemmt und ergriff die Pistole mit beiden Händen, um genauer zu zielen.

Aber sie drückte nicht ab. Aisler raste hakenschlagend und in willkürlichen Sprüngen davon, und obwohl die Tiefgarage hell erleuchtet war, schien er schon wieder zu einem flackernden Schatten geworden zu sein, der sich ihren Blicken auf schon fast gespenstische Weise entzog. Sie fand einfach kein richtiges Ziel.

Mit einem zweiten und noch sehr viel weniger damenhaften Fluch sprang sie auf die Beine, machte zwei hastige Schritte in seine Richtung und schwenkte dann abrupt zur Seite, um in den Sprinter zu hechten.

Sie hatte geahnt, was sie sehen würde, und trotzdem traf sie der Anblick wie ein Schlag ins Gesicht.

Einer der beiden Techniker lag so dicht hinter der Tür, dass sie buchstäblich über ihn stolperte und gestürzt wäre, hätte sie nicht instinktiv die Hand ausgestreckt und sich an einem der Regale festgehalten. Ihre Finger griffen in etwas Nasses, Warmes und Klebriges, sie musste den Mann nicht umdrehen, um zu wissen, dass er tot war. Sein Blut war überall; auf dem Boden, den Regalen und Computern und Bildschirmen und selbst an der niedrigen Decke des Wagens.

Seinem Kollegen war es nicht besser ergangen. Er musste noch versucht haben, von seinem Stuhl aufzuspringen und nach irgendetwas zu greifen, womit er sich verteidigen konnte, denn er war halb von seinem Stuhl und gegen ein Regal gesunken, und seine rechte Hand umklammerte irgendein technisches Instrument, das er vergeblich als Waffe einzusetzen versucht hatte. Seine Kehle war zerfetzt, und Conny begriff in einer einzigen Sekunde absoluten Terrors, dass er zwar noch lebte, es aber nichts mehr gab, was irgendeine Macht der Welt für ihn tun konnte.

Es gelang ihr, das Grauen zurückzudrängen, mit dem das Gefühl so vollkommener Hilflosigkeit sie lähmen wollte, und nach dem Funkgerät auf dem Regal neben sich zu greifen. Wahllos drückte sie die Taste und schrie: »Er ist in der Tiefgarage! Schickt Verstärkung – und einen Notarzt!«

Sie ließ das Funkgerät fallen, opferte noch einmal eine weitere, unendlich wertvolle Sekunde, in der sie einfach dastand und die beiden Toten anstarrte, dann fuhr sie herum und sprang im gleichen Moment aus dem Wagen, in dem das Funkgerät hinter ihr eine quäkende Antwort ausstieß. Sie hatte keine Zeit, zu antworten. Auch, wenn es ihr unendlich viel länger vorgekommen war – tatsächlich hatte Aisler allerhöchstens zehn Sekunden Vorsprung. Und noch einmal würde ihr dieser Mistkerl nicht entkommen, koste es, was es wolle.

Sie lief ein paar Schritte in die Richtung, in der der Vampir verschwunden war, blieb abrupt wieder stehen und lauschte mit angehaltenem Atem, aber ihr eigenes Herz hämmerte so laut, dass es jedes andere Geräusch zu übertönen schien. Und jetzt meldete sich auch ihr Verstand wieder zu Wort, der ihr klarzumachen versuchte, dass das, was sie tat, nicht nur im höchsten Maße gefährlich und dumm, sondern auch vollkommen überflüssig war. Aisler saß in der Falle. Den Aufzug hatte sie im Blick, und vor der Ausfahrt wartete eine halbe Hundertschaft Polizisten nur darauf, jeden in Handschellen zu legen, der auch nur die Nase ins Freie steckte. Und in spätestens zwei oder drei Minuten würde es hier unten von SEK-Beamten nur so wimmeln. Er konnte nicht entkommen.

Aber wen interessierte Vernunft? Sie wollte dieses Schwein haben, das war alles, was zählte.

Sie ging weiter, wenn auch nicht mehr im Laufschritt, sondern vorsichtiger, und sie hielt auch einen respektvollen Abstand zu den geparkten Wagen ein. Sie hatte jetzt zweimal erlebt, wie unglaublich schnell dieser Kerl war. Ein drittes Mal würde er sie ganz bestimmt nicht überrumpeln. Und es war ihr auch vollkommen egal, ob Eichholz sie hinterher feuerte oder ihr gleich Handschellen anlegen ließ. Wenn sie diesem Ungeheuer das nächste Mal gegenüberstand, würde sie ihm eine Kugel zwischen die Augen jagen, ganz egal, ob er sie angriff oder vor ihr auf den Knien lag und um Gnade flehte.

Dazu musste sie ihn zuerst einmal finden, und im Moment sah es nicht danach aus.

Sie schritt schnell und gleichzeitig vorsichtig die Reihen der geparkten Fahrzeuge ab und ließ sich von Zeit zu Zeit in die Hocke sinken, um auch einen Blick unter die Wagen zu werfen. Doch anscheinend hatte der Kerl sich in Luft aufgelöst. Einmal glaubte sie ein gedämpftes Schleifen und Kratzen zu hören, doch als sie stehen blieb und lauschte, war das Geräusch wieder fort.

Schließlich erreichte sie das Ende der Tiefgarage und stand vor einer Wand aus massivem Beton. Es gab keine Tür, keinen Notausgang, nicht einmal eine Ventilationsöffnung, die groß genug gewesen wäre, auch nur eine Katze durchzulassen. Aber er konnte sich doch nicht *wirklich* in einen Schatten verwandelt haben!

Nein?, flüsterte eine Stimme in ihrem Kopf. *Kann er nicht? Und was hast du dann auf dem Monitor gesehen?*

Sie schüttelte den Gedanken ab, drehte sich um und sah die Blutspur.

Spur war vielleicht übertrieben. Eigentlich waren es nur wenige Tropfen, die in einer unregelmäßig unterbrochenen Reihe in ihre Richtung führten und dann plötzlich abbrachen, um dann im rechten Winkel abzubiegen und hinter einem geparkten Wagen zu verschwinden.

Mit klopfendem Herzen und der Waffe mit beiden Händen im Anschlag näherte sie sich der Stelle, drehte sich nach rechts und zielte auf eine weitere, nackte Wand aus Beton. Die unterbrochene Blutspur führte noch zwei oder drei Meter weiter und endete dann vor einer vielleicht fünfzig mal fünfzig Zentimeter messenden Klappe aus geriffeltem Metall im Boden. Rasch ging sie hin, ließ sich daneben auf die Knie sinken und stellte fest, dass es keine Möglichkeit zu geben schien, sie zu öffnen; jedenfalls nicht ohne ein spezielles Werkzeug. Aber immerhin gab es einen vielleicht zwei oder drei Millimeter messenden Spalt zwischen dem Metall und den Beton.

Sie brach sich zwei Fingernägel bei dem vergeblichen Versuch ab, den Deckel anzuheben, legte schließlich die Pistole auf den Boden und klaubte mit zitternden Fingern den Schlüsselbund aus der Tasche.

Nur einer der Schlüssel war schmal genug, um in den millimeterbreiten Spalt zu passen, und am Anfang sah es so aus, als nütze ihr das gar nichts. Sie drückte und hebelte mit aller Kraft, die sie auf den winzigen Schlüssel ausüben konnte, mit dem einzigen Ergebnis, dass sich der Schlüssel zu verbiegen begann, schließlich aber gelang es ihr, die Klappe weit genug anzuheben, um die Finger in den Spalt zu quetschen. Sie brauchte beide Hände, um den Deckel in seinen rostigen Scharnieren hochzukippen, wobei dasselbe metallische Quietschen und Scharren entstand, das sie gerade gehört hatte. Sie war auf der richtigen Spur.

Unter der Klappe kamen vielleicht ein Dutzend eiserner Sprossen zum Vorschein, die überraschend sauber waren, was darauf hindeutete, dass sie oft benutzt wurden. Conny konnte nicht richtig sehen, was darunterlag; am Grunde des Schachts glomm ein trübgelbes Licht, das zu schwach war, um Einzelheiten zu erkennen, und auf seltsame Weise verwaschen wirkte. Auf der zweitobersten Stufe glänzte jedoch ein nasser, roter Tropfen. Wie es aussah, hatte sie den Kerl wohl doch getroffen.

Sie steckte den Schlüssel ein, schob mit einem sehr schlechten Gefühl auch die Pistole in die Jackentasche und begann die Leiter hinunterzusteigen, wobei sie sorgsam darauf achtete, den Blutfleck nicht zu verschmieren. Als sie den Fuß auf die dritte oder vierte Stufe setzte, glaubte sie Geräusche über sich zu hören; Schritte, ein hastiges Poltern und Schleifen, vielleicht einen überraschten Schrei. Das veranlasste sie allerdings weder, langsamer zu werden, noch, nach ihren Kollegen zu rufen. Der Kerl war ganz in ihrer Nähe, das spürte sie, und sie würde ihn ganz bestimmt nicht warnen!

Die Leiter bestand nicht aus einem Dutzend, wie sie geschätzt hatte, sondern nur aus sieben oder acht Sprossen. Das letzte Stück musste sie mit einem kurzen Sprung zurücklegen, nach dem sie sich in einem schmalen Gang mit nackten Betonwänden wiederfand, der so niedrig war, dass sie nur gebückt darin stehen konnte. Unter der Decke brannten in regelmäßigen Abständen schwache Glühbirnen hinter rostigen Drahtkörben, und ein Gewirr grauer Plastikrohre und dicker, mit zerknitterter Metallfolie umwickelter Leitungen zog sich an den Wänden entlang. Es war sehr warm, fast stickig, und in der Luft lag ein dumpfes Vibrieren und Brummen, eher zu spüren als wirklich zu hören.

Einen Moment lang war sie unschlüssig. Der Gang setzte sich in beide Richtungen fort und endete sowohl rechts als auch links in einem offensichtlich größeren Raum, in dem ebenfalls Licht brannte. Wenn sie die falsche Richtung nahm, dann war Aisler weg.

Und das war er auch, wenn sie noch weiter hier so dumm herumstand und sich gar nicht rührte, dachte sie ärgerlich. Sie musste es einfach riskieren. Es gab schlechtere Chancen als eins zu eins.

Sie zog ihre Waffe, wandte sich nach links und eilte los. Alle paar Schritte blieb sie stehen und lauschte. Das brummende Geräusch schien zuzunehmen, aber das war auch alles.

Kurz bevor sie das Ende des Ganges erreichte, sah sie, dass sie auf dem richtigen Weg war. Nur eine Handbreit vor dem Durchgang glänzte Blut auf dem Boden; kein einzelner Tropfen diesmal, sondern eine regelrechte Pfütze, und auf der Wand – sonderbarerweise in Kniehöhe – entdeckte sie einen blutigen Handabdruck. Sie *hatte* den Kerl erwischt, und wie es aussah schlimmer, als sie bisher zu hoffen gewagt hatte. Offensichtlich war er hier auf die Knie gefallen und hatte sich an der Wand abgestützt, um wieder aufzustehen. Sehr weit, dachte sie grimmig, würde er in diesem Zustand nicht mehr kommen. Wie es aussah, war er dabei, zu verbluten.

Sonderbarerweise empfand sie bei dieser Vorstellung keine Erleichterung, sondern eher etwas wie grimmige Enttäuschung. Sie wollte dieses Schwein lebend erwischen.

Um es dann selbst umzubringen.

Conny konzentrierte sich mit aller Macht auf den Raum auf der anderen Seite des Durchgangs. Er war von demselben trüben Licht erfüllt wie der Gang, der sie hierher geführt hatte, und sie konnte von ihrer Position aus nur einen schmalen, dreieckigen Ausschnitt einsehen. Immerhin erkannte sie, dass es sich um eine Art Maschinenraum zu handeln schien, was wohl auch die Erklärung für das unheimliche Vibrieren und Summen war, das in der Luft lag. Sie sah klobige Maschinen und zahllose Rohrleitungen und Kabel. Und jede Menge tote Winkel, in denen sich der Mistkerl verstecken konnte, um mit seiner selbst gebastelten Vampirkralle über sie herzufallen. Vielleicht war es doch besser, wenn sie wartete, bis er verblutet war.

Ganz bestimmt nicht.

Mit angehaltenem Atem schlich sie weiter, blieb nach ein paar Schritten wieder stehen und lauschte. Irgendetwas scharrte, ohne dass sie die Richtung feststellen konnte, aus der das Geräusch kam. Unendlich vorsichtig, die Waffe an ausgestreckten Armen vor sich, drehte sie sich einmal um sich selbst und versuchte, sich einen Überblick zu verschaffen. Das hier musste so etwas wie die Heizungs- und Versorgungszentrale des gesamten Wohnblocks sein. Sie sah gleich zwei gewaltige Heizkessel und ein wahres Labyrinth von Rohren, die trotz der dicken Isolation der Quell der unangenehmen, trockenen Wärme waren, die ihr allmählich selbst das Atmen schwer machte, und eine Anzahl großer Schaltschränke und -kästen, die wie antike Computer aus den Sechzigerjahren des vergangenen Jahrhunderts anmuteten. Der Raum war gut zwei Meter hoch, aber irgendwie hatte sie trotzdem das Gefühl, den Kopf einziehen zu müssen, um nicht gegen die Decke zu stoßen. Auf der anderen Seite gab es eine massive Feuerschutztür aus Metall. Von dem Vampir war keine Spur zu sehen.

Der sprang sie an, als sie die Tür erreicht hatte und gerade die Klinke herunterdrücken wollte.

Sie hätte keine Chance gehabt, hätte sie nicht im buchstäblich allerletzten Sekundenbruchteil eine Bewegung aus den Augenwinkeln heraus registriert, die sie zusammenfahren ließ. Pures Glück, das nichts mit Reaktion zu tun hatte. Statt ihre Halsschlagader aufzureißen, fetzten die Stahlkrallen des Vampirs nur mit einem hässlichen Geräusch durch den Stoff ihrer Jacke, zerrissen den Schultergurt der Schutzweste und schlitzten auch noch ihr T-Shirt auf, ließen die Haut darunter jedoch wie durch ein Wunder unversehrt und gruben sich tief in die aluminiumumwickelte Isolierung eines Heizungsrohres, nur Zentimeter neben ihrer Schläfe. Dampf zischte in einer brühheißen Wolke an ihrem Gesicht vorbei, und die pure Wucht des Anpralls ließ sie zur Seite taumeln und hätte sie beinahe von den Füßen gerissen. Jemand schrie, aber Conny hätte nicht einmal sagen können, ob es Aislers oder ihre eigene Stimme war.

Verzweifelt um ihr Gleichgewicht wie ebenso darum kämpfend, die Pistole nicht fallen zu lassen, stolperte sie zurück. Mehr und heißerer Dampf zischte aus dem Loch, das Aislers Vampirkralle in das Rohr geschlagen hatte, und diesmal war sie nicht nur sicher, dass es seine Stimme war, die sie brüllen hörte, sondern sie glaubte auch, einen gellenden Schmerzensschrei zu vernehmen. Aisler taumelte zur Seite, eingehüllt in eine brodelnde Wolke aus kochend heißem Dampf, als wäre direkt unter seinen Füßen ein Geysir explodiert, und schrie vor Pein. Kochendes Wasser tropfte von seiner Hand, und seine Haut färbte sich so schnell rot und begann Blasen zu werfen, dass sie buchstäblich dabei zusehen konnte. Sie hatte einmal gehört, dass Verbrühungen zu dem Schlimmsten gehörten, was man einem Menschen antun konnte, und das hysterische Kreischen seiner Stimme schien diese Behauptung zu unterstreichen. Er musste halb wahnsinnig vor Schmerzen sein …

… was ihn aber nicht daran hinderte, sich sofort wieder auf sie zu stürzen.

Conny riss ihre Pistole hoch und schoss, drückte in ihrer Hast aber einen Sekundenbruchteil zu früh ab. Der Schuss dröhnte in dem winzigen Raum wie ein Kanonenschlag und ließ ihre Ohren klingeln, die Kugel schlug dicht vor seinen Füßen Funken aus dem Beton und heulte als Querschläger davon. Glas zersplitterte, und es stank nach verschmortem Metall und brennendem Kunststoff.

Zu einem zweiten Schuss kam sie nicht. Aisler trat nach ihrer Waffe und traf stattdessen ihr Handgelenk, und das mit solcher Wucht, dass sie glaubte, das Splittern ihrer eigenen Knochen zu spüren. Gleichzeitig hackte seine Krallenhand nach ihrem Gesicht. Irgendwie gelang es ihr, den Hieb mit dem Unterarm abzublocken, noch während ihre Waffe in hohem Bogen davonflog, aber spätestens dieser zweite Treffer war zu viel. Sie stolperte zwei Schritte rückwärts, fiel hilflos auf den Rücken und blieb halb benommen liegen. Ungefähr eine halbe Sekunde lang, bis Aisler ihr mit solcher Wucht in die Seite trat, dass ihr die Luft wegblieb. Ohne die Schutzweste hätte der Tritt ihr vermutlich mehrere Rippen gebrochen.

Auch so war der Schmerz schlimm genug, um ihr die Tränen in die Augen zu treiben. Sie versuchte sich herumzuwerfen. Zu spät. Aisler ließ sich mit beiden Knien auf sie fallen und schlug ihr so kräftig mit dem Handrücken ins Gesicht, dass ihre Lippen aufplatzten und sie ihr eigenes Blut schmeckte.

»Miststück!«, keuchte er. »Du verdammte Schlampe! Dafür bring ich dich um! Du bist tot. *Tot!*«

Das letzte Wort hatte er gekreischt, mit einer Stimme, die kaum noch etwas Menschliches hatte; so wenig wie der Anblick seines Gesichts. Conny blinzelte durch einen Schleier aus rot gefärbten Tränen zu ihm hoch, und das Bild ließ sie noch einmal aufstöhnen; diesmal vor schierem Entsetzen. Nicht nur seine Krallenhand war verbrüht. Der kochende Dampfstrahl hatte auch sein Gesicht getroffen. Seine Haut war rot und nass und blasig. An zahllosen Stellen schien sie einfach … weg zu sein, sodass das rohe, nässende Fleisch darunter zum Vorschein kam. Das linke Auge hatte sich in eine marmorierte weiße Kugel verwandelt, die nie wieder etwas sehen würde. Conny fragte sich vergeblich, woher er die Kraft nahm, noch bei Bewusstsein zu bleiben oder auch nur noch zu *leben*.

Wieder schlug er ihr brutal ins Gesicht, auch jetzt wieder nur mit dem Handrücken, statt mit seiner tödlichen Stahlkralle, aber so hart, dass ihre Sonnenbrille davonflog und sie beinahe das Bewusstsein verloren hätte. »Miststück!«, kreischte er. »Verdammte, dämliche Schlampe. Ich bring dich um, hörst du? Ich schlitz dich auf und erwürg dich mit deinen eigenen Eingeweiden, hast du verstanden? Dämliche Sau!«

Seine Vampirklaue hackte nach ihrer Brust, wie um diese Ankündigung sofort in die Tat umzusetzen, vermochte den zähen Stoff ihrer Schutzweste aber nicht zu durchdringen, und Conny revanchierte sich mit einem ungelenken Hieb nach seinem Gesicht, dem er mit einer ärgerlichen Kopfbewegung auswich, sodass sie stattdessen nur seine Schulter traf.

Das Ergebnis war verblüffend. Aisler brüllte, als hätte sie ihm einen rot glühenden Speer durch den Leib gerammt, griff sich an die Schulter und kippte rücklings von ihr herunter. Blut lief in Strömen an seinem Arm hinab und bildete eine rasch größer werdende Lache unter ihm.

Stöhnend und der Bewusstlosigkeit noch immer gefährlich nahe, wälzte sie sich herum und auf Hände und Knie und versuchte blindlings davonzukriechen. Irgendwo hier lag ihre Waffe. Sie musste sie finden, wenn sie die nächsten Sekunden überleben wollte.

Eine Hand schloss sich um ihren Knöchel und riss sie zurück. Conny trat blindlings aus, und es gelang ihr, sich loszureißen, aber sie stürzte, und bevor sie sich wieder aufrappeln konnte, gruben sich drei weißglühende Krallen in ihre Wade und hielten sie unbarmherzig fest. Conny schrie vor Schmerz, und dann noch einmal und noch lauter, als Aisler sich herumwarf und seine Vampirkralle benutzte, um sich an ihrem Bein entlangzuhangeln.

»Miststück!«, wimmerte er. »Dich nehm ich noch mit, das schwör ich. Das hat *er* nicht umsonst getan! Damit kommt … er nicht … durch!«

Der Schmerz wurde für einen Moment noch schlimmer, als er die Krallen aus ihrem Bein riss, und sie konnte spüren, wie sie an ihrem

Oberschenkel hinauf nach ihren Nieren tasteten, und biss die Zähne in Erwartung der kommenden Agonie zusammen.

Der stechende Schmerz blieb aus. Stattdessen verschwand Aislers Gesicht plötzlich von ihren Beinen, und sie hörte ein überraschtes Keuchen, gefolgt von einem schrecklichen, *schmatzenden* Laut und einem Geräusch, als würde ein Dutzend trockener dünner Äste rasch hintereinander zerbrochen.

Aisler stand hoch aufgerichtet und in fast unmöglich erscheinender, verdrehter Haltung über ihr, als sie sich auf den Rücken wälzte, und aus ihrer verzweifelten Erleichterung wurde das genaue Gegenteil, als sie begriff, dass sie dabei war, das Bewusstsein zu verlieren, und bereits halluzinierte, denn sie glaubte einen Schatten hinter ihm zu erkennen, riesig und wogend und mehr der einer gigantischen Fledermaus als der eines Menschen, ein albtraumhaftes *Ding*, das den Vampir mit rauchigen Armen umschlungen hielt und seinen Kopf zurückriss.

»Es ist wirklich wahr, was man sagt«, sagte eine fast amüsiert klingende Stimme. »Wenn du sicher sein willst, dass etwas erledigt wird, dann tu es selbst.«

Conny wurde schwarz vor Augen, und sie verlor endgültig das Bewusstsein.

4

Sie erwachte im Krankenhaus. Sie wusste es schon, bevor sie die Augen aufschlug, und einen Sekundenbruchteil, nachdem ihr erster Gedanke ein sachtes Erstaunen gewesen war, *überhaupt* zu erwachen; und dann die ganz ernsthafte Frage, ob sie vielleicht tot und das hier die Antwort auf die Frage war, die sich die Menschen seit Anbeginn der Zeit stellten. Aber dann drang mildes, weißes Licht durch ihre geschlossenen Lider, und sie spürte den typischen Krankenhausgeruch, und als sie die Augen aufschlug, wurde aus ihrer Vermutung Gewissheit. Das hier war ganz gewiss nicht der Himmel, aber auch noch nicht ganz die Hölle, sondern ein anonymes Krankenhauszimmer.

»Sie sind nicht tot, keine Sorge.«

Conny drehte so schnell den Kopf in den Kissen, dass ihr schwindelig wurde. Trausch saß auf einem Stuhl neben ihrem Bett und grinste so unverschämt breit auf sie herab, dass sie eigentlich schon wieder wütend werden sollte. Stattdessen blinzelte sie nur verwirrt und wiederholte mit leiser, kratziger Stimme: »Tot?«

»Das hier ist allerhöchstens das Fegefeuer«, fuhr Trausch fort, noch immer mit diesem dämlichen Grinsen auf dem Gesicht und in unangemessen fröhlichem Ton. »Das aber ganz bestimmt. Die Städtische Unfallklinik. Kassenpatientin, mit dem Anspruch auf eine warme Mahlzeit am Tag und der Behandlung durch einen vollkommen übermüdeten Assistenzarzt. Sie wissen doch, wie gut Vater Staat für seine Beamten sorgt.«

»Und Sie lesen meine Gedanken?«, vermutete Conny. Sie versuchte sich aufzusetzen und ließ es hastig wieder bleiben, als sie spürte, dass aus dem *latenten* ein ziemlich *heftiges* Schwindelgefühl werden würde, wenn sie die Bewegung fortsetzte.

»Das war gar nicht nötig«, antwortete Trausch. »Wussten Sie, dass sie im Schlaf sprechen?«

Conny sah ihn erschrocken an. »Wie?«

»Ziemlich viel sogar und gut verständlich. Ich kenne jetzt alle ihre schmutzigen Geheimnisse. Aber keine Sorge, sie sind gut bei mir aufgehoben. Ich kann schweigen wie ein Grab.« Immer noch grinsend legte er den Zeigefinger über die zusammengepressten Lippen, aber das Lächeln in seinen Augen erlosch. Falls es überhaupt jemals dort gewesen war. »Wie fühlen Sie sich?«

Conny fand die Frage so überflüssig, dass sie beschloss, nicht einmal mit einer spitzen Bemerkung darauf zu antworten. Sie versuchte noch einmal und jetzt sehr vorsichtig, sich aufzurichten, und diesmal wäre es ihr wahrscheinlich sogar gelungen, ohne dass das Zimmer rings um sie begonnen hätte, Lambada zu tanzen. Aber Trausch schüttelte rasch den Kopf und machte eine Bewegung, wie um sie wieder auf das Bett zu drücken.

»Das sollten Sie lieber lassen«, sagte er. »Sie haben eine Gehirnerschütterung. Wenn Sie sich zu früh bewegen, bekommen Sie höllische Kopfschmerzen. Ich habe mir sagen lassen, dass sie wochenlang anhalten können.«

»Dann besorgen Sie mir eine Tablette«, nörgelte sie. »Das hier ist doch ein Krankenhaus, oder?«

»Sie sind Kassenpatientin«, erinnerte Trausch. »Glauben Sie ernsthaft, Sie bekommen eine Aspirin außer der Reihe?«

»Was habe ich denn im Schlaf gesagt?«, murmelte Conny.

»Eigentlich nicht viel«, antwortete Trausch, nunmehr vollkommen ernst. »Irgendetwas vom Tod und Sterben und Schatten … aber das ist nur verständlich, nach dem, was Sie durchgemacht haben. Sie sind zweimal hintereinander gerade noch so davongekommen. An aufeinanderfolgenden Tagen. Ich glaube, das ist ein neuer Rekord.«

»Und … Aisler?«, fragte sie zögernd.

»Der hatte nur einmal Glück«, antwortete Trausch. »Gestern. Heute weniger.«

»Er ist …?«

»Tot«, bestätigte Trausch. Seiner Stimme war keine Spur von Bedauern anzuhören. »Sie haben ihn sauber erwischt.«

»Ich?« Conny runzelte zweifelnd die Stirn. »Ich war der Meinung, ich hätte ihn überhaupt nicht getroffen.«

»Haben Sie auch nicht«, antwortete Trausch. »Wenigstens nicht heute. Aber gestern. Wahrscheinlich wäre er an der Kugel von gestern sowieso gestorben, spätestens in ein paar Tagen, wenn er eine Sepsis bekommen hätte. Der Irre hat versucht, sich selbst zu verarzten. Als er weggelaufen ist, ist die Wunde wieder aufgebrochen. Er wäre so oder so in spätestens ein paar Stunden gestorben. Er wäre innerlich verblutet.«

Conny antwortete nicht gleich. Für jemanden, der im Begriff stand, zu verbluten, hatte sich Aisler noch verdammt schnell bewegt, fand sie. Aber sie erinnerte sich nicht, was genau passiert war. So angestrengt sie auch nachdachte: Alles, was ihr einfiel, schien wie ein wirrer Fiebertraum.

»Und … die anderen?«, fragte sie zögernd.

»Der Kollege, den Sie im Aufzug gefunden haben, wird wohl durchkommen«, antwortete Trausch. »Die beiden Techniker sind tot. Es tut mir leid.«

»Er hat sie umgebracht«, murmelte Conny. »Wenn ich im Wagen geblieben wäre …«

»… wären Sie jetzt auch tot«, unterbrach sie Trausch in schon fast grobem Ton. »Die beiden waren ausgebildete Polizeibeamte, und dennoch hatten sie keine Chance. Seien Sie froh, dass Sie nicht im Wagen waren. Sonst hätten wir jetzt drei tote Kollegen.« Seine Stimme wurde eine Spur lauter, als er die Reaktion in ihrem Gesicht las, aber auch hörbar wärmer. »Und bevor Sie jetzt den Gehirnklempnern in der Psycho-Abteilung etwas liefern, um sich wichtigzumachen: Es ist nicht Ihre Schuld, dass die beiden tot sind, und Sie müssen sich auch nicht schuldig fühlen, weil Sie noch am Leben sind. Ganz im Gegenteil: Wenn Sie nicht zum Aufzug gelaufen wären, dann wäre der Kollege darin vermutlich auch noch gestorben.«

»Wieso?«

»Ganz einfach, weil Sie dann von nichts gewusst und also auch nicht um Hilfe gerufen hätten«, antwortete Trausch. »Wir waren alle damit beschäftigt, uns die Augen zu reiben und uns zu fragen, wo zum Teufel der Kerl geblieben ist.«

Das mochte stimmen oder auch nicht, und es war auf jeden Fall gut gemeint. Aber es war auch nicht die *ganze* Wahrheit. Da war etwas,

was er nicht wusste und auch nicht wissen konnte. Und vielleicht auch nicht wissen sollte. Doch dann erinnerte sie sich daran, was Trausch ihr gestern geraten hatte.

»He, Kopf hoch!«, sagte Trausch aufmunternd. »Es *war* nicht Ihre Schuld.«

»Doch«, sagte sie leise. »Das war es. Er ist meinetwegen heruntergekommen.«

»Unsinn!«, widersprach Trausch. Er klang ein bisschen zornig. »Woher wollen Sie das wissen?«

»Weil er es mir verraten hat«, antwortete sie. »Dort unten, in diesem … diesem Heizungsraum, oder was immer es war. Als wir miteinander gekämpft haben. Da hat er es mir gesagt.«

»Was haben Sie denn erwartet?«, schnaubte Trausch. »Der Kerl hat Sie erkannt, und er dürfte nicht besonders begeistert gewesen sein. Natürlich wollte er Sie umbringen! Aber er ist *ganz bestimmt nicht Ihretwegen* heruntergekommen! Ende der Diskussion!«

Das klang sogar noch überzeugender, dachte Conny, und wahrscheinlich enthielt es auch einen guten Teil Wahrheit. Aber eben nur einen guten Teil. Der andere, schlechte Teil, war der, dass sie ebenso recht hatte. Er *hatte* gewusst, dass sie dort unten war, und er *war* ihretwegen in die Tiefgarage gekommen. Aber sie wusste auch, wie sinnlos es gewesen wäre, das noch einmal zu wiederholen.

»Wissen Sie schon, wie er aus dem Appartement entkommen konnte?«, fragte sie stattdessen.

»Nichts leichter als das.« Trausch schnaubte. Es klang fast wie ein Stöhnen. »Das leer stehende Appartement gleich neben seinem eigenen. Der Kerl muss geahnt haben, dass wir ihm auf der Spur waren. Er hat sich schlicht und einfach einen Notausgang nach nebenan gebastelt. Die Wände da oben bestehen nur aus Gipsbausteinen. Sie brauchen nicht mehr als eine Handsäge und eine Viertelstunde Zeit.«

»Und wie ist er aus *der* Wohnung gekommen?«, fragte sie.

»Daran arbeiten wir noch«, antwortete er ausweichend.

»Das heißt, ihr habt keine Ahnung«, sagte Conny.

Trausch druckste einen Moment herum, doch dann nickte er widerstrebend. »Noch nicht«, räumte er ein. »Aber das finden wir heraus, keine Sorge. Schließlich sind wir die Guten. Und die Polizei. Wir kriegen jeden Verbrecher ... na ja, die meisten.«

»Manche.«

»Ziemlich viele«, widersprach Trausch. »Und in Zukunft werden es garantiert mehr, mit solchen Mitarbeiterinnen wie Ihnen.« Er wirkte verlegen, fast unbeholfen, und auch Conny fühlte sich plötzlich ... seltsam. Sie musste sich eingestehen, dass sie nicht nur nichts gegen seine Anwesenheit hatte, sondern dass ihr seine Nähe sogar ... also gut, sie zwang sich, es *behagte* zu nennen, obwohl es in Wahrheit ein vollkommen anderes Gefühl war.

Sie erschrak vor ihren eigenen Gedanken, und das offensichtlich so heftig, dass Trausch ihre Reaktion nicht verborgen blieb und er die Stirn runzelte. »Ist alles in Ordnung?«, fragte er, schon wieder besorgt.

»Nein«, antwortete sie hastig. »Ich meine ... ja. Mir fehlt nichts, keine Sorge. Es war nur ... alles ein bisschen viel.«

Trausch sah sie mit schräg gehaltenem Kopf an. Er wirkte nicht überzeugt.

»Es ist wirklich alles okay«, versicherte sie. »Ich bin ein bisschen durcheinander, das ist alles. Nehmen Sie mich nicht zu ernst.«

»Wie kommen Sie auf die Idee, dass ich das jemals getan hätte?«, fragte Trausch.

Conny lachte, wich seinem direkten Blick dabei aber aus, wenn auch aus vollkommen anderen Gründen, als er auch nur ahnen mochte. Für eine Weile breitete sich ein unangenehmes Schweigen zwischen ihnen aus. Schließlich fragte sie: »Sitzen Sie ... schon lange hier?«

»Die ganze Nacht«, antwortete Trausch ernst. Sie starrte ihn an, und plötzlich lachte er wieder und schüttelte heftig den Kopf. »Seit ungefähr zwanzig Minuten. Die Oberschwester hat mir erklärt, dass Sie bald aufwachen, und weil ich sowieso hier war, habe ich gewartet. Sie waren fast auf die Minute pünktlich.«

»Das können die?«, fragte Conny überrascht.

»Das können die«, bestätigte Trausch. »Vor allem, wenn sie Sie vorher in Narkose gelegt haben.«

»Narkose?«, wiederholte Conny misstrauisch. »Wozu?«

Trausch deutete stumm auf ihren rechten Arm und dann auf das Bein, und erst, als ihr Blick der Kopfbewegung folgte, bemerkte sie, dass beides dick bandagiert war und dass sie diese Körperteile überhaupt noch hatte. Seltsamerweise spürte sie immer noch keinen Schmerz – aber auch sonst nichts. In ihrem Körpergefühl schienen ihr Unterarm und das Bein nicht mehr zu existieren.

»Keine Angst, es ist nichts gebrochen«, beantwortete Trausch ihre unausgesprochene Frage. »Aber Sie haben ein paar hübsche Schrammen abbekommen. Nicht weiter schlimm, wenn man diesem Metzger von Chirurgen glauben darf, aber vermutlich sehr schmerzhaft. In ein paar Tagen können Sie die Hand wieder völlig normal bewegen und sogar fast ohne Schmerzen laufen, wenn keine unvorhersehbaren Komplikationen auftreten.«

»Unvorhersehbare Komplikationen?«

Trausch machte eine beruhigende Geste. »Das sagen sie immer, dass wissen Sie doch. Oder haben Sie jemals einen Arzt getroffen, der Ihnen eine eindeutige und klare Prognose gegeben hätte? Die sind doch nicht verrückt und lassen sich auf etwas festnageln.«

Conny blieb ernst. »Ich kann mich an …« *Nichts erinnern?* Das stimmte nicht. Sie erinnerte sich – nur hatte sie es bisher für die Erinnerung an einen verrückten Traum gehalten. Sollte das etwa heißen, dass auch alles andere …?

»Das ist schade«, sagte Trausch. »Ich hatte mich auf eine spannende Geschichte gefreut. Es muss ein höllischer Kampf gewesen sein.«

»So, wie der Kerl mich zugerichtet hat?«

»Ich würde eher sagen, so wie *Sie ihn* zugerichtet haben«, erwiderte Trausch lächelnd. »Allzu viel war nicht mehr von ihm übrig.« Er seufzte. »Aber das gibt sich bestimmt bald. Die Oberschwester hat mich gewarnt, dass vorübergehende Gedächtnislücken nach einer Vollnarkose vorkommen. Wie gesagt: Ich freue mich auf eine spannende Geschichte.« Er zögerte. »Eichholz übrigens auch«, fügte er dann hinzu.

»Was für eine Überraschung«, seufzte Conny. »Ich wusste doch die ganze Zeit, dass mir etwas fehlt. Wo ist er überhaupt?«

»Oh, der kommt schon noch, keine Sorge«, antwortete Trausch.

»Er wäre längst hier, wenn der Arzt ihm nicht gesagt hätte, dass Sie nicht vernehmungsfähig sind.«

»Bin ich nicht?«, fragte Conny. »Sie sind doch auch hier.«

»Vernehme ich Sie etwa?«, erkundigte sich Trausch.

»Tun Sie das nicht?«

»Nein«, antwortete er, zu schnell und zu überzeugend, als dass irgendein Zweifel an der Ehrlichkeit dieser Antwort aufkommen konnte. »Ich habe mir Sorgen um Sie gemacht, das ist alles. Und Eichholz wird Sie auch nicht verhören.«

»Da wäre ich nicht so sicher«, seufzte sie. »Wenn ich mich richtig erinnere, hatte er vorher schon eine Stinkwut auf mich. In diesem Punkt funktioniert mein Gedächtnis leider schon wieder ganz ausgezeichnet.«

»Eichholz hat eine Stinkwut auf jeden, und das immer«, sagte Trausch ernst. »Und dabei ist es natürlich richtig: Auf *Sie* ist er im Moment ganz besonders sauer. Aber das nützt ihm nichts.«

»Wieso?«

»Weil Sie so etwas wie eine *Persona non grata* sind«, antwortete er und grinste plötzlich wieder. Er sah eindeutig schadenfroh aus. »Und das werden Sie auch noch eine ganze Weile bleiben. Verstehen Sie eigentlich nicht?«

»Was?«, fragte Conny lahm, und Trausch verdrehte in übertrieben gespielter Verzweiflung die Augen.

»Sie sind die Heldin des Tages, Conny«, antwortete er. »Die Frau, die den Vampir erledigt hat, in einem verzweifelten Kampf auf Leben und Tod! Das ist großes Hollywood-Kino, und das hier bei uns! Die Leute lieben so was! Sie haben den Kerl durch den Fleischwolf gedreht, nach allen Regeln der Kunst, und absolut niemand nimmt Ihnen das übel – nicht einmal Eichholz, auch wenn er das niemals zugeben würde. Was immer er Ihnen androhen wird, glauben Sie ihm kein Wort. Wahrscheinlich werden Sie befördert, wenn Sie mich fragen.«

»Dann wird er mich noch mehr hassen«, seufzte Conny.

»Ja, wahrscheinlich«, seufzte Trausch. »Und? Sie bleiben die nächsten zwei oder drei Tage auf den Titelblättern der Zeitungen und mindestens eine Woche hier im Krankenhaus. Und bis Sie wieder diensttauglich geschrieben sind, ist die SOKO wahrscheinlich schon aufgelöst, und er kann Ihnen gar nichts mehr. Wahrscheinlich«, fügte er mit einem gequälten Grinsen hinzu, »hat er bis dahin längst einen anderen gefunden, auf dem er rumhacken kann.«

»Sie zum Beispiel?«, fragte Conny.

»Wenn sich sonst niemand findet.« Trausch lächelte noch unglücklicher und rang sichtlich nach Worten; irgendetwas Unverfänglichem oder womöglich sogar Witzigem.

Anscheinend fiel ihm nichts ein, denn er stand plötzlich auf. »Ich muss jetzt gehen, fürchte ich, sonst muss unser geliebter Chef nicht lange nach einem neuen Fußabstreifer suchen. Ich komme morgen früh wieder, wenn sie sich ein wenig erholt haben. Bis dahin wird Sie niemand belästigen, das verspreche ich. Soll ich Ihnen irgendetwas mitbringen?«

Conny schüttelte den Kopf.

»Vielleicht ein paar Bücher?«, schlug Trausch vor. »Sie wissen schon – die Dinger mit den vielen Seiten und den kleinen schwarzen Buchstaben. In manchen sind Bilder.«

»Ich erinnere mich schwach«, sagte Conny. »Ich glaube, ich habe bei Eichholz mal so etwas gesehen.«

»Das war garantiert die Dienstvorschrift, auch wenn es mich wundert … ich hätte geschworen, dass er sie auswendig kennt.« Er lächelte verkniffen über seinen eigenen lahmen Scherz und trat unbeholfen von einem Fuß auf den anderen. Er wollte nicht gehen, begriff Conny. Warum auch immer.

»Alles, nur keinen Vampir-Roman«, meinte sie. »Danach ist mir im Moment nicht.«

Trausch lachte genauso unecht wie zuvor und wirkte nur noch hilfloser, und plötzlich wünschte sich Conny nichts mehr, als dass er sich über sie beugen und sie in die Arme schließen würde.

Der Gedanke erlosch so schnell, wie er gekommen war, und sie verspürte eine Mischung aus schlechtem Gewissen und hoffnungsloser Verwirrung. Sie war beinahe froh, als er mit einer linkisch wirkenden Bewegung zurücktrat und schließlich ging, ohne noch mehr als einen undeutlichen Abschiedsgruß gemurmelt zu haben. Er verschwand so schnell, dass es ihr schon beinahe wie eine Flucht vorkam.

Das Zimmer schien irgendwie dunkler zu werden, nachdem er gegangen war. Und kälter.

Sie hatte eine sehr unruhige Nacht hinter sich, in der sie geplagt von Albträumen und Fieber mehrmals aufgewacht war. Vage meinte sie sich zu erinnern, mindestens einmal eine Gestalt in einem weißen Kittel gesehen zu haben, die eine Injektionsspritze in den Schlauch stach, der von dem verchromten Gestell zu dem Zugang in ihrem Handrücken führte, aber sie war ganz und gar nicht sicher, dass diese Erinnerung auch echt war. Genauso verschwommen erinnerte sie sich an eine riesige Gestalt mit rauchigen Fledermausflügeln und bösen Augen, die neben ihrem Bett gestanden und sie angestarrt hatte.

Sie wurde vor sechs geweckt, als die Frühschicht kam, um das Bett zu machen (was ernsthafte Mordgedanken in ihr wachrief), und fand danach keinen richtigen Schlaf mehr. Aber kaum eine Stunde später begann die alltägliche Routine des Krankenhauses, die ihr erstaunlicherweise half, einfach abzuschalten und sich irgendwie durch den Vormittag treiben zu lassen: Frühstück, alle zehn oder zwanzig Minuten der Besuch einer Schwester, um zu fragen, ob alles in Ordnung sei (und prinzipiell natürlich immer dann, wenn sie gerade kurz davor war, endlich einzuschlafen), und zwischendurch die Visite des Arztes. Er war zwar nicht so jung, wie Trausch es prophezeit hatte, aber er behandelte sie mit einer Mischung aus Zuvorkommenheit und Respekt, die fast an Ehrerbietung grenzte. Sein Benehmen schmeichelte ihr ebenso, wie es ihr unangenehm war. Sie schob es darauf, dass sie tatsächlich so etwas wie eine Berühmtheit war. Immerhin hatte er gute Neuigkeiten: Anders als Trausch behauptete, legte er sich sehr wohl auf eine genaue Vorhersage fest, nämlich auf die, dass ihr Handgelenk vollkommen genesen würde, wenn sie sich nach seinen Anweisungen richtete, und bevor er sie verließ, drehte er sich noch einmal um und erklärte ihr augenzwinkernd, er hätte noch eine *ganz besondere Überraschung* für sie. Jemand von *ganz oben* (wie er es ausdrückte) hatte anscheinend Druck gemacht, und ihr HIV-Test war bereits zurück. Das Ergebnis war negativ.

Die Nachricht hätte sie erleichtern müssen, aber der Stein, der ihr vom Herzen fiel, hatte allerhöchstens die Größe eines Sandkornes. Der Arzt hatte ihr nur etwas bestätigt, was sie tief in sich bereits mit unerschütterlicher Sicherheit gewusst hatte.

Das Blut des Vampirs ist rein.

Als er die Tür hinter sich schloss, überlegte sie eine Sekunde lang ernsthaft, ihn zurückzurufen und von ihren sonderbaren Visionen zu erzählen und der unheimlichen Gestalt, die durch ihre Träume geisterte. Doch sie ließ den Moment verstreichen, in dem das noch möglich gewesen wäre. Es gab ohnehin nur zwei denkbare Alternativen: Er schob alles auf den Schock und die Medikamente, die sie bekommen hatte, oder begann sich *wirklich* Sorgen um sie zu machen, mit einem für sie vermutlich unangenehmen Endergebnis.

Und auf diesem Umweg über mindestens zwanzig Ecken hinweg waren ihre Gedanken wieder bei Trausch angekommen.

Sie konnte es selbst nicht vollkommen nachvollziehen, aber ihr Gespräch mit dem Arzt erinnerte sie nicht nur an Trausch, sondern … *berührte* etwas in ihr und erfüllte sie mit einer Wärme, die sie viel zu lange nicht mehr in sich gefühlt hatte.

Unsinn!, maßregelte sie sich selbst. Trausch und sie? Das war … lächerlich. Er war annähernd zehn Jahre älter als sie, zumindest was die offizielle Hierarchie anging so etwas wie ihr Vorgesetzter und nicht nur seit fünfundzwanzig Jahren verheiratet, sondern auch Vater zweier Kinder; vielleicht auch dreier, in diesem Punkt war sie nicht einmal ganz sicher. Er war nett zu ihr gewesen, doch das war auch schon alles. Was brachte sie eigentlich auf die Idee, ihn schon als etwas wie einen potenziellen Liebhaber zu sehen, nur weil er sie nicht ganz so hemmungslos angefeindet hatte wie alle anderen?

Sie gab sich die Antwort auf ihre Frage selbst: Hormone.

Die Erklärung war so überzeugend wie ernüchternd zugleich. Es war schlichte Chemie, *Körper*chemie, um genau zu sein. Absolute Todesangst war so ziemlich das stärkste Aphrodisiakum, das es gab. Sex und Tod lagen nun einmal sehr nahe beisammen, und was war so außergewöhnlich daran, dass sich das eine mit Macht zu Wort meldete, wenn man dem anderen um Haaresbreite entkommen war?

Es klopfte, Conny ignorierte das Geräusch zunächst absichtlich. Als es das zweite Mal klopfte, drehte sie sich demonstrativ zur Seite und wandte der Tür den Rücken zu. Das Klopfen wiederholte sich trotzdem.

Beim vierten – vielleicht auch schon dem fünften oder sechsten – Mal drehte sie sich mühsam wieder zur Tür um und rief: »Herein.«

Sie hatte so leise gesprochen, dass ihre Stimme eigentlich nicht durch die Tür dringen konnte. Trotzdem ging sie praktisch sofort auf, und Conny erlebte eine zweite und eindeutig größere Überraschung: Sie hatte mit zwei möglichen Besuchern gerechnet – Trausch oder Eichholz – aber das Erste, was sie sah, war ein gewaltiger, kunterbunter Blumenstrauß, der allen Gesetzen der Schwerkraft zum Trotz zu ihr hereinzuschweben schien.

Erst einen Moment später sah sie die Beine, die er hatte. Kurze, stämmige Beine, die in seit mindestens fünfzehn Jahren aus der Mode gekommenen Schuhen endeten. Ihr Blick wanderte höher und erfasste ein Paar unförmige Knie und dann schon die Stiele des riesigen Blumenstraußes, der darüber herumwackelte.

»Ja?«, sagte sie verwirrt.

Der Blumenstrauß kippte zur Seite und gab ein herzförmiges Gesicht mit roten Wangen und von Falten umkränzten Augen frei, die sie eindeutig angsterfüllt anblickten.

»Frau Feisst?«

»Ja?«, antwortete sie, nichts anderes als verwirrt. Wer *war* diese Frau? Sie war sicher, sie noch nie zuvor gesehen zu haben.

Der Blumenstrauß kippte noch weiter zur Seite und zeigte ihr eine kaum anderthalb Meter große, pummelige Frau in einem altmodischen Kostüm und mit einer noch viel altmodischeren Frisur. Sie konnte sich beim besten Willen nicht mehr erinnern, wann sie das letzte Mal eine leibhaftige Dauerwelle gesehen hatte.

»Frau Feisst?«, fragte sie noch einmal. »Ich … bitte entschuldigen Sie, wenn ich Sie überfalle, aber … also man hat mir gesagt, dass ich Sie hier finde, und …«

»Ja?«, fragte sie noch einmal, als die Frau nicht weitersprach, sondern nur immer unbehaglicher von einem Bein auf das andere trat und plötzlich nichts mehr mit dem Blumenstrauß in ihren Händen anzufangen zu wissen schien. Sie wirkte sehr … unglücklich.

Conny stemmte sich weiter in die Höhe, und ihr lädierter Arm dankte es ihr damit, sich zum ersten Mal wieder in Erinnerung zu bringen. Und selbstverständlich mit einer heftigen Schmerzattacke. Trotzdem sagte sie gepresst und zum dritten Mal: »Ja?«

»Also ich … ähm … ich wollte Ihnen nicht zur Last fallen, aber man … also die Schwester hat gesagt, dass …«, stammelte die Frau, fuhr sich nervös mit der Zungenspitze über die Lippen und setzte dann neu und mit veränderter, gezwungen fester Stimme an: »Bitte verzeihen Sie, wenn ich Sie störe. Die Stationsschwester war so freundlich, mich einzulassen, und ich wollte mich unbedingt bei Ihnen selbst bedanken. Ich bin … mein Name ist Schneider, Marianne Schneider.«

Conny sah sie fragend, und sie beeilte sich, fortzufahren: »Ich bin Theresas Mutter.«

»Aha«, sagte Conny. Sie hätte ja gerne gelächelt, hätte ihr Arm nicht so erbärmlich wehgetan. Sie erinnerte sich, einmal gehört zu haben, dass eine Verstauchung deutlich schmerzhafter sein konnte als ein glatter Bruch. Musste sie diese Behauptung eigentlich unbedingt durch eigene Erfahrung bestätigen? »Und wer ist das?«

Jetzt wirkte die zierliche grauhaarige Frau verwirrt, fast erschrocken. »Sie … also … Theresa«, stammelte sie. »Sie … Sie haben ihr das Leben gerettet. Meiner Tochter. Vorgestern, in dieser Diskothek.«

Es verging tatsächlich noch eine geschlagene Sekunde, bis Conny begriff. Theresa Schneider. Natürlich. Das arme Ding aus dem *Trash*. So oft rettete sie jungen Mädchen nun auch wieder nicht das Leben. Sie musste wohl doch die eine oder andere Droge zu viel bekommen haben. »Theresa, selbstverständlich. Wie geht es ihr?«

»Schon viel besser. Sie wird wieder vollkommen gesund, sagen die Ärzte. Und das hat sie nur Ihnen zu verdanken. Wenn Sie nicht gewesen wären, dann wäre sie jetzt tot.«

Sie schien plötzlich nicht mehr zu wissen, was sie mit dem riesigen Blumenstrauß anfangen sollte (Conny wunderte sich ohnehin fast, dass sein Gewicht diese zierliche Person nicht einfach nach vorne riss) und sah sich suchend um. »Gibt es hier irgendwo eine Blumenvase?«

Conny wusste es nicht, und für dieses Monstrum von Blumenstrauß brauchte sie ohnehin eher einen Kübel. »Legen Sie sie einfach ins Waschbecken. Die Schwester kümmert sich später darum.«

Während Marianne Schneider zum Waschbecken ging und den riesigen Strauß hineinwuchtete, setzte sich Conny behutsam weiter auf. Eines der zahlreichen Instrumente, an die sie angeschlossen war, begann protestierend zu piepsen und stellte sein Randalieren sofort wieder ein, als sie sich langsamer bewegte. Zum ersten Mal fragte sie sich, warum man sie überhaupt an einen Überwachungsmonitor angeschlossen hatte, wenn ihr doch eigentlich nichts weiter fehlte als ein verstauchtes Handgelenk und eine harmlose Stichwunde im Bein.

»Bleiben Sie liegen!«, rief Theresas Mutter alarmiert. »Wenn Sie irgendetwas brauchen, sagen Sie es, ich helfe Ihnen.«

»Das ist nichts«, sagte Conny rasch. »Es geht mir gut.«

Die grauhaarige Frau drehte den Wasserhahn auf und kam kopfschüttelnd näher. »Sie sind eine sehr tapfere junge Frau. Aber Sie sehen nicht aus, als ginge es Ihnen gut.« Ungefragt – auf eine Art, die Conny wissen ließ, wie sinnlos jeder Widerspruch sein würde – beugte sie sich vor, um ihr Kopfkissen grade zu streichen. Dann trat sie wieder zwei Schritte zurück und maß sie mit einem langen, kritischen Blick von Kopf bis Fuß. Ihrem Gesichtsausdruck nach zu schließen war sie von dem, was sie sah, alles andere als begeistert.

»Das war dieser Kerl, nicht wahr? Dieses Ungeheuer hat Sie so zugerichtet.«

Conny nickte vorsichtig. Marianne Schneider war sicher eine freundliche Frau, und sie war ebenso sicher in bester Absicht hergekommen, aber sie hatte plötzlich das Gefühl, besser eine gewisse Distanz zu wahren. »Das sieht schlimmer aus, als es ist«, behauptete sie. »Ein paar Tage Ruhe, und ich bin wieder auf dem Damm.«

»Dieses Ungeheuer«, sagte Theresas Mutter mit Nachdruck. »Welcher Mensch tut so etwas? Es ist gut, dass Sie ihn umgebracht haben.«

»Einen Menschen zu töten ist niemals gut, Frau Schneider«, antwortete sie vorsichtig. »Und es ist auch nicht leicht.«

»Einen Menschen, vielleicht«, widersprach Marianne Schneider. »Aber dieser Kerl war kein Mensch! Wenn Sie ihn nicht umgebracht hätten, dann hätte ich es getan!«

»Das habe ich jetzt nicht gehört«, antwortete Conny. »Und ich bin auch sicher, dass Sie es nicht so gemeint haben.«

Theresas Mutter war klug genug, nicht zu widersprechen, aber ihr Blick war beredt genug. Sie *hatte* es so gemeint. Und das Schlimme war, dass Conny sie nicht nur verstehen konnte; es ging ihr genauso. Ganz egal, wie sehr sie sich auch selbst vom Gegenteil zu überzeugen versuchte – sie hatte Aisler töten *wollen*. Nach dem, was Trausch ihr erzählt hatte und was das unentwirrbare Durcheinander von Erinnerungen und Fieberphantasien in ihrem Kopf ihr weiszumachen versuchte, konnte sie selbst nicht mehr sagen, ob Aisler nun an den Folgen der Kugel gestorben war, die sie ihm tags zuvor verpasst hatte, oder ob sie ihn tatsächlich eigenhändig umgebracht hatte. Doch allein die Vorstellung, sie *könnte* es getan haben, hatte etwas fast Erregendes.

»Ich bin nicht hier, um mit Ihnen über diesen Verbrecher zu reden«, fuhr die grauhaarige Frau fort, in verändertem Ton und nun wieder fast verlegen. »Er ist tot, und das ist gut so, aber viel wichtiger ist, dass es Ihnen und meiner Tochter gut geht. Wenn es irgendetwas gibt, was ich oder mein Mann für Sie tun können, dann sagen Sie es bitte.«

Conny fiel da auf Anhieb etwas ein. Sie könnte zum Beispiel gehen. Stattdessen schüttelte sie nur den Kopf. »Ich habe nichts als meine Pflicht getan. Jeder andere an meiner Stelle hätte dasselbe getan, glauben Sie mir.«

»Sie sind zu bescheiden«, widersprach Theresas Mutter. »Haben Sie heute schon einmal in die Zeitung gesehen? Oder den Fernseher eingeschaltet?« Sie streckte die Hand nach der Fernbedienung aus, die auf dem Nachttischchen lag, aber Conny hielt sie mit einem raschen Kopfschütteln zurück.

»Bitte nicht«, sagte sie. »Ich fürchte, ich muss das noch früh genug ertragen.«

»Sie *sind* zu bescheiden«, antwortete ihr Gegenüber seufzend, zog die Hand jedoch gehorsam wieder zurück. »Wissen Sie, dass ich Sie mir genau so vorgestellt habe? Das ist seltsam. Aber ich bin auch froh. Ich hatte ein bisschen Angst, Sie könnten so sein wie Ihr schrecklicher Kollege.«

»Kommissar Eichholz?«, vermutete Conny.

»Eichholz?« Marianne Schneider dachte einen Moment nach und schüttelte dann den Kopf. »Nein. Er hieß … Trausch, glaube ich.«

»Trausch?«, wiederholte Conny überrascht.

»Ein unmöglicher Mensch. Er hat meinem Mann und mir nichts als Vorwürfe gemacht. Ich weiß ja, dass Theresa … manchmal etwas schwierig sein kann, aber er hat sich aufgeführt, als wäre *sie* die Schuldige an dieser ganzen schrecklichen Geschichte oder gar wir, und nicht dieser Mörder!«

Conny war verwirrt und auch ein bisschen beunruhigt. Nicht, dass sie diese seltsame Person allzu ernst nahm, aber sie konnte sich auch nicht vorstellen, dass alles nur frei erfunden war.

»Ich kenne Kommissar Trausch gut«, sagte sie vorsichtig. »Das ist eigentlich nicht seine Art.«

»Bei uns schon«, beharrte Theresas Mutter. Dann seufzte sie. »Eigentlich hat er ja recht, wissen Sie? Ich kenne diese schreckliche Diskothek nicht, aber das muss ich auch nicht. Ich verstehe nicht, warum sich die jungen Leute heute so … *benehmen.*

Conny konnte gerade noch ein Lächeln unterdrücken, als sie versuchte, sich die biedere Frau im *Trash* vorzustellen. Wahrscheinlich hätte sie einfach der Schlag getroffen. »Das war doch schon immer so, oder?«, fragte sie. »Erzählen Sie mir nicht, dass Sie nicht gegen Ihre Eltern aufbegehrt haben, als sie in Theresas Alter waren.«

»Selbstverständlich haben wir das«, antwortete Marianne Schneider. »Wir haben verrückte Kleider getragen und laute Musik gehört und eine Menge Dinge getan, von denen unsere Eltern nicht begeistert waren, aber doch nicht *so.*«

»Wegen ihrer Frisur?«, fragte Conny amüsiert.

»Unsinn!«, widersprach die zierliche Frau, in scharfem Ton, trotzdem auf seltsame Weise fast … mütterlich. Conny ging plötzlich auf, dass sie sich eigentlich schon die ganze Zeit über so benommen hatte, wenn auch nur unterschwellig … und sie ganz selbstverständlich in die passende Gegenrolle geschlüpft war. Dabei konnte diese Frau kaum älter sein als sie selbst. Vielleicht ein paar Jahre, wenn überhaupt. Aber sie *wirkte* so, dass sie vermutlich bei jedem Fremden als Mutter und Tochter durchgegangen wären. »Ich habe nichts gegen ihre Haare. Verraten Sie mich bitte nicht, falls Sie mit ihr reden sollten, aber ich finde diese violetten Strähnen sogar ganz hübsch. Es geht nicht darum oder um ihre verrückten Kleider oder diese grässliche Musik. Es ist …« Sie suchte nach Worten. »Alles eben«, sagte sie schließlich. »Wir haben das Leben damals genossen, doch diese Kinder … manchmal kommt es mir vor, als ob sie den Tod suchen. Vielleicht musste so etwas passieren, früher oder später.«

»Ich verstehe, was Sie meinen«, antwortete Conny. »Und bitte glauben Sie mir: So schlimm ist es gar nicht. Ich habe ein bisschen in dieser Szene recherchiert. Die meisten sind vollkommen harmlos. Sie spielen mit dem Schrecken, das ist alles.«

»Spielen?«, wiederholte Theresas Mutter. »Und deshalb schminken Sie sich wie die Toten und hängen sich umgedrehte Kreuze um den Hals? Das ist für mich kein Spiel.«

»Das mit dem umgedrehten Kreuz ist …«

»… völlig harmlos, ich weiß«, unterbrach sie die andere. »Ich bin nicht dumm, und ich bin auch keine religiöse Fanatikerin. Mein Mann und ich gehen sonntags in die Messe, und wir beten auch vor dem Essen, aber das ist alles. Theresa tut das nicht. Das ist auch egal. Sie ist noch jung, und irgendwann wird sie es begreifen. Was mir Angst macht, ist …« Sie suchte abermals nach Worten, zuckte dann erneut mit den Schultern und sagte noch einmal: »Alles.«

»Das vergeht«, beharrte Conny. »Das ist nur eine Phase, glauben Sie mir.«

»Genau das habe ich auch gedacht«, seufzte Theresas Mutter. »Bis vor zwei Jahren war sie ein ganz normales junges Mädchen, wissen Sie? Sicher, wir hatten unsere Probleme miteinander, aber die haben alle Eltern mit ihren Kindern – und umgekehrt –, und im Großen und Ganzen war eigentlich alles in Ordnung. Doch dann hat sie sich … verändert. Am Anfang war es ja noch harmlos. Sie hat sich plötzlich anders gekleidet und angefangen, diese schreckliche Musik zu hören.«

Sie sah Conny Beistand heischend an, aber sie schwieg. Sie verzichtete darauf, ihr zu verraten, dass in ihrem CD-Regal zu Hause eine komplette Rammstein-Sammlung stand und die eine oder andere CD von Nightwish.

»Mein Mann und ich hatten gehofft, dass das vorbeigeht«, fuhr Marianne Schneider fort. »Leider ist es das nicht. Ganz im Gegenteil. Es ist immer schlimmer geworden. Stellen Sie sich vor, sie hat ihr komplettes Zimmer schwarz gestrichen. Sie stellt schwarze Kerzen auf, und überall hängen schreckliche Poster voller Grabsteine und solcher Sachen. Ich glaube, wenn wir es zulassen würden, dann würde sie sogar in einem Sarg *schlafen*. Das ist nicht gesund.«

Das klang tatsächlich ein bisschen extrem, fand Conny. Aber eigentlich auch nicht so schlimm, wie die grauhaarige Frau tat. »Und jetzt möchten Sie, dass ich mit ihr rede«, vermutete sie.

»Ich würde es niemals wagen, Sie darum zu bitten«, antwortete Theresas Mutter verlegen. »Nach allem, was Sie für uns getan haben.«

Natürlich würde sie das wagen, dachte Conny. Eigentlich hatte sie es ja gerade getan. Plötzlich wurde ihr klar, dass sie aus keinem anderen Grund gekommen war.

»Ich glaube, dass ... also immerhin haben Sie ihr das Leben gerettet. Vielleicht hört sie ja auf Sie. Nach dem, was passiert ist ...«

»Vielleicht war es ja ein heilsamer Schock«, sagte Conny.

»Ein heilsamer Schock?« Theresas Mutter zog eine Grimasse. »Sie hätten die Gestalten sehen sollen, die heute Morgen im Krankenhaus aufgetaucht sind. Das reinste Horrorkabinett.«

Conny fühlte sich für einen Moment hilflos. Was erwartete diese vollkommen fremde Frau von ihr? Einmal ganz davon abgesehen, dass sie weder mit Kindern umgehen konnte noch jemals irgendeinen Draht zu ihnen gehabt hätte – sie *kannte* das Mädchen ja nicht einmal. »Ich kann Ihnen die Adresse des psychologischen Dienstes geben«, sagte sie vorsichtig. »Oder mit einem meiner Kollegen sprechen, damit er Ihnen jemanden schickt.«

»Psychologischer Dienst?«, wiederholte Theresas Mutter. So, wie sie es aussprach, klang es wie etwas Anstößiges. Conny kannte diese Reaktion. Viele Leute gingen sofort in Abwehrhaltung, wenn sie das

Wort *Psychologe* auch nur hörten. So ganz frei war sie von diesem Reflex ja selbst nicht.

»Ich weiß, das klingt schrecklich«, sagte sie hastig. »Aber glauben sie mir, das sind gut ausgebildete Leute, die wissen, was sie tun.«

Theresas Mutter sagte nichts. Sie wirkte enttäuscht.

»Ich würde Ihnen wirklich gerne helfen«, fuhr Conny fort, »doch ich fürchte, für diese Aufgabe bin ich die Falsche. Ich konnte noch nie besonders gut mit Kindern umgehen. Vielleicht ist das auch der Grund, aus dem ich zur Polizei gegangen bin, statt Kindergärtnerin zu werden. Die Kunden, mit denen ich es zu tun habe, sind es gewohnt, verprügelt zu werden. Ich werde sogar dafür bezahlt.«

Der Scherz – der ohnehin keiner war – funktionierte nicht. Die grauhaarige Frau wirkte nur noch enttäuschter und vielleicht sogar ein bisschen verbittert. »Ja«, gab sie zu. »Ich muss mich bei Ihnen entschuldigen. Ich hätte Sie nicht so überfallen dürfen. Es tut mir leid.«

»Das muss es nicht«, sagte Conny rasch. »Im Gegenteil. Ich freue mich, dass Sie gekommen sind. Es kommt nicht allzu oft vor, dass sich jemand bei uns bedankt, dem wir geholfen haben.«

»Das ist ja wohl das Mindeste«, antwortete Theresas Mutter. Sie hatte sich erstaunlich schnell wieder in der Gewalt und lächelte nun sogar wieder. Conny spürte die Enttäuschung, die sich unter dieser Maske verbarg. Ihr schlechtes Gewissen meldete sich, aber sie gestattete ihm nicht, allzu laut zu werden. Sie hatte wahrlich genug eigene Probleme am Hals.

»Also dann ...« Die verhärmt wirkende Frau räusperte sich unbehaglich. »Ich muss jetzt wieder gehen. Sie brauchen Ihre Ruhe, und ich habe auch noch eine Menge zu tun. Es tut mir wirklich leid. Ich hätte Sie nicht so überfallen dürfen.« Natürlich wartete sie darauf, dass sie ihr widersprach oder sie gar zum Bleiben aufforderte, und ein Teil von ihr wollte das sogar – aber sie brachte ihn erfolgreich zum Schweigen.

Das Waschbecken begann überzulaufen, als sich Theresas Mutter umdrehte, um das Krankenzimmer zu verlassen. Sie hatte die Hand schon auf der Klinke, machte dann jedoch wieder kehrt und eilte zum Becken, um den Hahn zuzudrehen. Es platschte leise, als sie in die kleine Pfütze trat, die sich bereits unter dem Waschbecken gebildet hatte.

»Oh, das ... tut mir leid«, sagte sie verlegen. »Ich ... besorge gleich einen Lappen und wische das weg.«

»Schon gut«, sagte Conny rasch, als sie tatsächlich Anstalten machte, sich auf der Stelle umzudrehen, um sich auf die Suche nach Wischmopp und Eimer zu machen. »Das können die Schwestern erledigen.« Sie lächelte unecht. »Ich bin sicher, sie sind es gewohnt, viel Schlimmeres aufzuwischen.«

»Wenn Sie ... meinen«, antwortete Theresas Mutter unsicher. Sie wirkte verwirrt und mehr als nur ein bisschen schuldbewusst und wusste plötzlich nicht mehr, wohin mit ihren Händen, und Connys schlechtes Gewissen meldete sich nun doch.

»Ist sie hier im Krankenhaus? Ihre Tochter, meine ich.« Marianne Schneider nickte. Sie sah plötzlich noch erschrockener aus. »Ja. Oben, auf der Intensivstation. Ich meine: Sie war bis heute Morgen dort. Vor zwei Stunden haben sie sie verlegt, und ...«

»Dann könnten wir doch eigentlich zu ihr gehen, oder?«, hörte Conny sich beinahe zu ihrer eigenen Überraschung fragen.

Die zierliche Frau wirkte jetzt vollkommen verblüfft – und seltsamerweise beinahe noch erschrockener. »Schon. Aber ich möchte Sie wirklich nicht ...«

»Das tun Sie nicht«, unterbrach sie Conny, noch bevor sie auch nur zu Ende sprechen konnte. »Ganz im Gegenteil. Ich muss mich bei Ihnen entschuldigen, dass ich so unhöflich war.« Sie setzte sich weiter auf, was den elektronischen Wachhund neben ihrem Bett zu einem weiteren piepsenden und pfeifenden Wutanfall veranlasste, biss die Zähne zusammen und begann vorsichtig das Sammelsurium von Elektroden und Sensoren herunterzupflücken, das an den unmöglichsten Stellen ihres Körpers angeklebt war. Es tat ziemlich weh, aber sie machte weiter, auch wenn ihr der Schmerz beinahe die Tränen in die Augen trieb.

»Sind Sie sicher, dass Sie das tun sollten?«, fragte Theresas Mutter.

»Nein, ganz bestimmt nicht«, antwortete eine unbekannte Stimme, bevor sie selbst es tun konnte.

Conny sah auf und blinzelte durch einen Schleier von Tränen zu der stämmigen Krankenschwester hin, die unversehens unter der Tür aufgetaucht war. Ihr elektronischer Wachhund hatte gepetzt.

»Was tun Sie da, wenn ich fragen darf? Sind sie verrückt geworden?«

»Jedenfalls steht es so in meiner Personalakte«, antwortete Conny, während sie die letzte Elektrode abriss und vorsichtig ganz aufstand. Augenblicklich begann sich das ganze Krankenzimmer um sie herum zu drehen, beruhigte sich jedoch sofort wieder, als sie tief einatmete. »Verrückt und gewalttätig.«

Die Schwester blinzelte zwar, ließ sich aber von diesen Worten keineswegs beeindrucken, sondern kam mit kampfeslustig vorgerecktem Kinn auf sie zu. »Hören Sie sofort mit diesem Unsinn auf!«, befahl sie

»Schon gut.« Conny sah die Schwester so ernst an, wie sie konnte. »Ich weiß, was ich tue.«

»Ja, aber Sie wissen ganz bestimmt nicht, auf wie vielen Grabsteinen dieser dumme Spruch steht!« Die Schwester machte Anstalten, nach Connys Schulter zu greifen, und Conny packte ihr Gelenk mit der unverletzten Hand und hielt es mit vielleicht etwas mehr Kraft fest, als notwendig gewesen wäre.

»So weit wollen wir es doch nicht kommen lassen, oder?«, fragte sie.

Die Schwester starrte sie eine geschlagene Sekunde lang einfach nur fassungslos an, dann riss sie ihren Arm los und trat mit einem verächtlichen Schnauben zurück. »Ganz wie Sie meinen.«

»Das … das tut mir wirklich leid«, sagte Marianne Schneider, nachdem die Schwester in stummer Empörung aus dem Zimmer gerauscht war.

»Was?«, fragte Conny. Sie trat vorsichtig auf und erwartete halbwegs, dass ihr Bein einfach unter ihr wegknicken und sie auf die Nase fallen würde, und sei es nur, weil es zu der Situation passte, aber es ging. Es tat weh, und sie würde deutlich humpeln, konnte jedoch gehen.

»Dass Sie Ärger bekommen.«

»Den bekomme ich nicht«, behauptete Conny. »Aber ich werde

verrückt, wenn ich noch länger hier eingesperrt bin. Schauen Sie bitte nach, ob im Schrank so etwas wie ein Morgenrock oder Bademantel hängt?«

Die zierliche Frau gehorchte und fand tatsächlich ein zerfleddertes Etwas, das irgendwann einmal weiß gewesen sein mochte und vermutlich von einem früheren Bewohner dieses Zimmers zurückgelassen worden war. Mit ihrer Hilfe gelang es Conny, sich so hineinzuwickeln, dass es nicht allzu lächerlich aussah, und das Zimmer zu verlassen.

Sie kam allerdings nur wenige Schritte weit, bevor die Schwester zurückkam und sich ihr in den Weg stellte. Sie hatte Verstärkung mitgebracht: den grauhaarigen Arzt, der sie immer noch an Trausch erinnerte, obwohl sie jetzt sah, dass er eigentlich keine besondere Ähnlichkeit mit ihm hatte. Er blickte sie auch eher resigniert als wirklich zornig an, wie die Schwester wahrscheinlich gehofft hatte. »Darf ich fragen, was genau Sie vorhaben, Frau Feisst?«, fragte er.

»Nur einen kleinen Spaziergang«, antwortete Conny. »Ich dachte, so etwas wäre gesund.«

»Und ich dachte immer, Polizisten wären vernünftige Menschen«, seufzte der Arzt. Er schien noch mehr sagen zu wollen, betrachtete aber dann stattdessen ihre Begleiterin mit einem kurzen, stirnrunzelnden Blick und lächelte plötzlich sogar. »Frau Schneider. Theresa geht es schon besser, wie ich höre?«

»Sie haben sie heute Morgen aus der Intensivstation entlassen«, bestätige die zerbrechlich wirkende Frau.

»Das freut mich zu hören«, antwortete der Arzt. »Machen Sie sich keine Sorgen. Theresa ist ein gesundes junges Mädchen. Sie wird sich bestimmt rasch erholen.« Er wandte sich wieder an Conny und sah sie eine weitere Sekunde lang nachdenklich an. »Sie wollen die Kleine besuchen, nehme ich an?«

Von *wollen* konnte eigentlich keine Rede sein, dachte Conny. Sie nickte trotzdem, und nach einer weiteren Sekunde tat der Arzt dasselbe.

»Also gut.« Er seufzte erneut. »Aber Sie sind in einer Viertelstunde wieder hier. Kann ich mich darauf verlassen?«

Conny war mindestens genauso überrascht wie die Krankenschwester, die dem Arzt einen fast entsetzten Blick zuwarf, jedoch nicht dazu kam, auch nur ein einziges Wort zu sagen. Der Arzt machte eine kleine, aber befehlende Geste in ihre Richtung, von der Conny vermutete, dass sie ihr nun endgültig die lebenslange Feindschaft der Oberschwester einbrachte.

»Zehn Minuten«, versprach sie. »Keine Sekunde länger.«

Bevor sie losgehen konnte, machte der Arzt eine rasche, abwehrende Geste und zugleich eine Kopfbewegung hinter sich. »Nehmen Sie den Personalaufzug dort hinten. Wir haben die Abteilung dicht gemacht, aber wenn Sie nach draußen gehen, laufen Sie ungefähr einer Million Reportern in die Arme und schaffen es nicht einmal bis zum Lift.«

»So schlimm?«, fragte Conny.

»Schlimmer«, antwortete er. »Und jetzt beeilen Sie sich. Ihre Zeit läuft.«

Conny bedankte sich mit einem stummen Blick – und einem zuckersüßen Lächeln in Richtung der Krankenschwester, nur um das Kriegsbeil zwischen ihnen noch ein bisschen zu wetzen – und humpelte dann rasch los, bevor er es sich vielleicht doch noch anders überlegen konnte. Theresas Mutter folgte ihr. Sie wirkte jetzt noch verstörter und schuldbewusster als zuvor, aber sie sagte kein Wort, bis sie den Aufzug betraten und Conny ihr einen fragenden Blick zuwarf.

»Die Fünfte.«

Eine weitere Sekunde lang sah sie sie einfach nur unschlüssig an, dann fuhr sie zusammen und beeilte sich plötzlich, den entsprechenden Knopf zu drücken. Der Aufzug setzte sich rumpelnd in Bewegung und hielt schon nach ein paar Sekunden wieder an. Der Krankenhausflur unterschied sich so wenig von dem, aus dem sie gerade kamen, dass sich Conny fast fragte, ob sich der Aufzug überhaupt von der Stelle bewegt hatte. Theresas Mutter trat jedoch ohne das geringste Zögern an ihr vorbei und nach links, um eine von zahlreichen gleichförmigen Türen anzusteuern, die es auf beiden Seiten des langen Flurs gab. Etwas daran war jedoch anders als bei den anderen: Gleich neben der Tür saß ein uniformierter Polizeibeamter auf einem Stuhl, der mit offenen Augen zu schlafen schien, dann aber mit einem plötzlichen Ruck aufsprang, als er ihre Annäherung bemerkte, und sie eindeutig erschrocken anstarrte. Dann erkannte er offensichtlich Theresas Mutter – vielleicht auch Conny – und wich hastig zur Seite.

Marianne Schneider öffnete die Tür, trat ein und blieb so abrupt stehen, dass Conny um ein Haar gegen sie geprallt wäre. »Was haben Sie hier zu suchen?«, fauchte sie. »Wer sind Sie?«

Conny machte einen hastigen Schritt zur Seite – schon, um nicht mit ihrem verbundenen Arm gegen den Türrahmen zu prallen, was ganz sicher sehr schmerzhaft gewesen wäre – und blickte in ein Zimmer, das ihrem eigenen zwei Etagen tiefer glich wie ein identischer Abguss. Selbst das Bett stand haargenau an derselben Stelle in dem großen, ursprünglich für drei Betten gedachten Raum. Der Blick darauf wurde Conny jedoch zum größten Teil von einer schmalen, ganz in Schwarz gekleideten Gestalt verwehrt, die sich beim Klang der Stimme von Theresas Mutter erschrocken umdrehte.

Der Anblick war so verblüffend, dass sie im ersten Augenblick dachte, Theresa gegenüberzustehen, dem Mädchen aus dem *Trash*. Sie war nicht nur auf dieselbe uniforme Art gekleidet – schwarzes T-Shirt und schwarzer Rock und absichtlich zerrissene Netzstrümpfe über einer weißen Strumpfhose –, sondern auch auf nahezu identische Weise geschminkt, und selbst ihr Haar war auf dieselbe verrückte Art gefärbt.

Aber die Ähnlichkeit hielt nur eine einzige Sekunde lang, dann erkannte sie, dass dieses Mädchen mindestens drei oder vier Jahre älter war und mindestens zehn Zentimeter größer. Außerdem war ihr Haar in dunkelroten Strähnen gefärbt, nicht in violetten.

»Ich habe Sie gefragt, wer Sie sind!«, fuhr Theresas Mutter das fremde Mädchen an, gab ihm aber gar keine Gelegenheit, ihre Frage zu beantworten, sondern fuhr, beinahe schon schreiend, fort: »Raus hier! Verschwinde! Raus, auf der Stelle!«

Das Mädchen setzte zu einer Antwort an, beließ es dann jedoch bei einem bloßen verächtlichen Verziehen der Lippen und ging so schnell hinaus, dass Conny schon wieder einen hastigen Schritt zur Seite machen musste, um nicht über den Haufen gerannt zu werden. Ganz automatisch folgte sie ihr auf den Flur hinaus. Das Mädchen rannte nicht wirklich, ging jedoch so schnell, dass das Ergebnis dasselbe war. Dann war sie verschwunden.

»Wie lange war sie hier?«, wandte Conny sich an den Polizeibeamten.

»Nur ein paar Minuten«, antwortete er hastig. »Sie hat gesagt, das Mädchen wäre eine gute Freundin und ihre Mutter hätte nichts dagegen.«

Conny maß ihn mit einem knappen, tadelnden Blick, bevor sie sich abwandte und ins Zimmer zurückging. Sie hatte nicht vor, seiner kleinen Nachlässigkeit weiter nachzugehen, aber für die nächsten zwei der drei Tage würde er jedes Mal ein verdammt ungutes Gefühl haben, wenn ihn einer seiner Vorgesetzten ansprach, und ein kleiner Dämpfer hatte wahrscheinlich eine nachhaltigere Wirkung als eine peinliche Gardinenpredigt seines Vorgesetzten oder gar ein Eintrag in seine Personalakte. Sie zog die Tür hinter sich zu.

Die grauhaarige Frau war mittlerweile nah an das Bett getreten und redete mit deutlich leiserer, aber kaum weniger erregter Stimme auf das Mädchen ein, das darin lag. Conny konnte auch jetzt nur einen schmalen Teil ihres Gesichts erkennen, trotzdem entging ihr nicht, wie blass es war.

»Ich möchte nicht, dass diese ... diese Verrückten noch einmal hierherkommen«, sagte Marianne Schneider gerade. »Keiner von ihnen, hörst du? Ich verbiete es!«

»Du kannst mir gar nichts verbieten«, antwortete Theresa.

»Ach, kann ich nicht?«, fragte ihre Mutter. »Das werden wir sehen, junge Dame! Das werden wir sehen!«

»Frau Schneider.« Conny legte ihr behutsam die Hand auf die Schulter. »Bitte.«

Die grauhaarige Frau funkelte sie an. »Ist doch wahr!«, fauchte sie. »Diese ... diese Verrückten sind doch überhaupt schuld, dass es erst so weit gekommen ist! Gar nichts wäre passiert ohne diese Irren!«

»Ja, vielleicht«, antwortete Conny sanft. »Aber vielleicht lassen Sie mich einfach ein paar Minuten mit ihr allein?«

Eine Sekunde lang sah es so aus, als würde sich Marianne Schneiders heiliger Zorn nun endgültig auf sie entladen, doch dann sah sie plötzlich nur noch schuldbewusster aus und senkte hastig den Blick.

»Ja, natürlich. Entschuldigen Sie. Ich …« Sie unterbrach sich, fuhr auf dem Absatz herum und stürmte schon beinahe fluchtartig hinaus, und Conny drehte sich endgültig zum Bett um.

Das Mädchen starrte sie durchdringend und mit immer noch unbewegtem Gesicht an. Sie war sehr blass; ihre Hautfarbe unterschied sich kaum von der des Mädchens, das gerade hinausgegangen war, obwohl sich dieses alle Mühe gegeben hatte, sich wie eine schlecht einbalsamierte Leiche zu schminken. Sie hatte dunkle Ringe unter den Augen, und an ihrer Schläfe pochte eine Ader, die dunkelblau durch die Haut schimmerte. Ein schmaler weißer Verband zog sich um ihren Hals, der angesichts der schrecklichen Verletzung, die sie erlitten hatte, beinahe lächerlich harmlos aussah; wie ein modisches Accessoire und nicht wie etwas, das ihr das Leben gerettet hatte.

»Wer war das?«, fragte sie. »Das Mädchen, meine ich. Eine Freundin von dir?«

Theresa nickte, aber die Bewegung war so knapp, dass Conny nicht wirklich sicher war. Sie starrte sie weiter unverwandt an. Conny räusperte sich unbeholfen.

»Also gut, das war vielleicht kein besonders gelungener Start«, setzte sie noch einmal neu an (und merkte selbst, dass es kaum weniger unbeholfen klang). »Muss ich hinausgehen und noch einmal klopfen, oder fangen wir einfach so noch einmal neu an? Du bist Theresa, nicht wahr? Ich bin …«

»Tess«, unterbrach sie das Mädchen. Ihre Stimme klang ebenso dünn wie kratzig: vermutlich eine Folge der Halsverletzung, die sie erlitten hatte. Trotzdem übte sie eine sehr unangenehme Wirkung auf sie aus. Sie hoffte, dass Theresa es ihr nicht anmerkte. »Nur meine Mutter nennt mich *Theresa.*«

»Und deine Freunde nennen dich Tess«, vermutete Conny. »Ich bin …«

»Ich weiß, wer Sie sind«, unterbrach sie Tess. »Sie sind die Polizistin, die mich gerettet hat. Kriminalkommissarin Feisst.«

»Du erinnerst dich an mich?«, fragte Conny überrascht.

»Nein«, antwortete Tess. »Ich hab Sie im Fernsehen gesehen.«

»Du«, verbesserte sie Conny. »Ich heiße Conny. Feisst klingt ein bisschen wie *Fett*, finde ich, und als Frau Kommissarin komme ich mir schrecklich alt vor.«

Was sie in Tess' Augen wohl auch war. Das Mädchen sah sie einfach nur weiter an. Wahrscheinlich, dachte Conny, war sie gerade dabei, sich in den Augen ihres Gegenübers endgültig zur Närrin zu machen. Trotzdem zwang sie sich zu einem noch freundlicheren Lächeln und fuhr fort: »Außerdem sind wir ja auch schon fast so etwas wie Freundinnen, oder?«

»Sind wir das?«, fragte Tess. Der schrille Missklang ihrer Stimme machte es unmöglich, ihre wirklichen Gefühle herauszuhören, aber der Blick, mit dem sie sie maß, drückte allerhöchstens Furcht aus, wenn überhaupt irgendein Gefühl. Eigentlich war er erschreckend kalt, dachte Conny.

Aber was hatte sie erwartet? Dieses Mädchen hatte etwas erlebt, an dem die meisten anderen wahrscheinlich zerbrochen wären. Im Grunde war es ein kleines Wunder, dass man überhaupt mit ihr sprechen konnte!

»Er hat dich ganz schön zugerichtet«, sagte Tess plötzlich. *Dich*. Das war schon einmal ein Fortschritt.

»Nicht so schlimm wie ich ihn«, antwortete Conny. Insgeheim war sie froh, dass Theresas Mutter diese Worte nicht hörte, nach der kleinen Moralpredigt, die sie selbst ihr vor wenigen Minuten erst gehalten hatte.

»Er ist tot«, sagte Tess. »Ich weiß.« Ihrer Stimme war keinerlei Zufriedenheit anzuhören, nicht einmal Erleichterung.

»Ja«, bestätigte sie. »Ich will nicht sagen, dass ich es gut finde, aber es ist vorbei.«

Wieder gelang es ihr nicht, in ihrem Gesicht zu lesen. Sie konnte nicht einmal sagen, ob das Mädchen wenigstens bei diesem Gedanken Erleichterung empfand.

»Meine Mutter hat dich geschickt«, sagte Tess plötzlich.

»Stimmt«, gestand Conny unumwunden. »Aber ich wäre sowieso gekommen, wenn ich gewusst hatte, dass wir im selben Hotel abgestiegen sind.«

»Warum?«

»Um mich von dir bewundern zu lassen und mich deiner ewigen

Dankbarkeit zu versichern, weil ich dir das Leben gerettet habe?«, schlug Conny vor. Tess blieb vollkommen ernst, und Conny zuckte mit den Schultern und versuchte es ein letztes Mal und mit einer anderen Taktik. Wenn Tess weiter zumachte, dann würde sie aufgeben und einfach wieder gehen. Wahrscheinlich wäre es ohnehin besser gewesen, sie wäre gar nicht erst gekommen.

»Ich wollte einfach nur nachsehen, wie es dir geht«, sagte sie. »Und ob ich vielleicht irgendetwas für dich tun kann.«

»Du hast schon genug getan, danke.« Tess versuchte sich aufzusetzen und verzog das Gesicht. Wahrscheinlich tat es weh. Trotzdem fuhr sie fort: »Mit mir ist alles in Ordnung. Ich bin noch ein bisschen schlapp, das ist alles. Aber der Arzt sagt, dass ich in ein paar Tagen wieder ganz auf den Beinen bin.« Sie verzog das Gesicht und fügte hinzu: »Der Arsch.«

Conny blickte fragend.

»Als ich auf seinem Tisch lag, hat er mir bei der Gelegenheit gleich mein Bauchnabelpiercing rausgenommen. Wahrscheinlich hat meine Mutter ihm gesagt, dass er das tun soll.«

»Du hast kein besonders gutes Verhältnis zu deiner Mutter, wie?«, fragte Conny.

»Doch«, behauptete Tess. »Aber sie nicht zu mir.«

Conny lachte.

»Was ist so komisch?«, wollte Tess wissen.

»Oh, nichts«, sagte Conny rasch. »Warte einfach zwanzig oder fünfundzwanzig Jahre, und du wirst es verstehen.«

»Fünfundzwanzig Jahre?« Tess schnaubte. »Bis dahin ist diese ganze Scheißwelt doch längst den Bach runtergegangen.«

Conny zog es vor, nicht darauf zu antworten. Sie war ganz gewiss nicht hergekommen, um sich auf eine jener pseudo-philosophischen Diskussionen einzulassen, mit denen man sich in diesem Alter so gerne die Nächte um die Ohren schlug, bis es wieder hell wurde. Das hatte sie selbst oft genug getan, als sie so alt wie Tess gewesen war, aber seltsamerweise war die Welt dadurch weder besser geworden, noch hatte sie den Weg zur ewigen Erleuchtung gefunden.

»Das Mädchen gerade«, fragte sie. »Wer war das? Eine Freundin?« Sie bemerkte das Misstrauen, das plötzlich in Tess' Augen aufglomm, und beeilte sich, hinzuzufügen: »Ich frage nur aus Neugierde, nicht als Polizistin.«

»Beides«, antwortete Tess nach einem weiteren, spürbaren Zögern. Das misstrauische Flackern in ihren Augen wurde ein wenig schwächer, verschwand aber nicht ganz. »Eine gute Freundin. Meine beste.«

»Ich dachte, das wäre ich«, antwortete Conny in gespielt beleidigtem Ton, aber Tess blieb immer noch misstrauisch. »Meine Mutter kann keinen von meinen Freunden leiden.«

»Von deinen *neuen* Freunden«, sagte Conny betont.

Das war die falsche Taktik, das begriff sie schon, bevor sie die Worte ganz ausgesprochen hatte. Das Misstrauen kehrte nicht nur in Tess' Augen zurück, es *explodierte* regelrecht. »Was soll diese Frage?«

»Oh, nichts«, antwortete Conny hastig. »Ich will nur Konversation machen, das ist alles. Deine Mutter hat mir erzählt, dass du vor zwei Jahren deinen gesamten Freundeskreis ... wie soll ich sagen? ... ausgetauscht hast?«

Und das war die noch falschere Taktik. Tess' Gesicht erstarrte endgültig zur Ausdruckslosigkeit. »Freunde, wie? Ich verstehe. Einmal Bulle, immer Bulle.«

»Aber so war das nicht gemeint«, versicherte Conny hastig. »Ich wollte doch nur ...«

»Wenn das hier ein Verhör werden soll, dann besorg dir einen Haftbefehl und bestell mich ins Präsidium.«

»Aber ich wollte doch wirklich ...«

»Ich bin jetzt müde«, fiel ihr Tess abermals ins Wort. »Ich will schlafen.«

Conny zerbrach sich den Kopf über irgendetwas, was sie sagen konnte, um die Situation vielleicht doch noch zu retten, aber alles, was ihr einfiel, hätte sie schlimmer gemacht. Schließlich gab sie auf und ging ohne ein weiteres Wort hinaus.

5

Trausch hatte sie an diesem Tag nicht noch einmal besucht, wie sie insgeheim gehofft (und ein bisschen auch gefürchtet) hatte. Er kam am nächsten Morgen pünktlich zum Frühstück, mit einer großen Papiertüte von McDonald's bewaffnet, der ein verlockender Duft entstieg.

»Tja, das sieht ja so aus, als wäre ich gerade noch im letzten Moment gekommen«, sagte er grinsend. Conny war nicht ganz sicher, ob die Worte der Krankenschwester galten (deren mürrischer Gesichtsausdruck entweder noch von gestern übrig geblieben war oder aus ihrem letzten Zusammenstoß resultierte, als sie versucht hatte, sie um kurz vor halb sechs zu wecken, um das Bett zu machen) oder dem Frühstück selbst: eine Scheibe trockenes Brot, das sich an den Kanten bereits wellte, Diätmargarine, eine Scheibe mindestens genauso trockenen Käses und eine Tasse mit undefinierbarem Inhalt. Die Krankenhausküche behauptete, es wäre Kaffee, doch Conny argwöhnte, dass die Schwester ihn auf dem Weg hierher gegen etwas ausgetauscht hatte, das eigentlich in einen luftdicht versiegelten Behälter mit einem schwarz-gelben Aufkleber gehörte.

»Ich wusste, dass Sie mir eines Tages das Leben retten würden«, sagte Conny.

»Dazu sind Kollegen doch schließlich da, oder?« Trausch raschelte mit seiner Tüte, kam näher, und die Krankenschwester machte ein noch mürrischeres Gesicht.

»Das ist hier eigentlich nicht …«, begann sie, aber Trausch ließ sie nicht einmal zu Ende reden.

»Polizeiliche Anordnung«, sagte er ernst. »Es gefällt mir selbst nicht, das können Sie mir glauben. Aber was soll ich machen? Die Anordnung kam vom Polizeipräsidenten persönlich.«

Der Gesichtsausdruck der Schwester verfinsterte sich noch mehr. Sie schluckte die bissige Antwort herunter, die ihr sichtlich auf der

Zunge lag, bedachte ihn nur mit einem vernichtenden Blick und schob klappernd ihr Wägelchen hinaus.

Trausch sah ihr nach, bis sie die Tür mit einem Knall hinter sich zugezogen hatte, und wandte sich dann mit einem fragenden Blick an Conny. »Gibt es da etwas, was ich wissen sollte? Ich meine: Brauchen Sie Polizeischutz?«

»Nein«, sagte Conny. »Aber Oberschwester Drachenzahn vielleicht, wenn Sie mich noch einmal um vier Uhr morgens weckt, um das Kopfkissen aufzuschütteln.« Sie streckte die unversehrte Hand aus. »Und jetzt geben Sie das her, bevor ich selbst zum Vampir werde!«

Trausch tat nichts dergleichen, sondern begann die Papiertüte im Gegenteil mit provozierend langsamen Bewegungen aufzufalten, spähte mit einem Auge hinein und zog genießerisch die Luft durch die Nase. »Das duftet wirklich verlockend. Was bekomme ich, wenn ich es Ihnen gebe?«

»Fragen Sie lieber, was Sie bekommen, wenn Sie es nicht tun.« Conny streckte blitzschnell den Arm aus und riss ihm die Tüte aus der Hand. Der Überwachungsmonitor hinter ihr piepste protestierend, als sie die Kabel dabei bis zum Zerreißen spannte, und sie wäre um ein Haar aus dem Bett gefallen, aber die Beute war das Risiko wert. Als sie die Tüte öffnete, fand sie einen großen Cappuccino, eine Packung Chicken McNuggets und eine große Portion Frites. Sie riss beides auf und begann mit großer Hast und ganz undamenhaft mit den Fingern und genüsslich schmatzend zu essen.

»Das scheint ja wohl wirklich Rettung in höchster Not gewesen zu sein«, meinte Trausch, während er sich einen Stuhl heranzog und sich setzte. Er streckte den Arm aus, um sich einen McNugget zu mopsen, und Conny schlug ihm spielerisch auf die Finger.

»Lassen Sie das!«, sagte sie mit vollem Mund. »Der Mundraub-Paragraf ist schon vor Jahren abgeschafft worden!«

Trausch machte ein beleidigtes Gesicht. »Das hat man nun von seiner Hilfsbereitschaft.«

»Polizistenschicksal«, antwortete Conny gnadenlos. »Das sollten Sie kennen, Herr Kollege!« Sie verschlang einen weiteren Quader gepresster Geflügelabfälle, ohne auch nur richtig gekaut zu haben, stopfte eine Handvoll streichholzdünner Fritten hinterher und hielt ihm dann die Packung hin. »Aber nur einen!«

Trausch nahm sich einen Nugget, knabberte mit spitzen Zähnen daran und sah sie nachdenklich an. »So schlecht ist das Essen hier doch nicht wirklich, oder?«

»Wie schlecht?«

»Dass Sie *das Zeug* hier mögen.«

»Nein«, antwortete Conny, während sie bereits einen weiteren Nugget mampfte. »Das mochte ich schon vorher. Was soll ich machen? Jeder hat seine finsteren Geheimnisse.«

Trausch aß den Rest seines Nuggets und wischte sich die Hände an der Jacke ab, bevor er weitersprach. »Wie fühlen Sie sich?«

»Gut«, antwortete Conny automatisch – und wie sie selbst beinahe überrascht feststellte, sogar wahrheitsgemäß. Natürlich hatte sie tausend Zipperlein: Der Verband an ihrem rechten Arm drückte, ihr Gesicht tat weh, und ihr Rücken fühlte sich an, als hätte sie auf einer mittelalterlichen Folterbank übernachtet, und auch die Stichwunde in ihrem Bein machte sich wieder bemerkbar und schmerzte jetzt beinahe mehr als gestern. Dennoch fühlte sie sich wohl; *ganz erstaunlich* wohl, wenn sie bedachte, was hinter ihr lag.

»Lust auf einen Ausflug?«, fragte Trausch.

Conny blieb fast der Bissen im Halse stecken. »Wie bitte?«

»Nur wenn Sie wirklich wollen«, sagte Trausch hastig. »Wirklich, die Entscheidung liegt ganz bei Ihnen. Wenn Sie lieber noch hierbleiben möchten, geht das vollkommen in Ordnung.« Kam es ihr nur so vor, oder versuchte ihr Trausch in den Mund zu legen, dass sie ablehnte?

»Und was genau heißt das im Klartext?«, erkundigte sich Conny misstrauisch.

»Eichholz möchte Sie sehen«, antwortete Trausch. »Allerdings will er nicht hierherkommen, und in diesem speziellen Punkt kann ich ihn sogar verstehen. Außerdem gibt es noch tausend Fragen, die Sie beantworten müssen …« Er hob – irgendwie verlegen – die Schultern. »Es wäre einfach leichter bei uns im Büro.«

»Sie meinen, ich komme hier raus?«, fragte Conny ungläubig. »Ich werde begnadigt?«

»Nur für einen halben Tag«, antwortete Trausch rasch. »Aber ich habe gerade mit dem Chefarzt geredet. Er hat nichts dagegen, Sie für einen halben Tag zu entlassen. Wenn auch nur auf Bewährung. Und ich musste ihm versprechen, Sie spätestens um fünf wieder hier abzuliefern. Ich musste ihm meine Seele verpfänden, um ihm dieses Zugeständnis abzuringen.«

Darüber konnte Conny nicht lachen. Sie starrte Trausch nur erschrocken an und vergaß für einen Moment sogar zu kauen.

»Stimmt irgendetwas nicht?«, fragte Trausch in fast verschrecktem Ton.

»Nein, es ist schon ...« Conny schluckte den Rest herunter und setzte neu an. »Ich war nur überrascht. Ich dachte, ich müsste mindestens noch eine Woche hierbleiben.«

»Müssen Sie auch«, erwiderte Trausch. Er machte eine Kopfbewegung in Richtung ihres Beins. »He, ich muss Ihnen nicht sagen, dass damit nicht zu spaßen ist, oder? Das hier ist kein Hollywoodfilm, wo man ein Messer ins Bein bekommt und dann weiterhumpelt. Seien Sie froh, dass er Sie nicht schlimmer erwischt hat. Wir machen nur einen kleinen Ausflug, damit wir uns nicht falsch verstehen. Es ist nur sehr viel einfacher, Sie ins Präsidium zu schaffen, als das ganze Präsidium zu Ihnen.« Er bemühte sich – mit wenig Erfolg – um ein aufmunterndes Lächeln und griff in die Jackentasche. »Ich habe Ihnen noch etwas mitgebracht ... obwohl ich beinahe glaubte, dass Sie es nicht mehr brauchen.«

Conny streckte gehorsam die Hand aus und nahm die in Cellophan verpackte Sonnenbrille entgegen, die er ihr reichte. Das Preisschild hing noch daran. Ganz billig war sie nicht gewesen.

»Danke«, sagte sie automatisch. »Und wieso brauche ich sie nicht mehr?«

»Haben Sie heute schon einmal in den Spiegel geschaut?«, fragte Trausch.

Conny blickte ihn noch weitere drei oder vier Sekunden lang einfach nur verständnislos an, legte dann jedoch die Sonnenbrille neben die McDonald's-Tüte auf den Nachttisch, richtete sich weiter auf und begann mit ungelenken Fingern die diversen Elektroden und Sensoren zu lösen, die Schwester Drachenzahn überall an ihrem Körper befestigt hatte. Trausch rührte keinen Finger, um ihr zu helfen, sondern sah ihr ganz im Gegenteil mit vollkommen unverhohlener Schadenfreude zu. Der elektronische Wachhund hinter ihr begann piepsend und tutend zu randalieren, aber das ignorierte sie.

Schließlich war sie frei und stand auf, um zum Waschbecken zu humpeln. Sie hatte es gestern nicht gewagt, in irgendeinen Spiegel zu blicken, ohne vorher eine Handvoll Beruhigungstabletten eingeworfen zu haben. Umso mehr überraschte sie, was sie nun sah: Ihr Spiegelbild wirkte blass und hohlwangig und sehr müde (was ihr selbst einigermaßen absurd vorkam. Die Zeit, die sie nicht in diversen Untersuchungs- oder Behandlungszimmern oder im Clinch mit Schwester Drachenzahn verbracht hatte, hatte sie komplett verschlafen, und sie sollte eigentlich ausgeruht genug sein, um die sprichwörtlichen Bäume auszureißen), aber darüber hinaus sah sie erstaunlich … gut aus.

Abgesehen von den dunklen Ringen unter ihren Augen und der unnatürlichen Blässe ihrer Haut – die wahrscheinlich auf dem reinen Stress beruhte, überhaupt *hier* zu sein – hatte sie sich in erstaunlichem Maße erholt. Die hässliche Schwellung, die ihr Gesicht entstellt hatte, war fast völlig verschwunden. Auf ihrer Wange lag noch etwas wie ein Schatten, den sie jedoch vielleicht nur sah, weil sie wusste, wonach sie zu suchen hatte. Das war alles. *Gutes Heilfleisch,* dachte sie noch einmal.

Eine Weile betrachtete sie einfach nur verblüfft ihr eigenes Konterfei, aber irgendwann fiel ihr auch Trauschs Blick im Spiegel auf.

Genau gesagt, sein breites Grinsen. Weitere zwei oder drei Sekunden lang verstand sie es einfach nicht … bis ihr einfiel, was sie anhatte; oder eben auch nicht. Sie trug ein ungeheuer modisches, gelb geblümtes Standard-Krankenhausnachthemd, eigentlich kaum mehr als ein Tuch mit zwei angedeuteten Ärmeln, das hinten offen und nur mit zwei dünnen Bändchen zusammengeschnürt war. Nicht besonders fest zusammengeschnürt, um präzise zu sein.

»Ist ihnen der Ausdruck *sexuelle Belästigung* ein Begriff, Kollege?«, fragte sie böse.

»Durchaus.« Trauschs Grinsen wurde noch breiter. »Aber keine Angst. Ich werde nichts sagen.«

»Wie?«, fragte Conny.

»Also, ich habe nichts getan«, erklärte Trausch. »Genau genommen sitze ich einfach nur hier. *Ich* bin jedenfalls nicht zum Spiegel gegangen und habe mich auf überaus charmante Art auf den Waschbeckenrand gestützt und mich vorgebeugt.«

Conny fuhr wie von der sprichwörtlichen Tarantel gestochen herum und konnte gerade noch den Impuls unterdrücken, die Hände auf den Hintern zu schlagen. Natürlich entging das Trausch keineswegs, aber er besaß nicht einmal den Anstand, rot zu werden. Sein Grinsen wurde nur noch breiter.

»Ich war vorhin in Ihrer Wohnung und habe Ihnen ein paar saubere Sachen eingepackt«, sagte er. »Natürlich können Sie auch so mitkommen, wenn Sie es wünschen. Ich allerdings …«

»Wo?«, unterbrach ihn Conny. Ihre Stimme war kaum mehr als ein Zischen.

»Draußen auf dem Flur«, antwortete er. »Ich meine, ich habe die Tasche draußen gelassen. Soll ich sie holen?«

»Nein«, antwortete Conny, jetzt in *eindeutig* erschrockenem Ton. Dann schüttelte sie den Kopf. »Ich meine … ja. Natürlich, aber …«

»Schon verstanden«, seufzte Trausch. Eigentlich *grinste* er es, während er zugleich aufstand. »Ich reiche Sie Ihnen von außen herein, und ich schwöre, nicht zu gucken.« *Als ob es da noch allzu viel zu sehen gäbe,* schien sein Blick hinzuzufügen. Vielleicht wollte sie auch nur, dass es so war. Sie sagte vorsichtshalber gar nichts.

Trausch ging hinaus und reichte ihr die Tasche natürlich nicht albern durch den Türspalt herein, sondern kam nach einem Augenblick zurück und stellte sie mitten im Zimmer ab, und er war auch diskret (haha) genug, um draußen vor der Tür zu warten, bis sie sich angezogen und zu ihm auf den Gang hinausgetreten war. Und er hatte ganz offensichtlich noch mehr getan, denn Schwester Drachenzahn wartete ebenfalls auf sie, allerdings nicht, um ihrem Ruf gerecht zu werden und ihr irgendwelche Grausamkeiten anzutun, sondern um ihr etwas anzulegen, das wie eine Kreuzung aus einer Schlinge und einer filigranen Stützkonstruktion aussah, in die sie ihren bandagierten Arm legen konnte.

Zehn Minuten später saßen sie in Trauschs betagtem BMW und rollten vom Parkplatz der Klinik, und *weitere* zehn Minuten darauf brach Conny das verbissene Schweigen, das sich zwischen ihnen ausgebreitet hatte, ohne dass einer von ihnen eigentlich einen Grund dafür nennen konnte. »Vielen Dank, dass Sie mich gerettet haben.«

»Vor Schwester Drachenzahn?« Er sah in den Spiegel, während er antwortete, tippte auf das Gaspedal und huschte im letzten Moment über eine gelbe Ampel, was eigentlich gar nicht seine Art war.

»Vor dieser ganzen Klinik«, antwortete sie. »Ich hasse Krankenhäuser.«

»Das geht den meisten so«, sagte Trausch. »Das haben Krankenhäuser und wir gemeinsam.«

»Was?«

»Alle haben irgendwie ein bisschen Angst davor, und eigentlich kann sie niemand leiden«, antwortete Trausch. »Aber wenn man sie braucht, dann sind alle verdammt froh, dass es sie gibt … und wenn sie ihren Dienst getan haben, dann fängt man an zu meckern und sucht tausend Gründe, um über sie herzuziehen. Oder sie am besten gleich zu verklagen.«

»Ich wusste gar nicht, dass Sie so defätistisch sein können.«

»Realistisch, Conny«, seufzte er. »Auch wenn das in diesem Fall so ziemlich dasselbe ist.« Er linste wieder in den Spiegel, nahm eine Kurve mit quietschenden Reifen, und Conny runzelte demonstrativ die Stirn. Trausch war normalerweise ein sehr besonnener Fahrer, der es hasste, sich so zu benehmen. Sie drehte sich umständlich auf dem Sitz herum und warf einen Blick durch das Heckfenster.

»Werden wir verfolgt?«

»Wahrscheinlich nicht.« Trausch gab noch mehr Gas und erwischte die zweite Ampel beim allerletzten Hauch von Gelb. »Aber man kann nie wissen. Gestern Abend haben Sie einen von diesen Presseheinis erwischt, der sich als Arzt verkleidet hat und sich in Ihr Zimmer schleichen wollte.«

»Sie?«

»Das Krankenhauspersonal. Schwester Drachenzahn.«

»Der arme Kerl«, sagte Conny mitfühlend.

»Ja, er kann einem wirklich leidtun, nicht wahr?«, pflichtete ihr

Trausch mit säuerlichem Gesichtsausdruck bei. »Oder könnte es, wenn die Kerle nicht allmählich zu einer Pest würden.«

»So schlimm?«

»So schlimm«, bestätigte Trausch. Er schüttelte ärgerlich den Kopf. »Eichholz hat gestern eine Pressekonferenz abgehalten. Wir haben gehofft, hinterher wäre ein bisschen Ruhe, aber es war eher andersherum.« Er bedachte sie mit einem fragenden Blick. »Sie haben den Fernseher nicht eingeschaltet?«

Doch, das hatte sie. Allerdings nur, um festzustellen, dass das, was er ihr vorhergesagt hatte, keineswegs über- sondern eher *unter*trieben gewesen war. Ganz gleich, auf welchen der wenigen Sender, die das eingeschränkte Krankenhausprogramm hergab, sie geschaltet hatte – spätestens in dem Moment, in dem die Nachrichten begannen, hatte sie ihr eigenes Konterfei vom Bildschirm herab angegrinst. Nicht etwa ein aktuelles Foto oder eine Aufnahme, die irgendjemand mit dem Teleobjektiv während des Einsatzes von ihr geschossen hatte ... irgendjemand musste ihnen eine Kopie ihres Dienstausweises zugespielt haben. Das Foto darauf war gute zehn Jahre alt und schon damals grottenschlecht gewesen; eines jener typischen Verbrecherfotos, wie man sie auf nahezu allen Ausweis- oder Führerscheindokumenten fand. Es wurde ihr nicht gerecht; obwohl gerade einmal knapp über dreißig, sah sie darauf deutlich älter, verbissener und unattraktiver aus als heute. Sie hatte versucht, sich mit dem Gedanken zu trösten, dass sie so wenigstens jederzeit auf die Straße gehen konnte, ohne sofort erkannt zu werden, und möglicherweise stimmte das sogar. Allerdings hatte dieser Trost nur so lange angehalten, wie sie damit beschäftigt gewesen war, sich über das Foto zu ärgern, statt die Nachrichten zu verfolgen.

Es gab natürlich nur dieses eine Thema: Den *Vampir vom Rhein* und die tapferen Polizeibeamtin, die ihn unter Einsatz ihres Lebens gestellt und unschädlich gemacht hatte. Darauf hatte Trausch sie vorbereitet. Auf den Rest hätte sie selbst kommen können, hatte es jedoch nicht getan; aus welchem Grund auch immer. Die Nachrichten bestanden aus dem üblichen Mischmasch aus Fakten, wilden Spekulationen und dreisten Erfindungen, und dasselbe galt für das, was sie über sich selbst gehört hatte. Conny hatte sich immer damit getröstet, dass es in ihrem Keller keine Leichen gab, die man ausgraben konnte, aber sie hatte auf schmerzhafte Weise erfahren müssen, wie wenig das nutzte. Was man nicht wusste, erfand man eben, so einfach war das. Sie war trotz allem glimpflich davongekommen – noch war sie die Heldin der Stunde. Aber sie hatte wahrlich genug Erfahrung mit diesem Metier, um zu wissen, dass das nicht zwingend so bleiben musste. Schließlich hatte sie es aufgegeben, den Fernseher ausgeschaltet und die Fernbedienung in der Nachttischschublade versenkt, mit dem festen Vorsatz, sie nicht wieder herauszuholen.

»Ich sehe, Sie haben es«, seufzte Trausch. Sie näherten sich einer weiteren Ampel, und Conny schloss im Stillen eine Wette mit sich selbst ab, ob er es noch in der Gelbphase schaffen oder einfach das Rotlicht überfahren würde. Er tat nichts von beidem, sondern sah nur noch einmal kurz in den Spiegel und tippte dann auf die Bremse. Der Wagen wurde langsamer und bewegte sich jetzt wieder um zehn Prozent unter der erlaubten Höchstgeschwindigkeit, was Trauschs normaler Fahrweise entsprach. Vielleicht hatten sie ja doch noch eine Chance, das Präsidium lebend zu erreichen.

»Ich habe Sie allerdings nicht abgeholt, damit wir gemeinsam auf die Presse schimpfen können«, fuhr er in verändertem Ton fort. »Auch wenn es Spaß macht.«

»Warum dann?«

»Ich dachte mir, es wäre vielleicht nicht das Dümmste, Ihnen vorher ein kleines Briefing zu geben«, antwortete er. »Wir haben eine Menge über Aisler herausgefunden, und sie kennen ja Eichholz ... er hat bestimmt keine Lust, Ihnen alles noch einmal zu erklären.«

»Dann schießen Sie los«, sagte Conny.

»Zuerst die guten oder die schlechten Neuigkeiten?«

»Gibt es denn gute?« Sie konnte sich nicht vorstellen, dass es im Zusammenhang mit dem toten Serienkiller irgendetwas Positives zu berichten gab, aber Trausch nickte.

»Die allerbeste ist, er ist tot«, sagte er, schickte jedoch sofort ein angedeutetes entschuldigendes Lächeln hinterher und hielt sie mit einem knappen Kopfschütteln davon ab, etwas zu sagen. »Und wir haben ganz eindeutig den Richtigen erwischt. In diesem Verschlag im *Trash* waren Kleidungsstücke, Blut- und DNA-Spuren von mindestens sechs seiner Opfer und genug Beweise, um ihm auch noch das Attentat auf Kennedy anhängen zu können, wenn wir es darauf anlegten.«

»Und was soll daran gut sein?«, fragte sie.

»Zunächst einmal die Tatsache, dass es vorbei ist«, antwortete Trausch. »Dass er nicht mehr weitermachen kann. Und so ganz nebenbei der Umstand, dass Sie aufhören können, sich selbst zu zerfleischen, Conny.«

»Wie kommen Sie auf die Idee, dass ich das ...?«

»Vielleicht, weil ich nicht blind bin«, unterbrach sie Trausch. »Außerdem kenne ich das Gefühl.«

»Was für ein Gefühl?«

Er zögerte. Der Ausdruck auf seinem Gesicht änderte sich nicht, aber sie spürte, wie schwer es ihm fiel, zu antworten. »Einen Menschen getötet zu haben«, sagte er schließlich.

Conny war überrascht. »Sie haben ...?«

»Vor fast zwanzig Jahren, ja«, sagte er leise. »Ich war damals noch Streifenpolizist. Ein Routineeinsatz. Eine ganz normale Familienstreitigkeit. Irgend so ein Kerl hatte seine Frau verprügelt und war gerade dabei, seine Wohnung in Trümmer zu legen und sich auch noch an den Kindern zu vergreifen. Wir wollten nur schlichten, aber plötzlich hatte er eine Schrotflinte in der Hand und fing an, wie ein Wilder herumzuballern. Hat meinen Kollegen schwer verletzt und mich am Bein erwischt. Ich hatte keine andere Wahl. Ich musste ihn erschießen.«

Conny sah ihn betroffen an. »Das wusste ich nicht.«

»Ich rede auch nicht oft darüber.« Er lachte leise, aber der Laut klang eher verbittert. »Später hat sich herausgestellt, dass er ein Vorstrafenregister von hier bis zum Nordpol hatte. Körperverletzung, Totschlag, Nötigung ... die ganze Latte einmal rauf und runter. Bei der Wohnungsdurchsuchung haben sie einen Abschiedsbrief gefunden, den er offensichtlich schon vorbereitet hatte. Er hatte vor, seine Frau und die beiden Kinder zu erschießen und sich selbst umzubringen.«

»Dann war es vollkommen richtig, was Sie getan haben«, sagte Conny. Selbst in ihren eigenen Ohren klangen die Worte lahm.

»Ja«, sagte Trausch trotzdem. »Aber das ändert nichts. Ich habe einen Menschen getötet, richtig oder Notwehr hin oder her. Es hat ein Jahr gedauert, bis ich das erste Mal wieder eine Nacht durchschlafen konnte, und noch sehr viel länger, bis die Albträume aufgehört haben. Manchmal habe ich sie sogar jetzt noch.« Er sah sie auf eine Art an, die sie für Mitleid heischend hielt, bis ihr aufging, dass sie eher mitfühlend war. »Ich erzähle Ihnen das alles nur, weil ich nicht möchte, dass es Ihnen genauso geht.«

»Haben Sie nicht gerade selbst gesagt, dass es keine Rolle spielt, warum man einen Menschen tötet?«, gab Conny verwirrt zurück.

»Ja, das habe ich«, antwortete er. »Doch in diesem Fall ist es anders. Dieser Kerl war kein Mensch.«

»Aisler?«

»Wollen Sie auch noch die schlechten Neuigkeiten hören?«, erkundigte sich Trausch. Er wartete ihre Antwort nicht ab. »Es waren nicht nur die acht Mädchen, von denen wir bisher gewusst haben. Wir haben Blutspuren von mindestens drei weiteren, unbekannten Personen in seiner kleinen privaten Folterkammer gefunden.«

»Das wären dann elf«, sagte Conny mit leiser, belegter Stimme.

»Falls diese drei anderen tatsächlich tot sind«, schränkte Trausch ein, fügte jedoch auch praktisch im gleichen Atemzug hinzu: »Und es fanden sich ein paar hässliche kleine Indizien, die auf weitere Opfer schließen lassen, in seiner Wohnung.«

Conny starrte ihn an.

»Der Kerl war kein Mensch«, sagte Trausch noch einmal. Er sah sie nicht an, sondern schien sich voll und ganz auf den Verkehr zu konzentrieren, aber Conny sah, wie fest seine Hände plötzlich das Lenkrad umschlossen. »Vielleicht hat er ausgesehen wie ein Mensch. Vielleicht war er sogar einmal einer, früher. Doch das ist lange her. Er war ein Ungeheuer. Ich möchte, dass Sie das nicht vergessen. Es war richtig, dass Sie ihn erschossen haben.« Er atmete hörbar ein. »Manchmal bin ich nicht sicher, ob es wirklich so ist, wie wir es uns immer selbst einzureden versuchen.«

»Was?«

»Dieser ganze Unsinn, von wegen, dass ein Menschenleben heilig und unantastbar ist und niemand das Recht hat, es zu beenden. Vielleicht gibt es Menschen, die sich dieses Recht selbst nehmen, einfach durch das, was sie tun.«

»Sie meinen, so ein Kerl gehört einfach weg?«, fragte sie. Sie konnte sogar selbst hören, wie überrascht ihre Stimme klang. Ein Eingeständnis wie das wäre so ziemlich das Letzte gewesen, was Sie von Trausch erwartet hätte. »*Rübe runter und gut?*«

»Selbstverständlich nicht«, antwortete Trausch böse. »Ich finde, man muss diese armen Menschen vor der bösen Gesellschaft in Sicherheit bringen, die schließlich schuld daran ist, dass sie überhaupt erst so geworden sind. Am besten in eine schöne, luxuriös eingerichtete Klinik mit eigenem Fitnessstudio und Sauna, wo sie dann von hoch bezahlten Spezialisten jahrelang therapiert werden können. Und so nach zehn, zwölf Jahren kann man dann ja mal einen noch besser bezahlten Gutachter finden, der einem bescheinigt, dass der Ärmste wieder ganz gesund ist und man ihn wieder auf die Menschheit loslassen kann. Und wenn nicht, und der Kerl legt dann doch noch ein paar Frauen um … ist ja nun auch nicht *sooo* schlimm. Mit ein bisschen Kollateralschaden muss man immer rechnen.«

»Das meinen Sie nicht ernst«, murmelte Conny.

»Natürlich nicht«, antwortete Trausch. »So weit haben mich diese Kerle Gott sei Dank noch nicht gebracht, dass ich anfange, solche Scheißhausparolen zu unterschreiben. Noch nicht.« Er schnaubte wütend. »Aber man fängt schon an, die Dinge ein bisschen anders zu sehen, wenn man ein totes Mädchen aus einem Müllcontainer gezogen hat.«

Conny sagte ganz bewusst nichts dazu, aber sie spürte selbst, dass sie ein leises Zusammenzucken nicht ganz unterdrücken konnte, und Trausch sah plötzlich ein bisschen schuldbewusst aus.

»Verzeihung«, sagte er. »Das war pietätlos. Es tut mir leid. Sie haben das Mädchen gekannt.«

»Schon gut«, antwortete Conny rasch.

Seit ihrer ersten Begegnung mit Vlad hatte alles andere im Mittelpunkt gestanden, nur nicht der Grund, warum sie selbst so verbissen hinter dem Vampir her war. Natürlich hatte sie Leas Schicksal nicht vergessen, das würde nie passieren, aber sie hatte es in den Hintergrund gedrängt, dorthin, wo all das Grauen hingehörte, mit dem sie bei klarem Verstand nicht fertig wurde.

Sie hatte das *Mädchen* nicht einfach nur *gekannt*, wie Trausch es jetzt ausgedrückt hatte. Lea war die Tochter einer Freundin gewesen. Vielleicht nicht ihrer besten Freundin – wenn sie ehrlich zu sich selbst war, hatte sie keine *beste Freundin*. Sie kannten sich noch aus der Schule, und anders als die meisten Schulfreunde hatten sie sich nicht allen gegenteiligen Versprechungen und Schwüren zum Trotz nach dem Abitur aus den Augen verloren, sondern waren zwar getrennte Wege gegangen, hatten aber über all die Jahre hinweg einen losen Kontakt aufrechterhalten und sich immer wieder einmal gesehen. Ja, sie *hatte* Lea gekannt, wie man eben die Tochter einer Frau kennt, die man zwei- oder dreimal im Jahr sieht … und dabei wäre es wahrscheinlich auch geblieben, hätte das Schicksal – oder eine Laune des Zufalls, falls es da überhaupt einen Unterschied gab – nicht entschieden, dass ausgerechnet sie in jener Nacht Bereitschaftsdienst hatte, in der das erste Opfer des Vampirs gefunden wurde.

Beim ersten Anblick hatte sie sie nicht einmal erkannt. Es war nur ein weiteres bestialisch abgeschlachtetes Mädchen gewesen, das ihre Kollegen aus einem Altpapiercontainer gezogen und zur ersten Untersuchung daneben auf eine Decke gebettet hatten, ein Mädchen, dem das Grauen ins Gesicht geschrieben stand. Vielleicht lag es an dem verzerrten Gesichtsausdruck und dem Ausdruck von Panik in den gebrochenen Augen, dass sie sie zunächst nicht erkannt hatte, vielleicht aber auch daran, dass sie sie nicht hatte erkennen *wollen*. Erst, als sie Leas Personalausweis mit spitzen Fingern in den Händen gehalten hatte, hatte sie wirklich begriffen, um wen es sich bei der Toten handelte.

Um das Mädchen, das sie vom Kleinkind zur jungen Frau hatte heranwachsen sehen.

Natürlich hatte sie selbst die traurige Pflicht übernommen, Sylvia vom Tod ihrer einzigen Tochter zu unterrichten; der vielleicht schwerste Moment ihres ganzen Lebens. Sie wusste nicht, wer mehr geweint hatte, Sylvia oder sie, aber Connys Tränen waren zuerst versiegt, und aus ihrem Schmerz war zuerst Zorn und dann eine kalte, stählerne Entschlossenheit geworden. Seitdem hatte es für sie gar keine andere Möglichkeit mehr gegeben, als den Vampir selbst zu fassen. Sie war es Sylvia – und noch viel mehr sich selbst – schuldig.

»Tut mir leid«, sagte Trausch noch einmal. »Ich wollte nicht …«

»Doch, wollten Sie«, unterbrach ihn Conny. »Und das ist auch völlig in Ordnung. Lektion Nummer eins: keine persönlichen Gefühle.« Trausch sah plötzlich irgendwie … unglücklich aus, fand sie. Er suchte krampfhaft nach etwas, um sich aus der Affäre zu ziehen, aber ganz offensichtlich fand er es nicht.

Das Klingeln seines Handys rettete ihn. Trausch griff fast hastig in die Jackentasche, und der BMW vollführte einen ruckhaften Schlenker, während er das Gerät ungeschickt aus der Tasche grub. Jemand hupte wütend.

Vollkommen unvorschriftsmäßig (und untypisch für ihn) klappte er das Gerät auf und hielt es ans Ohr, während er mit der linken Hand weiterlenkte. Er sagte nur einige wenige Worte, hörte aber eine ganze Weile zu, und Conny musste nicht fragen, um zu wissen, dass es in diesem Gespräch zumindest zum Teil um sie ging. Er sah so ziemlich überallhin, nur nicht in ihre Richtung. Schließlich klappte er den Apparat wieder zu und steckte ihn beinahe noch umständlicher wieder ein.

»Probleme?«, fragte sie.

»Keine Probleme.« Trausch sah in den Rückspiegel und wechselte dann ungewohnt wagemutig die Spur, was von einem neuerlichen, noch ärgerlicherem Stakkato-Hupen des Wagens hinter ihnen kommentiert wurde. »Nur eine kleine Planänderung. Eichholz erwartet uns in der Rechtsmedizin … wenn es Ihnen nichts ausmacht, heißt das.«

»Warum?«

»Keine Ahnung.« Er klang nicht sehr überzeugend, dafür aber schon wieder fast verlegen. Konnte es sein, dachte Conny, dass er ihr irgendetwas sagen wollte?

Wenn ja, tat er es jedenfalls nicht. Den Rest der Fahrt legten sie zurück, ohne ein weiteres Wort zu wechseln.

6

Das Institut für Rechtsmedizin lag auf dem Gelände der Universitätsklinik, aber das war auch schon das einzig Besondere daran. Statt in einem hypermodernen Prachtbau mit verspiegelten Fenstern, war es in einer nahezu lichtlosen Kellerflucht am äußersten Ende des Universitätsgeländes untergebracht, und auch die schicken Computer und garagentorgroßen Flachbildschirme, wie man sie aus diversen Fernsehserien kannte, suchte man hier vergeblich. In einigen der Büros, in denen sie im Laufe der Zeit gewesen war, standen noch leibhaftige *Schreibmaschinen* auf den Tischen, und die von altmodischen Neonlampen erhellten Flure waren bis in Hüfthöhe mit Holz vertäfelt und darüber im hässlichsten Babyblau gestrichen, das sie jemals gesehen hatte. Das Ganze hatte den Charme eines Luftschutzbunkers aus dem zweiten Weltkrieg.

Eichholz erwartete sie im Büro des Institutsleiters, das zwar groß, aber ebenso spartanisch und altmodisch eingerichtet war wie alles hier, nicht altmodisch im Sinne von *alten Möbeln* und *kostbaren Antiquitäten,* wie man es vielleicht erwartet hätte, sondern einfach im Sinne von *alt*. Der einzige Schmuck waren ein Dutzend gerahmter Auszeichnungen und Doktortitel an der Wand über seinem Schreibtisch, und auch hier lag derselbe unangenehme Geruch wie in dem gesamten Kellergeschoss in der Luft: fast wie in einem Krankenhaus, aber doch ein bisschen anders. Aufdringlicher und … unangenehmer. Vielleicht war es auch nur Einbildung. Sooft sie auch schon hier gewesen war, hatte sie es nie über sich gebracht, diesem Ort irgendetwas Positives abzugewinnen. Sie wollte es auch gar nicht.

»Kommissarin Feisst«, begrüßte sie Eichholz mit einem knappen Lächeln und einem kaum angedeuteten, freundlichen Kopfnicken, das sonderbarerweise gerade dadurch besonders ehrlich zu wirken schien. »Es freut mich, Sie einigermaßen gesund und wohlauf wiederzusehen. Und meinen herzlichen Glückwunsch. Gute Arbeit.«

»Kein Problem. So etwas mach ich doch mit links.« Conny hob – vorsichtig – ihren bandagierten rechten Arm und erntete verhaltenes Lachen. In Eichholz' Augen blitzte es kurz auf, und er gestattete sich sogar ein kurzes Lächeln. Dann sah er auf die Armbanduhr.

»Sie sind pünktlich«, stellte er fest. War das etwa ein Lob? »Ganz wunderbar. Kollege Trausch hat ihrem Arzt ein paar Stunden abgerungen, und wir sollten die Zeit nutzen ... fühlen Sie sich kräftig genug, um ein paar Fragen zu beantworten?«

Gut, vielleicht war das gerade wirklich ein Lob gewesen, das ihm ganz versehentlich herausgerutscht war, aber natürlich machte er es mit einem Kübel Eiswasser wieder wett.

»Natürlich nur, wenn Sie es möchten. Offiziell sind Sie ja krankgeschrieben.«

»Das ist kein Problem. Ich freue mich über jede Ablenkung.« Conny machte eine entsprechende Geste mit dem unverletzten Arm. »Aber wieso hier, wenn ich fragen darf? War Ihnen Ihr Büro nicht gemütlich genug für einen kleinen Plausch?«

»Sie kennen Professor Levèvre?«

Den Leiter des Instituts? »Nicht wirklich gut. Ich bin ihm nur ein paarmal begegnet.«

»Dann haben Sie jetzt Gelegenheit, ihn besser kennenzulernen«, antwortete Eichholz. »Er wird gleich hier sein.«

Eichholz ging zu einem großen, in seiner Schäbigkeit durchaus zum Rest der Einrichtung passenden Konferenztisch, an dem nahezu zwei Dutzend Stühle standen, und Conny folgte ihm. Trausch schloss sich ihm unaufgefordert an. »Übertreiben Sie es nicht«, raunte er ihr zu.

»Was?«, gab Conny ebenso leise zurück. »Wer hat denn etwas von Bambussplittern unter Fingernägeln erzählt ... oder waren es Glasscherben?«

Trausch verdrehte die Augen und schwieg.

»Bitte nehmen Sie Platz.« Eichholz machte eine einladende Geste. Eine verchromte Kaffeekanne stand in der Mitte der quadratischen Platte und dazu vier saubere Tassen. »Wir können die Zeit nutzen, damit Sie uns einen ersten Bericht über die Ereignisse in diesem Heizraum geben können, Kommissarin Feisst.«

»Ich dachte, das hätte ich schon«, antwortete Conny, während sie sich auf den angebotenen Stuhl sinken ließ und mit einiger Mühe ein erleichtertes Aufatmen unterdrückte. Ihr Bein schmerzte, und auf dem letzten Stück war sie immer langsamer geworden und hatte immer deutlicher gehumpelt, sodass Trausch ihr schon mit einer wortlosen Geste seinen Arm angeboten hatte, um sie zu stützen – was sie natürlich empört abgelehnt hatte. Aber sie war erschöpft und froh, nicht mehr stehen oder gar *gehen* zu müssen.

Eichholz reagierte nur mit einem Stirnrunzeln auf ihre Antwort … die zumindest übertrieben war. Nachdem sie das Bewusstsein zurückerlangt hatte, hatte sie Trausch und ihm zwar in knappen Worten berichtet, was sich in dem unterirdisch gelegenen Raum zugetragen hatte, und sowohl die beiden als auch ihre Kollegen waren Profis genug, um sich den Rest anhand der Spuren zusammenreimen zu können, aber einen wirklichen *Bericht* konnte man das wohl nicht nennen.

»Sie bekommen natürlich noch einen ausführlichen schriftlichen Bericht.«

»Natürlich!«, unterbrach sie Eichholz. »Wie es aussieht, haben Sie in den nächsten Tagen ja Zeit genug, und wie ich Sie kenne, werden Sie wahrscheinlich froh sein, wenn Sie überhaupt etwas zu tun haben.« Er wartete, bis Trausch und sie Platz genommen hatten. Seine Hand glitt in die Jackentasche und kam mit einem kleinen silberfarbenen Aufnahmegerät wieder zum Vorschein, das er ihr reichte.

»Sie können Ihren Bericht diktieren. Ich lasse ihn dann abtippen, und wir gehen die Endfassung gemeinsam durch.«

Von so viel unerwarteter Großzügigkeit mehr als überrascht, sah Conny ihn einen Augenblick lang einfach nur verwirrt an, ehe sie – so vorsichtig, als handele es sich in Wahrheit um ein hochgiftiges Insekt, das jederzeit nach ihren Fingern schnappen konnte – nach dem Diktiergerät griff und es einsteckte. Normalerweise war Eichholz wie der Teufel hinter der sprichwörtlichen armen Seele her, dass jeder von ihnen seine Berichte nicht nur höchstpersönlich, sondern auch ohne jegliche Hilfe verfasste; um der *Authentizität* willen, wie er immer wieder betonte. Er musste wirklich seinen großzügigen Tag haben.

»Also?«

Conny war nach wie vor verunsichert, und ein rascher Seitenblick in Trauschs Gesicht zeigte ihr, dass es ihm offensichtlich auch nicht sehr viel anders erging. Aber sie deutete nur ein Schulterzucken an, warf einen kurzen, beinahe sehnsüchtigen Blick auf die Kaffeekanne in der Mitte des Tisches – Eichholz ignorierte ihn – und begann dann mit knappen, aber sehr präzisen Worten zu erklären, was passiert war. Eichholz hörte schweigend und mit konzentriertem Gesichtsausdruck zu. Erst, als sie schon zwei oder drei Minuten lang geredet hatte, fiel ihr auf, dass Eichholz ein zweites, kleineres Diktiergerät in der Hand hielt, auf dessen Vorderseite ein winziges rotes Licht flackerte. Sie unterbrach sich und sah ihn fragend an.

»Es macht Ihnen doch nichts aus?«, fragte Eichholz lächelnd.

Welche Antwort erwartete er jetzt? Conny deutete nur ein Kopfschütteln an und fuhr fort. Sie erzählte nicht alles. Es war nicht so, dass sie absichtlich etwas wegließ oder gar die Unwahrheit sagte, aber natürlich hütete sie sich, von dem Schatten zu berichten, den sie neben der Aufzugtür gesehen zu haben glaubte, und selbstverständlich behielt sie auch das vermeintliche Ende ihres verzweifelten Kampfs mit Aisler für sich. Es wäre ihr nicht nur peinlich gewesen, von dieser unheimlichen Vision zu berichten; was ihre durchgeknallte Phantasie in ihrem Kopf anrichtete, ging Eichholz nun wirklich nichts an.

Er schien ohnehin nicht mit allem einverstanden oder zumindest zufrieden zu sein, was er hörte. Er unterbrach sie kein einziges Mal, das musste er auch nicht; der Ausdruck auf seinem Gesicht und ein gelegentliches fragendes Stirnrunzeln waren beredt genug.

Conny merkte sogar selbst, wie dünn und wenig überzeugend ihr Bericht an der einen oder anderen Stelle klang – ein Effekt, den sie kannte. Vieles, was vor Ort nicht nur schlüssig und auf dramatische Weise überzeugend erschien, verlor mit den knappen Worten eines Einsatzberichtes geschildert nicht nur an Gewicht, sondern nur zu oft auch zumindest scheinbar an Glaubwürdigkeit. Dieses Phänomen war jedem von ihnen bekannt, Eichholz eingeschlossen. Aber diesmal war es schlimmer. Selbst Trausch zog ein paarmal vielsagend die Augenbrauen zusammen; vor allem an der Stelle, an der sie zu begründen versuchte, warum sie den Wagen überhaupt verlassen hatte.

Ungefähr bei der Hälfte ihres Berichts ging die Tür auf, und ein untersetzter, grauhaariger Mann um die sechzig trat ein. »Frau Feisst!«, sagte er, während er auf einem freien Stuhl Platz nahm und den anderen kurz zunickte. »Ich freue mich, dass Sie kommen konnten.« Conny blickte fragend, und Levèvre lächelte noch breiter. »Wir bekommen hier nicht oft so berühmten Besuch.«

Voller Unbehagen wurde sich Conny der Tatsache bewusst, dass Levèvre sie unverhohlen ansah. Eigentlich *starrte* er sie an – zumindest kam es ihr so vor –, und einmal ganz abgesehen davon, wie unhöflich das war, hatte er eine ganz besonders unangenehme Art, es zu tun. Conny korrigierte ihre erste Einschätzung von *taxierend* zu *sezierend;* als wären seine Blicke tatsächlich kleine scharfe Skalpelle, die mühelos durch ihre Haut und ihr Fleisch schnitten und bis in ihr intimstes Inneres vordrangen. Wahrscheinlich lag es an seinem Beruf, dachte sie, und möglicherweise war es nicht einmal seine Schuld. Vielleicht konnte er gar nicht mehr anders, als jeden Körper auf diese Art anzusehen; ein Stück Fleisch, das sich manchmal bewegte, manchmal nicht.

Sie wartete, bis Eichholz dem Professor eine Tasse Kaffee eingeschenkt hatte, und führte ihren Bericht dann zu Ende. »Ich weiß nicht, was dann passiert ist«, schloss sie. »Ich muss wohl das Bewusstsein verloren haben. Ich weiß nur, dass ich nicht wirklich damit gerechnet habe, noch einmal aufzuwachen.« Eichholz runzelte nun doch leicht verärgert die Stirn, und Conny beeilte sich hinzuzufügen: »Wenn die Kollegen nicht rechtzeitig gekommen wären.«

»Das sind sie nicht.« Eichholz tauschte einen – wie sie fand – seltsamen Blick mit Levèvre. »Ich hatte gehofft, von Ihnen etwas detaillierte Auskünfte zu bekommen, aber so, wie es bisher aussieht, müssen sie mindestens fünf Minuten bewusstlos dort gelegen haben, bevor Kommissar Trausch Sie gefunden hat.«

Conny konnte einen raschen, überraschten Blick nicht unterdrücken. Trausch hatte ihr bisher nicht gesagt, dass er selbst es war, der sie gefunden hatte. Sie versuchte, ihm eine lautlose Frage zu stellen (möglichst, ohne dass Eichholz etwas davon bemerkte), aber er verstand sie entweder nicht oder zog es vor, sie zu ignorieren.

»Oh«, murmelte sie nur. »Dann habe ich wohl wirklich mehr Glück als Verstand gehabt.«

Eichholz hob die Hand. »Jetzt stellen Sie Ihr Licht nicht zu sehr unter den Scheffel, Kollegin. Das war verdammt gute Arbeit. Und es hat nichts mit Glück zu tun. Sie haben den Kerl erledigt.«

»Ja, und er beinahe mich«, murmelte Conny. Sie bemerkte aus den Augenwinkeln, wie Levèvre dazu ansetzte, etwas zu sagen, doch Eichholz brachte ihn mit einer schnellen, beinahe erschrocken wirkenden Geste zum Schweigen. Ihr ungutes Gefühl, das sich seit Levèvres Eintreten noch verstärkt hatte, machte einen regelrechten Quantensprung.

»Dieses digitale Foto«, fuhr Eichholz fort, »das Herrmann ausgedruckt hat … sind Sie sicher? Ich meine: Sind Sie vollkommen sicher, dass er diesen Ausdruck wirklich gemacht hat?«

»Natürlich«, antwortete Conny. Worauf wollte er hinaus? Sie hatte (eigentlich ohne selbst genau zu wissen, warum sie es tat, und sie beschlich schon wieder das Gefühl, einen Fehler gemacht zu haben) nicht *wirklich* gesagt, was sie auf dem Monitor entdeckt zu haben glaubte, sondern nur von einem Schatten gesprochen, der aus irgendeinem Grund ihre und die Aufmerksamkeit der beiden Techniker erregt hatte. »Warum fragen Sie?«

»Weil wir kein solches Foto im Wagen gefunden haben«, antwortete Eichholz.

»Dann hat Aisler es wohl mitgenommen«, antwortete Conny.

»Wir haben auch kein solches Foto bei ihm gefunden«, sagte Eichholz. Conny überlegte, ob der Ausdruck in seiner Stimme nur wie gewohnt leicht vorwurfsvoll oder auch ein bisschen misstrauisch war.

»Dann hat er es vielleicht unterwegs weggeworfen. Und? Das Bild muss noch auf der Festplatte im Wagen sein«, sagte sie, seinen letzten Satz ganz bewusst ignorierend. »Es ist wirklich nur eine einzelne Aufnahme. Man kann sie leicht übersehen, wenn man nicht weiß, wonach man suchen muss. Aber ich weiß ungefähr, an welcher Stelle sie steht. Ich bin sicher, ich finde sie wieder.«

»Er hat auch Kleinholz aus dem Computer gemacht«, sagte Eichholz. Nun war seine Stimme beinahe vollkommen ausdruckslos, aber sein Blick wurde ... *bohrend?* »Die Kollegen aus der EDV-Abteilung versuchen zu retten, was zu retten ist, doch es sieht nicht gut aus. Der Kerl hat gewusst, was er tut. Sämtliche Aufnahmen des Einsatzes sind gelöscht worden.«

So viel Zeit hatte er nie und nimmer gehabt!, dachte Conny verwirrt. Sie war allerhöchstens eine Minute lang fort gewesen. Selbst, wenn er tatsächlich unmittelbar hinter ihr in den Wagen geschlüpft war, hätte er in diesen wenigen Sekunden nicht nur die beiden Polizeibeamten umbringen und den Videoprint an sich nehmen, sondern auch noch den richtigen Computer und die richtige Datei finden und löschen müssen – samt der automatischen Sicherheitskopie, die das System anlegte. Conny verstand nicht allzu viel von Computern. Ihre Kenntnisse beschränkten sich auf den Umgang mit einem Textverarbeitungssystem und den diversen Datenbanken, auf die sie Zugriff hatte – aber ihr war dennoch klar, dass das in der Kürze der Zeit, die Aisler zur Verfügung gestanden hatte, eigentlich unmöglich war.

Eichholz seufzte. »Gut, das klären wir später, wenn ich Ihren Bericht vorliegen habe.« Das winzige Diktiergerät in seiner Hand flackerte zustimmend. »Im Augenblick haben wir ein anderes Problem, fürchte ich. Sagen wir, ein paar Fragen, auf die wir noch keine eindeutigen Antworten gefunden haben.« Er seufzte erneut und warf Professor Levèvre einen auffordernden Blick zu. »Professor?«

Levèvre nickte und wandte sich direkt in ihre Richtung, und auf seinen ohnehin väterlich anmutenden Zügen erschien ein durchaus ehrlich wirkendes, freundliches Lächeln. Sie sah ihm jedoch an, dass es ihm nicht wirklich leichtfiel, zu sprechen, und sie wusste, dass ihr das, was er ihr zu sagen hatte, vermutlich nicht gefallen würde. »Ich kann mir vorstellen, dass es Ihnen nicht leichtfällt, noch einmal über diese schrecklichen Momente zu sprechen, Frau Feisst«, begann er. »Aber Sie sind ...«, er suchte nach den passenden Worten, »... ganz sicher, dass es sich tatsächlich so abgespielt hat?«

»Was meinen Sie damit?« Conny sah nicht hin, doch sie spürte, wie sich Trausch neben ihr in seinem Stuhl aufrichtete, und auch Eichholz wirkte angespannter als noch vor einem Augenblick, auch, wenn er sich alle Mühe gab, es zu überspielen.

»Ihr Kampf mit Aisler«, antwortete er an Levèvres Stelle. Er hob rasch und beruhigend die Hand, als sie auffahren wollte. »Bitte, verstehen Sie das nicht falsch, Kollegin. Uns ist allen klar, was Sie durchgemacht haben. Dieser Kerl hat zweimal hintereinander versucht, Sie umzubringen. Sie waren verletzt und in Lebensgefahr. Niemand erwartet, dass Sie sich akribisch an jede einzelne Sekunde erinnern.«

»Sie glauben mir nicht?«, fragte Conny geradeheraus. Sie war nicht einmal wirklich zornig, und wenn sie überrascht war, dann allerhöchstens darüber, diese Entwicklung nicht vorhergesehen zu haben. Eichholz' scheinbare Freundlichkeit hätte sie warnen müssen. Sie war kein Zufall gewesen, so wenig wie Levèvres angebliche Unpünktlichkeit – von der sie inzwischen überzeugt war, dass er allerhöchstens *zu früh* gekommen war, und ganz bestimmt nicht zu spät.

»Es ist leider ein wenig komplizierter, Frau Feisst.« Levèvre lächelte immer noch so gutmütig und herzlich wie ein Vater, der mit seinem Kind spricht, was Conny allmählich wirklich wütend zu machen begann. »Sehen Sie, ich freue mich wirklich, dass es Ihnen gut geht und Sie diese schreckliche Geschichte offenbar so gut überstanden haben. Sie sind wirklich eine sehr tapfere Frau, und nichts liegt mir ferner, als Ihre Worte anzuzweifeln, aber ... ganz so, wie Sie es gerade berichtet haben, kann es nicht gewesen sein.«

»Was soll das heißen?«, fragte Conny verwirrt.

Levèvre tauschte abermals einen raschen Blick mit Eichholz, bevor er weitersprach. »Selbstverständlich hätten wir es gleich bemerken müssen, doch der Kollege, der die Obduktion vorgenommen hat, ist noch relativ jung, und möglicherweise fehlt es ihm noch ein wenig an Erfahrung. Ein guter Mann, nur eben noch neu im Geschäft. Verstehen Sie mich nicht falsch – wenn überhaupt, dann war es mein Fehler, nicht einen erfahrenen Kollegen eingesetzt zu haben.«

»Worauf wollen Sie eigentlich hinaus?« Conny warf einen fast Hilfe suchenden Blick zu Trausch hin, aber sie erntete nur ein verwirrtes Schulterzucken. Trausch sah beunruhigt aus. Ungefähr so, wie sie sich fühlte.

»Wie gesagt, wir haben Aislers Leichnam natürlich obduziert. Und auf den ersten Blick schien auch alles mit Ihren Angaben übereinzustimmen.«

»Auf den ersten Blick?«, fragte Trausch.

Levèvre machte ein übertrieben verlegenes Gesicht. »Die unmittelbare Todesursache schien tatsächlich ein Schock zu sein, ausgelöst durch die Verbrühungen und seinen angegriffenen Allgemeinzustand. Wenn es Sie beruhigt, Frau Feisst: Ganz genau genommen hat er sich selbst umgebracht. Seine Schusswunde hatte sich bereits entzündet, und sein Kreislauf muss so niedrig gewesen sein, dass ihn wahrscheinlich die nächste Tasse Kaffee getötet hätte. Er wäre so oder so gestorben, nehme ich an … auch wenn ich zugeben muss, dass mein Spezialgebiet nicht unbedingt die Lebenden sind. Aber das ist nicht der Punkt.«

»Welcher dann?«

Levèvre tauschte erneut einen kurzen, fragenden Blick mit Eichholz, bevor er antwortete: »Sie sind ganz sicher, dass er Sie angegriffen hat?«

»Natürlich bin ich sicher«, erwiderte Conny empört. »Was soll das?«

Diesmal brachte Eichholz den Professor mit einer Geste zum Schweigen, als er antworten wollte. »Was Professor Levèvre sagen will, Kommissarin Feisst«, sagte er, und nicht nur sein Lächeln erlosch, seine Stimme klang plötzlich auch hörbar kühler, offizieller, »ist, dass Ihre Schilderung eigentlich nicht den Tatsachen entsprechen kann.«

Es dauerte ein paar Sekunden, bis Conny wirklich begriff, was sie gerade gehört hatte. »Sie meinen, dass ich lüge?«, erwiderte sie spröde. Eichholz schwieg, und Levèvre wich ihrem Blick aus und fühlte sich sichtlich immer unwohler in seiner Haut.

»Sprechen Sie es ruhig aus«, fuhr Conny fort. »Sie glauben, ich hätte mir das alles nur ausgedacht, um mich interessant zu machen?

Um weiter als die große Heldin dazustehen?« Wütend schüttelte sie den Kopf. »Ich weiß, dass Sie mich nicht leiden können, Eichholz. Aber Sie sollten mich wenigstens besser kennen.«

»Darum geht es nicht«, gab Eichholz ruhig zurück. Er tat ihr nicht den Gefallen, sich provozieren zu lassen.

»Worum dann?« Conny musste sich beherrschen, um nicht zu schreien. »Glauben Sie wirklich, ich hätte mir die ganze Geschichte aus den Fingern gesogen?« Aufgebracht deutete sie auf ihr Gesicht und ihren bandagierten Arm. »Dann habe ich mir das hier wohl auch selbst beigebracht, nehme ich an? Nur, um noch ein bisschen interessanter zu werden?«

»Das weiß ich nicht«, erwiderte Eichholz ruhig. Er hatte eindeutig mit genau dieser Reaktion gerechnet und sich darauf vorbereitet. »Ich unterstelle Ihnen gar nichts, wenn es das ist, was Sie befürchten. Wie gesagt: Sie waren in einer Ausnahmesituation. Sie haben unter enormem Stress gestanden, und ich vermute, Sie hatten große Angst – woran absolut nichts Unehrenhaftes ist. Mir an Ihrer Stelle wäre es dort unten nicht anders ergangen. Vielleicht ... trügen Sie Ihre Erinnerungen.«

»In welchem Punkt?«, fragte sie.

»Wie gesagt«, wiederholte Levèvre mit einem neuerlichen, noch tieferen Seufzen und noch immer, ohne ihr direkt in die Augen zu sehen, »als unmittelbare Todesursache sind wir zuerst von einem Schock ausgegangen, der zu einem Kreislaufzusammenbruch und einem daraus resultierenden Herzstillstand geführt hat.«

»Und das war es nicht?«

»Nein«, antwortete Levèvre. »Doch selbst wenn es so gewesen wäre ... das Problem dabei ist, dass er eigentlich gar nicht mehr so weit hätte kommen dürfen. Vom ärztlichen Standpunkt aus gesehen, würde ich sagen, dass es unmöglich ist, hätte ich ihn nicht selbst obduziert.«

»Wieso nicht?«, fragte Trausch.

»Der Mann ist innerlich verblutet«, antwortete Levèvre. Er klang fast erleichtert, nun mit ihm reden zu können, statt weiter mit Conny. »Seine Schussverletzung war weitaus schwerer gewesen, als er selbst geahnt hat – oder es war ihm egal. Wer weiß schon, was in den Köpfen dieser Verrückten vorgeht?« Er schauspielerte ein übertriebenes Schaudern. »Und der Kerl hat die ganze Zeit vollkommen unerkannt unter uns gelebt. Das ist unfassbar.«

»Das tun Serienmörder fast immer, Professor«, erinnerte ihn Trausch. »Das macht sie ja so gefährlich.«

»Bis vor zwei Jahren war der Junge der reinste Musterschüler«, fügte Eichholz hinzu. Conny war nicht ganz sicher, ob die Worte dem Professor oder ihr galten. »Er stammt aus einfachen, aber geordneten Verhältnissen, wie man so schön sagt. Keinerlei Vorstrafen. Keine Auffälligkeiten. In der Schule hat er ein Jahr übersprungen und das Abitur mit einer glatten Eins hingelegt.«

»Das nenne ich heutzutage schon beinahe wieder eine Auffälligkeit«, sagte Trausch mit einem säuerlichen Grinsen. Wieder versuchte er ihr etwas mit Blicken zu signalisieren, und diesmal glaubte Conny ihn sogar zu verstehen. Ein Kopfschütteln. *Ich habe nichts gesagt.*

»Nach allem, was seine Freunde und seine Familie erzählt haben«, fuhr Eichholz fort, nachdem er Trausch kurz und strafend auf eine Art gemustert hatte, die deutlich machte, für wie unpassend er diese Bemerkung hielt, »war er bis vor zwei Jahren ein ganz normaler Jugendlicher. Freundin, Führerschein, manchmal am Wochenende Party ... das Übliche eben.«

»Bis vor zwei Jahren?«, fragte Conny. Ganz offensichtlich erwartete Eichholz diese Frage von ihr. »Und was ist dann passiert?«

»*Was,* wissen wir nicht«, antwortete Eichholz betont. »Nur, *dass* etwas passiert ist.« Er zuckte ratlos mit den Schultern und machte ein dazu passendes Gesicht. »Er hat angefangen zu studieren. Medizin und Biologie. In den ersten paar Monaten mit dem Erfolg, mit dem seine Familie und seine Freunde gerechnet haben. Aber danach ... Wie gesagt: Anscheinend weiß niemand genau, was passiert ist. Seine Eltern sind der Meinung, er wäre in die falschen Kreise geraten, mehr wussten sie auch nicht. Jedenfalls sind seine Leistungen plötzlich in den Keller gerutscht, und er fing an, sich vollkommen zu verändern.«

»Lassen Sie mich raten«, sagte Conny. »Er hat angefangen, nur noch schwarze Kleidung zu tragen und Gothic-Musik zu hören.« Sie musste an die wenigen Bilder denken, die sie auf dem Monitor von Aislers Wohnung erblickt hatte, und verspürte ein kurzes, aber eisiges Schaudern. Nichts davon hatte sie zum ersten Mal gesehen, und hätte es sich um das Zimmer eines ganz normalen jungen Mannes gehandelt, wäre das noch nichts Besonderes gewesen. Eine Phase, die man in diesem Alter eben durchmachte. Es gab aus ihrer Jugend die eine oder andere Anekdote und das eine oder andere Foto, das ihr heute mehr als peinlich war. Nur war es eben nicht das Zimmer eines ganz normalen Jugendlichen gewesen.

»Soll das heißen, es gibt eine ganze Szene von Jugendlichen, die sich mit diesem …«, Levèvre suchte sichtbar nach Worten, »… mit diesem perversen Kram beschäftigen?«

»Die meisten sind vollkommen harmlos«, sagte Trausch. »Es macht ihnen eben Spaß, sich die Gesichter weiß zu schminken und den ganzen Tag mit Leichenbittermiene herumzulaufen.« Er winkte ab. »Mir persönlich gefällt das auf jeden Fall besser, als würden sie sich die Köpfe scheren und Lonsdale-Jacken tragen.«

»Mag sein, aber das ist nicht unser Thema«, wies ihn Eichholz zurecht. »Auch, wenn es zweifellos zutrifft, was Sie sagen.« Er negierte seinen letzten Satz gleich selbst, indem er Trausch einen geradezu vernichtenden Blick zuwarf, drehte sich dann übertrieben umständlich wieder zu Conny um und legte die Fingerspitzen auf der Tischplatte aneinander. »Wie gesagt, wir sind noch dabei, sein Umfeld zu durchleuchten. Er scheint sich jedenfalls einen vollkommen neuen Freundes- und Bekanntenkreis aufgebaut zu haben. Angeblich weiß niemand von seiner Familie und seinen ehemaligen Freunden und Studienkameraden etwas Genaueres darüber, aber das kriegen wir schon raus. Vor einem guten Jahr jedenfalls ist er Hals über Kopf zu Hause ausgezogen und hat sich dieses Appartement gemietet.«

»Wer hat die Miete bezahlt?«, fragte Conny. »Und seinen Lebensunterhalt?«

»BAföG«, antwortete Eichholz, »und dann und wann ein kleiner Zuschuss seiner Eltern. Wir haben sein Konto durchleuchtet. Bis auf einen einzigen, kleinen Betrag konnten wir alles zuordnen. Er scheint sehr bescheiden gelebt zu haben.« Er lächelte knapp und ohne die mindeste Spur echten Humors. »Keinen Alkohol, keine Drogen oder sonstige Ausrutscher. Anscheinend hat er sich seinen Kick woanders geholt.«

Conny war verwirrt. Was Eichholz ihr gerade erzählte, mochte interessant und zweifellos sachdienlich sein, um sich ein Bild Aislers zu machen, aber es war letzten Endes doch ganz normale, routinemäßige Polizeiarbeit, und was sie über Aisler herausgefunden hatten, das war nun weiß Gott nicht so spektakulär, dass er sie deswegen aus der Klinik holen und hierher zitieren musste. Sie tauschte einen raschen, fragenden Blick mit Trausch, als Eichholz gerade nicht hinsah, und erntete ein angedeutetes hilfloses Schulterzucken.

»Aber deshalb haben Sie mich nicht herbestellt, nicht wahr?«

»Nein, ich fürchte nicht«, sagte Levèvre ungeschickt.

»Was genau soll das heißen?«, fragte Conny. Ihr Herz klopfte.

»Das soll heißen«, antwortete Eichholz, »dass Sie unmöglich mit ihm gekämpft haben können. Der Mann hatte kaum noch Blut in den Adern.«

»Aber das ist doch kompletter Unsinn!«, protestierte Trausch. »Der Kerl hat immerhin zwei unserer Kollegen umgebracht und einen dritten so schwer verletzt, dass er immer noch auf der Intensivstation liegt.«

»Ach?«, fragte Eichholz. »Hat er das?«

»Was soll das heißen?», fragte Trausch.

»Nicht der Mann, der auf unserem Tisch liegt«, antwortete Levèvre. »Ich wiederhole es gerne noch einmal. Es ist mir ein Rätsel, wie er es aus eigener Kraft dort hinunter geschafft hat, um nicht zu sagen, es ist eigentlich unmöglich. Und es ist *vollkommen* ausgeschlossen, dass er noch aus eigener Kraft stehen konnte. Geschweige denn, jemanden angreifen.«

»Was wollen Sie damit sagen?«, fragte Conny. Ihr Mund war plötzlich so trocken, dass sie kaum noch sprechen konnte. Ungeschickt streckte sie den linken Arm aus und griff nun doch nach dem Kaffee, den Eichholz ihr eingeschenkt hatte. Ihre Hand zitterte.

Levèvre druckste herum, und Eichholz kam ihm zu Hilfe. »Vielen Dank, dass Sie sich die Zeit genommen haben, extra hierherzukommen, Professor. Sie haben uns sehr geholfen. Würden Sie uns jetzt vielleicht einen Moment allein lassen?«

Levèvre wirkte zunächst einfach nur verblüfft, quasi aus seinem eigenen Büro geworfen zu werden. Gleich darauf machte sich jedoch Erleichterung auf seinem Gesicht breit. »Das ... war doch selbstverständlich«, sagte er hastig. »Ich habe ohnehin noch eine Menge zu tun. Bleiben Sie ruhig, so lange sie wollen. Falls Sie noch irgendetwas brauchen, wenden Sie sich an meine Sekretärin.« Unsicher stand er auf, nickte Trausch und ihr noch einmal wortlos zu und ging.

»So, jetzt, wo wir allein sind«, begann Trausch, kaum dass er die Tür hinter sich zugezogen hatte. »Was soll das alles hier?« Er sah kurz, aber sehr intensiv zu Conny. *Davon habe ich nichts gewusst.* Dann gab er sich alle Mühe, Eichholz regelrecht mit Blicken aufzuspießen. Eichholz nahm ihn jedoch nicht einmal zur Kenntnis, sondern starrte unverwandt Conny an. In seiner Miene war nun wieder die gewohnte Feindseligkeit zu lesen, die er der ganzen Welt entgegenbrachte ... aber auch etwas, das sie für Enttäuschung gehalten hätte, hätte es irgendeinen Grund für diese Annahme gegeben.

»Und Sie sind vollkommen sicher, dass Sie ihn aus dem Wagen kommen gesehen haben?«, fragte er.

»Natürlich bin ich sicher!«, antwortete sie scharf. »Genau wie Sie! Erzählen sie mir nicht, Sie hätten den Wagen nicht auf Fingerabdrücke untersucht.«

»Selbstverständlich haben wir das«, antwortete er ungerührt. »Aislers Fingerabdrücke wurden darin gefunden, aber auch Ihre und meine und die von ein paar Dutzend anderen. Die meisten dürften wohl von Kollegen stammen oder Leuten aus der Fahrbereitschaft oder der Werkstatt ... und eine ganze Menge werden wir wahrscheinlich gar nicht zuordnen können.«

»Worauf wollen Sie hinaus?«, fragte Conny. »Dass ich mir das alles nur ausgedacht habe?«

»Ich will auf gar nichts hinaus«, antwortete Eichholz. Trausch wollte abermals auffahren, doch Eichholz hob beinahe sanft die Hand und fuhr in verändertem Ton fort. »Überlegen Sie noch einmal ganz genau. Noch gibt es keinen endgültigen Bericht, nichts, was man nicht wieder geradebiegen könnte.«

»Geradebiegen? Wenn das hier ein Verhör ist, dann möchte ich einen Anwalt«, sagte Conny wütend – und hätte sich selbst für diese Worte ohrfeigen können.

»Wenn das hier ein Verhör wäre, dann hätte ich selbst Ihnen geraten, einen Anwalt hinzuzuziehen«, sagte Eichholz ruhig. »Ich versuche nur, Ihnen zu helfen, Frau Feisst, auch wenn Sie mir das anscheinend nicht glauben wollen. Niemand unterstellt Ihnen, zu lügen oder bewusst die Tatsachen zu verdrehen.«

»Sondern?«, fragte Conny feindselig.

Eichholz hob die Schultern, schenkte sich einen zweiten Kaffee ein und trank einen Schluck, bevor er antwortete. »Wir sind bisher ganz selbstverständlich davon ausgegangen, dass wir es mit einem Einzeltäter zu tun haben. Eine verständliche Annahme. Immerhin sind Serienmörder fast immer Einzeltäter. Aber inzwischen bin ich nicht mehr sicher, dass das wirklich so ist.«

»Sie meinen, ich wäre in Wahrheit seine Komplizin?«, fragte Conny. »Seit wann? Erst seit gestern oder schon die ganze Zeit? Sicher … das würde auch erklären, wieso ich ihn so mühelos im *Trash* aufgespürt habe. Wahrscheinlich ist mir die Sache zu heiß geworden, was liegt da näher, als ihn nicht nur abzuservieren, sondern auch die Lorbeeren dafür einzuheimsen?«

Trausch fuhr zusammen und sah sie beinahe entsetzt an, aber Eichholz wirkte nur noch trauriger. »Ich verstehe nicht ganz, warum Sie so feindselig sind, Frau Feisst«, seufzte er. »Ich will Ihnen nur helfen. Könnte es nicht auch so gewesen sein: Sie haben dort unten im Wagen gewartet, während das SEK Aislers Appartement gestürmt hat. Sie waren nicht unbedingt in Bestform, was ja auch durchaus verständlich ist. Vergessen Sie nicht, ich war dabei.«

»Und?«, fragte Conny.

»Die Ereignisse haben sich überstürzt«, sagte Eichholz. »Irgendwann haben Sie dann gesehen, wie der Aufzug aufging und dieser Kerl herauskam, und sind hingegangen – was vollkommen richtig war. Hätten Sie es nicht getan, dann hätten wir jetzt vielleicht drei tote Kollegen zu beklagen, statt zwei. Sie waren erschrocken. Wahrscheinlich schockiert. Auch das ist verständlich. Und als Sie dann zum Wagen zurückgegangen sind und Ihnen der Kerl entgegenkam, da haben Sie ganz automatisch vorausgesetzt, dass es Aisler ist. Das ist genauso verständlich. In dieser Situation und an Ihrer Stelle wäre es mir vielleicht genauso ergangen.«

»Eine interessante Theorie«, sagte Conny. »Sie hat nur einen winzigen Schönheitsfehler. Es *war* Aisler. Ich bin hundertprozentig sicher.«

»Hatte Aisler einen Bruder?«, fragte Trausch.

»Einen Zwillingsbruder am besten!« Eichholz schüttelte den Kopf. »Nein, tut mir leid. Unser Sonnyboy war ein Einzelkind. Aber natürlich könnte er einen Komplizen gehabt haben, der im gleichen Alter ist und ihm sogar ähnlich sieht. In ihren schwarzen Kleidern und mit ihren geschminkten Gesichtern sehen diese Kerle doch sowieso alle gleich aus.«

»Es *war* Aisler«, beharrte Conny.

»Wer immer es war, Sie sind ihm jedenfalls nachgelaufen«, sagte Eichholz. »Könnte es nicht sein, dass Sie Aisler einfach dort unten …« Er hob die Schultern und zögerte gerade einen Sekundenbruchteil zu lange, um Connys Misstrauen *keine* neue Nahrung zu geben, ehe er fortfuhr: »… gefunden haben?«

»Weil ihn dort unten jemand freundlicherweise abgelegt hat?«, fragte Conny böse. »Wie zuvorkommend! Und das hier?« Sie deutete auf ihren Arm.

»Diese Gänge sind nicht ungefährlich«, antwortete Eichholz ungerührt. »Mir ist selbst ein bisschen mulmig zumute gewesen, als ich diese Leiter hinuntergestiegen bin. Vielleicht sind Sie gestürzt und haben sich dabei verletzt.«

»Oh ja, natürlich!« Conny schlug sich mit der flachen Hand auf das verletzte Bein. »Und das hier habe ich mir dann wohl selbst zugelegt, ohne es zu merken, wie?«

Eichholz verfuhr mit diesem Argument so wie mit allem, womit er nichts anfangen konnte – er ignorierte es. Er wurde auch noch immer nicht wütend, sondern wirkte allerhöchstens ein bisschen resigniert. »Ich kann Sie durchaus verstehen, Frau Feisst. Sie sind jetzt erregt und zornig, und wahrscheinlich sehr durcheinander. Glauben Sie mir, mir ist es gestern genauso ergangen, als ich mit Professor Levèvre gesprochen habe – und ich wurde nicht verletzt, niedergestochen und halb totgeprügelt.«

Er wartete einen Herzschlag lang darauf, dass sie etwas sagte, und deutete ein enttäuschtes Schulterzucken an. »Vielleicht war es falsch von mir, Sie herbringen zu lassen. Es tut mir leid. Wir sollten dieses Gespräch besser ein andermal fortsetzen. Vielleicht in zwei oder drei Tagen, wenn Sie sich ein bisschen besser fühlen. Kommissar Trausch wird Sie zurück in die Klinik bringen.«

»In die Klinik?«, wiederholte Conny spitz. »Tatsächlich? Ich bin nicht verhaftet?«

Trauschs Blick wurde noch verzweifelter, und Conny gestand sich im Stillen ein, dass er recht hatte. Sie gewann nichts, wenn sie Eichholz weiter provozierte.

Eichholz zögerte gerade einen Sekundenbruchteil zu lange, um sein Schweigen nicht beunruhigend wirken zu lassen. Wahrscheinlich war es pure Absicht. »Nein«, sagte er dann. »Ich möchte noch einmal auf Ihren vorläufigen Bericht zurückkommen, Frau Feisst. Haben Sie mittlerweile Zeit gefunden, in Ruhe über alles nachzudenken?«

Jetzt wurde es ernst, das spürte sie. Es war wohl die letzte Gelegenheit, um auch noch mit dem Rest der Geschichte herauszurücken; vielleicht der schlechteste bisher überhaupt, aber jeder, der folgen würde, wäre noch schlechter. Trotzdem zögerte sie noch einen spürbaren Augenblick, und sei es nur, weil es ihr einfach peinlich war, ihr Versäumnis zuzugeben. »Ja«, sagte sie. »Da ist noch etwas, das mir eingefallen ist.«

Eichholz wirkte auf beunruhigende Weise wenig überrascht. Er sah sie nur an. Conny zögerte noch einmal, fuhr sich nervös mit der Zungenspitze über die Lippen, die plötzlich wieder rissig und trocken waren, und trank einen Schluck Kaffee. Er war lauwarm und schmeckte scheußlich, doch dann nahm sie all ihren Mut zusammen und sah Eichholz so fest in die Augen, wie sie nur konnte. Nicht, dass es ihn sonderlich zu beeindrucken schien; immerhin wirkte er plötzlich um etliches aufmerksamer als noch vor einer Sekunde.

»Die E-Mail«, begann sie. »Wegen der ich überhaupt erst ins *Trash* gegangen bin.« Trausch wirkte plötzlich ein bisschen angespannt, fast alarmiert, während Eichholz nur fragend die Stirn runzelte. »Was soll damit sein?«

»Ich glaube, ich habe ihren Absender getroffen.«

Eichholz starrte sie weiter vollkommen wort- und ausdruckslos an, und Trausch fragte ruhig: »Der Mann aus dem *Trash?*«

Sie nickte und hatte plötzlich nicht mehr die Kraft, Trauschs Blick standzuhalten. »Ja. Vlad. Er hat mich dort angesprochen und behauptet, er wüsste, wer der Vampir ist.«

Diesmal dauerte die Stille, die ihren Worten folgte, länger. Schließlich seufzte Eichholz tief und fragte ruhig: »Und weiter?«

»Nichts weiter«, antwortete Conny. »Er hat mir Aisler gezeigt und ist verschwunden.« *Und am Abend darauf bei mir in der Wohnung aufgetaucht. Und außerdem war er es, der Aisler erledigt hat, nicht ich.* Warum zum Teufel *sagte* sie es nicht?

Die simple Wahrheit war: Sie konnte es nicht. Irgendetwas in ihr ... machte es ihr unmöglich, die Worte auszusprechen; als stände er unsichtbar neben ihr im Raum und starrte sie aus den unheimlichen, hypnotischen Augen an.

»Und das ist alles?«, fragte Eichholz.

»Nein«, antwortete sie. Schon dieses eine Wort kostete sie beinahe ihre ganze Kraft. Irgendetwas in ihr schien aufzuschreien. Vielleicht ihre Vernunft, der klar war, wie Eichholz auf dieses Geständnis reagieren musste.

Er sah sie jedoch nur stumm und auffordernd an.

»Er ... war bei mir«, flüsterte Conny.

»Wie bitte?«, fragte Eichholz.

»Vorgestern Abend«, fuhr sie fort, jedes Wort eine unendlich kräftezehrende Überwindung, das sie mehr Mühe kostete als das vorhergehende. »Er hat mit mir gesprochen.«

»Worüber?«, fragte Trausch.

Ihre Antwort bestand nur aus einem hilflosen Achselzucken. »Ich bin nicht sicher«, murmelte sie.

»Sie sind nicht sicher, worüber sie gesprochen haben?«, vergewisserte sich Eichholz.

»Ich war ...« Wieder ließ sie den Satz unbeendet mit einem Schulterzucken ausklingen. Da war plötzlich etwas wie Zorn, der nicht ihr gehörte, ein Schatten, der sich in ihren Augenwinkeln bewegte, und ein ebenso nicht zu ihr gehörendes Gefühl von Enttäuschung, das zu etwas Schlimmerem werden würde, wenn sie weitersprach.

»Und Sie haben es bisher nicht für nötig gehalten, uns davon zu unterrichten?«, fragte Eichholz.

»Es tut mir leid«, murmelte Conny. »Ich weiß, es war falsch.«

»Falsch?« Eichholz machte ein Geräusch, das ein Lachen oder das genaue Gegenteil sein konnte. »Ja, so könnte man es nennen.«

»Ich ... ich war nicht sicher, ob er tatsächlich da war«, fuhr sie fort. »Alles war so ... *unwirklich.* Ich dachte, ich hätte es mir nur eingebildet.«

»Und Sie wollten uns nicht mit ihren Träumen belästigen«, vermutete Eichholz. Er blieb noch immer ruhig, ganz gegen seine normale Art – aber genau das war es, was Conny dafür umso mehr beunruhigte. »Und das ist jetzt wirklich alles?«

»Das ist alles«, hörte sie sich zu ihrer eigenen Überraschung antworten. »Als ich ihn im *Trash* getroffen habe ... ehrlich gesagt habe ich ihm nicht geglaubt ... irgendein Spinner, der sich wichtigmachen will. Aber ich bin dem Mädchen trotzdem nachgegangen.«

»Und das war auch richtig«, warf Trausch ein. »Sonst wäre sie jetzt tot, und wir hätten Aisler nie bekommen.«

Nicht nur sie hatte das Gefühl, dass diese Worte viel mehr Eichholz galten als ihr, wie der kurze, zornige Blick deutlich machte, den er Trausch zuwarf. Er nickte nur und bedeutete ihr mit einer knappen Geste, weiterzusprechen.

»Das ist alles«, sagte sie noch einmal. Seltsam – jetzt, da sie endlich das einzig Richtige getan und (beinahe) die ganze Geschichte erzählt hatte, sollte sie doch eigentlich so etwas wie Erleichterung empfinden. Aber das genaue Gegenteil war der Fall; das Gefühl, einen schweren, nicht wiedergutzumachenden Fehler begangen zu haben. »Es tut mir leid. Ich weiß, ich hätte es eher sagen sollen, aber es war ...« Sie suchte einen Moment nach Worten und fand sie nicht.

»Es war alles sehr aufregend und zu viel«, sprang ihr Trausch bei. »Das verstehe ich. Aber Sie hätten es uns später sagen müssen. Spätestens als die zweite E-Mail gekommen ist.«

»Ich weiß«, sagte Conny. »Es tut mir wirklich leid. Ich war ...« Sie beendete auch diesen Satz nicht, sondern beließ es abermals bei einem hilflosen Heben der Schultern.

»Und Sie haben es bisher nicht für nötig gehalten, uns das zu erzählen?«, fragte Eichholz noch einmal, als wäre er nicht sicher, ob sie beim ersten Mal verstanden hatte. Seltsamerweise klang er nicht wirklich zornig; ganz im Gegenteil hatte sie eher das Gefühl, dass er auf eine beunruhigende ... Art *zufrieden* wirkte.

»Nein«, antwortete Conny und verbesserte sich hastig. »Oder doch, ja. Aber ich ...« Sie hob in einer Geste der Hilflosigkeit die Schultern. »Ich war nicht sicher. Ich ... ich hatte Angst, ich hätte mir das alles nur eingebildet. Es war so ...«

»Verrückt?«, schlug Eichholz vor.

Conny hätte ein anderes Wort bevorzugt, aber sie nickte.

»Ja, so ungefähr könnte man es bezeichnen«, fuhr Eichholz fort. Dann sagte er etwas, das Conny wirklich überraschte. »Ich kann Sie sogar verstehen, Kollegin. Nach allem, was sie mitgemacht haben ... der Schock, Ihre Verletzung, der Stress ... wahrscheinlich wäre es mir genauso ergangen. Ich hätte trotzdem erwartet, dass Sie uns davon in Kenntnis setzen.«

Conny sagte vorsichtshalber nichts dazu. Sie widerstand sogar dem Impuls, Trausch einen Hilfe suchenden Blick zuzuwerfen. Auch, wenn er sich bisher nichts davon hatte anmerken lassen, war sie doch sicher, dass Eichholz mindestens Verdacht geschöpft hatte. Und das Letzte, was sie wollte, war, auch noch ihn mit hineinzuziehen.

»Gut«, seufzte Eichholz. Er legte wieder die Fingerspitzen aneinander und betrachtete eine Sekunde lang scheinbar nachdenklich seine Hände. »Ich kann Ihnen nicht versprechen, dass dieses Versäumnis ganz ohne Folgen bleiben wird, aber das spielt im Augenblick auch keine Rolle. Im Licht dieser neuen Erkenntnisse muss ich Ihnen jedoch diese Frage noch einmal stellen.« Er hob den Kopf und sah sie fest an. »Der Mann, den Sie aus dem Aufzug haben kommen sehen. Der, der aus dem Wagen gekommen ist, nachdem er die beiden Kollegen umgebracht hat – Sie sind absolut sicher, dass es sich dabei um Aisler gehandelt hat?«

»Um wen denn sonst?«, gab Conny überrascht zurück. Dann nickte sie. »Selbstverständlich.«

»Überlegen Sie genau.« Eichholz hob abwehrend die Hand, als sie impulsiv antworten wollte. »Sie waren aufgeregt. Das Licht war nicht besonders gut, und wahrscheinlich waren Sie in Panik, nachdem Sie den verletzten Kollegen gefunden haben. Sie sind absolut sicher, dass es Aisler war?«

»Natürlich bin ich sicher!«, antwortete Conny erregt. »Wieso in Gottes Namen fragen Sie mich das immer wieder?«

»Weil er es nicht gewesen sein kann«, antwortete Eichholz ruhig. Er machte eine Kopfbewegung auf die Tür, wie Levèvre hinter sich geschlossen hatte. »Aisler muss zu diesem Zeitpunkt bereits so gut wie tot gewesen sein. Sie wollen Ihre Aussage nicht noch einmal korrigieren?«

Conny starrte ihn feindselig an und presste die Lippen aufeinander. Sie war nahe daran, Eichholz anzufahren, zumindest nicht immer das Wort *Aussage* zu benutzen, bei dem sie sich mehr denn je vorkam wie bei einem Verhör. Dann wurde ihr klar, dass es ganz genau das war. Ein Verhör, in dem sie ganz eindeutig auf der falschen Seite des Tisches saß.

»Bedenken Sie, Frau Feisst«, fuhr Eichholz fort. »Aisler ist zweifellos unser Mann, aber er muss ebenso zweifellos schon so gut wie tot gewesen sein, als man ihn dort hingebracht hat.«

»Was soll das heißen, *als man ihn hingebracht hat*?«, fragte Conny verwirrt.

»Er kann unmöglich aus eigener Kraft dort hinuntergegangen sein«, sagte Eichholz. »Sie haben den Professor doch gehört. Aisler ist verblutet, aber nicht dort unten.«

»Woher wollen Sie das wissen?«, fragte Conny.

»Ein menschlicher Körper«, dozierte Eichholz, »enthält im Durchschnitt zwischen fünf und sechs Litern Blut, und nicht einen oder anderthalb. Wenn er dort unten verblutet wäre, dann hätte der ganze Keller eine einzige rote Sauerei sein müssen. Aber das Blut, das wir gefunden haben, stammt ausschließlich von Ihnen, Frau Feisst. Und … da ist noch etwas.«

»Und was?«, fragte Conny scharf.

»Sie haben den Professor gehört«, antwortete Eichholz umständlich. »Der Arzt, der die erste flüchtige Obduktion vorgenommen hat,

hat es nicht bemerkt. Ein verständliches Versäumnis. Aislers Gesicht und Hals wiesen schwere Verbrühungen auf. Ich habe es gesehen. Sie und ich hätten es wahrscheinlich gar nicht gemerkt. Selbst ein Arzt muss schon wirklich genau hinsehen, um es zu bemerken.«

»Um *was* zu bemerken?«, fragte Conny misstrauisch. Anscheinend hatte Eichholz beschlossen, sich jedes weitere Wort einzeln aus der Nase ziehen zu lassen.

»In seiner Halsschlagader befand sich ein winziger Einstich.«

Conny starrte ihn aus aufgerissenen Augen an. Sie fühlte sich, als hätte jemand unversehens einen Kübel Eiswasser über ihr ausgegossen – oder als wäre sie plötzlich aus der Wirklichkeit heraus in eine schlechte Horrorgeschichte hineingefallen. »Wie?«, murmelte sie.

»Eine durchstochene Halsschlagader und ein Körper, dem fast das gesamte Blut fehlt«, sagte Eichholz. »Erinnert Sie das an etwas, Frau Feisst?«

Conny schwieg auch dazu, aber Eichholz erwartete auch gar keine Antwort. Was er ihr gerade geschildert hatte, das war genau die Handschrift des Vampirs, die Art, auf die Aisler die acht Mädchen getötet hatte, von denen sie bisher wusste, und vermutlich noch eine unbekannte Anzahl weiterer.

Trotzdem schüttelte sie den Kopf. »Das ... das ist unmöglich«, antwortete sie schließlich, leise, schleppend und erst nach einer schier endlosen Verzögerung.

»Ich fürchte, die Ergebnisse der Obduktion ...«, begann Eichholz, aber Conny unterbrach ihn mit einem Kopfschütteln.

»Dass es jemand anders gewesen sein soll«, sagte sie. »Ich *weiß*, dass es Aisler war. Unmöglich oder nicht. Ich habe mich nicht geirrt.«

Eichholz seufzte, und Trausch sah plötzlich irgendwie ... traurig aus.

»Ich kann ja verstehen, dass Sie ...«, begann Eichholz von Neuem, und Conny unterbrach ihn wieder, diesmal leiser, aber in scharfem Ton:

»Das glaube ich nicht«, sagte sie und stand auf. »Ich will ihn sehen.«

»Wen?«, fragte Eichholz überrascht.

»Aisler«, antwortete sie. »Jetzt. Sofort.«

»Wenn Sie Wert darauf legen«, sagte Eichholz. »Ich wüsste zwar nicht, was das noch bringen sollte, aber bitte.«

Sie verließen das große, kahle Büro. Levèvres Sekretärin setzte dazu an, etwas zu Eichholz sagen, und schrumpfte dann regelrecht hinter ihrem Schreibtisch zusammen, als er sie mit einer ruppigen Geste anfuhr, den Professor anzupiepsen und in den Obduktionsraum zu bestellen. Conny fiel absichtlich ein paar Schritte zurück, als sie den langen, babyblau gestrichenen Flur hinuntergingen, und Trausch verstand und trat unauffällig an ihre Seite.

»Das war nicht besonders clever, oder?«, fragte sie halblaut.

»Nein«, antwortete er offen. »Aber ich bin nicht sicher, ob ich mich besser geschlagen hätte.« Conny blickte ihn überrascht an, und er fügte mit unbewegtem Gesicht hinzu: »Zu diesem Zeitpunkt.«

Was musste sie auch fragen.

Sie gingen eine weitere schmale Treppe hinunter und befanden sich nunmehr unter dem Kellergeschoss und in einer Etage, die vermutlich keinerlei Verbindung mehr zur Außenwelt hatte, sah man von einem Belüftungssystem ab, das mindestens ein Dutzend Mal gefiltert wurde. Conny war schon unzählige Male hier unten gewesen, aber dieser Teil des Gebäudes hatte nie etwas von seiner unheimlichen Wirkung auf sie verloren. Sie fühlte sich hier … einfach nicht wohl. Und sie wusste, dass sie mit dem Gefühl längst nicht allein war. Ganz egal, was ihr Verstand auch dazu sagte, für sie gehörten diese Räume schon ein Stück weit zum Reich der Toten, und kein Lebender sollte sich hier länger als unbedingt notwendig aufhalten.

Levèvre stieß auf halbem Wege wieder zu ihnen. Er sah ein wenig ungeduldig aus, sagte jedoch kein einziges Wort, sondern bedeutete ihnen nur mit einer knappen Geste, ihm zu folgen. Sie gingen einen weiteren, leicht abschüssigen Flur entlang und traten durch eine überbreite Schiebetür in einen großen, komplett gefliesten Raum, der von drei verchromten Obduktionstischen unter betagten Operationslampen beherrscht wurde. Eine komplette Seitenwand ähnelte einem zu groß geratenem Aktenschrank, nur dass in den bis unter die Decke reichenden, riesigen Schubladen keine Akten aufbewahrt wurden, sondern etwas weitaus Morbideres, und auf der anderen Seite erhob sich ein weiß lackiertes Stahlregal mit zahllosen medizinischen Instrumenten und Computern. Der Anblick erinnerte sie an den Überwachungswagen in der Tiefgarage, und sie sah rasch weg.

Zu ihrer Erleichterung lagen auf den blitzblank polierten Chromtischen keine zerschnittenen Leichen, und es roch auch nicht nach Blut und anderen, womöglich noch unangenehmeren Dingen, sondern nur nach Desinfektions- und Reinigungsmitteln. Von irgendwoher war leise Musik zu hören, die nicht ihrem Geschmack entsprach.

Levèvre winkte einen jungen Mann in einem weißen Kittel herbei. »Seien Sie doch so freundlich und zeigen Sie unseren Besuchern unseren Ehrengast«, sagte er. »Fach zwölf … glaube ich.« Er wandte sich mit einem fragenden Blick an Conny. »Wenn Sie sich sicher sind, dass Sie ihn sehen wollen, heißt das. Er hat schon keinen besonders schönen Anblick geboten, als sie ihn hergebracht haben, und ich fürchte, wir haben ihn nicht gerade verschönert.«

Conny nickte nur.

»Wie Sie wollen.« Levèvre gab seinem Assistenten einen Wink, und er öffnete die bezeichnete Schublade, die sich als etwas wie eine zu dick geratene Kühlschranktür erwies, hinter der ein Schwall eiskalter grauer Luft hervorzischte; und eine auf Rollen gelagerte, verchromte, leere Bahre.

»Sind Sie sicher, dass es Nummer zwölf war?«, fragte er.

Levèvre blinzelte. »Eigentlich schon …« Er sah ein bisschen erschrocken aus, fand Conny.

»Schauen Sie in der Elf nach. Vielleicht hat irgendein Dummkopf ihn umgelegt, ohne Bescheid zu sagen.«

Conny fragte sich, warum jemand so etwas tun sollte, aber sie behielt diese Frage für sich. Sie war plötzlich sehr nervös. Schweigend und angespannt sah sie zu, wie der Assistent die Bahre zurückschob und die danebenliegende Tür öffnete. Das Kühlfach dahinter war leer, genau wie das auf der anderen Seite. Levèvre wurde sichtbar blass.

»Was bedeutet das?«, fragte Eichholz.

Levèvre antwortete gar nicht, sondern gestikulierte seinem Assistenten ungeduldig zu, weiterzusuchen.

Nacheinander öffnete der junge Mann alle achtzehn Kühlboxen. Elf davon waren leer. Vier enthielten eine komplette Familie – Mutter, Vater und zwei Kinder, die bei einem Verkehrsunfall unter bisher ungeklärten Umständen ums Leben gekommen waren (wie Levèvre ungefragt erklärte), eine alte Frau, die aus dem städtischen Altenheim gebracht worden war, weil ihre Hinterbliebenen bezweifelten, dass sie eines natürlichen Todes gestorben war (immerhin war sie erst dreiundneunzig gewesen), und ein bisher nicht identifiziertes, männliches Brandopfer, auf dessen Anblick sie gerne verzichtet hätte – Aisler war nicht darunter.

»Was soll das bedeuten?«, fragte Eichholz noch einmal, nachdem auch die letzte Tür geöffnet worden war und Levèvre sämtliche Laken ein zweites Mal angehoben und die Toten darunter ein weiteres Mal inspiziert hatte.

Levèvre antwortete auch jetzt nicht darauf, sondern starrte eine geschlagene Sekunde lang ins Leere und wandte sich dann mit fast schon erzwungen ruhiger Stimme an einen sehr unglücklich aussehenden Assistenten. »Ist heute Morgen ein Leichnam abgeholt worden?«

»Nein, Herr Professor«, antwortete der junge Mann hastig. »Nicht, seit ich hier bin. Seit halb acht.«

»Und heute Nacht?«

»Da müsste ich nachsehen, Herr Professor.« Der junge Mann wartete Levèvres Zustimmung gar nicht erst ab, sondern verschwand wie der Blitz, und Eichholz trat nun dicht auf Levèvre zu und nagelte ihn mit seinem Blick fest.

»Sie wollen mir jetzt aber nicht erzählen, dass Aislers Leiche verschwunden ist, oder?«, fragte er.

»Natürlich nicht!«, fauchte Levèvre. »Das ist bestimmt … nur eine Verwechslung, die sich sofort aufklären wird. Wahrscheinlich hat irgendein Idiot die Kühlfächer verwechselt und den falschen Leichnam abholen lassen. Ach, diese jungen Leute.«

»Welcher Tote fehlt denn?«, fragte Trausch.

Levèvre bedachte ihn mit einem Blick, der deutlich kälter war als die Luft, die aus den Kühlfächern geströmt war, und zog es vor, gar nichts darauf zu antworten.

»Na, dann hoffen wir nur, dass man ihn nicht gleich ins Krematorium gebracht hat«, fuhr Trausch fort.

Niemand lachte. Levèvre starrte ihn nur noch feindseliger an, und Conny spürte plötzlich ein eisiges Frösteln, redete sich aber ein, dass es nur an der kalten Luft lag, die aus den anderthalb Dutzend offen stehenden Kühlfächern strömte. Niemand sagte noch ein weiteres Wort, bis Levèvres Assistent zurückkam, eine reichlich zerfledderte Kladde in der Hand und einen deutlich unglücklicheren Ausdruck als gerade auf dem Gesicht.

»Nun?«, fauchte Levèvre.

»Das ist … also ich verstehe das nicht«, stammelte der Junge. »Hier ist nichts eingetragen. Der letzte Transport war vorgestern und …«

Levèvre riss ihm die Kladde aus der Hand, blätterte wütend zurück und wieder vor und las die betreffenden Einträge mindestens dreimal, ehe er das Notizbuch mit einem zornigen Knall zuklappte. »Verdammte Schweinerei!«, polterte er.

»Heißt das übersetzt, er ist weg?«, fragte Eichholz.

»Das heißt übersetzt, dass irgendein Vollidiot vergessen hat oder zu faul war, den entsprechenden Eintrag vorzunehmen, Herr Hauptkommissar«, sagte Levèvre scharf. »Aber ich finde schon heraus, wer dafür verantwortlich ist, keine Angst. Hier verschwinden keine Leichen!«

»Wie es aussieht, schon«, sagte Trausch ruhig.

»Ach, und wie?«, fauchte Levèvre. »Glauben Sie vielleicht, er ist einfach aufgestanden und davonspaziert?«

Conny wünschte sich, er hätte das nicht gesagt.

7

Während der nächsten zwanzig Minuten tobte Levèvre wie ein außer Rand und Band geratener Derwisch durch sein unterirdisches Reich und faltete jeden zusammen, der das Pech hatte, ihm über den Weg zu laufen. Conny und die beiden anderen bekamen nicht allzu viel davon mit; sie waren wieder in Levèvres Büro zurückgekehrt, saßen an dem großen, ungemütlichen Tisch und schwiegen sich die meiste Zeit über an. Selbst Eichholz war ungewohnt wortkarg und wirkte auf eine schwer zu greifende Art erschüttert, und auch Conny hatte immer mehr Mühe, ihre Gedanken im Zaum zu halten. Sobald sie nicht achtgab, begannen sie sich auf Pfaden zu bewegen, die sie erschreckten. Sie war beinahe dankbar, als Eichholz nach einer kleinen Ewigkeit das immer unangenehmer werdende Schweigen brach, indem er sich unbehaglich räusperte und dann – nicht nur zu Connys Erstaunen – in die Jackentasche griff und eine Zigarettenpackung hervorzog. Nicht nur, dass sie Eichholz noch niemals mit einer Zigarette gesehen hatte, in diesem Raum war noch niemals geraucht worden; jedenfalls nicht, seit hier das letzte Mal gestrichen worden war – was ungefähr zur Zeit der französischen Revolution der Fall gewesen sein musste.

Noch erstaunter war sie, als Eichholz sich eine Zigarette anzündete und ihr dann die offene Packung hinhielt.

Sie schüttelte ganz automatisch den Kopf. Eichholz hob die Schultern, stand auf und ging zu Levèvres Schreibtisch, um einen Aschenbecher zu suchen – oder irgendetwas, was er als solchen missbrauchen konnte –, und Trausch warf ihr einen ziemlich verwunderten Blick zu.

»Also gut«, sagte Eichholz, während er zurückkam und sich setzte, eine flache Kristallschale mit einer Handvoll Gummibärchen in der Hand. Er entsorgte sie, indem er sie kurzerhand aufzuessen begann. »Unabhängig davon, wie diese seltsame Situation hier ausgeht, sollten wir über Ihren Freund sprechen, Kollegin Feisst.«

»Ich wäre Ihnen dankbar, wenn Sie ihn nicht meinen *Freund* nennen würden«, sagte sie steif.

»Wie Sie wünschen.« Eichholz nahm einen tiefen Zug aus seiner Zigarette, hustete ausgiebig und sog gleich wieder daran, nachdem er wieder zu Atem gekommen war. »Dann bleiben wir bei ... wie hieß er doch gleich? Vlad?«

Conny nickte, obwohl sie sicher war, dass Eichholz es ganz genau wusste.

»Niemand heißt *Vlad*«, sagte Trausch überzeugt.

»Das mag sein, doch leider war er nicht so freundlich, uns seinen richtigen Namen zu verraten«, erinnerte ihn Eichholz. »Damit bleibt uns nichts anderes übrig, als vorerst dabei zu bleiben ... ich will jetzt nicht wild spekulieren. Gehen wir im Augenblick also davon aus, dass er ... sagen wir: unser wichtigster Zeuge ist?«

Der letzte Satz war eine Frage, die er begleitet von einem entsprechenden Blick an Conny richtete. Sie nickte, ebenso stumm wie widerwillig. Eichholz musste zum Frühstück einen Sack Kreide gefressen haben, aber sie würde den Teufel tun und auf seine vorgetäuschte Sanftmütigkeit hereinfallen.

»Ich hatte schon mit Kollegin Feisst gesprochen«, sagte Trausch. »Wir fahren von hier aus ins Präsidium und lassen ein Phantombild anfertigen ... was immer das auch bringt.«

Eichholz runzelte die Stirn. Conny war nicht ganz sicher, ob dieses Stirnrunzeln Trauschs letzter Bemerkung galt oder ob er sich nicht vielmehr fragte, wann *Kollegin Feisst* eigentlich mit ihm gesprochen hatte, wo sie doch die ganze Zeit über zusammen gewesen waren. »Wieso?«, fragte er schließlich.

»Sie waren noch nie in einer solchen Diskothek«, vermutete Trausch. »Da drinnen ist es dunkel. Schwarzlicht und Nebelmaschinen. Und der Kerl war als Dracula-Verschnitt verkleidet und vermutlich geschminkt. Wir sollten uns nicht zu viel von einem Phantombild erwarten, nicht einmal wenn es nach Angaben einer so geübten Beobachterin gemacht wird. Es könnte sein, dass das, was dabei herauskommt, eher Ähnlichkeit mit einem Marvel Comic als mit einer realen Person hat.«

Er warf Conny einen raschen, entschuldigenden Blick zu. Eichholz dagegen runzelte nur die Stirn und sah sie noch nachdenklicher an. »Sie haben ihn später noch einmal gesehen.«

»Ja, das war ...«, Conny suchte nach Worten und rettete sich in ein hilfloses Achselzucken. »Ich bin nicht sicher. Ich versuche es ...«

»Ja?«, bohrte Eichholz nach.

»Ich habe sein Gesicht nie richtig gesehen«, gestand sie. »Es war dunkel in der Wohnung. Er wollte nicht, dass ich Licht einschalte.«

»Und das haben Sie auch nicht getan.«

»Doch, aber dann ...« *War er verschwunden?* Nein, es wäre vielleicht nicht besonders klug, *das* zu sagen. Sie hob nur die Schultern.

»Wie ist er in Ihre Wohnung gekommen?«, fragte Eichholz.

Jemand muss wohl die Tür hinter sich offen gelassen haben, dachte Conny und unterdrückte mit Erfolg den Impuls, Trausch anzusehen.

»Gut, auch das klären wir später«, seufzte Eichholz. Er sog wieder an seiner Zigarette, und sein Gesicht verschwand halbwegs hinter einer schmierigen blaugrauen Wolke. Conny fand den Anblick... widerlich. »Ich frage Sie noch einmal – und bitte: ganz inoffiziell, nur unter uns. Sie bleiben dabei, dass es Aisler war, der aus dem Wagen gekommen ist, und nicht dieser ... Vlad?«

»Ja!«, antwortete Conny heftig.

Aber stimmte das auch wirklich? Ganz plötzlich war sie ... eben nicht mehr ganz sicher. Natürlich *wusste* sie, dass sie Aisler gesehen hatte. Sie wusste es hundertprozentig – als ob sie dieses Gesicht jemals vergessen könnte!

Allerdings konnte sie nicht mehr mit Bestimmtheit sagen, ob das, was sie gesehen hatte, auch wirklich der Realität entsprochen hatte ...

Die Tür ging auf, und Conny schickte ein Stoßgebet zum Himmel und ein ebenso stummes wie ehrlich gemeintes *Dankeschön* an Levèvre, der in diesem Moment hereinkam und sie allein dadurch rettete. Eichholz sah nicht unbedingt begeistert aus. Wahrscheinlich war seine gespielte Freundlichkeit Teil einer präzise zurechtgelegten Strategie gewesen, in die ihm Levèvres Erscheinen nur hineinfunkte.

»Professor«, begrüßte er ihn kühl.

Levèvre zog eine Grimasse. »Das ist wirklich sehr mysteriös«, sagte er, während er die Tür hinter sich zuwarf und mit raschen, stampfenden Schritten näher kam. Er bemühte sich (mit wenig Erfolg), äußerlich Ruhe zu bewahren, obwohl Conny spürte, dass er innerlich vor Wut kochte. »Angeblich weiß niemand etwas! Niemand war hier, niemand hat einen Leichnam abgeholt, keinem ist irgendetwas aufgefallen!« Er ließ sich schwer auf einen Stuhl fallen, der unter seinem Gewicht so hörbar ächzte, dass Conny schon fast damit rechnete, ihn in Stücke brechen zu sehen.

»Ich habe sämtliche Mitarbeiter der Nachtschicht aus dem Bett geklingelt!«, fuhr er aufgebracht fort. »Angeblich ist niemandem etwas aufgefallen. Aber damit kommen sie nicht durch, das verspreche ich Ihnen! Irgendjemand hat Mist gebaut, und ich finde heraus, wer es war, darauf können Sie sich verlassen. So eine Schlamperei lasse ich nicht durchgehen.«

»Will sagen, Aislers Leiche ist verschwunden, und Sie wissen nicht, wohin«, sagte Eichholz.

Levèvre tat sein Möglichstes, um Eichholz mit Blicken aufzuspießen. »Ich versichere Ihnen, dass ich diesen Vorfall aufklären werde«, sagte er eisig. »Das gesamte Stockwerk wird permanent videoüberwacht. Ich werde die Bänder persönlich sichten und …«

»Es gibt Videobänder?«, unterbrach ihn Trausch.

»Selbstverständlich!«, antwortete Levèvre. »Es gibt eine Überwachungskamera im Flur und eine zweite im Lift. Niemand kommt hier rein oder raus, ohne dass wir es sehen.«

»Und das Treppenhaus?«, fragte Trausch.

»Keine Chance«, sagte Levèvre. »Es gibt nur zwei Schlüssel. Einen habe ich und den anderen die Betriebsfeuerwehr. Unter Verschluss.«

»Dann müssen wir auf diesen Videobändern sehen, wer Aislers Leichnam abgeholt hat«, sagte Eichholz. »Und wann. Können wir sie sehen?«

»Selbstverständlich«, antwortete Levèvre, »sobald ich …«

»Jetzt«, sagte Trausch.

Levèvre blinzelte. »Jetzt gleich? Ich meine, bevor …«

»Was spricht dagegen?«, fiel ihm Trausch ins Wort. »Sie haben doch ein Abspielgerät hier, oder?«

»Selbstverständlich«, antwortete Levèvre. »Draußen bei …«

»Dann besorgen Sie die Bänder«, sagte Trausch. »Von dem Zeitpunkt ab, in dem Sie Aislers Obduktion beendet haben bis heute Morgen … bitte.«

»Das sind mehr als zwölf Stunden«, gab Levèvre zu bedenken. Trausch lächelte nur, und Levèvre starrte ihn nur noch einen weiteren Moment lang nichts anderes als feindselig an und stand dann mit einem Ruck auf, um hinauszustürmen.

Eichholz sah ihm kopfschüttelnd nach und drückte seine erst zur Hälfte aufgerauchte Zigarette in der Kristallschale aus. Wieder machte sich ein unangenehmes, betretenes Schweigen zwischen ihnen breit, das lange genug anhielt, bis sich Conny beinahe wünschte, dass Eichholz ihr weiter Vorhaltungen machte. Er sagte jedoch nichts, sondern stand nach einer Weile nur auf, ging erneut zu Levèvres Schreibtisch und kam mit einem Hefter aus blassrosa Pappkarton zurück, in dem er für eine Weile zu blättern begann. Irgendetwas auf der letzten Seite schien sein Interesse zu erwecken, denn Conny sah, dass er einen bestimmten Abschnitt mindestens dreimal las und sich sein Stirnrunzeln dabei jedes Mal weiter vertiefte. Und schließlich war er es auch, der die Stille unterbrach, aber er blieb dabei auf so Misstrauen erweckende Art ruhig und verständnisvoll wie bisher.

»Hat dieser … Vlad angedeutet, dass er noch einmal Kontakt mit Ihnen aufnimmt?«, fragte er.

Ein Schulterzucken wäre vielleicht die passendste Reaktion gewesen – bei dem sie sich nichts vergab, auf das er sie später aber auch nicht festnageln konnte. Doch dann fing sie einen warnenden Blick von Trausch auf und erinnerte sich daran, dass sie sich fest vorgenommen hatte, sich nicht weiter auf dieses gefährliche Spiel von Halbwahrheiten und Ausflüchten einzulassen.

»Ja«, sagte sie.

»Dann ist das unsere Chance, ihn zu kriegen«, sagte Trausch.

Eichholz nickte zwar, obwohl sein Gesichtsausdruck zweifelnd blieb. »Und wie stellen Sie sich das vor? Frau Feisst ist verletzt, und wenn dieser Kerl wirklich der ist, für den wir ihn halten, dann ist er gefährlich.« Er schüttelte heftig den Kopf, um Trauschs nächster

Bemerkung zuvorzukommen. »Ich kann das Risiko nicht eingehen, Sie als Köder zu benutzen. Und wir haben noch nicht genug Leute, um sie vierundzwanzig Stunden am Tag zu überwachen.«

»Das ist auch nicht nötig«, sagte Conny. »Ich glaube nicht, dass er mir etwas tut.«

Trausch blickte überrascht, und Eichholz brachte es mit einem einzigen Wort auf den Punkt. »Wieso?«

Conny hob hilflos die Schultern. »Ich hatte nicht das Gefühl, dass irgendeine Gefahr von ihm ausgeht.«

»Das hatten diese armen Mädchen wahrscheinlich auch nicht«, sagte Eichholz. »Sonst wären sie kaum freiwillig mit ihm gegangen.« Ein kurzes, humorloses Lächeln huschte über sein Gesicht. »Von unseren beiden Kollegen will ich gar nicht reden.«

»Das dort unten war nicht Vlad«, hörte sich Conny beinahe zu ihrer eigenen Überraschung widersprechen. Eichholz und Trausch runzelten in seltener Einmütigkeit die Stirn, und auch Conny wusste, dass sie jetzt besser die Klappe halten sollte. Trotzdem fuhr sie leise, in nur noch überzeugterem Ton, fort: »Ich weiß, was ich gesehen habe.«

Eichholz holte tief Luft, vermutlich, um nun doch in seiner gewohnten Art loszupoltern, und hinter ihnen fiel die Tür ins Schloss und Levèvres Stimme sagte: »Das glaube ich Ihnen gerne, junge Dame, aber das, was Sie gesehen haben, muss nicht unbedingt das sein, was Sie gesehen haben.«

Conny drehte sich ärgerlich halb auf ihrem Stuhl herum. Levèvre kam zurück, ein kaum taschenbuchgroßes DVD-Abspielgerät in der einen und einen kleinen Stapel der silbernen Scheiben in der anderen Hand. »Sie wären erstaunt«, fuhr er fort, »wenn Sie wüssten, wozu unsere Phantasie in der Lage ist, wenn sie sich wirklich entschlossen hat, uns etwas vorzumachen.«

Wahrscheinlich, dachte Conny, wäre *er* erstaunt, wenn er wüsste, wie viel *sie* zurzeit zu diesem Thema zu sagen hätte. Sie machte sich allerdings gar nicht erst die Mühe, zu antworten. Sie wusste, was sie gesehen hatte. Basta.

»Sind das die Überwachungsvideos?«, fragte Trausch mit einer Kopfbewegung auf die drei winzigen silbernen Scheiben in Levèvres

Hand. Conny fiel erst jetzt auf, dass sie deutlich kleiner waren als gewöhnliche CDs.

»Ja, so ... nennt man das wohl heutzutage«, antwortete Levèvre. Er wirkte ein bisschen hilflos, winkte aber zugleich auch mit dem Abspielgerät, das er in der anderen Hand trug. »Unsere Sicherheitsleute meinten, dass sie im Präsidium vielleicht nicht die passende Technik haben, um sie abzuspielen. Deshalb habe ich das hier mitgebracht. Ich wäre Ihnen dankbar, wenn wir es zurückbekämen.«

»Schade eigentlich«, antwortete Trausch, während er aufstand und das Gerät und die Mini-DVDs entgegennahm, um beides scheinbar achtlos in der Jackentasche verschwinden zu lassen. »So ein Spielzeug hat mir in meiner privaten Sammlung noch gefehlt.«

Levèvre blinzelte verwirrt, und Eichholz beeilte sich, rasch und mit einem strafenden Seitenblick zu Trausch hinzuzufügen: »Das war nur ein Scherz, Herr Professor. Keine Sorge.«

Levèvre sah nicht aus, als wäre ihm nach Lachen zumute. Immerhin zwang er sich zu einem kurzen Verziehen der Lippen. »Wenn das dann alles wäre ...«

»Sicher«, sagte Eichholz, drehte sich halb um und machte dann noch einmal kehrt, um mit dem bonbonfarbenen Aktendeckel zu wedeln, den er von Levèvres Schreibtisch geholt hatte. »Das ist Ihr abschließender Obduktionsbericht, nehme ich an?«

»Mein Exemplar, ja«, antwortete Levèvre. »Sie haben eine Kopie davon bekommen ... oder nicht?«

Eichholz überging die kaum verhohlene Spitze. »Was genau meinen Sie mit: keine Werkzeugspuren, Professor?«

»Die Verletzung an seinem Hals«, erwiderte Levèvre. »Haben Sie meinen Bericht nicht aufmerksam gelesen? Es gibt einen Unterschied zu den Verletzungen, die seine früheren Opfer erlitten haben.«

»Ich dachte, sie wären sich ähnlich?«, mischte sich Trausch ein. Er klang interessiert, zugleich aber auch alarmiert.

Levèvre schüttelte den Kopf. »Sie sahen gleich aus. Ungefähr, wenigstens.« Er nahm Eichholz den Aktendeckel aus der Hand, während er antwortete. »Es steht alles hier drinnen, aber ich erkläre es Ihnen gerne auch noch einmal.« *So, dass sogar* Sie *es verstehen,* fügte er irgendwie hinzu, ohne dass es nötig gewesen wäre, die Worte laut auszusprechen. »Aisler hat seinen Opfern die Halsschlagader aufgeschlitzt und ihnen dann fast das gesamte Blut entnommen. Nach der Analyse seines Mageninhalts muss er es wohl getrunken haben, wenigstens zum Teil, doch das nur nebenbei. Wichtiger ist, dass er dazu ein offensichtlich selbst gebautes Werkzeug benutzt hat.«

Conny dachte an die schrecklichen künstlichen Raubtierkrallen, die sie an drei seiner Finger gesehen hatte, und ein eisiger Schauer lief ihr den Rücken hinunter. Sie sah wieder den dünnen, wahrscheinlich aus einem Aquariengeschäft stammenden Kunststoffschlauch, der an einer davon befestigt gewesen war und zu dem großen Glasbehälter geführt hatte, und ein leises Gefühl von Übelkeit begann sich in ihrem Magen auszubreiten. Sie versuchte es zurückzudrängen, ohne dass es ihr wirklich gelang.

»Wichtig ist, dass dieses Werkzeug – wie immer es ausgesehen haben mag – Spuren hinterlassen hat.«

»Spuren?«, fragte Trausch zweifelnd.

Levèvre schüttelte mit einem verständnisvollen Lächeln den Kopf, das ihm vermutlich nicht unbedingt weitere Sympathiepunkte bei Trausch einbrachte. »Sehen Sie, Sie erliegen demselben Irrtum wie nahezu jeder. Einem Irrtum, der, nebenbei bemerkt, uns schon auf die Spur so manchen Mörders gebracht hat, der sich für besonders schlau hielt.« Er schüttelte heftig den Kopf, und auch noch der allerletzte Rest von Unmut verschwand von seinen Zügen, jetzt, wo er sichtlich in seinem Element war und mit seinem Fachwissen glänzen konnte. »Es ist ganz gleich, welches Werkzeug sie benutzen, oder aus welchem Material es ist … jedenfalls beinahe. Selbst die schärfste Klinge hinterlässt Spuren. Mikroskopisch feine Metallsplitter zum Beispiel. Sie können den besten und härtesten Chromstahl nehmen, irgendetwas bleibt zurück, das man finden kann. Man muss nur aufmerksam genug danach suchen.«

»Bei Aisler haben Sie nichts gefunden«, vermutete Eichholz.

»Nein«, erwiderte Levèvre. »Aber wie gesagt: Es gibt Ausnahmen.«

»Und welche wären das?«, wollte Trausch wissen.

Levèvre hob zur Antwort nur die Schultern. »Das kann ich nicht sagen, ohne die Wunden noch einmal genauer zu untersuchen. Irgendetwas extrem Hartes auf jeden Fall. Keramik oder Diamant, am wahrscheinlichsten etwas Natürliches.«

»Was meinen Sie damit, etwas Natürliches?«, fragte Conny. Bildete sie es sich nur ein, oder zitterte ihre Stimme ganz leicht?

»Dass wir nichts gefunden haben, bedeutet nicht, dass nichts da ist«, erwiderte Levèvre. »Manchmal muss man einfach wissen, wonach man sucht. Wir haben die Wunde auf Metall-, Glas- oder Kunststoffrückstände abgesucht, irgendetwas in der Art, und nichts gefunden. Wonach wir nicht gesucht haben, das war etwas, das vielleicht ganz selbstverständlich in der Natur vorkommt.«

»Was genau meinen Sie damit?«, fragte Trausch.

»Wo würden Sie einen Baum verstecken, Herr Kommissar?«, fragte Levèvre. »Doch wohl im Wald, oder?« Er strahlte über das ganze Gesicht, offensichtlich begeistert von seinem eigenen, wenig originellen Wortspiel.

»Nur, damit ich Sie richtig verstehe, Herr Professor«, beharrte Trausch, vollkommen unbeeindruckt. »Er ist nicht mit … einer Waffe getötet worden?«

»Das habe ich nicht gesagt. Aber jedenfalls mit keiner, die ich kenne«, antwortete Levèvre. »Was nicht heißt, dass es sie nicht gibt. Man kann jemandem mit einem Diamanten die Halsschlagader aufreißen oder mit einem Eiszapfen. Ist alles schon vorgekommen.«

Oder mit einem Reißzahn, dachte Conny.

Jedenfalls glaubte sie, es nur zu denken.

Ungefähr eine Sekunde lang. Bis ihr klar wurde, dass die drei anderen sie anstarrten.

Sie hatte Levèvres Büro schließlich beinahe fluchtartig verlassen und war trotz ihrer schmerzenden Wade so rasch den Flur entlanggestürmt, dass Trausch seine liebe Mühe hatte, zu ihr aufzuschließen, ohne wirklich zu rennen. Er holte sie erst ein, als sie den Lift erreicht hatte und anhalten musste, um auf die Kabine zu warten. »Das war jetzt nicht besonders klug von Ihnen, Conny«, platzte er heraus.

»Ach nein?«

»Nein«, bestätigte er. »Ganz und gar nicht. Ich weiß nicht, was in Eichholz gefahren ist. So sanftmütig wie heute habe ich ihn noch nie erlebt.«

»Sanftmütig?«, ächzte sie. »Ich bin erstaunt, dass er mich nicht auf der Stelle verhaftet hat!«

»Ich auch«, antwortete Trausch ruhig »Trotzdem war er sehr beherrscht.«

»Sie meinen, weil er so behutsam versucht hat, mir beizubringen, dass er mich für verrückt hält?«

Der Aufzug kam. Die Türen glitten auseinander, und Conny trat rasch in die Kabine und drückte den Knopf für die Tiefgarage. Trausch sprach erst weiter, nachdem sich der Aufzug in Bewegung gesetzt hatte.

»Und wenn es stimmt?«, fragte er.

»Was?«, schnappte Conny. »Dass ich verrückt bin? Das muss wohl so sein, sonst würde ich kaum noch mit Ihnen reden.« Sie drehte sich ganz zu ihm um und funkelte ihn an. »Haben Sie das gewusst?«

»Die Sache mit Aisler?« Trausch schüttelte den Kopf. »Nein. Ich wusste, dass irgendetwas nicht stimmt, aber nicht, was. Glauben Sie etwa, ich hätte es Ihnen nicht gesagt?«

Conny starrte ihn wortlos an. Trausch erwiderte ihren Blick trotzig, aber ihr Schweigen schien ihn auch zu verletzen, denn er sagte auch weiter nichts, sondern hüllte sich nun seinerseits in beleidigtes Schweigen, bis sie nicht nur die Tiefgarage erreicht hatten, sondern schon im Wagen saßen. Conny war es – wenigstens für diesen Augenblick – nur recht. Sie war verunsichert, wütend – und weit heftiger und tiefer erschrocken, als sie sich selbst eingestehen wollte. In ihrem Kopf schien plötzlich ein heilloses Durcheinander zu herrschen. Sie war unbeschreiblich *wütend* auf Eichholz. Was fiel diesem Kerl eigentlich ein? Was, wenn … er tatsächlich recht hatte?

Sie war noch lange nicht so weit, diesen Gedanken auch nur ernsthaft in Erwägung zu ziehen, aber vielleicht … nur rein theoretisch, als bloßes Gedankenspiel bar jeder Wahrscheinlichkeit … natürlich *war* es möglich, dass sie sich das alles nur eingebildet hatte. Unwahrscheinlich, aber möglich. Vielleicht hatte Aisler sie doch härter getroffen, als sie geahnt hatte, oder sie hatte ein wenig zu viel Anästhetikum abgekriegt. Es würde auf jeden Falle eine Menge erklären.

Auch wenn sie ganz genau wusste, dass es nicht so gewesen war.

»Es tut mir leid«, sagte sie, als Trausch den Motor startete. »Das wollte ich nicht.«

»Was?«

»So auf Sie losgehen. Das war unfair von mir.«

»Stimmt«, antwortete Trausch. »Aber ich bin es gewohnt, unfair behandelt zu werden. Vergessen Sie nicht, wer mein Chef ist. Schnallen Sie sich an, bitte.«

»Derselbe wie meiner«, bestätigte Conny, während sie ungeschickt mit der linken Hand nach dem Sicherheitsgurt angelte und vergeblich versuchte, den Verschluss einrasten zu lassen. Trausch nahm ihr die kleine Mühe ab, und sie schenkte ihm ein kurzes Lächeln dafür.

»Ich werde herausfinden, was da los ist«, versprach er. »Keine Sorge.«

»Damit er Sie auch noch auf seine schwarze Liste setzt? Das möchte ich nicht.«

»Ich stehe doch sowieso schon darauf«, antwortete er schulterzuckend. »Die ganze Abteilung steht darauf, um genau zu sein. Wir streiten uns nur noch ein bisschen um die Plätze ganz oben. Und ich ergreife nicht nur Ihretwegen Partei, wenn es das ist, was Ihnen zu schaffen macht. Er hat mich genauso vorgeführt, und so etwas mag ich überhaupt nicht.«

»Sie?«

Sie fuhren die Rampe hinauf, und Trausch wartete eine Lücke im fließenden Verkehr ab und fädelte den Wagen ein, bevor er antwortete. »Er hat mir ganz bewusst nichts gesagt, als er mich losgeschickt hat, um Sie zu holen. Ich lasse mich nicht gerne benutzen, wissen Sie.«

Conny verspürte ein kurzes, sehr warmes Gefühl von Dankbarkeit, sah ihn trotzdem ernst an und sagte: »Ich möchte nicht, dass Sie meinetwegen Schwierigkeiten bekommen.«

»Mit wem denn?« Trausch lachte humorlos. »Der Fall ist aufgeklärt … so gut wie, wenigstens. Noch ein bisschen Papierkram, der

Abschlussbericht – wie immer Eichholz ihn sich auch zusammengeschustert hat – und das war's. Adieu, SOKO. Good bye, Eichholz.«

»Und wenn er recht hat?«

»He, das ist mein Satz!«, protestierte Trausch. »Wenn ich mich richtig erinnere, haben Sie mir gerade fast den Kopf abgerissen, weil ich dasselbe gesagt habe.«

»Es war nicht genau dasselbe«, belehrte ihn Conny. »Was ich meine ist: Was, wenn es wirklich einen zweiten Täter gibt?«

»Ihren geheimnisvollen Freund?« Trausch schüttelte den Kopf. »Unwahrscheinlich. Sie wissen so gut wie ich, dass neunundneunzig Prozent aller Serienmörder Einzeltäter sind.«

»Und was ist mit dem einen Prozent, das übrig bleibt?« *Was, wenn Vlad dieses eine Prozent war?*

Trausch seufzte. »Restrisiko, würde ich sagen. Aber ich sehe, was ich herausfinden kann. Trotzdem ist es Blödsinn.« Er schüttelte noch einmal und noch deutlich entschiedener den Kopf. »Ein halbes Dutzend Scharfschützen haben ihn durch ihre Zielfernrohre gesehen. Drei von ihnen haben ihn zweifelsfrei wiedererkannt. Ich habe mit ihnen gesprochen. Der Kerl, den Sie aus dem Wagen kommen gesehen haben, war entweder Aisler oder sein eineiiger Zwilling. Wie auch immer, ich finde heraus, was hier vorgeht, das verspreche ich Ihnen. Und jetzt bringe ich Sie zurück in die Klinik, und Sie ruhen sich erst einmal gründlich aus. Wenn Sie wollen, bringe ich Ihnen später noch etwas Anständiges zu essen. Irgendwelche besonderen Wünsche?«

»Ja«, antwortete Conny. »Biegen Sie an der nächsten Ampel nach links ab.«

»Zur Klinik geht es nach …«

»Ich gehe nicht zurück ins Krankenhaus«, sagte Conny. »Bitte fahren Sie mich nach Hause.«

»Kommt überhaupt nicht infrage«, antwortete Trausch überzeugt.

»Dann halten Sie bitte dort vorne«, sagte Conny ernst. »Ich nehme mir ein Taxi.«

Trausch sah sie einen Moment lang beinahe verzweifelt an (und ganz eindeutig wütend), hielt jedoch nicht an, sondern fädelte den

Wagen ganz im Gegenteil auf die Linksabbiegespur ein und setzte den Blinker, als sie sich der Ampel näherten.

»Ich halte das für einen Fehler«, seufzte er.

»Nun gut, ich gehe gleich morgen früh zu meinem Hausarzt«, versprach sie.

»Prime Idee«, sagte Trausch.

»Und wenn ich irgendwelche Beschwerden bekomme, fahre ich sofort mit dem Taxi ins Krankenhaus zurück«, fügte sie hinzu. »Mein Ehrenwort.«

»Sie wissen, dass ich Sie eigentlich trotzdem in die Klinik zurückbringen müsste.«

»Und Sie wissen, dass ich aus dem Hinterausgang wieder herausspazieren und mir doch ein Taxi nehmen würde.«

»Das ist verrückt«, murmelte Trausch. Trotzdem bog er links ab.

Trausch hatte darauf bestanden, sie bis nach oben zu begleiten – natürlich nur aus der einzigen Hoffnung heraus, sie irgendwie doch noch zur Vernunft zu bringen. Und beinahe wäre es ihm sogar gelungen. Aber eben nur beinahe.

Als sie im Aufzug nach oben fuhren, begann er wieder: »Sie wissen, dass das Öl in Eichholz' Feuer ist, was Sie hier tun. Wenn Sie es darauf angelegt haben, ihm noch mehr Munition zu liefern, dann machen Sie das ganz ausgezeichnet.«

Das traf ja zu. Und Conny war klar, dass sie besser gar nicht antworten sollte; schon, damit es ihm am Ende nicht doch noch gelang, sie zu überzeugen. Trotzdem fragte sie: »Damit er mir nachweisen kann, dass bei mir eine Schraube locker ist?«

»Ich weiß, dass das nicht stimmt.« Trausch klang verärgert, und schließlich tat sie ja auch alles, um ihm einen Grund dafür zu geben. »Machen Sie so weiter, und er muss sich nicht einmal anstrengen, um auch den Rest der Welt davon zu überzeugen. Verdammt – glauben Sie etwa, Sie wären die erste Beamtin, die unter zu großem Stress zusammengeklappt ist?«

»Das *bin* ich nicht!«

»Aber Sie machen es einem verdammt schwer, das zu glauben«,

versetzte Trausch. »Ich fahre jetzt zurück und reiche einen Urlaubsschein ein. Mit ein bisschen Glück bin ich schon auf einem anderen Kontinent, wenn Eichholz davon erfährt.«

Sie hatten ihre Etage erreicht. Der Lift hielt an, und Trausch wollte hinter ihr aus der Kabine treten, doch Conny schüttelte rasch den Kopf. »Den Rest schaffe ich allein. Danke, dass Sie mich hergebracht haben.«

Er blieb gehorsam stehen, streckte aber die Hand aus, um die Lichtschranke der Tür zu unterbrechen. »Eine allerletzte Chance, an Ihre Vernunft zu appellieren?«, fragte er.

»Das hat nichts mit Vernunft oder Unvernunft zu tun«, antwortete sie ernst. »Ich muss einfach eine Weile über alles nachdenken, in aller Ruhe. Und das kann ich nur hier, nicht in dieser ... Folterkammer.«

»Sie haben nicht zufällig eine Krankenhaus-Phobie?«, fragte er.

»Allerhöchstens gegen Schwester Drachenzahn.« Trausch lächelte jetzt doch, wenn auch beinahe widerwillig, und sie fuhr fort: »Ich bleibe hier, keine Sorge. Und Sie können Eichholz beruhigen. Ich werde ganz bestimmt mit niemandem von der Presse reden. Ich brauche einfach ein bisschen Zeit für mich.«

»Also gut.« Trausch seufzte. »Es gefällt mir nicht, und ich halte es immer noch nicht nur für einen Fehler, sondern auch für wirklich dumm. Ich kann Sie allerdings nicht zwingen ...« Er legte den Kopf schräg. »Oder kann ich?«

»Nein«, sagte Conny lächelnd. »Aber vielen Dank noch einmal.« Und damit drückte sie seinen Arm herunter, trat zurück und wartete, bis sich die Aufzugtüren zwischen ihnen geschlossen hatten und die Kabine abgefahren war. Dann fiel das Lächeln wie eine brüchig gewordene Maske von ihrem Gesicht ab und machte einem Ausdruck unendlicher Müdigkeit Platz; desselben Gefühls, das sie auch tief in sich spürte. Das Schlimme war, dass es stimmte, jedes einzelne Wort. Was sie gerade tat, war unlogisch, dumm und verantwortungslos – und sie wusste nicht einmal genau, *warum* sie es eigentlich tat. Sie hatte die Wahrheit gesagt, als sie Trausch von ihrer *Krankenhaus-Phobie* erzählt hatte, dabei jedoch zugleich kräftig übertrieben. Es war keine wirkliche Phobie. Wie beinahe jeder fühlte sie sich in Krankenhäusern nicht besonders wohl. Vielleicht war dieses Nicht-Wohlfühlen bei ihr etwas stärker ausgeprägt als bei den meisten, aber nicht so sehr, um diesen … *Blödsinn* zu rechtfertigen.

Die schlichte Wahrheit war: Sie wusste es nicht.

Und das beunruhigte sie.

Sie wartete, bis ihr die Anzeige des Aufzugs verriet, dass er die Tiefgarage erreicht hatte (und auch dort blieb), bevor sie sich mit hängenden Schultern umdrehte und losging. Die Müdigkeit, die sie so plötzlich überfallen hatte, war noch immer da. Es war kein rascher, vergänglicher Schub gewesen, sondern etwas, das sich tief in ihr eingenistet zu haben schien.

Vielleicht war das schon die simple Erklärung. Sie war schlichtweg müde und brauchte einfach ein paar Stunden Schlaf, und zwar in ihrem eigenen Bett und ihrer vertrauten Umgebung.

Sie griff in die Tasche, zog den Schlüsselbund heraus und hätte beinahe laut aufgestöhnt, als sie sich an den schweren Metalldeckel in der Tiefgarage erinnerte und das improvisierte Werkzeug, mit dem sie ihn aufgehebelt hatte. Der Schlüssel war wie durch ein Wunder nicht abgebrochen, aber ungefähr so krumm wie ein Angelhaken, und noch dazu in sich verbogen, als hätte jemand versucht, ihn zu einer Möbiusschleife umzubauen.

Na, wunderbar. Ganz genau das hatte ihr noch gefehlt. Allein bei der *Vorstellung,* Trausch auf seinem Handy anzurufen und ihn zu fragen, ob er sie vielleicht doch wieder abholen könnte, wurde ihr übel.

Selbstverständlich wusste sie, wie sinnlos es war. Sie versuchte es trotzdem, bekam den Schlüssel nicht einmal einen Millimeter weit ins Schloss und ließ den Arm mit einem enttäuschten Seufzen wieder sinken, und etwas wie ein Hauch körperloser Kälte streifte ihre Seele. Irgendetwas geschah mit dem Licht, und hinter ihr sagte eine Stimme: »Darf ich es einmal versuchen?«

Vlad streckte den Arm aus, nahm ihr den verbogenen Schlüssel aus der Hand und schob sie mit sanfter Gewalt zur Seite. Conny konnte nicht erkennen, was er tat, aber nach ein paar Sekunden sprang das Schloss mit einem hörbaren Klicken auf, und Vlad trat beiseite, schob die Tür mit der linken Hand auf und machte mit der anderen eine einladende Geste.

»Worauf wartest du?«, fragte er, als sie sich nicht rührte, sondern ihn nur anstarrte. »Dass ich dich über die Schwelle trage? So weit sind wir noch nicht.«

Conny war viel zu verblüfft, um irgendetwas anderes zu tun, als zu gehorchen und vor ihm durch die Tür zu treten. Wie hatte er das gemacht? Noch vor einer Sekunde war der Flur hinter ihr vollkommen leer gewesen!

Schlechte Luft und ein milchiges Halbdunkel empfingen sie, als sie eintrat, und als Vlad die Tür schloss, wurde es noch dunkler. Conny tastete unsicher nach dem Lichtschalter, aber ihr uneingeladener Gast kam ihr auch dieses Mal zuvor und betätigte ihn. In der Wohnung herrschte eine sonderbare Stimmung, als wäre sie wochenlang fort gewesen, nicht nur anderthalb Tage. Die Fenster waren geschlossen und die Vorhänge zugezogen, und beim zweiten Hinsehen erkannte sie, dass die Schubladen, die sie zum Teil offen stehen gelassen hatte, jetzt ordentlich geschlossen waren. Dasselbe galt für das Fenster. Sie hatte es gekippt, um den Zigarettengestank loszuwerden, jetzt war es ebenfalls sicher verriegelt. Die Küche war penibel aufgeräumt, und der benutzte Aschenbecher war jetzt sauber und stand nicht mehr genau da, wo sie ihn zurückgelassen hatte. Jemand war hier gewesen.

»Ich war das nicht«, sagte Vlad, als sie ihn fragend anblickte. »Ich gebe ja gerne zu, dass ich die eine oder andere schlechte Angewohnheit habe, aber aufräumen gehört ganz sicherlich nicht dazu.« Er hob in einer übertrieben gespielten, abwehrenden Geste beide Hände und gab ihr dann aus der gleichen Bewegung heraus ihren Schlüsselbund zurück. Conny wollte ihn ganz automatisch einstecken, doch dann fiel ihr Blick auf den verbogenen Wohnungsschlüssel, und sie zog erstaunt die Augenbrauen hoch. Er war immer noch verbogen.

»Wie haben Sie das gemacht?«, fragte sie verblüfft.

Statt ihre Frage zu beantworten, lächelte Vlad nur spöttisch, machte dann zwei Schritte an ihr vorbei und sah sich dann aufmerksam um. »Es stimmt. Jemand war hier. Deine Kollegen.«

»Meine …?«

»Vermute ich«, fügte er hinzu; in einem Ton, der nicht einmal annähernd überzeugend wirkte.

»Was …?«, begann sie, biss sich auf die Unterlippe und setzte nach einem unechten Räuspern und mit erzwungen ruhiger, fester Stimme noch einmal neu an: »Was wollen Sie hier?«

Ihre scheinbare Gelassenheit überraschte sie beinahe selbst. Es gab zwei Möglichkeiten: Sie unterhielt sich gerade mit einem Gespenst, einer Ausgeburt ihrer eigenen Phantasie, die offensichtlich nicht müde wurde, sich immer neue Gemeinheiten einfallen zu lassen, um sie zu quälen (doch wenn das so war … wie war sie dann eigentlich hier hereingekommen? Sie hielt immer noch den Bund mit dem verbogenen Schlüssel in der Hand), oder der Kerl war nicht der, für den er sich ausgab, und damit mehr als gefährlich.

»Vielleicht wollte ich nur eine alte Freundin besuchen?«, gab er zurück, mit einem angedeuteten spöttischen Lächeln und einer Betonung, die die Worte zu etwas anderem machten, etwas Unangenehmem, das sie nicht wirklich greifen konnte.

»Ich wusste gar nicht, dass wir Freunde sind«, antwortete sie lahm. Und fragte sich wieder, ob sie eigentlich den Verstand verloren hatte, überhaupt mit ihm zu sprechen – ganz egal, welche der beiden möglichen Erklärungen für sein Hiersein nun die richtige war. Aber dieser Gedanke war seltsam akademisch: Sie dachte ihn durchaus ernsthaft, und sie war sich auch all seiner möglichen unangenehmen Implikationen bewusst, war zugleich jedoch auch unfähig, darauf zu reagieren; außer vielleicht mit einem noch stärkeren und schon beinahe körperlichen Gefühl von Beunruhigung.

Vlad maß sie mit einem Blick, den sie weder deuten konnte noch wollte. »Zumindest sind wir Partner, oder?« Er klang ein wenig enttäuscht, aber nicht resigniert.

»Partner?«

»Ich dachte, wir hätten eine Vereinbarung.« Er wartete zwei oder drei Atemzüge lang vergebens darauf, dass sie antwortete oder sonst wie reagierte, deutete schließlich ein Schulterzucken an und stützte sich schwer mit beiden Händen auf den silbernen Knauf seines Spazierstocks, wozu er sich sichtbar nach vorne beugen musste. Der Anblick hatte etwas Unheimliches, das sie nicht wirklich in Worte fassen konnte, ohne dass es dadurch etwas von seiner bedrohlichen Wirkung verlor. Ihr war nie aufgefallen, wie groß er war; trotz seiner weit vorgebeugten Haltung und der hängenden Schultern, zu der sie ihn zwang, überragte er sie immer noch um einen guten Kopf, aber das war noch nicht einmal das Unheimlichste an ihm. Plötzlich kam er ihr tatsächlich vor wie ein bloßer Schatten, eine Illusion, die – fast – perfekt versuchte, sich als Mensch auszugeben. Der Gedanke kam ihr beinahe selbst absurd vor, aber er hatte zugleich auch etwas zutiefst Erschreckendes.

Conny verscheuchte den Gedanken trotzig. Sie tat sich nicht wirklich einen Gefallen damit, wenn sie ihren Gedanken gestattete, sich auf solchen Pfaden zu bewegen. Und seit wann ... *dachte* sie überhaupt so? Selbst die *Worte*, die sie in Gedanken benutzte, schienen nicht mehr ihrem gewohnten Wortschatz zu entsprechen. War das jetzt vielleicht der richtige Moment, um Angst zu bekommen?

Plötzlich musste sie lachen.

»Was ist so komisch, wenn ich fragen darf?«, wollte Vlad wissen.

»Nichts«, erwiderte sie kopfschüttelnd, wenn auch immer noch mit einem amüsierten Lächeln auf den Lippen. »Mir ist nur gerade klar geworden, dass meine Phantasie sich jetzt selbst ein Bein gestellt hat.« Vlads Blick wurde noch fragender. »Ich denke schon nicht mehr so wie ich selbst. Sie *sind* ein Gespenst, habe ich recht?«

»Und was sollte ich deiner Meinung nach antworten, wenn ich wirklich das wäre, wofür du mich hältst?«, erwiderte Vlad.

Conny zerbrach sich einen Herzschlag lang vergebens den Kopf über eine möglichst geistreiche Antwort, beließ es dann bei einem Schulterzucken und schälte sich aus der Jacke, um sie achtlos auf die Couch zu werfen. Das Kleidungsstück verfehlte sein Ziel und fiel daneben. Vlad runzelte die Stirn, sah sie einen halben Atemzug lang beinahe vorwurfsvoll an und hob die Jacke dann auf, um sie zur Garderobe zu tragen, wo er sie ordentlich an den Haken hängte.

»Noch dazu ein ordentliches Gespenst«, sagte sie. »Wer kann das schon von sich behaupten? Anscheinend habe ich Glück gehabt. Ich meine: Genauso gut hätte ich mir auch einen Poltergeist einfangen können, der alles durcheinanderwirft, nicht wahr?«

Ihr unheimlicher Gast schüttelte nur stumm den Kopf und ging nicht nur zu demselben Stuhl, auf dem er vorgestern gesessen hatte, sondern nahm auch in vollkommen gleicher Haltung darauf Platz; die Hände auf seinen Spazierstock gestützt und mit gestrafften Schultern und so aufrecht, als hätte er den sprichwörtlichen Besenstiel verschluckt. Conny wartete einen Moment lang vergebens darauf, dass er das Gespräch von sich aus wieder aufnahm, dann drehte sie sich um und ging zum Fenster, um die Vorhänge aufzuziehen und das Sonnenlicht einzulassen; vielleicht vertrieb es ja die sonderbare Stimmung, die immer noch wie ein übler Geruch in der Luft hing und ihr das Gefühl gab, nicht willkommen zu sein. Oder zumindest nicht zu Hause.

»Würdest du mir einen Gefallen tun und sie geschlossen lassen?«

Tatsächlich führte Conny die begonnene Bewegung nicht zu Ende, sondern ließ den Arm wieder sinken und drehte sich überrascht um. »Warum?« Bevor er antworten konnte, tat sie es selbst, und mit einem leisen, spöttischen Lachen. »Ach ja, das hatte ich vergessen. Vampire vertragen kein Sonnenlicht, nicht wahr?«

»Meine Augen sind zurzeit etwas lichtempfindlich«, erwiderte er ernst. »Nur eine harmlose Entzündung, keine Sorge. Aber lästig, und – wie ich gestehen muss – ziemlich schmerzhaft.«

Es machte ihr tatsächlich etwas aus. Es war dunkel in der Wohnung und kälter, als es bei den herrschenden Außentemperaturen eigentlich hätte sein dürfen; beides auf eine ihr fremde, unangenehme Art. Sie hatte das verrückte Gefühl, nicht hierher zu gehören. Zugleich (und das war vielleicht das bizarrste überhaupt) empfand sie jedoch Erleichterung. Je unwirklicher und grotesker diese Situation wurde, desto überzeugter war sie davon, tatsächlich zu träumen. Und wenn es so war, nun, konnte sie ebenso gut auch mitspielen. »Solange Sie nicht von mir verlangen, einen Sarg in meinem Schlafzimmer aufzustellen.«

»Diese Gerüchte sind hoffnungslos übertrieben«, antwortete er ernsthaft. »Nichts als üble Propaganda.«

»Von Leuten wie van Helsing und anderen Schurken in die Welt gesetzt, nehme ich an.« Sie brachte es sogar fertig, bei diesen Worten spöttisch zu lächeln, aber hinter ihrer Stirn sah es plötzlich ganz anders aus. Bei aller Verwirrung (und Furcht), mit der Vlads plötzliches Auftauchen sie auch erfüllt haben mochte, war ihr doch zugleich auch klar, dass es nur zwei Möglichkeiten gab, und keine davon gefiel ihr wirklich: Vlad existierte nur in ihrer Phantasie, und das bedeutete, dass gerade eine *wirklich* üble Halluzination erlebte und vermutlich allen Grund hatte, sich Sorgen zumachen, oder es gab ihn wirklich, was bedeutete, dass er nicht nur wirklich *hier*, sondern auch *gefährlich* war … und ein weiterer Grund, sich Sorgen zu machen.

Vlad seufzte. Sein Blick wurde leicht vorwurfsvoll. »Ich wünschte, du würdest die Situation etwas ernster nehmen. Nicht, dass es mir etwa an Humor mangelt … aber du hast ein Problem.«

»Weil ich mich nicht an unsere Abmachung halte?«

»Oh, das kommt schon noch.« Er schüttelte den Kopf. »Deine Kollegen vertrauen dir nicht mehr.«

»Wann hätten Sie das je getan?«, erwiderte Conny gleichmütig. Sie war nicht überrascht, dass das Gespenst davon wusste. Schließlich war es ein Teil von ihr und wusste somit alles, was auch sie wusste. Sie versuchte auch nicht mehr, sich gegen diesen bizarren Traum zu wehren oder gar daraus zu erwachen. Ganz im Gegenteil war sie plötzlich neugierig, mit welchen Überraschungen er noch aufwarten würde.

»Davon rede ich nicht«, sagte Vlad. Seine linke Hand löste sich mit einer sonderbar flatternden Bewegung vom Knauf des altmodischen Gehstocks und glitt unter seine Jacke. Conny folgte der Bewegung mit einer Mischung aus Schrecken und morbider Faszination. Seine Fingernägel waren jetzt nicht mehr schwarz lackiert, wie bei ihrem ersten Treffen im *Trash*, aber sie kamen ihr mit einem Male viel länger vor und so sorgsam zugefeilt, dass sie eher wie Krallen wirkten. Der Anblick erinnerte sie an Aislers stählerne Vampirklauen, die ihr um ein Haar die Kehle aufgeschlitzt hätten.

»Ich habe dir etwas mitgebracht.«

Es vergingen noch einmal Sekunden, bis sie überhaupt begriff, dass er etwas unter seiner Jacke hervorgezogen hatte und ihr hinhielt. Und sie wusste auch sofort, was es war; beinahe schon bevor sie wirklich hingesehen hatte.

Zögernd ging sie hin. Ihr Herz begann schneller zu schlagen, ihre Finger zitterten, als sie nach dem postkartengroßen Videoprint griff. Es war zu dunkel im Zimmer, um das Bild zu erkennen, doch das musste sie auch nicht. Ihr Herz schlug jetzt so hart, dass es wehtat. Es wurde Zeit, dass sie aus diesem bizarren Traum erwachte.

»Das waren … *Sie*, dort unten im Wagen?«, fragte sie ungläubig.

»Natürlich nicht«, antwortete Vlad. Er klang ein bisschen verletzt. »Ich war lediglich der Meinung, es wäre vielleicht besser, wenn das nicht in … sagen wir: falsche Hände geriete.«

Conny drehte den glänzenden Computerausdruck hilflos in den Fingern; dann wusste sie plötzlich nicht mehr, was sie damit anfangen sollte, und legte ihn fast überhastet neben das noch immer ausgeschaltete Telefon auf die Kommode. »Das wird mir jetzt allmählich zu dumm. Sagen Sie, was Sie von mir wollen, und verschwinden Sie … oder lassen Sie mich aufwachen.«

»Es wäre nicht gut, wenn deine Kollegen diese Aufnahme zu Gesicht bekämen«, fuhr Vlad so ungerührt und in so unverändertem Ton fort, als hätte sie gar nichts gesagt. Anscheinend hatte er beschlossen, ihre Worte einfach zu ignorieren, und wie es aussah, gab es auch nicht viel, was sie dagegen unternehmen konnte. »Sie könnten anfangen, sich gewisse Fragen zu stellen.«

»Vielleicht sollte ich das auch tun«, sagte Conny.

»Fragen stellen?« Er machte eine auffordernde Geste. »Nur zu. Ich habe keine Geheimnisse vor dir.«

»Was zum Teufel …?«

»Deine Kollegen fangen an, sich die falschen Fragen zu stellen, fürchte ich. Vielleicht wäre es an der, Zeit, dass du die richtigen stellst.«

»Wie zum Beispiel die, warum ich Sie nicht einfach verhafte? Oder meine Kollegen rufe?«

Vlad ignorierte ihre Bemerkung. »Du warst schon auf dem richtigen Weg. Ich gebe dir noch einen letzten Hinweis: Du solltest vielleicht ab und zu deinen Anrufbeantworter abhören.«

Conny sah zur Kommode. Das Gerät begehrte noch immer mit der unerschütterlichen Sturheit einen Maschine nach Aufmerksamkeit. Die Anzeige stand bei 99. Wie gut, dachte sie beiläufig, dass sie nicht die größere Ausführung genommen hatte, die der Verkäufer ihr so gerne aufgeschwatzt hätte – dann hätte sie sich jetzt 999 Anrufe anhören dürfen.

»Nicht«, fügte Vlad nach einer Pause und unüberhörbar spöttisch hinzu, »dass deine Kollegen es nicht schon getan hätten. Aber mach dir keine Sorgen ... sie werden nichts hören, was dich in Verlegenheit bringt.«

»Wie auch?« Conny machte eine ärgerliche Geste mit beiden Händen. »Also gut, dann beantworten *Sie* mir diese eine Frage, die ich Ihnen schon wiederholt gestellt habe: Was zum Teufel wollen Sie von mir?«

»Ich?« Vlad spielte eine Sekunde lang perfekt den Überraschten, dann schüttelte er den Kopf. »Dabei war es genau andersherum. Jedenfalls dachte ich bisher, *du* wärst es gewesen, die *mich* gerufen hat.«

»Ja, vermutlich«, seufzte Conny. »Die Frage ist nur, *was* ich gerufen habe.« Vlad blickte fragend. »Ich bin nicht sicher, ob es Sie wirklich gibt oder ob ich mich nur mit einer Ausgeburt meiner Phantasie unterhalte.«

»Oh, ich versichere dir, ich bin real«, antwortete Vlad. Ihre Worte schienen ihn ehrlich zu amüsieren.

»Sie haben gewusst, wer der Vampir ist«, fuhr sie fort, so ruhig sie konnte. »Seit wann? Schon seit dem ersten Mord, oder dem zweiten, oder vielleicht schon vorher?«

»Was macht das für einen Unterschied?«, fragte Vlad lächelnd.

»Einen großen«, antwortete Conny. »Wenn Sie es vorher gewusst haben, dann sind Sie mitschuldig am Tod dieser Mädchen, das ist Ihnen doch klar, oder?«

»Da spricht die Polizistin«, vermutete Vlad. Die Erkenntnis schien ihn zu amüsieren. »Ich kann dich beruhigen. Es ist wahr, dass ich einen gewissen ... Verdacht gehegt habe, aber der erschien mir anfangs so monströs, dass ich eine Weile gebraucht habe, um mir Klarheit über meine eigenen Gefühle zu verschaffen. Doch danach habe ich mich sofort an dich gewandt.« Er machte ein bedauerndes Gesicht. »Es ist nicht deine Schuld, dass er dir entkommen ist. Und ganz gewiss auch nicht meine.«

»Ich finde schon«, antwortete Conny. »Sie hätten ganz einfach die Polizei anrufen und sagen können, was Sie wissen.«

»Das habe ich«, erinnerte Vlad, aber Conny schüttelte nur noch einmal und noch heftiger den Kopf.

»Nicht so«, beharrte sie. »Ein ganz normaler Anruf. Aislers Adresse und Ihr Verdacht – meinetwegen anonym, wenn Sie aus irgendeinem Grund nicht mit in die Sache hineingezogen werden wollen – und das alles wäre nicht passiert. Meine Kollegen hätten ihn verhaftet.«

»Deine Kollegen?« Vlad machte ein abfälliges Geräusch. »Wozu deine Kollegen imstande sind, habe ich gesehen. Ich hasse es, meine eigenen Verdienste herausstreichen zu müssen – aber hätte ich nicht eingegriffen, wärst du jetzt tot.«

»Das wäre nicht passiert, wenn Sie uns rechtzeitig informiert hätten.« Sie deutete auf das Bild, das er ihr gebracht hatte. »Die beiden Männer dort unten hätten nicht sterben müssen.«

»Beinahe jeder muss irgendwann sterben«, antwortete Vlad. »Ich traue den Fähigkeiten deiner Kollegen nicht. Dir schon. Deswegen habe ich dich ausgesucht.«

»Zu viel der Ehre«, antwortete Conny spöttisch. »Und womit habe ich das verdient? Ich kann mich nicht erinnern, Sie um Ihre Hilfe gebeten zu haben.«

»In gewissem Sinne schon«, antwortete Vlad. »Irgendwie könnte man sagen, dass du mich gerufen hast ... auch wenn du es vermutlich selbst nicht weißt.«

»Und womit?«, fuhr sie fort. »Habe ich vielleicht nur was Falsches gegessen?« Wieder machte sie eine – noch zornigere – Bewegung, als er antworten wollte. »Gut, dann anders: Was muss ich tun, um Sie wieder loszuwerden? Ein kräftiges Abführmittel nehmen?«

»Es passt nicht zu dir, ordinär zu werden«, sagte Vlad sanft.

»Es passt auch nicht zu mir, Gespenster zu sehen«, versetzte Conny aufgebracht. »Und eigentlich passt es auch nicht zu mir, mich mit einer Illusion zu unterhalten. Mal sehen – vielleicht kann ich ja wenigstens dagegen etwas tun.«

Sie fuhr herum, ging zum Fenster und riss die Gardinen mit einem so plötzlichen Ruck auf, dass sie unter dem unerwarteten Ansturm des hellen Sonnenlichts nicht nur blinzelte, sondern schützend die Hand über das Gesicht hob.

Als sie sich umdrehte, war der Stuhl neben der offen stehenden Durchreiche leer.

8

Sie musste etliche Stunden geschlafen haben, denn das Zimmer war nicht mehr von Tageslicht erfüllt, sondern vom staubigen Zwielicht der hereinbrechenden Dunkelheit. Sie fühlte sich einigermaßen erfrischt, aber schmutzig und – wortwörtlich – zerknittert. Sie hatte sich weder die Mühe gemacht, die Schlafcouch aufzuklappen, noch sich auszuziehen, sondern war in einer unbequemen, halb sitzenden Haltung eingenickt, und entsprechend schmerzten nicht nur ihr Rücken und ihre Nackenmuskeln. Sie stank nach kaltem Schweiß und hatte – viel schlimmer noch – den typischen Krankenhausgeruch in der Nase.

Benommen richtete sie sich auf, rieb sich den schmerzenden Nacken und blinzelte aus verklebten Augen in die Runde. Irgendwo flackerte ein rotes Licht, das sie sich nicht erklären konnte, aber sie war auch noch zu träge, um den Gedanken weiterzuverfolgen, und der Stuhl unter der Durchreiche war leer. Sie stand auf, machte einen vorsichtigen, tapsenden Schritt und blieb sofort wieder stehen, als ihr Kreislauf gegen die abrupte Bewegung protestierte. Sie war wirklich nicht besonders gut in Form.

Vielleicht würde eine Dusche helfen.

Zumindest gegen den Geruch.

Das rote Licht flackerte weiter, und sie identifizierte es als die Anzeige des Anrufbeantworters. Das rote Flackern erinnerte sie wieder an ihren unheimlichen Besucher und daran, was er gesagt hatte, und zumindest ein (gar nicht einmal so kleiner) Teil von ihr wollte auch unverzüglich hingehen und seinem Rat folgen.

Aber natürlich tat sie es schon allein deshalb nicht.

Nebenbei und seltsam genug – sie konnte sich gar nicht erinnern, das Telefon wieder eingeschaltet zu haben, nachdem Trausch es vom Ladegerät genommen hatte.

Wie es aussah, konnte sie sich an so manches nicht mehr richtig erinnern, im Gegenzug aber auch an einige Dinge, die offensichtlich nie passiert waren.

Sie schälte sich aus ihren Kleidern, stellte sich unter die Dusche und genoss mindestens fünf Minuten lang den dampfenden heißen Wasserstrahl, der nicht nur den eingetrockneten Schweiß und Schmutz und den Krankenhausgeruch abwusch, sondern auch ihre Lebensgeister weckte; wenn auch nur sehr langsam ... was ihr im Moment allerdings nur recht war. Sie hatte es nicht eilig. Auf sie wartete kein Untersuchungstermin, kein Gespräch mit einem Arzt und keine weitere Auseinandersetzung mit Schwester Drachenzahn, nicht einmal ein ungenießbares Abendessen.

Schließlich büßte auch das heiße Wasser seine Magie ein, und sie trat dampfend und auf schon unangenehme Art wach aus der Dusche heraus und angelte nach ihrem Bademantel, führte die Bewegung jedoch nicht zu Ende, als ihr Blick auf ihr Bein fiel. Der Verband an ihrem Arm war wasserdicht, das hatte ihr Schwester Drachenzahn gleich nach ihrem Erwachen aus der Narkose mitgeteilt, aber für den Verband an ihrem Bein galt das ganz offensichtlich nicht. Vorsichtig stellte sie das Bein auf den Badewannenrand, wickelte die aufgeweichten Mullbinden ab und biss in Erwartung eines heftigen Schmerzes die Zähne zusammen, als sie die letzte Lage erreichte.

Er kam nicht.

Sie wurde nicht einmal mit einem unangenehmen *Anblick* belohnt, als sie den Rest der Mullbinde löste und fallen ließ. Anstelle der drei tiefen, fast bis auf den Knochen reichenden Stiche, die Aisler ihr zugefügt hatte (jedenfalls hatte es sich so angefühlt), sah sie gerade noch drei dünne, halbmondförmige rote Linien, wie die verblassenden Abdrücke harter Fingernägel.

Zuerst schockierte sie es regelrecht, doch der Augenblick verging, und das Gefühl machte einem jähen, umso stärkeren Ärger Platz. Gut, die Stiche hatten höllisch *wehgetan*, aber sie waren ganz offensichtlich nicht so tief gewesen, wie es sich angefühlt hatte, und nicht einmal *annähernd* so schlimm, wie die Oberschwester behauptet hatte. Wahrscheinlich hatte sie das nur gesagt, dachte sie ärgerlich, damit sie gar nicht erst auf die Idee kam, vor der Zeit aufzustehen oder gar herumzulaufen.

Sie ließ den aufgeweichten Verband mit spitzen Fingern in den Mülleimer unter dem Waschbecken fallen, schlang sich den Bademantel nur lose um die Schultern (das war einer der wirklich wenigen Vorteile, wenn man allein lebte: Man musste auf niemanden Rücksicht nehmen), schon, weil es viel zu schwierig gewesen wäre, die sperrige Schiene durch den Ärmel zu bugsieren, und ging noch immer triefnass ins Wohnzimmer zurück.

Während sie geduscht hatte, war es vollkommen dunkel geworden. Das rote Licht des Anrufbeantworters schien ihr wie ein kleines, hypernervöses Auge zuzublinzeln, ein Anblick, der sie auf unangenehme Weise an ihr Gespräch mit Eichholz heute Morgen erinnerte – und an das winzige Aufnahmegerät, das er in der Hand gehalten hatte.

Einen Moment lang erwog sie ernsthaft den Gedanken, die Anrufe einfach zu löschen, ohne sie zuvor abzuhören. Sie hatte ohnehin eine ziemlich konkrete Vorstellung davon, was sie hören würde: Wahrscheinlich eine ganze Armee neugieriger Journalisten, die irgendwie ihre Privatnummer herausgefunden hatten und glaubten, ausgerechnet sie wären die Einzigen, denen es gelang, ihr ein Exklusivinterview abzuschwatzen, und wahrscheinlich mindestens zwei oder drei Anrufe von Eichholz, der Gift und Galle spuckte. Und vielleicht auch Trausch, der sich nach ihrem Befinden erkundigte … auch wenn das vermutlich reines Wunschdenken war, wie sie sich eingestand. Er hatte es sich nicht anmerken lassen, aber sie wusste natürlich, dass er ernsthaft verärgert gewesen war, als er ging, und sie kannte ihn mittlerweile auch gut genug, um zu wissen, dass dieser Ärger mindestens bis morgen früh andauern würde.

So oder so befand sich auf dem AB mit Sicherheit nichts, was nicht Zeit bis morgen hatte, oder besser noch bis nächste Woche. Und nach dem, was Vlad gesagt hatte, am besten bis zum Sankt Nimmerleinstag. Angst, eine wichtige private Mitteilung zu verpassen, musste sie jedenfalls nicht haben. Den letzten privaten Anruf – wenn man es denn so nennen wollte – hatte sie vor sieben Jahren erhalten, als ihr damaliger Freund ihr über einen gemeinsamen Bekannten mitteilen ließ, dass sie sich nicht mehr wiedersehen würden.

Sie schüttelte den Gedanken ab, bevor er eine Tür in ihren Erinnerungen öffnete, die sie schon vor langer Zeit sorgsam verriegelt hatte, gewährte den Nachrichten auf dem AB noch eine kurze Gnadenfrist elektronischen Lebens und ging in die Küche, ohne Licht einzuschalten. Eigentlich hasste sie Dunkelheit. Sie hatte sich immer als ein Geschöpf des Lichts betrachtet, einen Menschen, der erst im hellen Licht der Sonne wirklich aufblühte und sich nach Einbruch der Nacht am liebsten in ihre Höhle verkriechen und erst beim nächsten Sonnenaufgang wieder herauskommen würde. Sie hatte keine Angst vor der Dunkelheit, aber sie mochte sie einfach nicht, was so weit ging, dass sie die meiste Zeit sogar bei Licht schlief. Jetzt machte sie ihr nichts aus, sondern sie fühlte sich ganz im Gegenteil auf eine sonderbare Weise geborgen darin.

Ihre seltsame Hochstimmung bekam einen gehörigen Dämpfer, als sie die Kühlschranktür öffnete.

Der Anblick war deprimierend: eine Fischkonserve, ein angegammelter Salatkopf, an dem sich nicht einmal mehr eine halb verhungerte Schildkröte vergreifen würde, und einige Scheiben trockener Wurst; und darüber hinaus gähnende Leere. Es war schon eine Weile her, dass sie das letzte Mal einkaufen gewesen wäre ... und wozu auch? Sie lebte jetzt seit drei Jahren in diesem Appartement, und abgesehen von der Kaffeemaschine und der Mikrowelle war ihre Küche praktisch noch jungfräulich. Das war noch ein Vorteil, wenn man Single und praktisch mit seinem Beruf verheiratet war (und Junkfood mochte): Man sah keine besondere Notwendigkeit darin, zu kochen.

Außer, man war gerade aus dem Krankenhaus weggelaufen, hatte einen ramponierten Arm und konnte es aus verschiedenen Gründen nicht riskieren, aus dem Haus zu gehen und den nächsten Pizza-Hut zu stürmen.

Das Telefon klingelte. Conny dachte lange genug darüber nach, ob sie abnehmen sollte oder nicht, bis sich der Anrufbeantworter anschaltete, um dem unbekannten Anrufer mitzuteilen, dass niemand zu sprechen sei, und Conny ließ auch diese allerletzte Chance verstreichen und wartete, bis sich der Apparat endgültig abgeschaltet hatte. Dann machte sie sich doch an die mühselige Aufgabe, die knapp hundert anderen aufgezeichneten Anrufe abzuhören.

Das Ergebnis war ungefähr das, das sie erwartet hatte: Der allergrößte Teil der aufgezeichneten Nachrichten stammte von irgendwelchen Reportern, die ihr das Blaue vom Himmel für ein Exklusivinterview versprachen (und zumindest in einem Fall auch ganz unverhohlen drohten, die Berichterstattung könne *ganz anders ausfallen,* wenn sie nicht bereit wäre, von sich aus mit der Presse zu kooperieren), und Conny hörte sich nur das erste knappe Dutzend wirklich an; danach sprang sie sofort weiter, sobald sie begriff, dass es sich um einen Journalisten, eine Redaktion oder ein Fernsehstudio handelte.

Zwei weitere Anrufe stammten von Trausch, die jedoch rein dienstlicher Natur schienen, und einmal erklang Eichholz' missgelaunte Stimme, der um sofortigen Rückruf bat, aber die Nachricht war mehr als vierundzwanzig Stunden alt und hatte sich wohl erledigt.

Alles in allem brauchte sie mehr als eine Dreiviertelstunde, um die aufgezeichneten Anrufe einen nach dem anderen abzuhören (und zu löschen) und die Ausbeute war nicht unbedingt groß: Wenn sie den gesammelten Müll abzog, blieben vier Nachrichten übrig: Eine stammte von einem Spinner, der sie wüst beschimpfte und irgendetwas von einem *Frevel* stammelte, den sie begangen hatte und für den sie bezahlen würde, aber sie verstand kaum die Hälfte, der Kerl war entweder betrunken oder so aufgebracht, dass er über seine eigene Zunge stolperte und der aufgezeichnete Text zum allergrößten Teil aus unverständlichem wüstem Gestammel bestand. Conny wollte ihn schon löschen, überlegte es sich dann anders und behielt die Aufnahme. Vielleicht würde sie Trausch oder auch Eichholz interessieren, und sie wollte sich *auf keinen Fall* noch einmal vorwerfen lassen, Informationen zurückgehalten zu haben, ganz egal ob zu Recht oder zu Unrecht.

Die drei dann noch verbleibenden Anrufe schließlich stammten von Sylvia, der Mutter Leas, des ersten Opfers. Die beiden ersten waren an dem Tag aufgezeichnet worden, an dem sie Aisler im *Trash* gestellt hatte. Sylvia musste angerufen haben, während sie selbst noch im Krankenhaus oder auf dem Weg von dort zurück ins Präsidium gewesen war; wahrscheinlich sofort, nachdem die Meldung im

Radio oder in den Lokalnachrichten im Fernsehen gekommen war, und war zutiefst dankbar und erleichtert, dass sie den Kerl endlich erwischt und wenigstens sein letztes Opfer gerettet hatte, wenn auch außer sich vor Sorge, dass ihr etwas zugestoßen sein könnte. Conny hatte die entsprechenden Nachrichten natürlich nicht verfolgt, aber ganz offensichtlich hatte die Presse die ganze Angelegenheit noch kräftig aufgebauscht (als ob das nötig gewesen wäre!) und nicht unerwähnt gelassen, dass sie selbst bei ihrer heldenhaften Rettungsaktion schwer verletzt worden war.

Der zweite Anruf war knappe zwei Stunden (und ungefähr eine Flasche Wodka, schätzte sie) später aufgezeichnet worden und von vollkommen anderer Art. In den wenigen Passagen, in denen Sylvia nicht betrunken vor sich hin gelallt oder krampfhaft geschluchzt hatte, hatte sie sie mit Vorwürfen und üblen Beschimpfungen überschüttet, dass sie das Schwein hatte entkommen lassen und er jetzt vielleicht noch weitere unschuldige junge Mädchen umbringen würde.

Der dritte Anruf schließlich stammte vom Tag danach – es war die vorletzte Nachricht, die das Gerät überhaupt noch aufgezeichnet hatte – und war wieder vollkommen anders und völlig untypisch für Sylvia in knappem und sehr sachlichem Ton gehalten: Sie entschuldigte sich für ihren letzten Anruf und versicherte ihr, wie leid ihr der Ausrutscher von gestern tat. Es klang ehrlich, aber wenn man genau hinhörte, dann wurde rasch klar, dass sie auch bei diesem Anruf nicht vollkommen nüchtern gewesen war ... was im Prinzip ja für jeden Tag galt, seit Lea gestorben war.

Conny nahm ihr den *Ausrutscher* nicht übel. Ihre Worte hatten sie nicht verletzt, nicht einmal in dem unmittelbaren Moment, in dem sie sie gehört hatte. Aber sie verspürte trotzdem einen dünnen, tief gehenden Stich, als sie die Nachricht abhörte und begriff, dass Sylvia verloren war.

Sie hatte schon immer zu viel getrunken, schon als Teenager und später als junge Frau, und so lange sich Conny zurückerinnern konnte, war da stets die latente Sorge in ihr gewesen, dass sie eines Tages den einen winzigen, entscheidenden Schritt zu weit gehen und endgültig abrutschen könnte. Nicht dass sie aggressiv wurde, wenn sie trank, oder gar ordinär oder auch nur ihre Pflichten als erwachsene Frau und Mutter vernachlässigte, aber sie *trank*, und sie trank zu viel und zu oft, und vielleicht war das auch der wirkliche Grund gewesen, aus dem sie sich zwar nie wirklich aus den Augen verloren hatten, aber auch niemals wirklich *beste* Freundinnen geworden waren. Sylvia war einer der nettesten Menschen, die Conny kannte. Sie konnte unglaublich komisch sein, wenn sie wollte, und hatte ein sehr einnehmendes Wesen, kam allerdings der Grenze manchmal zu nahe und näher, je älter sie wurde. Sie hatte es niemals von sich aus gesagt, und Conny hatte niemals danach gefragt, doch sie war ziemlich sicher, dass auch Lea das Ergebnis eines solchen Ausflugs an den Abgrund war – was nichts daran änderte, dass sie ihre Tochter abgöttisch geliebt hatte.

Vielleicht mehr, als gut war, denn mit Lea war auch ein großer Teil von ihr gestorben. Möglicherweise war das bis zu einem gewissen Punkt normal. Conny maßte sich kein Urteil an, was Mutterliebe und elterliche Instinkte anging; sie selbst hatte keine Kinder (nicht nur mangels Gelegenheit) und auch niemals welche gewollt. Sie hatte sich schon vor langer Zeit dagegen entschieden, Kinder zu bekommen, nicht nur, weil sie die Verantwortung und all die Opfer scheute, die es ihr abverlangt hätte, sich um ein neues Leben zu kümmern und es auf den richtigen Weg zu bringen; und das bis zu ihrem eigenen allerletzten Tag. Vielleicht fehlte ihr schlichtweg ein bestimmtes Gen, vielleicht lag es auch an ihrem Beruf. Schon als junge Streifenpolizistin hatte sie zu oft erleben müssen, welchen Schmerz es bedeutete, wenn einem ein solches Leben entrissen wurde, ganz gleich, ob durch einen Unfall, eine Krankheit oder etwas so grausames und willkürliches wie einen Mord. Der Schmerz war immer grausam, und die Wunden, die er riss, tief, und manchmal brauchten sie unendlich lange, um zu heilen.

Aber sie heilten, wenigstens in den meisten Fällen. Der Schmerz, den Sylvia litt, würde niemals enden.

Ein einziger Blick in ihre Augen hatte Conny klargemacht, dass sie zu den wenigen unglücklichen Ausnahmen gehörte, deren Wunden niemals heilten; ein seelischer Bluter, der an der gleichen Verletzung zugrunde gehen würde, die der Vampir ihrer Tochter zugefügt hatte. Aisler hatte mit seinem ersten Schnitt zwei Leben ausgelöscht.

Conny löschte auch diese Aufnahmen – es war zwar unwahrscheinlich, doch immerhin möglich, dass Eichholz das Band abhörte, und *diese* Anrufe gingen ihn nun wirklich nichts an – und erinnerte sich erst dann schmerzhaft daran, was Vlad gesagt hatte: nämlich, dass ihre Kollegen den AB längst abgehört hatten.

Falls er die Wahrheit gesagt hatte, hieß das.

Und falls es ihn überhaupt gab.

Vielleicht zum allerersten Mal versuchte sie das Problem ganz logisch zu analysieren. Natürlich *gab* es Vlad. Er war so wenig ein Phantom, wie es Aisler gewesen war ... die Frage war nur, welchen Vlad: den, der ihr die E-Mails geschickt und sich mit ihr im *Trash* getroffen hatte, oder jenen anderen, unheimlicheren Vlad, der scheinbar tatsächlich wie ein Gespenst nach Belieben auftauchen und wieder verschwinden konnte. Ihre Vernunft sagte ihr, dass das lächerlich war. Es gab keine Gespenster, so wenig wie Vampire (und flüchtende Serienkiller, die kopfunter an Hauswänden hinabkletterten), aber alles in ihr sträubte sich auch noch immer dagegen, ihre unheimliche Begegnung als bloßes Hirngespinst abzutun. Der Kerl hatte einfach ein paar besonders gute Tricks drauf, das war alles.

Und warum hatte sie Eichholz und Trausch dann immer noch nicht alles von ihm erzählt?

Es klopfte an der Tür. Das Geräusch war so ungewöhnlich und schien so wenig zu diesem besonderen Moment zu passen, dass Conny es überhaupt erst identifizierte, als es zum zweiten Mal erklang, und auch dann noch einmal geschlagene zehn Sekunden lang in Richtung der Küchentür starrte, bevor sie aufstand und in die Diele ging.

Das Klopfen ertönte zum dritten Mal, diesmal hörbar ungeduldiger. Conny streckte die Hand nach der Türklinke aus, erinnerte sich im letzten Augenblick an etwas und knotete hastig den Gürtel ihres Bademantels zu, bevor sie die Klinke endgültig herunterdrückte – um sofort zurückzuprallen und die Faust anzustarren, die vermeintlich nach ihrem Gesicht schlagen wollte, dann aber im letzten Moment wieder zurückschnellte.

»Oh«, murmelte Trausch verlegen, während er einen Schritt zurückwich und eine halbe Sekunde lang seine eigene Hand anstarrte, die er gerade gehoben hatte, um zum vierten Mal an die Tür zu klopfen. »Das ... tut mir leid. Ich wollte Sie nicht erschrecken.«

»Das haben Sie nicht«, antwortete Conny – was eine glatte Lüge war. Ihr Herz raste wie verrückt. Für den Bruchteil einer Sekunde war sie felsenfest davon überzeugt gewesen, Aisler gegenüberzustehen, der gekommen war, um sich für seinen Tod zu rächen.

»Irgendwas nicht in Ordnung?«, fragte Trausch dann auch prompt und auch ein bisschen schuldbewusst. »Sie sind weiß wie die Wand.«

»Ich habe geschlafen«, murmelte sie. »Möchten Sie ... reinkommen?«

»Das hatte ich eigentlich vor«, antwortete er. »Sonst wäre ich nicht hier, oder?«

Conny gab hastig den Weg frei, und Trausch trat ein, sah sich stirnrunzelnd um und schien auf irgendetwas zu warten. Schließlich deutete er ein Achselzucken an und tastete über die Wand, bis er den Lichtschalter gefunden hatte.

»Ich ... ziehe mir nur rasch etwas an«, sagte Conny verlegen. »Eine Minute.«

Sie eilte zum Schrank, riss nahezu wahllos ein paar Sachen heraus und verschwand im Bad, um sich anzuziehen.

Trausch stand noch immer an derselben Stelle, als sie zurückkam, und sah sich stirnrunzelnd um, fast als wäre er noch nie hier gewesen. Wenn ihm ihr Aufzug missfiel – ein lose fallender Rock, Birkenstock-Sandalen und ein ausgeleierter Strickpullover, der ihr schon um zwei Nummern zu groß gewesen war, als sie ihn geschenkt bekommen hatte –, dann ließ er es sich nicht anmerken, aber er sah irgendwie auch nicht besonders fröhlich aus.

»Kann ich Ihnen etwas anbieten? Einen Kaffee?« Das war ohnehin das Einzige, was sie im Haus hatte.

»Ein Kaffee wäre prima. Wenn Sie mir zeigen, wo alles ist, dann erledige ich das für Sie.«

»Ich habe eine verstauchte Hand, Kollege«, erwiderte sie schärfer, als sie beabsichtigt hatte, »ich bin nicht schwerbehindert.«

Sie bedauerte die Worte schon, bevor sie sie ganz ausgesprochen hatte; nicht nur, weil sie unnötig grob waren, sondern weil er so ganz nebenbei sie Wahrheit gesagt hatte. Mit nur einem Arm – und noch dazu dem linken – erwies sich selbst etwas so Simples wie das Befüllen der Kaffeemaschine als unerwartet schwierig. Schon nach ein paar Augenblicken wartete sie insgeheim darauf, dass er ihr noch einmal seine Hilfe anbot … aber das tat er selbstverständlich nicht, sondern sah stattdessen mit einer Mischung aus Missbilligung und unverhohlener Schadenfreude zu, wie sie sich abmühte. Irgendetwas lag ihm darüber hinaus auf der Seele, das spürte sie.

Während sie darauf warteten, dass der Kaffee durchlief, bot sie Trausch mit einer wortlosen Geste einen Platz an. Er ignorierte es und sah sich weiter neugierig um. Schließlich gab sie auf und setzte sich an den kleinen Tisch unter der Durchreiche, wobei sie ganz instinktiv den Platz wählte, der am weitesten von dem entfernt war, auf dem ihr unheimlicher Besucher am Mittag gesessen hatte.

»Nicht, dass ich mich nicht freuen würde, dass Sie mich besuchen«, begann sie geradeheraus, »doch darf ich fragen, warum? Hat Eichholz Sie geschickt?«

Trausch lächelte freudlos. »Allerdings. Er kocht immer noch vor Wut. Ich wäre allerdings auch so gekommen.«

»Warum?«

»Erstens, weil ich es Ihnen versprochen habe. Und zweitens, weil …« Statt weiterzusprechen und die Bewegung, mit der er sich zu ihr umdrehen wollte, zu Ende zu führen, runzelte er plötzlich noch einmal die Stirn und starrte etwas an, das neben dem Telefon lag. Mindestens zwei oder drei Sekunden lang. Dann warf er ihr wieder einen sonderbaren, jetzt allerdings auch beinahe erschrockenen Blick zu, streckte die Hand aus und hob etwas von der Größe und den Proportionen einer Postkarte auf.

»Was ist das?«, fragte er, während er sich nun doch zu ihr umdrehte.

Conny antwortete nicht gleich. Sie konnte es gar nicht. Ihr Mund fühlte sich plötzlich so trocken an, als wäre sie drei Tage ohne Wasser durch die Wüste gelaufen. Ihr Herz schlug hart und langsam.

Trausch wartete zwei oder drei weitere Sekunden lang vergebens darauf, eine Antwort zu bekommen, trat dann direkt unter die Lampe und hielt den Videoprint ins Licht. Er betrachtete ihn mindestens zehn Sekunden lang konzentriert, ohne ein einziges Wort zu sagen, aber Conny beobachtete, wie der Ausdruck auf seinem Gesicht in dieser Zeit von Überraschung zu Verwirrung wechselte, dann zu Schrecken und für einen kurzen Moment fast zu so etwas wie Zorn. Endlich ließ er das Bild sinken und drehte sich ganz zu ihr um.

»Warum haben Sie das mitgenommen?«, fragte er.

»Das habe ich nicht«, antwortete sie ganz automatisch. Natürlich wusste sie selbst, wie das klang. Trotzdem schüttelte sie den Kopf und sagte noch einmal und jetzt mit fester Stimme: »Ich habe es nicht eingesteckt.« Und das hatte sie auch nicht, verdammt noch mal! Und selbst, wenn sie es getan hätte – was *ganz bestimmt nicht* der Fall war! –, hätte dieses Bild trotzdem nicht hier sein dürfen. Die Kleider, die sie in der Tiefgarage getragen hatte, befanden sich noch im Krankenhaus, wahrscheinlich aber bei der KTU, und sie musste nicht fragen, um zu wissen, dass ihre Kollegen aus dem Labor sie bis auf die letzte Faser auseinandergenommen und begutachtet hatten.

»Wie meinen Sie das, Sie haben es nicht eingesteckt?«, wiederholte Trausch. Er wedelte beinahe anklagend mit dem kleinen Foto. »Das ist doch das Bild, von dem Sie erzählt haben, oder?«

Conny nickte wortlos.

»Und wie kommt es hierher, wenn Sie es nicht mitgenommen haben?«

»Ich glaube, das ...« Sie brach im letzten Augenblick ab und fuhr sich nervös mit der Zungenspitze über die Lippen. Um ein Haar hätte sie gesagt: *Weil Vlad es mitgebracht hat.* Aber sie konnte sich gerade noch beherrschen, und nicht nur, weil sie sich lebhaft vorstellen konnte, wie Trausch *darauf* reagieren würde.

»Ja?«, fragte er.

Conny schüttelte nur den Kopf und wich seinem Blick aus.

»Allmählich fange ich an, mir wirkliche Sorgen um Sie zu machen, Conny«, seufzte er. Als er auch darauf keine Antwort bekam, schüttelte er noch einmal den Kopf, betrachtete das Bild eine weitere Sekunde lang stirnrunzelnd und sehr nachdenklich und steckte es schließlich ein.

»Jetzt hören Sie mir mal zu«, setzte er neu und in vollkommen verändertem Ton an. »Sie haben mich gerade gefragt, ob Eichholz mich geschickt hat, und ich habe ja gesagt. Aber das war gelogen. Er hat mir ganz im Gegenteil verboten, herzukommen.«

»Warum haben Sie es dann trotzdem getan?«

»Weil ich mir Sorgen um Sie mache«, antwortete er. »Ich bin nicht als Ihr Kollege hier, und schon gar nicht als Eichholz' Spitzel, sondern als Ihr … Freund. Wenn Sie mir etwas sagen wollen, dann sollten Sie es tun. Ich verspreche Ihnen, dass Eichholz nichts davon erfährt, wenn Sie es nicht wollen. Und auch sonst niemand.«

Conny fragte sich vergebens, warum sie eigentlich nicht nach der ausgestreckten Hand griff, die er ihr so deutlich hinhielt. Vielleicht war die Antwort ganz simpel: Weil schlicht und einfach alles, was sie hätte sagen können, entweder verrückt oder nach einer dummen Ausrede geklungen hätte; oder nach beidem. Aber er würde auf einer Antwort bestehen, das sah sie ihm an.

Hinter ihr begann die Kaffeemaschine zu blubbern und rettete sie. Hastig stand sie auf, ging in die Küche und gewann eine wertvolle Minute damit, zwei halbwegs saubere Tassen auf ein Tablett zu stellen und mit dampfend heißem Kaffee zu füllen. Auch wenn Trausch nichts sagte, konnte sie seine Verärgerung doch spüren, ebenso wie seine bohrenden Blicke, obwohl sie ihm den Rücken zuwandte. Er rührte weiter keinen Finger, um ihr zu helfen, nicht einmal, als sie ungeschickt und lautstark klappernd mit dem Tablett in der linken Hand zum Tisch zurückbalancierte. Und er schwieg auch weiter und sagte nicht einmal etwas, als sie die Tassen umständlich ablud und das leere Tablett noch umständlicher und langsamer in die Küche zurücktrug; obwohl ihm klar sein musste, dass sie das nur tat, um Zeit zu gewinnen. Conny fühlte sich plötzlich furchtbar hilflos, und etwas wie eine stille Panik begann sich in ihr breitzumachen. Ganz plötzlich wusste sie, wie sich die zahllosen Männer und Frauen gefühlt hatten, denen sie im Laufe ihres Berufslebens auf der anderen Seite des Verhörtisches gegenübergesessen hatte. Und ebenso plötzlich wurde ihr auch klar, warum vermeintlich intelligente Männer und Frauen (von denen nicht wenige deutlich intelligenter und gebildeter gewesen waren als sie und ihr rhetorisch um Lichtjahre überlegen) sich manchmal so unbeschreiblich dumm und tollpatschig verhielten, dass es schon fast lächerlich war.

Sie setzte sich, forderte ihn mit einem entsprechenden Blick auf, ebenfalls Platz zu nehmen, und registrierte mit einem völlig sinnlosen, aber heftigen Gefühl von Unbehagen, dass er sich (zwangsläufig, es gab nur noch diesen freien Platz) auf denselben Stuhl setzte, auf dem Vlad vorhin gesessen hatte. Sie gewann noch einmal Zeit, indem sie einen Schluck von ihrem Kaffee trank, der so heiß war, dass sie sich beinahe die Zunge daran verbrüht hätte. Dann räusperte sie sich umständlich, brachte irgendwie das Kunststück fertig, seinem Blick standzuhalten, und sagte, so ruhig und mit so fester Stimme, wie sie es gerade noch konnte. »Ich weiß nicht, wie dieses Bild hierherkommt. Als ich es das letzte Mal gesehen habe, lag es im Wagen neben dem Drucker.«

»Aber es ist hier«, antwortete Trausch ruhig. Conny versuchte vergebens, so etwas wie einen sanften oder wenigstens verständnisvollen Unterton in seiner Stimme zu hören. Die Analogie ging noch weiter, dachte sie. Jetzt *wurde* sie verhört.

»Ja, das ist es«, räumte sie ein. »Ich hätte mir gerne eine überzeugendere Geschichte für Sie ausgedacht, aber ich würde Sie niemals belügen, das wissen Sie. Außerdem weiß ich, wie gut Sie in Verhörtechniken sind. Sie müssen schon mit der Wahrheit vorliebnehmen, so leid es mir tut.«

Trausch sah sie eine Sekunde lang durchdringend an, streckte die Hand nach seiner Tasse aus, verzichtete aber darauf, zu trinken, als er spürte, wie heiß sie war. »Wenn Sie dieses Bild nicht eingesteckt haben und auch keiner von uns«, fragte er, »wie kommt es dann hierher?«

»Stellen Sie sich vor, das weiß ich genauso wenig wie …«, begann sie aufgebracht, biss sich dann auf die Unterlippe und verbrühte sich endgültig die Zunge, als sie einen weiteren, noch größeren Schluck Kaffee trank. Das musste wohl selbst für ihn so etwas wie ein neuer Rekord sein, dachte sie, wütend auf sich selbst. Sie war mehr als einmal Zeugin geworden, wie es Trausch gelang, einen vermeintlich hartgesottenen Gegner so weit in die Enge zu treiben, dass er die Beherrschung verlor … aber niemals innerhalb weniger Sekunden.

Erstaunlicherweise verzichtete er darauf, sofort nachzuhaken, sondern sah sie nur weiter durchdringend an, schüttelte schließlich den Kopf und zog das Bild wieder aus der Tasche. Während er es scheinbar interessiert musterte, sagte er: »Ich glaube Ihnen.«

»So?«, fragte sie, noch immer in herausforderndem, beinahe aggressivem Ton. »Und wie komme ich zu der Ehre?«

»Erstens«, erwiderte Trausch ungerührt, »weil ich Ihnen glaube, dass Sie mich nicht belügen würden. Jedenfalls nicht so plump. So dumm sind Sie nicht, Conny. Und zweitens hätten Sie gar keine Gelegenheit gehabt, das Bild an sich zu nehmen. Eichholz hat jeden Faden, den Sie am Leib getragen haben, ins Labor bringen lassen. Wir hätten es gefunden, wenn Sie es bei sich gehabt hätten.« Er drehte das Bild noch einen Moment in den Fingern, deutete ein Schulterzucken an und ließ es wieder in der Jackentasche verschwinden. »Aber wenn Sie die Wahrheit sagen, dann stellt sich die Frage, wie es hierherkommt. Wenn es wirklich dasselbe Foto ist, heißt das.«

Es war dasselbe Foto, daran gab es nicht den geringsten Zweifel, und auch die Frage, die er zuerst gestellt hatte, hätte sie eben problemlos beantworten können: Vlad hatte es aus dem Wagen geholt und mitgebracht. Aber Vlad existierte nicht. Vlad – *dieser* Vlad – war nichts weiter als eine Illusion, ein Trugbild, mit dem ihre eigene Phantasie sie quälte, weil sie ja sonst keine Probleme hatte.

Dann fiel ihr etwas ein.

Wortlos stand sie auf, eilte in die Diele und grub ihren Schlüsselbund aus der Jackentasche.

Sie konnte selbst spüren, wie ihr auch noch das allerletzte bisschen Farbe aus dem Gesicht wich, als sie ihren Wohnungsschlüssel sah.

Er war so krumm gebogen wie ein Fragezeichen.

»Stimmt etwas nicht?«, fragte Trausch, als sie zurückkam. Der Schlüsselbund lag noch immer auf ihrer ausgestreckten linken Hand, und er runzelte fragend die Stirn, als er den verbogenen Schlüssel erblickte. Dann streckte er vorsichtig beide Hände aus, ergriff die Kaffeetasse mit spitzen Fingern und nippte daran, um dann eine Grimasse zu ziehen.

»Darf ich Ihnen eine ... Frage stellen?«, murmelte Conny. »Ich meine, ohne dass Sie mich für verrückt halten?«

»Wer sagt denn, dass ich das nicht schon lange tue?«, gab Trausch zurück. Er lächelte, doch seine Augen blieben dabei ernst, und jetzt war sie sicher, so etwas wie echte Sorge darin zu erkennen.

»Glauben Sie an Gespenster?«, fragte Conny.

»Gespenster?« Trausch schüttelte heftig den Kopf. »Nein. Aber ich glaube etwas anderes, nämlich, dass das hier der mit Abstand widerwärtigste Kaffee ist, den ich jemals getrunken habe.« Er deutete auf die Tasse, stand auf und streifte den verbogenen Wohnungsschlüssel in ihrer Hand noch einmal mit einem raschen, irritierten Blick. »Ich mache Ihnen einen Vorschlag, Conny: Ich lade Sie heute Abend zum Essen ein, und wir unterhalten uns dabei in Ruhe. Nicht als Polizisten oder Kollegen, sondern einfach nur so. Einverstanden?«

Conny war überrascht, aber sie nickte trotzdem. Sofort. Und es kostete sie einige Mühe, dabei nicht zu *freudig überrascht* auszusehen. »Gut«, sagte Trausch. »Dann hole ich Sie um acht ab. Vorausgesetzt«, fügte er hinzu, »Sie ziehen sich etwas an, bei dessen Anblick wir nicht auf der Stelle verhaftet werden.«

Das Lokal war klein, schrecklich verräuchert und lag dreißig ebenso steile wie ausgetretene Steinstufen unter der Erde, die man nur erreichte, nachdem man sich durch eine unauffällige Tür gequetscht hatte, die nicht den geringsten Hinweis darauf erkennen ließ, was sich dahinter verbarg; so wenig wie das Haus, in dessen Keller die sonderbare Mischung aus Bar und Speiserestaurant lag. Leise Pianomusik, die nach billigen Lautsprechern klang und von dem typischen Vinylknistern echter Schallplatten untermalt wurde, vermischte sich mit dem an- und abschwellenden Raunen der vielleicht dreißig Gäste, die sich außer ihnen hier unten aufhielten, und die Luft war trotz der emsig summenden Klimaanlage so schlecht, dass sie das Gefühl hatte, ununterbrochen gegen einen leichten Hustenreiz ankämpfen zu müssen.

Trausch kam von der Bar zurück, zwei schlanke Pilsgläser mit einer appetitlichen weißen Schaumkrone in den Händen und eine in Plastik eingeschweißte Speisekarte unter den linken Arm geklemmt. Conny wollte aufstehen und ihm helfen, stieß aber mit ihrem bandagierten Arm prompt gegen das Gewölbe der gemauerten Nische, in der der Tisch stand, und sank mit einem Geräusch wie einem Schmerzenslaut zurück, obwohl es nicht wehgetan hatte. Trausch machte ein mitfühlendes Gesicht, lud die beiden Biergläser geschickt auf dem Tisch ab und ließ die Speisekarte unter dem Arm herausgleiten. Das glatte Plastik schlitterte quer über die gesamte Tischplatte und fiel zu Boden. Conny versuchte ganz instinktiv, danach zu greifen, und stieß zum zweiten Mal gegen die Wand, und diesmal *tat* es weh.

»Kein Problem«, sagte Trausch, während er sich hastig nach der Kunststoffhülle bückte. Als er sich aufrichtete, stieß er mit dem Hinterkopf so wuchtig unter die Tischplatte, dass die beiden Biergläser zu hüpfen begannen und weiße Schaumflocken in alle Richtungen spritzten. Conny fragte sich, ob er das mit Absicht tat, um sie aufzuheitern.

»Ein interessanter Laden«, sagte sie, nachdem er sich gesetzt hatte und ihr mit der einen Hand die Speisekarte über den Tisch schob; mit der anderen massierte er seinen Hinterkopf. »Den kenne ich gar nicht. So eine Art Geheimtipp?«

Immerhin waren sie durch die halbe Stadt gefahren, um herzukommen; in ein Lokal, das sich zumindest von außen alle Mühe gab, *keine* Gäste anzulocken. Und das waren längst nicht alle Seltsamkeiten. Zumindest die Gäste waren … eigenartig. Es war nicht die übliche, nur auf den ersten Blick bunte Mischung, die sich dann spätestens auf den zweiten Blick doch als irgendwie uniform erwies, wie sich in eigentlich jedem Lokal, das sie kannte, doch eine bestimmte Art von Publikum herauskristallisierte. Hier sah sie irgendwie … von allem etwas. An der Bar saßen zwei ältere Vertretertypen in billigen Anzügen und unterhielten sich leise. An einem Tisch ganz am Ende des unverputzten Kellergewölbes entdeckte sie drei junge Burschen in Lederjacken, die sie sich eigentlich besser auf einer Harley-Davidson vorstellen konnte, und gleich neben ihnen saß ein nicht mehr ganz junges Paar und turtelte verliebt über seine Teller hinweg. Daneben wiederum saß an einem langen Tisch so etwas wie die Betriebsversammlung der nächstgelegenen Raiffeisenbank, und in einer abgelegenen Ecke hockte ein abenteuerlicher Typ mit Lederjacke, Stachelhalsband und einer mindestens genauso stacheligen Frisur, die wahrscheinlich zu neunzig Prozent aus Haargel bestand … es war tatsächlich eine bunte Mischung, die eigentlich nur eines gemeinsam hatte.

Es fiel Conny im gleichen Augenblick auf, in dem Trausch in die Jackentasche griff und einen zerschrammten Blechaschenbecher herausholte. »Ta-ta!«, sagte er triumphierend. »Extra für Sie besorgt!«

»Zusammen mit einer Ausnahmegenehmigung, weil der Laden unter Polizeischutz steht?«

»Der Laden steht unter niemandes Schutz, weil es streng genommen kein Laden ist«, antwortete Trausch und wischte endlich das alberne Grinsen aus seinem Gesicht. »Genau genommen ist es gar kein öffentliches Lokal, sondern ein Privatclub.«

»Ein Club?«

»Ich habe meinen Euro Beitrag bezahlt und bin jetzt lebenslang Mitglied«, antwortete er, »und selbstverständlich steht in den Statuten, dass ich einen Gast mitbringen darf. Juristisch gesehen ist das hier eine private Veranstaltung. Sie dürfen also qualmen, was das Zeug hält … aber beeilen Sie sich, bevor jemand dem Trick gerichtlich einen Riegel vorschiebt. Die ersten Prozesse laufen schon, so viel ich weiß.« Er wedelte aufgeräumt mit der Speisekarte. »Das Essen ist nicht so gut wie im *Steigenberger*, und es gibt nur vier Gerichte, aber für eine Privatparty ist das gar nicht schlecht, finde ich.«

Conny blickte unschlüssig abwechselnd den Aschenbecher und die aufgeschlagene Speisekarte, dann wieder ihn an.

»Wenn Sie keine Zigaretten dabeihaben, hole ich Ihnen welche«, bot er an. »Der Barkeeper verkauft sie auch einzeln. Für fünfzig Cent das Stück.«

Tatsächlich hatte sie seit drei Tagen nicht mehr geraucht, und eigentlich hätte sie von sich selbst erwartet, spätestens jetzt auf Händen und Knien zur Bar zu robben und den Kerl dahinter um ein Nikotinstäbchen anzuflehen – sie verspürte jedoch nicht den geringsten Appetit auf eine Zigarette. Mit einem Gefühl, das irgendwo zwischen Erstaunen und Schaudern angesiedelt war, wurde ihr klar, dass sie während der letzten drei Tage nicht einmal ans Rauchen *gedacht* hatte.

»Vielleicht später«, murmelte sie. »Im Moment ... ist mir nicht danach.«

»Ihnen ist nicht danach?« Trausch zog ungläubig die rechte Augenbraue hoch. »Ich dachte, ihr zweiter Vorname wäre Marlboro.«

»West«, korrigierte ihn Conny, die immer noch ein wenig über sich selbst staunte. »Wer weiß ... vielleicht gebe ich es auch auf. In den letzten drei Tagen durfte ich sowieso nicht rauchen. Den schwersten Teil habe ich also schon hinter mir. Ich sollte es wenigstens versuchen, meinen Sie nicht? Auch wenn Sie extra meinetwegen in diese Räucherkammer gegangen sind.«

Trausch starrte sie nur an.

»Wir können in ein anderes Lokal gehen, wenn Sie möchten«, schlug sie vor.

»Wo ich mich extra in Unkosten gestürzt und meinen lebenslangen Mitgliedsbeitrag im Voraus bezahlt habe?« Er schüttelte den Kopf. »Kommt überhaupt nicht infrage!«

»Aber ich muss hier nichts essen, oder?«

Trausch lachte. »Nein. Sie *sollten* allerdings etwas essen. Lassen Sie mich raten: Das Frühstück heute Morgen war bisher alles.« Conny nickte, und Trausch klappte die Karte zu. »Die Gnocchi sind einigermaßen erträglich. Ich bestelle uns zwei Portionen.« Ohne eine Antwort abzuwarten, stand er auf und ging zur Bar.

Conny sah ihm mit wachsender Verwirrung nach. Trausch wechselte nicht nur ein paar Worte mit dem langhaarigen Burschen hinter der Bar, sondern redete sicher eine oder zwei Minuten mit ihm, und das Licht war nicht so schlecht, als dass sie nicht mitbekommen hätte, wie wenig ihm gefiel, was Trausch ihm zu sagen hatte. Sie war jetzt sicher, dass es noch einen anderen Grund gab, aus dem sie hergekommen waren.

»Probleme?«, fragte sie, als er zurückkam.

Trausch streifte den noch immer unberührten Aschenbecher mit einem irritierten Blick, setzte sich und trank einen großen Schluck Bier, und er wischte sich auch ausgiebig mit dem Handrücken gar nicht vorhandenen Schaum von den Lippen, bevor er antwortete. *Wer* versuchte jetzt hier, Zeit zu gewinnen? »Nein«, sagte er. »Ich habe ihm nur klargemacht, was ich mit seinem Küchenpersonal anstelle, wenn die Gnocchi wieder wie Gummi schmecken wie beim letzten Mal.«

Dafür, dass er einer der besten Verhörspezialisten war, den sie jemals kennengelernt hatte, dachte sie, war er ein erbärmlicher Lügner. »Ich dachte, sie sind gut.«

»Sie sind besser als der Rest. Ich weiß, das allein heißt erst einmal gar nichts. Aber keine Sorge, ich habe sie schon ein paarmal überlebt.« Er nahm einen weiteren Schluck Bier, bevor er sie – jetzt wieder vollkommen ernst – ansah und die Stirn in Falten legte. Schon bevor er weitersprach, wusste Conny, dass das freundliche Vorgeplänkel nun endgültig vorbei war.

»Wir haben den Anruf auf Ihrem AB zurückverfolgt«, verkündete er.

Conny blickte fragend, und Trausch machte eine ebenso schuldbewusste wie erklärende Geste. »Der Verrückte, der Sie so wüst beschimpft hat.«

Conny nickte und schwieg weiter. Dass er so ganz nebenbei gerade zugegeben hatte, dass ihr Telefon abgehört wurde, schien ihm entweder nicht bewusst oder vollkommen gleichgültig zu sein. Conny vermutete eher Letzteres.

»Es war eine Sackgasse, aber ich glaube nicht, dass Sie sich Sorgen machen müssen. Der Anruf kam aus einer Telefonzelle, und die Stimmanalyse hat ergeben, dass es sich um einen Jugendlichen handelt. Kaum älter als achtzehn oder neunzehn.«

»Also ungefähr so alt wie Aisler«, sagte Conny ruhig.

»Stimmt«, räumte Trausch ein, schüttelte dann trotzdem gelassen den Kopf und fuhr offensichtlich vollkommen ungerührt fort: »Aber nicht sein Kaliber. Nicht einmal annähernd. Wenn Sie mich fragen, einer der üblichen Spinner, die sich wichtigmachen wollen.«

»Und woher wissen Sie das, wenn Sie keine Ahnung haben, wer er ist?«

Trausch trank einen Schluck Bier, bevor er antwortete. »Sie würden sich wundem, was unsere Spezialisten alles aus einer Stimme heraushören können. Der Anrufer passt nicht einmal annähernd in Aislers Umgebungsprofil. Geringe oder gar keine Schulbildung. Und ein Wortschatz im dreistelligen Bereich.« Er schüttelte noch einmal und noch entschiedener den Kopf. »Ein Spinner, aber mit an Sicherheit grenzender Wahrscheinlichkeit harmlos. Lassen Sie uns über Ihren geheimnisvollen Freund reden.«

Natürlich hatte sie nicht abgewartet, bis sie hier waren, sondern ihm schon im Wagen von ihren unheimlichen Begegnungen mit Vlad erzählt; einschließlich der bizarren Szene im Heizraum und ihrem Erlebnis von gestern Nacht – die sie mittlerweile selbst für nichts anderes als eine Halluzination hielt. Es war ihr nicht leichtgefallen, aber sie hatte sich Trauschs Rat zu Herzen genommen. Es brachte nichts, nur einen Teil der Wahrheit zu erzählen. Wenn, dann alles. Auch wenn sie sich selbst ziemlich verrückt dabei vorgekommen war.

»Ich habe die ganze Zeit darüber nachgedacht, was Sie mir erzählt haben«, begann er. »Es war richtig, dass Sie Eichholz nichts gesagt haben.«

»Warum? Weil sich meine Geschichte zu verrückt anhört?«

»Das tut sie in der Tat«, gab er zu. »Aber das muss ich Ihnen nicht sagen, oder? Wenn mir irgendjemand anders diese Geschichte aufgetischt hätte, dann hätte ich ihn entweder für verrückt erklärt oder angenommen, dass er mich auf den Arm nehmen will. Doch das kann ich mir bei Ihnen nicht vorstellen. Und dass Sie nicht verrückt sind, das weiß ich. Also muss es eine andere Erklärung geben.«

»Darauf bin ich auch schon gekommen«, antwortete Conny betrübt. »Ich weiß nur nicht, welche.«

»Dafür sind wir schließlich Polizisten. Es ist unser Job, Erklärungen für scheinbar unerklärliche Dinge zu finden.« Trausch zwang sich zu einem aufmunternden Lächeln. »Ich gehe davon aus, dass Sie ebenso wenig wie ich an Gespenster und Vampire glauben.«

»Jedenfalls nicht bis vorgestern«, antwortete sie halblaut.

Trausch ignorierte das. »Wenn wir also davon ausgehen, dass wir beide nicht an unheimlichen Hokuspokus glauben und es auch keine Geister und Vampire gibt, dann stellt sich doch die Frage, wer dieser Kerl wirklich ist ... und wie er es geschafft hat, Sie derart hinters

Licht zu führen. Und warum er es getan hat.« Er griff wieder nach seinem Glas, nahm es aber nur in die Hand, ohne zu trinken, und starrte einen Moment lang nachdenklich den unberührten Aschenbecher zwischen ihnen an. Conny wurde schon wieder unbehaglich zumute. Das Einzige, was sie ihm nicht erzählt hatte, war die kleine Episode mit der Zigarette, die er ihr angeboten hatte. Nicht, weil sie sie ihm verschweigen wollte, sondern weil sie sie schlichtweg *vergessen* hatte.

»Glauben Sie, dass Sie ein Phantombild von dem Kerl hinkriegen?«, fragte er.

»Erzählen Sie mir nicht, das hätten sie nicht längst«, antwortete sie. »Ist Tom wenigstens ein guter Beobachter?«

»Ihr jugendlicher Verehrer?« Trausch lachte leise. »Keine Ahnung. Diese Frage kann ich Ihnen frühestens beantworten, wenn wir diesen Vlad haben und mit der Zeichnung vergleichen können, die wir nach seinen Angaben angefertigt haben. Aber ich fürchte fast, nein. Er war ehrlich bemüht, uns zu helfen, und dennoch ist sein Ergebnis ein bisschen ... abenteuerlich.«

»Abenteuerlich?«

»Erinnern Sie sich daran, was Sie heute Vormittag prophezeit haben? Es sieht wirklich aus wie aus einem schlechten Comic. Eichholz war begeistert, kann ich Ihnen sagen.«

»Ich vergehe vor Mitgefühl«, versicherte Conny. »Und warum wollen Sie noch ein zweites Bild, wenn Sie schon eines haben? Ich fürchte, meines würde nicht sehr viel besser. Er *hat* ein bisschen ausgesehen wie Dracula. Natürlich ohne spitze Eckzähne und so«, fügte sie fast hastig hinzu.

»Natürlich«, lächelte Trausch. »Aber auch das wäre eine Hilfe. Dann haben wir zwei Bilder von einem Typen, der auf einen Maskenball gegangen ist und sich als Vampir aufgetakelt hat. Wir jagen sie durch den Computer, und mit ein bisschen Glück haben wir hinterher eine ganz gute Vorstellung, wie er ohne Schminke aussieht.«

»Er war nicht geschminkt«, sagte Conny. »Er hat tatsächlich so ausgesehen. Das ist ja das Problem.«

»Umso besser«, antwortete Trausch ungerührt. »Dann dürfte es eigentlich nicht besonders schwierig sein, ihn zu finden. Die Leute erinnern sich daran, wenn Dracula in der Nachbarschaft einzieht.« Er lachte leise. »Ich besorge einen Zeichner, ohne dass Eichholz etwas davon mitkriegt. Also – was meinen Sie?«

Conny nickte zwar ganz impulsiv, aber wenn sie ehrlich war, dann war sie ganz und gar nicht so sicher, wie sie sich gab. Ein Phantombild von einem Phantom? Das war doch ein Witz. Sie versuchte, sein Gesicht vor ihrem inneren Auge entstehen zu lassen, und musste sich irritiert eingestehen, dass es ihr nicht gelang.

»Ich denke schon«, antwortete sie trotzdem.

Möglicherweise waren ihre Zweifel deutlicher aus ihrer Stimme herauszuhören, als ihr selbst bewusst war, denn Trausch hob abermals die Augenbraue. Aber er sagte nichts dazu. »Gut. Und ich werde mir morgen noch einmal Ihren kleinen Freund aus dem *Trash* vornehmen.«

»Warum?«

»Na ja«, antwortete Trausch, »irgendwie war er mir bisher ein wenig zu schweigsam, obwohl er ununterbrochen redet. Haben Sie schon einmal den Gedanken in Erwägung gezogen, dass der Kerl Sie benutzt?«

»Tom?«

»Vlad«, antwortete Trausch. »Oder wie immer er wirklich heißt.«

Nun ja, wenigstens glaubte er ihr, dass es ihn *gab*, dachte Conny. Immerhin etwas. Und natürlich hatte sie auch diese Möglichkeit bereits erwogen und wieder verworfen.

Dann wurde ihr klar, dass das nicht stimmte. Sie hatte sie nicht verworfen ... sie hatte es schlicht und einfach wieder *vergessen*. Der Gedanke war ihr irgendwie entglitten, wie ein gelber Notizzettel mit einer ungemein wichtigen Nachricht, den sie an einem gut sichtbaren Ort angeheftet hatte, damit er sie jeden Tag an etwas besonders Wichtiges erinnerte, und der dann einfach heruntergefallen war.

Trausch deutete ihr Schweigen falsch, wofür sie in diesem Moment allerdings dankbar war. »Ganz offensichtlich kannte er Aisler«, fuhr er fort. »Und nicht nur so, als den netten Studenten von nebenan, sondern als den, der er wirklich war. Dafür gibt es eine Menge Erklärungen. Die naheliegendste ist, dass er ein aufrechter und gesetzestreuer Staatsbürger ist, der sich aus irgendeinem Grund scheut, mit seinem Wissen zur Polizei zu gehen und den Kerl anzuzeigen.«

»An die Sie aber nicht glauben«, vermutete Conny.

»Ich würde es gerne«, seufzte er. »Ich mache diesen Job allerdings jetzt schon sehr lange, wissen Sie, und ehrlich gesagt sind mir bisher noch nicht allzu viele *aufrechte und gesetzestreue Bürger* begegnet.«

»Könnte es sein, dass das in der Natur der Sache liegt, wenn man bei der Polizei arbeitet?«, fragte Conny spöttisch.

Trausch hob die Schultern und zog eine kurze, freudlose Grimasse. »Was, wenn er irgendwie mit Aisler unter einer Decke gesteckt hat? Vielleicht nicht einmal, was diese Geschichte angeht ... aber vielleicht war es ihm bisher egal.«

»Und dann hat er nach einem Dummkopf gesucht, der ihm dabei hilft, seinen alten Partner loszuwerden«, schloss Conny. Natürlich war das ein naheliegender Gedanke, der allerdings einige entscheidende Fehler aufwies. Einer davon war, dass so etwas vielleicht in einem Kriminalfilm passiert, aber selten in der Wirklichkeit. Und das war längst nicht der einzige. Sie seufzte. »Ja, daran habe ich auch schon gedacht. Obwohl ich das für viel zu gefährlich halte.«

»Gefährlich?«

»Für ihn«, erklärte Conny. Innerlich unterdrückte sie ein enttäuschtes Seufzen. Das Gespräch begann genau den Verlauf zu nehmen, den sie eigentlich hätte erwarten müssen ... wenn auch nicht den, auf den sie insgeheim *gehofft* hatte. Trotzdem fuhr sie fort: »Es wäre um ein Haar schiefgegangen. Wenn er wirklich wusste, wer Aisler ist, dann hat er garantiert auch gewusst, wie gefährlich der Kerl ist. Immerhin ist er mir beim ersten Mal entkommen. Ich an seiner Stelle hätte es mir bestimmt zweimal überlegt, mich mit einem Typen wie ihm anzulegen. Möchten Sie einen solchen Irren am Hals haben, der glaubt, Sie hätten ihn an die Polizei verraten?«

»Bestimmt nicht«, antwortete Trausch, machte zugleich aber auch ein zweifelndes Gesicht. »Ich bin ja auch kein Verrückter, der herumläuft und Leuten das Blut abzapft. Diese Kerle ticken anders als wir. Deshalb ist es ja so verdammt schwer, sie zu fangen.«

»Danke für den Nachhilfeunterricht«, sagte Conny spöttisch.

»Darauf wäre ich von selbst nie gekommen. Hat Eichholz Ihnen aufgetragen, mich noch ein bisschen auszuhorchen? Bei einem romantischen Abendessen zum Beispiel?«

»Das hier ist wohl eher ein *verräuchertes* Abendessen, das mich vermutlich ein halbes Jahr meiner Lebenszeit kosten wird.« Er runzelte die Stirn. »Warum reiten Sie ständig auf Eichholz herum? Er weiß nicht, dass ich mit Ihnen rede, und er hat mich auch nicht beauftragt, Sie auszuhorchen. Im Gegenteil.«

Seine Empörung war nicht geschauspielert und schürte ihr schlechtes Gewissen. Er hatte ja recht. Was Eichholz anging, entwickelte sie allmählich eine regelrechte Paranoia.

»Und was genau bedeutet: im Gegenteil?«, fragte sie unbehaglich.

»Dass er mich wahrscheinlich auf der Stelle vom Dienst suspendieren würde, wenn er wüsste, dass wir dieses Gespräch führen«, antwortete er. »Oder mich zumindest strafversetzen. Ich schätze, er würde mir Ihren bisherigen Job geben und mich das Faxgerät auffüllen und Kaffee kochen lassen.«

Sie starrte ihn an, und ein betroffener Ausdruck erschien auf seinem Gesicht. »Entschuldigung«, sagte er. »Das war jetzt nicht nett von mir.«

»Nein«, bestätigte sie. »Das war es nicht.« Es war nebenher auch die Wahrheit, und sie sah ihm an, dass er die Bemerkung ernsthaft bedauerte. Doch sie war absolut nicht in der Stimmung, ihm die Absolution zu gewähren. Jedenfalls nicht so leicht. Stattdessen fragte sie: »Warum sind wir dann hier?«

»Weil ich nicht seiner Meinung bin«, antwortete er. »Jedenfalls nicht in allen Punkten.«

Das war womöglich noch undiplomatischer, aber anders als die vorherige war ihm diese Bemerkung nicht einfach so entschlüpft. Sie sah ihn nur fragend an.

»Eichholz glaubt, dass an der ganzen Geschichte etwas faul ist, und ehrlich gesagt, glaube ich das auch. Irgendetwas stimmt nicht. Er ist geradezu besessen davon, Ihnen irgendetwas anzuhängen. Vielleicht glaubt er tatsächlich, Sie hätten etwas mit der Geschichte zu tun, aber vielleicht möchte er Ihnen auch nur etwas heimzahlen …« Er hob die Schultern, wohl um anzudeuten, wie gleichgültig ihm dieser

Unterschied war. »So oder so – ich wollte Sie warnen. Im Augenblick hält er sich zurück, weil Sie nicht nur die öffentliche Meinung auf Ihrer Seite haben, sondern so ganz nebenbei auch den Polizeipräsidenten und den Bürgermeister.«

Jetzt war sie ehrlich überrascht.

»Okay, jetzt habe ich Eichholz gerade die Überraschung verdorben, aber das macht nichts«, sagte Trausch, und plötzlich war dieses Schuljungen-Grinsen wieder auf seinem Gesicht. »Sie sollten es eigentlich erst in ein paar Tagen erfahren. Sobald Sie sich ein bisschen erholt haben – und wieder halbwegs vorzeigbar sind.«

»Was erfahren?«, fragte Conny misstrauisch.

»Die Großkopferten aus dem Rathaus wollen Sie nächste Woche sehen, und der Polizeipräsident persönlich wird Ihnen wohl eine Belobigung aussprechen.«

»Kein Wunder, dass Eichholz kurz vor dem Herzinfarkt steht«, sagte Conny benommen. Trauschs Eröffnung hatte sie regelrecht schockiert. Bisher war ihr das öffentliche Interesse an ihrem Erfolg (und vor allem an ihrer Person) einfach nur lästig gewesen und in zunehmendem Maße unangenehm. Dass diese Medaille auch eine andere Seite haben könnte, war ihr noch gar nicht in den Sinn gekommen.

»Immerhin bleibt ihm noch fast eine Woche Zeit, um etwas auszugraben, womit er Ihnen den Spaß verderben kann«, erinnerte sie Trausch. »Und, wenn Sie mir die Bemerkung gestatten, Conny: Sie geben sich redliche Mühe, ihm dabei zu helfen.«

»Ich?«

»Ihre kleine Flucht aus der Klinik war nicht besonders klug«, antwortete er ernsthaft, hob zugleich aber auch die Hand, als sie heftig widersprechen wollte. »Nicht, dass ich Sie nicht verstehen könnte. Ich mag Krankenhäuser genauso wenig … aber es war nun einmal nicht besonders klug. Jedenfalls nicht in Ihrer momentanen Situation.«

Er unterbrach sich, als ein Kellner mit einem Tablett an ihren Tisch trat und das bestellte Essen brachte, obwohl seit seiner Bestellung erst wenige Minuten vergangen waren. Die Teller waren so heiß, dass er sie nur mit einer Serviette anfassen konnte.

»Mikrowelle«, sagte Trausch in entschuldigendem Tonfall. »Ich habe Sie ja gewarnt.« Er grinste schief, griff nach seinem Besteck und zog gleich darauf eine Grimasse. »Wenigstens ist es heiß«, sagte er, nachdem er hastig einen Schluck Bier getrunken hatte.

Conny nahm sich seine Warnung zu Herzen und rührte ihr Besteck noch nicht an. Sie hatte ohnehin plötzlich keinen großen Appetit mehr.

»Wissen Sie, was ich mich frage?«, begann Trausch. Conny schüttelte gehorsam den Kopf, und er fuhr fort: »Wenn Sie mir so wenig trauen, warum sind Sie dann eigentlich mitgekommen?«

»Damit Ihre Investition nicht umsonst war?«

Trausch blieb ernst. »Ich bin auf Ihrer Seite, Conny. Aber Ihr Kleinkrieg mit Eichholz nimmt allmählich absurde Formen an.«

»*Mein* Kleinkrieg?«, wiederholte sie empört. »Ja, das ist logisch. Es ist mein Kleinkrieg. Er feindet mich an, seit ich in der SOKO bin. Ich erledige meine Arbeit, ich reiße mehr Überstunden ab als jeder andere in der Abteilung, ich lasse auf mich schießen, mich verprügeln und mir die Knochen brechen, und zum Dank feindet er mich an, wo es nur geht, spielt meine Leistung herunter und macht mich bei jeder Gelegenheit vor den Kollegen lächerlich. Aber es ist *mein* Krieg. Sicher.«

»Sie hätten ihn vielleicht nicht zwingen sollen, Sie in die SOKO aufzunehmen«, sagte Trausch.

»Es war von Anfang an *mein* Fall«, erinnerte ihn Conny. »Schon bevor es die SOKO Vampir überhaupt gab.«

»Ja, und das erste Opfer war eine Freundin von Ihnen.«

»Die Tochter einer Bekannten«, verbesserte ihn Conny. »Ich habe das Mädchen vorher vielleicht ein halbes Dutzend Mal gesehen. Wenn das unter *persönlich betroffen* fällt, dann darf ich gegen keinen Einwohner dieser Stadt mehr ermitteln. Er wollte mich nicht dabeihaben, weil ich ihm nicht gut genug war.«

»Weil Sie keine Erfahrung mit Serienmördern haben«, antwortete Trausch. »Das ist ein Unterschied.«

»Ich habe jemandem ein Versprechen gegeben«, sagte sie.

»Der Mutter des ersten Opfers, ich weiß.« Trausch begann nun doch zu essen, beließ es jedoch bei einem einzigen Bissen, als ihm wohl selbst aufging, wie unpassend sein Kauen in diesem speziellen Moment war.

»Ich habe ihr versprochen, den Mörder ihrer Tochter zu finden«, bestätigte Conny. »Aber das hat nichts damit zu tun, dass ich sie kenne. Ich hätte dieses Versprechen jeder Mutter gegeben, der ich gerade sagen musste, dass ich ihr totes Kind in einem Mülleimer gefunden habe.«

»Wenn das wirklich wahr ist«, antwortete Trausch ernst, »dann haben Sie den falschen Beruf gewählt.«

»Weil ich Mitgefühl habe?«

Er machte sich nicht einmal die Mühe, darauf zu antworten. Wozu auch? Sie hatten beide recht, auf ihre Art. Es gab Wahrheiten, die einander ausschlossen, so brutal es auch sein mochte, und das hatte sie auch damals schon gewusst. Ihr Verhalten *war* nicht wirklich professionell gewesen, und das hatte sie auch damals schon gewusst, aber was hätte sie tun sollen? Die Tochter ihrer Freundin war ermordet worden, und sie war Polizistin. So einfach war das.

»Mitgefühl ist in Ordnung, Conny«, sagte Trausch leise und erst nach einer geraumen Weile, als hätte er so lange gebraucht, um sich die Worte zurechtzulegen. »Ohne Mitgefühl könnten wir unseren Job nicht machen, jedenfalls nicht gut. Sie dürfen dabei allerdings Ihre Professionalität nicht vergessen. Ich muss Ihnen nicht erzählen, dass Sie sich einen Großteil Ihres Ärgers mit Eichholz selbst eingehandelt haben, oder?«

Nein, das musste er nicht. Und er hätte es auch nicht noch einmal erwähnen müssen, fand sie. Vielleicht wäre alles ganz anders gekommen, hätte sie bei der Gründung der SOKO ganz offen gesagt, dass Sylvia und sie sich schon seit ihrer Jugend kannten und sie ein persönliches Interesse an diesem Fall hatte. Aber sie hatte es nicht gesagt, aus dem – vollkommen falschen – Gefühl heraus, dass es richtig so war. Wieder einmal der alte Fehler; ihr womöglich größer Fehler überhaupt, der sie Zeit ihres Lebens verfolgte und ihr schon eine Menge Ärger eingebracht hatte: Sie behielt zu vieles für sich. Eichholz traf ins Schwarze, wenn er ihr vorwarf, eine schlechte Teamspielerin zu sein. Sie neigte zu einsamen Entschlüssen und noch einsameren Aktionen, die sie nur deshalb nicht schon längst den Kopf oder zumindest ihre Karriere gekostet hatten, weil sie auch schon ein paarmal von spektakulären Erfolgen gekrönt worden waren. Natürlich hatte Eichholz die Wahrheit herausgefunden und dieses Versäumnis begeistert zum Anlass genommen, sie aus seiner neu gegründeten SOKO herauszuwerfen, in der er sie ohnehin von Anfang an nicht hatte haben wollen. Und ebenso natürlich hatte sie sich mit Zähnen und Klauen zur Wehr gesetzt und ihren Posten – nicht nur zur allgemeinen Verwunderung, sondern auch und vielleicht vor allem zu Eichholz' Verdruss – verteidigt. Seither legte er ihr Steine in den Weg, wo er nur konnte; auch wenn sie widerwillig eingestehen musste, dass er das niemals in sachlicher Hinsicht getan hatte. Er behinderte ihre Arbeit nicht etwa. Er gab ihr schlichtweg keine Gelegenheit, sie zu tun, und triezte sie, wo er nur konnte. Wahrscheinlich hoffte er insgeheim, dass sie irgendwann genug hatte und das Handtuch warf.

»Warum tun Sie das?«, fragte sie, plötzlich und geradeheraus. Trausch blickte fragend, und sie machte eine erklärende Geste in die Runde. »Das alles hier. Eichholz wird Ihnen den Kopf abreißen, wenn er erfährt, dass es hinter seinem Rücken ein konspiratives Treffen zwischen uns gegeben hat.«

»Vielleicht bin ich scharf auf Eichholz' Posten?«, sagte Trausch.

»Sind Sie das?«

»Nein«, antwortete Trausch.

»Dann tun Sie es, weil ich Ihnen so ans Herz gewachsen bin.«

Sie bedauerte ihre Worte sofort, als sie das fast erschrockene Flackern in seinen Augen registrierte. Trausch? Trausch und … Nein, das war unmöglich.

»Weil ich derselben Meinung bin wie er«, antwortete er, nach einem fast unmerklichen, aber bedeutungsvollen Zögern. »An der Geschichte ist etwas faul. Und ich möchte nicht, dass der wirkliche Täter am Ende entkommt, nur weil Eichholz einen Privatkrieg gegen Sie führt.« *So wie Sie gegen ihn,* fügte sein Blick hinzu. Gut, das war ganz bestimmt nicht die ganze Wahrheit, aber eine Erklärung, mit der sie leben konnte, wenigstens im Augenblick.

»Den wirklichen Täter? Ich dachte, der liegt auf dem Obduktionstisch?«

»Das dachte ich bis vor einer Stunde auch.« Trausch legte übertrieben umständlich sein Besteck aus der Hand, tupfte sich mit der Serviette über die Lippen und zog dann den Videoprint aus der Jackentasche. Conny fragte sich, was er bei der schummerigen Beleuchtung hier drinnen darauf eigentlich erkennen wollte. Selbst bei gutem Licht sah man darauf bestenfalls einen Schatten. »Nach dem, was Sie mir vorhin erzählt haben, bin ich da nicht mehr so sicher.«

Er seufzte, steckte das Bild wieder ein und sah sie leicht vorwurfsvoll an. »Sie hätten mir das sagen müssen, Conny.«

»Erzählen Sie jedem von Ihren Albträumen?«, fragte sie leise.

»Nicht jedem«, antwortete er. »Nur denen, denen ich vertraue.«

Das saß. Und sie wusste auch, was er als Nächstes sagen würde.

»Immer vorausgesetzt, es hat sich tatsächlich alles so abgespielt, wie Sie sagen«, begann er, und fast zu ihrer eigenen Überraschung nahm sie ihm diese kleine Einschränkung nicht einmal übel, »haben Sie sich dann schon einmal überlegt, dass wir vielleicht den Falschen erwischt haben?«

Natürlich hatte sie das, mehr als einmal. Aber der Gedanke war so schlimm, dass sie bisher einfach davor zurückgeschreckt war und sich einfach geweigert hatte, ihn zu Ende zu denken.

Trotzdem schüttelte sie heftig den Kopf. »Ich habe ihn erkannt«, beharrte sie. »Der Kerl hat auf mich geschossen. Er hat versucht, mich umzubringen. Glauben Sie, ich vergesse sein Gesicht?« Sie lachte böse. »Ich muss ihn wohl tatsächlich irgendwie verwechselt haben. Nobody is perfect, nicht wahr?«

»Sie wissen genauso gut wie ich, dass das höchstens ein Grund mehr ist, sich *nicht* genau an sein Gesicht zu erinnern«, sagte Trausch sanft, hob zugleich aber auch abwehrend die Hand, als sie auffahren wollte, und griff dann aus der gleichen Bewegung heraus nach seiner Gabel, um weiterzuessen. »Natürlich war Aisler der Richtige. Die Beweise sind eindeutig, sowohl die aus dem *Trash* als auch die Schweinerei, die wir in seiner Wohnung gefunden haben. Wussten Sie, dass man Blut in seinem Magen gefunden hat? Menschliches Blut, meine ich. Nicht sein eigenes.«

Conny starrte ihn an. Sie erinnerte sich vage daran, dass Professor Levèvre so etwas erwähnt hatte, aber sie hatte den Gedanken an die

Konsequenzen bislang verdrängt. Das gelang ihr jetzt nicht mehr. Sie konnte auch gar nicht genau sagen, was sie mehr erschütterte: Die Vorstellung, dass Aisler tatsächlich das Blut seiner Opfer getrunken hatte oder der Umstand, dass Trausch in aller Seelenruhe weitermampfte, nachdem er diese Ungeheuerlichkeit ausgesprochen hatte.

Für ein paar Sekunden geriet ihre Unterhaltung ins Stocken, und irgendwie schien plötzlich keiner von ihnen mehr zu wissen, was er sagen sollte. Conny wusste plötzlich auch nicht mehr, wohin mit ihrem Blick, sah hoch und begegnete dem des Stacheligels in der Ecke. Er starrte sie an; nicht *einfach so*, wie man seinen Blick mehr oder weniger ziellos herumirren lässt, sondern ganz bewusst *sie*. Nach zwei oder drei Atemzügen senkte er zwar den Blick und konzentrierte sich scheinbar wieder auf die Mahlzeit auf seinem Teller, aber er tat es nicht auf eine Art, die ihr das Gefühl gab, dieses stumme Duell gewonnen zu haben.

»Stimmt irgendetwas nicht?«, fragte Trausch plötzlich. Ohne ihre Antwort abzuwarten, drehte er sich halb auf seinem Stuhl um und sah in dieselbe Richtung wie sie. Der Stachelkopf ignorierte seinen Blick genauso geflissentlich, wie er es mit Conny getan hatte; aber er tat es auch jetzt wieder auf eine Art, die sie nicht unbedingt beruhigte ... so als wäre er sich ihrer Aufmerksamkeit durchaus bewusst und amüsiere sich im Stillen darüber.

Trausch drehte sich wieder um und sah nun sie stirnrunzelnd an.

»Es ist nichts«, sagte sie hastig.

Trausch wäre nicht Trausch gewesen, hätte er nicht trotzdem gefragt: »Kennen Sie den Burschen?«

»Nie gesehen«, antwortete Conny wahrheitsgemäß.

»Aber er Sie vielleicht«, sagte Trausch. Conny blickte fragend, und Trausch fügte mit einer erklärenden Geste hinzu: »Aus dem Fernsehen. Sie sind eine berühmte Frau, schon vergessen?«

Conny zog eine Grimasse, obwohl sie ihm im Stillen zustimmte. Sie *war* eine lokale Berühmtheit, auch wenn sich vermutlich in einer Woche kaum und in spätestens einem halben Jahr *überhaupt niemand* mehr daran erinnern würde. Aber im Augenblick musste sie sich wirklich nicht wundern, wenn sie angestarrt wurde.

»Ja, wahrscheinlich«, antwortete sie. Und wenn es noch einen weiteren Grund für ihr Unbehagen gab, dann war er allerhöchstens bei ihr selbst zu suchen. Es lag an seinem Outfit. Conny hatte nie ein Problem damit gehabt, wie sich andere kleideten oder auch freiwillig verunstalteten. Sie war im Gegenteil eigentlich immer der Meinung gewesen, dass jeder das Recht hatte, sich so gut zu blamieren wie er konnte. Aber seit ein paar Tagen hatte sie ganz offensichtlich ein Problem mit einer ganz bestimmten Art von Verkleidung.

Ihre eigene Reaktion ärgerte sie ... aber schließlich war sie auch nur ein Mensch.

»Was hat die Auswertung der Überwachungsvideos ergeben?«, fragte sie, um auf ein anderes Thema umzuschwenken.

»Nichts«, antwortete Trausch achselzuckend. »Oder besser gesagt: Genau das, was ich befürchtet habe ... zwanzig Minuten fehlen. Anscheinend hat jemand die Kamera angehalten und erst nach zwanzig Minuten wieder gestartet. Haben Sie Levèvre nicht brüllen gehört? Eigentlich hätte er kein Telefon gebraucht.«

Conny blieb ernst. »Ein technischer Fehler?«

»Jemand hat den Timecode auf der DVD manipuliert«, antwortete Trausch kopfschüttelnd. »Nicht besonders professionell. Die Jungs aus der EDV haben keine zwei Minuten gebraucht, um es zu merken und rückgängig zu machen. Aber es ist ganz eindeutig eine Manipulation.«

»Irgendein Verdacht, wer es gewesen ist?«, fragte Conny.

Trausch lachte, auch wenn es in Connys Ohren eher nach einem Schnauben klang. »Ich sehe mir die Aufnahme morgen noch einmal an, obwohl ich nicht glaube, dass etwas dabei herauskommt. Die Sicherheitsvorkehrungen dort sind ein Witz. Jeder, der will, kann in den Raum hineinspazieren, in dem die Aufzeichnungsgeräte stehen, und sich nach Belieben daran zu schaffen machen. Und sonst das Übliche: Niemand hat etwas gesehen, niemand hat etwas gehört, und alle heißen Hase.«

»Und die Leiche?«

»Ist und bleibt verschwunden«, erklärte Trausch und spießte ein Gnocchi so wuchtig mit seiner Gabel auf, als hätte er es gerade als den eigentlich Schuldigen an dieser ganzen Misere identifiziert.

»Wenn es nicht so schlimm wäre, könnte man das Ganze für einen Dummejungenstreich halten, doch wenn die Presse davon Wind bekommt, dass ausgerechnet die Leiche des Vampirs verschwunden ist …«

Er sprach nicht weiter, was auch nicht notwendig war. Conny konnte sich die Schlagzeilen lebhaft vorstellen. »Bisher hat niemand etwas ausgeplaudert?«

»Noch halten wir den Deckel drauf. Aber lange geht das bestimmt nicht mehr gut.« Trausch sah sie sehr ernst und schon fast unangenehm durchdringend an. »Und wenn wir es tatsächlich mit zwei Tätern zu tun haben … Sie wissen, was das heißt?«

»Dass ich dann ebenfalls verdächtig bin?«, fragte sie böse.

In Trauschs Augen blitzte es kurz und zornig auf, allerdings nur für einen winzigen Moment, dann machte der Ausdruck etwas Resignierendem und allenfalls leicht Unglaubwürdigem Platz. »Ja. Und zwar eines besonders schweren Falles von Sturheit und Selbstmitleides.« Er seufzte. »Sie wollen mich wütend machen. Doch das wird Ihnen nicht gelingen. Ich stehe auf ihrer Seite, Conny, aber ich habe nicht die mindeste Lust, für Sie den Sparringspartner zu geben. Wir können zusammenarbeiten, oder wir essen zu Ende, trinken noch ein paar Bier und machen uns einen gemütlichen Abend.«

Conny sagte nichts mehr dazu. Sie starrte den Aschenbecher an, der noch immer unberührt zwischen ihnen stand.

Sie war erst lange nach Mitternacht nach Hause gekommen, und zu ihrer Erleichterung hatte Trausch diesmal nicht darauf bestanden, sie bis vor ihre Wohnungstür zu begleiten – oder sogar noch ein Stück weiter. Erleichterung deshalb, weil sie ganz und gar nicht sicher war, ob der Abend dann tatsächlich mit einer weiteren Tasse Kaffee geendet hätte. Trausch war der perfekte Gentleman gewesen und hatte sie nur bis zum Aufzug begleitet. Wahrscheinlich war es besser so. Bestimmt war es besser so.

Aber warum wachte sie dann nicht nur mit einem schlechten Geschmack im Mund und einem leisen, überaus unangenehmen Druckgefühl zwischen den Schläfen auf, sondern auch mit der vagen Erinnerung an eine verpasste Chance und dem Gefühl, etwas verloren zu haben, das sie noch gar nicht gehabt hatte?

Es war nach neun. Keine so ungewöhnliche Zeit, wenn man am Abend vorher erst gegen eins ins Bett gegangen war und vermutlich das eine oder andere Bier zu viel getrunken hatte. Sie war nicht betrunken gewesen, Gott bewahre, aber doch einigermaßen beschwingt.

Ungewöhnlich spät war es allerdings für sie. Normalerweise wachte sie jeden Morgen um Punkt halb acht auf, ganz gleich, ob mit oder ohne Wecker, und was sie am vergangenen Abend getan hatte, dem Ticken einer inneren Uhr folgend, die so präzise lief, dass es ihr manchmal direkt unheimlich war.

Heute nicht. Vielleicht stand sie wirklich unter größerem Stress, als sie selbst zugeben wollte.

Sie stand auf, schlurfte ins Bad und verbrachte eine geschlagene Viertelstunde unter der Dusche, ohne sich hinterher im Geringsten erfrischt zu fühlen. Aus dem Druck hinter ihrer Stirn war mittlerweile ein ausgewachsener Kopfschmerz geworden, und auch der schlechte Geschmack in ihrem Mund ließ sich durch noch so intensives Zähneputzen nicht verscheuchen.

Eine angenehme Überraschung allerdings gab es: Ihre Hand fühlte sich nahezu gesund an. Nachdem sie den elastischen Verband vorsichtig abgewickelt hatte, ballte sie die Finger zur Faust und drehte die Hand ein paarmal rasch nach rechts und links. Es ging. Es tat nicht im Geringsten weh, und auch wenn sie nicht glaubte, dass sie besonders viel Kraft mit dieser Hand aufbringen konnte, glich es doch beinahe einem kleinen Wunder. Es war gerade einmal drei Tage her, dass Aisler ihr einen Tritt verpasst hatte, der ihr Handgelenk eigentlich in Mus hätte verwandeln müssen. Von Rechts wegen hätte es eine Woche dauern müssen, bis sie die Hand wieder richtig bewegen konnte; und vermutlich noch länger, bevor sie es ohne *Schmerzen* konnte.

Aber gut, solange sie noch keinen unstillbaren Hunger auf rohes Fleisch verspürte, musste sie sich wahrscheinlich noch keine allzu großen Sorgen machen …

Eigentlich sollte ihr dieser Gedanke selbst klarmachen, was für einen Unsinn sie sich gerade zusammenphantasierte, und ihr Spiegelbild grinste sie auch ebenso gehorsam wie dümmlich an, aber tief in sich fand sie das alles nicht im Geringsten komisch. Ganz im Gegenteil. Da war plötzlich eine Kälte in ihr, die aus einer Tiefe in ihrer Seele emporstieg, von deren bloßer Existenz sie bisher nicht einmal etwas geahnt hatte.

Was für ein gotteslästerlicher Unsinn!

Sie schnitt ihrem Spiegelbild eine Grimasse, ging ins Wohnzimmer zurück und setzte die Kaffeemaschine in Gang, bevor sie sich anzog. Während sie die erste Tasse trank, überlegte sie, was sie mit diesem Tag anfangen sollte.

Nicht, dass sie allzu viel zu tun gehabt hätte: Spätestens seit gestern Vormittag war sie vielleicht nicht *de jure*, aber ganz zweifellos *de facto* vom Dienst suspendiert, woran auch alle möglicherweise in Aussicht stehenden Belobigungen und Auszeichnungen des Polizeipräsidenten nichts ändern würden. Offiziell war sie immer noch krankgeschrieben, und allein das gab Eichholz jeden Grund, den er sich nur wünschen konnte, um sie bis in alle Ewigkeit auf irgendeinem Abstellgleis zu parken; und sei es nur aus *versicherungstechnischen Gründen*.

Sie überlegte einen Moment lang, Trausch anzurufen, um sich zu erkundigen, ob sich irgendetwas Neues ergeben hatte, entschied sich aber dann dagegen, schon wegen gestern Abend. Sie wollte nicht, dass er irgendetwas falsch verstand ... oder richtig. Sie musste noch einmal an den vergangenen Abend denken, und eine sonderbare Mischung aus Melancholie, schlechtem Gewissen und einem ganz kleinen bisschen Zorn auf sich selbst überkam sie. Trausch hatte sie – ganz der perfekte Gentleman – bis zum Aufzug begleitet und vor der Tür gewartet, bis die Kabine abgefahren war; erst in der buchstäblich allerletzten Sekunde hatte sie gesehen, wie er sich umdrehte und zu seinem Wagen zurückgegangen war, und das so schnell, dass es schon beinahe wie eine kleine Flucht ausgesehen hatte. Möglicherweise hatte er sich ja genauso davor gefürchtet, dass sie ihn noch auf eine Tasse ihres grässlichen Kaffees mit nach oben einladen könnte, wie sie umgekehrt davor, es zu tun.

Aber vielleicht war das ja auch nur reines Wunschdenken ...

Conny blieb noch eine geraume Weile in Gedanken versunken

stehen und starrte die geschlossene Tür an, vielleicht, weil ein Teil von ihr tatsächlich hoffte, es könnte plötzlich klopfen und Trausch wäre da, vielleicht aber auch, weil sie einfach das Gefühl hatte, sowieso nichts Besseres zu tun zu haben – bevor sie sich mit einem lautlosen, tiefen gedanklichen Seufzen eingestand, dass sie sich wie eine verliebte Sextanerin aufführte, die für ihre neuen Sportlehrer entflammt war. Großer Gott, sie kannte Trausch seit gerade einmal vier Wochen!

Gut, das allein bedeutete gar nichts. Sie wusste auch praktisch nichts über ihn – außer dass er ein verdammt guter Polizist war (nicht nur ihrer Meinung nach ein sehr viel besserer, als Eichholz es jemals werden würde) und in einem spießigen Reihenhaus in einer genauso spießigen Vorortsiedlung wohnte.

Und dass er verdammt gut aussah.

Conny erteilte sich für den letzten Gedanken selbst einen scharfen Verweis; auch wenn er der Wahrheit entsprach. Die nächsten anderthalb Stunden versuchte sie sich abzulenken, indem sie die Wohnung aufräumte und verbissen Jagd auf jedes noch so winzige Staubteilchen machte, das so verwegen war, ihr in die Quere zu kommen. Einundvierzig Quadratmeter (einschließlich des Balkons) ergaben allerdings beim besten Willen kein sonderlich großes Jagdrevier, und da sie ohnehin die meiste Zeit nur zum Schlafen herkam, gab es auch niemanden, der in nennenswertem Ausmaß für Unordnung sorgen konnte. Nach insgesamt nicht einmal zwei Stunden hatte sie nicht nur ihre Wohnung in einen Zustand versetzt, wie sie sie nicht einmal am Tag ihres Einzugs gehabt hatte, sondern auch aus purer Langeweile noch einmal ausgiebig geduscht, ihre Haare gewaschen und sich mit wachsender Frustration durch ein halbes Dutzend Fernsehprogramme gezappt, ohne hinterher wirklich sagen zu können, was eigentlich über die Mattscheibe geflimmert war.

Um es auf den Punkt zu bringen: Sie wusste nichts mit sich anzufangen.

Aber wann hatte sie das eigentlich je gekonnt?

Mit einer Bewegung, die so heftig war, als würde sie eine Waffe auf einen verhassten Gegner (zum Beispiel Eichholz) abfeuern, richtete sie die Fernbedienung auf den Fernseher und schaltete auf das nächste Programm. Es fiel ihr allerdings schwer, den hektischen bunten Bildern irgendeinen Sinn abzugewinnen. Schließlich gab sie es auf, schaltete ab und legte die erstbeste CD in den Player, der ihr in die Hände fiel.

Es half nicht wirklich. Ihre Gedanken, einmal in eine bestimmte Richtung in Bewegung gesetzt, weigerten sich hartnäckig, von dem eingeschlagenen Weg abzuweichen, und schließlich kapitulierte sie lautlos. Warum nicht eine Runde Selbstmitleid, wo es doch sowieso gerade nichts Besseres zu tun gab?

Sie sah beinahe sehnsüchtig zum Telefon hin. Trausch hatte versprochen, gleich am Morgen anzurufen, um sie auf dem Laufenden zu halten, es bislang jedoch nicht getan (wahrscheinlich weil es nichts Neues zu berichten gab), und einen Moment lang überlegte sie ganz ernsthaft, sein *Notfall-Handy* zu benutzen, um ihn von sich aus anzurufen, und sei es nur unter dem Vorwand, die Verbindung einfach einmal auszuprobieren; nur um sicher zu sein, dass sie im Ernstfall auch wirklich funktionierte, versteht sich. Aber das wäre albern gewesen. Ebenso gut konnte sie …

Das Telefon klingelte.

Nicht der Apparat auf dem Sideboard. Das Klingeln war kein Klingeln, sondern eine melodische Tonfolge, die direkt aus dem Kleiderschrank kam. Oder – um genau zu sein – aus der grünen Polizeijacke, die sie achtlos hineingeworfen hatte. Es war Trauschs Handy.

Conny starrte den Schrank geschlagene fünf Sekunden lang einfach nur an und fragte sich allen Ernstes, ob sie vielleicht anfangen sollte, sich *wirkliche* Sorgen zu machen – das *konnte* kein Zufall mehr sein! –, bevor sie sich ächzend von der Couch erhob und so hastig zum Schrank ging, dass sie um ein Haar der Länge nach hingefallen wäre. Schließlich hätte sich niemand die Mühe machen müssen, das Wort *Zufall* zu erfinden, wenn es so etwas wie Zufall nicht gab, oder?

Mit zitternden Fingern grub sie den Apparat aus der Jackentasche, klappte ihn auf und brauchte noch einmal zwei oder drei endlose Sekunden, um auch nur die richtige Taste zu finden, mit der sie den Anruf annehmen konnte. »Trausch?«, fragte sie. Soviel sie wusste, war er der Einzige, der diese Nummer hatte.

Oder auch nicht, denn die Stimme, die sich am anderen Ende der Verbindung meldete, gehörte eindeutig *nicht* Trausch.

»Jetzt sollte ich eigentlich verstimmt sein, meine Liebe. Es ist nicht sehr charmant, wenn man die Dame seines Herzens anruft und mit dem Namen eines Nebenbuhlers begrüßt wird.«

Conny richtete sich kerzengerade und mit einem so plötzlichen Ruck auf, dass ihr schwindelig wurde.

»Vlad?«, murmelte sie ungläubig. »Aber … wieso … woher haben Sie diese Nummer?«

Ein leises Lachen, das sie mit einem sehr sonderbaren – und alles andere als unangenehmen – Gefühl erfüllte, das sie fast erschrocken vertrieb. »Ich muss mich doch sehr wundern, alte Freundin. Ist das eine Art, einen guten Freund zu begrüßen?«

»Eines dieser Worte ist auf jeden Fall falsch«, knurrte Conny.

»*Freundin* oder *alt*?«, erkundigte sich Vlad mit einem leisen, glucksenden Lachen. »Das war doch nur so eine Redensart. Das *alt*, meine ich.«

»Sind Sie verrückt, hier anzurufen? Was zum Teufel …« Sie sprach nicht weiter, sondern schluckte den Rest von allem herunter, was ihr auf der Zunge lag; so schwer es ihr auch fiel. »Was wollen Sie?«, fragte sie ruhig.

»Vielleicht möchte ich mich nur erkundigen, wie es dir geht?«, schlug Vlad vor, aber sie konnte auch regelrecht hören, wie er praktisch im gleichen Augenblick selbst den Kopf schüttelte.

»Nein, natürlich rufe ich nicht nur deshalb an«, bekannte er, »auch wenn mir dein Wohlergehen tatsächlich am Herzen liegt … ob du es glaubst oder nicht.«

Seltsam – Conny nahm ihm das ab. »Woher haben Sie diese Nummer?«, wiederholte sie dennoch scharf.

»Wer weiß«, antwortete Vlad. »Vielleicht hat Sie mir ja dein Freund gegeben, dieser nette Kommissar, auf dessen Anruf du ja anscheinend so dringend wartest.« Er lachte wieder, und wieder dieses leise, raue Lachen, das sie auf so sonderbare Weise berührte, ob sie wollte oder nicht. »Ich fürchte allerdings, du machst dir falsche Hoffnungen. Er wird nicht anrufen. Er ist beschäftigt, weißt du? Er sieht fern. Aber ich fürchte, er hat ein ziemlich langweiliges Programm gewählt. Und es lohnt sich nicht einmal. Er wird nicht finden, wonach er sucht.«

»Die Überwachungsvideos?« Conny war nicht einmal wirklich überrascht. Also gut, dieser Kerl *war* unheimlich. Er wusste Dinge, die er eigentlich nicht wissen konnte, und es bereitete ihm ganz offensichtlich großes Vergnügen, mit diesem Wissen nicht nur anzugeben, sondern sie auch zu verunsichern – oder es wenigstens zu versuchen. Bildete er sich tatsächlich ein, damit irgendetwas zu erreichen? Er war ganz bestimmt nicht der Erste, der glaubte, schlauer zu sein, als die Polizei erlaubt. Und er würde auch nicht der Erste sein, dachte sie grimmig, dem genau diese Einstellung am Ende das Genick brach.

Wenn es nach ihr ging, möglicherweise wortwörtlich.

»Also gut«, sagte sie. »Was wollen Sie?«

»Sagte ich das nicht bereits?«, fragte Vlad. »Mich nach deinem Befinden erkundigen, Conny. Nein – nicht in körperlicher Hinsicht. Ich weiß, dass ich mir keine Sorgen zu machen brauche, was das angeht. Aber du hattest gestern ein … wie soll ich sagen? – *unangenehmes Gespräch* mit deinem nicht minder unangenehmen Chef, nicht wahr?«

Conny schwieg dazu. Vlad war ganz offensichtlich bestens informiert, was sie allerdings nicht im Geringsten beeindruckte. Ganz im Gegenteil: Seine überhebliche Arroganz war zwar noch weit davon entfernt, ihm *tatsächlich* das Genick zu brechen, doch sie hatte soeben das erste, leise Knirschen gehört. Er wusste eine Menge. Vielleicht zu viel; auf jeden Fall aber mehr, als gut für ihn war. Und dafür gab es nur zwei Erklärungen: Die eine – unwahrscheinliche – war, dass er Levèvres Büro im IfR schlichtweg verwanzt hatte, und die andere – deutlich unangenehmere – die, dass irgendjemand nicht dichtgehalten hatte. Und dafür kamen im Grunde nur zwei Verdächtige infrage. Drei, wenn sie Trausch mitzählte.

»Ich bin Kummer gewohnt«, antwortete sie.

»Nicht solchen.« Dieser seltsam warme Unterton war noch immer in Vlads Stimme, zugleich aber auch eine ganz sachte Anspannung, als begänne er allmählich zu ahnen, wie gefährlich das Spiel war, auf das er sich eingelassen hatte. »Dir ist klar, dass dein Chef ganz begeistert von der Idee ist, an deinem bisher untadeligen Ruf zu kratzen?«

»Das bin ich genau so gewohnt.« Connys Stimme blieb so ruhig, dass sie sich beinahe selbst darüber wunderte, was ihre Gedanken allerdings nicht daran hinderte, sich zu überschlagen. Ihr geheimnisvoller Mentor hatte sich schon ziemlich weit aus dem Fenster gelehnt, und das wahrscheinlich, ohne es auch nur selbst zu merken ... oder es war ihm egal. Vielleicht konnte sie ihn ja dazu bringen, sich noch ein wenig weiter vorzubeugen. Vielleicht ja weit genug, damit er hinausfiel. Sie schwieg.

»Und du solltest vielleicht auch deinem Kollegen nicht allzu blind vertrauen«, fuhr die einschmeichelnde Stimme am Telefon fort. Es war seltsam. Conny versuchte sich dagegen zu wehren, aber jetzt, wo sie sein Gesicht nicht sah, sondern nur seine Stimme hörte, fiel ihr zum ersten Mal auf, wie *sinnlich* sie war.

»Ich weiß, dass du ihn magst, und ich verrate dir jetzt etwas, was dich möglicherweise freuen wird: Auch du bist ihm nicht vollkommen egal ... und das nicht nur als Kollegin. O nein – versteh mich nicht falsch. Ich bin nicht etwa eifersüchtig. Solche Albernheiten liegen mir fern, wirklich. Aber ich sorge mich ein wenig um dich. Du solltest vielleicht genau überlegen, wem du dein Vertrauen schenkst.«

»Ihnen zum Beispiel?«, fragte Conny.

»Ich habe mich bisher an unsere Vereinbarung gehalten«, erinnerte er – sehr zu Connys Missvergnügen – vollkommen zu Recht. »Und ich tue sogar noch ein Übriges. Dein missgünstiger Chef verdächtigt dich, ihm nicht die ganze Wahrheit zu sagen. Er hat nicht einmal so vollkommen unrecht damit, nicht wahr – wenn auch in vollkommen anderer Hinsicht, als er selbst ahnt. Möchtest du, dass er recht behält, oder könntest du dich überwinden, noch einmal meine Hilfe anzunehmen?«

»Das kommt ganz darauf an, wie teuer sie mich diesmal zu stehen kommt«, antwortete Conny. Das war der gefährliche Moment. Er war nicht dumm, vieles, aber nicht dumm. Wenn sie ihm zu offensichtlich vertraute und einfach mitspielte, als wäre es das Selbstverständlichste von der Welt, dann würde er Verdacht schöpfen und auf der Stelle auflegen, um sich vielleicht nie wieder zu melden. Aber dasselbe konnte genauso gut passieren, wenn sie sich zu misstrauisch gab.

Vlad seufzte leise. »Wenn ich nicht wüsste, wie übel dir in letzter Zeit mitgespielt worden ist, dann würde mich dein Misstrauen allmählich verletzen, meine Liebe.«

Hinter Connys Stirn begann eine misstönende Alarmglocke zu schrillen. Sie *war* zu weit gegangen.

»Ich gebe dir einen weiteren Hinweis, um dir zu beweisen, dass du mir trauen kannst. Möchtest du den Fall endgültig lösen?«

»Endgültig?« *Was sollte das heißen?* »Was gibt es denn da noch zu lösen?«

»Du hast doch nicht etwa gedacht, es wäre vorbei, oder?« Wieder lachte er, doch diesmal klang es fast verächtlich.

»Was soll das heißen?«, fragte Conny alarmiert.

»Wann hast du das letzte Mal mit deiner Freundin gesprochen?«, fragte Vlad, statt ihre Frage direkt zu beantworten.

»Mit meiner Freundin? Wen …«

»Du solltest dich um sie kümmern«, fuhr Vlad fort. »Wenn sie meine Freundin wäre, dann würde ich anfangen, mir allmählich Sorgen um sie zu machen. Vor allem nach dem schweren Verlust, den sie erlitten hat.«

»Sylvia?«

»Sie trinkt zu viel«, bestätigte Vlad. »Gut, das ist ihr Problem – aber sind Freunde nicht dazu da, sich zu helfen und sich gegenseitig zu beschützen? Wenn es sein muss, auch vor sich selbst?«

»Sylvia?«, fragte Conny noch einmal. »Was ist mit ihr?«

»Geh zu ihr und sprich mit ihr«, wiederholte Vlad. »Rede mit ihr über ihre Tochter. Wer weiß, vielleicht erlebst du ja eine Überraschung.«

»Inwiefern?«

»Sagen wir: Deine Kollegen waren nicht besonders gründlich, als sie sich das Leben des bedauernswerten Mädchens angesehen haben«, antwortete Vlad geheimnisvoll. »Geh und sprich mit ihr. Selbst wenn nichts anderes dabei herauskommt, wird es ihr guttun, eine Schulter zu haben, an der sie sich ausweinen kann. Ich melde mich später noch einmal.«

»Warte!«, sagte Conny hastig. »Ich meine, warten Sie ... bitte.«

Zwei oder drei Sekunden lang herrschte so vollkommenes Schweigen am anderen Ende der Verbindung, dass sie beinahe sicher war, dass er bereits aufgelegt hatte. Dann fragte er:

»Ja?«

»Ich ... wir müssen uns sehen«, sagte sie nervös. »Ich möchte mit Ihnen sprechen. Aber nicht am Telefon. Wann können wir uns sehen?«

»Sehen?« Sie war nicht sicher, ob seine Stimme spöttisch klang oder jetzt eindeutig misstrauisch. »Wozu?«

»Ich ... ich bin nicht sicher«, antwortete sie unbeholfen. Etwas wie Panik begann sich in ihr breitzumachen. Sie war sicher, dass sie zu weit gegangen war.

»Du bist nicht sicher, warum du mich sehen willst?«

»Nein«, antwortete Conny überhastet. »Ich meine: doch. Ich bin ...« Sie atmete hörbar ein, zwang zumindest den Anschein von Ruhe in ihre Stimme und setzte neu an: »Ich bin nicht sicher, was ich von Ihnen halten soll. Sie behaupten zwar, auf meiner Seite zu stehen, aber ich bin nicht wirklich überzeugt davon. Ehrlich gesagt, habe ich bisher nur Probleme, seit Sie angefangen haben, mir zu helfen. Wir müssen reden. Aber nicht am Telefon.«

»Das verletzt mich jetzt wirklich«, sagte Vlad spöttisch. Dann lachte er. »Aber warum nicht? Das wäre zumindest eine Abwechslung ... wenn du dich freust, mich zu sehen, meine ich. Sagen wir ... in einer Stunde, in der Tiefgarage?«

Conny sah auf die Uhr und schüttelte zugleich fast hastig den Kopf »Lieber nicht. Ich habe ... schlechte Erfahrungen mit Parkhäusern und Tiefgaragen. Treffen wir uns später. Heute Abend. Um neun, draußen im Park. Sie wissen, wo der Kinderspielplatz ist?«

»Nein. Aber ich finde ihn, keine Sorge. Und grüß deine Kollegen von mir.«

Er hängte ein. Diesmal hörte Conny das leise Klicken ganz deutlich. Zwei, drei Sekunden lang starrte sie den Apparat in ihrer Hand noch beinahe ratlos an, doch dann drückte sie die Tastenkombination, die Trausch ihr gezeigt hatte.

Immerhin hatte sie jetzt einen Grund, ihn anzurufen.

9

Draußen vor den Fenstern des großen, viel zu leeren Zimmers hatte es vor einer guten halben Stunde dunkel zu werden begonnen, aber sie hatte bisher kein Licht eingeschaltet, sodass die Schatten ungehindert vorrücken konnten, bis in der ganzen Wohnung eine sonderbare Art von Zwielicht herrschte; keine wirkliche Dämmerung, sondern eine ihr bisher vollkommen unbekannte Art trüben Halblichts, das große Teile der Wirklichkeit einfach auszulassen schien und Lücken und Schluchten schuf, in deren Schutz etwas ... anderes heranzuschleichen schien; etwas ebenso Namen- wie Gestaltloses, das auf dieser Seite der Wirklichkeit nichts zu suchen hatte.

Conny versuchte den Gedanken dorthin zurückzuscheuchen, wo er hergekommen war, ohne dass es ihr wirklich gelang. Vielleicht wollte sie es auch gar nicht, tief in sich drinnen. Absurde Gedanken wie diese passten zu der Stimmung, in der sie sich im Grunde bereits seit ihrer Rückkehr aus der Pathologie befand.

Nicht, dass sie auch nur selbst hätte sagen können, *welche* Art von Stimmung es war. Nur, dass sie ihr vollkommen fremd war und sie getrost darauf hätte verzichten können. Sie kam sich ... unwirklich vor, als wären es in Wahrheit gar nicht die eingebildeten Schatten, die nicht in diese Welt gehörten, sondern *sie*. Was Eichholz und Levèvre ihr offenbart hatten, das hatte sie gleichermaßen schockiert wie verunsichert – natürlich hatte es das –, aber das war es längst nicht allein gewesen. Unterschwellig und am Anfang ganz eindeutig, ohne dass es ihr selbst auch nur bewusst gewesen wäre, hatte sich ein vollkommen absurder Gedanke in ihr festgesetzt: nämlich der, dass sie vielleicht deutlich mehr getan hatte, als nur einen besonders verachtenswerten Verbrecher zur Strecke zu bringen.

Was, wenn Aisler tatsächlich ein Vampir gewesen war? Natürlich keines jener lächerlichen Hollywood-Geschöpfe mit schwarzem Mantel und langen Eckzähnen, mit denen sie ihren Opfern das Blut aussaugten, sondern etwas viel Schlimmeres; eine Kreatur, die ihren Opfern nicht nur das Leben aussaugte, sondern ihnen zugleich auch all ihre Menschlichkeit nahm, ein düsteres ... *Ding* aus einer verdorbenen falschen Welt, das jeden infizierte, der auch nur mit ihm in Berührung kam.

Dieser Gedanke war beinahe noch abstruser als der vorherige, und sie versuchte ihn als lächerlich abzutun und über sich selbst zu lachen.

Allerdings blieb er ihr mehr oder weniger im Halse stecken. Verrücktes Zeug zu denken war vielleicht nicht unbedingt die cleverste Methode, um sich selbst davon zu überzeugen, dass man noch alle Tassen im Schrank hatte ...

Aber sie *wusste*, was sie gesehen hatte, basta. Es *war* Aisler gewesen, und er hatte versucht, sie mit seiner selbst gebastelten Vampirklaue zu erledigen, ganz egal, was Eichholz und Levèvre auch immer behaupten mochten.

Der Zorn half zumindest dabei, die verrückten Gedanken aus ihrem Kopf zu verscheuchen. Einigermaßen mühsam stand sie auf, schlurfte zur Tür und schaltete nun doch das Licht ein; ein sehr helles, fast schattenloses Licht, das zwar zuverlässig die Dämmerung vertrieb und auch die unguten Dinge, die mit ihm hereingekrochen waren, hastig wieder in ihre Verstecke zurückhuschen ließ, ihr dennoch beinahe unangenehm war, sodass sie ganz automatisch die linke Hand über die Augen hob, um sie vor der feindseligen Helligkeit zu schützen ... und fast verwirrt in die Runde blinzelte. Seltsam – sie konnte sich gar nicht erinnern, dass das Licht *so* grell gewesen war ... und auch nicht, dass alles hier drinnen so sonderbar ... *hart* ausgesehen hatte und feindselig.

Sie blinzelte, und als sie die Augen wieder öffnete, war das Licht wieder vollkommen normal, und auch die vertraute Einrichtung sah wieder ganz genauso aus, wie sie sie in Erinnerung hatte. Obwohl seit ihrem Anfall von Putzwahn heute Morgen alles vor Sauberkeit glänzte, erinnerte sie doch zugleich alles irgendwie an eine Gefängniszelle. Seit diese Geschichte angefangen hatte, hatte sie manchmal das Gefühl, den Boden unter den Füßen zu verlieren. Anscheinend war das alles doch ein bisschen zu viel für sie gewesen. Auch Polizeibeamte waren allerhöchstens in Hollywoodfilmen daran gewöhnt, ununterbrochen zusammengeschlagen, niedergestochen und angeschossen zu werden. Vielleicht begann der Stress schlichtweg ihr Urteilsvermögen in Mitleidenschaft zu ziehen. Und vielleicht war bei allem verständlichen Ärger auf Eichholz und diesen neunmalklugen Sesselfurzer Levèvre allmählich ein bisschen Selbstdisziplin angesagt, bevor diese Armleuchter ihr Ziel am Ende noch erreichten und sie *wirklich* anfing, Gespenster zu sehen.

Das Funkgerät in ihrer Jackentasche knackte leise. Conny schrak aus ihren Gedanken hoch, zog es hervor und drückte die Sprechtaste. »Ja?«

»Sie sollten allmählich herunterkommen.« Trauschs Stimme war so verzerrt und von Störungen überlagert, dass sie sie kaum erkannte. »Noch zehn Minuten. Und ... lassen Sie das Funkgerät oben.« Er schaltete ab, ohne auf eine Antwort zu warten, und Conny blinzelte das Funkgerät noch eine halbe Sekunde lang verständnislos an, bevor sie es endgültig ausschaltete und mit einer erzwungen ruhigen Bewegung auf den Tisch legte, statt ihrem ersten Impuls nachzugeben und es einfach gegen die Wand zu werfen. Für wie dumm hielt er sie eigentlich? Die Gelegenheiten, bei denen eine Aktion gründlich schiefgelaufen war, weil sich irgendein Funkgerät im allerungünstigsten aller nur denkbaren Augenblicke gemeldet hatte, füllten wahrscheinlich ganze Aktenordner.

Sie kämpfte ihren Ärger nieder – der vermutlich ohnehin nur ein Ausdruck von Stress war –, sah auf die Uhr, Viertel vor neun; bis sie unten war, blieben ihr noch zehn Minuten. Hastig verließ sie die Wohnung und trat in den Lift.

Es war sehr still im Haus. Niemand begegnete ihr, weder als sie aus dem Aufzug trat noch auf dem Weg nach draußen, aber es war auch nicht *zu* still: aus zwei offen stehenden Fenstern im Erdgeschoss drang laute Musik, irgendwo weinte ein Baby, und aus einem der oberen Stockwerke konnte man den lautstarken Streit eines Paares hören, bei dem offensichtlich wortwörtlich die Fetzen flogen. Conny konnte nicht sagen, wie viel davon echt und wie viel von Trausch und seiner Truppe in Szene gesetzt war. Jedenfalls *wirkte* es überzeugend, und darauf kam es an. Wenn Vlad nicht tatsächlich über übersinnliche Kräfte verfügte, würde er die Falle niemals wittern.

Ohne sichtbare Hast umrundete sie das Haus und näherte sich dem, was sie am Telefon so hochtrabend als *Kinderspielplatz* bezeichnet hatte; übrigens dasselbe Wort, mit dem ihr der Makler damals diesen bewohnbaren Schuhkarton schmackhaft zu machen versucht hatte. In Wahrheit war es nichts als ein jämmerlich vergessenes Fleckchen am jenseitigen Ende des kaum weniger jämmerlichen Gartens, den die Hausverwaltung Park nannte: eine Handvoll ärmlicher Spielgeräte, die seit Jahren unbenutzt vor sich hin rosteten, ein zwei mal zwei Meter messender Sandkasten, der seit mindestens genauso vielen Jahren zum Hunde- und Katzenklo verkommen war, und eine Sitzgruppe aus zurechtgeschnittenen Baumscheiben, die nicht so aussah, als könne man ihr das Gewicht eines erwachsenen Menschen anvertrauen. Das Ganze war irgendwann einmal sicher gut gemeint gewesen, doch die dazugehörigen Kinder waren schon vor Jahren größer geworden und weggeblieben, und vermutlich hatte die Hausverwaltung aus Kostengründen darauf verzichtet, die Anlage abzureißen, und lieber in Kauf genommen, dass sie sich allmählich zum Schandfleck entwickelt hatte …

Oder sich irgendwann ein Besucherkind hierher verirrte und sich wirklich ernsthaft verletzte, fügte sie missmutig in Gedanken hinzu, während sie sich in den kümmerlichen Windschatten eines hölzernen Klettergerüsts duckte und die Zähne zusammenbiss, damit sie nicht zu klappern begannen. Irgendwann würde sich dieses ganze Land zu Tode sparen; wenn es nicht schon passiert war und es nur noch niemand wirklich gemerkt hatte. Wenn es so weit war, dann würde sich bestimmt auch dafür ein Schuldiger finden.

Ein leises Knacken in ihrem Ohr hinderte sie nicht nur daran, die Lösung für sämtliche Probleme dieses Landes seit der Wiedervereinigung zu finden, sondern riss sie auch schmerzhaft in die Wirklichkeit zurück, und das wortwörtlich. Sie hatte den verdammten Ohrstecker viel zu tief hineingeschoben, sodass Trauschs verzerrte Stimme unmittelbar an ihrem Trommelfell gellte. Es tat weh. »Bisher keine Spur von ihm.«

Das habe ich auch schon gemerkt, dachte sie übellaunig, während sie mit dem kleinen Finger im Ohr pulte und versuchte, den Funkempfänger ein bisschen weiter herauszuziehen. Natürlich erreichte sie damit das genaue Gegenteil – *jetzt* tat es schon weh, wenn er nichts sagte. Hoffentlich bekam sie das verdammte Ding wieder heraus, ohne sich auf einen Operationstisch legen zu müssen. Sie verzichtete darauf, zu antworten.

Conny zog die Aufschläge der viel zu dünnen Jacke enger um den Hals zusammen, als eine neue, noch eisigerer Böe sie noch weiter in den Windschatten der Kletterburg zurücktrieb und sie nun tatsächlich mit den Zähnen klappern ließ, und sie verfluchte sich nicht zum ersten Mal selbst in Gedanken dafür, nicht auf die Stimme ihrer Vernunft gehört und etwas Wärmeres angezogen zu haben. Es war den ganzen Tag über schon viel zu kalt für die Jahreszeit gewesen, und jetzt, nach Dunkelwerden, schienen die Temperaturen ins Bodenlose gefallen zu sein. Sie fror erbärmlich.

»Wir warten eine halbe Stunde«, brüllte Trauschs Stimme in ihrem Ohr. »Verhalten Sie sich unauffällig.«

Und wie, bitte schön, sollte sie das tun, wenn sie sich in Krämpfen am Boden wand und die Hand gegen ihr blutendes Ohr presste?, dachte sie zornig. Wahrscheinlich gab er ihr diesen durch und durch überflüssigen Rat sowieso nur, um sie zu quälen.

Conny rief sich in Gedanken scharf zur Ordnung und straffte sich, ohne der Kälte dadurch etwas von ihrem Biss nehmen zu können, die wie eine eisige Klinge durch ihre Kleidung schnitt. Ihr Blick tastete aufmerksam durch den dunkel daliegenden *Park*, ohne dass sie irgendwo auch nur die mindeste Bewegung oder den kleinsten verdächtigen Schatten entdecken konnte. Natürlich wusste sie, dass sie ihm Unrecht tat. Er hatte keineswegs vor, sie zu quälen, sondern war schlichtweg genauso nervös wie sie. Er hatte ihr erzählt, dass er annähernd ein Dutzend Männer an strategischen Positionen überall im Garten verteilt hatte, die meisten in Sichtweite, sodass sie sie nicht nur im Auge behalten, sondern im Notfall auch binnen weniger Sekunden bei ihr sein konnten, den Rest so, dass sie jeden Zugang und jeden möglichen Fluchtweg blockierten. Wenn diese Zahl stimmte, dachte sie, dann machten sie ihren Job wirklich gut. Sie hatte an genug Observierungen teilgenommen, um zu wissen, wo und wie man sich versteckte. Sie sah keinen Einzigen von ihnen.

Nervös blickte sie abermals auf die Uhr. Noch eine Minute bis neun, was Trauschs Nervosität zwar nicht weniger nervig machte, sie aber vielleicht erklärte.

Es wäre wohl etwas viel verlangt, zu erwarten, dass Vlad auf die Sekunde pünktlich erschien. Sie war längst nicht mehr sicher, ob er überhaupt kommen würde. Conny hatte den misstrauischen Unterton in seiner Stimme ebenso wenig vergessen wie seine letzte Bemerkung. Und sie hatte Trausch auch von beidem erzählt ... was aber nichts daran ändern würde, dass er nicht gerade begeistert reagieren würde, wenn Vlad nicht kam. Was Eichholz sagen würde, wenn sich dieser ganze Aufwand als völlig unnötig herausstellte, das wollte sie sich vorsichtshalber gar nicht erst ausmalen.

»Ich sehe, du bist pünktlich«, sagte eine sanfte Stimme hinter ihr.

Conny fuhr erschrocken zusammen und so abrupt herum, dass sie auf dem nassen Laub am Boden beinahe ausgeglitten wäre und mit einer albernen Bewegung um ihr Gleichgewicht kämpfen musste.

»Was ist los?«, brüllte Trauschs Stimme in ihrem Ohr.

Conny ignorierte nicht nur die Frage, sondern unterdrückte auch erfolgreich den Impuls, die Hand gegen ihr Ohr zu pressen. Stattdessen versuchte sie, die Dunkelheit hinter sich mit Blicken zu durchdringen, allerdings mit wenig Erfolg. Erst als sich einer der Schatten im Inneren der Kletterburg bewegte, wurde ihr klar, dass es gar kein Schatten war.

»Wir waren für neun verabredet«, antwortete Conny ebenso automatisch wie unbeholfen. Fast beiläufig wurde ihr klar, dass er tatsächlich *auf die Sekunde* pünktlich war. »Wenn ich mich mit jemandem für neun verabrede, dann komme ich auch um neun.«

»Das ist schön«, fuhr Vlad in leicht amüsiertem Tonfall fort. »Und leider eine Tugend, die heutzutage immer mehr aus der Mode zu geraten scheint.« Er schüttelte den Kopf, aber sie spürte die Bewegung mehr, als sie sie sah. »Es gibt nichts Unerquicklicheres, als auf eine Verabredung zu warten und nicht sicher zu sein, ob sie auch tatsächlich kommt, nicht wahr?«

»Warum sollte ich nicht kommen?«, antwortete Conny mit deutlich nervöserer Stimme, als ihr lieb war. »Ich meine – immerhin habe ich Sie um dieses Treffen gebeten, oder?«

»Mit wem reden Sie da?«, brüllte Trauschs Stimme in ihrem Ohr. Conny versuchte sie weiter nach Kräften zu ignorieren, und Vlad legte den Kopf auf die Seite und schien eine Sekunde lang zu lauschen. Dann nickte er. Auch diesmal war die Bewegung eigentlich nur zu erahnen.

»Ja, das stimmt«, bestätigte er. »Nun, hier bin ich, genau, wie du es wolltest. Was kann ich für dich tun?«

»Ich kann nichts verstehen!«, kreischte Trauschs Stimme in ihrem Ohr. »Halten Sie ihn noch kurz hin. Versuchen Sie irgendetwas aus ihm herauszubekommen – wir sind unterwegs.«

Unterwegs von woher?, dachte sie fast hysterisch. *Vom Nordpol?*

»Vielleicht möchte ich einfach nur wissen, wer Sie sind«, sagte sie. *Wo zum Teufel blieben Trauschs Männer?*

»Nein«, sagte Vlad sanft. Er klang irgendwie ... enttäuscht fand Conny. Vielleicht verstimmt. »Das glaube ich nicht. Ich glaube eher, du hast mich herbestellt, damit deine Kollegen mich verhaften können ... obwohl ich doch gar nichts getan habe, was eine Verhaftung rechtfertigen würde.«

Welche Kollegen?, dachte sie. *Wo zum Teufel blieben Sie?* »Welche Kollegen? Sehen Sie sich um. Hier ist niemand. Nur Sie und ich.«

»Das ist wahr«, seufzte Vlad. Irgendetwas knackte; ein Zweig, der unter einem unvorsichtig aufgesetzten Fuß zerbrach, und auch auf der anderen Seite der verfallenen Kletterburg bewegte sich plötzlich ein Schatten. »Und wer weiß – vielleicht nicht einmal ich.«

Das Knacken wiederholte sich, lauter und länger anhaltend, und plötzlich schien der gesamte Park mit hastenden Schritten und heranhuschenden Schatten erfüllt zu sein. Irgendjemand schrie: »*Stehen bleiben!*«, ein grellweißer Scheinwerferstrahl flammte auf und richtete sich für einen Sekundenbruchteil so direkt auf ihr Gesicht, dass sie nun doch die Hand hob und geblendet die Augen zusammenkniff; aber nicht ganz und auch nur für einen Sekundenbruchteil, und als sie die Augen vorsichtig wieder öffnete und zwischen ihren Fingern hindurchblinzelte, wurde sie mit einem ganz und gar unglaublichen Anblick belohnt: Der Scheinwerferstrahl war weitergewandert und richtete sich nun direkt auf Vlad, und im gleichen Sekundenbruchteil, in dem er die schattenhafte Gestalt erfasste, schien sie sich einfach aufzulösen, wie eine Figur aus einem Science-Fiction-Film, die von einem außerirdischen Todesstrahl getroffen und lautlos in ihre Atome zerlegt wurde.

Das unglaubliche Bild verschwand so schnell, wie sie es (vermeintlich) gesehen hatte … und auch Vlad war fort. Eine Hand ergriff sie an der Schulter und zerrte sie so unsanft zurück, dass sie um ein Haar schon wieder das Gleichgewicht verloren hätte und wahrscheinlich einzig deshalb nicht stürzte, weil sie praktisch im gleichen Moment auch schon von einer zweiten, kaum weniger unsanften Hand am anderen Arm ergriffen und beinahe noch unsanfter festgehalten wurde. Sie gehörte Trausch, ebenso wie die Stimme, die sie plötzlich in einem sonderbaren und alles andere als angenehmen Stereo-Effekt hörte: von rechts in halbwegs erträglicher, wenn auch nahezu hysterischer Tonlage, von der anderen Seite in einer Lautstärke, die ihrem ohnehin angeschlagenen Trommelfell vermutlich den Rest gab.

»Ist alles in Ordnung? Wo ist der Kerl?«

Conny biss schmerzhaft die Zähne zusammen, riss sich los und schaltete mit einer sehr hastigen Bewegung sein Headset ab, bevor sie antwortete. »Abgesehen davon, dass ich gleich einen Hörsturz bekomme, ja«, fauchte sie. »Und was soll das heißen, wo ist der Kerl?«

Trausch antwortete nicht auf ihre Frage, sondern sah sie durchdringend und unübersehbar verständnislos an, bevor er sich mit einem Ruck umdrehte und einen halben Schritt in Richtung der heruntergekommenen Kletterburg machte; allerdings nur, um sofort wieder stehen zu bleiben und plötzlich noch hilfloser auszusehen.

»Sagen Sie nicht, der Kerl ist Ihnen entwischt«, murmelte Conny.

Trausch sah sie nur kurz und beinahe noch unsicherer an, zog es darüber hinaus aber vor, ihre Frage nicht zu beantworten, jedenfalls nicht sofort.

Nicht, dass es nötig gewesen wäre, dachte Conny. Ein einziger Blick in die Runde reichte. Aus den heranhastenden Schatten waren längst ein knappes Dutzend Gestalten geworden, die wie eine Meute aufgescheuchter Wachhunde wild durcheinanderstürzte, ohne dass auf den ersten Blick auch nur einer von ihnen irgendetwas erkennbar Sinnvolles zu tun schien. Vlad war nirgendwo zu sehen. Und wie auch?

Schließlich hatte er sich ja vor ihren Augen in Nichts aufgelöst.

Conny verscheuchte diesen albernen Gedanken und wandte sich noch einmal an Trausch. »Er *ist* euch entwischt.«

Trausch bedachte sie mit einem weiteren und diesmal eindeutig ärgerlichen Blick, sagte aber immer noch nichts, sondern trat gebückt ins Innere der Kletterburg und schaltete eine Taschenlampe ein, deren starker Strahl die Dunkelheit vertrieb und über silbern angelaufenes altes Holz und ungezügelt wucherndes Unkraut tastete. Zerrissenes Papier und aufgeweichte Zeitungen bedeckten den Boden, und in einer Ecke wucherte ein bizarrer Wald aus braungrauen Pilzen, die nicht besonders vertrauenerweckend oder gar gesund aussahen.

Von Vlad keine Spur, und es gab auch keinen zweiten Ausgang aus der Kletterburg.

Trausch schaltete seine Lampe aus, bückte sich unnötig tief, um wieder aus dem baufälligen Spielgerät herauszukommen, und blickte sie mit steinernem Gesicht an. »Kommen Sie mit«, sagte er.

»Wohin? Was …?«

Trausch ergriff sie so hart am Arm, dass sie erschrocken zusammenfuhr und im ersten Moment so perplex war, dass sie nicht einmal auf den Gedanken kam, sich zu wehren, bevor sie schon ein halbes Dutzend Schritte entfernt waren und er ihr Handgelenk von sich aus losließ. Sie machte trotzdem eine Geste, als hätte sie sich losgerissen, prallte einen halben Schritt zurück und funkelte ihn so zornig an, wie sie nur konnte. »Sind Sie verrückt geworden? Was soll das?«

»Genaue dasselbe wollte ich Sie gerade fragen!«, gab Trausch aufgebracht zurück, und in so scharfem Ton, wie sie es noch nie bei ihm erlebt hatte.

»Was … meinen Sie damit?«, murmelte sie verstört. Ihre Wut war so schnell verraucht, wie sie gekommen war.

Die Trauschs ganz offensichtlich nicht. Ganz im Gegenteil: Seine Augen funkelten, und sie sah ihm an, wie viel Beherrschung es ihn kostete, sie nicht tatsächlich anzuschreien. »Was ich damit meine?« Er gestikulierte wütend in die Richtung, aus der sie gerade gekommen waren. »Ich habe da draußen ein Dutzend Männer herumlaufen, und ein weiteres Dutzend sitzt in genauso vielen Streifenwagen herum und behält jeden verdammten Ein- und Ausgang des gesamten Viertels im Auge. Einmal ganz davon abgesehen, dass Sie genauso gut wie ich wissen, was ein solcher Einsatz kostet, hätte jeder Einzelne dieser Männer wirklich etwas Besseres zu tun, als einen leeren Kinderspielplatz zu observieren! Und jetzt sagen Sie mir bitte, dass das nicht alles vollkommen umsonst gewesen ist!«

Connys Augen wurden schmal. Sie wich einen weiteren halben Schritt vor ihm zurück. »Es ist nicht meine Schuld, wenn er Ihren Leuten entwischt ist!«, antwortete sie scharf. »Was hätte ich tun sollen? Ihn gewaltsam festhalten?«

»Dort draußen ist niemand, Conny«, antwortete Trausch, leiser, noch immer mit mühsam beherrschter Stimme. »Die Männer werden niemanden finden, *weil dort niemand ist!*«

»Und mit wem habe ich dann gerade gesprochen?«, fragte Conny.

»Das weiß ich nicht.« Trausch tippte gegen das schlanke Headset, das um seinen Hals baumelte. »Sagen Sie es mir. Ich habe nur Ihre Stimme gehört.«

»Blödsinn!«, fauchte Conny. Das hieß – sie wollte es fauchen, aber ihre Stimme klang sogar in ihren eigenen Ohren irgendwie kläglich. Sicher, Vlad hatte leise gesprochen, doch da war immer noch das Mikrofon in ihrem Kragen, und sie wusste so gut wie er, wie überaus empfindlich diese Dinger waren. Selbst wenn Vlad geflüstert hätte, hätte Trausch sogar seine Atemzüge hören müssen.

»Was soll das alles, Conny?«, fragte er noch einmal, jetzt in eher resignierendem Ton. Vielleicht auch traurigem.

»Wollen Sie jetzt behaupten, dass ich Sie belüge?«, fragte sie.

»Nein«, antwortete er, »aller …«

»… höchstens, dass ich verrückt bin? Oder sind Sie auch der Meinung, dass ich mich nur ein bisschen wichtigmachen will?«

Sie konnte regelrecht dabei zusehen, wie sein Zorn verrauchte und etwas gänzlich anderem wich, das sie nicht genau einordnen konnte. Er schwieg etliche Sekunden. »Nein«, sagte er schließlich. Es klang irgendwie resignierend. »Natürlich nicht. Ich ...« Er brach ab, atmete hörbar ein und fuhr in plötzlich auf völlig andere Art zornigem Ton fort: »Ach verdammt, was soll ich denn glauben, Ihrer Meinung nach? Dort draußen ist niemand! Und es war auch niemand da, verdammt noch mal! Ich habe Sie die ganze Zeit beobachtet, genau wie ein halbes Dutzend weiterer Männer! Ich habe weder etwas gesehen noch gehört!« Er schlug mit der flachen Hand auf seine Jackentasche, in der er vermutlich ein Aufnahmegerät trug. »Sie können es sich gerne selbst anhören, wenn Sie wollen!«

»Dann muss ich wohl doch verrückt sein«, sagte Conny böse.

»Nein, das sind Sie ganz bestimmt nicht«, antwortete Trausch. Er klang auf eine sonderbare Weise... traurig, fand Conny. Einen Moment lang sah er sie einfach nur an, auf eine sehr sonderbare, irritierende Art, und für einen noch sehr viel kürzeren Augenblick hatte sie das sichere Gefühl, dass er sie berühren würde.

Aber der Moment verging genauso schnell, wie er gekommen war, und ließ ein seltsames Gefühl der Leere zurück.

»Ich weiß es nicht, Conny«, seufzte er. »Alles, was ich weiß, ist, dass dort draußen niemand ist. Und auch niemand war. Sie haben ein Gespenst gesehen.«

Sie hatte in dieser Nacht – verständlicherweise – nicht besonders gut geschlafen und erwachte am nächsten Morgen wie gerädert. Ihr Kopf schmerzte, sie hatte einen wirklich üblen Geschmack im Mund, und ihr Nacken und ihre Schultermuskeln waren verspannt. Es war bereits hell, und ein erster, noch verschwommener Blick auf die Uhr brachte eine weitere Überraschung: Es war beinahe zehn. Sie hatte schon wieder verschlafen. Das Licht, das durch ihre noch halb geschlossenen Lider drang, schmerzte ihr in den Augen.

Conny setzte sich auf, verzog die Lippen und rieb sich mit der linken Hand den verspannten Nacken. Trausch war gestern Abend tatsächlich noch einmal mit nach oben gekommen, und sie nahm eine Menge von dem zurück, was sie bisher über ihn gedacht hatte;

anscheinend hatte er klammheimlich ihr Kopfkissen mit Beton gefüllt … jedenfalls fühlte sie sich, als hätte sie versucht, auf einem solchen zu schlafen.

Immerhin *hatte* sie geschlafen, und das war schon deutlich mehr, als sie gestern Abend zu hoffen gewagt hatte.

Sie hatte nicht vorgehabt, sich an den vergangenen Abend zu erinnern, aber natürlich war allein dieses Vorhaben schon der sicherste Weg, es doch zu tun, und ihre Miene verfinsterte sich, ohne dass sie selbst es auch nur merkte, als sie die Beine aus dem Bett schwang und ins Bad schlurfte. Trausch hatte sie rasch und ohne ein weiteres Wort des Vorwurfs zurück nach oben gebracht, und er war auch nicht lange geblieben, sondern hatte sich sehr schnell wieder zurückgezogen und ihr lediglich geraten, sich keine Sorgen zu machen, irgendwie würde sich alles schon aufklären, wenn sie erst einmal in Ruhe eine Nacht darüber geschlafen hatte … doch das hatte sie selbstverständlich nicht beruhigt, sondern (genauso selbstverständlich) das genaue Gegenteil bewirkt. Conny war nicht sicher, ob sie es sich nur eingebildet hatte oder nicht, aber nachdem sein erster Zorn verraucht war, war er ihr schon beinahe ein bisschen *zu* freundlich vorgekommen; als spräche er mit einem kranken Kind. Oder einer Verrückten.

Sie spürte die Gefahr, die auf dem Weg lauerte, den ihre Gedanken schon wieder einschlugen, und brach ihn mit einer bewussten Anstrengung ab. Was erwartete sie? Ihr Zimmer ging zwar nicht auf den verwilderten Garten hinaus, aber sie hatte trotzdem – zumindest nach ihrem subjektiven Zeitempfinden – bis lange nach Mitternacht am Fenster gestanden und dem lautlosen Hin- und Herhuschen der Taschenlampen zugesehen, in deren Schein Trauschs Männer die gesamte Umgebung anscheinend Zentimeter für Zentimeter abgesucht hatten. Irgendwann hatte das geisterhafte Tasten und Suchen an Schwung verloren und war schließlich ganz erloschen. Trausch war nicht noch einmal zurückgekommen.

Nein, sie hatte wirklich keine besonders angenehme Nacht hinter sich. Und sie wurde das Gefühl nicht los, dass der Tag, der ihr bevorstand, auch nicht sehr viel angenehmer werden würde.

Sie duschte ausgiebig und viel zu lange, womit sie ihren Kreislauf genug malträtierte, um ein heftiges Schwindelgefühl hinter ihrer Stirn auszulösen, trocknete sich noch ausgiebiger ab und betrachtete aufmerksam ihr eigenes Konterfei im Spiegel. Abgesehen davon, dass sie noch immer ein wenig müde und auf eine nicht nur körperliche Art erschöpft wirkte, überraschte sie der Anblick beinahe. Sämtliche Spuren ihrer Begegnung mit Aisler waren verschwunden. Ihr Gesicht wirkte nicht nur unversehrt, sondern auf eine schwer in Worte zu fassende Weise ... *jünger;* als wäre da trotz der sichtbaren Erschöpfung in ihren Zügen plötzlich eine neue Energie in ihr, eine Kraft, die vielleicht noch schlummerte, aber bereits im Erwachen begriffen war.

Sie streckte ihrem Spiegelbild die Zunge heraus, ging ins Wohnzimmer zurück und warf die Kaffeemaschine an, bevor sie sich anzog. Das rote Licht des Anrufbeantworters flackerte schon wieder hektisch und teilte ihr mit, dass der Speicher wieder voll war. Anscheinend war der gestrige Tag nur so etwas wie eine Atempause gewesen. Sie zeigte dem elektronischen Tyrannen den ausgestreckten Mittelfinger, ging stolz erhobenen Hauptes an ihm vorbei und machte dann noch einmal kehrt, um sämtliche Anrufe mit einer einzigen, entschlossenen Bewegung zu löschen. Sie hatte eine ziemlich konkrete Vorstellung davon, welche ach so dringende Nachrichten auf sie warteten, und sie hatte nicht vor, auch nur eine einzige davon abzuhören.

Stattdessen rief sie Sylvia an. Sie hob ab, bevor das erste Freizeichen ganz zu Ende war; als hätte sie mit dem Hörer in der Hand da gesessen und nur auf den Anruf gewartet. »Ja?«

Conny unterdrückte ein missbilligendes Stirnrunzeln. Sylvia würde es nie lernen, sich mit ihrem Namen am Telefon zu melden.

»Ich bin's, Conny. Hallo. Wie geht es dir?«

»Gut. Danke.« Die Antwort kam zu schnell, und fast ein bisschen erschrocken, dachte Conny. Als hätte sie diesen Anruf erwartet und Angst davor gehabt. »Und dir? Bist du noch in der Klinik?«

»Woher weißt du, dass ich im Krankenhaus war?«

»Weil sie es im Fernsehen gesagt haben«, antwortete Sylvia. »Es hieß, du wärst ziemlich schwer verletzt worden.«

»Das war halb so wild«, antwortete Conny. »Ich habe ein paar

Kratzer abgekriegt, das ist alles. Du weißt doch, dass die Presse immer übertreibt. Ich bin schon wieder zu Hause ... aber behalt es für dich, sonst stürmen diese Presseheinis gleich meine Wohnung.«

»Keine Sorge. Mit wem sollte ich schon sprechen?« Ein winziges Zögern. »Ich wollte dich anrufen, aber es war nur der Anrufbeantworter dran.« Ein weiteres, diesmal länger anhaltendes Schweigen kehrte ein, und als sie endlich weitersprach, klang ihre Stimme deutlich unsicherer, und Conny begriff, dass sie *tatsächlich* Angst vor diesem Anruf gehabt hatte. »Hör mal, ich glaube, ich ... ich habe ziemlichen Blödsinn geredet. Es tut mir wirklich leid. Ich war ziemlich durcheinander, und ...«

»Das trifft sich gut«, unterbrach sie Conny. Sie lachte, ohne dass es ihr gelang, es irgendwie überzeugend klingen zu lassen. »Du kennst doch mein Geschick mit Technik. Ich habe sämtliche Anrufe gelöscht, statt sie abzuhören. Warum treffen wir uns nicht, und du erzählst mir alles noch einmal?« Sie hatte keine Ahnung, ob Sylvia diese kleine Lüge durchschaute oder nicht.

»Wirklich?«, fragte Sylvia.

»Ich fürchte, ja«, seufzte sie. »Aber wahrscheinlich war sowieso nichts Wichtiges dabei ... die üblichen Spinner eben. Ich fürchte, ich muss mir eine neue Telefonnummer geben lassen.«

»Wieder einmal?«

»Wieder einmal«, bestätigte sie. »Wie ist es: Hast du Zeit?«

»Wofür?«, fragte Sylvia. Sie klang ganz eindeutig erschrocken.

»Nur so. Ich sterbe vor Langeweile, wenn ich ehrlich sein soll.« Conny versuchte abermals zu lachen, und es klang noch unechter. »Ich kann in einer halben Stunde bei dir sein.«

»Nein! Ich ... ich meine: Ich muss gleich weg. Nur zur Post und ein paar andere Kleinigkeiten erledigen. Im Moment ist es ... ungünstig.«

»Unsinn!«, erwiderte Conny in aufgeräumtem Ton. »Ich lade dich zum Frühstück ein. Wie ich dich kenne, hast du bisher nur eine halbe Schachtel Zigaretten und fünf Tassen Kaffee intus. Keine Widerrede. Ich bin in einer halben Stunde bei dir.« Sie hängte ein, bevor Sylvia noch einmal widersprechen konnte. Gut eine Minute lang saß sie mit dem Telefon in der Hand da und wartete darauf, dass es klingelte und Sylvia versuchte, sie unter irgendeinem anderen Vorwand doch noch abzuwimmeln, doch der Apparat blieb stumm.

Natürlich musste sie nicht zur Post oder irgendeine andere unaufschiebbare Erledigung machen. Sie wollte nicht mit ihr sprechen, und nach dem, was sie gestern auf dem AB gehört hatte, konnte Conny das sogar verstehen. Wäre es umgekehrt gewesen, hätte sie auch Angst vor diesem Treffen gehabt.

Schließlich stellte sie das Telefon zurück und trat noch einmal auf den winzigen Balkon hinaus, um einen Blick auf die Straße hinunterzuwerfen. Der Wendeplatz unten vor dem Haus war leer. Offensichtlich war die Belagerung aufgehoben worden und das Heer weitergezogen, um im Privatleben irgendeines anderen bedauernswerten Menschen herumzuschnüffeln. Immerhin war die Geschichte inzwischen drei Tage alt, nicht nur Schnee von gestern, sondern nach der besonderen Zeitrechnung der Presse irgendetwas aus der Steinzeit. Sie würde das Haus unbehelligt verlassen können.

Trotzdem verkleidete sie sich mit Kopftuch und Sonnenbrille, bevor sie die Wohnung verließ.

Sie kam gerade einmal anderthalb Dutzend Schritte weit; genauer gesagt, bis zum Aufzug. Die Kabine befand sich bereits auf dem Weg nach oben, und Conny trat automatisch ein Stück zurück und zur Seite, falls jemand auf ihrer Etage aussteigen wollte – und erlebte die zweite Überraschung an diesem Morgen. Allerdings war sie nicht ganz sicher, ob es auch diesmal eine angenehme Überraschung war: Sie bestand aus zwei Teilen: Der eine war niemand anderes als Trausch, aber sie war (verwirrend genug) zum ersten Mal nicht sicher, ob sie sich wirklich freute, ihn zu sehen, und der andere (ganz eindeutig unangenehme) hieß Eichholz und stand nicht nur zwei Schritte hinter Trausch in der Kabine, als hätten die beiden versucht, ganz instinktiv so viel Abstand zwischen sich zu legen, wie es überhaupt möglich war (was ihn absurderweise gerade deshalb irgendwie zu einem Eindringling zu machen schien) und funkelte sie so feindselig an, dass es schon beinahe lächerlich aussah … oder ausgesehen hätte, wäre da nicht der eindeutig besorgte Blick gewesen, mit dem Trausch sie maß.

Das Lächeln, das bei ihrem Anblick über sein Gesicht huschte, wirkte allerdings durchaus echt. »Guten Morgen«, sagte er.

Conny erwiderte seinen Gruß auf die gleiche Weise und warf auch Eichholz ein zumindest halbwegs glaubhaftes Lächeln zu, auf das dieser allerdings nur mit einem angedeuteten Nicken und einem kaum sichtbaren Verziehen der Lippen reagierte. Das sah nach Ärger aus, dachte sie. Nicht nach dem ganz normalen Ärger, der so selbstverständlich zu dem bloßen Umstand von Eichholz' Erscheinen gehörte wie seine maßgeschneiderten Anzüge und sein immer missmutiger Blick. Diesmal roch es wirklich nach Ärger.

Aber was hatte sie eigentlich erwartet, nach gestern Abend?

»Sie wollen weg?«, fragte Eichholz, statt sich mit etwas so Überflüssigem wie einer Begrüßung aufzuhalten. »Wir kommen doch nicht ungelegen, oder?«

Conny zog es vor, gar nichts dazu zu sagen, sondern warf Trausch einen unverblümt fragenden, wenn auch leicht beunruhigten Blick zu, dem dieser allerdings auswich; was dem unguten Gefühl in ihr natürlich sofort neue Nahrung gab.

»Falls sie nichts Unaufschiebbares vorhaben«, fuhr Eichholz fort und trat gleichzeitig so forsch aus dem Lift, dass sie vor ihm zurückweichen musste, ob sie wollte oder nicht, »dann würden wir uns gerne einen Moment mit Ihnen unterhalten, Frau Feisst. Keine Sorge – es dauert nicht lange.«

Das war keine Bitte. Sie hätte Nein sagen können, aber das hätte er ohnehin ignoriert, und obwohl Trausch ihrem Blick jetzt ganz bewusst auswich, war seine Nervosität trotzdem nicht zu übersehen. Sie hob nur die Schultern, wandte sich wortlos um und ging wieder zurück. Auch Eichholz und Trausch schwiegen, bis sie in der Wohnung waren und Conny ihre alberne Verkleidung abgelegt hatte.

»Einen Kaffee?«, fragte sie.

Trausch zog eine Grimasse (allerdings so, dass Eichholz es nicht sehen konnte) und nickte dann. »Gern.« Er wandte sich nun doch an Eichholz. »Sie auch? Frau Feisst macht einen wirklich köstlichen Kaffee, und ich könnte einen gebrauchen, nach dieser Nacht.«

Eine halbe Sekunde lang wirkte Eichholz beinahe hilflos, dann aber nickte er – widerwillig – und sah sich zugleich unverhohlen neugierig in der winzigen, pedantisch aufgeräumten Wohnung um. Er wirkte ein bisschen überrascht, fand Conny. Was hatte er erwartet?

Während sie in die Küche ging und zwei Tassen des mittlerweile nur noch lauwarmen Kaffees einschenkte, beobachtete sie sie weiter unauffällig aus den Augenwinkeln. Trausch stand so steif da, als hätte er den berühmten Besenstiel verschluckt, und man musste keinen Doktor in Psychologie haben, um zu erkennen, wie unwohl er sich in seiner Haut fühlte, während Eichholz sie irgendwie an eine tickende Zeitbombe erinnerte, die kurz vor der Explosion stand. Also gut, dachte sie, jetzt hatte er endlich seinen Grund, sie zusammenzustauchen. So unangenehm ihr sein plötzliches Auftauchen auch sein mochte, vielleicht war es das Beste, sie brachte es hinter sich.

»Gibt es irgendetwas Neues?«, fragte sie, als sie zurück ins Wohnzimmer kam und ihnen die Tassen reichte. Beide nahmen sie im Stehen entgegen, und das auf eine Art, die Conny sofort begreifen ließ, dass sie es sich sparen konnte, ihnen einen Platz anzubieten.

»Haben Sie heute schon Zeitung gelesen?«, erwiderte Eichholz, ohne ihre Frage zu beantworten. Anscheinend erwartete er darauf keine Antwort, denn er griff mit der freien Hand in die Jacke und zog eine zusammengefaltete Zeitung heraus, die er ihr reichte. Trausch sah weg.

Conny blickte die beiden noch eine geschlagene Sekunde lang fast ratlos an, bevor sie die Zeitung auseinanderfaltete und dann mindestens zehn Sekunden lang auf die Schlagzeile starrte.

Ist der Vampir wiederauferstanden?

»Oh«, murmelte sie schließlich.

»Wir müssen uns ähnlicher sein, als ich geglaubt habe, Kollegin Feisst«, sagte Eichholz. »Das ist wortwörtlich dasselbe, was ich zuerst gedacht habe. Aber danach ist mir doch noch das eine oder andere dazu eingefallen. Sie wissen nicht zufällig, wie die Presse an diese Informationen gekommen ist?«

Von allen Antworten, die Conny auf der Zunge lagen, wählte sie die Klügste: nämlich keine.

»Es war doch nur eine Frage der Zeit«, sagte Trausch, »bis irgendjemand redet. Eigentlich hätte ich schon viel eher damit gerechnet.« Er sah sie auch bei diesen Worten nicht an, sondern zuckte nur andeutungsweise mit den Achseln und hob seine Tasse. Conny entging keineswegs, dass er nicht wirklich trank, sondern nur so tat. Sie verspürte ein flüchtiges Gefühl von Wärme, als ihr erst mit einer Verzögerung von einer oder zwei Sekunden klar wurde, dass er sie in Schutz zu nehmen versuchte. Aber ihr war ebenso bewusst, dass es bei diesem Versuch bleiben musste. Eichholz sagte gar nichts dazu, sondern forderte sie nur mit einer stummen Kopfbewegung auf, den Artikel zu lesen, spürte jedoch, wie er innerlich brodelte. Sie hatte nichts mit diesen Artikel zu tun, und er würde nicht dumm genug sein, ihr etwas anhängen zu wollen, was er niemals beweisen konnte, aber natürlich war er trotzdem Wasser auf seine Mühlen.

Sie brauchte nicht lange, um den Dreispalter zu überfliegen. Es stand nichts darin, was sie nicht bereits gewusst hätte – aber erschreckenderweise fehlte auch nichts. Der Artikel war so reißerisch aufgemacht, wie sie es in dieser speziellen Zeitung erwartet hatte, hielt sich im Großen und Ganzen jedoch an die Fakten, die dem Verfasser offensichtlich bis ins kleinste Detail bekannt waren … bis hin zu der Frage, ob Aisler vielleicht tatsächlich einen Komplizen gehabt oder möglicherweise wirklich ein Vampir gewesen war, der klammheimlich aus seinem Kühlfach geklettert war, weil man vergessen hatte, ihm einen Holzpflock ins Herz zu rammen.

»Ich nehme an, irgendjemand aus dem IfR hat sich ein kleines Taschengeld verdient«, sagte sie schließlich. Sie faltete die Zeitung zusammen und hielt sie Eichholz hin. »Vielleicht sollten sie Ihre Praktikanten dort besser bezahlen.«

Eichholz verzog weder eine Miene, noch rührte er auch nur einen Finger, um nach der Zeitung zu greifen. »Behalten Sie sie. Ich habe noch mehr davon.«

»Ich habe nichts damit zu tun«, sagte sie noch einmal.

»Das habe ich auch nicht ernsthaft angenommen«, erwiderte Eichholz. »Aber ich fürchte, wir sind nicht nur deshalb gekommen.« Einen halben Atemzug lang wartete er vergeblich darauf, dass sie ihn fragte, warum sonst, dann zuckte auch er mit den Schultern, nahm einen großen Schluck Kaffee und hatte plötzlich doch sichtbare Mühe, seine Gesichtszüge nicht vollkommen entgleisen zu lassen. Trausch drehte sich unauffällig ein Stück zur Seite und senkte den Kopf, damit er sein schadenfrohes Grinsen nicht sah.

»Es ist wegen gestern Abend«, vermutete Conny. Eigentlich sollte sie zornig werden, aber sie verspürte im Gegenteil beinahe so etwas wie eine absurde Erleichterung, dass Eichholz sich doch selbst treu blieb und gleich mit der Tür ins Haus fiel. Immerhin konnte man sich auf ihn verlassen. Sie ging an ihm vorbei und setzte sich auf die Armlehne der Couch.

»Ja«, antwortete Eichholz. »Auch.«

»Auch?« Sie versuchte, Trausch einen ebenso verstohlenen wie fragenden Blick zuzuwerfen, aber er wich ihr immer noch aus. Er fühlte sich sichtlich in jeder Sekunde unwohler; sowohl in seiner Haut als auch in dieser Situation, und ganz nebenbei sah er nicht so aus, als hätte er in der vergangenen Nacht nennenswert geschlafen.

»Ich will gleich zur Sache kommen, Frau Kollegin«, sagte Eichholz; was vollkommen überflüssig war. Er fiel nicht nur prinzipiell dauernd mit der Tür ins Haus, Conny vermutete, dass er diesen Begriff erfunden hatte. »Wir haben den Park und den Kinderspielplatz heute Morgen noch einmal nach Spuren ihres geheimnisvollen Besuchers abgesucht, aber keine gefunden. Sie bleiben also dabei, dass Sie tatsächlich mit ihm gesprochen haben?«

»Natürlich nicht«, antwortete sie patzig. »Mir war nur ein bisschen langweilig. Ich wollte die Kollegen wiedersehen, das ist alles. Oder warum glauben Sie, habe ich diesen ganzen Zirkus veranstaltet?«

Trausch sah entsetzt aus, und auch Conny selbst fragte sich, welcher Teufel sie eigentlich ritt, so zu antworten. Aber zugleich hatte sie auch das sehr sichere Gefühl, dass es ohnehin keine Rolle spielte, was sie sagte und in welchem Ton. Eichholz blieb auch vollkommen unbeeindruckt. Seine einzige Reaktion bestand aus einem kaum merklichen Hochziehen der Augenbrauen … und daraus, einen weiteren Schluck Kaffee zu trinken.

»Ich weiß nicht, warum Sie *diesen Zirkus veranstaltet* haben, wie Sie es nennen, Frau Feisst«, antwortete er ruhig. »Aber ich weiß, dass wir nicht die geringste Spur gefunden haben, die auch nur darauf hindeutet, das außer Ihnen gestern Abend noch jemand dort unten gewesen sein könnte.«

»Außer mir und einem Dutzend Kollegen«, sagte sie spöttisch. »Welche Spuren glauben Sie denn dort unten noch zu finden, nachdem sie alles platt getrampelt haben?«

Eichholz überging die Bemerkung. »Ein halbes Dutzend Kollegen hat Sie keine Sekunde aus den Augen gelassen«, fuhr er fort. »Einschließlich Kommissar Trausch. Niemand hat irgendetwas gesehen.«

»Ich habe mit ihm gesprochen«, sagte sie, so ruhig sie konnte. Gleichzeitig wandte sie sich jetzt ganz unverhohlen Hilfe suchend an Trausch. »Sie haben es doch auch gehört!«

Trausch seufzte traurig und stellte seine Tasse auf den Tisch. »Ich habe mir die Aufnahme angehört. Dreimal. Die einzige Stimme, die darauf zu hören ist, ist Ihre eigene. Sie sagen, dieser … Vlad hätte Sie angerufen? Auf dem Telefon, das ich Ihnen gegeben habe?«

»Ja«, antwortete Conny.

»Woher sollte er die Nummer haben?«, hakte Eichholz nach.

»Außer von mir, meinen Sie?«, wollte Conny wissen. »Ich weiß es nicht. Ich kenne die Nummer selbst nicht. Finden Sie es heraus. Sie haben den Apparat mitgenommen.«

»Ja, das haben wir«, bestätigte Eichholz. »Wir haben ihn uns genau angesehen und auch mit dem Netzbetreiber gesprochen. Es ist ganz und gar ausgeschlossen, dass er Sie auf diesem Handy angerufen hat.«

»Wieso?«

»Weil seit drei Tagen niemand diese Nummer angerufen hat«, sagte Trausch. Er klang traurig. »Und es wurde auch nicht mit diesem Gerät telefoniert.«

»Das … das ist doch Unsinn!«, murmelte Conny. »Das ist …«

»Es ist wahr«, unterbrach sie Trausch, noch immer im gleichen, mitfühlenden Ton, der sie allmählich zur Raserei brachte. »Ich habe es selbst nachgeprüft.«

Conny schwieg eine ganze Weile, in der sie einfach nur dasaß und ins Leere starrte. Sie hätte nicht einmal sagen können, was sie in dieser Zeit gedacht hatte. Vielleicht nichts. Sie fühlte sich, als hätte sie einen Schlag in den Magen bekommen.

»Dann muss ich wohl doch verrückt sein und mir das alles nur eingebildet haben, wie?«, fragte sie bitter. Trausch setzte zu einer Antwort an, aber Eichholz kam ihm zuvor.

»Ich weiß nicht, ob Sie verrückt sind oder sich nur wichtig machenwollen oder einen anderen Grund für diese Farce haben«, sagte er. »Ich weiß allerhöchstens, dass ich mich sehr über Sie wundern muss. Haben Sie wirklich geglaubt, damit durchzukommen? Sie wissen doch, wie wir arbeiten.«

»Einen anderen Grund?«, wiederholte Conny. »Und welcher sollte das sein?«

»Sagen Sie es mir«, erwiderte Eichholz.

Eine Woge plötzlicher, heißer Wut explodierte in Conny und verschwand wieder, bevor sie irgendetwas sagen konnte, was sie spätestens in der Sekunde darauf bedauern würde. Sie starrte Eichholz nur an, und selbst dafür reichte ihre Kraft in diesem Moment kaum.

»Ich weiß nicht, wovon Sie sprechen«, antwortete sie schließlich. Sie hatte fest und herausfordernd klingen wollen, aber es hörte sich einfach nur schwächlich an.

»Und auch das hätten Sie jetzt besser nicht gesagt«, seufzte Eichholz. »Aber wie Sie wollen. Ich würde es begrüßen, wenn Sie heute Nachmittag ins Präsidium kommen könnten. Sagen wir, um fünf?«

»Begrüßen?«, wiederholte sie. »Was genau heißt das im Klartext? Ist das eine Vorladung oder bin ich schon verhaftet?«

»Nein«, antwortete Eichholz kühl. Irgendwie klang es wie: *Noch nicht.*

10

Als hätte die Natur eingesehen, dass sie etwas gutzumachen hatte, herrschte nach der unzeitgemäßen Kälte der vergangenen Nacht nun eine geradezu hochsommerliche Hitze. Sie war mit dem Taxi zu Sylvia gefahren, aber schon zwei Straßen vorher ausgestiegen, um das restliche Stück zu Fuß zu gehen – nach der hässlichen kleinen Episode vom Morgen war ein kleiner Spaziergang genau das Richtige, um wieder einen klaren Kopf zu bekommen, und darüber hinaus wollte sie Sylvias Adresse nicht preisgeben; nicht einmal einem Taxifahrer. Nach allem, was passiert war, wollte sie ganz bestimmt nicht auch noch sie mit hineinziehen – doch schon nach den ersten paar Dutzend Schritten kamen ihr Zweifel, ob das wirklich eine so gute Idee gewesen war.

Die Luft stand zwischen den Häusern, und ihr war noch nie so deutlich aufgefallen, wie übel die Stadt roch. Nicht nur nach Benzin und Abgasen, sondern nach tausend anderen Dingen, die sie einzeln nicht identifizieren konnte, in ihrer Gesamtheit jedoch äußerst unangenehm waren: Schweiß und schlecht gewordene Lebensmittel, heißen Stein und alte Farbe, Hundedreck und Menschen. Ihr Geruchssinn schien plötzlich mit mindestens doppelter Schärfe zu funktionieren, und auch ihr Gehör malträtierte sie mit einer Vielzahl von Geräuschen, die sie allesamt schon immer gekannt, aber noch niemals als so intensiv und aufdringlich empfunden hatte.

Vielleicht lag es daran, dass sie seit einer Weile nicht mehr rauchte … schließlich behaupteten ja viele ehemalige Raucher, dass ihr Geschmacks- und Geruchssinn deutlich schärfer geworden wäre, nachdem sie ihr Laster aufgegeben hatten.

Aber ihr Gehör?

Außerdem war es zu hell. Die Sonnenbrille, die sie eigentlich nur zur Tarnung aufgesetzt hatte, erwies sich schon bald als ihr wichtigstes Utensil. Selbst durch die dunkel getönten Gläser hindurch stach die Sonne wie mit dünnen, glühenden Nadeln in ihre Augen. Alles war gleißend hell, und die Trennlinien zwischen Licht und Schatten erschienen ihr unnatürlich hart; wie mit präzisen Tuschestrichen gezogen.

Sie atmete tief aus und beschleunigte ihre Schritte. Als sie in die Straße einbog, in der Sylvia wohnte, hatte sie plötzlich das fast körperliche Gefühl, beobachtet zu werden. Sie blieb abrupt stehen und drehte sich so schnell auf dem Absatz herum, dass kein noch so professioneller Verfolger eine Chance gehabt hätte, sich noch rechtzeitig in Sicherheit zu bringen.

Aber da war niemand. Die Straße hinter ihr war leer.

Sie ging weiter und sah sich auf dem letzten Stück noch zwei- oder dreimal (unauffälliger) um, und obwohl sie auch jetzt absolut nichts Außergewöhnliches bemerkte, wurde das Gefühl, aus unsichtbaren Augen angestarrt und belauert zu werden, eher noch stärker. Wahrscheinlich lag es an ihr. Wenn diese Geschichte hier vorbei war, brauchte sie einen langen, langweiligen Urlaub.

Wenn es dann noch etwas gab, wovon sie Urlaub machen konnte.

Sylvia lebte in einer kleinen, aber urgemütlich eingerichteten Maisonette-Wohnung in einem Haus aus dem vorletzten Jahrhundert, das fünf Stockwerke hatte. Es verfügte über einen Aufzug, einen altmodischen Gitterkäfig mit kunstvoll geschmiedeten Türen und intarsienverzierter Holzvertäfelung, ein wahres Prachtstück, das nur den kleinen Schönheitsfehler hatte, seit ungefähr fünfzig Jahren nicht mehr zu funktionieren. Einer der Gründe, aus denen sie sie vielleicht nicht ganz so oft besucht hatte, wie es vielleicht richtig gewesen wäre. Normalerweise war sie vollkommen außer Atem, wenn sie oben angekommen war (was allerdings auch zu einem Gutteil daran lag, dass sie ebenso normalerweise jede Gelegenheit nutzte, um sich in Form zu halten und die fünf Treppen im Laufschritt nahm), aber heute war sie nicht nur außer Atem, sondern völlig am Ende. Ihr Herz pumpte, als wolle es ihr einfach aus der Brust springen, und ihre Hände und Knie zitterten so stark, dass sie eine geschlagene Minute lang einfach dastand und gar nichts tat, bevor sie die Hand nach dem Klingelknopf ausstreckte.

Unter ihr fiel eine Tür ins Schloss, und Conny zog die Hand so hastig zurück, als wäre ihr gerade noch im allerletzten Moment klar geworden, dass sie im Begriff stand, eine glühende Herdplatte zu berühren, und trat stattdessen an das kunstvoll gedrechselte Treppengeländer, um nach unten zu sehen. Ein Schatten verschwand gerade noch rechtzeitig genug aus ihrem Blickfeld, um sie erkennen zu lassen, dass dort *überhaupt jemand* war (oder etwas?), aber nicht, wer (oder was?), und Connys Herz begann abermals schneller zu schlagen. Ihre Finger schlossen sich so fest um das Treppengeländer, dass es wehtat. Also war es doch keine Einbildung gewesen. Jemand verfolgte sie (vielleicht Vlad?), und jetzt war er dort unten und kam die Treppe herauf. Sie konnte seine Schritte hören, leise und irgendwie mühsam, wenn auch auf eine sonderbar unaufhaltsame Art von Zielstrebigkeit erfüllt, und …

»Conny?«

Zum zweiten Mal binnen weniger Augenblicke fuhr sie erschrocken herum und blickte verwirrt in ein schmales, von einer modischen schwarzen Kurzhaar-Frisur eingerahmtes Gesicht, das irgendwann einmal sehr hübsch gewesen sein musste, jetzt aber nur noch müde, blass und von einem unauslöschlich wühlenden Schmerz gezeichnet war. Und sie starrte dieses Gesicht tatsächlich eine halbe Sekunde lang an, bevor sie es überhaupt erkannte.

»Conny?«, fragte Sylvia noch einmal. »Ist alles in Ordnung?«

»Ich … ja, sicher«, antwortete sie stockend. Die Schritte unter ihr kamen näher. Sie waren zu schwer. Zu gleichmäßig. »Es ist alles okay«, versicherte sie. »Ich bin nur ein bisschen außer Atem. Ich habe dir doch gesagt, deine Treppe bringt mich eines Tages noch um.«

Sylvia legte den Kopf auf die Seite und maß sie mit einem langen, skeptischen Blick. Ihre Erklärung konnte nicht besonders überzeugend geklungen haben, denn sie sagte zwar nichts mehr, trat aber mit ein paar schnellen Schritten neben sie und beugte sich ebenfalls über das Geländer, um einen langen, nachdenklichen Blick in die Tiefe zu werfen. Auch Conny blickte noch einmal nach unten, wobei sie gegen eine vollkommen irrationale, immer stärker werdende Furcht vor dem ankämpfen musste, was sie dort unten sehen würde. Der Schatten tauchte erneut auf, klein und breitschultrig und sonderbar gedrungen, und die Schritte waren nun hörbar näher gekommen. Sylvia richtete sich auf und bedachte sie mit einem neuerlichen und diesmal noch tieferen Stirnrunzeln. »Das ist nur Frau Rossmann aus dem zweiten Stock. Sie hat immer mehr Mühe, mit ihren Einkäufen die Treppen zu schaffen – aber komm bloß nicht auf die Idee, ihr Hilfe anzubieten, wenn dir dein Leben lieb ist.« Sie maß sie mit einem intensiven Blick und sah plötzlich ein bisschen besorgt aus. »Hast du jemand anderen erwartet?«

»Nein«, erwiderte Conny rasch. »Wie gesagt: Diese verdammte Treppe ist eines Tages noch mein Tod.«

Sylvia ging zwar nicht weiter auf das Thema ein, sah jedoch noch einmal und eindeutig länger, als notwendig gewesen wäre, den Treppenschacht hinab und machte erst dann eine einladende Kopfbewegung auf die offen stehende Wohnungstür hinter ihnen. Conny erinnerte sich plötzlich wieder daran, wie oft sie Sylvia vorgeschlagen hatte, die uralten Angeln zu ölen, deren erbärmliches Quietschen man bis auf die Straße hinaus hören konnte, oder es auch selbst zu tun. Jetzt hatte sie nicht einmal gemerkt, dass die Tür hinter ihr aufgegangen war. Ihr Herz klopfte noch immer, und auch ihre Hände hatten noch nicht vollständig aufgehört zu zittern.

»Der Kaffee ist kalt«, sagte Sylvia, während sie an ihr vorbei und mit schnellen, irgendwie aber nicht wirklich sicheren Schritten in die Wohnung zurückging. »Du bist zu spät.«

»Entschuldige«, sagte Conny. »Ich wurde … aufgehalten.«

Sylvia ging weiter, ohne sich auch nur zu ihr umzudrehen oder sich davon zu überzeugen, dass sie die Tür hinter sich schloss. Die Angeln quietschten noch genauso erbärmlich wie eh und je. »Was gibt es da zu entschuldigen?«, erwiderte sie in fast amüsiertem Ton. »Ganz im Gegenteil. Madam Übergenau kommt zu spät. Ich finde das sehr beruhigend.«

Conny sagte nichts dazu, sondern drückte die Tür ins Schloss und konnte sich selbst gerade noch davon abhalten, die altmodische Kette vorzulegen. Allmählich, dachte sie, zornig auf sich selbst, war ihre Paranoia nicht mehr lustig, sondern begann zu einem echten Problem zu werden. Wenn Eichholz eine solche Szene mitbekäme, hätte er bestimmt seine helle Freude daran.

Sie folgte Sylvia ins Wohnzimmer und bemühte sich erst gar nicht, ein missbilligendes Stirnrunzeln zu unterdrücken, während sie sich schnell und sehr gründlich umsah. Nicht, dass es viel zu sehen gegeben hätte. Die beiden schrägen Dachfenster, durch die normalerweise zu dieser Zeit des Tages strahlend helles Sonnenlicht hereinströmte, waren mit schwarzen Papierjalousien verschlossen, sodass es fast vollkommen dunkel hier drinnen war. Hätte sie Sylvias Schritte nicht irgendwo vor sich gehört, hätte sie vermutlich Mühe gehabt, sie überhaupt zu identifizieren. Beiläufig fragte sie sich, wie sie sich überhaupt hier bewegen konnte, ohne ständig irgendwo anzustoßen oder etwas umzuwerfen, gab sich die Antwort auf diese Frage aber auch schon eine Sekunde später selbst: Vielleicht, weil sie keine Sonnenbrille trug.

Hastig nahm sie die schwarzen Gläser ab, und es wurde ein bisschen besser, irgendwie aber nicht wirklich angenehmer. Jetzt glich das Zimmer einer finsteren Höhle voller bedrohlicher Umrisse mit verschwommenen Rändern. Es roch schlecht; nach kalter Pizza, schalem Zigarettenrauch und Staub. Anscheinend war hier seit Wochen nicht mehr gelüftet worden. Ohne ein Wort zu sagen, ging sie zum Fenster, zog die Jalousie hoch und bedauerte ihre eigene Idee sofort, als ihre Augen noch immer genauso empfindlich wie gerade unten auf der Straße auf das Sonnenlicht reagierten. Sie blinzelte, wandte geblendet den Kopf ab und zog die Jalousie trotzdem zur Gänze hoch. Allerdings ließ sie das zweite Fenster geschlossen.

»He!«, protestierte Sylvia und hob geblendet die linke Hand über die Augen. »Was soll das? Ich dachte, wir wären Freundinnen?«

»Ja, und wenn wir es bleiben wollen, dann brauche ich ein wenig Licht, bevor ich dich aus Versehen zu Tode trampele.« Conny sah sich zum zweiten Mal und diesmal mit ganz bewusst strafendem Gesichtsausdruck um. »Wann hast du das letzte Mal hier aufgeräumt? Zu Weihnachten?«

»Stimmt«, antwortete Sylvia. »Ich hab nur vergessen, welches Weihnachten.«

»Vermutlich nicht in diesem Jahrhundert.« Der kleine Raum, der immer so pedantisch aufgeräumt und gemütlich gewesen war, dass sich jeder auf Anhieb darin wohlfühlen musste, bot einen völlig chaotischen Anblick. Es war nicht wirklich schmutzig – auf dem Tisch standen ein voller Aschenbecher und ein benutztes Glas, dem man ansah, dass es noch vom gestrigen Abend stammte, und hinter der offen stehenden Küchentür konnte sie das Geschirr sehen, das sich in der Spüle stapelte, das war allerdings auch schon alles. Dafür herrschte eine furchtbare Unordnung, die irgendwie nicht nur danach aussah, als hätte Sylvia einfach zu lange nicht aufgeräumt, sondern auf eine schwer greifbare Weise *arrangiert*.

»Wenn ich eine Putzfrau brauche, gebe ich eine Annonce auf«, sagte Sylvia ärgerlich. »Bist du nur gekommen, um herumzumäkeln?«

Conny setzte zu einer entsprechend scharfen Antwort an, aber noch bevor sie auch nur ein einziges Wort herausbekam, meldete sich ihr schlechtes Gewissen. Es ging sie nichts an. »Nein«, sagte sie. »Entschuldige.«

Sylvia machte eine wegwerfende Geste, beugte sich vor und nahm mit zitternden Fingern eine Zigarette aus einer von gleich drei oder vier Schachteln, die auf dem unaufgeräumten Tisch lagen. Sie wirkte ein bisschen erstaunt, als sie Conny die Packung hinhielt und diese ablehnend den Kopf schüttelte, zuckte aber nur mit den Schultern und kramte ein paar Augenblicke lang hektisch auf dem Tisch herum, bis sie ihr Feuerzeug gefunden hatte.

»Du hast ja recht«, sagte sie. »Hier müsste wirklich einmal aufgeräumt werden.« Sie nahm einen tiefen Zug, ließ sich wieder zurücksinken und blies den Rauch durch die Nasenlöcher aus. »Andererseits frage ich mich, wozu.«

Conny sagte auch dazu nichts. Sie hatten dieses Gespräch vielleicht ein Dutzend Mal geführt, wahrscheinlich öfter, und sie wusste, wie es enden würde. Deshalb war sie nicht hergekommen. Wenn sie ehrlich war, wusste sie eigentlich gar nicht, warum. Nur, weil Vlad es ihr gesagt hatte? Möglicherweise *der* Vlad, der gar nicht existierte?

Sie suchte sich einen Platz und setzte sich so, dass ihr das unangenehm grelle Tageslicht nicht direkt ins Gesicht fiel. »Eigentlich wollte ich mich wirklich nur zum Frühstück einladen«, begann sie, vergebens um einen scherzhaften Ton bemüht. »Doch so, wie es hier aussieht, sollte ich dich vielleicht besser einladen. Gibt es den kleinen Coffeeshop unten an der Ecke noch?«

»Ja«, antwortete Sylvia. »Aber ich will nicht dorthin. Ich mache dir einen frischen Kaffee, wenn du möchtest.«

»Wann bist du das letzte Mal aus dem Haus gegangen?«, fragte Conny.

Sylvia sog erneut an ihrer Zigarette, bevor sie antwortete. Conny konnte ihr Gesicht nur noch durch einen grauen Rauchschleier hindurch erkennen, aber sie sah trotzdem, dass sich etwas in ihrem Blick geändert hatte. Ihre Augen glitzerten hart. »Ich wäre es heute, wenn ich nicht seit einer Stunde auf dich warten würde.«

»Unsinn«, widersprach Conny. »Du weißt genau, was ich meine.«

Silvia antwortete nur mit einem Achselzucken. Sie nahm einen weiteren tiefen Zug aus ihrer Zigarette, blies den Rauch durch die Nase wieder aus, ohne wirklich inhaliert zu haben, und stand plötzlich auf, um in die Küche zu gehen. Als sie zurückkam, hielt sie eine Flasche Mariacron in der rechten und zwei saubere Gläser in der linken Hand. Conny schüttelte wortlos den Kopf, als sie ihr einen fragenden Blick zuwarf. Sie schwieg, bis Silvia sich wieder gesetzt und eines der Gläser drei Finger hoch mit der kupferfarbenen Flüssigkeit gefüllt hatte.

»Lea wird nicht wieder lebendig, wenn du dich auch noch umbringst«, sagte sie sanft.

Sylvia stürzte den Inhalt ihres Glases mit einem einzigen Zug herunter, bevor sie antwortete. »Du machst dir zu viele Sorgen. Ich habe das im Griff.«

»Oh ja, sicher«, antwortete Conny scharf, biss sich auf die Zunge und schluckte den Rest von dem herunter, was sie eigentlich sagen wollte. Sie hatten auch dieses Gespräch schon unzählige Male geführt, und sie war auch deshalb nicht hergekommen.

»Außerdem geht das gar nicht so schnell, das mit dem sich zu Tode saufen«, fuhr Sylvia fort. »Glaub mir. Ich habe es ausprobiert.«

»Tröstet dich der Gedanke gar nicht, dass wir ihn haben?«, fragte Conny.

Sylvia schnaubte, streckte die Hand nach der Flasche aus und zog sie dann wieder zurück, ohne die Bewegung beendet zu haben. »Wie war das gerade? Das macht Lea auch nicht wieder lebendig, oder?«

»Nein«, gestand Conny. »Aber ich finde es tröstlich.«

»Was? Dass du den Kerl umgelegt hast? Ja, das finde ich auch tröstlich. Was allerdings überhaupt nichts ändert.« Sie schenkte sich nun doch ein weiteres Glas ein, trank jedoch nicht daraus, sondern hielt es nur in beiden Händen, als bräuchte sie plötzlich etwas, woran sie sich festklammern konnte. »Ich habe mich noch gar nicht bei dir bedankt, dass du das Schwein erledigt hast. Was ist das für ein Gefühl?«

»Einen Menschen zu töten?« Conny schüttelte den Kopf. »Kein sehr schönes.«

»Einen Menschen?« Silvia gab einen sonderbaren Laut von sich, eine Mischung aus einem Keuchen, einem Lachen und etwas, das sich wie ein Bellen anhörte. »Der Kerl war kein Mensch. Ich hätte es selbst getan, wenn ich ihn in die Finger gekriegt hätte. Aber wahrscheinlich nicht so schnell.«

»Ja, und du hättest auch jede Rechtfertigung dafür gehabt«, antwortete Conny, »zumindest vom moralischen Standpunkt aus. Aber es ist trotzdem kein schönes Gefühl.«

Sie war nicht sicher, ob es Feindseligkeit war, was plötzlich in Sylvias Augen aufblitzte, auf jeden Fall nichts Angenehmes und nichts, was sie wirklich wissen wollte. »Du bist nicht gekommen, damit ich dich tröste, weil du diesen armen unschuldigen Kranken getötet hast, oder?«

»Nein«, antwortete Conny. Plötzlich fiel es ihr schwer, weiterzusprechen. Sie tat es trotzdem. »Eigentlich bin ich gekommen, um noch einmal mit dir über Lea zu sprechen. Wenn es dir nichts ausmacht.«

»Warum?«

»Es ist nur so ein Gefühl. Es geht um Aisler. Siehst du, wir versuchen gerade mehr über ihn herauszufinden. Wer er war. Was er getan hat, warum er so geworden ist, wie er war …« Sie hob die Schultern. »Die übliche Polizeiarbeit eben.«

»Und wozu?«, wollte Sylvia wissen. »Der Kerl ist tot, und gut.«

»Ja, sicher«, antwortete Conny vorsichtig. »Trotzdem ist es wichtig, solche Leute zu verstehen.« Sie hob erschrocken die Hand, als sie sah, dass Sylvia wieder auffahren wollte. »Nein, nicht so. Niemand will Verständnis für ihn haben. Ich jedenfalls nicht.«

»Du klingst aber so«, antwortete Sylvia, jetzt *eindeutig* feindselig.

»Der Kerl hat auch versucht, mich umzubringen, hast du das schon vergessen?«, antwortete Conny. »Ich wollte ihn nicht töten, aber glaub mir, es tut mir keine Sekunde lang leid.«

»Bestimmt nicht?«, fragte Sylvia höhnisch. »Ich meine: Du bist tief in dir nicht der Überzeugung, dass Leute wie er im Grunde nur arme Kranke sind, die unser Mitleid verdienen, weil in Wahrheit ihre Eltern, die Gesellschaft oder überhaupt das Leben schuld an dem sind, was sie getan haben?«

»Und die nicht eingesperrt gehören, sondern in eine Nervenheilanstalt mit Swimmingpool und Kabelfernsehen und einer Menge hoch bezahlter Spezialisten, die sie therapieren und ihnen nach fünf Jahren bescheinigen, dass sie wieder völlig geheilt sind und sie dann wieder auf die Menschheit loslassen, damit sie noch ein paar Kinder umbringen?« Conny schüttelte heftig den Kopf. »Ganz bestimmt nicht. Aber ich versuche Leute wie Aisler trotzdem zu verstehen. Ich will wissen, *warum* sie tun, was sie tun.«

»Weil sie verrückt sind?«, schlug Silvia vor. Sie trank nun doch – genauer gesagt stürzte sie auch den Inhalt ihres zweiten Glases in einem einzigen Zug herunter – stampfte ihre noch nicht einmal halb aufgerauchte Zigarette in den Aschenbecher und zündete sich sofort eine neue an.

Conny konnte gar nicht mehr sagen, wie oft sie dieses Gespräch – teilweise wortwörtlich – schon geführt hatten. Natürlich war es vollkommen sinnlos, ein solches Gespräch mit dem Angehörigen eines Opfers überhaupt zu beginnen. Sie fuhr trotzdem fort: »Vielleicht verstehen wir eines Tages ja, wie solche Leute ticken. Ich bin kein Psychologe …«

»Gott sei Dank nicht!«

»… aber ich will es einfach wissen«, fuhr sie unbeeindruckt fort. »Ich weiß, dass es Lea nichts mehr nutzt, aber vielleicht irgendwann irgendeinem anderen Mädchen, das möglicherweise dem nächsten Verrückten nicht mehr zum Opfer fällt, wenn wir ihn früh genug kriegen.«

Sie konnte Sylvia ansehen, wie wenig sie diese Worte beeindruckten. Sie interessierten sie nicht. »Und was hat das jetzt mit Lea zu tun?«

»Wahrscheinlich gar nichts«, gestand Conny. »Ich weiß, du hast uns damals schon alles erzählt, was wir wissen wollten. Trotzdem würde ich mir gerne noch einmal ihr Zimmer ansehen, wenn du nichts dagegen hast.«

Sylvia hob nur die Schultern. »Was immer du willst. Du kennst ja den Weg.« In ihrer Stimme war plötzlich eine Feindseligkeit, die Conny erschreckte. Anscheinend war ihr Versuch, ihre Bitte möglichst schonend vorzutragen, gründlich schiefgegangen. Doch sie sagte nichts mehr, sondern beließ es bei einem angedeuteten Nicken und erhob sich, um in Leas Zimmer hinüberzugehen. Sylvia sagte nichts mehr, was nichts daran änderte, dass sie ihre Blicke mit fast körperlicher Intensität spüren konnte. Es war kein angenehmes Gefühl.

Als Lea elf Jahre alt geworden war, hatte ihre Mutter die Wohnung umgeräumt und ihr das größte Zimmer überlassen – das objektiv betrachtet immer noch winzig war, aber nicht annähend so klein wie die bewohnbare Besenkammer, die im Mietvertrag als Kinderzimmer deklariert war. Anders als drüben im Wohnzimmer waren die Jalousien hier nicht heruntergezogen. Conny blinzelte und hob ganz instinktiv die Hand über die Augen, als sie in die gleißende Helligkeit hineintrat, die ihr nach dem schattigen Halbdunkel von gerade noch unnatürlicher und quälender verkam. Um ein Haar hätte sie die Sonnenbrille wieder aufgesetzt, und eigentlich tat sie es nur deshalb nicht, weil ihr die Vorstellung peinlich war, dass Sylvia hereinkommen und sie dabei überraschen könnte, wie sie Leas Sachen durchstöberte und dabei eine alberne Sonnenbrille trug; wie ein Kind, das sich als Geheimagent verkleidet hatte.

Nicht, dass sie tatsächlich vorhatte, großartig herumzuschnüffeln. Es gab in diesem Zimmer nicht viel, was sie nicht mindestens einmal in der Hand gehalten und aufmerksam begutachtet hatte, und ihre Kollegen noch ungleich öfter.

Eine ganze Weile stand sie einfach nur da, sah sich um und fragte sich, wonach sie eigentlich suchte. Lea war das erste Opfer des Vampirs gewesen, und es hatte die gleichnamige SOKO noch gar nicht gegeben (und somit auch keinen Eichholz, der sie von der Front abziehen und zum Kaffeekochen und Fotokopieren einteilen konnte), und sie hatte die Ermittlungen vor Ort noch persönlich geleitet. Sie kannte jeden Quadratzentimeter dieses Zimmers, den Inhalt jeder Schublade und den Titel jedes einzelnen Buchs, das im Regal stand, und das vermutlich genauso gut wie Sylvia; wenn nicht sogar besser. Und sie kannte auch Leas Leben, zumindest das, das sie die letzten zwei oder drei Jahre geführt hatte, und das sogar *ganz eindeutig* besser als sie. Sie hatte ein paar Dinge herausgefunden, von denen sie Sylvia bis heute nichts erzählt hatte und es auch nicht tun würde, wenn sie nicht dazu gezwungen war – Lea war nicht der unschuldige Engel gewesen, als den Sylvia sie gesehen hatte, sondern eine ganz normale Sechzehnjährige mit all ihren Ecken und Kanten und kleinen Besonderheiten, die gegen das Leben und die bestehenden Regeln aufbegehrte, wie es in diesem Alter üblich ist, und sich dabei auch schon die eine oder andere blutige Nase geholt hatte. Im vergangenen Jahr hätte sie um ein Haar die Versetzung nicht geschafft, und kurz darauf war sie mit zwei Gramm Marihuana erwischt worden. Irgendwie war es ihr gelungen, dass Sylvia von beidem nichts erfuhr, und Conny hatte keine Notwendigkeit gesehen, es ihr im Nachhinein zu erzählen, so wenig wie ein paar andere Dinge, die sie von ihren Freundinnen oder in der Schule erfahren hatte. Nichts davon war so, dass Sylvia Grund gehabt hätte, sich Sorgen zu machen, und nichts hatte irgendwie mit der schrecklichen Art und Weise zu tun, auf die Lea ums Leben gekommen war.

Was also hatte Vlad gemeint, als er behauptet hatte, ihre Kollegen hätten nicht gründlich genug gesucht? Die Kollegin, die hier gesucht hatte, war *sie* gewesen! Wenn es hier etwas gab, das ihr in irgendeiner Form weiterhelfen konnte, dann hätte sie es längst gefunden. Es gab in diesem Zimmer kein Versteck, das sie nicht entdeckt und sozusagen mit dem Mikroskop untersucht hätten.

Es sei denn, das, wonach sie suchte, war überhaupt nicht versteckt.

Was, wenn es die ganze Zeit über ganz offen da gewesen war?

Eine geraume Weile stand sie einfach da und sah sich um, wobei sie gar nicht versuchte, auf irgendwelche Einzelheiten zu achten oder vielleicht Details zu erkennen, die ihr vorher nicht aufgefallen waren, sondern einfach das Zimmer in seiner Gesamtheit auf sich wirken ließ; ein Trick, der nicht neu war und schon oft zu ganz erstaunlichen Ergebnissen geführt hatte.

Heute nicht.

Das Zimmer blieb, was es war: das Zimmer einer ganz normalen Sechzehnjährigen, an dem es absolut nichts Außergewöhnliches zu geben schien.

Die Wände waren in einem freundlichen Hellblau gestrichen und über und über mit Postern und sorgfältig gerahmten Bildern behangen, bei denen es kein System oder gar ein durchgehendes Motiv zu geben schien. Lea hatte anscheinend alles aufgehängt, was ihr gerade in die Finger gefallen war und in diesem Moment gefallen hatte: Es gab Landschafts- und Tierbilder. Blumenmotive und die üblichen Poster von Schauspielern oder Popgruppen, sogar ein DIN-A3 großes Poster einer chromblitzenden Harley, auf deren Sattel sich ein spärlich bekleidetes Starlet rekelte und das sie eher an der Wand eines Jungenzimmers erwartet hätte als hier, aber nichts von alledem war irgendwie besonders, und nichts offenbarte beim zweiten – oder auch beim zwanzigsten – Hinsehen eine andere Bedeutung als die, die es so ganz offensichtlich hatte.

Sie trat an den winzigen, aber pedantisch aufgeräumten Schreibtisch heran, ließ ihren Blick unschlüssig darübertasten und fuhr schließlich mit den Fingerspitzen über die Rücken der zwei oder drei Dutzend Bücher, die ordentlich nach dem Alphabet geordnet in dem schmalen Regal daneben standen. Sie hatte jedes Einzelne davon zur Hand genommen und zumindest durchgeblättert, in manchen davon auch gelesen, aber auch daran war nichts irgendwie Außergewöhnliches ... abgesehen vielleicht davon, dass die Zusammenstellung ein wenig abenteuerlich war. Ein wüster Trip durch nahezu alle Literaturgattungen, der zeigte, dass Lea ihren Geschmack noch nicht gefunden hatte: Die schon fast obligatorische Ausgabe von Tolkiens Herrn der Ringe, die man als Teenie eben zu haben hatte (und selbstverständlich abgöttisch zu verehren), zwei oder drei Romane von Stephen King und ein paar schmale Lyrikbände, aber auch Romane von Barbara Wood und Charlotte Link, eine ganze Anzahl Bücher über alternative Lebensweisen und natürliche Ernährung (auch diese Phase hatte Lea bereits hinter sich gehabt, und sie hatte zu Sylvias unverhohlener Erleichterung nicht einmal sehr lange gedauert, auch wenn sie dafür umso intensiver gewesen war) und – auch das vollkommen normal für ein Mädchen in ihrem Alter – ein bisschen Esoterik und anderer Hokuspokus. Die meisten dieser Bücher waren ihr mittlerweile so vertraut, als wären es ihre eigenen.

Conny nahm wahllos einen der Bände heraus und begann darin zu blättern – es war ein Buch über Hexerei nach dem Motto: Wie schaffe ich es, dass der nette Typ aus der Parallelklasse mich ins Kino einlädt, obwohl er doch eigentlich mit der Rothaarigen geht? –, stellte es mit einem Lächeln zurück und nahm ein anderes Buch aus dem Regal.

Dann fiel ihr doch etwas auf. Wahrscheinlich war es nur ein Zufall, aber möglicherweise auch nicht.

Sie stellte das Buch zurück, nahm noch einmal den Band über Hexerei zur Hand und schlug etwas nach, und dann verbrachte sie die nächsten gut zehn Minuten damit, Leas kleine Bibliothek Stück für Stück zu sichten.

Als sie damit fertig war, kam Sylvia herein. Sie wankte jetzt sichtbar, und auch ihre Stimme klang hörbar schleppender als vorhin. Sie hatte entweder weiter getrunken, oder die beiden Gläser, die sie gerade heruntergestürzt hatte, entfalteten allmählich ihre Wirkung. Vielleicht auch beides. »Na, hast du gefunden, wonach du gesucht hast?«

Conny ignorierte den feindseligen Unterton in ihrer Stimme und hob nur möglichst gleichmütig die Schultern. »Ich bin nicht einmal ganz sicher, wonach ich suche«, gestand sie.

Sylvias Blick tastete über das Regal, und die steile Falte direkt über ihrer Nase wurde noch tiefer. »Das sieht aber nicht nach nichts aus«, sagte sie. Tatsächlich hatte Conny die Bücher auf den Regalbrettern zwar pedantisch wieder an ihren Platz zurückgestellt, aber vielleicht ein halbes Dutzend davon nicht ganz nach hinten geschoben, um es zu markieren.

»Es stimmt«, gestand Conny. Sylvias Blick wurde fragend. »Mir ist etwas aufgefallen«, fuhr sie mit einem nervösen Lächeln und einem abermaligen Schulterzucken fort. »Ich weiß nicht, ob es etwas bedeutet – Lea hat immer viel gelesen, nicht wahr?«

Sylvia nickte. Warum stellte sie diese Frage? Conny selbst hatte Lea mindestens ein Dutzend Bücher geschenkt, wenn nicht mehr, und noch ungleich mehr ausgeliehen.

»Bis vor ungefähr zwei Jahren?«, fuhr Conny fort. Sie kam Sylvias Antwort mit einer raschen Handbewegung zuvor. »Nein, ich weiß, sie hat auch weiter gelesen ... aber ist dir vielleicht aufgefallen, dass sich etwas an dem geändert hat, *was* sie gelesen hat?«

Auch diesmal wartete sie Sylvias Reaktion nicht ab, sondern machte eine zweite, deutende Geste auf das Bücherregal. »Keines dieser Bücher ist jünger als zwei Jahre«, stellte sie fest. »Mit Ausnahme von diesen.« Sie deutete nacheinander auf die Handvoll Bände, die sie herausgezogen hatte. »Fällt dir etwas auf?«

Es verging eine kleine Weile, bis sich Sylvias Blick auch nur von ihrem Gesicht löste und dann – widerwillig – über die Titel auf den Buchrücken tastete. Sie runzelte angestrengt die Stirn, schüttelte dann aber den Kopf. »Nein.«

»Hexerei für Anfänger«, las Conny vor. »Das Geheimnis des Vampirismus. Leben nach dem Tod.« Sie legte fragend den Kopf auf die Seite. »Anscheinend hat sie seit einer Weile nur noch solche Bücher gelesen. Jedenfalls sind es die einzigen neuen Bücher, die es hier gibt.«

»Und was willst du damit sagen?«, fragte Sylvia. Jetzt machte sie sich nicht einmal mehr die Mühe, gegen den feindseligen Ton in ihrer Stimme anzukämpfen. »Dass sie verrückt war?«

»Natürlich nicht«, sagte Conny rasch. »In dem Alter ist es ganz normal, sich mit solchen Themen zu beschäftigen. Sogar mich interessiert es manchmal. Aber ich habe irgendwie das Gefühl, sie hat nichts anderes mehr gelesen.«

Sylvias Augen blieben kalt. »Und?«

»Ich weiß nicht, was das bedeutet«, gestand Conny. »Es ist mir nur aufgefallen.« Aber es bedeutete etwas. Irgendwo in ihr begann eine Saite zu schwingen, als hätte sie an eine Erinnerung gerührt, der sie bisher noch nicht genug Bedeutung zugemessen hatte.

Sie wartete ein paar Sekunden vergebens auf irgendeine Reaktion, zog die entsprechenden Bände schließlich wieder heraus und fragte:

»Hast du etwas dagegen, wenn ich sie mitnehme? Du bekommst sie natürlich zurück.«

»Bedien dich«, fauchte Sylvia. »Nimm alles mit, was dir gefällt. Ich kann dich ja sowieso nicht davon abhalten, weiter in ihrem Leben herumzuwühlen, oder?«

Ihre Worte waren unfair und ungerecht und unsachlich, und sie hatten keinen anderen Sinn als den, ihr wehzutun, doch obwohl Conny all das wusste, erfüllten sie ihren Zweck. Für einen kurzen Moment so gut, dass sie um ein Haar auf dem Absatz kehrtgemacht hätte und ohne ein weiteres Wort gegangen wäre. Aber damit hätte sie Sylvia keinen Gefallen getan, und Lea noch sehr viel weniger. So machte sie nur ein bedauerndes Gesicht, stapelte die Bücher aufeinander und klemmte sie sich unter den linken Arm. »Du bekommst sie zurück«, versprach sie. »Wenn du möchtest, gleich morgen.«

»Wenn das bedeutet, dass du morgen wiederkommst, dann lass dir ruhig Zeit«, antwortete Sylvia. Plötzlich fiel es Conny trotz allem schwer, nicht entsprechend darauf zu reagieren, und ihr Lächeln fiel auch deutlich kühler aus. Aber sie beherrschte sich, auch wenn sie innerlich zutiefst erschrak. Dass Sylvia Leas Tod bis heute nicht verarbeitet hatte und sich auf einem alles andere als guten Weg befand, hatte sie gewusst, nicht jedoch, *wie* schlimm es wirklich um sie stand. Sie würde sich um sie kümmern müssen. Bald.

Ohne ein weiteres Wort verließ sie das Zimmer, machte noch einen kleinen Umweg, um ihre Handtasche zu holen, und war beinahe überrascht, dass Sylvia sie zur Tür begleitete. Als sie die Wohnung verlassen wollte, fragte Sylvia: »Ist es wahr, dass er weg ist?«

»Wer?«

»Aisler«, antwortete Sylvia. »Der Kerl, der Lea umgebracht hat. Der Vampir, oder wie immer ihr ihn nennt. Sie haben es gerade in den Nachrichten gesagt.«

»Seine Leiche ist verschwunden«, gestand Conny. Warum verspürte sie bei diesen Worten eigentlich ein heftiges Schuldgefühl? »Aber keine Sorge. Irgendjemand findet das wahrscheinlich ungeheuer komisch, aber wir finden heraus, wer es war und warum er es getan hat.«

Anscheinend stand es mit ihren Nerven wirklich nicht zum Besten, denn während sie die Treppe wieder hinunterging, hatte sie abermals das Gefühl, beobachtet zu werden – dabei war das Treppenhaus leer, und die massiven, uralten Wohnungstüren hatten nicht einmal einen Spion, durch den hindurch man sie hätte sehen können. Doch das Empfinden, aus unsichtbaren, lauernden Augen angestarrt und taxiert zu werden, wollte nicht verschwinden. Conny atmete hörbar auf, als sie endlich aus dem Haus und wieder in den hellen Sonnenschein hinaustrat.

Sofort stach das Licht wieder ebenso unangenehm und fast schmerzhaft wie vorhin in ihre Augen, sodass sie hastig in ihre Handtasche griff und die Sonnenbrille hervorkramte. Selbst danach kam ihr der Tag noch unnatürlich hell und auf eine schwer in Worte zu fassende Weise feindselig vor, und die Straße, die ihr vorhin noch so schmal und fast erdrückend vorgekommen war, schien sie jetzt mit einem Übermaß an Raum und leerem Platz zu erschlagen. Vielleicht zum ersten Mal in ihrem Leben verspürte sie das genaue Gegenteil von Klaustrophobie; eine vollkommen irrationale, dennoch aber kaum zu beherrschende Angst vor der schieren Weite ringsum. Das Gefühl kam so plötzlich und war so bizarr, dass es sie zuerst einfach lähmte und ihre Hände und Knie zu zittern begannen. Die Bücher, die sie immer noch unter dem linken Arm trug, entglitten ihr und fielen zu Boden. Sie war nicht einmal in der Lage, sie aufzufangen, geschweige denn, sich danach zu bücken.

Jemand anderes tat es für sie.

»Sie sollten ein bisschen besser darauf achtgeben, meine Liebe«, sagte Trausch, während er sich wieder aufrichtete und ihr mit der linken Hand die Bücher reichte, die sie fallen gelassen hatte. »Für Sie sind es vielleicht nur Bücher, aber für Ihre Freundin bedeuten sie vermutlich Erinnerungen von unersetzlichem Wert.«

Conny starrte ihn zwei oder drei Sekunden einfach nur an. Es war erst einen Augenblick her, seit sie das Haus verlassen hatte, und in dem Zustand beginnender Paranoia, in dem sie es getan hatte, hatte sie sich *sehr* aufmerksam umgesehen. Niemand hatte hinter ihr gestanden. Niemand hatte sich auch nur im Umkreis von dreißig oder vierzig Metern von ihr befunden, und es war schlichtweg *unmöglich,* dass er so schnell herangekommen war, ohne dass sie es bemerkt hätte. Aber er war da, stand gerade einen Meter neben ihr und wartete geduldig lächelnd darauf, dass sie die Bücher aus seiner ausgestreckten Hand nahm. Schließlich tat sie es, wobei sie schon beinahe panisch darum bemüht war, ihn nicht zu berühren; als wäre er für sie plötzlich beinahe ebenso irreal und bedrohlich wie Vlad.

Der Gedanke machte sie zornig auf sich selbst, aber auch auf ihn. »Observieren Sie mich?«, stieß sie hervor.

»Wenn ich das täte, dann hätten Sie mich kaum bemerkt«, antwortete Trausch gelassen. Er schien keinen Anstoß an ihrem feindseligen Ton zu nehmen. »Und warum sollte ich auch?«

»Sagen Sie es mir.« Conny strich glättend mit der linken Hand über den Einband eines Buches. Er war geknickt, und sie machte sich schmerzhaft klar, dass er recht hatte: Für sie mochten es nur ein paar Bücher sein, für Sylvia bedeuteten sie alles, was von Leas Leben noch übrig geblieben war.

»Ich observiere Sie nicht«, antwortete er, nun doch in leicht verstimmtem Tonfall. »Ich wüsste keinen Grund. Oder fällt Ihnen einer ein?«

»Dann ist es ein reiner Zufall, dass Sie ausgerechnet jetzt hier auftauchen, nehme ich an«, sagte Conny spöttisch. »Die Welt ist klein, nicht wahr?«

»Nein«, antwortete Trausch. Er machte eine Kopfbewegung hinter sich, und als Connys Blick der Geste folgte, erkannte sie einen betagten roten *Celica*, der in einem halben Dutzend Schritten Entfernung am Straßenrand parkte. Sie musste nicht auf das Nummernschild sehen, um zu wissen, dass es ihr eigener Wagen war. Ihr Blick wurde fragend.

»Ich bin Ihnen tatsächlich nachgefahren, aber nicht, um Sie zu beobachten«, fuhr Trausch fort. »Ich wollte Ihnen den Wagen zurückbringen, und als ich angekommen bin, sind Sie gerade ins Taxi gestiegen. Also bin ich Ihnen nachgefahren. Ich hätte Sie angesprochen, aber dann habe ich gesehen, in welches Haus Sie gingen. Ich war ziemlich sicher, dass es Ihnen nicht recht sein würde, wenn ich Sie zu Ihrer Freundin begleite.« Er hob die Schultern. »Also habe ich hier auf Sie gewartet.«

Das mochte stimmen oder auch nicht – so oder so hörte es sich nicht wirklich überzeugend an. »Sie sind extra zurückgekommen, um mir meinen Wagen zu bringen?«

Trausch nickte zwar, aber dann schien ihm wohl selbst klar zu werden, wie wenig glaubhaft sich das anhörte. »Ja und nein«, gestand er. »Es war ein Vorwand. Die Jungs aus der Technik liegen mir schon seit drei Tagen damit in den Ohren, dass ihr Wagen im Weg rumsteht und weg muss. Also habe ich die Gelegenheit ergriffen und ihn gleich selbst abgeholt. Oder sind Sie zu allem Überfluss auch noch scharf darauf, Standgebühren zu zahlen? Sie wissen, wie die Typen aus der Rechnungsstelle sind.«

Seine Geschichte hatte mehr Löcher als ein Spinnennetz nach einem Herbststurm, aber sie sah ihn nur weiter durchdringend an, und es vergingen auch nur noch ein paar Sekunden, bevor seine vorgetäuschte Ruhe unter ihrem Blick zu zerbröckeln begann und er sich schließlich in ein nervöses Lächeln und ein noch nervöser wirkendes Schulterzucken rettete. »Also gut, ja«, gestand er. »Ich bin auch noch aus einem anderen Grund hier. Ich muss mit Ihnen reden.«

»Worüber?« Conny sparte es sich, ihn darauf aufmerksam zu machen, dass sie gute zehn Minuten zu Fuß gegangen war und er in dieser Zeit jede Gelegenheit gehabt hätte, neben ihr anzuhalten und sie anzusprechen. Er *hatte* sie beobachtet. Er war vielleicht nicht mit der Absicht gekommen, sie zu observieren, das wollte sie ihm gerne glauben, aber er hatte auch keinen besonderen Wert darauf gelegt, von ihr entdeckt zu werden, sondern ganz im Gegenteil abgewartet, um herauszufinden, wohin sie gehen würde.

»Nicht hier«, sagte er und machte erneut eine Kopfbewegung zu ihrem Wagen. Einen halben Herzschlag lang fragte Conny sich, ob er sich vielleicht einen Spaß daraus machte, den Geheimnisvollen zu spielen, aber irgendetwas sagte ihr, dass es nicht so war. Er war nervös, auch wenn er sich alle Mühe gab, sich nichts davon anmerken zu lassen. Sie nickte.

Als sie sich dem Wagen näherten, griff er in die Jackentasche und hielt ihr einen Schlüsselbund hin, den sie ohne Überraschung, aber schon wieder mit einem leisen Gefühl von Verärgerung als ihren eigenen identifizierte. Sie schüttelte den Kopf. »Sie sind hergefahren, dann bringen Sie mich auch wieder zurück.« Als er nur mit den Schultern zuckte und in einem Bogen auf die Straße auswich, um auf der Fahrerseite einzusteigen, fügte sie hinzu: »Fahren Sie vorsichtig. Meine Versicherung zahlt nur, wenn ich selbst am Steuer sitze.«

Das war zwar die Wahrheit, zugleich aber auch so albern, dass Trausch sich nicht einmal die Mühe machte, darauf zu antworten. Er schloss die Fahrertür auf, klemmte sich hinter das Steuer und wartete nicht einmal ab, bis sie sich angeschnallt hatte, bevor er auch schon den Motor startete und losfuhr. Für die nächsten paar Sekunden wich er ihrem direkten Blick aus, indem er so tat, als müsse er ständig in einen der Spiegel sehen oder sich auf andere Weise auf den praktisch nicht vorhandenen Verkehr konzentrieren. Hätte sie es nicht besser gewusst, wäre es ihr so vorgekommen, als hätte er ein schlechtes Gewissen.

Aber wusste sie es eigentlich besser?

»Was ist das?« Trausch machte eine Kopfbewegung auf die Bücher in ihrem Schoß. »Und sagen Sie jetzt nicht: Bücher.«

Conny war klar, dass er diese Frage nur stellte, um sie ihrerseits davon abzuhalten, eine Frage zu stellen. Sie beantwortete sie trotzdem. »Ich bin nicht sicher. Mir ist allerdings etwas aufgefallen.«

»Und was?«

»Lea hat immer viel gelesen, wissen sie? Aber anscheinend hat sich ihr Geschmack vor ungefähr zwei Jahren schlagartig geändert.« Sie hob die Schultern. »Natürlich ist es nur eine Vermutung. Ich kann mich irren. Das hier sind die einzigen Titel, die jünger als zwei Jahre sind.«

Trausch warf einen schrägen Blick auf den geknickten Einband des obersten Buches. »Und es ist alles so ein ... Zeug?«

»Wenn sie mit Zeug Bücher über Hexerei, Vampirismus und Leben nach dem Tod und solche Themen meinen, ja«, antwortete Conny. »Aber wie gesagt: Das muss nichts bedeuten.«

»Das muss nichts bedeuten?«, wiederholte Trausch mit sonderbarer Betonung und einem noch seltsameren Blick. »Ein sechzehnjähriges Mädchen, das sich nur noch mit solchen morbiden Themen beschäftigt?«

»Ich dachte, Sie hätten Kinder?«, gab Conny zurück.

»Allerdings.«

»Dann sollten Sie eigentlich wissen, dass Sechzehnjährige per Definition morbide sind«, sagte sie.

Trausch verzog zwar gehorsam die Lippen zu einem amüsierten Lächeln, doch sein Blick blieb ernst. »Sie glauben also, irgendetwas in ihrem Verhalten hätte sich geändert. Vor ungefähr zwei Jahren.« Irgendwie schien diese letzte Feststellung von besonderer Bedeutung für ihn zu sein, aber er machte sich nicht die Mühe, es zu erklären. »Und das haben Sie vorher nicht gemerkt? Immerhin haben Sie die Ermittlungen am Anfang geleitet. Ich dachte, Sie hätten sich das Zimmer gründlich angesehen.«

Er sprach im ganz sachlichem Ton einer Feststellung, ohne den leisesten Vorwurf, aber Conny fühlte sich trotzdem mit einem Male genötigt, sich zu verteidigen. »Und woher hätte ich wissen sollen, worauf ich achten muss?« Sie bedauerte die Worte schon, bevor sie sie ganz ausgesprochen hatte. Eine bessere Vorlage hätte sie ihm kaum liefern können.

»Weil es unser Job ist, so etwas zu wissen«, erwiderte er, hob jedoch auch gleichzeitig abwehrend die Hand. »Das war kein Vorwurf. Wirklich nicht – ich an Ihrer Stelle hätte es vermutlich auch übersehen ... wenn es überhaupt etwas zu übersehen gibt, heißt das. Auf jeden Fall sollten Sie sich genau überlegen, was Sie Eichholz antworten. Er wird Ihnen dieselbe Frage stellen. Und nur darauf warten, dass Sie sie falsch beantworten«, fügte er nach einer fast unmerklichen Pause, dafür aber in hörbar besorgtem Ton hinzu.

Conny sah ihn einen Augenblick lang nachdenklich an. »Also, was ist los?«, fragte sie schließlich. »Sie sind doch nicht nur gekommen, um mit mir über Leas Bücher zu reden oder mir meinen Wagen zurückzubringen? Ich meine – so wörtlich nehmen Sie das Motto: Die Polizei, dein Freund und Helfer, doch nicht wirklich, oder?«

»Nein«, gestand Trausch. »Eichholz hat mich geschickt, um Sie abzuholen.«

Conny sah demonstrativ auf die Armbanduhr. »Es ist noch nicht fünf.«

»Er wollte einen Streifenwagen und zwei uniformierte Kollegen schicken, doch das konnte ich ihm ausreden«, antwortete Trausch.

Conny richtete sich kerzengerade in ihrem Sitz auf. »Warum?«

Trausch sah sie eine Sekunde lang schweigend und unübersehbar besorgt an, bevor er sich wieder auf den Verkehr konzentrierte. Conny fiel auf, dass er das Lenkrad mit viel größerer Kraft hielt, als notwendig war. »Was ist passiert?«, wollte sie wissen.

»Wir haben eine neue E-Mail bekommen«, antwortete Trausch. »Genauer gesagt: Sie.«

»Ich?«, wiederholte Conny verständnislos. »Nur, falls es Ihnen nicht aufgefallen ist, Kollege ... ich habe im Moment nicht einmal einen Computer. Der steht noch im Präsidium.«

»Die E-Mail ist auf Ihrem Computer angekommen«, antwortete Trausch. »Sie war an Sie adressiert. Und auch diesmal wieder ohne Absender.«

»Und Sie glauben, sie wäre von Vlad?«

Diesmal versuchte Trausch nicht einmal zu verhehlen, wie schwer ihm die Antwort fiel. Er sah schon fast starr geradeaus. »Sie stammt von Aisler.«

»Aisler?«, wiederholte Conny. Sie versuchte zu lachen, aber es wurde eher ein Krächzen daraus.

»Jedenfalls behauptet der Absender, er wäre der Vampir«, antwortete er. »Und er kündigt in dieser E-Mail einen weiteren Mord an.«

Conny starrte ihn an. Ihr Herz begann plötzlich schneller zu schlagen. Irgendetwas ... rührte sich in ihrer Erinnerung. Da war etwas, das sie vergessen oder dem sie nicht das gebührende Gewicht beigemessen hatte, aber der Gedanke entglitt ihr, bevor sie ihn richtig fassen konnte. Zurück blieb eine Beunruhigung, die mit jeder Sekunde weiter zunahm, obwohl sie nicht einmal wusste, warum. »Einen weiteren Mord?« Diesmal gelang es ihr, wenigstens etwas Ähnliches wie ein nervöses Lachen herauszubringen. »Lassen Sie mich raten: Er will mich umbringen?«

Trausch antwortete nicht darauf, aber er tat es auf eine Art, die Antwort genug war.

»Dann muss ich mich bei Eichholz ja wohl bedanken, wie?«, fuhr sie nervös fort. »Er wollte die beiden Kollegen also nur zu mir schicken, damit sie mich beschützen.«

»Sie sollten die Sache ein wenig ernster nehmen, Conny«, antwortete er, immer noch, ohne sie anzusehen. »Eine Morddrohung gegen einen Polizisten ist kein Scherz. Jedenfalls diese nicht.«

»Wieso?«

»Weil es mehr ist als ein schlechter Scherz«, antwortete Trausch. »In dieser E-Mail stehen ein paar Dinge, die das beweisen. Ganz offensichtlich gibt es entweder einen zweiten Täter, oder wir haben es mit einem Trittbrettfahrer zu tun – aber wenn, dann ist er ziemlich gut informiert. Er weiß ein paar Dinge, die er eigentlich nicht wissen kann. Es sei denn, er wäre dabei gewesen oder hätte einen Informanten bei uns.«

»Sie meinen mich«, vermutete Conny.

»Natürlich nicht!«, widersprach Trausch heftig.

»Aber Eichholz meint mich.«

Dazu sagte er nichts mehr.

Gute zwei oder drei Minuten lang fuhren sie in unbehaglichem Schweigen dahin, Trausch starrte weiter wortlos aus dem Fenster, und Conny versuchte vergebens, das immer noch zunehmende Unbehagen zu ergründen, das sie erfüllte. Dann fragte sie, schon beinahe schleppend: »Und es ist eine direkte Morddrohung gegen mich?«

»Jedenfalls kann man es so auslegen«, antwortete er. »Warum?«

Conny antwortete auch jetzt nicht gleich. Aus ihrem Unbehagen war mittlerweile tatsächlich Angst geworden, aber obwohl das Gefühl so gestaltlos blieb, wie es die ganze Zeit über gewesen war, hatte sie zugleich das immer seltsamere Empfinden, dass es eine Furcht war, die nicht wirklich *ihr* galt. »Als Sie mir vorhin nachgefahren sind«, fragte sie, »wo haben Sie da geparkt? Dort, wo wir gerade eingestiegen sind?«

»Natürlich nicht.« Trausch schüttelte den Kopf. »Nein, am Ende der Straße. Mir war klar, wohin Sie gehen würden, als ich das Haus gesehen habe.«

»Und Sie sind erst weitergefahren, nachdem ich im Haus war?«

Trausch nickte. »Ja. Warum?« Er wirkte beinahe verstört. Das waren schon keine Anfängerfragen mehr, sondern eher der Versuch, ihn auf den Arm zu nehmen.

»Ist nach mir noch jemand ins Haus gegangen?«

»Nein«, antwortete Trausch. »Niemand.«

»Wirklich niemand?«, vergewisserte sich Conny. »Keine alte Frau mit schweren Einkaufstaschen zum Beispiel?«

Trausch schüttelte noch einmal und heftiger den Kopf, dann weiteten sich seine Pupillen eine Winzigkeit, und Conny stieß scharf hervor: »Drehen Sie um! Schnell!«

Ihre Worte wären wahrscheinlich nicht einmal nötig gewesen. Trausch hatte bereits Bremse und Kupplung zugleich getreten, schaltete herunter und kurbelte so hektisch am Lenkrad, dass der kleine Wagen sich mit protestierend kreischenden Reifen praktisch auf der Stelle zu drehen begann und sein Heck ausbrach. Hinter ihnen setzte ein wütendes Hupkonzert ein, und Trausch gab Gas, fing den Wagen genau in dem Sekundenbruchteil ab, in dem Conny felsenfest davon überzeugt war, sie würden in die Reihe der auf der anderen Straßenseite geparkten Fahrzeuge krachen, und beschleunigte, bis auf dem Armaturenbrett eine rote Warnlampe zu blinken begann. Das Hupen und Bremsenquietschen hinter ihnen wurde noch lauter, und Trausch konnte gerade noch um Haaresbreite einem Mercedes ausweichen, dessen Fahrer vor lauter Schrecken das Lenkrad verriss, sodass sich der Wagen quer stellte.

Für die Strecke, die sie in den letzten drei oder vier Minuten zurückgelegt hatten, brauchten sie jetzt weniger als eine, und Trausch brachte den Celica mit einem brutalen Bremsmanöver unmittelbar vor dem Haus zum Stehen, riss die Tür auf und sprang hinaus, noch bevor er gänzlich ausgerollt war.

Conny sprang auf der anderen Seite aus dem Wagen und rannte hinter ihm her. Wieder erklang ein schrilles Hupen, und ein Wagen verfehlte sie so knapp, dass sie tatsächlich den Luftzug spüren konnte, aber sie nahm es kaum zur Kenntnis, sondern hetzte mit gewaltigen Sprüngen hinter Trausch her und holte ihn ein, als er die Haustür erreicht hatte und den Daumen auf den obersten Klingelknopf presste.

»Haben Sie einen Schlüssel?«, keuchte er.

Conny schüttelte den Kopf, und Trausch benutzte die komplette Handfläche, um sämtliche Klingeln auf einmal zu drücken. Zwei oder drei Sekunden lang geschah gar nichts, dann ertönte der Türsummer, und Trausch und Conny stürzten hintereinander ins Haus, noch während hinter ihnen ein halbes Dutzend Stimmen gleichzeitig aus der Sprechanlage drangen.

Sie fiel praktisch schon sofort zurück, als er vor ihr die Treppe hinaufzurennen begann, obwohl sie genau wie er mit jedem Schritt zwei oder drei Stufen auf einmal nahm. Auf halber Höhe flog eine Tür auf, und ein erboster Hausbewohner trat halb auf den Flur heraus, machte den Mund auf und klappte ihn sofort wieder zu, als Trausch an ihm vorbeihetzte und seine Waffe zog, während er den nächsten Treppenabsatz in Angriff nahm. Auch Conny stürmte an ihm vorbei und registrierte mit einem (in diesem Moment völlig absurden) Gefühl von Schadenfreude, wie er kreidebleich wurde und sich fluchtartig wieder hinter seine Wohnungstür zurückzog, und versuchte ebenso verbissen wie vergebens, wenigstens halbwegs mit Trausch Schritt zu halten.

Oben angekommen, war sie so außer Atem, dass sie sich am Geländer festhalten musste und beinahe dankbar war, als Trausch die Hand hob und ihr mit einer erschrockenen Geste bedeutete, zurückzubleiben. Er hatte sich neben der Tür zu Sylvias Wohnung mit dem Rücken gegen die Wand gepresst und schien zu lauschen, wobei er die Pistole jetzt mit beiden Händen hielt. Conny blieb eine Sekunde stehen, rang keuchend nach Atem und registrierte dann mit einem Gefühl von kaltem Entsetzen, dass die Wohnungstür nur angelehnt war. Natürlich musste das nichts bedeuten. Sylvia war in dieser Hinsicht immer schon ein bisschen schlampig gewesen und hatte stets behauptet, dass dies schließlich ein *anständiges Haus* wäre, in dem man seine Wohnungstür getrost offen stehen lassen konnte, und es auch oft genug getan und ihre ständigen Ermahnungen, ein bisschen vorsichtiger zu sein, auf ihren Beruf und die damit (ihrer Meinung nach) zwangsläufig verbundene Paranoia geschoben. Vielleicht hatte sie schlicht und einfach vergessen, die Tür hinter ihr wieder zu schließen, oder sie sogar absichtlich offen gelassen, um zu lauschen und sich zu überzeugen, dass sie auch tatsächlich ging.

Aber irgendetwas sagte ihr, dass es nicht so war.

Conny schüttelte beinahe schon entsetzt den Kopf, als sie sah, wie Trausch die Hand ausstreckte, um die Tür aufzuschieben. Mit einer hektischen, lautlosen Geste und einem mahnenden Blick bedeutete sie ihm, es bleiben zu lassen, trat rasch und so leise sie konnte selbst an die Tür heran und lauschte mit angehaltenem Atem. Aus der Wohnung drangen gedämpfte Geräusche, die sie nicht identifizieren konnte. Ein leises Rumoren und – vielleicht – ein Poltern, möglicherweise eine Stimme, die ebenso gut auch aus dem Radio kommen konnte, ein leises Klirren; vielleicht das Geräusch, mit dem ein Flaschenhals an ein Glas stieß. Ihr Herz hämmerte plötzlich so laut, dass es jedes andere Geräusch zu übertönen schien.

Trausch warf ihr einen fragenden Blick zu, und Conny bedeutete ihm auf die gleiche Weise, zurückzubleiben, legte die rechte Hand auf die Klinke und die Handfläche der anderen gegen die Tür und drückte sie buchstäblich millimeterweise nach innen, während sie mit klopfendem Herzen darauf wartete, dass die Angeln mit ihrem verräterischen Kreischen begannen. Das Wunder geschah. Die Tür gab nicht das mindeste Geräusch von sich, während sie sie unendlich behutsam aufdrückte, doch als der Spalt breit genug war, um hindurchzuschlüpfen, legte ihr Trausch die Hand auf die Schulter und zog sie mit sanfter Gewalt zurück. Er schüttelte den Kopf, machte eine nun eindeutig befehlende Geste und zog mit der Linken sein Handy aus der Jackentasche, um es ihr zu reichen.

Selbstverständlich hatte er recht. Sie war nicht bewaffnet, hatte alles andere als einen kühlen Kopf und war nicht einmal wirklich im Dienst, aber wenn er erwartete, dass sie jetzt gehorsam zurückblieb und draußen auf dem Flur wartete, nur um im Notfall Verstärkung zu rufen und darüber hinaus zu hoffen, dass schon alles in Ordnung war, dann täuschte er sich.

Conny wartete gerade lange genug, bis er durch die Tür geschlüpft war, ohne dass zumindest unmittelbar darauf ein Schuss fiel oder ein Schrei erklang, dann folgte sie ihm auf die gleiche Weise. Den wütenden Blick, den er ihr zuwarf, konnte sie zwar nicht sehen, aber mit schon fast körperlicher Intensität spüren. Dennoch war er Profi genug, sie nicht noch einmal zurückscheuchen zu wollen oder gar ein verräterisches Geräusch zu verursachen.

Etwas hatte sich in den wenigen Minuten verändert, seit sie gegangen war, aber es dauerte noch eine Weile, bis ihr der Unterschied wirklich klar wurde: Es war noch dunkler geworden. Conny nahm rasch die Sonnenbrille ab, ohne dass es viel besser wurde. Selbst Trausch, der direkt neben ihr stand, war kaum mehr als ein formloser Schatten, den sie nur durch das Geräusch seiner Atemzüge als etwas Lebendiges identifizierte. Seltsamerweise konnte sie es fast unnatürlich klar hören, obwohl sie zugleich spürte, dass er sich alle Mühe gab, möglichst flach zu atmen.

Da sie sowieso kaum etwas sehen konnte, schloss sie die Augen und lauschte konzentriert. Die Geräusche, die sie draußen auf dem Flur wahrgenommen hatte, waren jetzt deutlicher: Die Stimmen kamen tatsächlich aus dem Radio, das vorhin noch nicht eingeschaltet gewesen war, aber da waren noch andere Laute, die sie mit schon fast gespenstischer Klarheit hörte, obwohl die Zwischentür zum Wohnzimmer jetzt geschlossen war. Jemand schien mit schnellen, aber sehr unruhigen Schritten im Zimmer auf und ab zu gehen, und sie hörte ein beständiges Rumoren und Hantieren und Räumen, als wäre jemand dabei, das gesamte Zimmer umzustellen. Und sie roch etwas, ohne auf Anhieb sagen zu können, was es war. Aber es gehörte nicht hierher.

Bevor Trausch weitergehen konnte, legte ihm Conny rasch die Hand auf die Schulter und bedeutete ihm mit einem Kopfschütteln (von dem sie wenigstens hoffte, dass er es in der Dunkelheit überhaupt sah), zurückzubleiben, und fast zu ihrer Überraschung gehorchte er sogar – auch wenn er ihr so dichtauf folgte, dass sie seinen Atem im Nacken spüren konnte. Beiläufig registrierte sie, dass jetzt selbst aus dem Kinderzimmer und der Küche kein Licht mehr drang, als hätte Sylvia die wenigen Minuten genutzt, um die Wohnung komplett zu verdunkeln und endgültig in eine Grabkammer zu verwandeln.

Die Geräusche aus dem Wohnzimmer wurden jetzt lauter, und sie *wusste* einfach, dass irgendetwas nicht stimmte. All ihre Sinne schienen Alarm zu schlagen. Dennoch bewegte sie sich auf dem letzten Stück eher noch langsamer und ließ sich schließlich vor der Tür in die Hocke sinken, um einen Blick durch das Schlüsselloch zu werfen. Ein Teil von ihr kam sich unglaublich albern dabei vor und stellte ihr hartnäckig die Frage, was sie eigentlich antworten würde, wenn Sylvia in diesem Moment die Tür aufriss und sie fragte, was zum Teufel sie eigentlich hier zu suchen hatte und was der bewaffnete Begleiter bedeutete. Aber was sie *sah*, als sie durch das Schlüsselloch spähte, das war ganz und gar nicht albern, sondern so bizarr und erschreckend, dass ihr der Atem stockte.

Die schwarze Papierjalousie war tatsächlich wieder heruntergezogen worden, doch das Zimmer war trotzdem nicht vollkommen dunkel, sondern vom flackernden Schein mindestens eines Dutzends Kerzen und Teelichtern erhellt, die inmitten des Chaos auf dem zugemüllten Tisch brannten. Was sie für undeutliches Stimmengemurmel aus dem Radio gehalten hatte, identifizierte sie jetzt als düstere gregorianische Gesänge, die vom atonalen Kreischen einer E-Gitarre und hämmernden Schlagzeugrhythmen untermalt wurden. Ein seltsamer Geruch, der sie – auf sehr unangenehme Weise – an Weihrauch erinnerte, wehte zu ihr hinaus, und sie meinte einen Schatten zu sehen, der auf so sonderbare, unheimliche Weise verzerrt wirkte, dass sich ihr Verstand einfach weigerte, ihn als den eines Menschen zu identifizieren. Das alles registrierte sie im ersten Sekundenbruchteil, nicht einmal wirklich der Zeit, die der Gedanke brauchte, um in ihrem Kopf zu entstehen und in seiner ganzen Konsequenz zu ihrem Bewusstsein vorzudringen.

Im nächsten sprang sie hoch, rammte die Tür kurzerhand mit der Schulter auf und stolperte, vom Schwung ihrer eigenen, ungestümen Bewegung vorwärtsgerissen, hindurch. Die Tür prallte wuchtig gegen irgendetwas, das mit einem überraschten Keuchen und einem lautstarken Poltern zu Boden fiel, und aus dem verzerrten Schatten wurde eine riesige, nicht minder verzerrte und unheimliche Gestalt, die sich gerade über etwas hatte beugen wollen, das hinter der Couch lag und nun erschrocken erstarrte: ein ganz in schwarz gekleideter Riese mit totenbleichem Gesicht, leeren Augen und schrecklichen Fangzähnen, der eine Stachelkrone anstelle von Haaren trug und in einen bauschigen schwarzen Mantel gehüllt war.

Aber seine Erstarrung hielt nur für den Bruchteil einer Sekunde an. Noch bevor Conny ihr Gleichgewicht endgültig wiedergefunden hatte, richtete er sich mit einem Knurren wie dem eines wütenden Wolfs zu seiner vollen Größe von weit über zwei Metern auf und fuhr aus der gleichen, unmöglich schnellen Bewegung zu ihr herum. Sein Mantel bauschte sich wie ein Paar riesiger, schwarzer Fledermausschwingen, als er sich mit der Linken auf die Rückenlehne der Couch abstützte und blitzartig darüber hinwegflankte.

Die Zeit schien stehen zu bleiben. Connys Gedanken arbeiteten plötzlich mit phantastischer Schnelligkeit und noch übernatürlicherer Schärfe, aber sie hatte zugleich das grässliche Gefühl, gegen einen unsichtbaren, immer stärker werdenden Widerstand ankämpfen zu müssen, der ihre Bewegungen zu einer lächerlich langsamen, grotesken Pantomime machte.

Der Dämon bewegte sich dafür umso schneller, ein rasendes Gleiten und Huschen, zu dem kein normaler Mensch imstande sein konnte. Mit einem einzigen Satz überwand er die Entfernung zwischen ihnen, und etwas, von dem Conny einfach wusste, dass es ihr Gesicht zertrümmern würde, wenn es traf, zielte nach ihren Augen. Verzweifelt versuchte sie sich zurückzuwerfen oder wenigstens abwehrend die Arme vor das Gesicht zu reißen, doch ihre Bewegungen schienen eher noch langsamer zu werden.

Ein Schuss krachte. Die Kugel jagte so dicht an ihrem Gesicht vorbei, dass sie den heißen Luftzug wie die Berührung einer wüstentrockenen warmen Hand auf der Wange spüren konnte, noch bevor der grelle orangefarbene Mündungsblitz die Szenerie vor ihr in einen gespenstischen, stroboskophaften roten Videoclip verwandelte. Funken sprühten, ein Geräusch irgendwo zwischen einem metallischen Klirren und einem schmerzerfüllten Grunzen erklang, und was immer nach ihrem Gesicht gehackt hatte, verfehlte sie um Haaresbreite und schlitzte mit einem grässlichen Laut durch ihren Jackenärmel, ohne die Haut darunter auch nur zu berühren.

Und endlich kehrte die Zeit zu ihrem normalen Ablauf zurück.

Nicht, dass es dadurch viel besser wurde: Conny stolperte ganz instinktiv einen halben Schritt zurück und zur Seite und entging so dem zweiten, blitzartig nachgesetzten Hieb ihres gespenstischen

Gegners, verlor dadurch aber auch endgültig das Gleichgewicht und fiel schmerzhaft auf die Knie hinab. Hinter ihr schrie Trausch irgendetwas, das sie nicht verstand, und sie spürte, wie sich erneut etwas ungeheuer Großes und Massiges in ihre Richtung in Bewegung setzte. Tödlicher Stahl blitzte auf, und die Luft war erfüllt vom Geschmack purer Mordlust.

»*Conny!*«, schrie Trausch. »*Pass auf!*«

Sie konnte nicht sagen, ob sein Schrei sie tatsächlich warnte, sodass sie sich instinktiv im allerletzten Moment duckte oder den Angreifer gerade für den entscheidenden Bruchteil einer Sekunde aus dem Konzept gebracht hatte – auch der nächste Hieb verfehlte sie und zertrümmerte stattdessen die Tischplatte neben ihr. Gläser, volle Aschenbecher, Zeitschriften und brennende Kerzen wirbelten in einem Sturm aus Licht und tanzenden Schatten und scharfkantigen Scherben in alle Richtungen davon, und Conny verlor durch die abrupte Bewegung nun endgültig die Balance und fiel schwer auf die Seite.

Instinktiv riss sie die Arme über das Gesicht, spürte erst jetzt die winzigen Flammen, die aus ihrem Haar züngelten, und schlug sie mit den Händen aus, während sie hastig so weit davonrollte, bis sie gegen ein Hindernis stieß.

Das Erste, was sie wieder klar sehen konnte, war Trausch, der unter der offenen Tür stand und beidhändig auf etwas oder jemanden hinter ihr zielte. Aber er kam nicht dazu, abzudrücken. Conny erinnerte sich plötzlich wieder an den dumpfen Aufprall, den sie gehört hatte, während sie durch die Tür gestürmt war, doch ihr warnender Schrei kam zu spät. Sie war nicht einmal sicher, ob sie ihn überhaupt ausgestoßen hatte.

Der Kerl, der hinter der Tür gestanden hatte und von ihrem ungestümen Anprall einfach von den Füßen gerissen worden war, hatte sich noch nicht wieder aufgerichtet, war jedoch keineswegs außer Gefecht gesetzt oder auch nur benommen, sondern reagierte ganz im Gegenteil mit schon fast übermenschlicher Kaltblütigkeit: Conny sah im flackernden Licht der wenigen übrig gebliebenen Kerzen kaum mehr als eine schattenhafte Bewegung, als er mit aller Gewalt vor die Tür trat, sodass sie Trauschs Hüfte und seine ausgestreckten

Arme traf. Der Aufprall brachte ihn aus dem Gleichgewicht, und die Pistole wurde ihm aus den Händen gerissen und flog in hohem Bogen davon.

Conny blieb keine Zeit, den ungleichen Kampf weiterzuverfolgen. Das instinktive Gefühl von Gefahr ließ sie abermals herumfahren und aufspringen; wenn auch nicht vollkommen und in die Richtung, in der sie ihre Bewegung begonnen hatte. Mit einer Kraft, die sie sich selbst vielleicht am allerwenigsten zugetraut hätte, und in einer Bewegung, die so unnatürlich und schnell war, dass ein weißglühender Schmerz durch ihre Hüfte schoss, warf sie sich herum und trat gleichzeitig mit aller Gewalt zu. Irgendetwas hämmerte mit dem typischen Geräusch von splitterndem Holz genau dort in die Schranktür, wo sich ihr Gesicht befunden hätte, wäre sie tatsächlich aufgesprungen, aber auch sie traf etwas. Und obwohl sie das Gefühl hatte, gegen massiven Stein getreten zu haben, musste sie ihrem Gegner wohl ziemlich wehgetan haben, denn sie wurde mit einem schmerzerfüllten Keuchen und einem unterdrückten Fluch belohnt und sah, wie der Schatten zwei oder drei Schritte weit zurücktaumelte und nach irgendeinem Halt suchte, um nicht zu stürzen.

Hinter ihr erscholl ein wütender Schrei, der fast unmittelbar in das Geräusch eines verbissenen Kampfes überging. Sie achtete nicht darauf – Trausch war ein kräftiger, durchtrainierter Mann, den so leicht niemand beeindrucken konnte –, sondern sprang endgültig auf die Füße und ging nun ihrerseits zum Angriff über; nicht, weil sie so mutig war oder sich tatsächlich eine Chance ausgerechnet hätte, sondern aus purer Verzweiflung. Sie konnte immer noch nicht wirklich viel sehen, aber der Kerl hatte seine Entschlossenheit unter Beweis gestellt, und sie hatte den tödlichen Stahl gespürt, mit dem er sie attackiert hatte. Wenn sie ihm auch nur die Spur einer Chance ließ, abermals die Initiative zu ergreifen, war sie verloren.

Sie hatte nicht vor, etwas so Dummes zu tun. Stattdessen stürmte sie geduckt auf den Schatten zu und rammte ihm die Schulter gegen die Brust, noch bevor er sein Gleichgewicht wiedergefunden hatte. Er keuchte noch einmal und noch wütender, taumelte aber auch zurück und prallte mit einem dumpfen Laut gegen die Wand unter der Dachschräge. Sein Kopf schlug so hart gegen einen Balken, dass sie ein vernehmliches Knirschen zu hören glaubte, und aus dem wütenden Grunzen wurde ein Wimmern.

Conny spürte, wie er instinktiv trotzdem nach ihr zu schlagen versuchte, duckte sich unter dem gemeinen Hieb weg und revanchierte sich, indem sie das Knie hochriss und ihm mit aller Gewalt zwischen die Beine rammte.

Sie traf nicht richtig, sondern erwischte nur die Innenseite seines Oberschenkels. Immerhin schien ihm selbst das genug zu schaffen zu machen, um ihn endgültig auszuschalten. Aus seinem Wimmern wurde etwas, das sich halb erstickt und zufriedenstellend qualvoll anhörte, und er begann ganz langsam an der Wand entlang zu Boden zu rutschen. Conny setzte dazu an, das Knie noch einmal hochzureißen, um ihm den Rest zu geben, doch da hörte sie ein gedämpftes Stöhnen neben sich, sah instinktiv hin, und das Blut schien in ihren Adern zu gefrieren.

Sylvia lag hinter der Couch lang ausgestreckt auf dem Boden. Selbst im flackernden Licht der Kerzen konnte sie erkennen, dass ihr Gesicht und Hals voller Blut waren.

Conny vergaß ihren Gegner einfach. Mit einem einzigen Satz war sie neben Sylvia, sank auf die Knie und streckte die Hände nach ihr aus, erstarrte aber, als sie die schreckliche Wunde sah, die sich nahezu von einem Ohr zum anderen über ihren Hals zog.

Der Kerl hatte ihr die Kehle aufgeschlitzt.

Nein, dachte sie. Nein, nicht Sylvia. Nicht *sie!* Alles wurde unwirklich. Ihre Haut schien plötzlich elektrisch geladen zu sein und sich zusammenzuziehen, als versuche sie sie zu ersticken, und ihr Herz setzte für zwei oder drei Schläge aus, um dann so hart und schnell weiterzuhämmern, dass es wehtat. Nein. Nein. Nein. Nein. Nach allem, was ihr angetan worden war, nicht auch noch das!

Dann bewegte sich Sylvia, und Conny begriff, dass sie noch am Leben war. Blut floss in Strömen aus ihrer durchschnittenen Kehle, tränkte ihre Bluse und bildete einen immer größer werdenden, dampfenden Fleck unter ihrem Kopf und ihren Schultern. Der Schnitt war tief genug, um sich wie ein Paar blutiger roter Lippen zu öffnen und zu schließen, als sie sich zu bewegen versuchte. Immerhin war sie noch am Leben und bei Bewusstsein. Ihre Augen waren weit aufgerissen, aber ihr Blick war nicht leer. Ganz im Gegenteil spürte Conny, wie verzweifelt sie ihr irgendetwas zu signalisieren versuchte, etwas zu sagen, was ungeheuer wichtig war.

Doch alles, was sie hervorbrachte, war ein schreckliches, nasses Geräusch.

»Nicht bewegen!«, sagte sie erschrocken. »Versuch nicht, zu reden! Alles wird gut! Ich helfe dir!«

Die Worte klangen selbst in ihren eigenen Ohren wie bitterer Hohn. Niemand, keine Macht der Welt, konnte Sylvia helfen. Sie starb. Hier und jetzt. Und sie wusste es.

Etwas Neues erschien in ihren Blick. Plötzlich erlosch der Schmerz darin und wurde von etwas abgelöst, das sich wie ein glühendes Messer tief in Connys Seele grub und auch sie wie unter Schmerzen aufstöhnen ließ. Verzweifelt beugte sie sich vor, bettete Sylvias Kopf und Schultern in ihren Schoß und versuchte in einer Geste vollkommener Hilflosigkeit, die schreckliche Wunde in ihrem Hals mit der bloßen Hand zusammenzupressen, ohne den sprudelnden Blutstrom damit auch nur abschwächen zu können, geschweige denn, zum Versiegen zu bringen.

»Es kommt alles in Ordnung«, stammelte sie. »Hilfe ist unterwegs. Du musst durchhalten.«

Erst jetzt wurde ihr bewusst, dass sie etwas in der linken Hand hielt; etwas Kleines und Hartes – das Handy, das Trausch ihr draußen gegeben hatte. Hastig und ohne den Blick auch nur für einen halben Atemzug von Sylvias Gesicht zu lösen, wählte sie die Notrufnummer.

Ein Fußtritt traf ihre Schulter und schmetterte sie mit solcher Wucht gegen die Wand, dass ihr das Handy entrissen wurde und davonschlitterte. Conny spürte weder den pochenden Schmerz, noch begriff sie wirklich, in Gefahr zu sein. Mit einer verzweifelten Bewegung hechtete sie hinter dem Telefon her, bekam es zu fassen und schrie im nächsten Moment schrill auf, als sich ein Fuß mit solcher Gewalt auf ihre Hand herabsenkte, dass das Handy zwischen ihren Fingern zerbrach.

Es tat entsetzlich weh, aber zugleich war der Schmerz auf sonderbare Weise irreal. Irgendwie gelang es ihr, die Hand unter dem schweren Schuh nicht nur hervorzuziehen, sondern sich zugleich auch herum- und ein Stück zur Seite zu werfen und nach oben auszutreten. Diesmal war der Kerl vorgewarnt, sodass er ihren Fuß mit einer schon fast spielerischen Bewegung beiseite fegte, aber die winzige Ablenkung reichte ihr, sich endgültig loszureißen und ein kleines Stück davonzukriechen.

Sofort setzte der Angreifer ihr nach, trat ihr so hart in die Seite, dass ihr die Luft wegblieb, und packte sie gleichzeitig mit einer Hand im Nacken, um sie mit unwiderstehlicher Kraft auf die Füße zu reißen und herumzuwirbeln. Trotz allem sah Conny jetzt, dass er keineswegs ein Dämon oder irgendein anderes mythisches Ungeheuer war, sondern ein – wenn auch außergewöhnlich großer – junger Mann, dessen totenbleich geschminktes Gesicht im flackernden Licht der Kerzen nur aussah, als wäre es in Blut getaucht oder gehäutet. Er hatte auch keine Fledermausflügel, sondern trug einen schwarzen, weit geschnittenen Mantel und ein Hundehalsband mit fünf Zentimeter langen, verchromten Stacheln. Seine rechte Hand war blutüberströmt, und etwas durch und durch Widerwärtiges aus rasiermesserscharfem, gekrümmtem Stahl blitzte darin auf, als er nach ihrer Kehle schlug.

Conny kam ihm zuvor, indem sie ihm die Fingernägel beider Hände durchs Gesicht zog. Der Kerl kreischte vor Schmerz und ließ sie los, versetzte ihr aber zugleich einen so harten Schlag mit dem Handrücken ins Gesicht, dass sie halb bewusstlos zurücktaumelte und über den zerbrochenen Tisch fiel. Scharfkantige Glassplitter bissen in ihre Unterschenkel und ihren rechten Arm, und ein roter Nebel aus purem Schmerz verschlang ihren Blick.

Als sie wieder sehen konnte, stand der Junge breitbeinig über sie gebeugt da. Das Blut auf seinem Gesicht war jetzt tatsächlich sein eigenes, aber in die Mischung aus Wut und Schmerz in seinem Blick hatte sich noch etwas anderes gemischt, etwas, das sie vor Entsetzen schier erstarren ließ. Hinter ihr waren noch immer die Geräusche eines verbissenen Kampfes zu hören, und die umgeworfenen Kerzen mussten irgendetwas in Brand gesetzt haben; der flackernde Lichtschein war heller geworden, und es roch plötzlich durchdringend nach Qualm und schmorendem Kunststoff.

»Na, wenn das nicht ein Geschenk des Schicksals ist!«, krächzte er. Seine Stimme schwankte; sie hörte den Ausdruck von großem Schmerz darin, zugleich aber auch etwas wie einen ungläubigen Triumph. »Das Miststück selbst! Das hätte ich ja nie zu träumen gewagt!«

Connys Hand tastete blind über den Boden und bekam etwas Glattes und Hartes zu fassen; die Flasche, aus der Sylvia sich vorhin eingeschenkt hatte. Ihre Finger schlossen sich so fest darum, wie sie konnte.

Der Junge trat sie ihr aus der Hand und schüttelte mit einem hässlichen Lachen den Kopf. »Nicht doch. Du willst mir doch nicht den Spaß verderben, oder?« Er unterstrich seine Frage mit einem weiteren harten Tritt gegen ihren Oberschenkel, der sie nicht wirklich verletzen, sondern ihr einfach nur *wehtun* sollte und diesen Zweck auch ganz ausgezeichnet erfüllte. Der Schmerz trieb ihr die Tränen in die Augen, und Conny biss mit aller Gewalt die Zähne zusammen, um ihm nicht auch noch die Genugtuung zu gönnen, sie vor Schmerz wimmern zu hören. Trotzdem – oder vielleicht gerade deshalb – trat er ihr noch einmal und noch härter gegen das Bein, dann beugte er sich vor und riss sie mit der linken Hand und scheinbar so mühelos in die Höhe, als wöge sie überhaupt nichts. Die andere hatte er halb erhoben, wie Conny zunächst meinte, um sie zu schlagen, dann aber sah sie, dass diese seltsame Haltung einen anderen Grund hatte: Wie fast alles an ihm war seine Hand außergewöhnlich kräftig und wirkte irgendwie brutal, aber sie war nicht mehr ganz vollständig. Der größte Teil des kleinen Fingers fehlte, genauso wie die äußere der ehemals drei gut zehn Zentimeter langen, gebogenen Raubtierkrallen aus schartigem, aber rasiermesserscharf geschliffenem Stahl, die mit einem komplizierten Geflecht aus Lederriemen an seinen Fingern festgebunden waren. Das grässliche Gebilde erinnerte sie an Aislers künstliche Vampirklaue, nur dass diese etwas von einem chirurgischen Präzisionsinstrument gehabt hatte, während das Ding an der Hand ihres Gegenübers das genaue Gegenteil zu sein schien: ein brutales Folterinstrument, das keinem anderen Zweck diente, als Schmerzen zuzufügen und Angst zu verbreiten, zu verstümmeln und zu töten. Selbst mit den beiden verbliebenen Krallen konnte er ihr mühelos die Kehle aufschneiden, das wusste sie, aber sie bezweifelte zugleich auch, dass er im Augenblick mit dieser Hand überhaupt noch etwas tun konnte. Trauschs Schuss hatte ihm nicht nur eine der künstlichen Krallen, sondern auch den kleinen Finger abgerissen. Seine Hand blutete stark, und es musste sehr wehtun.

Dennoch war Conny klar, dass sie vollkommen chancenlos gegen diesen Kerl war. Er war kein zweieinhalb Meter großer Riese mit Reißzähnen und Flügeln, wie sie in ihrer ersten Angst geglaubt hatte, aber sie schätzte ihn dennoch auf gute ein Meter neunzig, und er musste mindestens dreißig Kilo mehr wiegen als sie.

Und sie las in seinen Augen, dass er wild entschlossen war, sie umzubringen. Genauso, wie er Sylvia getötet hatte.

Hinter ihr war plötzlich ein dumpfes Poltern, gefolgt von einem Laut, der sich beinahe wie ein erleichtertes Seufzen anhörte, und ihr Peiniger fragte: »Brauchst du Hilfe?«

»Jetzt nicht mehr, danke. Hast du sie?«

»Und wie«, antwortete er. »Du errätst nie, wen wir hier erwischt haben!« Aus seinem schmerzverzerrten Grinsen wurde etwas anderes, das Conny einen weiteren und noch eisigeren Schauer über den Rücken laufen ließ; ein düsteres Versprechen aufkommender Qual und den sicheren, aber nicht leichten Tod, und vielleicht Schlimmeres. Ganz instinktiv versuchte sie sich aus seinem Griff zu winden, doch der Kerl demonstrierte seine überlegene Kraft, indem er ganz einfach die Faust weiter schloss, mit der er sie bei den Jackenaufschlägen gepackt hatte und ihr auf diese Weise die Luft abschnürte. Irgendwie gelang es Conny, nicht nur trotzdem zu atmen, sondern auch den Kopf zu drehen und hinter sich zu blicken.

Sie wünschte sich fast, sie hätte es nicht getan.

Was sie noch vor wenigen Augenblicken für ganz und gar ausgeschlossen gehalten hätte, war geschehen: Trausch lag lang ausgestreckt auf dem Boden, offensichtlich benommen und nachhaltig außer Gefecht gesetzt. Sein Gesicht war blutüberströmt und sehr blass, und er hatte die Hand gegen den linken Oberarm gepresst, wo sich das helle Leder seiner Jacke so rasch in einem hässlichen, dunklen Rotbraun färbte wie ein Blatt Löschpapier, das sich mit Tinte vollsog. Der Kerl, der ihn niedergeschlagen hatte, war auf die gleiche, bizarre Weise gekleidet wie der, der Conny festhielt, aber noch größer und breitschultriger, und auch in seiner rechten Hand blitzte eine selbst gebastelte Raubtierkralle aus Eisen. Ihre Spitzen schimmerten in einem hellen, frischen Rot, und auch sein Gesicht, das so totenbleich geschminkt war wie das des anderen, zeigte hektische rote Flecken, die sich sonderbarerweise zu bewegen schienen. Zuerst hielt sie es ebenfalls für Blut, dann jedoch fiel ihr auf, dass es der Widerschein von Feuer war. Die Flammen hatten irgendwo am anderen Ende des Zimmers neue Nahrung gefunden und griffen jetzt immer rascher um sich. In ein paar Minuten würde das ganze Zimmer in Flammen stehen, doch irgendetwas sagte ihr, dass sie sich darum die geringsten Sorgen machen musste.

Der Gedanke weckte ihren Trotz. Seltsamerweise spürte sie plötzlich überhaupt keine Furcht mehr. Ganz anders als vor wenigen Tagen, als sie Aisler gegenübergestanden hatte, war ihr zwar auch jetzt auf eine sonderbar distanzierte Art klar, dass sie möglicherweise sterben würde, aber sie empfand keine Angst, sondern ganz im Gegenteil eine fast hysterische Erheiterung bei der Vorstellung, dass man ihre Leiche finden und möglicherweise feststellen würde, dass sie von zwei *Kindern* in albernen Halloween-Kostümen umgebracht worden war.

Nein, sie würde ganz bestimmt nicht zulassen, dass man sie *so* in Erinnerung behielt!

Irgendetwas ... *geschah* mit ihr; vielleicht auch nicht *mit* ihr, sondern mit dem Rest der Welt um sie herum. Das Wissen um ihren bevorstehenden Tod sollte sie entweder lähmen oder eine Flut von Adrenalin und Endorphinen in ihr freisetzen, die sie explodieren und verzweifelt um ihr Leben kämpfen ließ, aber etwas vollkommen anderes geschah: Eine fast schon natürliche Ruhe überkam sie, und plötzlich schienen alle ihre Sinne mit mindestens der doppelten Schärfe zu funktionieren. Trotz der unzureichenden Beleuchtung konnte sie beinahe normal sehen, und Geräusche und Gerüche und andere, nie gekannte Empfindungen stürmten wie eine Flutwelle auf sie ein. Sie hörte das Prasseln der Flammen, roch brennendes Papier und schmorenden Stoff und noch einmal und noch intensiver den Gestank von schmelzendem Kunststoff, und sie spürte sogar den Wahnsinn, der chemisch verstärkt durch die Adern ihres Gegenübers raste. Das Flackern in seinen Augen war nicht nur reine Mordlust. Der Kerl war zugedröhnt bis unter die Haarspitzen. Außerdem brannte er. Der Saum seines schwarzen Kunstledermantels hatte Feuer gefangen und schmorte mit winzigen, heftig rußenden gelben Flämmchen vor sich hin.

Das Ergebnis all dieser Beobachtungen war ein noch stärkeres, fast schon unheimliches Gefühl von Kälte und Berechnung, das plötzlich von ihr Besitz ergriff und sie auf einer zum bloßen Zuschauer verdammten Ebene ihres Bewusstseins mit nichts anderem als Entsetzen erfüllte. Ganz plötzlich *hatte* sie Angst, aber es war keine Angst vor dem Wahnsinnigen, der sie gepackt hatte, sondern vielmehr vor sich selbst, der unheimlichen Veränderung, die plötzlich mit ihr vonstatten ging und gegen die sie vollkommen hilflos war; fast, als wäre sie nicht mehr sie selbst oder zumindest nicht mehr Herr ihrer Entscheidungen. Sie tat so, als wollte sie sich losreißen, warf sich dann ganz im Gegenteil nach vorne und nutzte seine Überraschung, um einen unbeholfenen, jedoch mit aller Kraft geführten Hieb gegen seine verletzte Hand anzubringen. Der schartige Stahl seiner künstlichen Klaue biss mit einem dünnen, grausamen Schmerz in ihre Handfläche, doch das bis auf den Knochen reichende Brennen war nichts gegen den gepeinigten Schrei, den er ausstieß, während er zurücktaumelte. Blitzartig wirbelte Conny herum, registrierte im buchstäblich allerletzten Moment eine Bewegung aus den Augenwinkeln und duckte sich. Irgendetwas zischte so dicht über sie hinweg, dass sie eine Haarsträhne verlor, und ein harter Schlag traf sie in die Seite und brachte sie zum Straucheln. Aus dem geplanten blitzartigen Sprint zur Tür wurde ein ungeschicktes Stolpern, das nach kaum zwei oder drei Schritten in einem weiteren Sturz auf Hände und Knie hinab endete. Dann traf sie ein Fußtritt in die Seite und schleuderte sie endgültig zu Boden.

Der Aufprall war so hart, dass sie beinahe das Bewusstsein verlor. Alles drehte sich um sie, und in ihrem Mund war plötzlich der Geschmack von bitterer Galle und Blut. Sie versuchte sich hochzustemmen, und zunächst reichten ihre Kräfte nicht, dann wurde sie brutal an den Haaren gepackt und in die Höhe gerissen. Ein Schatten erschien in ihrem verschwommenen Blickfeld und wurde zu einer Hand, die zwar nicht zur Faust geballt, aber dennoch so hart in ihr Gesicht klatschte, dass sie nun beinahe endgültig das Bewusstsein verloren hätte und nur deshalb nicht stürzte, weil der Kerl ihr im gleichen Augenblick die andere Hand vor die Brust stieß und sie quer durch das kleine Zimmer schleuderte. Sie stieß gegen irgendetwas Hartes, das sich anfühlte, als wolle es unter ihrem bloßen Anprall zerbrechen. Glas zersplitterte.

Seltsamerweise hatte sie immer noch keine Angst. Sie sollte sie haben, ihr Fluchtversuch war gescheitert, und eine zweite Chance würde sie nicht bekommen, aber sie empfand auch jetzt eigentlich nichts als eine gewaltige Empörung darüber, dass es so enden sollte.

Wieder wurde sie geschlagen. Nicht so fest wie gerade, dennoch aber hart genug, um ihren Kopf gegen die Schranktür hinter ihr prallen und ihre Unterlippe aufplatzen zu lassen. Der Blutgeschmack in ihrem Mund wurde stärker und nahm eine vollkommen neue unbekannte Qualität an; er war widerlich und metallisch und schürte die Übelkeit noch, die allmählich aus ihrem Magen emporstieg, auf eine schwer in Worte zu fassende Weise zugleich aber auch fast … *erregend;* beinahe, als hätte er tief in ihr etwas berührt, wie eine uralte, vertraute Erinnerung, die sie zugleich niemals gehabt hatte.

»Halt sie fest!«, kreischte eine Stimme. »Halt das Miststück fest! Sie gehört mir! Ich will ihr das Herz herausreißen!«

Conny blinzelte mit einer gewaltigen Willensanstrengung die roten Schleier weg, die vor ihren Augen tanzten. Ihr Blick klärte sich, wenn auch nicht sehr. Der Augenblick seltsamer Klarheit schien vorüber. Sie sah jetzt nur noch Schatten und zuckende Lichtreflexe – und eine dreifingrige Klaue aus scharf geschliffenem Eisen, die drohend auf ihr Gesicht gerichtet war. Ein riesiger Umriss wuchs über ihr, rotes und gelbes Licht zuckte, und es stank so durchdringend nach Rauch und brennendem Kunststoff, dass sie Mühe hatte zu atmen. Die Eisenklaue näherte sich ihrem Gesicht weiter, tastete über ihre Wange, ihre aufgesprungenen Lippen und das Kinn hinab und fuhr dann fast zärtlich über ihren Hals, wobei sie genau die

Umrisse der schrecklichen Wunde nachzuzeichnen schien, die sie in Sylvias Kehle gesehen hatte. Sie versuchte den Kopf zurückzuwerfen, knallte gegen das harte Holz einer Schranktür. Ihre Hände tasteten verzweifelt nach irgendetwas, das sie als Waffe gebrauchen konnte, doch sie fand nur glatte Buchrücken und leere Regalbretter.

»Tu ihr nichts! Sie gehört mir!«

Der Kerl, den sie gerade niedergeschlagen hatte, wuchs plötzlich mit hassverzerrten Gesicht wieder vor ihr.

»Sie gehört mir!«, wiederholte er. Gleichzeitig versetzte er dem anderen einen Stoß, der ihn zur Seite torkeln ließ, grub die Finger der unverletzten Hand in ihr Haar und schlug ihren Kopf zwei, drei Mal so hart gegen die Schranktür, dass ihr vor Schmerz übel wurde.

»Das ist sie!«, kreischte er. Seine Stimme hatte in Connys Ohren kaum noch etwas Menschliches. Sie drohte vor Schmerz zu brechen, aber da war zugleich auch ein so abgrundtiefer, bodenloser Hass, dass sich etwas in ihr vor Entsetzen krümmte wie ein getretener Wurm. »Das ist das Miststück, das Hand an den Meister gelegt hat! Dafür wirst du bezahlen! Hast du das verstanden?!«

Als Conny nicht reagierte – wie hätte sie es auch können? –, schlug er ihren Hinterkopf noch einmal mit solcher Gewalt gegen den Schrank, dass ihr für einen Moment tatsächlich die Sinne zu schwinden drohten. »Hast du gehört? Dafür reiße ich dir das Herz heraus! Bei lebendigem Leib! Aber vorher werden wir noch ein bisschen Spaß miteinander haben!«

»Wir müssen weg!«, warnte der andere. »In ein paar Minuten steht die ganze Bude in Flammen!«

»Ja, und zwar zusammen mit ihr«, kicherte sein Kumpan. »He – wenn das nicht ein Wink des Schicksals ist! Such etwas, womit wir sie fesseln können!«

Der andere sah ihn einen Herzschlag lang unsicher an, drehte sich aber dann gehorsam um und verschwand im Nebenzimmer, und der Kerl mit der zerschossenen Hand schlug Connys Kopf noch einmal gegen die Schranktür; diesmal aber ganz bewusst nicht hart genug, um ihr das Bewusstsein zu rauben. Schwächlich versuchte sie sich zu wehren, ohne dass er ihren Widerstand jedoch zu bemerken schien.

»Hast Glück, Schätzchen«, höhnte er. »Ich reiße dir nicht das Herz raus. Du wirst brennen. Genau das ist es doch, was man mit Hexen macht, oder? Man verbrennt sie.«

»Wer ... wer sind ... Sie?«, brachte Conny stockend hervor. »Was wollen Sie von mir? Ich kenne Sie nicht einmal!«

»Dafür kenne ich dich umso besser, Miststück!«, antwortete er. »Du wolltest den Meister töten! Dafür wirst du bezahlen. Und weißt du was? Es wird nicht vorbei sein, wenn du tot bist. Dann fängt es erst an! Er wartet auf der anderen Seite schon auf dich. Und ich bin sicher, er freut sich darauf, dich wiederzusehen.«

Plötzlich packte er sie, warf sie zu Boden und war wieder über ihr, noch bevor sie sich ganz auf den Rücken gerollt hatte. Sein rechtes Knie rammte in ihren Leib und nahm ihr auch noch das allerletzte bisschen Luft, mit dem anderen nagelte er ihren rechten Arm am Boden fest. Es tat so weh, dass sie vor Schmerz geschrien hätte, hätte sie es gekonnt.

»Nur keine Angst, Schätzchen!«, höhnte er. Seine Stimme zitterte immer noch vor Schmerz und hatte zugleich etwas von einem Wimmern, aber irgendwie machte das seine Drohung beinahe noch schlimmer. »Es wird nicht lange dauern. Nur ein paar Minuten. Könnte nur sein, dass das ziemlich wehtut!«

Connys Gedanken rasten. Der Kerl meinte seine Drohung tödlich ernst. Er würde sie fesseln und hier liegen lassen, damit sie bei lebendigem Leibe verbrannte, und auch, wenn sie immer noch keine wirkliche Angst verspürte, gab ihr jedoch allein die Vorstellung noch einmal die Kraft, sich aufzubäumen und ihn um ein Haar sogar abzuwerfen, bis er ihr brutal mit der unversehrten Hand ins Gesicht schlug und sie halb benommen zurücksank.

»Wehr dich ruhig!«, keuchte er. »Das macht es nur schwerer für dich!«

Conny tastete verzweifelt mit der freien Hand um sich, fühlte etwas Hartes und Glattes und schloss die Finger darum – die Flasche, die er ihr gerade schon einmal aus der Hand getreten hatte. Etwas daran war wichtig. Sie wusste nicht, was, packte den Flaschenhals aber nur umso fester und schmetterte ihn dann mit aller Kraft gegen das

Stahlrohrgestell des zerborstenen Tisches. Die Flasche zersplitterte, und der Kerl gab ein überhebliches Lachen von sich und holte aus, um ihr den Flaschenhals aus der Hand zu schlagen. Doch sie hatte nicht vorgehabt, ihn als Waffe zu benutzen.

Nicht so, wie er dachte.

Statt damit nach seinem Gesicht zu schlagen, machte sie eine rasche Bewegung aus dem Handgelenk heraus, die sein Gesicht und seine Schultern mit einem Schwall von intensiv riechendem Cognac überschüttete.

Einen Moment lang wirkte er ehrlich verblüfft. Dann lachte er, schlug ihr den Stumpf der zersplitterten Flasche mit einer spielerischen Bewegung aus der Hand, fuhr sich mit dem Unterarm durchs Gesicht und lutschte schließlich demonstrativ an den Fingerknöcheln.

»Gar kein schlechter Tropfen«, sagte er. »Schade, dass wir keine Zeit mehr haben, ihn …«

Etwas zischte, und auf seinem Gesicht erschien ein überraschter Ausdruck, dann ein jähes, mit plötzlichem Begreifen gemischtes Erschrecken, und er versuchte aufzuspringen, aber es war zu spät.

Er explodierte nicht wirklich oder verwandelte sich mit einem einzigen Schlag in eine lebende Fackel, wie Conny halbwegs gehofft hatte, doch das Ergebnis war auch so spektakulär genug: Eine zischende gelbe Flamme hüpfte mit kleinen, rasend schnellen Sprüngen an seinem Mantel hinauf, tanzte über seine Schultern und sein Gesicht und setzte mit einem hörbaren *Fauchen* sein Haar in Brand.

Eine geschlagene, endlose Sekunde lang hockte er vollkommen reglos da und schien nicht einmal wirklich zu begreifen, was passierte. Dann warf er sich mit einem schrillen Kreischen zurück, schlug beide Hände vors Gesicht und versuchte die Flammen zu ersticken, die gierig an seinen Haaren fraßen und dabei so reichliche Nahrung fanden, als wäre es mit Benzin getränkt, und Conny half der Entwicklung noch ein bisschen nach, indem sie sich mit einer verzweifelten Anstrengung noch einmal aufbäumte und ihn vollends von sich herunterstieß. Während sich der Bursche neben ihr kreischend auf dem Boden zu wälzen begann und immer verzweifelter versuchte, die Flammen zu löschen, die aus seinen Haaren und seinem Gesicht züngelten, stemmte sie sich in die Höhe, vergeudete einen unendlich kostbaren Moment damit, keuchend nach Luft zu ringen, und kroch dann auf Händen und Knien die zwei Schritte zu Trausch hin.

Er war noch immer bei Bewusstsein; zumindest standen seine Augen weit offen, auch wenn sein Blick trüb war. Sein Arm blutete so stark, dass mittlerweile sein ganzer Oberkörper und Kopf in einer dunklen und immer noch größer werdenden Pfütze aus warmem Rot ruhten. Der Geruch nach frischem Blut wurde so übermächtig, dass er ihr beinahe die Sinne zu rauben schien. Etwas regte sich in ihr, das sie nicht wollte und vor dem sie Angst hatte. Aber es war stark, so unendlich viel stärker als sie, dass es ihren verzweifelten Widerstand nicht einmal zur Kenntnis zu nehmen schien und sie einfach überwältigte. Sie …

»Laufen Sie … weg«, stöhnte er. »… Hilfe …«

Seine geflüsterten Worte brachen den Bann, gerade, als sie spürte, wie der kümmerliche Rest ihres eigenen freien Willens von der Springflut aus klebriger Schwärze, die aus den Abgründen ihres Selbst emporstieg, hinweggefegt zu werden drohte. Von einem Sekundenbruchteil auf den anderen erwachte sie aus ihrem ganz persönlichen Albtraum, nur, um sich in einem anderen und vielleicht schlimmeren wiederzufinden. Neben ihr wälzte sich der Kerl, den sie in Brand gesetzt hatte, noch immer kreischend auf dem Boden. Er loderte jetzt wirklich wie eine Flamme, und in den Gestank von schmelzendem Kunststoff hatte sich der von verbranntem Fleisch und schmorenden Haaren gemischt. Hämmernde Schritte näherten sich, und das Zimmer, das vor einem Augenblick noch dunkel wie eine Gruft gewesen war, erstrahlte nun in fast unerträglich flackerndem gelbem und rotem Licht, wie um sich endgültig in eine grässliche Vision der Hölle zu verwandeln. Alles wurde unwirklich, so überdreht und hoffnungslos überzeichnet wie eine Szene aus einem schlechten Horrorfilm, die einfach nicht die Wirklichkeit sein konnte. Und trotzdem arbeitete ein Teil ihres Verstandes noch immer mit fast erschreckender Präzision und Kälte. Sie begriff, dass ihr weniger als eine Sekunde blieb, um eine Entscheidung zu treffen. Doch wie konnte sie das? Trausch war hilflos. Er war schwer verletzt und offensichtlich gelähmt vor Schock oder Schmerz, und er war viel zu schwer, als dass sie ihn tragen oder auch nur nach draußen schleifen konnte, aber sie konnte ihn auch nicht hier dem sicheren Tod überlassen.

Seine Waffe! Wo war seine Waffe?

Connys Blick tastete hektisch über den Boden, suchte die Richtung, in die die Pistole – vielleicht – geflogen war, und das Wunder geschah: Sie entdeckte sie kaum zwei Meter entfernt – genauso gut hätte sie allerdings auch auf der anderen Seite der Straße liegen können oder auf einem anderen Kontinent, denn Conny kam nicht einmal dazu, eine Bewegung in die entsprechende Richtung zu machen. Eine riesige, von flackerndem gelbem und rotem Licht endgültig in einen Dämon verwandelte Gestalt tauchte in der Tür dahinter auf, fegte die Pistole mit einem Fußtritt zur Seite und setzte noch aus der gleichen Bewegung heraus dazu an, sich auf sie zu stürzen.

Conny reagierte, ohne zu denken. Blitzschnell warf sie sich zur Seite, packte den Fuß, der nach ihrem Gesicht gezielt hatte, mit beiden Händen und verdrehte ihn mit einem kurzen, harten Ruck. Es gelang ihr nicht, den Kerl endgültig aus dem Gleichgewicht zu bringen oder gar zu Boden zu werfen, doch aus seinem ungestümen Angriff wurde ein fast albern aussehendes Hüpfen und Armwedeln, mit dem er um seine Balance kämpfte, und mehr brauchte sie nicht. Mit einem Satz war sie auf den Füßen, versetzte ihm einen Stoß, der ihn endgültig zurückstolpern und auf die Knie fallen ließ, und war mit einem zweiten, noch größeren Schritt bei der Tür, noch bevor er begreifen konnte, was geschah. Ein Teil von ihr schrie in lautloser Panik auf, als ihr klar wurde, dass sie Trausch im Stich ließ, aber ein anderer, eine lautlos flüsternde Stimme von erschreckender Kälte, machte ihr klar, dass alles, was sie im Moment für ihn hätte tun können, gewesen wäre, an seiner Seite zu sterben.

Wie von Furien gehetzt raste sie durch den kurzen Flur, riss die Wohnungstür auf und hoffte, dass sich der Killer entschied, seinem brennenden Kameraden zu helfen, statt sie zu verfolgen oder seinen Zorn an Trausch auszulassen.

Die Hoffnung wurde nicht erfüllt.

Noch während sie aus der Wohnungstür stolperte, erscholl hinter ihr ein wütender Schrei, gefolgt von stampfenden, schweren Schritten, die entsetzlich schnell näher kamen. Conny versuchte schneller zu laufen, kam aber nur aus dem Tritt und prallte hart mit der Schulter gegen das geschlossene Ziergitter der nutzlosen Liftkabine. Etwas Riesiges und durch und durch Entsetzliches wuchs in ihren Augenwinkeln, eine gewaltige Pranke packte sie an der Schulter und wirbelte sie herum, und irgendetwas schrammte mit einem schrillen, Funken sprühenden Kreischen dicht neben ihrem Gesicht über die Gitterstäbe.

»Miststück!«, kreischte eine schrille, überschnappende Stimme. »Du entkommst uns nicht! Dafür bezahlst du!«

Connys Kräfte versagten endgültig. Sie versuchte sich zu wehren, den Arm zu packen, der sie an der Schulter ergriffen hatte und mit brutaler Gewalt herumzerrte, um ihn zu verdrehen und seine eigene Kraft gegen den Angreifer zu wenden; genauso, wie sie es gelernt und schon zahllose Male getan hatte. Aber es war, als kämpfe sie tatsächlich gegen einen Dämon, ein Geschöpf aus der Hölle, das ihren verzweifelten Widerstand nicht einmal bemerkte. Sie wurde herumgewirbelt und ein zweites Mal so wuchtig gegen das Gitter geschleudert, dass der gesamte Aufzug zu dröhnen schien, und die tödliche Vampirklaue hackte abermals nach ihrem Gesicht. Wie durch ein Wunder verfehlte sie sie erneut und schrammte nicht nur mit einem schrillen Quietschen über das geschmiedete Eisen, sondern schien sich auch darin zu verfangen.

Nichts von alledem würde sie retten. Conny sah ihren unheimlichen Angreifer jetzt zum ersten Mal wirklich, und sie war nicht sicher, ob das, was sie erblickte, besser war als die vorherige Vision der Hölle, die sie gerade gehabt hatte. Der Kerl war riesig, breitschultrig, muskelbepackt wie ein Bodybuilder und wahrscheinlich zwanzigmal so stark wie sie, selbst ohne die rasende Mordlust, die in seinen Augen loderte. Auch er war vollkommen in Schwarz gekleidet und hatte dasselbe totenbleich geschminkte Gesicht wie der andere, und auch er konnte keinen Tag älter sein. *Ein Kind!*, dachte Conny benommen. Der Junge war siebzehn, vielleicht achtzehn Jahre alt. Man würde Trausch und sie finden und irgendwann begreifen, dass sie von zwei Kindern umgebracht worden waren!

Diesmal half ihr die Erkenntnis nicht, noch einmal neue Kräfte zu mobilisieren. Die Eisenklaue des selbst ernannten Vampirjüngers steckte noch immer zwischen den Gitterstäben fest, sodass er einen Gutteil seiner Energie darauf verwenden musste, sie loszureißen, während seine andere Hand ihre Schulter mit der Gewalt eines Schraubstocks umklammerte. Conny schlug nach seinem Gesicht und rammte ihm verzweifelt das Knie zwischen die Beine. Das einzige und vollkommen überraschende Ergebnis war ein neuerlicher dumpfer Schmerz, als hätte sie gegen Beton getreten. Der Kerl war völlig durchgeknallt und genau wie sein Kamerad mit irgendeinem wirklich üblen Zeug vollgedröhnt – und darüber hinaus trug er wie ein Rugbyspieler einen Tiefschutz.

Conny änderte ihre Taktik, rammte ihm das Knie mit aller Kraft, die sie aufbringen konnte, gegen den Oberschenkel und versuchte gleichzeitig, ihm wenigstens ein Auge auszukratzen. Wenn sie gedacht hatte, ihn damit überrumpeln zu können, hatte sie sich getäuscht; er schlug ihren Arm fast spielerisch zur Seite und riss in der gleichen Bewegung seine Stahlklaue aus dem Gitter.

»Jetzt siehst du den Meister wieder, Miststück!«, keuchte er. »Ich hoffe, du freust dich schon darauf! Er tut es nämlich bestimmt!« Seine Klaue hob sich zum letzten, entscheidenden Schlag. Die grässlichen Eisenspitzen zielten auf ihre Augen.

»Lass sie!«, kreischte eine schrille, hysterische Stimme hinter ihm. Inmitten des flackernden gelben Lichtes, das die offen stehende Wohnungstür ausfüllte, erschien eine torkelnde Gestalt, rauchend und in die schmelzenden Überreste eines schwarzen Mantels gehüllt und mit schwelendem Haar und verheertem Gesicht. »Sie gehört mir! Lass sie leben!«

Hatte sie gedacht, das Grauen hätte seinen Höhepunkt erreicht? Vielleicht gab es nie einen Höhepunkt. Jedenfalls nicht für sie und nicht jetzt. Der zweite Killer stolperte aus der Wohnungstür, ein verheertes, verstümmeltes Etwas, das kaum noch Ähnlichkeit mit einem Menschen hatte. In seinen gegelten, zusammengeschmolzenen Haaren knisterten noch immer winzige gelbe Funkennester, und sein Gesicht war von nässenden roten Flecken und schrecklichen Wunden übersät, aus denen kein Blut lief, sondern eine seltsam klare Flüssigkeit, die bizarre Muster wie Tränenspuren auf seine Haut malte.

Eines seiner Augen war verschwunden, und das andere vollkommen zugeschwollen. Er taumelte. Schmerz oder Schwäche und wahrscheinlich beides zwangen ihn, sich gegen den Türrahmen zu lehnen und einen Moment innezuhalten, aber noch war irgendetwas in ihm, das ihm die Kraft gab, stehen zu bleiben; und sei es nur der Wunsch, sie mitzunehmen.

Er würde in Erfüllung gehen.

Das also ist das Ende, dachte Conny, benommen und auf eine bizarre Art zugleich von Entsetzen gelähmt wie beinahe belustigt. Zu ihrem eigenen Erstaunen machte ihr der Gedanke immer noch keine Angst. Sie verspürte allenfalls etwas wie eine sachte Enttäuschung und einen leisen Groll dem Schicksal gegenüber. Sie hätte sich ihren Tod vielleicht nicht ganz so … lächerlich gewünscht. Und noch seltsamer, vielleicht nur unerwartet: Sie spürte den Tod nahen. Etwas wie eine körperlose Dunkelheit schien plötzlich hinter dem jugendlichen Killer emporzuwachsen, und ein Gefühl tödlicher Kälte berührte eisigen Spinnenbeinen gleich ihre Seele.

»Halt sie … fest!«, wimmerte der Junge. »Ich will ihre … Augen! Halt sie …«

Die Dunkelheit hinter ihm gewann an Substanz. Irgendetwas blitzte auf, und aus seinen Worten wurde ein qualvolles, blubberndes Stöhnen, während er den Kopf senkte und auf den handlangen, beidseitig geschliffenen Dorn aus Stahl hinabsah, der plötzlich aus seiner Brust wuchs. Blut sprudelte aus seinem Mund. Er ließ seinen Halt los, versuchte mit beiden Händen nach der Klinge zu greifen und erstarrte. Die stählerne Zunge verschwand so lautlos wieder in seinem Körper, wie sie daraus hervorgebrochen war, als er nach vorne kippte und zusammenbrach.

»Nun ja«, sagte Vlad mit einem dünnen, humorlosen Lächeln, während er die Klinge des Stockdegens wieder in ihre Hülle schob und dabei den silbernen Knauf in Form eines Drachenkopfes mit aufmerksamen Blicken musterte, wie um sich zu überzeugen, dass er auch nicht beschmutzt worden war, »jedenfalls sieht *er* jetzt seinen Meister wieder. Ich hoffe, die beiden haben Freude daran.«

Das Gefühl tödlicher Kälte in Connys Seele nahm noch einmal zu. Ihr Verstand begriff nicht wirklich, was sie sah; vielleicht weigerte er sich auch nur, es zu begreifen. Wahrscheinlich war es nicht wirklich. Wahrscheinlich, dachte sie hysterisch, war sie bereits tot oder lag im Sterben, und dies war eine der Visionen, von denen man sagte, dass man sie im allerletzten Moment erlebte, weil es da irgendeinen uralten, geheimnisvollen Mechanismus des Körpers gab, der einem den letzten Schritt – angeblich – erleichterte.

Wenn es eine Halluzination war, dann war sie nicht die Einzige, die ihr erlag. Der junge Kerl, der sie gepackt hatte, verlor jedenfalls schlagartig jedes Interesse an ihr und fuhr mit einer erschreckend schnellen Bewegung herum. Falls er den Tod seines Kumpanen überhaupt zur Kenntnis genommen hatte, so schien er ihn nicht sonderlich zu beeindrucken. Er versetzte ihr – fast beiläufig – noch einen Stoß, der sie zum dritten Mal gegen das Gitter schleuderte, duckte sich weg und trat Vlad in breitbeiniger Ringerpose gegenüber. Die Stahlklaue an seiner Hand gab ein Geräusch wie die Rassel einer Klapperschlange von sich, als er die Finger bewegte.

Vlad zeigte sich wenig beeindruckt. Das Lächeln blieb auf seinen Lippen, wirkte aber jetzt noch eine Spur kälter. »Du solltest dir genau überlegen, was du tust, mein Junge«, sagte er ruhig. »Ich habe keinen Streit mit dir. Vielleicht solltest du besser verschwinden.«

»Wer bist du denn, Arschloch?«, zischte der Vampirjünger. »Was mischst du dich überhaupt ein? Die Sache geht dich nichts an!«

»Ich fürchte, doch«, seufzte Vlad, während er mit einem übertrieben ausladenden Schritt über den Toten hinwegtrat. »Geh. Das ist deine letzte Chance.«

Natürlich ging der Junge nicht. Er duckte sich ganz im Gegenteil nur noch ein bisschen tiefer, gab ein sonderbares, fast schon tierhaft wirkendes Knurren von sich – und stürmte dann blitzartig vor!

Vlad zuckte nicht einmal mit den Wimpern oder versuchte, seine altertümliche Waffe zu ziehen. Mit einer Bewegung, die fast zu schnell war, als dass Connys Blick sie noch erfassen konnte, und doch auf sonderbare Weise gelassen wirkte, trat er zur Seite, ließ den Jungen an sich vorbeistürmen und versetzte ihm einen Stoß zwischen die Schulterblätter, als er prompt über den Körper seines reglos daliegenden Komplizen stolperte. Aus seinem wütenden Knurren wurde ein überraschter Schrei und dann ein schmerzhaftes Stöhnen, als er der Länge nach auf der anderen Seite der Tür hinschlug.

Vlad drehte sich mit einer noch immer auf dieselbe unheimliche Art gelassen wirkenden Bewegung um und schüttelte den Kopf. »Das ist jetzt wirklich deine allerletzte Chance, mein junger Freund. Steh einfach auf und geh deiner Wege, oder wähle den Tod. Es ist deine Entscheidung.«

Das Gefühl von Kälte, das von Conny Besitz ergriffen hatte, nahm noch einmal zu. Was sie entsetzte, war nicht das, was sie sah, sondern gerade das, was sie *nicht* sah: Da war keine Spur von Furcht in Vlad, nicht einmal Respekt oder auch nur Vorsicht. Sie sah keinen Mann, der sich seinem Gegner überlegen wusste und zuversichtlich war, ihn besiegen zu können, sondern jemanden, der nichts zu fürchten hatte, ganz einfach, *weil es nichts gab, was ihm etwas anhaben konnte.*

Der Junge stemmte sich schnell, wenn auch mit irgendwie unbeholfen wirkenden Bewegungen in die Höhe, drehte sich schwerfällig um und stierte Vlad aus blutunterlaufenen Augen an. Seine linke Hand glitt in die Manteltasche und kam mit einem Springmesser wieder zum Vorschein, dessen Klinge mit einem hässlichen Klacken herausklappte. Die eiserne Vampirkralle in der rechten und das zum Zustoßen bereite Stilett in der anderen Hand, stürzte er sich auf seinen Gegner.

Conny war nicht wirklich sicher, ob sie gesehen hatte, was geschah, oder ob überhaupt etwas geschehen war. Vlad schien zu einem Schatten zu werden, der in einem Moment an einem Fleck und im nächsten an einem anderen war; als wäre er nicht nur auf seinen Gegner zu, sondern irgendwie *durch die mörderischen Waffen in seinen Händen hindurch*geglitten. Das Messer klirrte zu Boden, und plötzlich stand Vlad hoch aufgerichtet da, einen zappelnden, wie von Sinnen kreischenden schwarzgekleideten Körper an ausgestreckten Armen hoch über dem Kopf haltend. Dann drehte Vlad sich mit einer rasend schnellen Bewegung herum – und schmetterte ihn mit furchtbarer Gewalt auf das Treppengeländer.

Conny glaubte den Laut, mit dem das Rückgrat brach, wie einen eigenen Schmerz zu spüren. Aus seinem erschrockenen Schrei wurde ein schrilles, unglaublich *spitzes* Wimmern, ein Laut, wie ihn keine menschliche Kehle jemals hervorbringen sollte und der immer noch höher und schriller wurde und erst abbrach, als Vlad ihn losließ und er zwei Stockwerke tiefer noch einmal und mit grausamer Wucht auf das Treppengeländer schlug, bevor er seinen endgültigen Sturz in die Tiefe vollführte.

Conny versuchte sich aufzurichten, aber ihre Kraft reichte nicht einmal mehr dafür. Alles drehte sich um sie. Die Kälte, die sie erfüllte, nahm immer noch weiter zu und nagte jetzt an ihrer innersten Substanz, als begänne nun ihre Lebenskraft selbst zu erstarren. Vlads Gestalt zerfloss zu einem rauchigen Schatten vor ihren Augen und setzte sich neu und auf schrecklich *falsche* Weise wieder zusammen, und plötzlich war da noch eine zweite, vollkommen andere Art von Dunkelheit, die von allen Seiten zugleich auf sie zuzukriechen begann und ihre Welt verschlang. Ihr wurde übel, und eine bleierne Schwere begann sich in ihren Gliedern und ihren Gedanken breitzumachen. Vlad sagte irgendetwas, aber sie nahm nur bedeutungslose Laute wahr; Geräusche, die sich beharrlich weigerten, sich zu Worten oder gar einer Bedeutung aneinanderzureihen.

»Sie … Sie haben ihn … umgebracht«, murmelte sie. »Sie haben ihn einfach …«

»Er hat seine Wahl getroffen«, unterbrach sie Vlad. »Er hätte gehen können.«

Sie wollte antworten, doch ihre Zunge verweigerte ihr den Gehorsam. Alles wurde leicht und auf eine erschreckend *endgültige* Art unwirklich, und die Schwärze kroch jetzt schneller heran, bis es nur noch Vlad und die mittlerweile von einem düsteren gelben Flackern erfüllte Tür hinter ihm zu geben schien.

»Allmählich beginne ich mir Sorgen um dich zu machen, liebe Freundin«, sagte er. »Du bist tapfer, aber du solltest dich nicht überschätzen. Ich werde vielleicht nicht immer da sein können, um dich zu beschützen, weißt du?«

Beschützen, ja, dachte Conny. Er hatte diese beiden Kinder kaltblütig *umgebracht,* ohne Skrupel, ohne das geringste Zögern oder die Spur irgendeines menschlichen Gefühls, und es spielte dabei nicht die geringste Rolle, warum er es getan oder ob er ihr damit das Leben gerettet hatte. Das Warum war völlig egal. Es war das Wie, das sie so unendlich tief entsetzte, seine Art, zu töten, in der vielleicht nicht einmal wirkliche Grausamkeit lag, sondern etwas viel Schlimmeres. Er hatte gemordet wie eine … *Maschine*.

Aber sie konnte nichts von alledem aussprechen oder auch nur in einen bewussten Gedanken fassen. Plötzlich war die Angst da, die sie bisher vermisst hatte, eine lähmende, den Atem abschnürende Furcht, die sich wie eine eiskalte Faust aus Stahl um ihren Hals legte und ihr das Atmen unmöglich machte. Es war auch jetzt noch keine Angst vor dem Tod oder Schmerz, sondern Angst vor *ihm*, einer Kreatur der Nacht und des Wahnsinns, die jäh in ihr Leben eingebrochen war und es Stück für Stück zerstörte.

»Trausch«, murmelte sie. »Ich muss … Trausch …«

»Mach dir keine Sorgen um deinen Kollegen«, sagte Vlad sanft. »Ich kümmere mich um ihn.«

Aber den letzten Satz hörte sie schon gar nicht mehr. Alles wurde dunkel, leicht und irreal. Dann fühlte sie nichts mehr.

11

Die Straße war in beiden Richtungen abgesperrt worden. Dort, wo sie selbst vor weniger als einer Stunde hergekommen war, blockierten nun zwei quer gestellte Mannschaftswagen beide Fahrspuren. Sie ließen eine Lücke, durch die gerade einmal der Feuerwehrwagen gepasst hatte, dessen Besatzung immer noch versuchte, das brennende Obergeschoss des einstmals prachtvollen Hauses zu löschen oder wenigstens ein Übergreifen der Flammen auf die benachbarten Gebäude zu verhindern. Aus der anderen Richtung war der letzte Wagen vor mehr als zehn Minuten gekommen. Conny nahm an, dass ihre Kollegen den Verkehr an der Kreuzung weiter unten umleiteten, an der Trausch und sie vorhin gewendet hatten, oder sie vielleicht auch kurzerhand komplett gesperrt hatten. Dennoch war die Straße alles andere als verlassen. Dutzende (Conny kam es vor, als wären es Hunderte) von Streifen- und Krankenwagen, Einsatzfahrzeugen der Feuerwehr und der Caritas und eine ganze Anzahl von Eichholz' geliebten schwarzen BMWs standen in chaotischer Unordnung vor dem Haus und blinkten um die Wette – immerhin hatten die Fahrer nach und nach wenigstens die Sirenen ausgeschaltet, die flackernden Blau- und Rotlichter aber nicht deaktiviert, sodass sich Conny beinahe wunderte, dass noch keiner der zahllosen Zuschauer hier einen epileptischen Anfall bekommen hatte – und ein zweiter, lebendiger Schutzwall aus uniformierten Beamten versuchte ebenso enthusiastisch wie wenig erfolgreich, den beständig anwachsenden Strom der Neugierigen und Gaffer im Zaum zu halten. Vor ungefähr zehn Minuten war der erste Helikopter über der Straße erschienen und nach einem Augenblick wieder verschwunden, nachdem Eichholz sein Funkgerät aus der Tasche gezogen und einige wenig freundliche Worte hineingebrüllt hatte. Aber natürlich hatte es nicht lange vorgehalten. Mittlerweile raste der fünfte oder sechste Pressehubschrauber so dicht über die Straße hinweg, dass Conny sich fast einbildete, den Luftzug seiner Rotoren zu spüren. Sie war ein wenig erstaunt. Sie hatte gar nicht gewusst, dass es in dieser Stadt so viele Fernsehsender oder Zeitungen mit eigenen Hubschraubern gab.

»Manchmal bedauere ich es fast, dass wir nicht in Russland sind, oder in Nordkorea«, seufzte Trausch. Er saß neben ihr im offenen Heck eines RTW und blinzelte fast versonnen zu dem zweisitzigen Helikopter hinauf, der seit einer geschlagenen Minute keine zwanzig Meter über dem brennenden Dach schwebte und mit seinem künstlichen Tornado die Qualmwolken auseinanderpeitschte. Conny nahm an, dass das den Feuerwehrleuten dort oben nicht einmal unrecht war. Vermutlich war es sogar der einzige Grund, aus dem Eichholz ihn überhaupt noch dort oben duldete und sogar die Kamera in Kauf zu nehmen schien, die jede noch so winzige Bewegung hier unten auf der Straße aufzeichnete.

»Weil sie dort keine Pressehubschrauber haben?«, fragte sie nach einer Weile.

Trausch schüttelte den Kopf. »Nein. Ich schätze, die gibt es überall. Aber unsere Aussichten stünden dort vermutlich nicht schlecht, sie abschießen zu dürfen.«

Conny war nicht sicher, ob sie das wirklich komisch fand. Sie verzog dennoch die Lippen zu einem flüchtigen Lächeln. Immerhin *hatte* er etwas gesagt, und das war schon mehr, als sie noch vor einer halben Stunde überhaupt zu hoffen gewagt hätte.

Das Erstaunlichste war, dass er noch lebte.

Ein Sanitäter in einer rot-orangefarbenen Warnjacke kam auf sie zu, reichte ihr einen Plastikbecher mit so heißem Kaffee, dass sie ihn nur mit den Fingernägeln halten konnte und trotzdem das Gefühl hatte, glühende Kohlen zu berühren, und setzte dazu an, etwas zu Trausch zu sagen, klappte den Mund aber dann hastig wieder zu und trollte sich, als ihn ein vernichtender Blick aus Trauschs Augen traf. Damit kam er wahrscheinlich noch gut weg, dachte Conny, während sie vorsichtig an ihrem Kaffee nippte – sie verbesserte sich in Gedanken: an ihrem *Getränk*, das Zeug war genauso scheußlich wie heiß – dem letzten Arzt, der Trausch eindringlich beschworen hatte, sich ins Krankenhaus fahren zu lassen, hatte er eine Tracht Prügel angedroht, und nicht einmal sie war ganz sicher, wie ernst diese Worte gemeint gewesen waren.

Sie nippte noch einmal an ihrem Becher, verzog angewidert die Lippen und nahm trotzig einen weiteren und deutlich größeren Schluck, bevor sie sich demonstrativ suchend umsah.

»Wenn sie den großen Boss suchen, der sitzt in seinem Wagen und brüllt seit zehn Minuten seine Freisprechanlage in Grund und Boden«, sagte Trausch.

»Ich suche Schwester Drachenzahn«, antwortete Conny mit einer Kopfbewegung auf den Plastikbecher in ihren Händen. »Die Brühe kann nur von ihr sein. Wahrscheinlich hat sie sich eingeschlichen, nur um mich zu quälen.« Sie zog demonstrativ die Augenbrauen zusammen. »Sind chemische Kampfstoffe nicht schon seit ein paar Jahrzehnten verboten?«

»Vielleicht ist es ja nur Biomüll aus der Klinik«, antwortete er ernst. »Dafür braucht man keinen Waffenschein.«

»Für diesen Kaffee schon«, antwortete Conny und trank einen weiteren Schluck. Der Geschmack wurde nicht besser, aber das Koffein oder vielleicht auch nur die Wärme weckten ganz allmählich wieder ihre Lebensgeister, und allein das war Grund genug für sie, mittlerweile schon die dritte oder vierte Tasse davon herunterzuwürgen.

Sie war ehrlich erstaunt gewesen, überhaupt noch einmal aufzuwachen – zumindest an einem Ort, der nicht nur aus Feuer und rot glühenden Zangen und den Schreien gepeinigter Seelen bestand – und noch sehr viel erstaunter, dies nicht nur auf der harten Pritsche eines Rettungswagens der Caritas zu tun, sondern auch in Trauschs Armen … oder doch zumindest *fast*. Er hatte sie nicht wirklich in den Armen gehalten, sondern auf der Kante der gegenüberliegenden Bank gesessen und mit zusammengebissenen Zähnen die Erstversorgung des jungen Notarztes über sich ergehen lassen, der sich um seinen übel zugerichteten Bizeps kümmerte. Aber es waren *seine* Arme gewesen, die sie fünf Treppen hinab aus dem brennenden Haus und in den Krankenwagen getragen hatten. Das meiste von dem eingetrocknetem Blut, das ihre Bluse und die zerrissenen Überreste ihrer Jacke besudelte, stammte von ihm.

»Es freut mich, dass Sie beide schon wieder so offensichtlich guter Laune sind«, sagte eine missmutig klingende Stimme hinter ihnen. Conny hätte sich nicht umdrehen müssen, um zu wissen, wem sie gehörte. Sie tat es trotzdem, ebenso wie Trausch, auch wenn seine Bewegung nicht ganz so selbstverständlich und mühelos wirkte wie gewohnt und von einem unterdrückten Ächzen begleitet wurde.

Aus einem Grund, den Conny nicht ganz nachvollziehen konnte, hatte Eichholz den Wagen durch die seitliche Tür weiter vorne betreten und kam nun gebückt näher. Der Ausdruck auf seinem Gesicht hielt sie nachhaltig davon ab, sich danach zu erkundigen. »Wenn Sie vielleicht wenigstens die Güte hätten, nicht allzu deutlich in die Kamera zu lächeln, die über uns schwebt, wäre ich Ihnen äußerst dankbar.«

Und alle anderen, die im Moment noch auf uns gerichtet sind, fügte Conny in Gedanken hinzu. Es widerstrebte ihr schon aus Prinzip, Eichholz zuzustimmen, aber in diesem Punkt sagte er leider die Wahrheit: Wahrscheinlich waren im Augenblick mindestens hundert Handy-Kameras auf sie gerichtet, wenn nicht mehr, und *ganz bestimmt* konnte sie ihr eigenes Gesicht in spätestens einer Stunde schon wieder auf jedem Fernsehschirm der Stadt bewundern; in miserabler Qualität und hoffnungslos verwackelt und ohne Ton, aber dafür mit umso phantasievolleren Untertiteln, wo sich jemand im Lippenlesen oder auch frei Erfinden versucht hatte. Sie warf Trausch, der zu einer sichtbar scharfen Antwort ansetzte, einen raschen, mahnenden Blick zu, gab ihren Platz auf dem Trittbrett des Wagens auf und trat gebückt zu Eichholz hinein. Trausch folgte ihr und nahm neben ihr auf der Kante derselben Pritsche Platz, auf der sie vor einer halben Stunde wach geworden war, und Eichholz schloss die Tür und setzte sich auf die Bank auf der anderen Seite. Er sah Conny und Trausch abwechselnd und wortlos an, und das auf eine Art, die Conny plötzlich froh sein ließ, keine Gedanken lesen zu können.

»Und Sie sind vollkommen sicher, dass Sie nicht ins Krankenhaus wollen?«, fragte er schließlich.

»Ja«, antworteten Trausch und sie unisono.

Eichholz sah ein bisschen bekümmert aus, aber auch nicht so, als hätte er mit irgendeiner anderen Antwort gerechnet. Trotzdem versuchte er es noch einmal. »Ich könnte Ihnen die dienstliche Anweisung dazu geben.«

»Können Sie nicht«, erwiderte Trausch ruhig.

»Sie sind schwer verletzt«, antwortete Eichholz. »Der Arzt sagt ...«

»Der Arzt«, fiel ihm Trausch ins Wort, und das in einem Ton, der ziemlich deutlich machte, was er von den Fähigkeiten des – auch nach Connys Meinung – hoffnungslos überforderten jungen Notarztes hielt, »hat keine Ahnung. Das ist nur eine Schramme. Ich habe schon Schlimmeres überstanden.«

Conny wusste nicht, was sie vom zweiten Teil seiner Behauptung halten sollte, aber eine *Schramme* war das, was der Möchtegern-Vampir mit seinem Arm angestellt hatte, ganz bestimmt nicht. Ihr war bis jetzt nicht ganz klar, woher er die Kraft genommen hatte, sich nicht nur selbst aus der brennenden Wohnung zu retten, sondern auch noch sie die fünf Treppen nach unten zu tragen – die Wunde, die ihm die Eisenklaue zugefügt hatte, war möglicherweise nicht lebensgefährlich gewesen, aber er hatte sehr viel Blut verloren, und Conny erinnerte sich auch noch voller Schaudern an die schreckliche Leere in seinen Augen.

Vielleicht war es auch nur ihr schlechtes Gewissen, das ihr zu schaffen machte. Sie hatte ihn im Stich gelassen. Es spielte keine Rolle, warum und aus welchem Grund und ob sie eine Wahl gehabt hatte oder nicht. Sie hatte ihn in dem sicheren Wissen zurückgelassen, dass er sterben würde, und dieser Gedanke nagte an ihr und würde es vielleicht für den Rest ihres Lebens tun.

»Ganz, wie Sie wollen«, sagte Eichholz. Er klang nicht unbedingt enttäuscht. »Also: Was ist passiert? Wirklich, meine ich.« Er kam Connys Antwort zuvor, indem er rasch die Hand hob und mit veränderter Stimme hinzufügte: »Und ersparen Sie es uns beiden, jetzt irgendetwas von einem *reinen Zufall* zu erzählen. Die Wahrheit, bitte.«

Wenn es in dieser ganzen Geschichte überhaupt etwas wie *eine* Wahrheit gab, dachte Conny. Sie zögerte, irgendetwas zu antworten. Trausch und sie hatten sich auf eine Geschichte geeinigt, die ungefähr so weit von der Wahrheit entfernt war wie sie davon, Eichholz einen Heiratsantrag zu machen, und sie hatte – benommen und durcheinander, wie sie gewesen war – zugestimmt, sich daran zu halten, aber sie konnte sich nicht einmal genau erinnern, *was* sie besprochen hatten. Oder warum er eigentlich wollte, dass sie log; nur, dass es ihr in diesem Moment irgendwie schlüssig vorgekommen war.

»Wie kommen Sie darauf, dass es etwas anderes gewesen sein könnte?«, fragte sie schließlich lahm. Auf einer Ebene, die es ihr unmöglich machte, darauf zu reagieren, registrierte sie, wie Trausch ihr einen fast entsetzten Blick zuwarf. Trotzdem fuhr sie fort: »Es *war* Zufall. Ich wollte Sylvia besuchen, das ist alles.«

Eichholz sagte zwar nichts dazu und machte nicht einmal den Versuch, irgendwie anders als zweifelnd auszusehen. Conny wusste zwar, dass sie vermutlich einen – sehr dummen – Fehler beging, aber sie konnte gar nicht anders, als in trotzigem Ton hinzuzufügen: »Eigentlich sollten Sie das doch wissen. Sie hören doch mein Telefon ab. Oder sind Sie heute Vormittag noch nicht dazu gekommen?«

Eichholz blieb vollkommen ruhig. »Sie wollten sich also einfach nur mit ihr unterhalten. Ein Gespräch zwischen alten Freundinnen, einfach so?«

»Ein Gespräch mit einer sehr guten Freundin, die vor ein paar Wochen ihr einziges Kind verloren hat, ja. Ich war in Sorge um Sie.«

»Und das war alles?«, hakte Eichholz nach. Er wirkte immer noch vollkommen kalt. Hatte sie wirklich auch nur ein einziges Wort des Bedauerns von ihm erwartet oder sogar so etwas wie *Mitgefühl?*

»Ja«, antwortete sie, hielt seinem Blick einen Augenblick lang trotzig stand und deutete dann ein Kopfschütteln an. »Nein. Nicht nur. Ich wollte etwas … überprüfen.«

»Und was?«

Conny wollte antworten, doch Trausch kam ihr zuvor. »Das haben wir doch alles schon besprochen. Sie bekommen einen detaillierten Bericht mit allen Einzelheiten, sobald sich Conny … Kollegin Feisst … wieder gefangen hat. Sie hat gerade eine Freundin verloren und wäre beinahe umgebracht worden.«

Worin sie ja inzwischen einige Übung hat, antwortete Eichholz' Blick. Immerhin sprang er weit genug über seinen Schatten, um es nicht laut auszusprechen. »Ja«, seufzte er. »Bitte, entschuldigen Sie, Kollegin. Ich kann manchmal ein ziemlich unsensibler Klotz sein, ich weiß. Es tut mir leid. Ich entschuldige mich für mein Benehmen. Die Situation ist allerdings leider … nicht ganz so einfach. Ich nehme an, Kollege Trausch hat sie von der Morddrohung gegen Sie informiert?«

Conny nickte. Hatte Eichholz sich gerade bei ihr *entschuldigt?*

Er wartete ein paar Sekunden lang darauf, dass sie antwortete, deutete dann ein Schulterzucken an und wandte sich wieder an Trausch. »Sie sind Frau Feisst also gefolgt und haben vor dem Haus gewartet, bis sie wieder herausgekommen ist. Und in dieser Zeit ist Ihnen nichts aufgefallen? Niemand hat das Haus betreten oder verlassen?«

»Nur eine ältere Frau mit zwei Einkaufstaschen«, antwortete Trausch. »Ich nehme an, die beiden waren schon im Haus … oder sind durch den Hintereingang gekommen.«

»Oder durch den Keller«, fügte Eichholz hinzu. Sein Blick verdüsterte sich ein wenig. »Ich habe gerade mit dem Einsatzleiter der Feuerwehr gesprochen. Das da unten ist das reinste Labyrinth. Es gibt einen Fahrradkeller, den drei Häuser gemeinsam nutzen. Mit einem Durchgang zu genau diesen beiden Nachbargebäuden. Sobald die Feuerwehr das Gebäude freigibt, nimmt sich die Spurensicherung den ganzen Laden vor. Allzu große Hoffnungen habe ich allerdings nicht. Ein Fahrradkeller für drei Häuser, vierzig oder fünfzig Leute, die ein und aus gehen, und eine Tür, die nicht einmal ein Schloss hat … genauso gut könnten wir uns auch den Hauptbahnhof vornehmen.«

»Wir haben die Täter«, erinnerte Conny.

»Ja, wenn sie allein waren«, erwiderte Eichholz. »Davon sollten wir jedoch nicht unbedingt ausgehen.« Er seufzte. »Also gut – vielleicht ist jetzt nicht der richtige Moment dafür. Besprechen wir alles später im Präsidium.« Er sah sie noch einmal nacheinander und jeden für eine endlose Sekunde durchdringend an. »Und Sie sind ganz sicher, dass Sie keine ärztliche Hilfe benötigen?«

Trausch schüttelte den Kopf, und Conny antwortete: »Ich bin doch sowieso krankgeschrieben.«

Offensichtlich war das der falsche Ton. Eichholz erinnerte sich anscheinend endlich wieder daran, dass seine zurzeit so sanftmütige Stimmung überhaupt nicht zu ihm passte, und sein Blick nahm wieder die gewohnte Härte an. »Wie Sie meinen«, sagte er kühl. »Dann schlage ich vor, dass wir uns in einer Stunde in meinem Büro treffen … oder sagen wir besser, in zwei. Ich fürchte, das hier wird sich noch eine Weile hinziehen.«

Er seufzte noch einmal tief, stand auf, schüttelte aber auch beinahe hastig den Kopf, als Trausch sich ebenfalls erheben wollte. »Bleiben Sie sitzen. Ich habe mit dem Fahrer gesprochen. Der Krankenwagen wird Sie ins Präsidium bringen. Das macht doch mehr Sinn, als Sie in einen Streifenwagen zu setzen … oder haben Sie etwas dagegen?«

»Ich wollte schon immer einmal mit Blaulicht und Sirene durch die Stadt rasen«, antwortete Conny. »Schon als kleines Mädchen. Ich glaube, das ist der wirkliche Grund, aus dem ich zur Polizei gegangen bin.«

Eichholz' Miene gefror endgültig zu einer ausdruckslosen Maske. Er sagte kein Wort mehr, sondern drehte sich mit einer abgehackt wirkenden Bewegung um, verließ den Wagen auf dem gleichen Weg, auf dem er gekommen war, und warf die Tür unnötig laut hinter sich ins Schloss. Nur einen Augenblick später hörten sie, wie er gegen die Fahrertür klopfte und der Motor angelassen wurde.

»Keine Sirene«, seufzte Conny, als sich der Wagen in Bewegung setzte. »Schade.«

Trausch sah sie einen Atemzug lang mit undeutbarem Ausdruck an, stand dann auf und nahm auf der unbequemen Notbank auf der anderen Seite Platz, auf der Eichholz gerade noch gesessen hatte. »Halten Sie es wirklich für eine gute Idee, ihn zu provozieren?«

Wenn schon nicht durch seinen plötzlichen Stimmungswechsel, so fühlte sich Conny spätestens durch diese Frage irgendwie … verraten. »Halten *Sie* es für klug, ihn zu belügen?«, gab sie in weit spröderem Ton als beabsichtigt zurück.

»Belügen?« Trausch legte fragend den Kopf auf die Seite.

»Hören Sie auf!«, fauchte Conny. »Wir sind allein. Niemand hört uns zu … es sei denn, Sie sind verwanzt oder haben ein Aufnahmegerät in der Tasche.«

Trausch machte sich nicht einmal die Mühe, darauf zu antworten, wofür Conny ihm im Stillen dankbar war. »Regel Nummer eins für professionelle Lügner: Wenn Sie lügen, dann *glauben* Sie an das, was Sie sagen. Sie müssen selbst davon überzeugt sein. Nur so können Sie auch alle anderen überzeugen. Ich dachte, Sie wüssten das.«

»Er wird es herausfinden«, beharrte Conny, ohne auf seine Worte einzugehen. Möglicherweise hätte sie sonst zugeben müssen, dass er recht hatte. »Warum zum Teufel sollte ich nicht sagen, was wirklich passiert ist?«

»Damit Eichholz erfährt, dass dieser Milchbubi mich niedergeschlagen hat und ich hilflos auf den Rücken gelegen habe, während Sie ganz allein die bösen Jungs fertiggemacht haben?«, erwiderte Trausch mit übertrieben gespielter Verblüffung. »He, wo kommen wir denn da hin? Ich bin ein Mann! Ich will den ganzen Ruhm allein einheimsen!«

Conny blieb ernst. »Diese beiden Jungen sind tot! Es waren noch halbe Kinder! Warum nehmen Sie die Verantwortung für ihren Tod allein auf sich?«

»Möchten Sie Eichholz erklären, wie Sie ganz allein mit diesen beiden Kerlen fertig geworden sind?«, antwortete Trausch. »Verdammt, ich bin ganz bestimmt kein Schwächling, aber der Kerl hat mich niedergeschlagen, als wäre ich ein Schulkind! Und Sie haben sie *beide* fertiggemacht! Möchten Sie *das* Eichholz erklären?«

Nein, das wollte sie nicht. Sie hatte es ja nicht einmal *ihm* erklärt … und wie konnte sie auch?

»Nein«, gestand sie leise.

»Sehen Sie«, sagte Trausch. »Und selbst wenn Sie es könnten, wäre es vermutlich nicht besonders clever. Nicht in Ihrer Situation.«

»In meiner Situation?«

»Sylvia war ihre Freundin«, erinnerte Trausch. »Eine gute Freundin.«

»So gut nun auch wieder nicht«, begann Conny, aber Trausch sprach völlig unbeeindruckt weiter: »Sie kennen sich seit mehr als zwanzig Jahren. Vor ein paar Wochen hat Aisler ihre Tochter umgebracht. Derselbe Aisler, den *Sie* zur Strecke gebracht haben. Und jetzt tauchen zwei durchgeknallte Gruftis auf, die sich aus irgendeinem

Grund für seine Jünger oder Erben oder was weiß ich halten, und töten auch noch Ihre Freundin, auf bestialische Weise und vor ihren Augen … und Sie erledigen die beiden. In Notwehr, gut, aber glauben Sie wirklich, dieses kleine Detail interessiert irgendjemanden?« Er beantwortete seine eigene Frage mit einem Kopfschütteln und einem abfälligen Schnauben. »Ganz bestimmt nicht!«

Sie stimmte ihm niedergeschlagen in Gedanken zu. Aber wieso hatte er sie eigentlich bisher mit keinem einzigen Wort gefragt, was *wirklich* passiert war?

Conny sah ihn einen Augenblick lang ausdruckslos an und hob dann die Schultern. Was sollte sie ihm antworten? Die Wahrheit? Lächerlich. »Es ging alles einfach … zu schnell. Aber es war nicht ganz so dramatisch, wie Sie vielleicht glauben.«

»Ich glaube gar nichts«, antwortete Trausch. »Ich *frage*.«

»Wahrscheinlich habe ich nur Glück gehabt«, antwortete Conny. Sie wich seinem Blick aus. »Mit dem Kerl, den Sie angeschossen haben, habe ich nichts zu tun. Er ist einfach zusammengebrochen. Vielleicht hat er sich zu viel zugemutet.«

»Und der andere?«

»Auch«, antwortete sie ruppig. Sie konnte beinahe selbst spüren, wie ihre Augen aufblitzten. »Was erwarten Sie jetzt von mir? Dass ich ihnen erzähle, ich hätte ihn mit ein paar gezielten Karateschlägen niedergestreckt? Habe ich nicht. Der Idiot ist einfach über seine eigenen Füße gestolpert. Und danach über das Treppengeländer.« Ihr war selbst klar, wie dünn das Eis war, auf dem sie sich bewegte. Der Dachstuhl fünf Etagen über ihnen war mittlerweile nur noch ein ausgeglühtes Skelett aus schwelenden Balken, und von Sylvias zumindest früher so liebevoll gepflegter Wohnung würde wahrscheinlich nicht einmal genug übrig sein, um einem Müllcontainer zu füllen, aber sie hatte *gesehen*, wie Vlad den Jungen niedergestochen hatte. Spätestens bei der Obduktion seiner Leiche musste die Wahrheit herauskommen. Sie würde ein paar sehr unangenehme Fragen beantworten müssen.

Conny schüttelte den Gedanken ab. Später. Plötzlich hatte dieses Wort eine neue, seltsam unangenehme Bedeutung für sie. Was spielte es für eine Rolle, was morgen war, oder übermorgen, oder auch nur heute Nachmittag? Vielleicht war das überhaupt das Schlimmste, was Vlad ihr angetan hatte: Ihr Leben war plötzlich auf den Moment reduziert. Sie konnte sich die Mühe sparen, darüber nachzudenken, was *später* war. Nichts war mehr berechenbar, nichts war mehr so, wie es sein *sollte.*

»Es war Vlad«, hörte sie sich zu ihrem eigenen Erstaunen sagen.

Zuerst reagierte Trausch überhaupt nicht, und einen ganz kurzen Augenblick klammerte sie sich noch an die Hoffnung, es vielleicht nur gedacht und nicht laut ausgesprochen zu haben oder wenn, dann so leise, dass er es nicht gehört hatte. Aber dann nickte er und sagte: »Ihr geheimnisvoller Freund.«

Er ist nicht mein Freund. Conny sparte es sich, die Worte laut auszusprechen. Stattdessen flüsterte sie: »Ich bin nicht einmal sicher, ob es ihn wirklich gibt.«

»Gestern waren Sie es.«

»Heute nicht mehr«, erwiderte Conny. »Allmählich beginne ich mich zu fragen, ob ich vielleicht den Verstand verliere.«

Trausch tat ihr nicht den Gefallen, mit einer flapsigen Bemerkung zu antworten oder auch nur zu lächeln, sondern schien ganz im Gegenteil zwei oder drei schier endlose Sekunden lang über ihre Worte nachzudenken, und auch dann reagierte er nur mit einem Schulterzucken. »Das kann ich nicht beurteilen. Aber wenn er nur eine Halluzination ist, dann eine, der Sie nicht allein erliegen. Immerhin hat der Junge in der Disco ihn auch gesehen.«

»Tom.« Conny lächelte schmerzlich. »Ja, ich weiß. Wahrscheinlich hätte er auch das Ungeheuer von Loch Ness gesehen, wenn ihn irgendein Journalist danach gefragt hätte.«

»Seine Beschreibung war nicht einmal so schlecht«, widersprach Trausch. »Ich hatte nicht den Eindruck, dass er sie sich nur aus den Fingern gesogen hat.«

Conny setzte dazu an, ihm zu versichern, dass sie Vlad im *Trash* tatsächlich gesehen und mit ihm gesprochen hatte, beließ es aber dann bei einem angedeuteten Schulterzucken. Dass er *dort* real gewesen war, bedeutete nicht, dass auch alles andere wirklich passiert sein musste.

»Also gut«, seufzte Trausch. »So, wie ich es sehe, gibt es zwei Möglichkeiten: Es war tatsächlich so, wie Sie es mir erzählt haben, und Sie sind ganz allein mit diesen beiden Jungen fertig geworden. Einmal davon abgesehen, dass mich das tief in meiner männlichen Macho-Ehre verletzt, ist es so unmöglich nicht. Ich muss Ihnen nicht erzählen, wozu Menschen imstande sind, wenn sie um ihr Leben kämpfen. Vielleicht hatten Sie tatsächlich einfach nur Glück.« Er zuckte mit den Achseln und verzog das Gesicht vor Schmerzen.

»Sie meinen, ich bin ein bisschen schizophren und verwandle mich ab und zu in Supergirl, ohne mich hinterher daran zu erinnern?« Es sollte ein Scherz sein, aber die Worte *klangen* nicht einmal danach, und in Trauschs Blick mischte sich eine Spur von Ärger.

»Oder es gibt ihn wirklich, und er hat Ihnen das Leben gerettet … und damit auch mir. In diesem Fall sollten wir ihm dankbar sein.«

»Ja, vermutlich«, bestätigte Conny. »Doch das beantwortet nicht die Frage …«

»… warum«, ergänzte Trausch. Wieder sah er sie eine geraume Weile einfach nur an, und das auf eine Art, die ihr Unwohlsein eigentlich noch verstärken sollte, erstaunlicherweise aber das genaue Gegenteil bewirkte. Vielleicht, weil sie unter allem anderen und wenig Angenehmen auch die Sorge in seinem Blick spürte, eine Sorge, von der sie sich zumindest einredete, dass sie über die normale Besorgnis um eine Kollegin hinausging.

»Ich kann Ihnen nicht vorschreiben, was Sie tun sollen«, fuhr er schließlich fort. »Wenn Sie Eichholz die Wahrheit sagen wollen – oder was Sie dafür halten –, dann stehe ich Ihnen nicht im Weg.«

»Sie haben bereits eine andere Geschichte erzählt«, gab Conny zu bedenken, aber er antwortete nur mit einer abfälligen Geste.

»Bisher nur ihm«, wandte er ein. »Ich bin gerade niedergestochen worden. Jemand hat mich übel verprügelt, und es hätte nicht viel gefehlt, und ich wäre bei lebendigem Leibe verbrannt. Da kann einem die Erinnerung schon einmal einen Streich spielen. Machen Sie sich keine Sorgen um mich. Eichholz hat Sie auf dem Kieker, nicht mich.«

»Er könnte seine Meinung ändern.«

Trausch lachte. Es klang ehrlich. »Und? Was will er mir tun? Mich vorzeitig in Rente schicken? Diese Vorstellung lässt mich nicht unbedingt gramgebeugt zusammenbrechen, wissen Sie?«

Conny war ein wenig überrascht, vor allem, weil sich seine Worte so ehrlich anhörten. Sie hatte bis zu dieser Sekunde geglaubt, Trausch wäre Polizist mit Leib und Seele und könnte sich auch gar nichts anderes vorstellen, als es die nächsten fünfzig oder hundert Jahre zu bleiben. Doch da war noch mehr. »Sie würden es nicht tun, an meiner Stelle?«, vermutete sie.

Trausch reagierte mit einem neuerlichen (und sehr viel behutsameren) Schulterzucken. »Lassen Sie uns die Sache einfach einmal durchspielen ... vielleicht ist das ohnehin nicht die schlechteste Idee, bevor wir gleich in Eichholz' Büro sitzen und er uns in die Mangel nimmt. Ich sage nicht, dass ich Ihnen glaube.«

»Das habe ich auch nicht erwartet.«

»Ich sage aber auch nicht, dass ich Ihnen nicht glaube«, fuhr Trausch ungerührt fort. »Aber tun wir einfach für den Moment so, als hätte sich tatsächlich alles so abgespielt – sein Besuch in Ihrer Wohnung, Ihr treffen im Park und sein plötzliches Auftauchen vorhin. Sie sagen, er ist hinter dem Jungen aufgetaucht?«

Conny nickte.

»Das würde bedeuten, dass er die ganze Zeit über in der Wohnung gewesen ist«, meinte Trausch nachdenklich. »Und dass er zugesehen hat, wie der Kerl über Sie hergefallen ist. Für jemanden, der sich – warum auch immer – anscheinend in den Kopf gesetzt hat, Ihren persönlichen Schutzengel zu spielen, ist das ein ziemlich seltsames Verhalten.«

»Vielleicht wollte er ja sehen, wie ich mich schlage«, antwortete sie. Auch das sollte scherzhaft klingen, und auch dieser Versuch misslang kläglich.

»Vielleicht spielt er mit Ihnen, Conny«, antwortete Trausch ernst. »Ist Ihnen diese Idee schon einmal gekommen?«

Natürlich war sie es, hundert Mal, und ebenso natürlich hatte sie sie ebenso oft wieder verworfen. Nicht, weil sie so abwegig klang – es gab ganz im Gegenteil eine Menge Gründe, die dafür sprachen –, aber weil sie einfach *wusste,* dass es nicht so war. Sie reagierte mit einer Handbewegung, deren Bedeutung er sich aussuchen konnte.

»Wenn es diesen Vlad tatsächlich gibt«, fuhr Trausch fort, »dann *treibt* er ein böses Spiel mit Ihnen.« Er schüttelte noch einmal den Kopf und sah sie – plötzlich auf eine ganz andere Art ernst – an. »Also gut. Dann werde ich Ihnen jetzt dieselbe Frage stellen, die Eichholz Ihnen stellt, wenn Sie ihm die ganze Geschichte erzählen: Was, wenn es ihn wirklich gibt? Was, wenn er tatsächlich Aislers Komplize war und Sie benutzt, um hinter sich aufzuräumen?«

Sie hatte mit vielem gerechnet, aber nicht mit dem großen Bahnhof, den ihre Kollegen ihr bereiteten. Auf ihrem Schreibtisch, den sie schon seit einer guten Woche nicht mehr gesehen hatte, standen gleich drei Blumensträuße – allesamt frisch und vermutlich erst besorgt, als Trausch und sie bereits auf dem Weg hierher gewesen waren –, und hätte sie jedes Glas Sekt angenommen, das ihr angeboten wurde, dann hätte Eichholz sie bei seinem Eintreffen gute anderthalb Stunden später wahrscheinlich sturzbetrunken in irgendeiner Ecke vorgefunden. Niemand war unsensibel genug, einen detaillierten Bericht zu erwarten oder auch nur nach Einzelheiten zu fragen, aber Trausch und sie waren dennoch beinahe eine halbe Stunde lang damit beschäftigt, unzählige Fragen zu beantworten und immer neue Glückwünsche entgegenzunehmen und das obligatorische Umarmen und Schulterklopfen über sich ergehen zu lassen; was vor allem bei Trausch nicht unbedingt auf helle Begeisterung stieß, sondern ihm ganz im Gegenteil mehr als einmal beinahe die Tränen in die Augen trieb. Schließlich wurde es ihm zu bunt, und er zog kommentarlos die Schlinge aus der Jackentasche, die ihm der Arzt im Krankenwagen mehr oder weniger aufgenötigt hatte, hängte sie um und legte demonstrativ den Arm hinein. Denselben, von dem er vorhin beharrlich behauptet hatte, er hätte nur eine *harmlose Schramme*. Immerhin hörten die anderen damit auf, begeistert auf seine Schulter einzuschlagen.

Was Conny vielleicht am meisten überraschte, das war die Ehrlichkeit dieses Empfangs. Es war Eichholz in der ganzen Zeit nicht wirklich gelungen, sie auszugrenzen, sosehr er sich auch angestrengt hatte, hatte sie es auch umgekehrt niemals geschafft, sich vollkommen dazugehörig zu fühlen. Tatsächlich hatte sie nie einer ihrer Kollegen geschnitten, ihr Schwierigkeiten bereitet oder ihr Steine in den Weg gelegt, und dennoch hatte es da eine letzte, unsichtbare Hürde gegeben, die sie niemals endgültig überwunden hatte; immerhin stand sie ganz oben auf Eichholz' Abschussliste, und vielleicht war es einfach besser, nicht allzu offen mit ihr zu fraternisieren.

Das hatte sich geändert. Vielleicht zum ersten Mal, seit die SOKO gegründet worden war, hatte sie das Gefühl, tatsächlich dazuzugehören.

Das Problem war nur, dass sie es tief in sich gar nicht wollte.

Conny erschrak beinahe, als sie sich ihrer eigenen Gefühle bewusst wurde. Während der ganzen beinahe zwei Monate, die sie jetzt dazugehörte, hatte sie sich nichts mehr gewünscht, als von ihren Kollegen endlich vollkommen akzeptiert und als gleichberechtigtes Mitglied eines Teams behandelt zu werden, doch jetzt, als es so weit war, begann sie sich zu fragen, ob sie es eigentlich wirklich so hatte haben wollen oder dieser vermeintliche Wunsch nicht in Wahrheit reiner Trotz gewesen war, mit dem sie auf Eichholz' unverhohlene Feindseligkeit reagierte. Einer der wenigen Punkte, die Eichholz ihr zu Recht vorgeworfen hatte, war ihr mangelnder Teamgeist. Sie war niemals eine gute Teamspielerin gewesen und hatte es auch niemals sein wollen, sondern zog es vor, ihre eigenen Schlüsse zu ziehen und ihre eigenen Wege zu gehen; ein Charakterzug, der ihrer Karriere schon mehr als einmal im Wege gestanden und sie vielleicht nur deshalb noch nicht zu Fall gebracht hatte, weil sie trotz allem immer wieder überraschende Erfolge vorweisen konnte. Und wenn sie ehrlich war, war es in diesem Fall kein bisschen anders. Nicht einmal in diesem Moment. Sie genoss es, die ehrliche Freude auf den Gesichtern ihrer Kollegen zu sehen, ihre Komplimente und Glückwünsche zu hören und vielleicht zum ersten Mal wirklich wie eine Gleichberechtigte behandelt zu werden, doch je länger es andauerte, desto unangenehmer wurde ihr die Situation.

Wieder einmal war es Trausch, der zu spüren schien, wie es in ihr aussah, und sie rettete, indem er schließlich den unverletzten Arm um ihre Schulter legte und sie unter einem Vorwand hinaus und in sein Büro bugsierte. Kaum hatte er die Tür hinter ihnen geschlossen, nahm er den Arm jedoch fast schon hastig herunter und wirkte plötzlich ein bisschen verlegen.

»Haben Sie es sich überlegt?«, begann er übergangslos.

Conny wusste nicht einmal, wovon er sprach, und sah ihn nur fragend an.

»Eichholz«, erklärte Trausch, während er den Arm aus der Schlinge nahm und mit zusammengebissenen Zähnen ein paarmal – sehr vorsichtig – bewegte. »Wir sollten uns allmählich auf eine Geschichte einigen.«

Conny antwortete nicht gleich. Vorhin, im Krankenwagen, war ihr sein Angebot nicht nur überaus großzügig und verlockend vorgekommen, sondern auch schlüssig, doch je länger sie darüber nachdachte, desto weniger verstand sie es eigentlich. Sie unterstellte Trausch nur die allerbesten Absichten und zweifelte keinen Sekundenbruchteil daran, dass er bereit war zu lügen, um sie zu beschützen ... aber es *passte* einfach nicht zu ihm. Vor allem dann nicht, wenn Vlads Beweggründe wirklich nicht ganz so uneigennützig oder geheimnisvoll waren, wie sie bisher angenommen hatte.

»Ich habe ein ganz anderes Problem«, sagte sie – was zwar der Wahrheit entsprach, im Moment jedoch vor allem dazu diente, seine Frage nicht beantworten zu müssen.

»Und welches?«

»Der Junge, den Sie angeschossen haben«, sagte sie. »Der, der Sylvia umgebracht hat ...«

Trausch nickte. »Was ist mit ihm?«

»Ich bin nicht ganz sicher«, antwortete Conny zögernd, »aber ich glaube, ich kenne ihn.«

»Woher?«

»Wenn ich das wüsste, hätte ich es bereits gesagt«, antwortete Conny und schickte ein rasches, entschuldigendes Lächeln hinterher, als sie selbst hörte, wie patzig diese Antwort klang. »Ich weiß es nicht. Aber irgendwie ...« Sie hob die Schultern. »Ich habe ihn schon einmal gesehen. Ich bin sicher.«

»Dann werden Sie sich auch daran erinnern, wo.« Trausch nahm die Schlinge vom Hals, knüllte sie zu einem unordentlichen Ball zusammen und warf sie zielsicher in den Papierkorb. »Vielleicht ergibt das Ganze ja doch noch einen Sinn, wenn wir alle Einzelheiten noch einmal und in Ruhe durchgehen. Aber ich schlage vor, nicht jetzt und nicht hier.«

Er ging um seinen Schreibtisch herum, ließ sich mit einem erschöpften Seufzen auf den unbequemen Bürostuhl dahinter sinken und stand beinahe aus der gleichen Bewegung heraus schon wieder auf, um an den schmalen Spind neben dem Fenster zu treten. »Wenn Sie keinen besseren Vorschlag haben«, sagte er, während er ihn öffnete und ein neues, noch in Cellophan verpacktes Hemd herausholte, »dann schlage ich vor, wir bleiben bei der Geschichte, die ich Eichholz vorhin erzählt habe. Wenigstens, bis wir wissen, was das alles wirklich bedeutet.«

Conny nickte wortlos – sie hatte keinen besseren Vorschlag, auch, wenn es ihr zutiefst widerstrebte, bei seiner Version zu bleiben und sich damit nicht nur noch tiefer in ein Lügengewebe zu verstricken, aus dem sie möglicherweise nicht mehr herauskam, sondern ihm auf diese Weise auch die gesamte Verantwortung zuzuschieben – und obwohl er nicht einmal in ihre Richtung sah, musste er die Bewegung wohl gespürt haben; vielleicht hatte er ihr Einverständnis auch einfach vorausgesetzt. »Gut.« Während er sich umdrehte und wieder zum Schreibtisch ging, begann er sein blutbesudeltes Hemd aufzuknöpfen. »Ich verspreche Ihnen, dass ich Ihnen die Hälfte abgebe, falls man mir einen Orden verleihen sollte.«

»Mit ein bisschen Pech werden sie Sie eher ans Kreuz nageln«, antwortete Conny ernst. Sie hatte nicht vergessen, was er ihr vorhin im Krankenwagen selbst gesagt hatte.

»Weil ich in Notwehr zwei durchgeknallte Junkies getötet habe, die einen kaltblütigen Mord begangen haben und uns beide ebenfalls umbringen wollten?« Er schüttelte heftig den Kopf. »Kaum.«

Conny setzte ganz automatisch zu einer entsprechenden Antwort an, beließ es dann jedoch bei einem neuerlichen Achselzucken und einem nachdenklichen Runzeln der Stirn. Natürlich hatte Trausch recht. Es *war* ein klarer Fall von Notwehr gewesen, ganz gleich, ob er oder sie nun die Verantwortung dafür übernahm, und niemand würde ihm irgendeinen Vorwurf daraus machen. Aber da war plötzlich noch etwas anderes in seiner Stimme; eine Kälte, die sie innerlich erschauern ließ. Sie hatte nicht damit gerechnet, ihn vor Mitleid zerfließen zu sehen – aber das?

Trausch schälte sich aus seinem Hemd, warf es der Schlinge hinterher in den Papierkorb und riss mit ungelenken Fingern die Cellophanverpackung des neuen Hemds auf, und Conny konnte nicht anders, als ihn anzustarren. Er trug kein Unterhemd, sondern nur einen straff angelegten blütenweißen Verband um den linken Bizeps, wo ihn die Stahlklaue getroffen hatte, und sie registrierte beiläufig, dass er tatsächlich so gut in Form und offensichtlich durchtrainiert war, wie sie angenommen hatte, aber ihr Blick hing mit einer Mischung aus Faszination und Schrecken an der wulstigen Narbe, die sich wie ein unordentlich gezogener Viertelkreis über seine linke Brust zog, beginnend von der Achselhöhle bis fast zu seinem Brustbein hinab – als hätte jemand seinen gesamten Brustkorb nachlässig aufgeklappt und noch provisorischer wieder verschlossen.

Weder ihr Blick noch ihre Reaktion blieben Trausch verborgen. Er sah eine Sekunde lang mit geschürzten Lippen an sich hinab, zuckte dann mit den Achseln und begann das frische Hemd überzustreifen. »Herzinfarkt, vor zehn Jahren«, sagte er, bevor sie die Frage auch nur aussprechen konnte. Sie war auch nicht sicher, ob sie es getan hätte.

Ein Herzinfarkt? Er? Natürlich glaubte Conny ihm, aber der Gedanke kam ihr trotzdem irgendwie ... *absurd* vor. Die Vorstellung passte ungefähr so gut zu ihm wie die eines dritten Auges mitten auf der Stirn. Trausch war – vorsichtig ausgedrückt – ein Gesundheitsapostel. Bevor sie mit ihm in der Kellerkneipe gewesen war, hätte sie jede Wette gehalten, dass er nicht einmal Bier trank.

Sie behielt diese Überlegungen wohlweislich für sich, aber sie mussten wohl deutlich auf ihrem Gesicht zu lesen sein, denn Trausch fühlte sich abermals bemüßigt, eine Frage zu beantworten, die sie noch gar nicht gestellt hatte. »Zu viele Zigaretten, zu wenig Schlaf und zu viel Stress.« Er lächelte flüchtig und ohne allzu viel echten Humor. »Und noch ein paar andere Dinge, die ich besser gelassen hätte ... ich war nicht immer so langweilig wie heute.«

Aus irgendeinem Grund war ihr das Thema peinlich, obwohl er mit diesem Eingeständnis genau den einzigen Punkt ansprach, der sie – vielleicht – an ihm störte. »Ich hätte ein anderes Wort benutzt«, antwortete sie verlegen.

»Alt?«, schlug Trausch vor.

Gut, das war ihr jetzt *noch* peinlicher. »Solide«, antwortete sie. »Außerdem geht mich das nun wirklich nichts an.« Sie räusperte sich mehrmals hintereinander und unecht. »Entschuldigen Sie, wenn ich Sie angestarrt habe. Ich war nur … überrascht.«

»Dass ich nicht unkaputtbar bin?«

Conny lächelte pflichtschuldig und machte zugleich eine Kopfbewegung auf die hässliche Narbe, die in diesem Moment unter seinem Hemd verschwand, als er es zuzuknöpfen begann. »Ich dachte, dass man so etwas heutzutage … etwas besser hinbekommt.«

»Nicht im Kosovo«, gab Trausch gelassen zurück, »und unter Gefechtsbedingungen.« Er schloss den obersten Hemdenknopf, zog eine Schublade an seinem Schreibtisch auf und nahm eine penibel zusammengefaltete Krawatte heraus. Er setzte sich, während er sie umband, und irgendwie tat er es auf eine Art, die das Thema für erledigt erklärte.

»Also gut«, sagte er, mit veränderter, aber immer noch freundlicher Stimme. »Fühlen Sie sich in der Lage, über unseren Freund zu sprechen, oder vertagen wir es lieber auf später?«

»Vlad?«

»Der Bursche von vorhin. Sie sagen, er kam Ihnen bekannt vor?«

Auf eine absurde Weise war Conny … enttäuscht. Sein scheinbares Desinteresse gerade war das genaue Gegenteil gewesen, ein simpler Trick, wie er ihn in jedem x-beliebigen Verhör angewendet hätte, um ihrem Gedächtnis auf die Sprünge zu helfen. »Ich bin nicht sicher«, antwortete sie ausweichend. »Vielleicht war es auch nur die Aufregung. Irgendwie sehen diese Kerle doch alle gleich aus. Jedenfalls für mich.«

Trauschs Lächeln signalisierte ihr, dass es ihm in dieser Hinsicht anscheinend nicht anders erging, aber seine Augen blieben ernst. Zwei, vielleicht drei endlose Sekunden lang blickte er sie ebenso durchdringend wie nachdenklich an, dann sagte er: »Mir ging es genauso.«

»Dass sie alle gleich aussehen?«

»Auch«, antwortete er. »Allerdings ist er mir auch bekannt vorgekommen.« Er hob rasch die Hand, aber Conny war nicht einmal sicher, ob er es tat, um sie zu unterbrechen oder um sie zum Setzen aufzufordern. Vielleicht beides. Sie zog sich kommentarlos einen Stuhl heran und nahm Platz. »Vielleicht waren die Bedingungen nicht unbedingt ideal, um jemanden zu identifizieren ...«

»Nicht wirklich«, bestätigte sie.

»Gut, lassen wir das, vorerst«, seufzte Trausch, streckte den Arm aus, um eine weitere Schublade an seinem Schreibtisch aufzuziehen, und hielt inne. »Und Sie sind ganz sicher, dass Sie das wollen?«

»Was?«

»Das alles hier.« Er machte eine wedelnde Handbewegung und zog die Schublade nun doch auf, ohne allerdings etwas herauszunehmen. »Sie haben einen ziemlich aufregenden Vormittag hinter sich. Ich hätte Verständnis dafür, wenn Sie erst einmal nach Hause gehen wollten, um ein bisschen zur Ruhe zu kommen.«

Nach Hause? Conny hätte ihn um ein Haar gefragt, ob er verrückt geworden war. Das wirklich Allerletzte, was sie jetzt wollte, war *allein zu sein.* Sie sparte es sich auch, ihn daran zu erinnern, dass er dabei gewesen war und dass *sie* schließlich nicht niedergeschlagen, aufgeschlitzt und in Brand gesteckt worden war. Vielleicht auch in einer anderen Reihenfolge. »Das ist schon in Ordnung«, sagte sie. »Ich glaube, ein bisschen Ablenkung tut mir jetzt ganz gut.«

Trausch sah sie an, als hätte sie gerade etwas ziemlich Dummes gesagt (und irgendwie hatte sie auch das Gefühl, sie *hätte* es), hob aber dann nur die Schultern und führte seine unterbrochene Bewegung zu Ende, um einen schon reichlich mitgenommen aussehenden Laptop aus der Schublade zu nehmen. Conny identifizierte ihn mit einem leisen Gefühl von Beunruhigung als ihren eigenen.

»Ganz, wie Sie wollen. Aber dann schicke ich wenigstens ein paar Kollegen zu Ihrer Wohnung, damit sie Ihnen frische Kleider holen.« Er klappte den Laptop auf, schaltete ihn ein und begann ungeduldig mit den Fingern auf dem Schreibtisch zu trommeln, während er darauf wartete, dass das Gerät hochfuhr.

»Die E-Mail von heute Morgen?«, vermutete Conny.

»Wir haben inzwischen den Absender herausgefunden«, bestätigte er. »Ein Internetcafé irgendwo in der City. Natürlich erinnert sich niemand dort daran, wer die E-Mail aufgegeben hat. Vielleicht wäre es etwas anderes, wenn wir ihnen Fotos zeigen könnten, aber so … Immerhin es ist eine Spur.«

Der Laptop verkündete mit einem melodischen Glockenton seine Betriebsbereitschaft, und Trausch öffnete ihren Posteingang (ohne sie nach einem Passwort oder gar ihrem Einverständnis gefragt zu haben) und bedeutete ihr zugleich mit einer Kopfbewegung, zu ihm zu kommen. Conny gehorchte, indem sie ihren Stuhl um den Tisch herumrollte und sich direkt neben ihn setzte; und das ganz bewusst ein kleines Stück näher, als ihm vermutlich recht war.

Sie sah auf den Bildschirm und stellte fest, dass ihr Postfach mittlerweile vor Nachrichten überquoll (von denen keine einzige als ungelesen markiert war), deren Absender ihr fast ausnahmslos unbekannt waren, und Trausch kam ihrer entsprechenden Frage auch jetzt wieder zuvor. »Das meiste ist bedeutungsloser Unsinn«, erklärte er. »Ihre Freunde von der Presse, die Ihnen das Blaue vom Himmel herabversprechen, wenn Sie ihnen ein Exklusivinterview geben, ein paar *aufrechte Bürger*, die Sie dazu beglückwünschen, diesen Kerl endlich aus dem Verkehr gezogen zu haben, und die üblichen Spinner, die Ihnen Beweise dafür liefern können, dass Aisler in Wirklichkeit der Antichrist war und das Ende der Welt bevorsteht.« Er lachte ganz leise. »Die üblichen Verrückten eben.«

»Sie haben sie alle gelesen«, vermutete Conny.

»Jede einzelne«, bestätigte er, wobei er den vorwurfsvollen Unterton in ihrer Stimme geflissentlich ignorierte. »Und jeden einzelnen Absender durchgecheckt. War eine Menge Arbeit.«

»Dann muss ich Ihnen vermutlich auch noch dankbar sein«, antwortete Conny spitz. Was er natürlich genauso ignorierte.

»Nicht mir persönlich. Aber den armen Socken aus der Fahndung. Wenn das alles hier vorbei ist, dann sollten Sie den Jungs einen ausgeben … und sich eine neue E-Mail-Adresse zulegen.« Er ließ den Cursor mit den typisch ruckeligen Bewegungen eines Menschen über den Bildschirm wandern, der im Umgang mit Computern und einer Maus nicht sonderlich geübt war, und klickte eine der letzen eingegangenen Mails an. Auf dem Bildschirm erschien ein stilisierter Briefumschlag, der sich mit einem leisen Papierknistern zu der eigentlichen Nachricht auseinanderfaltete. Conny überflog die wenigen Zeilen und runzelte die Stirn. **An das Miststück,** las sie. **Du hast dich dem Meister in den Weg gestellt. Dafür wirst du brennen. Bald wirst du ihn wiedersehen. Er wartet auf dich. In der Höle.**

»Schreibt man Hölle nicht mit zwei ›l‹?«, erkundigte sich Conny stirnrunzelnd.

»Ein rhetorisches und orthografisches Meisterwerk, nicht wahr?«, bestätigte Trausch. »Aber ich finde die Wortwahl trotzdem interessant.«

Conny dachte angestrengt darüber nach, was er damit wohl gemeint haben mochte, kam jedoch zu keinem Ergebnis und wandte sich noch einmal dem Text auf dem Bildschirm zu. Da war noch etwas, was sie irritierte, auch wenn sie im ersten Moment nicht sagen konnte, was.

»An das Miststück?«, sagte sie schließlich.

»Anscheinend nicht gerade Ihre größten Fans«, bestätigte Trausch.

Conny sah ihn nachdenklich an. Wenigstens hoffte sie, dass es nachdenklich aussah ... und nicht so besorgt, wie sie sich plötzlich wieder fühlte. »Miststück«, sagte sie noch einmal. »So hat er mich auch genannt.«

»Der Kerl heute Vormittag«, antwortete Trausch nachdenklich. »Ja, ich erinnere mich ... glaube ich jedenfalls.«

»Aisler«, widersprach sie kopfschüttelnd. »*Er* hat mich so genannt. Zweimal. Das erste Mal, als wir uns im *Trash* begegnet sind, und das andere Mal unten, in der Tiefgarage.«

»Sicher?«, fragte Trausch.

»Eine Frau vergisst nicht, wenn man ihr solch ein Kompliment macht.«

»Ja, das glaube ich«, seufzte Trausch. »Vielleicht ein Indiz, dass diese beiden Irren tatsächlich irgendetwas mit Aisler zu tun haben. Aber vielleicht auch nicht. So ungewöhnlich ist dieses Wort nun auch wieder nicht.«

»Bei Zwanzigjährigen? Heutzutage?« Conny schüttelte überzeugt den Kopf. »Die haben einen ganz anderen Wortschatz, glauben Sie mir ... ich dachte, Sie hätten Kinder in diesem Alter?«

»Nicht solche«, behauptete Trausch. »Jedenfalls nicht, wenn ich in Hörweite bin. Aber es stimmt schon. Es *ist* eine ungewöhnliche Wortwahl, und zweimal hintereinander und unabhängig ... es könnte durchaus ein Hinweis sein ... worauf auch immer. Wir gehen dem nach, sobald die Identität der beiden Toten geklärt ist.«

»Das dürfte nicht ganz leicht werden.«

»DNS verbrennt gottlob so schnell nicht«, antwortete Trausch. »Und ich möchte wetten, dass wir die beiden Herzchen in unserer Kundenkartei haben. Mindestens wegen BTM-Delikten. Und wahrscheinlich noch wegen einer ganzen Reihe anderer Kleinigkeiten.« Er sah sie nachdenklich an. »Sie haben ihn klarer gesehen als ich. Kriegen Sie ein Phantombild hin?«

»Überhaupt kein Problem«, antwortete sie. »Etwa drei Meter groß, zweihundertfünfzig Kilo schwer und ziemlich reizbar. Weiße Haut und stachelige Haare. Und ein paar ziemlich auffällige besondere Kennzeichen: Er hatte Vampirzähne und eine wirklich komische Hand. Sie sah fast aus wie eine Raubtierklaue. Eigentlich dürfte es kein Problem sein, so jemanden zu finden.«

Trausch spießte sie mit Blicken regelrecht auf, aber er antwortete nicht, sondern griff nur nach der drahtlosen Maus und schloss die Datei. Auf dem Monitor erschien wieder die Auflistung der (von ihr) ungelesenen Mails.

»Das müssen an die hundert Nachrichten sein«, sagte sie nachdenklich.

»Mehr als zweihundert«, antwortete er. »Sie wollten sie doch nicht wirklich alle lesen, oder?«

Conny ignorierte die Frage. »Und wieso haben Sie ausgerechnet diese eine ernst genommen – und jetzt sagen Sie nicht: *kriminalistisches Gespür.«*

»Kriminalistisches Gespür«, antwortete Trausch todernst. »Und der Umstand, dass es die einzige Nachricht mit einer direkten Morddrohung gegen Sie war, und nur eine von zweien, deren Absender wir nicht auf Anhieb ermitteln konnten.«

»Zwei?«, vergewisserte sich Conny alarmiert.

»Den Server, auf dem die Nachricht von den Bewohnern des Planeten Omega lag, die angekündigt haben, Sie in einem Raumschiff abzuholen und Sie auf ihrer Heimatwelt dafür zu ehren, dass Sie den außerirdischen Vampir zur Strecke gebracht haben, nach dem seit zehntausend Jahren in der gesamten Galaxis gefahndet wird, haben wir noch nicht gefunden«, antwortete er. »Wahrscheinlich befindet er sich irgendwo in der Andromeda. Es könnte eine Weile dauern, bis wir ihn haben ... aber keine Sorge, wir sind dran.«

»Was im Klartext heißt, im Moment haben wir gar nichts«, seufzte Conny.

»Das würde ich so nicht sagen.« Trausch schaltete den Computer aus, klappte ihn zu und ließ ihn kommentarlos wieder in der Schublade verschwinden, aus der er ihn genommen hatte. Er sprach erst weiter, nachdem er mit seinem Stuhl ein gutes Stück zurückgerollt war und so den Abstand zwischen ihnen wieder auf ein für ihn erträgliches Maß vergrößert hatte, und Conny verspürte einen dünnen, überraschend schmerzhaften Stich. Auch sie mochte es nicht, wenn jemand ihre Fluchtdistanz unterschritt ... aber Trausch hatte da bisher eine Ausnahme gebildet, und irgendwie hätte sie erwartet, dass es ihm umgekehrt mit ihr genauso erging. Was offensichtlich nicht der Fall war.

»Vor einer Stunde hätte ich Ihnen noch recht gegeben«, sagte er, »jetzt allerdings nicht mehr.«

»Und wieso?«

»Sie glauben doch nicht wirklich an einen Zufall, Conny.« Er klang beinahe mitleidig. »Die beiden hatten es auf Sie abgesehen, und ich wette um alles, was mir heilig ist, dass diese Mail von ihnen stammt – oder jemandem, der mit ihnen unter einer Decke steckt. Ich nenne das eine Spur.«

Conny nicht. Für sie hörte es sich eher nach dem berühmten Strohhalm an, an den er sich klammerte.

»Und dann sind Sie sofort losgefahren, um mich zu warnen. Wenn wir nicht zufällig Kollegen wären, dann würde ich das ziemlich süß finden.«

»Zu viel der Ehre«, antwortete er. »Eichholz hat mich losgeschickt.«

»Weil er plötzlich so in Sorge um mich war?«

»Ob Sie es glauben oder nicht, ja«, antwortete Trausch. Bildete sie es sich nur ein, oder rückte er tatsächlich noch ein Stück weiter von ihr weg? »Er *war* in Sorge um Sie.«

Er wartete gerade lange genug, um sich an dem verblüfften Ausdruck zu weiden, der auf ihrem Gesicht erschien, und fuhr dann im gleichen Tonfall fort: »Das Letzte, was wir jetzt gebrauchen können, ist eine tote Polizistin.«

»Sogar, wenn ich es bin?«

Immerhin gelang es ihr damit, ihn wenigstens für einen Moment aus der Fassung zu bringen; wenn auch vielleicht nicht so, wie sie es sich vielleicht gewünscht hätte. »Sie scheinen immer noch nicht zu verstehen, Conny«, sagte er ärgerlich.

»Was zu verstehen?«

»Dass Sie *so* dicht davon entfernt sind, ganz oben auf der Liste der Verdächtigen zu stehen.« Trausch deutete zwischen Daumen und Zeigefinger einen Abstand von vielleicht zwei Zentimetern an. Dann fügte er etwas hinzu, was ihr *wirklich* wehtat. »Und nicht nur bei Eichholz.«

»Und warum?«, fragte sie kühl.

»Nicht weil irgendjemand glaubt, Sie hätten etwas mit den Morden zu tun«, antwortete er. »Doch da sind eine Menge Ungereimtheiten, und das muss ich Ihnen nicht erklären. Eichholz glaubt, dass Sie etwas verschweigen.«

»Und was?«

»Wenn er das wüsste, wüsste ich es auch, und wenn ich es wüsste, würden wir dieses Gespräch nicht führen«, antwortete er ungerührt.

»Aber Sie sind auch nicht ganz sicher?«

Trausch lächelte zwar, aber sie bekam nicht die Antwort, die sie sich erhofft hatte. »Sagen wir: Ich bin nicht ganz sicher, ob Sie vielleicht gar nicht wissen, dass Sie etwas wissen.«

»Aha«, machte sie.

»Es ist nur ein Gefühl«, fuhr er fort. »Vielleicht nicht einmal das … aber ich weiß nicht, ob Sie das jetzt wirklich hören wollen.«

»Nur zu«, erwiderte Conny. »Ich glaube nicht, dass mich heute noch viel erschüttern kann.«

Trausch war in diesem Punkt ganz offensichtlich anderer Meinung, aber er antwortete trotzdem: »Das erste Opfer war die Tochter Ihrer Freundin. Das allein bedeutet gar nichts, ich weiß. Jetzt ist Sylvia tot, und Aisler hat gezielt versucht, *Sie* umzubringen.« Er rollte wieder zu seinem Schreibtisch zurück, zog eine andere Schublade auf und nahm ein rechteckiges Blatt Papier heraus, das sie erst erkannte, als er es umdrehte. Es war das Polaroidfoto aus dem Überwachungswagen, das er aus ihrer Wohnung mitgenommen hatte.

»Ich habe lange darüber nachgedacht«, sagte er. »Und ich glaube Ihnen.«

»Das ist schön«, antwortete Conny. »Und was?«

»Nicht, dass auf diesem Bild tatsächlich ein Vampir zu sehen ist oder der Hund von Baskerville oder das Ungeheuer von Loch Ness. Wenn Sie mich fragen, ist es schlicht und einfach ein beschissener Ausdruck.« Er schnippte das Bild in die Schublade zurück und schob sie zu. »Aber ich glaube Ihnen, dass es sich dort unten wirklich so zugetragen hat, wie Sie erzählt haben, und nicht, wie Eichholz es gerne hätte. Dieser Kerl hatte es auf Sie abgesehen. Nicht auf irgendjemanden. Nicht auf irgendeine Frau oder irgendeinen Polizisten, sondern auf Sie persönlich.« Er sah sie – plötzlich so ernst, dass ihr ein kalter Schauer über den Rücken lief – an.

»Was für ein Unsinn«, antwortete Conny impulsiv. Aber war es das wirklich? Statt etwas zu erwidern, sah Trausch sie nur weiter auf dieselbe, zugleich nachdenkliche wie unübersehbar besorgte und mitfühlende Art an, und Conny konnte gar nicht anders, als plötzlich ernsthaft über seine Worte nachzudenken. Natürlich gab es eine Million Gründe, die dagegen sprachen: Bisher wussten sie ja nicht einmal sicher, ob Lea tatsächlich Aislers erstes Opfer gewesen war, und selbst wenn – mit den sieben anderen toten Mädchen, die sie anschließend gefunden hatten, hatte sie nicht das Geringste zu tun. Aber da war auch noch Vlad. Er hatte sich gezielt an sie gewandt, nicht an irgendeinen Polizisten, nicht an die Presse, und Conny hatte von der ersten Sekunde an das Gefühl gehabt, dass er mehr von ihr wollte, als sich wichtigzumachen oder sie einfach nur zu benutzen. Da … war etwas. Vielleicht hatte Vlad es zu etwas Persönlichem *gemacht*, nachdem sie sich kennengelernt hatten.

»Ist es das?«, fragte Trausch. »Diese beiden Kerle heute Morgen hatten es ganz eindeutig auf *Sie* abgesehen, Conny.«

In ihrem Mund war plötzlich ein bitterer Geschmack. »Sie haben Sylvia getötet, nicht mich«, antwortete sie und hatte plötzlich nicht mehr die Kraft, seinem Blick standzuhalten. »Sie haben es doch gehört. Sie waren eindeutig überrascht, mich zu sehen.«

Trausch schwieg wieder etliche Sekunden. Irgendwie klang er enttäuscht, als er weitersprach, fast als hätte er erwartet, es ihr nicht wirklich erklären zu müssen. Und das musste er auch nicht. »Wenn ich Sie hassen würde, Conny«, sagte er. »Ich meine, wirklich hassen, aus tiefstem Herzen, glauben Sie, ich würde Sie umbringen?«

»Das hoffe ich doch nicht«, antwortete Conny in dem vergeblichen Versuch, scherzhaft zu klingen.

»Nein, das würde ich nicht«, fuhr er unerbittlich fort. »Nicht sofort. Nicht gleich, und vielleicht sogar überhaupt nicht. Aber ich würde alles zerstören, was Ihnen wichtig ist. Ich würde jeden Menschen vernichten, an dem Ihnen irgendetwas liegt. Ich würde Ihnen Ihr Leben nehmen, Stück für Stück und so, dass Sie genau wissen, wer ihnen das antut und warum. Und ohne, dass Sie das Geringste dagegen unternehmen könnten. Genau das ist es, was *ich* tun würde.«

»Wenn das stimmt, dann sollte ich froh sein, Sie nicht zum Feind zu haben«, antwortete sie schleppend. Plötzlich hatte sie Mühe, überhaupt zu sprechen. Ihr Herz klopfte, und unter ihre Zunge sammelte sich immer schneller bitterer Speichel, als wäre ihr übel, ohne dass sie dieses Gefühl wirklich verspürte, und tief in ihrem Inneren begann sich etwas zu regen, das sie mit verzweifelter Kraft niederzuhalten versuchte, ohne die geringste Chance auf Erfolg. Sie wusste, was es war, und sie hatte Angst davor wie vor nichts anderem auf der Welt. Bisher war der Schmerz über Sylvias Tod praktisch ausgeblieben, aber sie wusste, dass er da war, irgendwo tief in ihr und noch schlummernd, keineswegs vergessen. Er würde kommen, in einer Stunde, einem Tag oder einer Woche, mit der gleichen emotionalen Verzögerung, mit der sie beinahe auf alles reagierte, dafür dann umso heftiger.

»Kommt Ihnen dieses Verhalten irgendwie bekannt vor?«, fuhr

Trausch erbarmungslos fort. Plötzlich blitzte so etwas wie Zorn in seinen Augen auf. »Verdammt, dieser Kerl ist dabei, Sie kaputt zu machen, begreifen Sie das eigentlich nicht?«

»Dann glauben Sie also wenigstens, dass es ihn gibt?«, gab Conny zurück. Ihr Mund war so trocken, dass sie Mühe hatte, deutlich zu artikulieren.

Trausch sah sie fast vorwurfsvoll an, und es dauerte noch einmal zwei, vielleicht auch drei Sekunden, bis sie sich erinnerte, ihm diese Frage – beinahe wortwörtlich – vielleicht vor einer Stunde schon einmal gestellt zu haben. Sie zu wiederholen, musste ihm wie ein Vertrauensbruch vorkommen. »Ich *weiß*, dass es ihn gibt«, erwiderte er schließlich. »Sie haben ihn gesehen, dieser kleine Wichtigtuer im *Trash* hat ihn gesehen, und ich wette, ein Dutzend anderer Zeugen würde sich auch an ihn erinnern, wenn wir uns den Laden und seine Angestellten und die Gäste von diesem Abend noch einmal vornehmen würden. Die Frage ist nicht, *ob* es ihn gibt oder wer oder was er ist, sondern was er von Ihnen will! Also strengen Sie sich gefälligst an und überlegen Sie, wer er sein könnte. Ob Sie ihn kennen könnten, welchen Grund er haben könnte, ein derart böses Spiel mit Ihnen zu treiben!«

»Glauben Sie wirklich, das hätte ich nicht schon getan?«, fragte Conny scharf. Was nicht der Wahrheit entsprach. Tatsächlich fragte sie sich genau in diesem Moment und ebenso verblüfft wie empört über sich selbst, wieso sie eigentlich nicht schon längst auf diesen – an sich doch so nahe liegenden – Gedanken gekommen war. Dennoch schüttelte sie nur noch einmal und noch heftiger den Kopf. »Ich kenne den Kerl nicht. Glauben Sie mir, ich würde mich daran erinnern.«

»Dann muss er einen anderen Grund haben«, erwiderte er. »Jemand, dem Sie etwas getan haben und der ihm etwas bedeutet. Etwas, was Sie gesagt oder getan oder vielleicht auch gerade nicht gesagt oder getan haben, beruflich oder privat …«

Conny hob die Hand, um seinen Redefluss zu unterbrechen. »Ich weiß, was Sie meinen. Ich bin Profi, schon vergessen?«

»Nein«, antwortete Trausch. »Aber ich beginne mich zu fragen, ob *Sie* sich wirklich noch daran erinnern.«

»Wie bitte?«

Trausch zwang sich sichtbar zur Ruhe. »Ich schätze Sie, Conny. Sowohl als Mensch als auch als Kollegin. Ich halte Sie für eine sehr fähige Polizistin, auch wenn Sie in dieser Abteilung vielleicht nicht am richtigen Platz sind. Aber seit dieser Geschichte im *Trash* ...« Er breitete in einer beinahe hilflos aussehenden Geste die Hände aus. Sein Zorn verrauchte so schnell, wie er gekommen war, und ließ ein sonderbares Gefühl von Leere und Enttäuschung in Conny zurück. »Dieser Kerl hat es auf Sie abgesehen. Und das ist vielleicht unsere einzige Chance, ihn zu kriegen.«

»Wieso?«

»Weil wir praktisch keine Chance haben, an ihn heranzukommen, wenn er tatsächlich nur ein Verrückter ist, der sich seiner Opfer wahllos aussucht. Aber das ist er nicht. Wenn Sie mitspielen, dann kriegen wir ihn.«

Conny erinnerte sich plötzlich an das Gespräch in Levèvres Büro, und ein so plötzliches und intensives Gefühl von Bitterkeit und Enttäuschung überkam sie, dass sie sich nahezu mit aller Kraft beherrschen musste, um nicht zusammenzufahren. »Sie wollen mich als Köder benutzen?«, stellte sie fest.

Wenn sie auf irgendein Anzeichen von schlechtem Gewissen gewartet hatte, so wurde sie enttäuscht. »Das sind Sie doch längst«, antwortete er. »Ob Sie es wollen oder nicht.«

Conny schloss die Augen und ballte stumm die Hände zu Fäusten. Sie spürte, dass sie ihre Züge nicht mehr unter Kontrolle hatte, sodass er ihr ganz genau ansehen musste, wie sie sich fühlte und was in diesem Augenblick in ihr vorging, aber das war ihr plötzlich egal. Das Gefühl von Enttäuschung wurde beinahe übermächtig. Alles zerbrach rings um sie herum und auch in ihr. Und plötzlich, jäh und ohne die geringste Vorwarnung, war der Schmerz da, auf den sie bisher vergebens gewartet hatte. Er stieg nicht etwa langsam in ihr empor, sondern explodierte regelrecht und füllte ihr inneres Universum von einem Sekundenbruchteil auf den anderen mit purer Qual aus. Sie hatte das Gefühl – sogar ganz real und körperlich –, dass ihr jemand den Boden unter den Füßen wegzog, dass ihr Leben zerbarst wie eine filigrane Statuette aus Glas, die von einem Hammerschlag getroffen wurde. Plötzlich sah sie Sylvias Gesicht wieder vor sich, die schreckliche Wunde in ihrer Kehle, aus der das Leben unaufhaltsam aus ihr herausfloss, erinnerte sich wieder an das grässliche Gefühl von Hilflosigkeit und Schmerz, das sie bei diesem Anblick überkommen hatte, und an das, was sie im allerletzten Moment in ihren Augen gesehen hatte. Sie hatte es bis jetzt nicht wahrhaben wollen, obwohl sie es natürlich sofort erkannt und auch begriffen hatte, aber die Wahrheit war, dass sie in Sylvias allerletztem Blick keine Angst gelesen hatte, kein Entsetzen oder Panik oder auch nur Schmerz, sondern nur einen tiefen, ungläubigen Vorwurf. Sylvia hatte gewusst, wovor sie bisher so erfolgreich die Augen verschlossen hatte: nämlich, dass Trausch recht hatte und sie an ihrer Stelle starb.

»Es tut mir leid«, sagte Trausch. »Ich kann mir vorstellen, wie Sie sich jetzt fühlen, Conny, und ich erwarte nicht, das Sie mich jetzt verstehen. Aber dieser Kerl wird nicht aufhören. Er wird weiter auf ihrem Leben herumtrampeln, und wenn wir ihn nicht aufhalten, dann wird es vielleicht noch mehr Tote geben. Wollen Sie das?«

Conny spürte zwar, wie sie ganz automatisch den Kopf schüttelte, doch die Bewegung erfolgte rein mechanisch, kaum mehr als ein Reflex, der nichts mit ihren wirklichen Gefühlen zu tun hatte. Sie war nicht einmal sicher, was sie auf seine Frage geantwortet hätte, wäre sie imstande gewesen, es zu tun. Natürlich wollte sie nicht, dass noch mehr Menschen starben ... aber sie war plötzlich auch nicht mehr sicher, ob sie wirklich wollte, dass es *nicht* geschah. Die Wahrheit war: Es war ihr egal. Zeit ihres Lebens war ihr Gerechtigkeitssinn eine ihrer stärksten Triebfedern überhaupt gewesen; sicherlich der Grund, aus dem sie diesen Beruf gewählt hatte, aber auch ganz selbstverständlich ein Teil ihres Selbst. Und plötzlich erschien ihr alles, was bisher von Wert für sie gewesen war, vollkommen bedeutungslos. Vierzig Jahre ihres Leben zerbröckelten einfach in ihren Händen, ohne dass sie imstande war, auch nur ein einziges dieser Bruchstücke festzuhalten oder es auch nur zu wollen.

»Vielleicht sollten Sie jetzt doch besser nach Hause gehen.«

Sie öffnete die Augen, blinzelte Trausch durch einen sonderbaren Schleier hindurch an und begriff erst, dass sie ihren Tränen offensichtlich freien Lauf gelassen hatte, als sie das Päckchen Papiertaschentücher sah, das er ihr hinhielt. Dankbar griff sie danach und zupfte eines der Tücher heraus, schüttelte zugleich aber auch den Kopf,

»Es geht schon, keine Sorge. Ich will jetzt nicht allein sein.«

»Das kann ich verstehen«, antwortete er. »Wir können irgendwo einen Kaffee trinken gehen, wenn Sie möchten. Nicht hier, sondern irgendwo, wo es gemütlicher ist.«

Conny wischte sich die Tränen aus dem Gesicht und benutzte das halb aufgeweichte Kleenex auch noch, um sich ausgiebig zu schnäuzen. »Das dürfte nicht schwer sein«, sagte sie mit einem schiefen Lächeln. »Es ist so ziemlich überall gemütlicher als hier.«

Sie warf das Taschentuch in Richtung des Papierkorbs, in dem schon seine Schlinge und das zerrissene Hemd gelandet waren, verfehlte ihn, und Trausch bückte sich wie ganz selbstverständlich danach. Noch vor einer Minute hätte sie sich über diese kleine Geste gefreut, zumal sie wusste, wie penibel er in allem war, was mit Hygiene zu tun hatte. Dennoch ertappte sie sich jetzt bei der hässlichen Frage, wie viel von allem, was er in den letzten Tagen getan und gesagt hatte, möglicherweise pure Berechnung gewesen war. Vielleicht alles? Aber sie hatte sich immerhin wieder gut genug unter Kontrolle, um sich nichts davon anmerken zu lassen, sondern ganz im Gegenteil schon wieder mit einem dankbaren Lächeln zu reagieren und nur ein zweites Tuch aus der Packung zu nehmen; diesmal allerdings nur, um es zwischen den Fingern zu kneten.

»Alles in Ordnung?«, fragte Trausch.

»Kein Problem«, versicherte Conny. Sie fuhr sich noch einmal mit dem Handrücken über die Augen – er blieb trocken – und fuhr mit veränderter und deutlich festerer Stimme fort: »Also, was haben wir?«

Ganz, wie Sie wollen, signalisierte Trauschs Blick. »Nicht besonders viel«, antwortete er. »Solange wir nicht wissen, wer die beiden Kerle von vorhin waren, sind wir auf Vermutungen angewiesen … aber wann wäre das jemals anders gewesen?«

»Sie wissen immer noch nicht, was mit Aislers Leiche geschehen ist?«

»Sie ist weg«, antwortete er und zog eine Grimasse. »Und damit hört es auch schon beinahe auf.«

»Nichts auf den DVDs?«, fragte Conny zweifelnd.

»Nicht das Geringste.« Trausch klang frustriert. »Wer immer die Aufnahme auch manipuliert hat, wusste, was er tut.«

»Haben Sie mir nicht erzählt, er hätte sich ziemlich dilettantisch angestellt?«

»Selbst der größte Dummkopf kann eine Taste drücken«, antwortete er. »Dieser ganze Laden ist ein einziger Sauhaufen! Ich wundere mich beinahe, dass sie nicht die gesamte Friedhofsszene eingeladen haben, um sich dort mit Souvenirs zu versorgen. Die Sache wird Folgen haben, verlassen Sie sich darauf … doch das hilft uns leider nicht weiter.« Er schüttelte frustriert den Kopf und schien in Gedanken abzuschweifen, riss sich dann jedoch wieder zusammen und zog noch einmal dieselbe Schublade auf, aus der er das Polaroid genommen hatte. »Wir haben ein paar Dutzend Gesichter, und dabei ein paar, zu denen uns noch die passenden Namen fehlen, aber ich glaube nicht, dass uns das wirklich weiterhilft. Hier.«

Er reichte ihr einen Packen unscharfer Schwarz-Weiß-Fotos, die offensichtlich aus einem billigen Drucker stammten, und sie begann sie eher nachlässig durchzublättern. Es war so, wie er gesagt hatte: ein Dutzend Gesichter, die ihr allesamt nichts sagten … bis auf …

Conny blätterte noch einmal zurück, nahm eines der Bilder aus dem Stapel und betrachtete es eingehender. Es zeigte einen jungen Mann, der einen weißen Kittel und schulterlanges, ungepflegtes schwarzes Haar trug und offenbar in diesem Moment genau in die Kamera gesehen hatte. Die schlechte Qualität machte es trotzdem schwer, sein Gesicht wirklich zu erkennen, aber es war niemand, den sie kannte. Und trotzdem …

»Klingelt etwas?«, fragte Trausch.

Conny antwortete nicht gleich, sondern betrachtete das Foto noch einige Augenblicke lang nachdenklich, ehe sie es ihm zurückgab. »Wer ist das?«

Trausch drehte das Bild um und studierte mit zusammengezogenen Brauen den handgeschriebenen Text auf der Rückseite; eine Idee, auf die sie eigentlich auch hätte kommen können, wie sie sich verärgert eingestand. Nach zwei oder drei Sekunden hob er jedoch nur die Schultern und gab ihr den Ausdruck zurück. Conny drehte ihn um und stellte fest, dass die Rückseite leer war, bis auf ein hastig mit Bleistift gekritzeltes Fragezeichen.

»Was bedeutet das?«

»Dass wir noch nicht genau wissen, wer das ist.« Trausch deutete ein weiteres, jetzt aber eher resignierendes Stirnrunzeln an. »Wir sind dabei, alles zu überprüfen, aber es sind eine Menge Gesichter. Habe ich Ihnen schon gesagt, dass es dort zugeht wie in einem Taubenschlag?«

Conny drehte das Bild wieder um und betrachtete es noch einmal. Dann glaubte sie regelrecht zu hören, wie etwas deutlich *klick!* hinter ihrer Stirn machte. »Der Junge aus dem Lokal«, stellte sie fest. Trausch sah sie nur fragend und vollkommen verständnislos an, aber Conny war plötzlich vollkommen sicher. »Das Lokal, in das Sie mich eingeladen haben, erinnern Sie sich? Der Raucherclub.«

»Was ist damit?«, fragte Trausch.

»Ich habe ihn dort gesehen. Er saß am Nebentisch.«

Trausch nahm ihr das Bild aus den Händen und betrachtete es abermals, und jetzt sehr viel aufmerksamer. Dann zuckte er nur erneut mit den Schultern. »Ich kann mich nicht erinnern. Sie glauben, er wäre dort gewesen?«

»Er saß hinter Ihnen«, antwortete Conny. »Wahrscheinlich haben Sie ihn gar nicht gesehen, und er trug auch andere Kleidung. Lederjacke und Stachelhalsband.«

»So wie der Kerl heute Morgen? Sie meinen also, es war derselbe?«

»Das weiß ich nicht«, antwortete sie. »Er war geschminkt, und es war dunkel … und eigentlich glaube ich es auch nicht. Aber bei ihm bin ich mir vollkommen sicher.« Sie tippte demonstrativ mit dem Zeigefinger auf das Foto, wie um es aufzuspießen. »Er war dort. Und er hat uns beobachtet.« Eigentlich *mich,* verbesserte sie sich in Gedanken, hütete sich zugleich aber auch, es laut zu tun. Ihre Worte hörten sich auch so schon paranoid genug an, sogar in ihren eigenen Ohren.

»Es gibt nicht mehr unbedingt viele Raucherlokale in der Stadt«, gab Trausch zu bedenken. »Und Sie haben es selber gesagt: Irgendwie sehen diese Burschen doch alle gleich aus.« Er hob jedoch zugleich auch beruhigend die Hand, als Conny auffahren wollte. »Aber ich lasse das überprüfen. Sofort, keine Sorge.«

»Was lassen Sie überprüfen?« Die Tür ging auf, und Eichholz kam herein. Offensichtlich hatte er zumindest Trauschs letzte Worte draußen auf dem Flur gehört.

»Möglicherweise haben wir eine Spur.« Trausch stand auf und reichte ihm den Computerausdruck. »Kollegin Feisst glaubt, diesen Mann schon einmal gesehen zu haben.«

»Dann sollten wir dem nachgehen«, sagte Eichholz beinahe automatisch und noch bevor er das Bild entgegengenommen und auch nur einen einzigen Blick daraufgeworfen hatte. Er holte es – sehr ausgiebig – nach und sah dann erst sie und dann noch länger Trausch an. »Stammt das von der Überwachungskamera in der Pathologie?«

»Zehn Minuten, bevor der Rekorder abgeschaltet wurde«, bestätigte Trausch. »Wir wissen noch nicht, wer das ist – aber ich werde gleich jemanden hinschicken.«

»Tun Sie das«, sagte Eichholz, schüttelte dann den Kopf und verbesserte sich: »Oder besser, fahren Sie selbst hin. Professor Levèvre erwartet Sie bereits. Die Feuerwehr hat die beiden Leichen geborgen, und sie werden gerade in die Pathologie gebracht. Vielleicht kann man Ihnen ja schon irgendetwas sagen.«

»Sie sind tot«, antwortete Trausch. »So viel kann ich Ihnen zu diesem Zeitpunkt auch schon sagen.«

Eichholz verzog für einen halben Atemzug das Gesicht, schluckte aber alles herunter, was ihm dazu möglicherweise auf der Zunge lag. Was hätte er auch sagen sollen?, dachte Conny. Einer der wenigen Punkte, in denen die Wirklichkeit und das Bild davon, das die meisten Menschen aus Kriminalromanen und -filmen hatten, tatsächlich übereinstimmten, war das Verhältnis zwischen Leuten wie ihnen und den Gerichtsmedizinern: Männer wie Eichholz und Trausch (und nur zu oft auch sie selbst) erwarteten immer sofort Ergebnisse, und die Pathologen brauchten immer mehr Zeit. Wahrscheinlich würde es Tage dauern, bevor sie wirklich verwertbare Ergebnisse bekamen.

»Fahren Sie trotzdem hin«, sagte er. »Ich habe allein auf dem Weg hierher drei Anrufe aus dem Rathaus bekommen, und gerade hat mir meine Sekretärin den Tag mit der Mitteilung versüßt, dass der Innenminister mich sprechen möchte. Wir brauchen Ergebnisse. Finden Sie irgendetwas heraus.« Er bemühte sich um einen möglichst gewichtigen Gesichtsausdruck und drehte sich zu Conny um, bevor Trausch antworten konnte. »Das war genug für einen Tag, Kollegin. Fahren Sie nach Hause und ruhen Sie sich aus, wenn Sie schon nicht zum Arzt gehen wollen. Sie müssen hier niemandem beweisen, wie tough Sie sind.«

»Mir geht es gut«, begann Conny. »Ich muss nichts …«

Eichholz unterbrach sie mit einer harschen Geste. »Das war kein freundschaftlicher Rat, sondern eine Anordnung, Frau Feisst. Niemandem ist damit gedient, wenn Sie schlappmachen. Soviel ich weiß, sind Sie noch bis Ende der Woche krankgeschrieben, und ich erwarte, dass Sie diese Zeit nutzen und sich erholen. Kollege Trausch wird Sie nach Hause fahren.« Er wandte sich direkt an Trausch. »Ich verlasse mich auf Sie.«

Trausch reagierte gar nicht, sondern blickte ihn nur wortlos an, und Eichholz hielt seinem Blick zwei oder drei Sekunden lang stand, dann gab er ihm das Foto zurück und verließ das Zimmer ebenso rasch, wie er gekommen war.

»Was war das denn für ein Auftritt?«, fragte Conny empört, während sie sich Beistand heischend zu Trausch umdrehte. »Spielt mir mein Gedächtnis einen Streich, oder wollte er mich noch heute Morgen am liebsten in Handschellen herbringen lassen, um mit mir zu reden?«

»Das war heute Morgen«, antwortete Trausch.

»Aber er hat doch vorhin selbst gesagt …!«

»Er wollte Sie aus der Schusslinie haben, sonst nichts«, unterbrach sie Trausch. »Was haben Sie denn gedacht?« Er lächelte humorlos, stand auf und ging wieder zu seinem Spind. »Jetzt lassen Sie bloß den Kopf nicht hängen, Conny. Spätestens seit dem, was vorhin passiert ist, kann er Ihnen gar nichts mehr tun. Und wissen Sie, was das Schönste daran ist? Er weiß das ganz genau.«

»Ich denke nicht daran, mich so einfach kaltstellen zu lassen!« Conny stand auf und Trausch hielt inne, bevor er eine zerschlissene

Windjacke vom Bügel nahm und sich mit zweifelndem Gesichtsausdruck zu ihr umwandte.

»Halten Sie das für eine gute Idee?«

»Nein«, antwortete sie ehrlich. »Aber Sie glauben nicht wirklich, dass ich nach Hause gehe und die Hände in den Schoß lege, während Sie die Kerle allein zur Strecke bringen, oder? Für einen Tag haben Sie genug Ruhm eingeheimst. Jetzt bin ich dran.«

Trausch blieb ernst. »Es ist nur ein Gesicht. Wahrscheinlich hat es gar nichts zu bedeuten. Sie kennen doch Eichholz. Wenn er nicht weiterweiß, verfällt er eben in blinden Aktionismus. Wenn Sie mich fragen, ist das bloße Zeitverschwendung.«

Conny wollte es nicht, doch ihre Stimme wurde ganz ohne ihr Zutun gleich um mehrere Nuancen schärfer, als sie antwortete. »Heben Sie sich diesen Unsinn für die Presse auf oder meinetwegen für Eichholz, aber nicht für mich. Darum geht es nicht! Ich lasse mich nicht abservieren. Auch nicht von Eichholz!«

»Dann sollten Sie auch klug genug sein, ihm nicht auch noch einen Grund dafür zu liefern«, erwiderte er ernst, aber Conny schüttelte nur noch einmal und noch heftiger den Kopf.

»Ich komme mit.«

»So?« Trausch maß sie mit einem langen und demonstrativ missbilligenden Blick von Kopf bis Fuß. »Keine Chance. Außerdem sind Sie momentan nicht einmal im Dienst. Ich *darf* Sie gar nicht mitnehmen. Sie haben Eichholz gehört.« Er machte eine rasche und eindeutig befehlende Handbewegung, als sie widersprechen wollte. »Sie sind erschöpft und verletzt und krankgeschrieben, und – nehmen Sie es mir nicht übel, aber – Sie sehen aus, als wären Sie gerade aus einem Müllcontainer gekrochen. Ich fahre Sie jetzt nach Hause. Und machen Sie sich keine Sorgen. Ich postiere einen Mann vor Ihrer Tür und einen Wagen unten vor dem Haus.«

»Aber …«, begann Conny, doch er wandte sich bereits wieder demonstrativ um, nahm die Jacke endgültig vom Bügel und verzog flüchtig die Lippen, als er mit dem linken Arm hineinschlüpfte. Sie sah aus, als hätte er sie das letzte Mal getragen, als er ungefähr zwölf Jahre alt gewesen war. Ächzend schob er auch den anderen Arm hinein, zog den Reißverschluss bis zur Mitte hoch und wandte sich dann mit einem Gesichtsausdruck zu ihr um, als erwartete er jetzt tosenden Beifall für dieses Kunststück.

»Ich kann nicht einfach so nach Hause gehen und so tun, als ginge mich das alles nichts an!«, protestierte Conny. »Verstehen Sie das denn nicht?«

»Doch«, antwortete er. »Aber Sie haben Eichholz gehört. Ich kann nichts machen.« Er versuchte so etwas wie ein aufmunterndes Lächeln auf sein Gesicht zu zaubern und griff nach ihrem Arm. »Kommen Sie, Conny. Ich bringe sie jetzt nach Hause. Es macht Ihnen doch nichts aus, wenn wir einen kleinen Umweg über die Rechtsmedizin machen?«

12

Es war ein sonderbares Gefühl, wieder hierherzukommen – obwohl seit ihrem letzten Besuch in Levèvres kleinem Totenreich kaum ein Tag vergangen war, kam es ihr vor, als wäre es endlos lange her; oder als wäre in der Zwischenzeit eine geheimnisvolle Veränderung mit diesem Ort vonstatten gegangen, die zwar nicht sichtbar und nicht einmal wirklich mit Worten zu beschreiben war, dafür aber umso deutlicher zu spüren. Nichts hatte sich verändert. Die Farben an den Wänden waren noch immer so geschmacklos wie zuvor, in der Luft lag noch immer derselbe unangenehme Geruch und dieser ganze Ort kam ihr noch immer vor, als wäre man irgendwie im falschen Jahrhundert gestrandet, sobald man ihn betrat. Und dennoch war nun plötzlich alles ... anders. Als hätte sie irgendwo auf dem Weg hier herunter die falsche Abzweigung genommen und einen Schritt in die Welt hinter den Spiegeln getan, in der alles nur vertraut aussah, ohne es wirklich zu sein.

Trausch trat neben ihr ungeduldig von einem Fuß auf den anderen und sah zum ungefähr fünfzehnten Mal auf die Uhr, seit sie hereingekommen waren ... was vielleicht zwei Minuten her war, auf gar keinen Fall mehr als drei. Dennoch gebärdete er sich, als wären sie seit mindestens einer Stunde hier und warteten auf Levèvre. Conny sah sich in ihrer Vermutung bestärkt, dass er nur gut darin war, den Geduldigen zu spielen, ohne es in Wahrheit zu sein.

Endlich ging die Tür auf, und Levèvres Sekretärin kam herein. Sie stockte und wirkte (nicht unbedingt angenehm) überrascht, sie zu erblicken, fing sich aber auch augenblicklich wieder und setzte ein berufsmäßiges Lächeln auf.

»Kommissar ... Trausch, richtig?«, fragte sie. Conny begrüßte sie nur mit einem stummen Kopfnicken und leicht fragendem Blick.

»Richtig«, bestätigte Trausch. »Ich habe gerade angerufen.«

Die Sekretärin setzte die unterbrochene Bewegung fort, mit der sie die Tür hinter sich hatte schließen wollen, und schlüpfte in einer tausendfach geübten Bewegung zwischen ihnen hindurch, um sich hinter ihren Schreibtisch zu setzen. Sie antwortete erst, nachdem sie einen kritischen Blick über die Schreibtischplatte geworfen hatte, wie um sich zu überzeugen, dass die frechen Eindringlinge nicht etwas verändert oder gar weggenommen hatten. Trausch runzelte die Stirn, aber er beherrschte sich.

»Wir müssen den Professor sprechen«, sagte er nur.

»Das geht im Moment leider nicht«, antwortete sie. »Er ist mitten in einer Obduktion. Ich kann ihn unmöglich stören.«

»Aber es wäre wichtig«, erwiderte Trausch, erntete aber nur ein neuerliches Kopfschütteln und ein Lächeln, das nicht wirklich eines war.

»Vollkommen ausgeschlossen. Der Professor hasst es, während einer Obduktion gestört zu werden. Sie können natürlich gerne auf ihn warten, aber ich weiß nicht, wie lange es dauert.«

Trausch setzte zu einer – vermutlich deutlich weniger freundlichen – Entgegnung an, doch Conny kam ihm zuvor. »Vielleicht können Sie uns ja weiterhelfen«, sagte sie rasch. »Wir brauchen nur eine Auskunft.«

Die Sekretärin sah sie einen Atemzug lang distanziert an, dann schien sie sie wiederzuerkennen. Ihr Gesicht hellte sich auf. »Möglicherweise.«

Conny bedeutete Trausch mit einem Blick, ihr das Foto zu zeigen, und geduldete sich einige Sekunden lang, in denen die dunkelhaarige Frau es aufmerksam betrachtete. »Kennen Sie diesen Mann?«, fragte sie schließlich.

»Nie gesehen«, antwortete die Sekretären, setzte dazu an, ihr das Bild zurückzugeben, und besah es sich dann noch einmal und eingehender. »Obwohl …«

»Ja?«, fragte Trausch.

Sie betrachtete das Bild noch einmal und noch ausgiebiger, dann schüttelte sie auch nur noch einmal den Kopf. »Nein. Nie gesehen. Es tut mir leid.«

»Aber er kommt Ihnen bekannt vor?«, hakte Trausch nach.

»Ich dachte es, im ersten Moment«, antwortete sie. »Aber die Ähnlichkeit ist nur oberflächlich.«

»Ähnlichkeit mit wem?«

»Mit einem unserer Praktikanten«, antwortete sie, während sie ihm das Foto zurückgab. »Ich weiß nicht, wie er heißt. Diese Jungs kommen und gehen schneller, als ich mir ihre Namen merken kann. Es lohnt sich auch nicht«, fügte sie mit einem leisen Seufzen hinzu. »Von denen kommt nie einer wieder. Die Arbeit hier ist nichts für jedermann.«

»Aber dieser junge Mann arbeitet hier als Praktikant?«, vergewisserte sich Trausch.

»Das habe ich nicht gesagt«, antwortete sie kühl. »Ich sagte: Der Mann auf dem Foto sieht ihm ähnlich, und das auch nur auf den ersten Blick. Dieselbe unmögliche Frisur und ungefähr dasselbe Alter, würde ich sagen.«

Conny tauschte einen raschen Blick mit Trausch. »Wenn er hier ein Praktikum macht, dann gibt es doch sicher eine Personalakte mit einem Foto. Könnten wir einen Blick hineinwerfen?«

»Natürlich gibt es eine Personalakte«, antwortete sie. »Aber eigentlich hat nur Professor Levèvre darauf Zugriff. Ich weiß nicht, ob …«

»Wir sind die Polizei«, erinnerte Trausch. »Nicht irgendwer. Wir stehen auf derselben Seite.«

Ganz offensichtlich war das der falsche Ton, denn ihr Blick kühlte noch einmal um mehrere Grade ab. »Das mag sein. Trotzdem muss ich erst mit dem Professor sprechen. Meine Anweisungen sind da eindeutig, und der Professor ist ziemlich eigen in solchen Dingen. Ich kann ihn gerne fragen. Es wird jedoch eine Weile dauern.«

Trausch setzte nun hörbar zu einer scharfen Erwiderung an, und Conny trat mit einem schnellen Schritt zwischen ihn und Levèvres Sekretärin, um den Blickkontakt zwischen ihnen zu unterbrechen; ein Trick, den ihr einmal ein Kollege von der Hundestaffel beigebracht hatte, der aber zumindest auch bei Trausch hervorragend zu funktionieren schien. »Er muss es nicht einmal erfahren«, sagte sie lächelnd. »Wir wollen nur einen Blick auf das Foto werfen, mehr nicht. Nur, um sicherzugehen … es würde uns eine Menge Zeit sparen.«

In der ersten Sekunde war sie fast sicher, es allerhöchstens noch schlimmer gemacht zu haben, denn der Blick ihres dunkelhaarigen Gegenübers kühlte noch einmal weiter ab – doch dann stand sie mit einer unerwartet raschen Bewegung auf und kam um den Schreibtisch herum. »Also gut«, sagte sie. »Aber ich verlasse mich darauf, dass Sie niemandem etwas sagen. Ich komme sonst in Teufels Küche.«

»Heiliges Indianerehrenwort«, versprach Conny und kreuzte die Finger.

Sie wurde nicht mit einem Lächeln belohnt, aber immerhin einer Andeutung davon, und nach einer weiteren Sekunde des Zögerns wandte sich die Sekretärin um und verschwand mit schnellen Schritten in Levèvres Büro.

»Was war denn das?«, fragte Trausch stirnrunzelnd. »Solidarität unter Frauen?«

»Solidarität gegen Männer«, antwortete Conny. »Das ist ein Unterschied.«

»Ah ja«, machte Trausch. »Erklären Sie ihn mir?«

»Das wäre unsolidarisch.«

»Ja, und genau diese Antwort habe ich erwartet«, seufzte er. Sein Lächeln wirkte nicht echt. Es gelang ihm immer noch nicht, vollkommen still zu stehen, und auch in seinem Blick war ein unstetes Flackern, das vollkommen neu an ihm war. Außerdem konnte sie sich nicht erinnern, ihn jemals so reizbar und ungeduldig erlebt zu haben wie gerade.

Die Sekretärin kam zurück, einen grünen Aktendeckel wie einen Schatz an die Brust gepresst und mit unstetem Blick, der beständig zwischen ihr und der geschlossenen Tür hin- und herirrte. Es kam ihr schon beinahe absurd vor, doch plötzlich spürte sie ihr schlechtes Gewissen. Für Trausch und sie war es vielleicht eine Lappalie, fast schon ein bisschen komisch – aber für diese Frau war es mehr; ein Verstoß gegen eine eiserne Regel, die ihr Leben bestimmte. Was sie gerade tat, so banal es auch in ihren Augen sein mochte, machte ihr wirkliche Angst.

Conny nahm den Aktendeckel mit einem dankbaren Lächeln entgegen und klappte ihn auf. Er enthielt nur ein einziges Blatt und ein mit einer Büroklammer daran befestigtes Passfoto.

»Und?«, fragte Trausch.

Conny schüttelte enttäuscht den Kopf. Die Sekretärin hatte die Wahrheit gesagt: Es *gab* eine gewisse Ähnlichkeit, aber sie war allenfalls oberflächlich und beschränkte sich auf seine – noch dazu ganz offensichtlich falsche – Haarfarbe und sein Alter. Der Junge auf dem Bild war ganz eindeutig nicht derselbe, der Trausch und sie in jenem Lokal beobachtet hatte.

Sie klappte den Aktendeckel wieder zu und gab ihn zurück. »Das war es schon«, sagte sie. »Sie haben uns wirklich sehr geholfen.«

»Und das ist auch nicht der Junge von Ihrem Foto«, antwortete die Sekretärin. »Ich konnte mir auch nicht vorstellen, dass er irgendetwas damit zu tun hat. Ich habe ihn nur ein- oder zweimal getroffen, aber er hat einen netten Eindruck gemacht. Soweit man das von einem Menschen sagen kann, den man kaum kennt«, fügte sie in fast entschuldigendem Ton hinzu.

»Sie können sich auf ihre Menschenkenntnis verlassen«, sagte Conny. »Das ist nicht der Mann, den wir suchen. Er sieht ihm nicht einmal ähnlich. Aber Sie haben uns trotzdem sehr geholfen. Immerhin wissen wir jetzt, nach wem wir *nicht* suchen müssen.«

Trausch sah sie eindeutig überrascht an, wollte schon wieder etwas sagen, was ihr wahrscheinlich nicht gefallen würde, aber Conny schnitt ihm abermals das Wort ab. »Dann wollen wir Sie auch nicht länger aufhalten. Sie haben sicher noch eine Menge zu tun ... genau wie wir. Und wie gesagt: Unseretwegen müssen Sie Professor Levèvre mit dieser Lappalie nicht belästigen.«

»Und Ihren Praktikanten auch nicht«, fügte Trausch hinzu. »Er würde sich nur vollkommen unnötige Sorgen machen.«

»Sorgen?«

»Jeder wird nervös, wenn er hört, dass sich die Polizei nach ihm erkundigt hat«, antwortete Trausch lächelnd. »Sie etwa nicht?«

»Doch«, gestand sie. »Aber keine Angst – ich kann ihm gar nichts verraten. Sein Praktikum geht eigentlich nur noch bis morgen.«

Conny bedankte sich noch einmal mit einem Kopfnicken und dem herzlichsten Lächeln, das sie zustande brachte, wandte sich zum Ausgang und blieb auf halber Strecke wieder stehen, um sich noch einmal zu Levèvres Sekretärin umzudrehen. »Eigentlich?«

»Er ist heute Morgen nicht zur Arbeit erschienen«, antwortete sie. So etwas wie ein betrübter Ausdruck erschien auf ihrem Gesicht, aber auch Resignation. »Das ist leider auch nichts Außergewöhnliches heutzutage.«

»Hat er angerufen oder sich sonst irgendwie entschuldigt?«, fragte Trausch. Er wurde plötzlich wieder sehr aufmerksam.

»Nein. Ich nehme an, er hat einfach keine Lust mehr gehabt. So etwas erleben wir hier andauernd. Ich habe dem Professor nichts davon gesagt, weil er sich sowieso wieder aufgeregt hätte und ich dem armen Jungen keine Schwierigkeiten machen wollte. Eigentlich war er ganz nett.« Der Anteil von Resignation in ihrer Stimme wurde deutlich größer. »Vielleicht holt er sich ja noch seine Papiere ab, aber nicht einmal das tun die meisten.«

»Wir können sie ihm vorbeibringen«, schlug Conny vor. »Die Papiere, meine ich.« Sie streckte die Hand aus, aber die Sekretärin prallte ein winziges Stückchen und ganz eindeutig erschrocken zurück, und das Misstrauen kehrte in ihre Augen zurück. Anscheinend wurde ihr allmählich doch klar, dass sie einen Fehler gemacht hatte.

»Es macht uns nichts aus«, versicherte Trausch. »Die Adresse liegt sowieso auf unserem Weg … na ja, fast.«

»Und wir geben uns auch nicht als Polizisten zu erkennen«, fügte Conny hinzu. »Sie wollen doch nicht, dass der Professor davon erfährt und sich wieder unnötig aufregt, oder?«

Bei diesem letzten Satz kam sie sich ziemlich heimtückisch vor (und war es auch), aber er schien zu funktionieren. Levèvres Sekretärin zögerte noch immer, und Conny konnte regelrecht sehen, wie es hinter ihrer Stirn arbeitete. Aber dann erlosch ihr Widerstand auch ebenso sichtbar, und sie schien regelrecht ein kleines Stück in sich zusammenzusacken.

»Also gut«, seufzte sie. »Ich mache sie rasch fertig. Es dauert nur eine Minute.«

Sie verschwand wieder im Büro ihres Chefs, kam aber schon nach kurzer Zeit zurück – ohne den grünen Aktendeckel – und spannte ein Formular in ihre altertümliche Kugelkopf-Schreibmaschine ein, das sie aus einer Schublade nahm, ohne auch nur hinzusehen. Conny sah mit einer Mischung aus Faszination und Staunen zu, wie ihre Finger so schnell über die Tasten huschten, dass sie zu verschwommenen Schemen zu werden schienen. Sie brauchte nicht einmal die angekündigte Minute, um das Formular auszufüllen und in einen grauen Recycling-Umschlag zustecken, den sie sorgsam zuklebte, bevor sie mit der Hand eine Adresse daraufkritzelte und Conny über den Tisch hinwegreichte. »Richten Sie ihm ruhig aus, dass ich ein bisschen enttäuscht bin«, sagte sie, wartete, bis Conny den Brief eingesteckt hatte, und fügte dann noch hinzu: »Und sagen Sie ihm, dass hier noch fünfzig Euro Gehalt für ihn liegen. Die muss er sich schon selbst abholen.«

»Machen wir«, versprach Conny. »Und noch einmal vielen Dank.«

Und damit gingen sie endgültig. Trausch schwieg, bis sie nahezu den halben Weg zum Aufzug hinter sich gebracht hatten, aber Conny konnte seine spöttischen Blicke überdeutlich spüren. »Was?«, fragte sie schließlich scharf.

»Das frage ich Sie«, gab er mit einem nun unverhohlen hämischen Grienen zurück. »Was war das gerade dort drinnen? Weibliche Solidarität gefolgt von weiblicher Heimtücke?«

»Wir haben die Adresse, oder?«, gab sie zurück. »Wir hätten auch eine Stunde verschwenden und darauf warten können, dass ihr reizender Boss sie zusammenfaltet.«

»Ich verstehe«, sagte Trausch spöttisch. »Eigentlich haben Sie ihr einen Gefallen getan.

Das hatte sie wahrscheinlich sogar, aber sie hatte auch absolut keine Lust, *darüber* zu diskutieren. »Sind Sie nicht derjenige, der immerzu predigt, dass das Ergebnis zählt und sonst nichts?«, fauchte sie.

Genau genommen hatte er so etwas nie zu ihr gesagt, sondern vertrat schon allein durch das, was er tat, den gegenteiligen Standpunkt, aber er machte sich nicht einmal die Mühe, zu widersprechen, sondern grinste sie nur weiter fröhlich wie ein Schuljunge an, der seine Lieblingslehrerin gerade mit der Hand in der Zuckerdose ertappt hatte, und Conny schluckte alles herunter, was ihr noch auf der Zunge lag. Nach dem Wechselbad von Gefühlen, das sie beide an diesem Tag überstanden hatten, hatte wohl selbst er das Recht, einfach ein bisschen albern zu sein, um die Anspannung abzubauen.

Das sonderbare Gefühl, das sie vorhin schon einmal gehabt hatte, überkam sie erneut und beinahe noch stärker, als sie nebeneinander durch die fast menschenleeren Korridor gingen. Sie war schon unzählige Male hier gewesen, und trotzdem hatte sie das Gefühl, diesen Ort zum ersten Mal zu betreten – oder ihn vielleicht auch nur zum ersten Mal so zu sehen, wie er *wirklich* war. Bisher hatte sie stets ... nein, sicher keine *Angst* vor ihm gehabt, sehr wohl aber eine Art von scheuem Respekt, der diesem Gefühl sehr nahe kam. Schließlich war dies ein Ort, der den Toten gehörte und an dem der Tod nicht nur allgegenwärtig war, sondern zu jeder Minute des Alltags gehörte, ohne dadurch auch nur das Mindeste von seinem Schrecken zu verlieren. Sie war nie gerne hierhergekommen – niemand, den sie kannte, tat das – und wenn, dann war stets etwas wie ein schlechter Geschmack tief in ihr zurückgeblieben, den sie manchmal tagelang nicht loswurde.

Und genau das hatte sich geändert.

Die Erkenntnis überkam sie so plötzlich, dass sie stehen blieb und sich verblüfft umsah. Der Gang wirkte so unpersönlich und uneinladend wie eh und je, das Licht kalt und schattenlos, und die gleichförmigen Türen rechts und links des fensterlosen Korridors schienen jedem Besucher ungeachtet ihrer freundlichen Farben eine stumme Warnung zuzuschreien, besser nicht einzutreten.

»Stimmt irgendetwas nicht?«, fragte Trausch.

»Nein«, sagte Conny und ging rasch weiter. Wie hätte sie ihm auch erklären können, was sie empfand? Dabei war es im Grunde ganz einfach: Dieser Ort hatte seinen Schrecken für sie verloren.

Sie hatten den Aufzug fast erreicht, als eine Tür vor ihnen aufging und Levèvre heraustrat. Conny hätte ihn auf den ersten Blick fast nicht erkannt. Statt eines maßgeschneiderten Anzugs oder eines weißen Kittels trug er eine Art grünen Overall unter einer schweren Lederschürze und lange, fast bis zu den Ellbogen reichende Gummihandschuhe, die beide mit dunklen Flecken übersät waren, über deren genaue Herkunft sie vorsichtshalber erst gar nicht nachdachte.

Aber es war nicht nur sein Äußeres, das sich verändert hatte. Auf seinem Gesicht lag ein zu gleichen Teilen erschöpfter wie gereizter Ausdruck, und obwohl er sich auch jetzt wie üblich stocksteif aufgerichtet und mit gestrafften Schultern und kampflustig vorgerecktem Kinn und energischen Schritten bewegte, wirkte er zugleich auch auf sonderbare Weise abgekämpft. Irgendwie hatte er plötzlich vielmehr etwas von einem Metzger als einem mehrfach ausgezeichneten Professor der Forensik, dachte sie, als hätte er zusammen mit seinem Armani-Outfit auch eine Maske abgelegt, die er normalerweise trug. Vielleicht war es auch genau andersherum. Conny grübelte eine halbe Sekunde lang darüber nach, welcher Levèvre nun eigentlich der echte war, kam aber zu keinem Ergebnis. Wahrscheinlich war es auch vollkommen egal.

»Kommissar Trausch.« Levèvre fuhr sich mit dem Handrücken über die Stirn und verteilte dabei etwas von der schwarzen Schmiere auf seiner Stirn, ohne es auch nur zu bemerken. »Frau Feisst. Was verschafft mir die Ehre?« Das *schon wieder* fügte er nicht laut hinzu, doch irgendwie hörte Conny es trotzdem so deutlich, als hätte er es getan.

»Eigentlich nichts«, antwortete Trausch. »Wir waren zufällig ganz in der Nähe und wollten etwas überprüfen, aber es hat sich schon erledigt, danke.«

»Falls Sie hier sind, um sich nach den beiden Toten zu erkundigen, die Sie uns gerade geschickt haben, muss ich Sie enttäuschen«, sagte Levèvre.

»Sind wir nicht«, behauptete Trausch. Der Professor ignorierte ihn einfach.

»Ich mache die Obduktion selbst, aber auch ich kann nicht zaubern. Es ist leider nicht mehr allzu viel übrig, was man untersuchen könnte, wenigstens von einem. Das war saubere Arbeit.«

»Es war eher Notwehr«, antwortete Trausch, eine Spur schärfer als zuvor. »Die beiden Jungen wollten uns umbringen.«

»Ja, davon habe ich gehört«, bestätigte Levèvre. »Und das mit der Notwehr glaube ich Ihnen unbesehen.«

»Wieso?«, fragte Conny.

»Ich kann zwar noch nicht viel sagen, aber ein bisschen was haben wir trotzdem schon herausgefunden. Wenigstens der, bei dem wir das Blut noch untersuchen können, hat eine Menge Zeug in den Adern, das nicht dorthin gehört.«

»Drogen?«, fragte Trausch.

»Weihrauch und Myrrhe wird es wohl kaum gewesen sein«, antwortete Levèvre. »Fragen Sie mich nicht, womit, aber der Bursche war zugedröhnt. Bis unter die Schädeldecke. In diesem Zustand sind die Jungs vollkommen unberechenbar. Je nach dem, was sie genommen haben, brauchen Sie einen Granatwerfer, um sie aufzuhalten. Sie können von Glück sagen, dass Sie noch leben.«

»Ja, vermutlich. Ein bisschen Glück gehört zu jedem Job, nicht wahr?« Trausch machte eine Handbewegung, mit der er Levèvre davon abhielt, mit einer weiteren Plattitüde zu antworten. »Wenn wir schon einmal da sind: Haben Sie noch irgendetwas über Aislers Verschwinden herausgefunden?«

Falls es überhaupt noch einen Rest von Freundlichkeit in Levèvres Blick gegeben hatte, dann erlosch er schlagartig. »Wenn es so wäre, hätte ich Ihnen Bescheid gegeben, Herr Kommissar«, antwortete er, kühl, und auch erst, nachdem er Trausch mit einem langen und fast verächtlichen Blick von Kopf bis Fuß gemustert hatte. »Wenn das jetzt alles wäre, würde ich mich gerne entschuldigen«, fuhr er fort. »Ich habe noch eine Menge zu tun.«

Er ging, ohne sich auch nur zu verabschieden, und Trausch sah ihm stirnrunzelnd nach. »Arschloch«, murmelte er – allerdings erst, nachdem Levèvre hinter der Biegung des unterirdischen Ganges verschwunden und auch ganz bestimmt außer Hörweite war. »Manchmal frage ich mich, wie jemand wie er in eine solche Position kommt.«

»Vielleicht muss man so sein, um hier Karriere zu machen«, sinnierte Conny, gab ihm keine Gelegenheit, darauf zu antworten, sondern ging rasch weiter und drückte den Rufknopf des Lifts. »Kommen Sie – spielen wir ausnahmsweise einmal wirklich die Freunde und Helfer und bringen diesem armen Praktikanten seine Papiere.«

Denkert – Thomas Denkert, Physikstudent im dritten Semester, bisher nicht vorbestraft und seit zwei Wochen wieder Fußgänger, weil er innerhalb der Probezeit die Null-Promille-Grenze um eine Winzigkeit überschritten hatte, das hatte Trausch mit einem kurzen

Anruf per Handy herausgefunden – wohnte in einem heruntergekommenen Altbau in der Südstadt, in dem es früher einmal sechs oder vielleicht acht großzügig geschnittene Altbauwohnungen gegeben hatte und jetzt ungefähr die fünffache Anzahl bewohnbarer Schuhkartons, von denen der Vermieter vermutlich behauptete, es wären Studentenwohnungen. Für Conny war es allenfalls nicht artgerechte Haltung, und wenn sie Trauschs Gesichtsausdruck richtig deutete, dann fielen ihm wahrscheinlich noch eine ganze Menge andere und noch weitaus unfreundlichere Bezeichnungen ein, spätestens in dem Moment, in dem sie das Gebäude betraten und sich auf den Weg zu Denkerts Wohnung machten – die natürlich im Dachgeschoss lag, ebenso natürlich, wie es keinen Aufzug gab. Eine sonderbare Mischung aus – ausnahmslos unangenehmen – Gerüchen (von denen der eine oder andere höchst illegal war) lag in der Luft, und die Treppe war zwar ebenso schmal wie steil, dafür aber praktisch nicht beleuchtet. Die Birnen in den meisten Lampen, unter denen sie vorbeikamen, waren nicht ausgefallen, sondern herausgeschraubt und brannten jetzt vermutlich in irgendeinem anderen Raum des Gebäudes. Hämmernde Musik dröhnte durch den Hausflur, und mindestens einmal glaubte Conny auch, das Weinen eines Babys zu hören.

»Ein lauschiges Plätzchen, nicht wahr?«, fragte Trausch, während sie die letzte, lautstark knarrende Treppe in Angriff nahmen. Er war leicht außer Atem, was Conny einigermaßen erstaunte. Normalerweise gehörten deutlich mehr als vier Treppen dazu, um ihn zum Keuchen zu bringen.

Conny sparte sich den Atem, den sie eine Antwort gekostet hätte, und beließ es bei einem angedeuteten Nicken, das Trausch wahrscheinlich nicht einmal sah, und konzentrierte sich lieber darauf, nicht allzu weit hinter ihm zurückzufallen; was allerdings allein von dem viel zu engen Rock vereitelt wurde, den sie trug, denn selbstverständlich waren sie nicht sofort zum IfR gefahren, sondern zuerst in ihre Wohnung, wo sie sich in aller Hast umgezogen hatte, und Conny fragte sich nicht zum ersten Mal – vergeblich –, welcher Teufel sie eigentlich geritten hatte, ausgerechnet das einzige *Kostüm* anzuziehen, das sie überhaupt besaß; möglicherweise das *weiblichste*

Kleidungsstück, das ihr Schrank hergab, aber ganz bestimmt nicht das praktischste. Vor allem nicht, um damit im Sprintertempo ungefähr fünfundzwanzigtausend Treppenstufen hinaufzustürmen.

Immerhin war Trausch rücksichtsvoll genug, um oben auf sie zu warten. Vielleicht war er auch einfach nur cleverer als sie und nutzte die kleine Pause, um wieder zu Atem zu kommen, dachte sie missmutig, während sie sich das letzte Dutzend Stufen hinaufquälte und dabei versuchte, nicht allzu sehr zu keuchen – schon aus purer Selbstverteidigung. Wenn sie die süßlich riechende Luft nur oben zu tief in die Lungen sog, dann war sie wahrscheinlich high, bevor Trausch auch nur herausgefunden hatte, hinter welcher der beiden Türen, die es hier oben gab, Denkert wohnte.

So oder so, er wartete, bis sie sich zu ihm gesellt hatte, und ließ auch dann noch einmal ein paar Sekunden verstreichen, damit sie einigermaßen zu Atem kam. Erst dann hob er die Hand und klopfte an eine der Türen. Wahrscheinlich wahllos; es gab weder ein Namensschild noch einen Klingelknopf.

Aus der Wohnung drang lautstarke Heavy-Metal-Musik, aber es dauerte eine geraume Weile, bis eine Reaktion erfolgte. Trausch wollte schon die Hand heben und ein zweites Mal und wahrscheinlich sehr viel ungeduldiger gegen die Tür hämmern, als die Musik plötzlich leiser wurde. Weitere zehn oder fünfzehn Sekunden später wurde die Tür geöffnet, und eine junge Frau blinzelte zu Trausch hoch. Vielleicht auch ein Mädchen. Conny war nicht ganz sicher. Sie war gute anderthalb Köpfe kleiner als Trausch, trug das Haar zu Dutzenden kunterbunt gefärbter Zöpfe geflochten und ansonsten … na ja, eigentlich nichts. Oder jedenfalls *fast nichts,* falls man das durchsichtige Etwas, das sie über ihre erstaunlich groß entwickelten Brüste und ihren String-Tanga geworfen hatte, als Kleidungsstück bezeichnen wollte. Ihre Augen waren verquollen und trüb, und das aufgedunsene Gesicht machte klar, dass sie trotz der vorgerückten Stunde wohl gerade erst wach geworden war. Vielleicht hatte Trauschs Klopfen sie geweckt.

»Ja?«

»Thomas Denkert«, erwiderte Trausch, ungewöhnlich kurz angebunden und scharf. »Finden wir den hier?«

»Und wer will das wissen?«

Statt zu antworten – oder wenigstens seinen Dienstausweis zu zücken und die Situation damit zumindest halbwegs legitim zu machen –, schob Trausch sie einfach aus dem Weg und trat durch die Tür. Conny folgte ihm ganz automatisch, aber mit wachsender Verwirrung. Vielleicht war das ja seine Weise, mit der provozierenden Art dieses Empfangs umzugehen. Wenn ja, gefiel sie ihr.

»He!«, protestierte der Buntschopf. »Was ...?«

Trausch brachte sie mit einer fast beiläufigen Geste zum Schweigen, drehte sich halb um seine Achse und sog hörbar die Luft durch die Nase ein. »Also, ich kann mich täuschen«, sagte er, »aber für mich riecht es hier so, als hätte jemand vor gar nicht allzu langer Zeit gegen das Betäubungsmittelgesetz verstoßen.«

»Und zwar heftig«, fügte Conny hinzu.

Diesmal vergingen zwei oder drei Sekunden, bevor die junge Frau überhaupt zu begreifen schien, was er gerade gesagt hatte, aber dann konnte sie geradezu sehen, wie das Verhältnis von Adrenalin und Blut in ihrem Kreislauf umkippte. »Ihr seid Bullen«, stellte sie fest.

»Denkert«, sagte Trausch ruhig. »Ist er hier?«

Der Widerstand der jungen Frau hielt noch eine oder zwei Sekunden lang trotzig an, doch dann konnte man regelrecht sehen, wie er zerbrach. Sie sagte kein Wort, sondern drehte sich mit einer ruckhaften Bewegung um und ging voraus. Conny fragte sich, ob sie dabei absichtlich so mit dem Hintern wackelte.

Die Wohnung, so winzig sie auch war, bestand aus drei Zimmern, von denen sie das letzte ansteuerte. Sie öffnete die Tür, ohne anzuklopfen, und das Erste, was Conny auffiel, war, dass es nicht heller in dem zwielichtigen Flur wurde. Wenn das Zimmer dahinter ein Fenster hatte, dann war es sorgfältig verhängt.

Das Nächste, was ihr auffiel, als sie hinter Trausch durch die Tür trat, war der Geruch. Er war unangenehm, aber vollkommen anders als der draußen in der Wohnung oder gar im Hausflur. Statt nach kaltem Zigarettenrauch, schalem Bier und Marihuana (gewürzt mit dem dezenten Hauch ausgiebig benutzter Windeln), roch es durchdringend nach Erbrochenem und Blut; und vielleicht noch nach unangenehmeren Dingen, die sie gar nicht so genau erkennen wollte … aber für einen winzigen Moment, vielleicht nur den Bruchteil einer Sekunde und doch durch und durch erschreckend, empfand etwas tief in ihr diese animalische Mischung als … *vertraut*. Da war etwas, tief, unendlich tief in ihr, eine uralte Erinnerung, Millionen Mal älter als sie und aus einer Zeit stammend, als es so etwas wie ein *ich* noch nicht gegeben hatte, das diese Welt kannte und mit dem Brüllen einer aus einem endlosen Schlaf erwachenden Bestie dorthin zurückwollte, und es war *hungrig*, so unendlich *hungrig*.

Trausch stampfte lautstark durch die nahezu vollkommene Dunkelheit zum Fenster und zog die Jalousie hoch, und der schreckliche Moment verging so schnell, wie er gekommen war, als eine Flut von unerwartet grellem Sonnenlicht hereinströmte und sie blinzeln ließ. Das Licht war so intensiv, dass es beinahe wehtat. Sie sah eine gute Sekunde lang tatsächlich weniger als zuvor.

»He, Tommy! Besuch für dich!« Die Möchtegern-Stripperin ließ sich mit einer Bewegung, von der sie hundertprozentig sicher war, dass sie genauso provozierend gemeint war, wie sie aussah, vor Trausch in die Hocke sinken und machte sich an etwas zu schaffen, das Conny für ein Bündel schmuddeliger Lumpen hielt, bis es sich zu bewegen begann und ein vom Schlaf verquollenes Gesicht daraus auftauchte.

»Was zum Teufel soll der Scheiß?«, erklang eine schlaftrunkene Stimme. »Ich hab dir gesagt, dass …«

»Thomas Denkert?«, fragte Trausch.

Mit dem Gesicht, das unter verstrubbeltem schwarzen Haar heraus zu ihnen hochsah, ging eine erstaunliche Veränderung vor sich; eigentlich sogar in doppelter Hinsicht, dachte Conny: die eine war, dass sein Besitzer offenbar ebenso schlagartig erwachte wie seine Freundin gerade draußen an der Tür und wahrscheinlich auf ebenso unangenehme Art. Die andere war eher subjektiver Natur. Conny erkannte jetzt, dass das Gesicht des Jungen nicht vom Schlaf verquollen war, sondern eher ihrem eigenen ähnelte, wie sie es vor ein paar Tagen im Spiegel gesehen hatte. Seine Augen waren nahezu zugeschwollen, und unter dem linken Jochbein prangte ein in allen Farben schillernder Bluterguss, in dem man mit einiger Phantasie noch die Umrisse einer Stiefelspitze erkennen konnte. Seine Nase war mindestens zweimal gebrochen, und seine nahezu unverständliche Art zu sprechen resultierte weniger aus dem Umstand, dass er jäh aus dem Schlaf gerissen worden war, sondern lag wohl eher an seinen angeschwollenen und dick verschorften Lippen. Der Junge war übel verprügelt worden.

»Ich frage ja nur, weil das, was ich sehe, nicht besonders viel Ähnlichkeit mit dem Foto hat, das man uns gezeigt hat«, fuhr Trausch lächelnd fort.

»Wer, verdammt noch mal …«, begann Denkert, brach dann mitten im Satz ab und fuhr mit einer wütenden Bewegung zu seiner Freundin herum. Die Decke rutschte dabei von seinen Schultern, und Conny sah, dass sein nackter Oberkörper unter dem dünnen Netzshirt einen kaum besseren Anblick bot als sein Gesicht. Die hübscheste Sammlung von blauen Flecken und Blutergüssen, die sie seit langer Zeit zu Gesicht bekommen hatte. »Jenny, du blöde Kuh!«, fauchte er. »Ich hab dir doch gesagt, du sollst die Bullen aus dem Spiel lassen!«

Das Mädchen wollte antworten, aber Trausch kam ihr zuvor. »Ihre Freundin hat nichts damit zu tun, Herr Denkert … und wir ziehen im Allgemeinen die Bezeichnung *Polizisten* vor.«

Denkert funkelte ihn nur trotzig an, aber in seinen Augen stand auch Angst geschrieben; allerdings eine Furcht, von der Conny zu spüren glaubte, dass sie nicht ihm galt. »Polizisten, meinetwegen«, nuschelte er. »Was wollt ihr? Ich hab euch nicht gerufen!«

»Oh, das ist auch nicht nötig«, erwiderte Trausch in so falsch freundlichem Ton, wie es überhaupt nur ging. »Wenn wir das Gefühl haben, dass jemand unsere Hilfe braucht, dann kommen wir von ganz alleine.«

»Dann seid ihr hier falsch.« Denkert lehnte sich gegen die Wand in seinem Rücken und zog die zerschlissene Decke fast bis zum Kinn hoch. »Ich brauche keine Hilfe.«

»Ja, das sieht man«, sagte Conny spöttisch. »Wer hat Ihnen das angetan?«

»Niemand hat mir irgendwas angetan«, behauptete er störrisch. »Das war ein Unfall. Meine eigene Blödheit.«

»Ich verstehe«, sagte Trausch. »Sie sind gegen einen Stiefel gelaufen, nicht wahr? Wie oft? Zehnmal?«

»He, Tommy, sei vernünftig«, sagte Jenny. »Vielleicht ist es wirklich das Beste, wenn du …«

»Ich weiß schon, was das Beste für mich ist, keine Sorge«, unterbrach sie Denkert.

»Ja, da bin ich ganz sicher. Man sieht es ja auch.« Trausch ließ sich vor Denkert in die Hocke sinken, wobei seine Kniegelenke hörbar knackten. »Eigentlich sind wir nur hier, weil Professor Levèvre uns gebeten hat, Ihnen Ihre Papiere vorbeizubringen. Anscheinend haben Sie vergessen, sie abzuholen.« Er streckte die Hand aus, und Conny reichte ihm den Umschlag, den Levèvres Sekretärin ihr gegeben hatte.

Trausch hielt Denkert den Umschlag hin, aber der Student rührte keinen Finger, um danach zu greifen, sondern betrachtete ihn ungefähr so begeistert, wie er ein besonders widerwärtiges Insekt angesehen hätte, von dem er noch dazu argwöhnte, dass es giftig sein könnte.

»Und bei dieser Gelegenheit«, fuhr Trausch fort, »lässt Ihnen der Professor gleich noch ausrichten, wie überaus zufrieden er mit Ihrer Arbeit war. Umso enttäuschter ist er allerdings, dass Sie heute nicht zum Dienst erschienen sind, und noch dazu unentschuldigt … es war doch nur heute, oder?«

Denkerts ohnehin fast vollkommen zugeschwollene Augen wurden noch schmaler. Er sagte nichts.

»Ich habe Ihnen eine Frage gestellt, Tommy.« Trausch lächelte noch immer, aber seine Stimme war plötzlich so hart wie Eisen. »Sind Sie gestern zum Dienst gegangen?«

»Und wenn?«, fragte Denkert trotzig.

»Dann haben Sie ein Problem, Junge«, antwortete Trausch. »Also?«

Denkert wirkte nur noch trotziger, und Trausch ließ noch einmal zwei oder drei Sekunden verstreichen, bevor er in die Jackentasche griff und den Ausdruck der Überwachungskamera hervorzog. »Das wurde gestern Morgen gemacht. Kurz nachdem Ihre Schicht angefangen hat. Kommt Ihnen das Gesicht irgendwie bekannt vor?«

Denkert nahm das Bild mit allen Anzeichen von Widerwillen entgegen, warf einen flüchtigen Blick darauf und schüttelte dann den Kopf. »Nie gesehen.«

»Das ist seltsam.« Trausch nahm das Bild zurück und betrachtete es nun seinerseits anscheinend höchst interessiert. »Also, ich finde, es sieht Ihnen verdammt ähnlich, mein Junge. Und wenn das so sein sollte, dann stecken Sie bis zum Hals in Schwierigkeiten.«

»So ein Blödsinn!«, fauchte Denkert. »Ich hab keine Ahnung, wer das sein soll, aber ich bin es bestimmt nicht. Dein Kerl sieht mir ja nicht mal ähnlich.«

»Also, ich finde schon«, erwiderte Trausch. »Und eine Menge Leute in der Pathologie auch. Sicher: Das Bild ist nicht besonders gut, und auf Zeugenaussagen ist nicht immer Verlass. Aber wir finden die Wahrheit schon heraus, machen Sie sich keine Sorgen. Wenn das da auf dem Foto wirklich nicht Sie sind, haben Sie nichts zu befürchten.« Sein Lächeln wurde noch freundlicher. »Es könnte allerdings eine Weile dauern. Zwei oder drei Tage, vielleicht auch vier, aber ganz bestimmt nicht mehr.«

Denkert funkelte ihn nur noch trotziger an, und Conny wandte sich an Jenny. »Suchen Sie ein paar Kleider für Ihren Freund zusammen?«

»Wozu denn das?«, fragte Denkert alarmiert.

»Na, für die U-Haft«, antwortete sie, lächelnd und mit einem langen, abschätzenden Blick auf ihre praktisch nicht vorhandene Kleidung. »Sie scheinen es ja hier mit der Kleiderordnung nicht besonders streng zu nehmen, aber Sie wollen doch sicherlich nicht, dass Ihr Freund drei oder vier Tage lang dieselbe Unterwäsche tragen muss, oder?«

»U-Haft?«, fragte Denkert.« Was soll denn der Scheiß? Das dürft ihr gar nicht!«

»Sie würden sich wundern, was wir alles dürfen«, antwortete Conny kühl. »Und was wir vielleicht eigentlich nicht dürfen, aber trotzdem tun.« Sie machte eine auffordernde Geste. »Suchen Sie sich ein paar Klamotten zusammen, oder sollen wir Sie so mitnehmen?«

»Ihr könnt mich mal«, antwortete Denkert undeutlich. »Ich hab nichts getan.«

»Jetzt sei vernünftig«, mischte sich Jenny ein. »Willst du zu allem Überfluss auch noch für die beiden in den Bau?«

»Für welche beiden?«, fragte Trausch scharf.

»Halt verdammt noch mal die Klappe!«, fauchte Denkert.

Seine Freundin schüttelte nur trotzig den Kopf und wandte sich dann direkt an Conny. »Sie sind gestern Morgen hier aufgetaucht, gerade als wir aufgestanden sind. Zwei Kerle. Ich hab sie noch nie zuvor gesehen, aber sie wussten, dass Tommy in der Pathologie jobbt.«

»Du sollst endlich die Klappe halten.« Denkert heulte fast, doch was er selbst für Wut halten mochte, das klang in Wahrheit nur nach schierer Verzweiflung. Conny konnte seine Angst *riechen*.

»Und dann haben sie verlangt, dass er ihnen seine Zugangskarte gibt und ihnen erklärt, wie sie ins Institut kommen«, vermutete sie. »Und als er sich geweigert hat, haben sie ihn zusammengeschlagen.«

»Genau andersherum.« Jenny schnaubte. »Sie haben sofort zugeschlagen. Ich ... ich hab gedacht, sie bringen ihn um, aber ich konnte nichts machen. Der eine Kerl hat mich festgehalten, und der andere hat immer wieder auf Tommy eingedroschen. Und erst danach haben sie seinen Ausweis verlangt und dass er ihnen alles erklärt.«

»Und das haben Sie auch getan«, vermutete Trausch und beantwortete seine eigene Frage sofort mit einem Kopfnicken. »Das war vollkommen richtig. Ich an Ihrer Stelle hätte genau dasselbe getan ... aber warum haben Sie hinterher nicht die Polizei gerufen – oder wenigstens im Institut Bescheid gesagt, damit man sich um die Burschen kümmert?«

Denkert starrte ihn auch weiter nur trotzig an, und Conny wandte sich wieder an seine Freundin. »Sie haben damit gedroht, wiederzukommen und Sie beide umzubringen, wenn Sie irgendetwas unternehmen, nicht wahr?«

Jenny nickte und versuchte weiter, möglichst gelassen auszusehen, und beinahe gelang ihr das sogar. Aber unter der aufgesetzten Ruhe in ihrem Blick war noch etwas anderes, das Conny nicht nur zutiefst berührte und eine Woge ehrlich empfundenen Mitleids in ihr aufsteigen ließ, sondern sie auch fast mit Scham erfüllte, angesichts des kindischen Gefühles von Eifersucht, das sie gerade gehabt hatte.

»Sie hätten uns trotzdem alarmieren sollen«, sagte Trausch.

»Damit sie zurückkommen und mich vollständig erledigen?«, fragte Denkert. »Oder Jenny?«

Trausch grummlte. »Nun, immerhin können Sie die beiden beschreiben.«

Jenny erschrak sichtlich, und Conny warf Trausch einen leicht ärgerlichen Blick zu und beeilte sich, in beruhigendem Ton hinzuzufügen: »Keine Sorge. Wir passen auf Sie auf. Wie haben die beiden ausgesehen? Ziemlich groß und sehr kräftig? Schwarze Haare, und einer hatte ein Hundehalsband um?«

Jenny nickte zaghaft. »Ja. Warum?«

»Weil wir sie haben«, sagte Conny rasch, bevor Trausch es tun konnte. »Sie brauchen keine Angst mehr vor ihnen zu haben. Sie tun niemandem mehr etwas.«

Trausch stand wieder auf und zog sein Handy aus der Tasche, und das Misstrauen in Denkerts Augen loderte neu auf. »Was haben Sie vor?«

»Ich rufe einen Krankenwagen für Sie, Junge«, antwortete Trausch, während er bereits die Nummer wählte. »Und ein paar Kollegen, die sich hier gründlich umsehen und nach Spuren suchen.« Er blinzelte Jenny übertrieben verschwörerisch zu. »Ich schätze, es wird eine halbe Stunde dauern, bis sie hier sind. Falls Sie also vorher noch ein bisschen aufräumen oder das eine oder andere wegwerfen wollen ...«

Jenny starrte ihn verständnislos an, aber dann fuhr sie umso heftiger zusammen, stand auf und hatte es plötzlich sehr eilig, das Zimmer zu verlassen.

Während Trausch zuerst einen Krankenwagen (ohne Blaulicht und Sirene) und ein Team der Spurensicherung bestellte, sah sich Conny zum ersten Mal wirklich aufmerksam in dem winzigen Zimmer um. Es war so klein, dass sie sich im Nachhinein beinahe fragte, wie Trausch, Jenny und sie selbst überhaupt gleichzeitig Platz darin gefunden hatten. Die Matratze, die Denkert anstelle eines Betts benutzte, nahm nahezu den gesamten vorhandenen Raum ein, und was noch übrig war, glich eher einer Müllkippe als einem Zimmer, in dem tatsächlich ein Mensch lebte. Wenn das ganze Haus schon der

Karikatur eines Studentenheims glich, dann musste sie für *das hier* wohl ein neues Wort kreieren.

Trausch klappte sein Handy zusammen und steckte es ein. »Der Krankenwagen ist unterwegs. Und unsere Kollegen auch.«

»Kollegen?«

»Die Spurensicherung«, antwortete Trausch, bemühte sich aber zugleich auch um ein aufmunterndes Lächeln. »Keine Sorge, wir interessieren uns nur für die beiden Burschen, die Sie überfallen haben. Alles andere …« Er hob die Schultern. »Ich rede ja nicht gerne schlecht über Kollegen, aber manchmal können die Jungs unglaublich schlampig sein. Sie übersehen selbst die offensichtlichsten Dinge.«

Denkert sah ihn einen Moment lang keinen Deut weniger misstrauisch als bisher an, doch dann machte sich eine – vorsichtige – Erleichterung auf seinen misshandelten Zügen bemerkbar. »Sie meinen …«

»Ich meine«, unterbrach ihn Trausch beinahe sanft, zugleich aber auch mit großem Nachdruck, »dass meine Kollegin und ich jetzt leider weitermüssen. Ich kann mich darauf verlassen, dass Sie die Fragen unserer Kollegen beantworten, die nachher kommen?«

»Diese beiden Kerle werden Ihnen bestimmt nichts mehr tun«, fügte Conny rasch hinzu, als sie das neuerliche Flackern in Denkerts Augen bemerkte.

»Ihr … habt sie verhaftet?«, fragte Denkert zögernd.

»Sagen wir, sie stellen keine Gefahr mehr dar«, antwortete Conny. »Für niemanden.«

»Und wenn sie Komplizen haben?« Denkert versuchte zu grinsen, um der Frage vielleicht auf diese Weise etwas von ihrer Schärfe zu nehmen, aber es waren nicht allein seine geschwollenen Gesichtszüge, die diesen Versuch vereitelten. Tief in sich hatte er genau davor Angst, und ebenso tief in sich spürte Conny diese Furcht, und etwas in ihr … reagierte darauf.

Auf eine Art, die wiederum *ihr* Angst machte.

»Können wir dann, Kollegin?« Trausch räusperte sich unecht, aber Conny hörte die Worte erst wirklich, als er sie noch einmal und mit ihrem Namen ansprach. »Conny?«

»Ja, sicher«, antwortete sie hastig. »Entschuldigung. Ich … war in Gedanken. Aber richtig. Wir müssen weiter.« Sie wandte sich noch einmal direkt an Denkert. »Sie kommen allein klar?«

»Die letzten einundzwanzig Jahre hat es jedenfalls geklappt«, antwortete Denkert mit einem weiteren schiefen Grinsen.

»Dann wird es auch noch zwanzig Minuten funktionieren«, sagte Trausch. Er nickte Conny abermals auffordernd zu. »Es wird Zeit.«

Conny war klug genug, nichts mehr darauf zu erwidern, sondern ihm ganz im Gegenteil wortlos und sehr schnell aus dem Zimmer und nur unwesentlich langsamer aus der Wohnung zu folgen. Draußen im Hausflur musste sie eine Weile auf ihn warten, weil Trausch noch einmal zurückging, um ein paar Worte mit Jenny zu wechseln. Sie geduldete sich, auch wenn es ihr schwerfiel; das Licht war hier draußen nicht so unangenehm und stechend wie im Zimmer des Studenten, aber sie hatte schlechte Erfahrungen mit Hausfluren gemacht. Sie ertappte sich dabei, innerlich erleichtert aufzuatmen, als er endlich herauskam und die Tür hinter sich ins Schloss zog.

Trausch schwieg, bis sie die fünf Treppen wieder nach unten gegangen waren und im Wagen saßen. Er steckte zwar den Zündschlüssel ins Schloss, machte aber keine Anstalten, den Motor zu starten, sondern drehte sich betont langsam zu ihr um und maß sie mit einem ebenso langen wie besorgten Blick. »Was war das gerade dort oben?«

»Ich wollte auch einmal den *bad cop* spielen, und nicht immer nur den langweiligen Part«, antwortete sie.

Trausch blieb vollkommen ernst. Er sah eher noch ein bisschen besorgter aus. »Das meine ich nicht.«

»Sondern?«

Statt zu antworten, unterstrich Trausch seinen besorgten Gesichtsausdruck nur noch mit einem tiefen Stirnrunzeln, ließ den Motor an und fuhr los, ohne auch nur in den Rückspiegel zu sehen. Das Ergebnis war ein heftiges Bremsenquietschen und ein mehrstimmiges Hupkonzert hinter ihnen, dem er ebenso wenig Beachtung schenkte.

»Wenn Sie einen Unfall bauen, werden Sie Eichholz erklären müssen, wieso ich in Ihrem Wagen gesessen habe«, sagte sie nervös.

Trausch schenkte ihr einen giftigen Blick und schwieg verbissen weiter, aber er nahm immerhin den Fuß vom Gas und hielt vor der nächsten Ampel sogar an, obwohl sie gerade erst auf Gelb umgesprungen war.

»Ich möchte mir noch einmal Aislers Wohnung ansehen«, sagte Conny.

»Noch einmal?« Trausch tat so, als würde er sich ganz auf die Ampel konzentrieren und darauf warten, dass sie endlich wieder auf Grün umsprang, aber immerhin antwortete er. »Wieso noch einmal? Soweit ich weiß, waren Sie noch nie dort.«

»Eben«, antwortete sie. »Dann wird es Zeit, das nachzuholen.«

»Und was erwarten Sie dort zu finden?

»Das sage ich Ihnen, wenn ich es gefunden habe«, antwortete Conny. Trausch sah sie nun doch an – allerdings auf eine Art, die ihr nicht sonderlich gefiel – und sie fügte hastig hinzu: »Ich weiß es nicht. Nur so ein Gefühl ... Sie kennen das doch.«

»Ja, ich weiß, was Sie meinen. Es kann nicht schaden, wenn ich mir die Vampirhöhle noch einmal ansehe.«

»Sie?«, fragte Conny alarmiert.

»Ich.« Die Ampel sprang auf Gelb, dann auf Grün, und Trausch fuhr ebenso übertrieben langsam weiter, wie er zuvor gerast war.

»Was genau meinen Sie mit *ich?*«, fragte Conny, nachdem sie eine Weile schweigend dahingefahren waren.

»Ich glaube, es war ein Fehler«, sagte er.

»Was war ein Fehler?«

»Sie mitzunehmen«, antwortete er. »Ich bringe Sie jetzt nach Hause.«

»Was soll denn dieser Unsinn?«, fragte sie empört.

»Das sollte ich besser Sie fragen«, antwortete er ärgerlich. »Was war da drinnen gerade mit Ihnen los? Seit wann setzen wir Zeugen *so* unter Druck?«, fragte er. »Noch dazu, wenn sie eigentlich eher Opfer sind?«

»Sie haben mit der U-Haft angefangen«, behauptete Conny, aber er schüttelte nur zornig den Kopf und raunzte sie beinahe an: »Ich habe ihm die Daumenschrauben gezeigt, Conny. Sie haben sie ihm angelegt. Das ist nicht meine Art und normalerweise auch nicht Ihre.«

»Und?«, fragte sie patzig. »Hat es funktioniert oder nicht?«

»Wenn er sich über Sie beschwert, sind wir beide in Schwierigkeiten. Sie wegen Ihres Benehmens, und ich, weil ich Sie mitgenommen habe.«

»Und davor haben Sie Angst?«

»Angst«, antwortete Trausch ungerührt, »habe ich allenfalls davor, dass Sie sich zu viel zumuten, Conny.« Sie wollte widersprechen, doch er ließ sie gar nicht erst zu Wort kommen, sondern fuhr eine Winzigkeit lauter, wenn auch in versöhnlichem Ton fort: »Ich weiß, wie stark Sie sind, Conny. Und ich weiß auch, was Sie können. Aber überschätzen Sie Ihre Kräfte nicht. Es ist erst ein paar Stunden her, seit man Sie beinahe umgebracht hätte, von allem anderen ganz zu schweigen. Wissen Sie, was mit einer Maschine passiert, die immer nur mit Höchstleistung läuft? Selbst mit der Besten? Sie brennt aus.«

»Wie schön, dass Sie mich so sehen«, sagte sie böse.

»Sie wissen schon, was ich meine«, seufzte Trausch. »Ich bringe Sie jetzt nach Hause, und Sie schlafen sich erst einmal richtig aus. Ich komme später noch einmal bei Ihnen vorbei, wenn Sie wollen.«

»Ich will vor allem nicht zu Hause sitzen und die Wasserflecken an der Decke zählen«, sagte sie. »Ich dachte, das hätten wir schon geklärt.«

»Ich habe nicht erwartet, dass Sie sich wie die Axt im Walde aufführen«, antwortete er scharf. »Und ganz bestimmt nicht, dass …« Er brach mitten im Satz ab, starrte mit fast schon verbissen wirkendem Gesichtsausdruck geradeaus und gab sich dann einen sichtbaren Ruck.

»Also gut«, seufzte er. Er zuckte mit den Achseln. »Vielleicht bin ich auch einfach nur verrückt.«

»Und was genau soll das heißen?«, fragte Conny misstrauisch.

»Dass ich Sie nicht nach Hause bringe«, antwortete Trausch. »Aber jetzt ziehen Sie bloß keine voreiligen Schlüsse. Der einzige Grund, aus dem ich Sie mitnehme, ist der, dass ich Sie so besser unter Kontrolle habe.«

13

Trausch hatte vollkommen recht gehabt: Sie hatte bisher weder Aislers Wohnung noch das Haus von innen gesehen, aber zumindest der Eingangsbereich und der Lift, mit dem sie nach oben fuhren, entsprachen so genau ihren Vorstellungen, wie es Denkerts sogenannte Studentenbude getan hatte, und auch hier nicht unbedingt in positivem Sinne. Die Klingelknöpfe waren ein wildes Sammelsurium aus schlampig – oder auch gar nicht – beschrifteten Namensschildern, das Drahtglas in der Haustür war an zwei Stellen gesprungen und zu einem blinden Spinnennetz geworden, und die meisten Briefkästen quollen über vor Werbung oder nicht abgeholter Post, sofern ihre Türen nicht herausgerissen waren. In der Luft lag ein muffiger Geruch, und durch die viel zu dünnen Wohnungstüren drang ein Durcheinander aus Musik- und Stimmfetzen. Obwohl draußen heller Sonnenschein herrschte und das Treppenhaus über großzügige Fensterflächen verfügte, hielt sich hier drinnen ein sonderbares Halbdunkel, als hätte die Dunkelheit der zurückliegenden Nacht auf geheimnisvolle Weise Substanz gewonnen und lauere nun wie giftiger Nebel in Ecken und Winkeln, um über jeden herzufallen, der den Fehler beging, ihnen zu nahe zu kommen.

»Wenn es jetzt hier noch nach Kohl stinken würde, dann würde ich in meinen Terminkalender sehen, um mich davon zu überzeugen, dass wir nicht neunzehnhundertvierundachtzig schreiben«, sagte Trausch, während sie den Aufzug ansteuerten. Conny sah ihn verständnislos an, aber Trausch machte keine Anstalten, seine seltsame Bemerkung irgendwie zu erklären, sondern machte nur eine übertrieben spöttisch-einladende Handbewegung und trat hinter ihr in die Kabine. Er drückte den Knopf für die vierte Etage und begann ungeduldig von einem Fuß auf den anderen zu treten, obwohl sich der Lift augenblicklich in Bewegung setzte. Vielleicht lag seine Nervosität ja auch an dem beunruhigenden Quietschen und Zittern, mit dem er es tat.

Das Innere des Aufzugs entsprach dem ersten Eindruck, den sie von dem ganzen Gebäude gehabt hatte: Die Wände waren mit Kritzeleien, Obszönitäten und Telefonnummern beschmiert, und es roch nach Erbrochenem und Urin. Conny verzog angeekelt das Gesicht.

»Ein reizendes Plätzchen, nicht wahr?«, fragte Trausch. Seltsamerweise grinste er dabei, und es hatte plötzlich etwas Schadenfrohes, während sein Blick über die Schmierereien und eindeutigen Aufforderungen an den zerschrammten Metallwänden tastete.

»Was ist so komisch?«, wollte Conny wissen.

»Oh, nichts«, behauptete Trausch. »Mir fällt nur immer wieder meine Lieblingsidee ein, wenn ich so etwas wie das hier sehe.«

»Und die wäre?«

»Irgendwann einmal einen Edding in der Tasche zu haben und die Telefonnummer von jemandem dazuzuschreiben, den ich nicht leiden kann.«

»Da könnte ich Ihnen mit der einen oder anderen Nummer aushelfen«, schmunzelte Conny.

Trausch grinste noch breiter, aber nur für einen Moment, bevor er umso ernster wurde. »Und Sie sind ganz sicher, dass Sie das tun wollen?«, fragte er unvermittelt.

»Was?«

Trausch machte eine Kopfbewegung auf die geschlossene Aufzugtür. »Auf eigene Faust weiterermitteln.«

»Ich tue es nicht auf eigene Faust«, antwortete Conny. »Jedenfalls nicht nur.«

»Eichholz wird es ein wenig anders sehen«, antwortete Trausch, hielt sie zugleich aber auch mit einem Kopfschütteln davon ab, zu antworten. »Und selbst wenn nicht … Sie könnten sich eine Menge Ärger einhandeln.«

»Das bin ich gewohnt«, antwortete Conny leichthin.

»Nicht solchen.«

Der Aufzug hielt an, und der unerwartet heftige Ruck, mit dem er es tat, hinderte sie nicht nur daran, zu antworten, sondern ließ auch den Entschluss in ihr reifen, auf dem Rückweg lieber die Treppe zu nehmen.

Trausch trat mit so schnellen Schritten aus dem Aufzug, dass sie beinahe Mühe hatte, nicht zurückzufallen. Seine Hand glitt in die Tasche der albernen Kinderjacke, die er trug, und kam mit einem einzelnen Schlüssel wieder zum Vorschein, den er regelrecht ins Schloss rammte, als sie die Tür am anderen Ende des Korridors erreichten. Conny musste nicht fragen, um zu wissen, dass es die Tür zu Aislers Appartement war. Das SEK war nicht unbedingt sanft zu Werke gegangen: Die Tür bestand eigentlich nur noch aus Splittern, die notdürftig mit braunem Klebeband und einem in aller Hast darübergenagelten X aus simplen Dachlatten zusammengehalten wurde. Das Stabilste an der gesamten Konstruktion schien noch das amtliche Siegel zu sein, das zwischen Rahmen und Tür geklebt worden war. Trausch machte sich nicht die Mühe, es zu entfernen, sondern schob die Tür einfach auf und zerriss es auf diese Weise. Ohne auch nur noch einmal zu ihr zurückzusehen, trat er hindurch und schien im gleichen Augenblick einfach zu verschwinden.

Hinter der Tür war es dunkel, aber nicht so dunkel, dass ihn die Schatten einfach hätten verschlingen können ... und doch schien ganz genau das zu geschehen: Es war, als wäre er einfach aus ihrer Welt heraus- und in eine andere hineingetreten; nicht nur aus der Welt des Sichtbaren, sondern auch aus ihrem emotionalen Universum. Conny konnte spüren, wie seine Gegenwart erlosch, von einem Sekundenbruchteil auf den anderen. Der Effekt war so verblüffend (und unheimlich), dass ihr Herz zu klopfen begann.

»Kommen Sie, Conny?«

Trauschs Stimme brach den Bann nicht wirklich; seine Gestalt tauchte als flackernder Schatten im Halbdunkel hinter der Tür auf, und sie konnte seine Ungeduld spüren, obwohl sein Gesicht weiter im Schatten verborgen blieb. Trotzdem musste sie fast all ihre Kraft zusammenraffen, um die Lähmung abzuschütteln und weiterzugehen.

Es wurde nicht besser. Als sie ihm folgte, hatte sie ganz im Gegenteil eher das Gefühl, nunmehr ganz körperlich zu erleben, was sie gerade nur gesehen hatte. Es war, als durchschritte sie einen Vorhang aus unsichtbaren Spinnenweben, die ihr Gesicht wie ein sanfter klebriger Hauch streiften, und es schien spürbar kälter zu werden, nachdem sie es getan hatte. Etwas ... *veränderte* sich. Für einen winzigen und doch zeitlosen Moment schienen sich alle Dimensionen und Winkel zu verschieben, Licht und Dunkel die Plätze zu tauschen und die Welt in eine Richtung zu kippen, die nicht sein durfte.

»Alles in Ordnung mit Ihnen?«

Conny nickte, aber die Bewegung wirkte offenbar nicht wirklich überzeugend, denn Trausch trat mit nun besorgtem Gesichtsausdruck auf sie zu und streckte die Hand aus, wie um sie zu berühren, schrak dann jedoch wieder davor zurück.

»Also, wir sind hier. Sehen Sie sich um.« Trausch machte eine einladende Handbewegung und bemühte sich um einen lockeren Ton, doch nichts davon war echt. Unter dem aufgesetzten Lächeln in seinen Augen erkannte sie echte Sorge; eine Erkenntnis, die sie mit einem zwar kurzen, aber sehr intensiven Gefühl von Dankbarkeit und Wärme erfüllte, obwohl es sie zugleich auch erschreckte.

»Sieht man es mir so deutlich an?«

Trausch legte den Kopf schräg. »Was?«

»Dass ich mich allmählich frage, ob es wirklich klug war, hierherzukommen«, hörte sie sich beinahe zu ihrer eigenen Überraschung antworten.

»Man sieht Ihnen eine Menge an«, antwortete Trausch mit einem flüchtigen Lächeln, das nicht zu deuten war. »Aber ich glaube nicht, dass Sie wirklich wissen wollen, was.«

»Ich wusste gar nicht, dass Sie so charmant sein können«, antwortete Conny spitz. Trausch reagierte zwar mit einem knappen, spöttischen Lächeln, setzte die Farce jedoch nicht fort, sondern wiederholte seine einladende Handbewegung von gerade.

»Schauen Sie sich um«, sagte er. »Und lassen Sie sich ruhig Zeit.«

»Weil Sie nicht wollen, dass man uns hier sieht?«

»Es gefällt mir hier nicht«, antwortete Trausch kopfschüttelnd. »Ich bin schon an angenehmeren Orten gewesen.«

Aber vermutlich auch an unangenehmeren, dachte Conny. Trotz allem wusste sie im Grunde nur sehr wenig über ihn, doch wenn ihm ein Ruf vorauseilte, dann der, hart im Nehmen zu sein. In jeder anderen Situation hätte sie über diese Bemerkung vermutlich gelacht; hier und jetzt jagte sie ihr einen kalten Schauer über den Rücken. Vielleicht, weil er – ohne es zu merken – ganz genau das ausgesprochen hatte, was sie selbst draußen im Hausflur und hier drinnen noch ungleich deutlicher spürte: dass dies ein schlechter Ort war, kein Platz, an dem Menschen sein oder gar leben sollten.

Sie sollten nicht hier sein. Niemand sollte hier sein.

»Alles in Ordnung mit Ihnen?«

Conny fuhr sichtbar zusammen und schüttelte hastig den Kopf, als ihr klar wurde, wie deutlich sich ihre Gedanken (und viel schlimmer noch: ihre *Gefühle*) auf ihrem Gesicht widerspiegeln mussten. »Nein«, sagte sie rasch. »Ich meine: Es ist alles in Ordnung. Nur mit dem Umsehen wird es vielleicht ein bisschen schwierig.«

Ihre letzten Worte hatten scherzhaft klingen sollen, aber das, was sie von Trauschs Gesicht erkennen konnte, wirkte nicht amüsiert, sondern eher noch besorgter. Dann machte er nur eine Bewegung, die irgendwo zwischen einem Nicken und einem Schulterzucken angesiedelt war, bedeutete ihr zugleich mit einer Geste, zu bleiben, wo sie war, und verschwand in der fast völligen Dunkelheit, die hier drinnen herrschte. Etwas schepperte. Zwei oder drei Sekunden lang hörte sie nur seine vorsichtigen, schlurfenden Schritte, gefolgt vom typischen Geräusch reißenden Papiers und einem Schwall blendend hellem Sonnenlichtes. Conny konnte gerade noch den Impuls unterdrücken, schützend die Hand über die Augen zu halten, aber sie musste trotzdem blinzeln und wandte instinktiv den Kopf ab, während Trausch mit schnellen Bewegungen das schwarze Papier herunterriss, mit dem das einzige Fenster sorgsam zugeklebt worden war.

»Schwarz scheint ja wirklich seine Lieblingsfarbe gewesen zu sein«, sagte sie.

»Das waren ausnahmsweise einmal wir«, antwortete Trausch, der fortfuhr, das Fenster freizulegen. »Nachdem einige unserer Freunde von der Presse um ein Haar dort drüben aus dem Fenster gefallen wären, weil sie unbedingt einen Schnappschuss von einem vollkommen leeren Zimmer machen wollten.«

Conny blinzelte ein paarmal, damit sich ihre Augen an die plötzlich so dramatisch veränderten Lichtverhältnisse gewöhnen konnten, und während sie es tat, hatte sie das Gefühl, ein verschwommenes Huschen und Davonwuseln aus den Augenwinkeln heraus wahrzunehmen, als wäre das Zimmer einen flüchtigen Augenblick voller rauchiger, körperloser … *Dinge* gewesen, die sich nun hastig wieder in die Schatten zurückzogen.

Trausch entfernte den letzten Streifen schwarzen Papiers mit einem entschlossenen Ruck, knüllte ihn zu einem Ball zusammen und ließ ihn dann achtlos fallen. »Aber vielleicht war es doch keine wirklich gute Idee«, führte er seinen begonnenen Gedanken fort. »Möglicherweise wäre es cleverer gewesen, wenn wir das Gerücht ausgestreut hätten, dass sein Geist hier manchmal noch herumspukt und man ihn fotografieren kann, wenn man ein bisschen Glück hat.«

Conny lächelte flüchtig über die Bemerkung und sah sich, immer noch leicht blinzelnd, zum ersten Mal wirklich in dem winzigen Zimmer um. Trausch hatte die Wahrheit gesagt, als er vorhin behauptet hatte, es gäbe hier ohnehin nichts zu sehen. Der Raum war höchstens halb so groß wie ihr eigenes, gewiss nicht üppig bemessenes Apartment, und nahezu leer. Auf dem Boden lagen zerrissenes Papier (gut die Hälfte davon stammte von Trauschs eigener Aktion gerade), einige Holzsplitter und sonstiger Unrat. Es gab zwei leere Türrahmen – wenn sie jemals Türen besessen hatten, hatten Aisler oder vielleicht auch ihre Kollegen sie entfernt und weggeschafft – durch die man in eine winzige, ebenfalls vollkommen leere Küche und eine noch winzigere Toilette sehen konnte, in der es keine Dusche und nicht einmal eine Gelegenheit gab, sich die Hände zu waschen, und in der dem Eingang gegenüberliegenden Wand gähnte ein gut anderthalb Meter hohes und halb so breites Loch, das schlampig mit einer schwarzen Plastikfolie zugeklebt worden war; Aislers selbst gebastelter Notausgang ins benachbarte Appartement, von dem Trausch ihr erzählt hatte. Conny warf ihm einen fragenden Blick zu und erntete nur ein missmutiges Kopfschütteln.

»Leer«, sagte er. »Vollkommen leer.«

»Und wie lange bewohnt er schon zwei Appartements und zahlt nur für eines Miete?«

»Der Hausmeister behauptet«, antwortete Trausch, »er wäre vor einer knappen Woche noch dort drüben gewesen, und da war alles in Ordnung.«

»Dann ist dieser Notausgang neu«, sagte Conny. »Er hat also geahnt, dass wir ihm auf der Spur sind.«

Wieder zuckte Trausch nur mit den Schultern. Er sah nachdenklich aus, aber sie sah ihm auch an, dass er sich mit jedem Augenblick, den er hier drinnen war, weniger wohlfühlte. »Anscheinend«, bestätigte er schließlich. »Andererseits ... wenn er es wirklich gewusst hätte, wäre es ziemlich dumm von ihm gewesen, hierzubleiben.«

Conny drehte sich einmal im Kreis, um einen Gesamteindruck des Zimmers zu bekommen. Nicht, dass es sonderlich viel zu sehen gegeben hätte. Alles hier drinnen war schwarz: die Wände, der Fußboden und sogar die Decke. Hier und da konnte man etwas wie verblasste Schatten erkennen, wo vielleicht Möbel gestanden oder Bilder und Poster gehangen hatten, und es roch unterschwellig nach frischer Farbe, als wäre seit Aislers *Verschönerungsaktion* noch nicht allzu viel Zeit verstrichen. »Wo sind alle seine Möbel?«, wollte sie wissen.

»Was für Möbel?«, gab Trausch zurück. »Die Küche ist fest eingebaut und gehört zur Wohnung. Richtige Möbel hatte er anscheinend nicht – nur so etwas wie einen selbst zusammengezimmerten Sarg, in dem er offensichtlich geschlafen hat, und ein offenes Regal für Bücher und CDs.« Er schüttelte den Kopf. »Der Bursche hatte nicht einmal einen Fernseher.«

»Und das macht ihn natürlich verdächtig«, lächelte Conny. Sie versuchte sich vorzustellen, wie es sein musste, hier zu leben, in einem Raum, der selbst etwas von einem Sarg hatte und den Aisler zweifellos ganz absichtlich so hergerichtet hatte.

»Habe ich schon erwähnt, dass Aisler vermutlich verrückt war?«, sagte Trausch.

Conny sah ihn nachdenklich an. »Das ist keine Erklärung«, murmelte sie. Trausch hob fragend die linke Augenbraue. »Das hier hat nichts mit verrückt zu tun«, fuhr sie fort. »Jedenfalls nicht so, wie ich erwartet hätte.«

»Was haben Sie denn erwartet?«

Sie hätte ihm diese Frage nicht einmal beantworten können, wenn sie es gewollt hätte. Sie wusste es nicht. »Jedenfalls nicht das hier«, sagte sie. »Hier hat niemand *gelebt*. Es war ein Probeliegen für den Friedhof.«

»Stimmt. In seinem selbst gebastelten Sarg war Friedhofserde. Übrigens Erde vom Grab eines seiner Opfer. Wir haben sie analysiert.« Trausch hob rasch die Hand. »Keine Angst, nicht von Leas Grab.«

Wenn das ein Trost sein sollte, verfehlte er seine Wirkung. Conny hatte ganz im Gegenteil plötzlich erneut das Gefühl, dass Trausch und sie nicht allein hier drinnen waren. Etwas ... kroch durch die Schatten auf sie zu.

»Sie spüren es auch, nicht wahr?«, fragte Trausch plötzlich.

»Was?«

»Dass etwas hier ist«, antwortete Trausch leise. »Als hätte er etwas zurückgelassen.«

Aber vielleicht war es auch genau umgekehrt gewesen, dachte Conny schaudernd. *Vielleicht war etwas hier gewesen, das auf ihn gewartet hatte.*

»Und so hat er zwei Jahre lang gelebt?«

Trausch schüttelte heftig den Kopf. »Er hat zwei Jahre hier gelebt, aber nicht so. Seine Eltern haben ihn ein paarmal besucht, und auch der Hausmeister war zwei oder dreimal in der Wohnung – meistens, weil sich die Nachbarn über zu laute Musik beschwert haben.« Er machte eine ausholende Bewegung. »Die Jungs aus den Labors sagen, dass die Farbe höchstens fünf oder sechs Wochen alt ist. Offensichtlich hat er seine Wohnung neu dekoriert, kurz bevor oder nachdem er damit angefangen hat, junge Frauen umzubringen.«

Conny sah ihn zwei oder drei Sekunden lang nachdenklich an, dann drehte sie sich ohne ein Wort um und trat in die winzige Toilette. Sie war erstaunlich sauber und selbstverständlich wie der Rest der Wohnung pechschwarz gestrichen, bis hin zu dem ursprünglich einmal weißen Toilettendeckel aus Kunststoff, über den Aisler offensichtlich mit einer Dose Ölfarbe hergefallen war.

Dasselbe galt für die Küche. Es war eine billige Standardausstattung, die früher einmal weiß oder von hellbeiger Farbe gewesen sein musste. Aisler hatte sie nicht mit Farbe attackiert, sehr wohl aber mit

Ausnahme der Herdplatte und der Spüle jeden Quadratmillimeter mit schwarzer Klebefolie bepflastert. Conny öffnete zwei oder drei Türen und stellte ohne Überraschung fest, dass Aislers Kreuzzug gegen alles, was nicht schwarz war, auch vor dem Inneren der Schränke nicht Halt gemacht hatte.

»Ich habe Ihnen doch gesagt, es gibt nicht viel zu sehen«, erinnerte sie Trausch. »Die Spurensicherung hat jeden Nagel mitgenommen und unter das Mikroskop gelegt. Wenn es irgendeine Verbindung zwischen ihm und Ihrem geheimnisvollen Freund gibt, dann nicht hier.«

Conny verzichtete darauf, ihn – wieder einmal – zu bitten, Vlad nicht *ihren Freund* zu nennen, warf ihm aber einen vorwurfsvollen Blick zu und trat wieder aus der Küche heraus. Wahrscheinlich hatte er von Anfang an den richtigen Riecher gehabt. Dennoch war sie enttäuscht, auch, wenn sie eigentlich mit der sicheren Ahnung hergekommen war, genau das zu finden, was sie letztendlich auch gefunden hatte, nämlich nichts.

»Wahrscheinlich habe ich mich getäuscht«, gestand sie. »Es war Zeitverschwendung.«

»Das würde ich so nicht sagen. Jetzt wissen wir immerhin, wo wir *nicht* suchen müssen.« Trausch lächelte noch einmal knapp, wurde aber auch sofort wieder ernst und fügte hinzu: »Nein, es ist gut, dass Sie das hier sehen.«

»Warum?«

»Damit Sie begreifen, womit wir es zu tun haben.« Sein Blick verhärtete sich. »Die beiden Kerle von heute Morgen waren mindestens genauso durchgeknallt wie Aisler. Es würde mich nicht wundern, wenn wir herausfinden, dass es noch mehr von der Sorte gibt.«

»Was für eine beruhigende Vorstellung«, sagte Conny schaudernd. »Eine ganze Armee von Friedhofs-Freaks, die in Särgen schlafen und Jagd auf ahnungslose Mädchen machen.«

»Ohne Ihnen zu nahe treten zu wollen, Conny«, erwiderte Trausch, »aber das sind Sie nun wirklich nicht.«

»Was?«

»Ein ahnungsloses Mädchen. Die Kerle waren hinter *Ihnen* her, schon vergessen?«

»Vielleicht, vielleicht auch nicht«, widersprach Conny.

»Wollen Sie wissen, wie ich die Sache sehe?«

»Nein«, beschied ihm Conny.

»Es waren tatsächlich diese drei – wenn nicht sogar mehr«, fuhr Trausch vollkommen unbeeindruckt fort. »Möglicherweise rennt dort draußen wirklich noch ein Verrückter herum, der sich in den Kopf gesetzt hat, Sie für den Tod seines Meisters bezahlen zu lassen.«

»Dann müssen wir ja nur auf ihn warten«, meinte Conny.

Trausch machte sich nicht die Mühe, das zu kommentieren. »Die beiden haben von irgendwoher erfahren, wo Aislers Leiche ist ... so schwer ist es schließlich auch nicht herauszubekommen ... sind gestern Morgen zu diesem armen Hund gegangen und haben seinen Ausweis und seinen Zugangscode aus ihm herausgeprügelt, und danach haben sie Aislers Leiche gestohlen. Wir finden heraus, wo sie sie hingebracht haben, und wir kriegen auch den Rest der Bande ... falls es einen gibt. Aber bis dahin sollten Sie sehr vorsichtig sein.«

»Und unsere vielleicht einzige Chance verschenken, sie zu schnappen, bevor sie ein weiteres unschuldiges Opfer finden?«

Trausch seufzte. »Ich habe langsam das Gefühl, Sie wollen mich gar nicht verstehen.«

Conny schenkte ihm das freundlichste Lächeln, das sie in dieser Situation zustande brachte, aber sein Blick wurde eher noch finsterer. Er seufzte erneut und noch tiefer, um gleich darauf resignierend den Kopf zu schütteln. »Ich kann nicht vierundzwanzig Stunden am Tag auf Sie aufpassen, Conny.«

»Wissen Sie, dass das fast wörtlich dasselbe ist, was er auch zu mir gesagt hat?«

»Vlad?«, hakte Trausch nach.

»Heute Morgen. Ja.«

»Na ja, dann dürfte das wohl eine der seltenen Gelegenheiten sein, in denen ich voll und ganz mit ihm übereinstimme. Ich freue mich schon darauf, ihm das erklären zu können. Sobald er in unserem Verhörzimmer sitzt.« Er wedelte wieder mit der Hand, diesmal auf eine fast befehlende Weise. »Ich weiß ja, wie sinnlos es ist, an Ihre Vernunft appellieren zu wollen, deswegen versuche ich es auch gar nicht erst. Aber wir sollten jetzt gehen. So gemütlich finde ich es hier nun wieder nicht.«

Gut, das war eine der wenigen Gelegenheiten, bei denen *sie* einer Meinung waren. So schnell, wie sie es gerade noch konnte, ohne es wirklich nach einer Flucht aussehen zu lassen, drehte sich Conny um und verließ die Wohnung. Trausch folgte ihr beinahe ebenso hastig, machte aber dann noch einmal kehrt und versuchte mit wenig Erfolg, die Tür wieder zu schließen. Schließlich gab er es mit einem Schulterzucken und einem halblauten, verärgerten Murmeln auf und deutete mit einer ruppigen Kopfbewegung zum Ausgang. Conny setzte sich gehorsam in Bewegung und ging mit schnellen Schritten am Aufzug vorbei, um die Tür zum Treppenhaus anzusteuern. Sie sah nicht zu Trausch zurück, glaubte jedoch sein spöttisches Stirnrunzeln regelrecht zu *hören.* Dennoch protestierte er mit keinem Wort, sondern schloss ganz im Gegenteil mit wenigen raschen Schritten zu ihr auf und schaffte es sogar noch, sie zu überholen und ihr, ganz Gentleman der alten Schule, die Tür aufzuhalten. Conny sagte nichts dazu, aber sie spürte selbst, dass es ihr nicht ganz gelang, ein spöttisches Lächeln zu unterdrücken.

Ohne ein Wort zu wechseln, legten sie die fünf Treppen nach unten zurück und wären wahrscheinlich auch noch schweigend bis zum Wagen gegangen, wäre Conny nicht als Erste aus dem Treppenhaus getreten – und so plötzlich stehen geblieben, dass Trausch in sie hineinrannte.

»Was?!«, fragte er alarmiert. Seine Hand glitt unter die Jacke, obwohl Conny wusste, dass er keine Waffe darunter trug.

»Nichts«, sagte Conny rasch und legte ihm beruhigend die Hand auf den Unterarm. Als sie sah, wie er ganz leicht unter der Berührung zusammenzuckte, zog sie den Arm wieder zurück und schüttelte nur noch einmal den Kopf. »Nichts«, wiederholte sie. »Ich bin übernervös, das ist alles.«

Trausch maß sie mit einem misstrauischen Blick, schob sie dann mit einer sachten, dennoch sehr entschlossenen Bewegung zur Seite und trat an ihr vorbei, um den Hausflur aufmerksam in Augenschein zu nehmen. Er tat es gerade noch rechtzeitig genug, um eine schlanke Gestalt mit schulterlangem Haar aus der Tür nach draußen verschwinden zu sehen.

»Kennen Sie den Burschen?«, fragte er.

Conny verneinte. »Nie gesehen«, behauptete sie. »Ich werde anscheinend wirklich langsam hysterisch.« Zumindest das *nie gesehen* entsprach der Wahrheit. Es war ein vollkommen normaler und vermutlich ebenso vollkommen harmloser junger Mann gewesen, der weder ganz in schwarz gekleidet war noch schwarze Haare und ein Stachelhalsband oder ein vergleichbares modisches Accessoire trug ... doch sein Anblick hatte sie an etwas erinnert, das dicht unter der Oberfläche ihrer Gedanken gelauert hatte; wie ein winziger Dorn, den man sich eingerissen hatte und der sich beständig durch einen sachten, aber penetranten Schmerz wieder meldete.

»Raus mit der Sprache!«, verlangte Trausch.

»Mir ist nur gerade wieder etwas eingefallen.« Sie hob die Schultern. »Wahrscheinlich ist es völlig harmlos.«

»Warum überlassen Sie diese Beurteilung nicht mir?«, fragte Trausch.

»Erinnern Sie sich an den Abend, an dem Sie mich nach Hause gefahren haben?«, fragte Conny.

»An welchen?«

»Den ersten. Ich war damals nicht sicher, und ich war müde und erschöpft und ...«

»Ja, ich weiß«, unterbrach er sie ungeduldig. »Und?«

»Ich glaube, ich habe unten in der Tiefgarage jemanden gesehen.«

»Einen jungen Mann in schwarzen Kleidern und mit langen Haaren«, vermutete Trausch.

Conny nickte.

»Und Sie haben es nicht für nötig gehalten, mir davon zu erzählen?«

»Ich habe es nicht für *wichtig* gehalten«, verbesserte ihn Conny. »Ehrlich gesagt, habe ich es vergessen.«

Trausch schwieg eine ganze Weile, in der er sie nun eindeutig vorwurfsvoll ansah. Dann schüttelte er resignierend den Kopf. »War es einer der beiden von heute Morgen?«

»Keine Ahnung«, gestand Conny. »Aber da war …«

»Noch etwas?«, fragte Trausch.

Sie überlegte kurz. Da war – vielleicht – etwas gewesen. Im Krankenhaus, als sie das Mädchen besucht hatte. Aber eben nur vielleicht. Das Verrückte war, sie erinnerte sich nicht wirklich, ob sie auch dort einen dieser Friedhofs-Freaks gesehen hatte oder ob ihr vielleicht nur ihre Erinnerung einen bösen Streich spielte. So weit war es also schon, dachte sie, zugleich erschrocken wie wütend auf sich selbst. Sie konnte nicht einmal mehr ihren eigenen Erinnerungen trauen.

»Kommen Sie«, sagte sie niedergeschlagen. »Ich will hier raus.«

Er hatte sie schließlich doch nach Hause gebracht, und zum ersten Mal, seit diese Geschichte angefangen hatte, hatte er nicht darauf bestanden, sie bis in ihre Wohnung oder wenigstens vor die Tür zu begleiten, sondern sich bereits im Lift von ihr verabschiedet und war dann beinahe hastig gegangen, was Conny schon wieder mit einem Gefühl von vollkommen absurder Enttäuschung erfüllt hatte. Mehr noch – auf eine nun wirklich unsinnige Weise fühlte sie sich von ihm verraten und im Stich gelassen – woran auch die beiden uniformierten Polizeibeamten nichts änderten, von denen einer im Aufzug und der zweite oben vor ihrem Apartment auf sie gewartet hatte. Natürlich sagte sie sich, dass sie sich albern benahm; sie begann tatsächlich hysterisch zu werden. Dazu hatte sie jedes Recht, nach allem, was ihr in den letzten Tagen zugestoßen war – aber es passte einfach nicht zu ihr. Jedenfalls nicht zu dem Bild, das sie bisher von sich selbst gehabt hatte.

Der Anrufbeantworter begrüßte sie mit einem hektischen Flackern und der erfreulichen Neuigkeit, schon wieder gut drei Dutzend Nachrichten für sie aufgezeichnet zu haben. Conny revanchierte sich mit einem giftigen Blick und schlug einen sogar körperlich ganz großen Bogen um ihn und nahm sich zum wiederholten Male vor, sich dringend eine neue Telefonnummer zu besorgen. Und wenn sie schon einmal dabei war, vielleicht auch gleich ein neues Leben.

Sie verbrachte die nächste halbe Stunde unter der Dusche und suchte sich dann ganz bewusst die hellsten Kleider heraus, die sie in ihrem Schrank fand. Irgendwie kam sie sich dabei wie ein trotziges Kind vor, das im dunklen Keller pfeift, und sie fühlte sich hinterher auch keineswegs besser, sondern ganz im Gegenteil irgendwie … unpassend.

Vielleicht war das sogar das Wort, nach dem sie bisher vergeblich gesucht hatte. Unpassend. Nichts schien ihr mehr zu passen, vor allem ihr Leben nicht. Alles entglitt ihr. Ohne zu wissen, warum, oder gar, was sie dagegen tun sollte, schien ihr bisher so geregeltes und klar überschaubares Leben plötzlich zu zerfallen wie ein filigranes Kunstwerk aus Glas, das in ihren Händen zerbrach.

Nicht aus einem tatsächlichen Bedürfnis heraus, sondern nur, um ihre Hände zu beschäftigen und überhaupt irgendetwas zu tun, setzte sie die Kaffeemaschine in Gang und inspizierte den Kühlschrank; allerdings mit dem erwarteten Ergebnis. Ihre ohnehin selten sehr üppigen Lebensmittelvorräte aufzufüllen, hatte so ziemlich zu dem Letzten gehört, woran sie in den vergangenen Tagen gedacht hatte. Jetzt fand sie ein halb volles Glas Gewürzgurken, einen winzigen Rest steinhart gewordenem Käse und zwei Scheiben Wurst, die sich an den Rändern bereits sichtbar wellten. Gut, dachte sie, dann würde es ihren beiden Bodyguards draußen vor der Tür wenigstens nicht allzu langweilig werden, wenn sie sie heute Abend in den nächsten McDonald's oder den Coffeeshop unten an der Ecke begleiteten.

Erst, als sie diesen Gedanken zu Ende gedacht hatte, bemerkte sie selbst, was ihre Hände gerade taten. Sie war ans Fenster getreten und dabei, die Vorhänge zu schließen.

Conny stand eine geschlagene Minute lang da, starrte ihre Hände an und fragte sich, was zum Teufel sie da eigentlich tat. Das Sonnenlicht war hell und stach unangenehm und beinahe schon schmerzhaft in ihre Augen, aber es war Licht, das Gegenteil der unheimlichen Dunkelheit, die sie gerade in Aislers Appartement so erschreckt hatte. Sie sollte es suchen, statt sich davor zu verstecken.

Sie musste wieder an heute Morgen denken, die schrecklichen Minuten im Sylvias Wohnung, in denen sie sich trotz allem in der herrschenden Düsternis beinahe heimisch gefühlt hatte, auf eine fremdartige Weise *zu Hause* … so, als verwandele sie sich ganz allmählich in ein Geschöpf der Dunkelheit. Und auch das war wieder so ein Gedanke, der eigentlich lächerlich sein sollte; Worte und Gefühle, die nicht zu ihrem Repertoire gehörten und nicht zu dem Menschen, der sie vor ein paar Tagen noch gewesen war. Was um alles in der Welt hatte Vlad ihr angetan?

Das Telefon klingelte. Es war nicht das erste Mal. Während sie unter der Dusche gestanden hatte, hatte ihr elektronischer Folterknecht ein weiteres halbes Dutzend Anrufe aufgezeichnet, die sie ebenso geflissentlich ignoriert hatte wie alle vorherigen, doch jetzt ertappte sie sich dabei, sofort abzuheben. Selbst der lästigste Journalist der Welt wäre ihr in diesem Moment wie eine willkommene Abwechslung erschienen.

Aber es war kein Reporter, der gegen alle Vernunft und Erfahrung doch noch einmal versuchte, sie zu einem Interview zu überreden. Was sich meldete, war eine leise Frauenstimme.

»Marianne Schneider. Frau … Feisst?«

»Ja«, antwortete Conny. Marianne Schneider? Zuerst wusste sie mit diesem Namen nichts anzufangen, und allem Anschein nach hatte die Anruferin das gespürt, denn ihre Stimme wurde noch unsicherer und klang jetzt beinahe schon verschüchtert.

»Sie erinnern sich bestimmt nicht an mich«, sagte sie, »ich bin …«

»Theresas Mutter«, unterbrach sie Conny. »Wir haben uns im Krankenhaus kennengelernt.« Sie runzelte die Stirn. Mit ihren Erinnerungen schien es tatsächlich nicht mehr zum Besten zu stehen, denn ihr fiel erst jetzt und im Nachhinein und viel zu spät ein, dass sie ihr in einer Anwandlung von sentimentalem Mitleid tatsächlich ihre Telefonnummer gegeben hatte. Üblicherweise stellte sich das als Fehler heraus.

»Es tut mir leid, wenn ich Sie belästige«, fuhr die Anruferin mit bebender Stimme fort. »Aber Sie waren so freundlich, mir Ihre Hilfe anzubieten, und ich weiß einfach nicht, was ich tun soll.«

»Was ist passiert?«, fragte Conny.

»Sie ist fort.«

»Was soll das heißen? Ist sie aus dem Krankenhaus weggelaufen?«

»Nein«, antwortete Marianne Schneider. »Sie haben sie heute Morgen entlassen. Mein Mann und ich haben sie abgeholt.«

»So schnell?«

»Sie wollte nicht mehr bleiben. Und der Arzt war der Meinung, dass sie sich schon gut erholt hat. Also hat er ihr erlaubt, nach Hause zu gehen, wenn sie sich nur einigermaßen schont.«

»Was sie aber nicht getan hat«, vermutete Conny. »Was ist passiert?«

»Wir ... wir hatten einen Streit. Einen schlimmen Streit. Er fing schon im Wagen an, und zu Hause wurde es nur noch schlimmer.«

»Worum ging es?«, erkundigte sich Conny. Ein flüchtiges Lächeln huschte über ihre Lippen, als sie selbst hörte, wie sehr sich plötzlich ihre Stimme veränderte, und spürte, wie dasselbe auch mit ihr geschah. Von einer Sekunde auf die andere waren all diese verrückten Gedanken und sonderbaren Anwandlungen weg, und sie sprach nicht nur wieder wie eine routinierte Polizistin, sie *war* es. Manche Dinge verlernte man offensichtlich nie.

»Es ging um ... um ihre Art«, sagte Marianne Schneider. »Ihre Kleidung und ... und diese verrückte Musik und ... und Ihre Freunde. Alles eben. Ich wollte das nicht. Ich habe mich wirklich beherrscht, glauben Sie mir, aber mein Mann hat davon angefangen, noch bevor wir im Wagen gesessen haben.«

Conny sagte nichts dazu, doch aus ihrem flüchtigen Lächeln wurde ein sehr viel tieferes Stirnrunzeln. Sie kannte Theresas Vater nicht, konnte sich allerdings lebhaft vorstellen, was passiert war. Eigentlich, wies sie sich selbst in Gedanken zurecht, hätte sie es sich vorher denken können.

»Sie hat ... rumgeschrien und getobt«, fuhr Marianne Schneider fort. Ihre Stimme schwankte jetzt immer hörbarer. Vermutlich hielt sie nur noch mit Mühe die Tränen zurück. Conny hörte ein Poltern im Hintergrund, ein Geräusch wie von einer zuschlagenden Tür, und dann eine zornige Männerstimme, ohne die Worte verstehen zu können.

»Und dann ist sie weggelaufen«, vermutete sie.

»Ja.« Marianne Schneiders Stimme wurde leiser und sank fast zu einem Flüstern hinab. »Wir haben sie gesucht, aber wir können sie nicht finden. Mein Mann wollte die Polizei rufen, dann habe ich mich an Sie erinnert und dass Sie versprochen haben, uns zu helfen, wenn es sein muss, und ... ich ...« Ihre Stimme versagte endgültig.

»Das war ganz in Ordnung so«, versuchte sie Conny zu beruhigen. »Ich nehme an, Sie haben alle ihre Freunde angerufen oder waren dort?«

»Wir kennen ihre Freunde nicht«, gestand Theresas Mutter. »Jedenfalls nicht ihre neuen Freunde. Die wenigen, deren Telefonnummern ich habe, haben seit Monaten nichts mehr von ihr gehört. Ich weiß nicht mehr, was ich tun soll.«

»Bewahren Sie vor allem Ruhe, Frau Schneider«, empfahl Conny. »Geben Sie mir Ihre Adresse, und ich komme zu Ihnen. Ich kann einen Kollegen mitbringen, wenn Sie möchten, aber ich kann auch erst einmal allein kommen.«

»Allein wäre mir lieber«, sagte Theresas Mutter leise.

»Gut. Dann schreibe ich mir jetzt Ihre Adresse auf und bin so schnell wie möglich bei Ihnen.«

Sie notierte die Adresse – es war nicht einmal besonders weit, aber sie musste dreimal nachfragen, weil die Stimme ihrer Anruferin immer leiser wurde und sie am Schluss tatsächlich nur noch flüsterte –, hängte ein und wollte sich unverzüglich auf den Weg zur Tür machen, drehte sich dann jedoch noch einmal um und trat zum zweiten Mal an den Kleiderschrank, um sich umzuziehen. Als sie die Wohnung verließ, trug sie keine weißen Leinenhosen, Turnschuhe und weiße Bluse mehr, sondern ein unauffälliges Kostüm ... und Sonnenbrille und Kopftuch, die sie im Hausflur und im Lift zwar ganz bestimmt nicht brauchen würde, draußen auf der Straße dafür aber wahrscheinlich umso nötiger, wollte sie nicht erkannt werden und eine Neuauflage des Medienhorrors von vergangener Woche erleben.

Falls sie die Straße überhaupt erreichte, hieß das, denn ihr ungeplanter Ausflug endete schon nach zwei oder drei Schritten, nach denen ihr einer der beiden Polizeibeamten in den Weg trat.

»Darf ich fragen, wohin Sie wollen, Frau Feisst?«

»Fragen dürfen Sie gern«, antwortete Conny gereizt. »Aber ich muss nicht antworten, oder?«

In ihrer Stimme lag ein so feindseliger Klang, dass ihr Gegenüber nicht nur sichtbar zusammenzuckte, sondern sogar sie selbst ein wenig erschrak.

»Nein, also ... natürlich nicht«, antwortete er verstört. »Es ist nur so, dass ...«

»Ja?«, fragte Conny. Jetzt klang ihre Stimme beinahe lauernd, und auch in ihr war plötzlich etwas, das nur darauf zu warten schien, die Krallen auszufahren und sich auf ihn zu stürzen. Was hatte sie eben noch selbst über ihre vermeintliche Professionalität gedacht?

»Kommissar Trausch hat uns strengstens eingeschärft, Sie nicht aus den Augen zu lassen«, antwortete er schließlich, wobei er wie ein ertappter Schuljunge immer nervöser von einem Fuß auf den anderen zu treten begann. Conny war schon lange niemanden mehr begegnet, der sich so sichtlich unwohl in seiner Haut fühlte und dem das, was er tat, so unübersehbar unangenehm war. Sein Kollege zog es vor, sich unauffällig umzudrehen und die geschlossenen Aufzugtüren zu bewachen.

»Aber er hat Ihnen nicht aufgetragen, mich nicht aus der Wohnung zu lassen, vermute ich«, sagte sie. »Oder bin ich verhaftet oder stehe unter Hausarrest?«

»Es dient nur Ihrem eigenen Schutz«, antwortete der Beamte in dem ebenso tapferen wie vergeblichen Versuch, an ihre Vernunft zu appellieren.

»Unsinn!«, erwiderte Conny, zwar scharf, aber auch mit einem Lächeln, zu dem sie sich zwingen musste. »Ich passe schon auf mich auf, keine Sorge. Was muss ich eigentlich noch tun, um zu beweisen, dass ich dazu in der Lage bin?«

»Wir können Sie schlecht beschützen, wenn Sie nicht da sind.«

»Dann begleiten Sie mich doch«, sagte Conny spöttisch. »Ich habe nichts dagegen, wenn Sie hinter mir herfahren.« Sie machte einen einzelnen Schritt, blieb wieder stehen und tat so, als wäre ihr plötzlich etwas eingefallen. »Oder noch besser: Fahren Sie mich hin. Auf diese Weise haben Sie mich ganz genau unter Kontrolle, und ich spare das Geld fürs Taxi.«

Schon aus Rücksicht auf das, was Theresas Mutter am Telefon über ihren Mann erzählt (und sie selbst gehört) hatte, hatte sie ihr blausilbernes Privattaxi ein gutes Stück vor dem schmucken Einfamilienhaus anhalten lassen und die letzten zwei- oder dreihundert Meter zu Fuß zurückgelegt, und spätestens das war der Moment gewesen, in dem sie wirklich froh über ihre Verkleidung war. Was ihr schon am Morgen aufgefallen war, bestätigte sich: Irgendetwas schien mit ihren Augen nicht zu stimmen. Die Sonne brannte nach wie vor von einem wolkenlosen Himmel, und ihr Licht *war* hell, hätte ihr jedoch angesichts der Sonnenbrille nicht die Tränen in die Augen treiben dürfen. Aber genau das geschah. Sie musste allein auf dem kurzen Stück zum Haus der Schneiders zweimal die Brille abnehmen und sich über die Augen wischen, und als sie in den Schatten des altmodischen Windfangs vor der Tür trat, war sie nicht nur so gut wie blind, ihr Gesicht brannte auch, als wäre sie unter der Sonnenbank eingeschlafen.

Die Tür ging auf, noch bevor sie die Hand nach der Klinke ausstrecken konnte, und Marianne Schneider trat heraus. Ihrem irritierten Blick nach zu schließen schien sie Mühe zu haben, sie überhaupt zu erkennen. Conny erging es umgekehrt nicht besser: Die zierliche Frau, die ihr gegenüberstand, kam ihr mindestens zehn Jahre älter vor als die, die sie vor wenigen Tagen im Krankenhaus getroffen hatte, und das lag ganz und gar nicht nur an der Tatsache, dass sie jetzt statt Kostüm und Mantel eine uralte Kittelschürze und zerschlissene Hausschuhe trug. Ihr Haar war durcheinander und strähnig, und man sah ihr an, dass sie geweint hatte. Sie wirkte *gebrochen.*

»Frau Feisst?«, fragte sie unsicher.

Conny nahm fast hastig die Sonnenbrille ab und zwang sich zu einem Lächeln. »Nennen Sie mich Conny. Das tun alle meine Freunde. *Frau Feisst* klingt so offiziell.«

Sie klappte ihre Sonnenbrille zusammen und verstaute sie in der Handtasche, bevor sie mit einer entsprechenden Kopfbewegung fortfuhr: »Darf ich reinkommen?«

Theresas Mutter nickte mit sichtlichem Widerwillen. »Mein Mann ist noch da«, sagte sie unbehaglich.

»Das trifft sich gut«, antwortete Conny. »Ich wollte sowieso auch mit ihm reden.«

Die verhärmt wirkende Frau wirkte nur noch unglücklicher, gab jedoch endlich den Weg frei, und Conny trat an ihr vorbei in einen winzigen Hausflur, in dem es so intensiv nach kaltem Zigarrenrauch roch, dass sie das Gefühl hatte, kaum noch Luft zu bekommen. Für ihre gestressten Augen war das staubige Halbdunkel, das hinter der Tür herrschte, eine Wohltat, aber sie war zunächst auch so gut wie blind; und als ihre Augen sich nach ein paar Sekunden umgestellt hatten und aus verschwommen Umrissen und verwaschenen Farben wieder Dinge und Bilder wurden, gefiel ihr ganz und gar nicht, was sie sah: Von außen hatte das Haus einen sehr gepflegten und durchaus modernen Eindruck gemacht, und auch hier drinnen war alles pieksauber und penibel aufgeräumt, aber irgendwie schien die Zeit stehen geblieben zu sein, und das auf eine ganz und gar unangenehme Art. Die Einrichtung – bis hin zu den Tapeten – stammte aus den Sechziger- oder vielleicht sogar Fünfzigerjahren des vergangenen Jahrhunderts. Auf dem Garderobenschrank – zwanzig Jahre altes Eiche-Rustikal-Furnier, das immer noch aussah wie neu – lag ein umhäkeltes Brokatdeckchen. An der dem Eingang gegenüberliegenden Wand und so aufgehängt, dass kein Besucher eine Chance hatte, ihrem Anblick zu entgehen, hingen ein schlichtes Holzkreuz und ein in goldfarbenes Plastik gerahmtes Marienbildchen, und als Theresas Mutter die Tür hinter ihr schloss, wurde sie vom typischen Geräusch einer Kuckucksuhr begrüßt. Conny sagte nichts zu alledem, sondern wartete schweigend und geduldig, bis die zierliche Frau an ihr vorbeiging, und folgte ihr dann in ein zwar deutlich größeres, aber auf die gleiche Art eingerichtetes Wohnzimmer. Die Möbel konnten nicht wirklich sehr viel jünger sein als ihre Besitzer, waren aber keine Antiquitäten, sondern einfach fünfzig Jahre alte Kaufhausware. Auf dem auf Hochglanz polierten Parkett lag ein ganzes Sammelsurium bunter Läufer, damit niemand auf dem glatten Holz ausrutschte (oder es gar mit der Berührung seine Schuhsohlen beleidigte), und an den Wänden hingen geprägte Seidentapeten von einer selten unangenehmen, graugrünen Farbe, die sie an Erbrochenes erinnerte. Der durchdringende Geruch nach Möbelpolitur hing in der Luft und versuchte vergeblich, den auch hier herrschenden Zigarrengestank zu überdecken. Der Fernseher lief mit abgeschaltetem Ton. Der einzige Lichtblick – wortwörtlich – war der der gegenüberliegenden Wand, die fast komplett aus einem einzigen großen Fenster bestand und in einen überraschend weitläufigen, von zehn Meter hohen Tannen eingerahmten Garten samt Grillpavillon und einer ganzen Armee von sorgsam arrangierten Gartenzwergen hinausführte. Der Rasen sah aus, als hätte man ihn mit einer Nagelschere geschnitten, und Conny würde sich nicht wirklich wundern, sollte sich herausstellen, dass es tatsächlich so war.

»Mein Mann.« Theresas Mutter deutete auf einen vielleicht fünfzigjährigen, grauhaarigen Mann von kräftigem Wuchs, der einen fadenscheinigen Jogginganzug und das Zwillingspärchen ihrer zerschlissenen Hausschuhe trug und auf der Couch saß. In der rechten Hand hielt er eine qualmende Zigarre, in der anderen ein halb volles Bierglas. Er blickte zu ihr hoch, fragend und mit einem Gesichtsausdruck, der die Überlegung unnötig werden ließ, ob ihm ihr Besuch angenehm war oder nicht, rang sich schließlich zu einem Nicken durch und schien dann unentschlossen zu sein, ob er an seiner Zigarre ziehen oder von seinem Bier trinken sollte. Irgendwie gelang es ihm schließlich, beides nahezu gleichzeitig zu tun.

»Das ist Frau …«, begann Marianne Schneider, doch Conny unterbrach sie.

»Ich bin Conny«, sagte sie. »Ihre Frau und ich haben uns im Krankenhaus kennengelernt.«

»Ich weiß, wer Sie sind«, sagte Theresas Vater. Seine Stimme klang sehr viel freundlicher, als sie erwartet hatte, aber sein Blick war es nicht. »Sie sind die Polizistin, die Theresa das Leben gerettet hat.«

»Das stimmt«, sagte Conny leicht überrascht. »Woher …?«

»Aus dem Fernsehen«, antwortete er. »Und aus den Zeitungen. Auch wenn sie da anders aussehen.«

Conny fragte ihn nicht, was er genau damit gemeint hatte, sondern deutete nur auf seine Frau. »Ihre Frau hat mich angerufen, weil sie Probleme mit Tess haben?«

»Das hätte sie nicht tun sollen«, sagte Schneider. »Es tut mir leid.

Ich habe ihr gesagt, dass sie Sie nicht mit unseren Problemen belästigen soll.«

»Sie belästigen mich nicht«, antwortete Conny. »Es ist mein Beruf, mich um die Probleme anderer zu kümmern. Ihnen zu helfen.«

Schneider sog wieder an seiner Zigarre, und diesmal war Conny vollkommen sicher, dass er es nur tat, um sie durch die dichte, graublaue Qualmwolke hindurch in Ruhe mustern zu können, ohne selbst wirklich gesehen zu werden. Sie konnte nicht sagen, wieso – aber sie spürte die Feindseligkeit, die dieser Mann ausstrahlte, beinahe körperlich.

»Was ist passiert?«, fragte sie. »Tess ist weggelaufen?«

»Theresa, ja«, antwortete Schneider betont. »Aber das ist nicht das erste Mal. Und ich fürchte, es wird auch nicht das letzte Mal bleiben. Sie kommt wieder. Bis jetzt ist sie immer wiedergekommen.«

»Einmal beinahe nicht«, sagte Conny. Sie wusste selbst, dass das nicht besonders geschickt war oder gar diplomatisch. Es fiel ihr immer schwerer, auch nur äußerlich Ruhe zu bewahren. Dass Menschen, zu denen sie aus keinem anderen Grund als dem kam, um ihnen zu helfen, ablehnend oder gar feindselig reagierten, war sie gewohnt. Aber bei Schneider war es irgendwie … *anders*. Schlimmer. Obwohl sie sein Gesicht hinter den grauen Rauchwolken mittlerweile tatsächlich kaum noch erkennen konnte, konnte sie zugleich ebenso wenig übersehen, dass es ihn mittlerweile mindestens ebenso große Mühe kostete, sich zu beherrschen, wie umgekehrt ihr. Aber sie hatte auch genug Erfahrungen in Situationen wie diesen, um zu wissen, wie völlig sinnlos es war, dieses Gespräch fortzusetzen. Sie drehte sich demonstrativ zu seiner Frau um.

»Also, was genau ist passiert?«

»Was immer passiert«, sagte Theresas Vater. »Sie will einfach keine Vernunft annehmen.«

Conny ignorierte ihn. »Sie haben Theresa aus dem Krankenhaus abgeholt. Wann genau war das?«

»Irgendwann heute Morgen«, antwortete Marianne Schneider. »Vielleicht um elf, oder etwas eher.«

»Da war noch alles in Ordnung?«

»Am Anfang, ja.« Die zierliche Frau warf einen halb ängstlichen, halb auch um Erlaubnis bittenden Blick zu ihrem Mann hin, bevor sie fortfuhr. »Im Wagen hat sie dann verlangt, dass wir sie zu ihrer Freundin bringen, statt nach Hause. Dabei musste ich dem Arzt versprechen, auf sie aufzupassen und dafür zu sorgen, dass sie sich sofort ins Bett legt.«

»Aber das wollte sie nicht«, vermutete Conny.

»Nein. Sie wollte unbedingt zu ihrer Freundin.«

»Warum haben Sie Ihrem Wunsch nicht einfach entsprochen?«, erkundigte sich Conny. »Vielleicht wäre das Mädchen ja mit hierhergekommen.«

»Ganz bestimmt nicht!«, mischte sich Schneider ein. Er machte ein abfälliges Geräusch. »Das *Mädchen*, wie sie Sie nennen, ist doch schuld daran, dass Theresa so geworden ist. Sie und ihre *sogenannten* Freunde!«

Conny sagte immer noch nichts, warf ihm aber einen jetzt unübersehbar warnenden Blick zu, bevor sie sich erneut und noch immer mit erzwungen ruhiger Stimme wieder an seine Frau wandte. »Also ist es im Auto schon zum Streit gekommen. Und ich nehme an, er hat sich zu Hause fortgesetzt. Was ist passiert?«

»Was immer passiert«, antwortete sie. »Wir haben doch nichts Unmögliches von ihr verlangt. Nur, dass sie tut, was der Arzt ihr geraten hat. Sie hat zwar behauptet, dass ihr nichts fehlt, doch glauben Sie mir, das stimmt nicht. Sie hätten Sie sehen sollen. Ganz blass und schwach. Sie konnte kaum gehen.«

»Immerhin konnte sie wütend aus dem Haus rennen und die Tür hinter sich zuknallen«, warf ihr Mann ein.

Jetzt reichte es. Conny drehte sich betont langsam zu ihm um. »Sind Sie betrunken, Herr Schneider?«

Die Augen hinter dem Vorhang aus grauem Zigarrenqualm wurden schmal. »Betrunken?« Er blickte wieder auf das Glas in seiner Hand und schüttelte trotzig den Kopf. »Das ist das erste Glas heute, wenn Sie das meinen. Und selbst wenn nicht, ich wüsste nicht, was Sie das angeht. Das hier ist mein Haus.«

»Selbstverständlich«, sagte Conny ruhig. »Aber Ihre Frau hat mich um Hilfe gebeten. Wenn Sie diese Hilfe nicht möchten, soll es mir recht sein. Ich kann gehen und meine Kollegen hierher schicken, wenn Ihnen das lieber ist.«

»Ihre Kollegen?«, lachte Schneider. »Wozu? Ich habe keine Anzeige erstattet.«

»Das ist auch nicht nötig«, antwortete Conny gelassen. »Ihre Tochter ist noch nicht volljährig. Bei verschwundenen Kindern kommen wir auch, wenn man uns nicht ruft.« Das entsprach – zumindest in dieser Form – nicht genau den Tatsachen, und sie war auch ziemlich sicher, dass Schneider das wusste. Dennoch widersprach er nicht noch einmal, sondern funkelte sie nur zornig an und nahm trotzig einen weiteren Schluck aus seinem Bierglas.

»Also«, wandte sich Conny wieder an seine Frau, »was genau ist passiert? Wenn Sie sagen, dass es oft Streit zwischen Ihnen gab, muss es heute doch etwas Besonderes gewesen sein – oder ist sie ständig davongelaufen?«

»Nicht oft«, antwortete Theresas Mutter ausweichend. »Manchmal schon, aber in letzter Zeit ... ist es sogar wieder ein bisschen besser geworden. Bis heute.«

»Weil sie unbedingt zu ihrer Freundin wollte ... oder gab es einen anderen Grund?«

Die grauhaarige Frau sagte nichts, doch Conny las die Antwort auf ihre Frage in ihren Augen und machte rasch eine Handbewegung, als wäre diese Frage gar nicht so wichtig für sie. »Vielleicht zeigen Sie mir einfach Theresas Zimmer. Fangen wir damit an.«

»Wozu?«, wollte Schneider wissen.

»Reine Routine«, behauptete Conny. »Ich möchte mir einfach einen Eindruck von ihr verschaffen, das ist alles. Vielleicht finde ich irgendeinen Hinweis, wohin sie gegangen sein könnte. Seit wann genau ist sie verschwunden?«

»Vielleicht seit zwei Uhr«, antwortete Schneiders Frau. »Es war kurz nachdem wir diese furchtbaren Nachrichten gesehen hatten.«

»Welche Nachrichten?«

»Die im Fernsehen.« Sie strich sich mit der Hand durch die grauen Haare. »Ich habe nicht genau hingesehen, aber es war irgendetwas mit einem Feuer. Es soll zwei oder drei Tote gegeben haben, und angeblich hängt es irgendwie mit diesem schrecklichen Ungeheuer zusammen.«

»Aisler«, bestätigte Conny. Sie selbst hatte an diesem Tag weder die Zeit gefunden noch hatte ihr der Sinn danach gestanden, Nachrichten zu sehen. Sie konnte sich allerdings lebhaft vorstellen, wie sich die Presse (selbst ihre wenigen seriösen Vertreter) auf die Geschichte gestürzt hatte. Offensichtlich wussten weder Theresas Mutter noch ihr Vater, in welchem Umfang sie selbst darin verwickelt gewesen waren, und im Moment war es vermutlich auch besser, wenn es dabei blieb.

»Der Kerl, der Theresa beinahe umgebracht hätte«, bestätigte Schneiders Frau. »Ist es wahr, dass er entkommen ist?«

»Nein«, sagte Conny.

»Da sagen sie im Fernsehen aber etwas anderes«, sagte Schneider böse.

Conny wandte sich nicht einmal zu ihm um, doch ihre Stimme wurde hörbar kühler; und um eine Winzigkeit schärfer. »Sie sollten vielleicht nicht alles glauben, was Sie in der Zeitung lesen oder im Fernsehen sehen, Herr Schneider. Es entspricht den Tatsachen, dass seine Leiche verschwunden ist. Alles andere ist reiner Unsinn. Er ist tot. Glauben Sie mir. Ich habe seine Leiche mit eigenen Augen gesehen.«

Sie drehte sich wieder zu seiner Frau herum. »Zeigen Sie mir ihr Zimmer, bitte.«

Diesmal gehorchte die grauhaarige Frau so schnell, dass Conny sich beinahe beeilen musste, um überhaupt mit ihr Schritt zu halten, als sie aus dem Wohnzimmer stürmte. Erleichtert registrierte sie, dass ihr Mann keine Anstalten machte, ihnen nachzukommen oder auch nur aufzustehen.

Die verhärmte Frau in der uralten Kittelschürze wurde erst langsamer, nachdem sie die Tür ganz am Ende des langen Flures erreicht und geöffnet hatte. Dahinter lag eine steil nach unten und offensichtlich in den Keller führende Treppe. Eine Neonröhre erwachte mit einigen Startschwierigkeiten zu kaltem Leben, nachdem sie den Schalter gedrückt hatte, und anstelle von abgewetzten Läufern und blitzblank poliertem Parkett klapperten ihre Schuhe nun über nackten Beton. Sie musste an den Heizungskeller denken, in dem sie Aisler das letzte Mal begegnet war.

»Das war Theresas eigener Wunsch«, sagte die Grauhaarige, während sie mit etwas langsameren, immer noch hastigen Schritten vor ihr die Treppe hinab und dann durch einen niedrigen, von einer Neonröhre nur unzureichend erleuchteten Keller eilte. »Sie hatte ein schönes Zimmer oben unter dem Dach. Mein Mann hat es selbst ausgebaut. Es ist das größte Zimmer im Haus, mit einem eigenen Balkon und einem wunderschönen Blick auf den Garten. Aber sie wollte unbedingt hier herunterziehen. Sie hat gesagt, sie wollte ihr eigenes Reich.«

Conny sagte auch dazu nichts. Nach der geradezu atemabschnürenden Spießigkeit, deren Zeuge sie gerade geworden war, konnte sie sich vorstellen, warum ein Mädchen wie Tess es vorziehen mochte, hier unten zwischen Gerümpel und Heizungskesseln zu leben, statt in einem ausgebauten Dachstuhl, von dem sie mutmaßte, dass die Wände mit Nut- und Federbrettern verkleidet und mit diversen Heiligenbildchen und Wandteppichen verziert waren. Außerdem war sie schließlich selbst auch einmal sechzehn gewesen, und in diesem Alter war es einfach schick, im eigenen Partykeller zu wohnen, statt unter dem Dach und vermutlich Tür an Tür mit dem elterlichen Schlafzimmer.

Und doch war das nicht alles. Hier und in diesem speziellen Zusammenhang ... bedeutete es etwas. Sie wusste nur nicht, was.

Marianne Schneider erreichte eine niedrige, grob aus Brettern zusammengezimmerte Tür am anderen Ende des Kellers, zog einen Schlüssel aus der Kitteltasche und fummelte ihn mit einiger Mühe in das offensichtlich nachträglich eingebaute Schloss.

»Sie hat Ihnen den Schlüssel zu ihrem Zimmer hinterlassen?«, erkundigte sich Conny.

»Nein«, antwortete die grauhaarige Frau. »Wir haben einen Zweitschlüssel.«

»Weil das hier unten ja ihr eigenes Reich ist, ich verstehe«, entfuhr es Conny. Die Worte taten ihr fast sofort wieder leid, und Theresas Mutter warf ihr auch prompt einen ebenso irritierten wie auch leicht schuldbewussten Blick über die Schulter hinweg zu, sagte aber nichts, sondern drehte den Schlüssel um und zog die Tür nach außen auf.

Dahinter herrschte vollkommene Dunkelheit. Die Schwärze war so massiv, das man das Gefühl hatte, sie anfassen zu können, wenn man nur die Hand ausstreckte. Selbst der Arm der zierlichen Frau schien irgendwie zu verschwinden, als sie die Wand auf der anderen Seite abtastete und nach dem Lichtschalter suchte. Ein leises Klicken erscholl, und diesmal war es nicht das grelle Licht einer Neonlampe, das Connys Augen marterte, sondern der bleiche Schein von mindestens einem Dutzend, wenn nicht mehr, kleiner Lampen, die überall im Zimmer verteilt waren.

Ohne eine Aufforderung abzuwarten, trat sie ein.

Der Anblick überraschte sie. Auf der einen Seite war es ganz genau der, den sie erwartet hatte, nämlich etwas, was sie auf beunruhigende Weise an Aislers vollkommen leeres Apartment erinnerte – auch wenn dieser ausgebaute Keller überraschend groß und durchaus freundlich eingerichtet war – andererseits war es zugleich ein Bild von beruhigender Normalität. Hier war ebenfalls die vorherrschende Farbe schwarz, auch wenn Tess nicht so weit gegangen war, selbst die Decke und den Fußboden anzustreichen. Sämtliche Möbel waren schwarz oder doch in einem so dunklen Ton gehalten, dass es in der Wirkung auf dasselbe hinauslief, und auch die Wände waren dunkel tapeziert. Aber es gab eine Menge farbiger Poster und Bilder, und auf dem (selbstverständlich schwarzen) Bett durchbrach eine Sammlung bunter Kissen in fröhlichen Farben des vorherrschende Einerlei.

Darüber hinaus war dies vollkommen unübersehbar das Zimmer eines jungen Mädchens oder einer (sehr) jungen Frau. Auch, wenn Tess zweifellos gerade eine jener zahlreichen Phasen durchlief, in denen sie ihre Eltern langsam, aber beharrlich zur Verzweiflung trieb, hatte man nicht das Gefühl, nicht mehr richtig atmen zu können oder gar an einem Ort zu sein, der auf schreckliche Weise *falsch* war, wie sie es vor noch gar nicht so langer Zeit in Aislers Apartment gehabt hatte.

»Ich kann die Jalousien hochziehen«, schlug Marianne Schneider vor, »dann können Sie besser sehen.«

Conny schüttelte rasch den Kopf. »Schon gut«, sagte sie rasch. »So ist es mir lieber.« Die grauhaarige Frau blickte fragend, und Conny fügte mit einem erklärenden Lächeln hinzu: »Ich möchte sehen, wie sie lebt.«

»Es ist schlimm, nicht wahr?«, seufzte Theresas Mutter. »Ich kann meinen Mann ja verstehen. Mir gefällt es auch nicht. Wenn man bedenkt …«

Conny unterbrach sie mit einem Lächeln. »Ich glaube nicht, dass Sie sich Sorgen machen müssen. Das hier ist sicherlich nicht jedermanns Geschmack und, ehrlich gesagt, auch nicht meiner, aber es ist auch nicht so schlimm.«

In den Augen der leidgeprüften Frau erschien eine Mischung aus Hoffnung und beinahe so etwas wie ein Flehen. »Sie kennen sich also mit so etwas aus.«

»Nicht unbedingt«, gestand Conny, »aber ein wenig mit jungen Leuten. Haben Sie etwas dagegen, wenn ich mich umsehe?«

Sie wartete nicht auf eine Antwort, sondern begann mit langsamen Schritten im Zimmer auf und ab zu gehen und sich dabei umzusehen, ohne dass sie nach etwas Bestimmtem Ausschau gehalten hätte. Sah man einmal von Tess' vielleicht nicht ganz so fröhlichem Geschmack ab, was Farben anging, dann wäre das hier auch als das Zimmer einer ganz normalen Sechzehnjährigen durchgegangen. An den Wänden hingen zahlreiche Poster und Konzertplakate – wie sie erwartet hatte, größtenteils aus der Gothic- und Heavy-Metal-Ecke, zu ihrer Überraschung aber auch ein uraltes Filmplakat von *Findet Nemo* –, eine Handvoll gerahmter Fotos und ein grässlicher Ölschinken, der den berüchtigten brüllenden Hirsch am Ufer eines Gebirgssees zeigte.

Neben dem – erstaunlich breiten – Bett stand ein dafür umso winzigerer Tisch mit einem in einen Aluminiumrahmen gefassten Foto, das Tess und ein etwas älteres, schlankes Mädchen mit dunklen Augen und ebenfalls schreiend bunt gefärbtem Haar zeigte. Conny nahm den Rahmen zur Hand und warf der grauhaarigen Frau einen fragenden Blick zu.

»Ist das Theresas Freundin? Das Mädchen, zu dem sie heute Morgen wollte?«

»Mirjam, ja.«

»Mirjam und weiter?«, fragte Conny.

»Keine Ahnung«, gestand Marianne Schneider. »Sie haben sich immer … woanders getroffen. Ich weiß nicht, wo. Vielleicht in dieser schrecklichen Diskothek.«

Allmählich begann sich Conny zu fragen, was Theresas Mutter *überhaupt* über ihre Tochter wusste, hob aber nur die Schultern und stellte das Bild zurück, führte die Bewegung jedoch nicht ganz zu Ende.

»Darf ich das Foto mitnehmen?«, fragte sie. »Nur leihweise, selbstverständlich. Sie bekommen es zurück.«

»Natürlich«, sagte die grauhaarige Frau. Conny verstaute das Bild – um es nicht zu beschädigen, samt Rahmen – in ihrer Handtasche und begann sich dann weiter im Zimmer umzusehen.

Auf einem Regal gleich neben der Tür entdeckte sie eine erkennbar teure Stereoanlage samt einer Sammlung von Hunderten (ausnahmslos selbst gebrannter) CDs sowie eine überraschend große Anzahl Bücher. Keinen Fernseher, keinen Computer, dafür aber gleich drei MP3-Player. Sie überlegte einen kurzen Moment, Tess' Mutter nach der Herkunft der Geräte zu fragen – sie konnte sich beim besten Willen nicht vorstellen, dass ihre Eltern sie ihr geschenkt hatten –, entschied sich dann jedoch dagegen und trat stattdessen an das schmale Bücherregal daneben. Die Titelauswahl war gänzlich anders als die des anderen Regals, vor dem sie erst heute Morgen gestanden hatte. Tess' und Leas Geschmack ähnelten sich auf verblüffende Art … oder, um genau zu sein, ihre Ziellosigkeit. Hier fand sie ebenfalls eine – wenn auch deutlich größere – Anzahl von Büchern, die im Grunde nur eines gemeinsam hatten: dass sie rein gar nichts gemeinsam hatten.

Bis auf eines.

Vielleicht.

»Das sind alles Theresas alte Bücher«, sagte die grauhaarige Frau hinter ihr. Sie klang ein bisschen stolz. »Sie hat immer viel gelesen, schon als Kind. Und sie hat nie auch nur ein einziges Buch weggeworfen.«

Conny nahm eines der Bücher vom Regal und begann nachdenklich darin zu blättern. Es war nur ein schmales Bändchen, schlampig gebunden und auf billigem Papier und nicht besonders professionell gedruckt, aber mit zahlreichen Illustrationen und schwarz-weißen Bildern. Das Licht war zu schlecht, um die blassen Buchstaben zu entziffern.

»Haben Sie Tess dieses Buch gekauft?«, fragte sie.

Theresas Mutter schüttelte den Kopf. »Nein. Sie hat sich fast alle ihre Bücher selbst gekauft. Ein paar haben wir ihr zum Geburtstag oder zu Weihnachten geschenkt, aber die meisten hat sie sich von ihrem Taschengeld selbst zusammengespart.« Sie kam näher und legte nachdenklich die Stirn in Falten. »Stimmt irgendetwas damit nicht?«

»Nein, es ist alles in Ordnung«, antwortete Conny hastig. »Schließlich ist es nur ein Buch. Ich dachte nur, ich…« *Hätte es schon einmal gesehen?* Sie war nicht sicher. »Haben Sie etwas dagegen, wenn ich mir das für eine Weile ausleihe? Sie bekommen es zurück.«

»Selbstverständlich.« Theresas Mutter trat wortlos näher, warf einen Blick auf den Einband und machte ein Gesicht, als wäre es ein Porno. »Dieses grässliche Zeug. Nehmen Sie es ruhig mit. Mein Mann will sowieso nicht, dass ein solcher Schmutz im Haus ist. Und ich verstehe ehrlich gesagt auch nicht, wieso sich ein gesundes junges Mädchen mit so etwas beschäftigen kann.«

»Ihr Mann ist ziemlich streng mit Theresa, nicht wahr?«, fragte Conny, während sie das Buch beinahe hastig in ihrer Handtasche verschwinden ließ.

»Nein«, antwortete Marianne Schneider. Dann verbesserte sie sich: »Doch, eigentlich schon«, schüttelte aber zugleich auch den Kopf. »Er meint es doch nur gut. Glauben Sie mir, er ist nicht so, wie Sie jetzt vielleicht glauben. Er hat nur Angst um Theresa.«

Conny sagte nichts dazu, doch ihr Schweigen war anscheinend beredt genug, denn die grauhaarige Frau wurde nicht nur noch nervöser, sondern fühlte sich offensichtlich auch genötigt, ihren Mann zu verteidigen. »Ich weiß, dass er sich gerade unmöglich benommen hat, vor allem Ihnen gegenüber. Immerhin haben Sie Theresa das Leben gerettet. Aber er ist ein guter Vater, glauben Sie mir. Er … er versteht eben nicht, warum sich Theresa so verändert hat. Und ich auch nicht, ehrlich gesagt. Und vielleicht hat er ja sogar recht.«

»Recht? Womit?«

»Mit ... mit alledem hier!«, antwortete Marianne Schneider gereizt. »Sehen Sie sich doch um! Das ist doch nicht gesund! Er hat das immer gesagt, und ich habe Theresa immer in Schutz genommen. Ich habe gedacht, dass es irgendwann schon vorbeigeht, aber vielleicht hatte er ja recht.«

»Das hat er bestimmt nicht«, antwortete Conny sanft. »Es ist genauso, wie Sie es gesagt haben. Eine Phase, die vorbeigeht. In ein paar Jahren lacht sie darüber ... oder es ist ihr peinlich.«

»Aber wenn ich auf meinen Mann gehört und ihn nicht noch überredet hätte, das alles hier zuzulassen, dann wäre diese ganze schreckliche Sache vielleicht nicht passiert.«

Conny war beinahe froh, als sie in diesem Moment Schritte draußen im Keller hörte und Schneider unter der Tür erschien, die brennende Zigarre in der rechten Hand, aber wenigstens ohne Bierflasche. Er kam nicht ganz herein, sondern blieb unter der Tür stehen und sah sich missmutig um. Conny konnte nicht sagen, ob sein Ausdruck ihr oder dem Anblick des Zimmers galt. Oder beidem. »Die Polizei ist da«, sagte er. »Sie wollen Sie sprechen.«

»Mich?«, entfuhr es Conny.

»Sie«, bestätigte Schneider paffend. »Ich bin auch ganz begeistert, einen Streifenwagen mit laufendem Blaulicht vor meiner Tür zu haben. Vielen Dank auch.«

Conny sagte gar nichts dazu – auch nicht zu der Tatsache, dass Schneiders größte Sorge anscheinend seinem Ruf in der Nachbarschaft galt und erst danach dem Wohl seiner Tochter – sondern ging rasch aus dem Zimmer. Ihre Mine verdüsterte sich mit jedem schnellen Schritt, mit dem sie den Keller durchquerte und die Betonstufen hinaufeilte. Sie hatte diese beiden Trottel ausdrücklich gebeten, Abstand zu halten, und ganz bestimmt nicht, direkt vor dem Haus zu parken und dabei womöglich auch noch das Blaulicht einzuschalten! Wenn sie das wirklich getan hatten, dann würde sie dafür sorgen, dass sie diesen Nachmittag noch lange in Erinnerung behielten!

Sie stürmte in den halbdunklen Flur hinaus – und stockte.

Die Haustür stand offen, sodass sie den blausilbernen Streifenwagen sehen konnte, der tatsächlich mit nervös flackerndem Blaulicht vor dem offenen Gartentor stand. Die beiden Streifenbeamten waren hereingekommen und blickten sich mit unübersehbarem Unbehagen um, genau wie Schneider gesagt hatte. Das war allerdings noch nicht alles.

Trausch war bei ihnen und empfing sie mit einem Blick, gegen den alles, was sie auf dem Weg hierherauf gedacht hatte, zu einer schieren Liebeserklärung verblasste.

»Darf ich fragen, was zum Teufel Sie hier tun?«, fuhr er sie an, noch bevor sie auch nur ein einziges Wort sagen konnte.

Conny schluckte die kaum weniger wütende Antwort, die ihr auf der Zunge lag, herunter und deutete stattdessen mit einem spöttischen Lächeln auf die beiden Beamten. »Wer von ihnen hat gepetzt?«

Trausch blieb nicht nur ernst, sondern sah beinahe noch wütender aus. »Keiner«, fauchte er. »Ich bin hier, weil …«

Er brach mitten im Wort ab, als Schneider und seine Frau hinter ihr die Treppe heraufkamen, ließ die beiden aber genauso wenig zu Wort kommen wie Conny zuvor. »Herr Schneider? Ich bin Kommissar Trausch. Sie erinnern sich?«

»Aus dem Krankenhaus, ja«, antwortete Schneider. »Darf ich fragen, was …«

»Ihre Tochter«, unterbrach ihn Trausch grob. »Sie haben sie heute Morgen aus der Klinik geholt.«

»Sie ist entlassen worden«, verbesserte ihn Schneider, wobei er sich – vergeblich – um einen genauso festen Tonfall wie Trausch bemühte. »Und ich wüsste auch nicht, was …«

»Wo ist sie?«, fiel ihm Trausch ins Wort. »Ist sie hier im Haus?«

»Sie ist nicht da«, mischte sich Schneiders Frau ein. »Wir hatten einen Streit, und sie ist weggelaufen.«

»Deshalb bin ich hier«, ergänzte Conny.

»Und Sie haben es nicht für nötig gehalten, uns davon in Kenntnis zu setzen?«, fauchte Trausch. Conny hätte nicht sagen können, wem diese Worte galten, aber was ihr dafür umso deutlicher auffiel, war, wie aufgebracht Trausch war. Sie konnte sich nicht erinnern, ihn jemals so wütend erlebt zu haben. Doch da war auch noch mehr. Sorge?

»Jetzt reicht es aber!«, begehrte Schneider auf. »Was soll denn dieser Auftritt? Theresa ist schließlich keine Verbrecherin, sondern das Opfer …«

»… und möglicherweise in Gefahr«, fiel ihm Trausch zum dritten Mal ins Wort.

»Was soll das heißen, sie ist in Gefahr?«, wiederholte Theresas Mutter erschrocken.

»Wahrscheinlich besteht kein Grund, sich wirkliche Sorgen zu machen«, sagte Conny hastig. »Sie ist wahrscheinlich nur bei ihrer Freundin. Aber mein Kollege hat recht – es ist besser, wenn wir sie finden.« Dann wandte auch sie sich direkt an Trausch. »Warum eigentlich?«

»Sehen Sie nicht fern?« Trausch starrte sie an.

»Heute jedenfalls nicht. Wieso?«

»Der Vampir«, antwortete Trausch. »Aisler. Er hat wieder zugeschlagen. Und diesmal vor laufender Kamera.«

Das Bild stammte offensichtlich von einer Überwachungskamera und war ebenso unscharf wie grobkörnig, aber immer noch von besserer Qualität als die Bilder aus dem IfR, die sie gestern gesehen hatten. Der Umstand, dass Trausch sie ihr auf einem tragbaren LCD-Fernseher von der Größe einer Postkarte zeigte, machte es nicht unbedingt besser, doch Conny verschwendete weder an das eine noch an das andere mehr als einen flüchtigen Gedanken, denn das, was auf dem Fernseher zu sehen war, schlug sie so sehr in seinen Bann, dass sie alles andere rings um sich herum vergaß.

»Wäre es nach unserem Freund gegangen, dann würde das jetzt auf allen lokalen Fernsehstationen laufen«, erklärte Trausch, während er ihr mit wenigen knappen Gesten gleichzeitig zeigte, wie das winzige Abspielgerät zu bedienen war. »Jemand hat es dem Sender zugespielt.«

»Welchem?«, erkundigte sich Conny. Auf dem Bildschirm war ein schlecht beleuchteter Ausschnitt eines praktisch leeren Raumes zu erkennen, der irgendeine Assoziation in ihr auslösen wollte, ohne dass es ihm wirklich gelang. Etwas bewegte sich am Bildschirmrand, und man konnte eine Gestalt erkennen, die mit dem Gesicht nach unten und auf dem Rücken zusammengebundenen Händen auf dem nackten Betonfußboden lag.

»Es ging an alle Stationen«, schnaubte Trausch. »Unter normalen Umständen hätte ich jede Wette gehalten, dass einer von diesen Irrsinnigen nichts Besseres zu tun hat, als das Material sofort auszustrahlen.«

»Und heute?«

»Haben wir Glück gehabt.« Trausch hob die Schultern. »Jetzt fragen Sie mich nicht, warum. Vielleicht war das Schicksal zum ersten Mal auf unserer Seite. Statt die Aufnahme auszustrahlen, haben sie es zu uns gebracht ... obwohl ich ziemlich sicher bin, dass sie allesamt eine Kopie zurückbehalten haben. Wahrscheinlich haben wir nur eine Galgenfrist. Bestenfalls ein paar Stunden, schätze ich. Aber immerhin.«

Conny versuchte vergeblich, wenigstens das Geschlecht der gefesselten Gestalt zu erkennen. Sie hatte langes, dunkles Haar, das zu einem Pferdeschwanz zusammengebunden war, dunkle Jeans und eine dazu passende Jacke. Immerhin war es nicht Tess.

»Wissen wir, wo diese Bilder entstanden sind?«, fragte sie.

»Die Leichenhalle am Südfriedhof. Wir sind schon auf dem Weg dorthin.« Trausch lachte humorlos. »Der Kerl war sogar zuvorkommend genug, die Adresse auf die CDs zu schreiben, die er ans Fernsehen geschickt hat.«

Der Schatten am Bildschirmrand bewegte sich stärker und trat dann endgültig in den Aufnahmebereich der Kamera hinein. Es war eine Gestalt, lang- und dunkelhaarig wie das gefesselte Opfer am Boden und auf ganz ähnliche Weise gekleidet. Die Kamera war in einem Winkel unter der Decke angebracht, und der Neuankömmling hatte den Kopf weit nach vorne gebeugt, sodass Conny sein Gesicht nicht erkennen konnte, aber sie sah, dass er irgendetwas in der rechten Hand trug und sich irgendwie ... *falsch* bewegte.

Das Bild ruckte, und plötzlich kniete die Gestalt auf dem Rücken ihres Opfers, und etwas halb Durchsichtiges und Schimmerndes stand neben ihm auf dem Boden.

»Das ist die geschnittene Fassung«, erklärte Trausch. »Das Original dauert über zehn Minuten. Sie haben es auf anderthalb zusammengeschrumpft ... das ist die Fassung, die sie ausstrahlen werden, sobald wir unser Einverständnis geben ... oder sie der Meinung sind, lange genug darauf gewartet zu haben.«

»Um den Zuschauern das Schlimmste zu ersparen und keinen Ärger mit den Behörden zu bekommen?«

»Wohl eher, um Sendezeit zu sparen«, sagte Trausch verächtlich. »Sie wissen doch, dass die Aufmerksamkeit des durchschnittlichen Fernsehzuschauers nach neunzig Sekunden nachzulassen beginnt.«

»Ich dachte, es wären nur fünfundvierzig«, sagte Conny, und in diesem Moment griff der Angreifer in die Jackentasche und zog etwas heraus, und Conny fuhr wie elektrisiert zusammen und sog scharf die Luft zwischen den Zähnen ein. »Sagen Sie nicht, dass ...«

»Ich fürchte doch«, antwortete Trausch düster. »Sehen Sie zu und genießen Sie die Show.«

Der nächste Bildschritt zuckte über den winzigen Monitor, und nun schimmerte etwas an der rechten Hand des Angreifers, das Conny nur zu gut kannte: Eine dreifache, gekrümmte Raubvogelkralle aus rasiermesserscharf geschliffenem Eisen.

»Ich habe die ungeschnittene Aufnahme noch nicht gesehen, aber das Labor sagt, dass er die Hand mindestens dreißig Sekunden lang in die Kamera gehalten hat«, sagte Trausch.

»Damit man sie auch ganz genau erkennt.« Connys Stimme klang belegt. Ihr Herz klopfte, und es fiel ihr immer schwerer, das kleine Gerät still zu halten. Der Angreifer hob seine Raubtierhand jetzt höher und nahm offensichtlich Schwung, um zuzustoßen, und sein Opfer schien das wohl zu spüren – vielleicht hatte er es ihm auch angekündigt; das Bild war ohne Ton –, denn es begann sich aus Leibeskräften zu wehren und hin- und herzuwerfen, und schließlich schlug der Angreifer zu, drehte die Hand dann aber und ballte sie zur Faust, um sie seinem Opfer mit solcher Gewalt gegen die Schläfe zu hämmern, dass es benommen zurücksank und seine Gegenwehr einstellte. Dann grub er die Finger der freien Hand in dessen Haar, zog seinen Kopf zurück und trieb ihm die Spitzen seiner Eisenkralle in die Halsschlagader. Der nächste Bildschnitt kam, den Bruchteil einer Sekunde, bevor die Klingen seine Haut wirklich durchbohrten.

Das Nächste, was sie sah, war das in der monochromen Aufnahme schwarz glitzernde Blut auf den Spitzen der Vampirklaue, und eine gewaltige und immer noch größer werdende Lache von derselben Farbe unter seinem Gesicht und seinem Oberkörper.

»Ist das Opfer … tot?«, murmelte sie.

»Was denken Sie denn?«, sagte Trausch düster. »Aber warten Sie ab, das Beste kommt erst noch.« Er warf einen flüchtigen Blick auf den winzigen Bildschirm und konzentrierte sich dann wieder darauf, den Wagen durch den immer dichter werdenden Feierabendverkehr zu steuern. Conny fragte sich, welche Steigerung jetzt wohl noch folgen sollte, und der Ruck des nächsten Schnitts huschte über den Monitor und beantwortete ihre Frage.

Sie blickte in Aislers Gesicht.

Natürlich wusste sie, dass es vollkommen unmöglich war. Aisler war tot. Sie war dabei gewesen, als er gestorben war. Sie war ihm nahe genug gewesen, um sein Sterben zu *fühlen*. Und doch hatte die Gestalt auf dem winzigen Bildschirm jetzt den Kopf gehoben und sah direkt in die Kamera, und er tat es nicht nur mit Aislers Gesicht und aus Aislers Augen. Sie hatte das unheimliche Gefühl, dass er nicht nur ganz bewusst in die Kamera blickte, sondern *sie* ansah; genau wie vor wenigen Tagen, als sie im Übertragungswagen in der Tiefgarage gesessen und in seine Augen geblickt hatte …

Aus keinem anderen Grund als dem, sich selbst zu beruhigen, sagte sie: »Das ist … verrückt. Als ob er gewollt hätte, dass man ihn erkennt.«

Trausch gab ein Geräusch von sich, von dem sie nicht sagen konnte, ob es ein Lachen oder ein verächtliches Schnauben darstellen sollte, löste die rechte Hand vom Steuer und drückte zielsicher die winzige Pausentaste des Geräts, ohne auch nur hinzusehen. »Da ist noch etwas«, kündigte er an.

Conny starrte einen Moment lang Aislers mitten in der Bewegung eingefrorenes Gesicht auf dem Monitor und dann sehr viel länger ihn an. »Was … meinen Sie damit?«, fragte sie unsicher.

»Können Sie Lippenlesen?«, fragte er. »Versuchen Sie es. Ist gar nicht so schwer. Lassen Sie die Aufnahme einfach ein paar Sekunden zurücklaufen und probieren Sie es.«

Conny blinzelte ihn noch etliche weitere Sekunden lang verständnislos an, aber dann tat sie, was er von ihr verlangte.

Sie benötigte insgesamt vier Versuche, bis sie es geschafft hatte, die Lippenbewegungen auf dem winzigen Bildschirm richtig zu deuten.

Und sie wünschte sich beinahe, es wäre ihr nicht gelungen. Sie hatte sich nicht geirrt. Der erste Eindruck, den sie gehabt hatte, war richtig gewesen, so bizarr ihr die Vorstellung auch selbst erscheinen mochte. Er *sah* sie an. Und seine Worte *galten* ihr.

Du bist die Nächste, Miststück.

14 Obwohl Trausch auf dem letzten Stück jegliche Rücksicht aufgegeben und das Blaulicht auf das Dach des BMW gesetzt hatte, wären sie beinahe nicht durchgedrungen. Schon auf der zum Friedhof führenden Straße waren sie fast nur noch im Schritttempo vorangekommen, und ohne die beherzte Unterstützung eines guten Dutzends uniformierter Kollegen, die ihnen auf dem letzten Stück mit mehr oder weniger sanfter Gewalt den Weg frei räumten, hätten sie es wahrscheinlich gar nicht geschafft.

Wovor sie niemand beschützen konnte, war das Blitzlichtgewitter, das den nur noch im Schneckentempo dahinkriechenden Wagen auf dem letzten Stück begleitete. Conny hatte die Sonnenbrille wieder aufgesetzt und das Kopftuch weit in die Stirn gezogen, war sich aber selbst darüber im Klaren, wie wenig das nutzen würde. Spätestens morgen früh würde sie ihr eigenes Konterfei – wieder einmal – auf den Titelblättern sämtlicher Zeitungen bewundern können; vermutlich gleich neben dem des auf so wundersame Weise wiederauferstandenen Vampirs.

»Wir sollten die Kerle auf Tantiemen verklagen«, maulte Trausch, während er versuchte, den Wagen irgendwie durch die Friedhofseinfahrt zu bugsieren, ohne dabei mehr als unbedingt nötig Journalisten anzurempeln, die ihn in Fünferreihen belagerten und ihre Kameras gegen die Scheiben pressten. »Jedenfalls weiß ich jetzt, wie sich ein jüdischer Rabbi fühlen muss, den es nach Dunkelwerden in die Altstadt von Bagdad verschlägt.«

Er tippte ein wenig mehr aufs Gas. Der BMW machte einen – kaum spürbaren – Satz, und wenigstens eine der Kameras auf der Fahrerseite verschwand. Dafür hüpfte eine fluchende Gestalt auf nur einem Bein davon, und Trausch gestattete sich ein flüchtiges, grimmiges Lächeln.

»Das ist Behördenwillkür, Kollege«, beschied ihm Conny.

»Keineswegs.« Trausch schüttelte den Kopf und hielt das Lenkrad mit beiden Händen so fest, als versuche er ein kleines Boot durch einen Sturm mit fünf Meter hohen Wellen zu steuern. »Das ist Behinderung eines Polizeieinsatzes und somit strafbar. Ich werde den Kerl auf Schadenersatz verklagen, wenn der Reifen was abgekriegt hat.«

Das Blitzlichtgewitter hörte auf, als sie durch das schmiedeeiserne Tor fuhren und es hinter ihnen geschlossen wurde, aber im Grunde hatte sich nicht viel geändert, wie sie nur zu gut wusste: Die Kameras, die nun auf sie gerichtet waren, waren ein gutes Stück weiter entfernt, dafür umso leistungsfähiger. Conny musste sich nicht einmal umdrehen, um die Armada aus Übertragungswagen und Kombis zu erkennen, die auf der anderen Seite der Friedhofsmauer aufgefahren war; und die mindestens doppelt so große Anzahl von Kameraleuten, Fotografen oder auch einfach nur Neugierigen, die auf ihre Dächer geklettert waren oder schneller auf die Friedhofsmauer zu steigen versuchten, als die vollkommen überforderten Polizisten sie herunterpflücken konnten. Conny vermutete, dass etliche von ihnen auch in den Bäumen saßen, um eine sensationelle Aufnahme von einem zehn Jahre alten BMW zu schießen, der im Schritttempo über einen vollkommen menschenleeren Friedhof fuhr.

»Das mit den Tantiemen ist gar keine so schlechte Idee«, sinnierte sie. »Wir könnten beide sehr reich werden ... oder gibt es inzwischen eine Abschlussprämie für diese Typen?«

»Noch nicht. Aber ich werde es als Verbesserungsvorschlag einreichen.« Trausch machte ein todernstes Gesicht, wobei es ihm jedoch nicht ganz gelang, den Ausdruck von Sorge aus dem Blick zu verbannen, mit dem er sie maß.

»Alles wieder in Ordnung?«

»Selbstverständlich«, antwortete Conny. »Und wieso wieder? Mir fehlt nichts, und mir hat auch nichts gefehlt.«

»Natürlich nicht. Sie sind nur weiß wie die Wand geworden, als Sie das Video gesehen haben.«

»Ich hatte einen schweren Tag«, erinnerte ihn Conny. »Und ich frage mich die ganze Zeit, wie er das gemacht hat.«

»Wie wer was gemacht hat?« Trausch kam endlich auf die Idee, ein wenig schneller zu fahren, und lenkte den Wagen auf einen schmalen, mit sorgsam ausgesuchtem weißen Kies bestreuten und von ordentlichen Gräberreihen flankierten Weg, auf dem sonst wohl nur Friedhofsbesucher oder stumme Trauerprozessionen entlanggingen. Der Anblick erinnerte sie an irgendetwas, aber der Gedanke entschlüpfte ihr, bevor sie ihn richtig greifen konnte. Sie beantwortete seine Frage mit einiger Verspätung. »Der Kerl auf dem Video. Woher hat er die Maske von Aislers Gesicht?«

»Sie glauben, es war eine Maske?«

»Sie nicht?«

Trausch zog es vor, ihre Frage nicht zu beantworten, und fuhr noch ein wenig schneller, was trotzdem hieß, dass sich der Wagen nur mit der Geschwindigkeit eines Fußgängers bewegte, der es nicht besonders eilig hatte. Conny überlegte eine Sekunde lang ganz ernsthaft, ob sie einfach die Tür auf seiner Seite aufstoßen und ihn aus dem Wagens schubsen sollte, entschied sich dann aber dafür, lieber das Thema zu wechseln. »Wo ist diese Leichenhalle?«

Trausch machte eine Kopfbewegung durch die Windschutzscheibe. »Genau im Zentrum, direkt hinter der Kapelle und schön weit weg von der Mauer und jeder Kamera.« Er schwieg einen Moment, bevor er in irgendwie resignierendem Tonfall hinzufügte: »Nicht dass sie nicht schon vor uns da waren.«

»Die Adresse auf der CD«, vermutete Conny.

»Ja. Wenn der Kerl überhaupt Spuren hinterlassen hat, haben sie sie garantiert zertrampelt.« Er lachte leise. »Dafür haben wir so viele Tatortfotos wie noch nie zuvor. Und spätestens morgen können wir sie sogar in der Zeitung bewundern. Das nenne ich doch mal echte Öffentlichkeitsarbeit. Unsere Freunde von der Presse wissen anscheinend, was sie uns schuldig sind.«

»Vor einer Minute wollten Sie noch auf sie schießen«, erinnerte Conny.

»Das war Ihre Idee«, antwortete Trausch. »Ich wollte nur schnöden Mammon von ihnen.«

Sie hatten das Ende der kleinen Allee erreicht. Der BMW bog nach rechts ab, und die Illusion, sich an einem friedlichen Ort zu befinden, erlosch. Vor ihnen erhob sich die Kapelle, von der Trausch gesprochen hatte, aber auch eine ganze Flotte aus kreuz und quer abgestellten Wagen: drei oder vier von Eichholz' heiß geliebten schwarzen BMW (zwei davon mit zuckenden Blaulichtern auf dem Dach), ein halbes Dutzend blausilberne Streifen und drei neutrale Kastenwagen, wie sie die Leute von der Spurensicherung benutzten. Conny entdeckte auf Anhieb allein ein gutes Dutzend uniformierter Beamter, mindestens ebenso viele Kollegen in Zivil und zwei Männer in den weißen Astronautenanzügen der Tatortsicherung. Nach dem, was Trausch ihr gerade erzählt hatte, mussten es echte Optimisten sein. Trausch lenkte den Wagen nicht auf den ohnehin hoffnungslos ruinierten Rasen vor der Kapelle, sondern in weitem Bogen um das Gebäude herum und auf dessen Rückseite. Auch dort standen Wagen, wenn auch deutlich weniger, und die Kapelle hatte auf dieser Seite eine Menge von ihrem pittoresken Charme verloren und ähnelte eher einer Lagerhalle mit vergitterten kleinen Fenstern und einer massiven Metalltür.

»Ich wusste gar nicht, dass es hier eine Leichenhalle gibt«, sagte sie, während sie ausstiegen und Trausch den Wagen abschloss, ohne das Blaulicht ausgeschaltet zu haben. Als er vom Wagen zurücktrat, schien ihm sein Versäumnis aufzufallen, und er machte eine Bewegung, wie um den Schlüssel noch einmal aus der Tasche zu ziehen, deutete dann jedoch nur ein Schulterzucken an und kam mit schnellen Schritten um den Wagen herum. »Die gibt es auf fast jedem größeren Friedhof. Aber sie machen keine Reklame damit.«

Conny wartete, bis er um den Wagen herum und an ihre Seite getreten war, machte einen einzelnen Schritt und blieb dann noch einmal stehen, um die Sonnenbrille und das alberne Kopftuch abzunehmen und beides in ihrer Handtasche zu verstauen. Der Platz darin wurde allmählich eng.

»Warten Sie«, sagte Trausch, als sie endgültig losgehen wollte.

»Ja?«

Trausch wirkte plötzlich unsicher. Er wich ihrem Blick aus. »Bevor wir dort hineingehen ... bereiten Sie sich auf eine Überraschung vor. Und keine angenehme.«

»Zum Beispiel?«

Trausch wich ihrem Blick weiter aus und schüttelte den Kopf »Ich hätte Ihnen nicht einmal das sagen dürfen. Aber reißen Sie sich zusammen, okay?«

Er ging los; sehr schnell und vermutlich, um ihr keine Gelegenheit zu geben, noch eine weitere Frage zu stellen, und Conny folgte ihm verwirrt (und ein bisschen wütend auf ihn).

Sie musste sich nicht allzu lange fragen, worum es sich bei der *unangenehmen Überraschung* handeln mochte, vor der Trausch sie gewarnt hatte: Sie wartete unmittelbar auf der anderen Seite der Tür auf sie, und es war erst ein paar Stunden her, dass sie sich das letzte Mal gesehen hatten.

»Kollegin Feisst«, begrüßte sie Eichholz mit einem Lächeln, das irgendwie das Gegenteil auszudrücken schien. Seltsamerweise wirkte er nicht im Geringsten überrascht, sie zu sehen. Ganz im Gegenteil, wie ihr seine nächsten Worte klarmachten. »Schön, dass Sie so schnell kommen konnten.« Er wandte sich mit einem fragenden Blick an Trausch, der hinter ihr eingetreten und mit der Hand auf der Türklinke stehen geblieben war; wie um sich einen Fluchtweg offen zu halten. »Wo haben Sie sie gefunden?«

»Zu Hause«, antwortete Trausch, bevor sie es tun konnte. »Sie wollten doch, dass sie dort wartet.«

Conny widersprach nicht, und Eichholz nickte nur flüchtig und bedeutete ihr mit einem hektischen Wedeln mit beiden Händen, ihm zu folgen. Conny warf Trausch einen verstohlen-fragenden Blick zu, den er geflissentlich ignorierte.

Conny hatte die Leichenhalle (deren Existenz sie immer noch ein bisschen überraschte) zwar erst vor ein paar Minuten auf dem Fernsehschirm gesehen, aber sie erkannte sie trotzdem kaum wieder. Der Raum war nicht nur sehr viel größer, als sie angenommen hatte, sondern auch taghell erleuchtet, und anders als auf der Aufnahme der Überwachungskamera war er jetzt alles andere als leer, sondern platzte vor Menschen geradezu aus den Nähten. Mindestens ein Dutzend Marsmenschen in weißen Weltraumanzügen (selbst ihre Bewegungen kamen ihr sonderbar schwerelos vor, als wären die Naturgesetze in ihrer unmittelbaren Umgebung irgendwie außer Kraft gesetzt) wuselte herum und erweckte einen furchtbar beschäftigten Eindruck – obwohl sie eigentlich bei keinem einzigen wirklich sagen konnte, was er tat –, und eine ganze Batterie auf großen Dreibeinen aufgestellter Scheinwerfer verbreitete ein so grelles Licht, dass es der plötzlichen Überempfindlichkeit ihrer Augen kaum noch bedurft hätte, um in ihr den Wunsch zu wecken, die Sonnenbrille wieder aufzusetzen.

Darüber hinaus war es ein typischer Tatort, hektisch und zu hell, wenn auch auf sonderbare Weise still, trotz der großen Anzahl von Menschen, die sich hier drinnen drängten. Conny hatte selten einen Tatort betreten, an dem es nicht so war, aber es war ihr auch bis heute nicht wirklich gelungen, diese sonderbare Stimmung wirklich in Worte zu kleiden. Jedermann war beschäftigt und tat seine Arbeit gewissenhaft und so gut und schnell er konnte, doch zugleich auch mit einer Art von Respekt, die man nur hier und sonst nirgendwo fand; etwas wie eine unausgesprochene nachträgliche Rücksichtnahme dem Opfer gegenüber, gemischt mit einer ganz sachten Spur von Furcht, als ließe das, was an einem Ort wie diesem geschehen war, immer irgendetwas zurück, einen unsichtbaren düsteren Schatten, der sich auf die Seelen aller legte, die ihm zu nahe kamen. Vielleicht auch etwas wie Schuld; das stumme Eingeständnis, versagt und nicht verhindert zu haben, was hier geschehen war. Nur, dass dieser Schatten hier ungleich stärker war, eine Finsternis, die sich hinter dem grellen Licht der Scheinwerfer verbarg – auf eine lauernde, fast gierige Art – und es ihr fast schwer machte, zu atmen.

»Ich nehme an, Kollege Trausch hat Sie bereits informiert?«

Eichholz' Stimme riss sie unsanft in die Wirklichkeit zurück.

»Eher das Fernsehen«, antwortete sie. »Aber ich weiß, was passiert ist … ungefähr. Jemand spielt Aislers Rolle.«

Eichholz und Trausch tauschten einen Blick, der ihr gar nicht gefiel, aber Eichholz ging nicht auf ihre Antwort ein, sondern wiederholte nur seine wedelnde Handbewegung, ihm zu folgen, und eilte einige weitere Schritte voraus, ehe er sich ächzend und mit einem hörbaren Knacken seiner Gelenke in die Hocke sinken ließ und sie mit einer erneuten Handbewegung aufforderte, neben ihn zu treten. Die andere Hand streckte er nach dem weißen Tuch zu seinen Füßen aus und zog es mit einem Ruck beiseite.

Es war nicht der erste Tote, den Conny sah, und auch nicht der am schlimmsten zugerichtete. Ganz im Gegenteil. Sein Gesicht war bleich und wirkte überrascht und verwirrt, zugleich aber auch seltsam friedlich. Obwohl sein Tod gewiss nicht schmerzlos und *ganz bestimmt nicht* schnell gewesen war, suchte sie vergeblich nach irgendeiner Spur von Furcht oder gar Panik in seinen erloschenen Zügen. Trotzdem konnte sie ein erschrockenes Zusammenzucken nicht ganz unterdrücken; so wenig wie das Gefühl, plötzlich von einer unsichtbaren eisigen Hand umklammert zu werden.

Sie kannte den Toten.

Es war Tom, der Junge aus dem *Trash*.

»Eine nette Überraschung, nicht wahr?«, fragte Trausch hinter ihr. Etwas an seinem Tonfall missfiel Conny, aber sie war viel zu schockiert, um wirklich darüber nachzudenken. Ihr entgingen auch keineswegs die verstohlenen Blicke, die Eichholz und Trausch miteinander tauschten, und noch sehr viel weniger ihre Bedeutung, doch sie beachtete sie ebenso wenig, sondern ließ sich neben Eichholz in die Hocke sinken und zwang sich, Toms blasses Gesicht noch einmal und aufmerksamer zu betrachten, so schwer es ihr auch fiel.

Seine Halsschlagader war aufgerissen, was letztendlich dazu geführt hatte, dass er verblutet war, doch es war kein sauberer, vergleichsweise winziger Einstich, sondern eine ausgezackte, fingerlange Wunde; nicht die fast schon chirurgische Präzision des Vampirs, eher das Werk eines Stümpers.

»Das war nicht Aisler«, stellte sie fest.

»Aisler ist ja auch tot«, antwortete Trausch. Eichholz sagte gar nichts.

Conny schluckte die scharfe Antwort herunter, die ihr auf der Zunge lag, ließ ihren Blick noch einmal aufmerksam über Toms Gesicht und Hals tasten und hob dann seine Schultern an, um seine Hände zu betrachten, die noch immer auf dem Rücken zusammengebunden waren. Seine Handgelenke waren mit einem weißen Kabelbinder aus Plastik gefesselt, zwar so eng, dass die Blutzirkulation unterbrochen und seine Finger blau angelaufen waren, aber die Haut war trotzdem unversehrt.

»Er scheint sich nicht gewehrt zu haben«, sagte sie. »Jedenfalls hat er keine Hautabschürfungen.«

»Und auch sonst keine sichtbaren Verletzungen«, fügte Eichholz hinzu. »Abgesehen von seinem Hals.«

»Das bedeutet, er hat seinen Mörder wahrscheinlich gekannt«, sagte Trausch nachdenklich. »Oder ihm zumindest vertraut.« Er seufzte tief. »Armer Hund. Dabei war alles, was er wollte, ein bisschen Berühmtheit. Die berühmte Viertelstunde.«

»Na ja, die bekommt er ja jetzt«, sagte Eichholz. »Sogar sehr viel mehr. Auch wenn er sich die Sache vermutlich ein bisschen anders vorgestellt hat.«

Conny warf ihm einen wütenden Blick zu, den Eichholz aber gar nicht bemerkte; und wenn doch, so ignorierte er ihn kurzerhand. »Es gibt noch ein paar interessante Details«, fuhr er im Plauderton fort. »Aber das können Sie später alles in den offiziellen Berichten lesen ... und im Zweifelsfall im Fernsehen mitverfolgen. Ihr Freund scheint ja einen guten Draht zu den Medien zu haben.« Er richtete sich übertrieben umständlich auf, warf einen abschließenden (und leicht angewiderten) Blick auf den toten Jungen hinab und drehte sich dann ganz zu Conny um. »Aber ich habe Sie nicht hergebeten, um über die Pressekarriere dieses bedauernswerten Jungen zu reden«, fuhr er in verändertem Tonfall fort.

Conny musste sich beherrschen, um ihm nicht die Antwort zu geben, die diese geschmacklose Bemerkung ihrer Meinung nach verdiente, und wahrscheinlich war der einzige Grund, aus dem sie es nicht tat der, dass ihr Trausch einen schon beinahe beschwörenden Blick zuwarf.

Stattdessen fragte sie: »Warum sonst?«

Eichholz winkte ... überrascht; aber auch ganz leise verärgert. »Hat Ihnen Kollege Trausch das Video nicht gezeigt?«

»Doch«, antwortete Conny. Sonst nichts.

Jetzt *wirkte* Eichholz verärgert. »Dann sollten Sie eigentlich wissen, warum Sie hier sind. Dieser arme Junge ist Ihretwegen gestorben, das ist Ihnen doch hoffentlich klar?«

Täuschte sie sich, oder wurden die Bewegungen der Männer im Raum plötzlich noch vorsichtiger und leiser? Niemand sah in ihre oder Eichholz' Richtung oder lauschte gar ganz unverhohlen, aber in der winzigen Zeitspanne, die zwischen seiner Frage und ihrer Antwort verging, hätte man nicht nur eine Stecknadel fallen hören können, sondern eine *Feder.* »Nicht wirklich«, sagte sie. »Was bringt Sie auf den Gedanken?«

»Zum Beispiel das, was der Mörder gesagt hat?«, schlug Eichholz vor.

»Du bist die Nächste«, bestätigte Conny. Das *Miststück* ließ sie vorsichtshalber weg.

»Und genau das flimmert spätestens heute Abend über jeden Fernsehschirm der Stadt, wenn nicht des ganzen Landes. Genau die Art von Public Relations, die wir nicht gebrauchen können.« Er machte ein trauriges Gesicht, während er das sagte, aber irgendwie brachte er es trotzdem fertig, es so klingen zu lassen, als wäre es ganz allein ihre Schuld.

»Und?«

Eichholz starrte sie an. Für einen Moment war sie sicher, dass er nun doch die Beherrschung verlieren würde, doch dann presste er nur die Kiefer aufeinander (Conny ertappte sich bei der albernen, nichtsdestotrotz überaus befriedigenden Vorstellung, dass er sich seine teuren Kronen dabei ruinieren könnte) und beließ es bei einem missbilligenden Hochziehen der linken Augenbraue. »Ganz, wie Sie meinen, Kollegin«, sagte er spröde. »Offensichtlich scheint Sie diese Vorstellung ja nicht besonders zu stören ... auch wenn ich mir nicht vorstellen kann, dass unsere Presseabteilung von dieser Art der Öffentlichkeitsarbeit sehr angetan sein dürfte. Aber es ist Ihre Entscheidung, und ich habe sie zu respektieren, ob sie mir gefällt oder nicht.«

Conny verstand nicht wirklich, worauf er hinauswollte, doch sie hätte schon blind und taub auf einmal sein müssen, um die Feindseligkeit zu übersehen, die er plötzlich ausstrahlte ... wobei *plötzlich* ganz gewiss das falsche Wort war. Sie war die ganze Zeit über da gewesen, nur hatte sich Eichholz bisher meisterhaft beherrscht. Sie schwieg, auch wenn es ihr schwerfiel.

»Vor allem sollten wir dafür sorgen, dass Kollegin Feisst aus der Schusslinie kommt«, mischte sich Trausch ein. »Und zwar sowohl in übertragenem als auch in wortwörtlichem Sinne. Der Kerl hat sie bedroht, ganz offen. Von heute Morgen ganz zu schweigen.«

Eichholz spießte ihn mit Blicken regelrecht auf, beherrschte sich aber noch immer. »Selbst wenn es so wäre: Wir können schlecht jeden unter Polizeischutz stellen, der irgendwann einmal mit Frau Feisst gesprochen hat. Und sie selbst steht ja bereits unter Personenschutz.«

Conny wäre ein anderes Wort für die unerwünschte Leibwache eingefallen, die Eichholz ihr verpasst hatte, aber sie beherrschte sich weiter. Eichholz hatte sie nicht kommen lassen, um seine schlechte Laune an ihr auszulassen und ein bisschen auf ihr herumzutrampeln (jedenfalls nicht *nur*), sondern weil er etwas ganz Bestimmtes von ihr wollte.

Sie hatte nur nicht die geringste Vorstellung, was.

»Also gut«, seufzte er. »Allmählich wird die Sache hässlich. Drei Tote in so kurzer Zeit sind selbst für meinen Geschmack ein bisschen viel.«

»Vier«, verbesserte ihn Conny. Eichholz blickte fragend, und Conny fügte so eisig hinzu, wie sie nur konnte: »Sie haben Sylvia vergessen.«

»Ihre Freundin. Bitte verzeihen Sie. Ja. Aber das macht die Sache eher noch komplizierter. Ich muss mich also Kollege Trauschs Auffassung anschließen. Vermutlich galten beide Anschläge letzten Endes Ihnen. Und das könnte bedeuten, dass es weitergeht. Wer immer diesen armen Jungen hier umgebracht hat, wird weitermachen. Wir werden Sie aus der Schusslinie nehmen. Und zwar am besten so, dass er es mitbekommt.«

»Ich könnte sterben«, schlug Conny vor, und ihre Worte verursachten ihr Gänsehaut.

»Das wäre vielleicht eine etwas zu drastische Lösung«, antwortete Eichholz ungerührt. »Mir persönlich würde es durchaus reichen, wenn Sie die Stadt verlassen. Natürlich nur …«, er hob rasch die Hand, als sie auffahren wollte, »… zum Schein, und nur so lange, bis wir wenigstens eine Ahnung haben, wer der Kerl überhaupt ist. Wir könnten die Meldung lancieren, dass sie die Stadt verlassen haben, um sich von den Verletzungen zu erholen, die Sie heute Morgen davongetragen haben.« Er tat so, als wäre ihm etwas eingefallen. »Nebenbei: Wie geht es Ihnen überhaupt?«

»Ausgezeichnet«, antwortete Conny – was nicht unbedingt der Wahrheit entsprach, weder körperlich noch psychisch. Eichholz gab sich jedoch mit dieser Antwort zufrieden und sah sie auffordernd an. Als er endlich begriff, dass sie nicht von sich aus weiterreden würde, seufzte er leise und machte ein bedauerndes Gesicht, das ebenso schlecht gespielt war wie alles andere bisher.

»Und so ganz nebenbei ist da ja auch noch Ihr geheimnisvoller Schutzengel«, sagte er.

»Ich habe nichts mehr von ihm gehört«, erwiderte Conny. »Vielleicht war es wirklich nur ein Wichtigtuer, der sich aufspielen wollte.«

»Oder jemand, der noch eine Rechnung mit Aisler offen hatte«, fügte Trausch hinzu.

»Oder vielleicht doch jemand, den Sie kennen, Frau Feisst?« Eichholz hob abermals die Hand, um sie zum Schweigen zu bringen, obwohl sie gar nichts hatte sagen wollen. »Denken Sie noch einmal in aller Ruhe nach, Frau Feisst. Wir haben mittlerweile vier Tote, und das in weniger als zwölf Stunden. Das ist nicht mehr der Moment für persönliche Eitelkeiten oder Rücksichtnahme.« Seine Stimme wurde leiser, was allerdings wohl nur dazu führte, dass jeder hier drinnen noch mehr die Ohren spitzte, um auch jedes Wort zu verstehen. »Für den Fall, dass es dann doch noch etwas oder jemanden gibt, woran Sie sich erst jetzt erinnern, hätte ich jedes Verständnis. Schließlich haben Sie eine Menge mitgemacht in den letzten Tagen. Ich kann Ihnen versichern, dass es keinerlei negative Folgen für Sie hätte, wenn Sie sich erst jetzt dazu äußern. Schließlich sind wir alle nur Menschen.«

Etwas Seltsames geschah: Die Worte sollten sie wütend machen (und sie taten es auch, allerdings auf eine sonderbar distanzierte Art, die sie nicht wirklich berührte), aber sie hatte zugleich auch das verwirrende Gefühl, dass sie vollkommen ehrlich gemeint waren. Dabei hatten die Worte *ehrlich* und *Eichholz* noch nie zusammengepasst.

Doch plötzlich war ihr, als ... könne sie in ihn hineinsehen. Nicht, dass sie tatsächlich glaubte, seine Gedanken lesen zu können oder irgendetwas anderes, albernes in dieser Art, und dennoch spürte sie seine Aufrichtigkeit. Konnte es sein, dass sie ihn die ganze Zeit über vollkommen falsch eingeschätzt hatte?

Unsinn! Conny rief sich in Gedanken scharf zur Ordnung. An dem Tag, an dem sie anfing, Eichholz tatsächlich so etwas wie guten Willen zuzubilligen, sollte sie zugleich anfangen, sich ernsthafte Sorgen um ihr Urteilsvermögen zu machen. »Ich habe Ihnen alles gesagt, was ich weiß«, behauptete sie.

Eichholz erwiderte nichts mehr, und sein Gesicht blieb weiter vollkommen ausdruckslos, aber sie glaubte seine Enttäuschung zu spüren. Fünf oder sechs endlose, unangenehme Sekunden lang sah er sie einfach nur durchdringend an, dann seufzte er, und irgendetwas, das ihn unsichtbar zu umgeben schien, veränderte sich. »Das ist bedauerlich. Es hätte es für alle Beteiligten einfacher gemacht. Auch für Sie.«

Allmählich begannen ihre eigenen Empfindungen Conny unheimlich zu werden – aber sie konnte sich nicht dagegen erwehren, erneut die ehrliche Absicht hinter diesen Worten zu spüren. Hätte sich etwas in ihr nicht noch immer mit aller Kraft dagegen gesträubt, Eichholz auf eine Stufe mit einem zu menschlichen Gefühlen fähigen Individuum zu stellen, so wäre sie jetzt sicher gewesen, dass sein Bedauern echt war. »Also gut«, fuhr er in verändertem Tonfall fort. »Wir werden später noch einmal in Ruhe darüber reden. Vielleicht fällt Ihnen ja doch noch etwas ein. Kollege Trausch wird Sie jetzt ins Präsidium bringen.«

»Ins Präsidium?« Conny machte ein bewusst schlecht geschauspielertes überraschtes Gesicht. »Ich dachte, ich wäre vom Dienst suspendiert.«

»Krankgeschrieben«, verbesserte sie Eichholz ungerührt. »Und das sind Sie auch. Ich betrachte Sie zurzeit weniger als Kollegin, Frau Feisst, sondern vielmehr als Zeugin. Und möglicherweise als *gefährdete* Zeugin. Ich bin nicht sicher, ob dieser ganze Terror tatsächlich Ihnen persönlich gilt. Vielleicht ist der Kerl einfach nur wahnsinnig und versucht auf diese Weise, den unheimlichen Rächer zu spielen.

Aber das Risiko, mit noch mehr Toten konfrontiert zu werden, ist mir zu hoch. Ich möchte, dass Sie eine Liste anfertigen, auf der jeder steht, der möglicherweise das Interesse dieses Verrückten erregen könnte. Freunde, Verwandte ... alles eben.«

»Es gibt niemanden«, antwortete Conny.

Eichholz wirkte ehrlich überrascht. »Wie meinen Sie das?«

»So, wie ich es sage«, antwortete Conny. »Sylvia war meine einzige Freundin. Meine Eltern sind schon sehr lange Zeit tot, und der einzige Verwandte, von dem ich weiß, ist ein Onkel, den ich noch nie gesehen habe und der in Kanada lebt ... glaube ich.«

»Und es gibt sonst niemanden?«, beharrte Eichholz. Er wirkte ehrlich überrascht, und auch Trausch runzelte die Stirn und sah sie mit sonderbarem, seltsam betroffenem Ausdruck an. »Freunde? Ehemalige Liebhaber? Gute Nachbarn? Es muss doch jemanden geben, der Ihnen nahesteht.«

»Nicht nahe genug, um mich zu treffen, indem man ihm etwas antut«, antwortete Conny.

Und das entsprach der Wahrheit, wie ihr plötzlich und mit fast körperlich fühlbarer Intensität klar wurde. Es war der falsche Moment. Vermutlich gab es keinen richtigen Moment für so etwas, aber dies war vermutlich der *allerungünstigste* aller vorstellbaren Augenblicke – und doch war ihr noch nie zuvor selbst so klar geworden, wie allein sie tatsächlich war. Es gab niemanden in ihrem Leben – niemanden *mehr*, nach Leas und Sylvias Tod –, der ihr tatsächlich etwas bedeutete. Natürlich führte sie ein Leben. Es gab Menschen, die sie kannte und mochte: die alte Dame, die auf der gleichen Etage wie sie wohnte und der sie manchmal im Aufzug begegnete, die Kassiererin im Supermarkt, mit der sie manchmal ein paar Worte wechselte. Giovanni, der Besitzer der kleinen Pizzeria, in der sie zwei- oder dreimal pro Woche ein hastiges Abendessen einnahm – nicht weil seine Pizzen so sensationell gewesen wären, sondern weil *Da Giovanni* zu den wenigen Lokalen der Stadt gehörte, in denen man auch um Mitternacht noch eine warme Mahlzeit bekam –, der Tankwart um die Ecke ... aber das waren nur *Bekannte,* keine wirklichen Freunde. Ihr Leben war ihr Beruf (ein Schicksal, das sie mit vielen ihrer Kollegen teilte), und sie tat das, was sie tat, gerne und mit großer Hingabe, wenn auch nicht immer mit dem Erfolg, den sie sich gewünscht hätte. Es hatte ihr nie etwas ausgemacht.

Und plötzlich war das nicht mehr so.

»Ich würde mich trotzdem gerne noch einmal mit Ihnen unterhalten«, sagte Eichholz und riss sie damit ebenso unsanft wie willkommen in die Gegenwart zurück. »Später … wenn Sie sich in der Lage dazu fühlen, heißt das.«

»Sicher.«

Eichholz hatte offensichtlich eine andere Antwort erwartet. Er wirkte enttäuscht und setzte zu einer vermutlich deutlich weniger freundlichen Entgegnung an, doch Trausch kam ihm zuvor.

»Ich fürchte, er hat es nicht nur auf Connys Freunde und Familie abgesehen«, sagte er mit einer Geste auf den toten Jungen. Jemand hatte das Tuch wieder über ihn gezogen, ohne dass sie es überhaupt gemerkt hatte, aber es nutzte nichts. Sie sah sein Gesicht immer noch. »Der Junge da war nicht unbedingt ein enger Freund von ihr.«

»Aber Sie kannten ihn.«

»Ich habe ihn genau einmal gesehen«, antwortete Conny. »Nach dieser Logik …«

Irgendetwas machte deutlich hörbar *klick* hinter ihrer Stirn. »Aisler.«

»Aisler?«, wiederholte Eichholz.

»Er war dabei, als ich ihn beinahe erwischt hätte«, antwortete Conny.

»Und wenn man sich ein ganz kleines bisschen anstrengt«, fügte Trausch hinzu, »könnte man durchaus auf den Gedanken kommen, dass er schuld an allem ist.«

»Ohne ihn hätte ich diesen Dachboden möglicherweise gar nicht gefunden«, bestätigte Conny.

»Und der Vampir würde immer noch sein Unwesen treiben«, fügte Trausch hinzu. »Ich an seiner Stelle käme vielleicht auf die Idee, ihn ganz oben auf meine Hassliste zu setzen.« *Gleich nach Ihnen,* fügte sein Blick hinzu.

»Tess«, murmelte Conny.

»Tess?«, wiederholte Eichholz.

»Theresa Schneider«, erklärte Trausch.

»Aislers letztes Opfer.« Eichholz nickte. »Was ist mit ihr?«

»Angenommen, der Kerl hat es wirklich auf jeden abgesehen, der irgendetwas mit Aislers Tod zu tun hat, dann steht sie auch auf seiner Liste.«

»Und sie ist seit heute Morgen verschwunden«, fügte Conny hinzu.

»Wie?«, machte Eichholz. Er starrte abwechselnd Trausch und sie an. »Und das erfahre ich erst jetzt?«

»Sie ist nach einem harmlosen Streit von zu Hause weggelaufen«, sagte Trausch besänftigend. »Und das nicht zum ersten Mal. Wahrscheinlich ist sie dort, wo sie sich aufhält, sicherer als zu Hause.«

»Sie schreiben das Mädchen trotzdem zur Fahndung aus«, sagte Eichholz bestimmt. »Und fahren Sie zu ihren Eltern. Vielleicht haben sie ja eine Ahnung, wo sie ist.«

»Haben sie nicht«, sagte Conny.

Trausch machte ein Gesicht, als hätte er ahnungslos in eine ganz besonders saure Zitrone gebissen, und auch Eichholz sah sie auf eine Art an, die es ihr plötzlich *wirklich* ermöglichte, seine Gedanken zu lesen.

»Was soll das heißen?«, fragte er.

»Ich habe mit ihnen gesprochen«, antwortete Conny. »Kurz, bevor ich hierhergekommen bin. Sie wissen nicht, wo ihre Tochter ist.«

»Und auch das erfahre ich erst jetzt«, stellte Eichholz fest.

»Es war ein ganz normaler Streit zwischen Eltern und einer pubertierenden Tochter«, sagte Trausch. »Davon kann jeder ein Lied singen, der Kinder hat. Glauben Sie mir, das hat nichts mit …«

»Ich bin Polizist, Kollege Trausch«, unterbrach ihn Eichholz kühl. »Ich glaube prinzipiell nur das, was ich sehe, und selbst das erst, nachdem ich es dreimal überprüft habe. Und Sie sollten dasselbe tun. Also gehen Sie und suchen Sie dieses Mädchen … bevor dieser Irre die nächste CD ans Fernsehen schickt und eine Daily Soap daraus macht.«

»Warten Sie«, sagte Conny, als Trausch sich wortlos abwenden wollte, um zu gehen. Natürlich hatte er keine andere Wahl – Eichholz war schließlich sein Vorgesetzter und hatte ihm einen ganz klaren Befehl erteilt. Trotzdem kam es ihr so vor, als schleiche er sich auf diese Weise davon, und sie fühlte sich auf völlig absurde Weise von ihm im Stich gelassen.

Trausch verharrte und sah sie fragend an. Irgendwie wirkte er ertappt.

»Vielleicht kann ich Ihnen helfen.« Sie klappte ihre Handtasche auf und reichte ihm das Foto, das Marianne Schneider ihr überlassen hatte.

Eichholz reckte den Hals, um einen Blick auf das Bild zu werfen. »Wer ist das?«

»Keine Ahnung«, gestand Conny. »Ich habe das Mädchen im Krankenhaus gesehen. Tess' beste Freundin. Jedenfalls sagt das ihre Mutter. Aber ich weiß nicht, wer sie ist.«

»Ganz im Gegensatz zu mir«, sagte Trausch.

Conny sah ihn überrascht an.

»Ich habe die Kleine vor ein paar Monaten mit ein paar Gramm erwischt. Keine große Sache, aber irgendwie ist sie mir Erinnerung geblieben.«

»Dann fahren Sie hin und sehen Sie nach, ob diese Theresa bei ihr ist«, sagte Eichholz. »Mit ein bisschen Glück finden Sie sie ja dort.«

»Und wenn nicht?«

»Dann schreiben Sie sie zur Fahndung aus«, sagte Eichholz.

»Am besten beide«, fügte Conny hinzu.

Zu ihrer Überraschung nutzte Eichholz die Chance nicht, um sie zusammenzustauchen oder sie wenigstens süffisant daran zu erinnern, dass sie weder im Dienst war noch ihre Ratschlage erwünscht waren, sondern sah sie nur einen Herzschlag lang durchdringend an und nickte dann abgehackt. »Meinetwegen«, sagte er widerwillig. »Aber diskret. Und sehen Sie zu, dass die Eltern des Mädchens nichts davon mitkriegen. Wir brauchen nicht auch noch eine hysterische Mutter, die alle fünf Minuten bei uns anruft oder vor laufender Kamera in Tränen ausbricht.«

Wir brauchen vor allem nicht noch ein totes Mädchen, dachte Conny, *oder zwei.* Aber das sprach sie vorsichtshalber nicht laut aus.

Trausch schien noch etwas sagen zu wollen, beließ es dann bei einem – nun eindeutig schuldbewusst wirkenden – Achselzucken und wandte sich endgültig um, blieb jedoch nach zwei Schritten schon wieder stehen und drehte sich noch einmal zu ihr um. »Ich kann Sie zu Hause absetzen. Es ist kein großer Umweg.«

»Das wird nicht nötig sein«, antwortete Eichholz, bevor sie es tun konnte. »Ich bin hier sowieso bald fertig und kann Kollegin Feisst mit ins Präsidium nehmen. Das erspart Ihnen einen Weg.«

Trauschs Augen wurden schmal, aber hinter seinen fast geschlossenen Liedern blitzte es so kampflustig auf, dass Conny hastig zwischen Eichholz und ihn trat, um auf diese Weise wenigstens den direkten Blickkontakt zwischen ihnen zu unterbrechen.

Trotz allem hatte sie Mühe, ein Lächeln zu unterdrücken, als ihr plötzlich klar wurde, dass sich die beiden wie konkurrierende Kampfhunde benahmen, die vielleicht noch nicht um die Rolle des Alphamännchens kämpften, aber ganz eindeutig ein Auge darauf geworfen hatten.

»Das ist schon in Ordnung«, sagte sie rasch. »Wir sehen uns dann später im Präsidium.«

Trausch runzelte zweifelnd die Stirn, und sein Blick verfinsterte sich beinahe noch mehr. Er war nicht besänftigt, sondern wirkte ganz im Gegenteil eher noch zorniger, und ganz plötzlich wurde Conny klar, wie vollkommen falsch sie das Verhältnis zwischen ihm und Eichholz eingeschätzt hatte. Sie hatte niemals angenommen, dass Trausch und er Freunde waren; oder auch nur so etwas wie *freundschaftliche Kollegen*. Aber sie hatte wie ganz selbstverständlich vorausgesetzt, dass Trausch Eichholz als Vorgesetzten akzeptierte und vollkommen gefeit gegen so alberne menschliche Regungen wie Neid oder Missgunst oder auch einfach nur Stolz war. Wenn sie das, was sie jetzt in seinen Augen las, auch nur ansatzweise richtig deutete, war er es nicht.

Seltsam … der Gedanke, dass sich auch hinter Trauschs eiserner Selbstbeherrschung ein fühlender Mensch verbarg, sollte sie beruhigen, doch das genaue Gegenteil war der Fall.

»Apropos«, wandte sie sich an Eichholz. »Wann bekomme ich meinen Wagen zurück?«

»Sobald die KTU damit fertig ist. Sie wissen doch, wie das läuft.

Ein paar Tage werden Sie sich wohl noch gedulden müssen.« Eichholz lächelte unecht. »Im Augenblick brauchen Sie ihn ja sowieso nicht. Solange dieser Irre noch frei herumläuft, sollten Sie Ihre Wohnung besser nicht verlassen. Und in dringenden Fällen lasse ich Sie von einem Kollegen abholen.«

Er drehte sich mit einem demonstrativen Stirnrunzeln zu Trausch. »Gibt es noch irgendeine Unklarheit, Kollege?«

Trausch wandte sich auf dem Absatz um und ging. Conny fühlte sich allein gelassen; auf eine Art, die sie nie zuvor kennengelernt hatte und die sonderbar verstörend war.

Eichholz wartete, bis Trausch gegangen war und die Tür – deutlich lauter als notwendig – hinter sich zugeworfen hatte, und ließ auch dann noch gerade genug Zeit verstreichen, um das Schweigen eindeutig unbehaglich werden zu lassen. Conny fragte sich, ob das Absicht war. Vermutlich.

»Ich muss Sie noch um ein wenig Geduld bitten«, sagte er schließlich; mit einem Lächeln, das mindestens genauso unecht wie seine Wortwahl gestelzt war. »Nur ein paar Minuten. Ich bin gleich fertig.«

»Nur keine Eile«, antwortete Conny. »Ich habe nichts Dringendes vor.«

»Wenn Sie glauben, dass mir das hier Spaß bereitet, dann täuschen Sie sich, Kollegin«, sagte Eichholz in hörbar kühlerem Ton. »Sie können draußen im Wagen auf mich warten, wenn Sie möchten, oder in der Kapelle.«

Conny fragte sich, ob das ein Rauswurf war, und wenn ja, warum. Aber sie war in der Stimmung, es als einen solchen zu werten, und so drehte sie sich auf dem Absatz um und verließ die winzige Leichenhalle, allerdings nicht auf demselben Weg, auf dem sie gekommen war, sondern durch die einzige andere Tür im Raum, die vermutlich in die angrenzende Kapelle führte. Das rot-weiße Absperrband, das ihr dabei im Weg war, zerriss sie mit grimmiger Befriedigung. Das Innere der Kapelle war weitaus größer, als sie erwartet hatte, und vollkommen anders. Der erste Eindruck, den das barocke Gebäude vermittelte, ließ den Besucher etwas Düsteres und Schweres erwarten, eben eines jener typischen Kirchengebäude, die keinem anderen Zweck als dem dienten, sich jeden, der es betrat, klein und elend fühlen zu lassen und ihn schon einmal auf die ewige Verdammnis einzustimmen. Das genaue Gegenteil war der Fall. Alles hier drinnen war hell und wirkte beinahe fröhlich – die weiß getünchten Wände, die Kerzenständer aus Silber und Messing, die großzügig angeordneten Bänke aus schlichtem Kiefernholz und die modernen Motive der Buntglasfenster, die offenbar nachträglich in die gotischen Rahmen eingesetzt worden waren. Selbst der überreiche Blumenschmuck, der vermutlich von der letzten Beerdigung übrig geblieben war, erinnerte sie an alles, nur nicht an eine Trauerfeier. Das Einzige, was vielleicht nicht ganz zu diesem heiteren Eindruck passte, war die schattenhafte Gestalt, die in einem Winkel hinter dem blumengeschmückten Altar stand und sie aus unsichtbaren Augen anstarrte.

Conny machte noch zwei weitere Schritte, blieb dann stehen und fuhr mit klopfendem Herzen herum, als Vlad lautlos aus den Schatten trat und sie mit einem langen, missbilligenden Blick maß.

»Ich bin enttäuscht, meine Liebe«, sagte er.

Conny starrte ihn eine geschlagene halbe Minute lange an, und den Großteil dieser Zeit verbrachte sie damit, sich allen Ernstes zu fragen, ob sie die dunkel gekleidete Gestalt tatsächlich sah oder nun endgültig den Verstand zu verlieren begann. Selbst als sie schließlich sprach, war sie nicht ganz sicher, dass es wirklich ihre eigene Stimme war, die sie hörte. Zumindest hörte sie sich in ihren eigenen Ohren an wie die einer Fremden.

»Was ... was wollen Sie hier?«, krächzte sie. »Sind Sie verrückt, hierherzukommen?«

»Jetzt sollte ich eigentlich doppelt enttäuscht sein«, seufzte Vlad, »ist das etwa eine Art, einen alten Freund zu begrüßen ... und so ganz nebenbei auch noch seinen Schutzengel?«

»Was zum Teufel wollen Sie hier?«, fauchte Conny – was nun ganz und gar die falsche Frage war. Die richtige hätte lauten müssen: Wer zum Teufel *sind Sie?*

»Wie gesagt: Ich bin enttäuscht«, sagte Vlad. »Auch wenn ich gestehen muss, dass ich selbst nicht genau sagen kann, ob von dir oder mir. Vielleicht habe ich einfach zu viel von dir erwartet.«

Connys Gedanken überschlugen sich. Vlad konnte nicht hier sein. Es war vollkommen unmöglich. Der gesamte Friedhof wimmelte nur so von Polizei. Niemand hätte sich der Kapelle auch nur auf hundert Meter nähern können, ohne aufgehalten und zurückgeschickt oder zumindest ein Dutzend mal hochnotpeinlich kontrolliert zu werden!

Aber er stand vor ihr, so düster und unheimlich wie immer ... und auf eine sonderbare Weise vertraut, die ihr zugleich einen eisigen Schauer über den Rücken laufen ließ.

»Was ...«

»Du solltest mir zuhören, statt immer wieder dieselbe Frage zu stellen«, unterbrach sie Vlad in einem Ton sanften Tadels. »Dir bleibt nicht mehr allzu viel Zeit, weißt du?«

»Zeit wofür?«, fragte Conny.

»Dich zu entscheiden.« Vlad kam mit kleinen, gemessenen Schritten um den Altar herum, blieb wieder stehen und stützte sich in einer affektierten, operettenhaften Haltung mit beiden Händen auf seinen Gehstock. »Ich dachte, das wäre dir spätestens seit heute Morgen klar.«

»Das Einzige, was mir klar ist, ist, dass ich mich niemals mit Ihnen hätte einlassen dürfen«, antwortete Conny lahm. Ihre Gedanken rasten noch immer. Vlads plötzliches Auftauchen hätte sie nicht überraschen dürfen, gehörte es doch ganz im Gegenteil bei ihm schon beinahe zur Normalität, aber es hatte es nicht nur getan, sondern warf sie regelrecht aus der Bahn. Was tat er hier? Was *wollte er von ihr?*

»Das mag sein«, antwortete Vlad fast betrübt. »Aber selbst wenn es so sein sollte, so ist es jetzt für solcherlei Überlegungen zu spät. Wir haben einen Handel, und ich fürchte, ich muss auf der Einhaltung unserer Vereinbarung bestehen.«

»Die zwölf Jahre sind noch nicht um«, antwortete Conny. »Nicht einmal sechs.«

»Es waren zehn, und mein Name ist nicht Mephisto«, seufzte Vlad. »Obwohl ich verstehe, was du meinst.« Sein Blick wurde weich. »Du täuschst dich in mir. Das verletzt mich, aber es schmeichelt mir auch. Ich bin nicht dein Feind. Ich will nicht deine Seele, weißt du?«

»Und was dann?«, fragte Conny. Sogar sie selbst hörte, wie schleppend ihre Stimme klang. Sie … wusste einfach nicht, was sie tun sollte. Wieso war er hier? Wieso *ausgerechnet jetzt?*

»Du kennst die Antwort auf deine Frage«, sagte Vlad. »Wenn du endlich über deinen eigenen Schatten springen und ehrlich in dich hineinlauschen würdest, dann wüsstest du es auch.«

»Das Einzige, was ich sicher weiß, ist, dass mein Leben langsam, aber sicher den Bach runtergeht, seit ich Sie getroffen habe«, sagte Conny bitter. Sie hatte scharf klingen wollen oder wenigstens vorwurfsvoll, stattdessen klang es einfach nur wehleidig. Trotzdem fuhr sie fort: »Was wollen Sie? Mich zwingen, so zu werden wie Sie?«

»Nein«, antwortete Vlad ernst. »Das will ich nicht. Und ich könnte es nicht einmal, selbst wenn ich es wollte. Du musst dich mir freiwillig hingeben, aus freien Stücken und ohne Zwang.«

»Freiwillig? Ihnen?« Conny war nicht ganz sicher, was er damit meinte. Sie *wollte* es auch nicht wissen. Sie starrte ihn nur an.

»So sind die Regeln.« Vlad machte eine rasche Geste mit der linken Hand, die sie aus irgendeinem Grund an eine Spinne erinnerte, als sie widersprechen wollte. »Aber das gehört nicht hierher. Nicht jetzt. Ich bin gekommen, um dich zu warnen.«

»Wovor?«, fragte Conny. Wieso stellte sie diese Frage überhaupt? Sie sprach mit einer Ausgeburt ihrer Phantasie!

»Dein Freund wird zu spät kommen«, antwortete Vlad. Etwas wie ein unsichtbarer Schatten schien über sein Gesicht zu flackern und war wieder verschwunden, bevor ihr Blick ihn wirklich erfassen konnte.

»Sie haben sie bereits.«

»Wer? Wer hat … wen?«

»Deine Freundin.« Vlad wirkte ein wenig ungehalten, aber auf eine sonderbare Art. »Das hätte nicht passieren müssen, weißt du? Ich habe dich gewarnt.«

»Gewarnt? Wann?«

»Mehr als einmal«, antwortete Vlad. Er klang noch immer auf

diese seltsame Weise traurig und ein bisschen enttäuscht. »Das letzte Mal am Telefon … wenn ich mich richtig erinnere.«

Conny hatte keine Ahnung, wovon er sprach. »Am Telefon?«

Vlad warf einen raschen Blick über die Schulter zurück zu der Tür, durch die sie gerade die Kapelle betreten hatte, bevor er antwortete. »Hatte ich dich nicht gebeten, dich um deine Freundin zu kümmern?«

»Meine Freundin?« Conny schüttelte ärgerlich den Kopf. »Aber ich habe doch …« Dann verstand sie. »Sie haben das Mädchen gemeint? Nicht Sylvia?«

»Diese Frau war niemals deine Freundin«, antwortete Vlad. »Du warst ihre Freundin und die ihrer Tochter. Das ist ein Unterschied.«

Seine Worte machten Conny zornig. Sie wollte ihn anschreien, ihn packen und schütteln, und das so lange, bis er aus dieser Kirche, der Realität und vor allem ihrem Leben verschwand, doch alles, was sie fertigbrachte, waren ein schwächliches Kopfschütteln und ein Laut, der sich sogar in ihren eigenen Ohren nur wie ein kraftloses Seufzen anhörte. Tief in sich, sosehr der Gedanke auch schmerzte, wusste sie, dass er recht hatte.

»Was wollen Sie?«, murmelte sie.

»Ich gebe dir eine letzte Chance«, antwortete Vlad. Erneut schien etwas wie ein unsichtbarer Schatten über seine gesamte Erscheinung zu flackern und verschwand auch jetzt wieder, gerade bevor sie sicher sein konnte, ob sie ihn wirklich gesehen oder sich nur eingebildet hatte. »Dieses Mädchen und seine Freundin sind mir vollkommen gleichgültig«, fuhr er fort. »Sie sind jung und dumm und glauben, ungestraft mit Dingen herumspielen zu können, die gefährlich sind. Manchmal verbrennt man sich eben, wenn man mit dem Feuer spielt. Aber sie bedeuten dir etwas. Deshalb werde ich dir sagen, wo du sie finden kannst.«

Er zog ein Stück Papier hervor und drückte es ihr in die Hand. Sie hatte Mühe, die winzige, ebenso altertümlich wie gestochen scharf ausgeführte Handschrift überhaupt zu entziffern. Dann erkannte sie, dass es eine Adresse war; eine Straße und eine Hausnummer in einem zum größten Teil leer stehenden Industrieviertel, das seine besten Tage schon lange hinter sich hatte, nicht einmal sonderlich weit von hier entfernt.

»Du solltest dich beeilen«, sagte Vlad, als Connys einzige Reaktion darin bestand, ihn verwirrt anzublicken. »Noch sind die Mädchen am Leben, aber das wird vielleicht nicht mehr allzu lange so bleiben. Und … geh allein dorthin.«

»Allein?!«, keuchte Conny. »Warum sollte ich …?«

»Weil es nur so getan werden kann«, fiel ihr Vlad ins Wort. »Keine Angst. Ich weiß, dass du es schaffen kannst. Du bist stark genug.«

»Aber vielleicht nicht verrückt genug«, erwiderte Conny.

Vlad seufzte. »Wenn du deinen Kollegen Bescheid gibst oder mit irgendjemandem sonst darüber sprichst, dann werden die Mädchen sterben. Mir ist das gleich. Es ist deine Entscheidung.«

Irgendetwas polterte. Durch die offene Tür drang ein nicht mehr ganz unterdrückter Fluch, und diesmal war sie sicher, dass irgendetwas mit seiner Gestalt … geschah; auch wenn sie nicht wusste, was. Oder vielleicht doch – nur dass das, was sie zu sehen glaubte, einfach unmöglich war. Für einen Augenblick, die kaum messbare Zeitspanne zwischen zwei Wimpernschlägen, schien er sich … aufzulösen. Seine Gestalt verblasste, flackerte hinüber in eine andere, unsichtbare Wirklichkeit und gewann wieder Substanz, schien aber zugleich etwas von seiner Wahrhaftigkeit verloren zu haben.

Conny blinzelte, und der unheimliche Effekt war verschwunden.

»Du solltest jetzt gehen«, sagte Vlad. »Oder mit deinen Kollegen reden. Aber du musst dich entscheiden.«

Und damit verschwand er.

Conny blinzelte, und als sie die Lider wieder hob, war Vlad nicht mehr da. Alles, was sie sah, war ein Schatten, der sich lautlos auflöste wie Raureif unter den ersten Strahlen der aufgehenden Sonne. Conny starrte die Stelle an, an der er gestanden hatte, blinzelte, starrte noch einmal auf den leeren Fleck vor sich und dann auf den winzigen Zettel in ihrer Hand. Was sie gerade erlebt hatte, war unmöglich. Ein Gespenst. Nichts als eine Halluzination.

Nur, dass Halluzinationen im Allgemeinen keine handschriftlichen Notizen hinterlassen …

Das Poltern, das sie gerade schon einmal gehört hatte, wiederholte sich, diesmal aber nicht gefolgt von einem Fluch, sondern von schnellen Schritten und einem überrascht klingenden Laut. Conny drehte sich instinktiv um und sah in das Gesicht, das sie nun wirklich am wenigsten vermisste.

»War jemand hier?«, fragte Eichholz.

»Hier?« Conny versuchte zu lächeln, argwöhnte aber selbst, dass sie wohl eher etwas wie ein dümmliches Grinsen zustande brachte. »Nein. Ich …« *Rede nur gerade mit einer Halluzination. Das mache ich in letzter Zeit öfter.* Prima Idee. Eine wirklich *ganz hervorragende* Idee. Oder wie wäre es damit: *Vlad war hier. Sie wissen schon – mein geheimnisvoller Mentor, von dem Sie glauben, es gäbe ihn gar nicht. Jetzt kann ich beweisen, dass es ihn gibt. Oder könnte es, wenn er sich nicht gerade in Nichts aufgelöst hätte.* Sie schwieg.

Vielleicht war das auch nicht die allerklügste aller vorstellbaren Reaktionen, denn nun sah Eichholz nicht mehr verwirrt, sondern ganz eindeutig misstrauisch aus. »Ich dachte, ich hätte eine Stimme gehört«, sagte er. Sein Blick tastete noch einmal und noch misstrauischer durch den Raum und blieb an ihrer Hand hängen. Irgendwie gelang es ihr, dem Impuls zu widerstehen, ihm zu folgen, aber ihr wurde im Nachhinein klar, dass sie ganz instinktiv die Faust um das winzige Papier geschlossen hatte. Hoffentlich *bevor* Eichholz hereingekommen war.

»Hier ist niemand«, versicherte sie.

»Und mit wem haben Sie dann gerade gesprochen?«, fragte er

»Mit niemandem«, beharrte Conny. »Ich glaube, ich …« Sie beendete den Satz mit einem Schulterzucken und einem (wie sie hoffte) verlegenen Lächeln. Für die Dauer eines Atemzuges wurden Eichholz' Augen zu schmalen Schlitzen, hinter denen das pure Misstrauen geschrieben stand. Doch dann entspannte er sich plötzlich und zwang seinerseits etwas auf sein Gesicht, das er für ein Lächeln halten mochte.

»Sie haben heute eine Menge mitgemacht, Conny«, sagte er sanft. »Seien Sie nicht so streng mit sich selbst.«

»Wahrscheinlich … haben Sie recht«, antwortete Conny stockend.

Sie war überrascht. Es war das erste Mal, dass Eichholz sie beim Vornamen nannte – worauf sie keinen Wert legte. Aber das Verständnis in seiner Stimme war echt. »Das hier ist wahrscheinlich nicht der richtige Ort, um auf andere Gedanken zu kommen. Ich warte vielleicht doch besser draußen im Wagen.«

»Tun Sie das«, sagte Eichholz. »Ich beeile mich. Ich bin auch nicht scharf darauf, länger als unbedingt nötig hierzubleiben.«

Warum sagte sie es ihm eigentlich nicht? Es wäre so einfach. Es spielte keine Rolle, ob er ihr glaubte, dass Vlad hier gewesen war oder nicht. Sie hatte die Adresse, und wenn sie die Mädchen dort fanden, dann war alles andere vollkommen gleichgültig. Aber sie konnte es nicht. *Wenn du mit irgendjemandem sprichst, dann werden die Mädchen sterben.* Ohne ein weiteres Wort verließ sie die Kapelle.

Eichholz' schwarzer BMW war nur wenige Schritte entfernt abgestellt; der einzige Wagen, der diesseits der imaginären Demarkationslinie stand, die ihre Kollegen rings um die kleine Friedhofskapelle gezogen hatten. Conny nahm auf dem Beifahrersitz Platz und stellte ohne den Hauch einer Überraschung fest, dass der Schlüssel im Zündschloss steckte. Selbstverständlich tat er das. Wenn man Eichholz hieß und eine SOKO leitete, dann war man schließlich immun gegen so weltliche Dinge wie Diebstahl.

Conny lächelte flüchtig über ihren eigenen Gedanken und öffnete langsam die Hand, die sie immer noch so krampfhaft zur Faust geballt hatte, dass sie beinahe gegen ihren eigenen Körper ankämpfen musste, um die Finger zu öffnen. Der Zettel war zu einem winzigen Ball zusammengedrückt, dessen Anblick sie an einen Kassiber denken ließ, den man problemlos herunterschlucken konnte, während sie das Papier behutsam mit den Fingerspitzen glatt strich. Die Schrift kam ihr noch winziger vor als gerade und durch die unzähligen Knicke und Falten auf eine fast unheimlich anmutende Weise … *lebendig;* als wären sie in Wahrheit etwas vollkommen anderes, Boten aus einer Realität, die niemals existiert hatte und die man nur in diese Form gezwängt hatte und die nun wieder nach ihrer Freiheit trachteten. Die Schrift bewegte sich nicht wirklich, doch Conny hatte das intensive Gefühl, dass sie es *wollte*. Sie hatte Mühe, die Buchstaben zu entziffern.

Wenn du mit irgendjemandem darüber sprichst, sind die Mädchen tot.

Aber das musste sie. Was, wenn sie mit niemandem darüber sprach, und sie fanden später ihrer aller Leichen?

Das ist verrückt, dachte sie. *Der helle Wahnsinn.* Sie glättete den Zettel behutsam, legte ihn vor sich auf das Armaturenbrett und kramte ihre Sonnenbrille aus der Handtasche, bevor sie hinter das Lenkrad rutschte und den Motor anließ. *Das ist vollkommen und komplett irrsinnig.*

15

Sie dachte immer noch dasselbe, als sie den Wagen eine gute Viertelstunde später in die Toreinfahrt des verlassenen Industriegebäudes lenkte und den Motor abschaltete. Es *war* verrückt; in einer langen Reihe verrückter Dinge und Dummheiten, die sie in letzter Zeit getan hatte, zweifellos das Verrückteste und Dümmste. Aber sie hatte keine Wahl. Irgendetwas durch und durch *Grässliches* würde passieren, wenn sie nicht dort hineinging, das wusste sie einfach.

Das Schlimme war nur, dass sie das nahezu ebenso sichere Gefühl hatte, dass etwas Fürchterliches geschehen würde, *wenn* sie dort hineinging. Irgendetwas ... *wartete* dort drinnen auf sie. Conny nahm die Sonnenbrille ab und setzte sie hastig wieder auf, als das Tageslicht wie mit Messern in ihre Augen stach, bevor sie den Schlüssel abzog und die Hand nach dem Türgriff ausstreckte. Statt die Bewegung jedoch zu Ende zu führen, beugte sie sich nach rechts, öffnete das Handschuhfach und grub rasch und ohne besondere Hoffnung in dem Durcheinander aus Papieren, Land- und Stadtkarten und leeren Verpackungen von Süßigkeiten und Kaugummipapier, das sie darin fand. Sie hatte die vage Hoffnung gehabt, eine Waffe zu finden oder wenigstens etwas, was sie als eine solche zweckentfremden konnte. Sie wurde nicht fündig. Wenn Eichholz überhaupt eine Waffe besaß, so war er jedenfalls nicht zuvorkommend genug, sie für jedermann zugänglich im Handschuhfach seines Wagens aufzubewahren

Als sie zum zweiten Mal dazu ansetzte, klingelte das Autotelefon.

Conny erstarrte und blinzelte das blinkende Display geschlagene drei Sekunden lang verständnislos an, rührte jedoch keinen Finger, um das Gespräch anzunehmen.

Das musste sie auch nicht. Das Telefon klingelte noch zweimal, dann schaltete sich das Radio ein, und aus den Lautsprechern drang ein gedämpftes statisches Rauschen; zusammen mit Eichholz' Stimme, die alles andere als gedämpft war, sondern vor Zorn bebte, und höchstens ein halbes Dezibel davon entfernt war, wirklich zu brüllen.

»Frau Feisst! Ich weiß, dass Sie mich hören! Also nehmen Sie gefälligst ab, bevor ich tue, was ich gleich hätte tun sollen, und den Wagen und Sie ganz oben auf die Fahndungsliste setze!«

Conny hatte nicht vor, mit Eichholz zu telefonieren. Sie hätte es auch gar nicht gekonnt: Das Telefon hatte keinen Hörer, sondern war offensichtlich mit dem Radio gekoppelt, und sie hatte nicht die leiseste Ahnung, wie man das Gespräch annahm.

»Ganz, wie Sie wollen«, fuhr Eichholz noch aufgebrachter fort. »Ich weiß nicht, was diese Aktion bedeuten soll und wohin Sie unterwegs sind, und ehrlich gesagt interessiert es mich im Augenblick auch nicht. Ich gebe Ihnen ganz genau drei Minuten, um sich bei mir zu melden. Danach dürfen Sie sich als die meistgesuchte Person dieser Stadt betrachten.«

Das war längst noch nicht alles, was er sagte, aber Conny hörte nicht mehr hin, sondern schnitt dem plärrenden Radio eine Grimasse, stieg endgültig aus und warf die Tür mit einem Knall hinter sich ins Schloss, der in dem gemauerten Gewölbe wie ein Kanonenschlag widerhallte.

Ihre Vernunft meldete sich – vielleicht zum letzten Mal – zu Wort und versuchte ihr klarzumachen, dass sie gerade dabei war, der Liste preisverdächtiger Dämlichkeiten, die sie sich in den letzten Tagen geleistet hatte, die Krone aufzusetzen.

Und ihr Mut sank noch weiter, als sie erkannte, wie riesig das Gelände war, das sich auf der anderen Seite des gemauerten Tunnels öffnete. Ein unregelmäßiges Vieleck von der Größe eines Fußballplatzes, das von einem guten Dutzend unterschiedlich hoher, ausnahmslos mehrstöckiger Gebäude flankiert wurde; ehemalige Lager-, Büro- und Produktionsgebäude, die nicht nur alle leer standen, sondern noch etwas gemein hatten: Sie waren *groß*. Selbst eine Hundertschaft hätte vermutlich einen ganzen Tag damit zu tun gehabt, dieses gewaltige Areal abzusuchen, und sie war ganz und gar nicht sicher, ob eine solche Suche von Erfolg gekrönt worden wäre. Sie suchte zwei – mit großer Wahrscheinlichkeit nicht nur gefesselte, sondern auch ruhig gestellte – Mädchen und den Kerl, der sie gekidnappt hatte und dem ganz gewiss nicht daran gelegen war, Aufmerksamkeit zu erregen, und das auf einem Gelände, das groß genug war, um eine komplette römische Legion zu verbergen. Das war lächerlich.

Es war allerdings auch alles, was sie tun konnte.

Sie trat einen halben Schritt aus dem Tunnelgewölbe heraus und deutlich hastiger sofort wieder zurück, als ihr klar wurde, dass sie praktisch auf dem Präsentierteller stand, und das noch dazu so gut wie blind. Trotz der getönten Gläser stach ihr die Sonne mit schmerzhafter Intensität in die Augen, sodass sie kaum mehr als ineinanderfließende Schemen und scharf abgegrenzte Bereiche schier unerträglicher Helligkeit sah. Zum zweiten Mal und mit jetzt fast körperlicher Intensität wurde ihr klar, wie vollkommen sinnlos ihr Vorhaben war. Sie hatte nicht einmal die Spur einer Chance, die beiden Mädchen und ihren Entführer zu finden, dafür aber die besten Aussichten, mit dieser Irrsinnsaktion auch noch den letzten Rest ihrer Karriere im Klo herunterzuspülen.

Aber das war nur die eine Seite, das, was ihr ihre Vernunft mit verzweifelter Stimme beizubringen versuchte. Wahr und doch gleichzeitig vollkommen irrelevant. Da war plötzlich noch eine andere, ältere Stimme in ihr, ein lautloses nonverbales Flüstern, das sie an Dinge erinnerte, die sie nie erlebt hatte und sie zugleich mit einer Zuversicht erfüllte, die sie beinahe erschreckte.

Welche Wahl hatte sie schon, als auf diese lautlos-verstörende Stimme zu hören?

Zum Beispiel die, es ausnahmsweise einmal mit Logik zu versuchen, schalt sie sich selbst in Gedanken, schüttelte aber auch beinahe gleichzeitig über ihre eigene Reaktion den Kopf. Hätte Logik in dieser ganzen verrückten Geschichte auch nur die winzigste Rolle gespielt, dann wäre sie jetzt ganz gewiss nicht hier.

Doch möglicherweise brachte sie diese Überlegung ja auf den richtigen Weg. Conny fragte sich, wo sie sich verstecken würde, hätte sie sich diesen Ort hier ausgesucht. Ganz bestimmt nicht in einem der leer stehenden Büros oder in einer Lagerhalle, die als Erstes durchsucht werden würden. Kein Raum, der sofort einsehbar war oder in den sich spielende Kinder oder irgendein anderer neugieriger Besucher verirren würden. Ein möglichst ruhiger, abgeschiedener Ort, leicht zu erreichen und schwer zu finden, am besten mit einem leicht zu verbergenden Ein- und mehr als einem Ausgang, falls sie sich rasch zurückziehen oder gar fliehen musste, und vorzugsweise schalldicht.

Der Keller?

Das erleichterte ihre Suche ganz ungemein, schränkte es doch den infrage kommenden Platz auf die Fläche mehrerer Fußballstadien ein, aufgeteilt in ein paar Hundert vermutlich fensterlose Räume und gespickt mit Hindernissen und allem möglichen Krempel.

Sie machte sich trotzdem auf den Weg, verließ die Toreinfahrt allerdings nicht, sondern trat im Gegenteil wieder ein paar Schritte weit in den wohltuenden Schatten zurück, nahm die Sonnenbrille ab und sah sich suchend um. Wenn Vlad die Wahrheit gesagt hatte und die beiden Mädchen wirklich hier waren, würde ihr Entführer sie kaum quer über den Hof und in irgendeines der Gebäude dort drüben gebracht haben. Das wäre zu langwierig, zu schwer, und letzten Endes bestand immer die Gefahr einer zufälligen Entdeckung, ganz egal, wie abgelegen diese Gegend auch sein mochte.

Langsam drehte sie sich einmal im Kreis. Ihr Blick tastete über schmutziges, weiß ausgeblühtes Mauerwerk, Schimmel und abblätternde Farbe und geborstene Fenster und blieb schließlich an einer schmalen Tür hängen.

Sie war nur angelehnt. Konnte es tatsächlich so einfach sein? Conny bezweifelte das, aber sie wusste zugleich auch, dass die einfachsten Erklärungen nur zu oft die richtigen waren … und was hatte sie zu verlieren, abgesehen von einigen wenigen Sekunden?

Sie ging hin, schob die Tür ganz auf und erkannte sofort, dass es eben nicht so einfach war. Hinter der Tür befand sich die ehemalige Pförtnerloge samt Schreibtisch, Aktenschränken und Schlüsselbrett, aber ohne einen zweiten Ausgang. Die einzige Tür führte in eine winzige fensterlose Toilette, deren sanitäre Einrichtung anscheinend schon vor Jahren das Opfer puren Vandalismus geworden war und in einem Wust von staubverkrusteten Scherben auf dem Boden lag.

Enttäuscht verlies sie den Raum wieder, rüttelte nacheinander an den beiden anderen Türen, die es in dem Torbogen gab – beide waren verschlossen – und dachte einen Moment lang angestrengt nach. Ihr lief die Zeit davon. Die drei Minuten, die Eichholz ihr gegeben hatte, waren vermutlich längst vorbei, und viel schlimmer: Wenn Aisler die beiden Mädchen tatsächlich in seiner Gewalt hatte, dann konnte jede Sekunde, die sie hier herumstand und mit dem Schicksal haderte, über deren Leben und Tod entscheiden.

Etwas scharrte. Conny fuhr wie von der Tarantel gestochen herum und glaubte einen Schatten davonhuschen zu sehen, aber als sie einen Schritt in die entsprechende Richtung machte und all ihre Sinne anstrengte, war da nichts.

Nichts außer dem Geruch, hieß das.

Er war ... seltsam. Fremd und abstoßend und auf eine verstörende Weise erregend zugleich; nichts, was sie kannte, und doch etwas, was sie gerne kennenlernen würde, auch wenn es sie zugleich abstieß.

Noch vor weniger als einer Stunde hätte sie über diesen Gedanken nur den Kopf geschüttelt (falls er ihr überhaupt gekommen wäre), aber jetzt dachte sie nicht einmal wirklich darüber nach, sondern folgte ganz instinktiv ihrem Gefühl – und der Richtung, aus der der sonderbare Geruch kam.

Es war eine der beiden verschlossenen Türen, die sie bereits ausprobiert hatte.

Conny rüttelte noch einmal an der Klinke, zog die Hand zurück, wie um enttäuscht aufzugeben, und rammte die Tür dann kurzerhand mit der Schulter auf. Es ging sehr viel leichter, als sie erwartet hatte; das vermeintlich altersschwache Holz hielt ihrem Anprall vollkommen unbeeindruckt stand, aber das Schließblech wurde aus dem Rahmen gesprengt und verschwand klappernd im Halbdunkel dahinter, während die Tür aufflog und Conny vom Schwung ihrer eigenen Bewegung und dem viel geringeren als erwarteten Widerstand nach vorne gerissen hindurchstolperte und ein paar Sekunden lang mit wild rudernden Armen um ihr Gleichgewicht kämpfen musste. Das herausgerissene Metallstück rutschte mit einem nicht enden wollenden, schrillen Kreischen über den gefliesten Boden, und aus dem sonderbaren Geruch, der sie hierher gelockt hatte, wurde ein atemberaubender, süßlicher Gestank, der ihr den Atem zu nehmen drohte.

Mit einem weiteren entschlossenen Schritt fand sie ihr Gleichgewicht wieder, blinzelte ein paarmal, um ihre Augen an die radikal veränderten Lichtverhältnisse zu gewöhnen, und sah sich dann aufmerksam um. Sie befand sich in einem schmalen, wenn auch sehr hohen Flur, der keine Fenster zu haben schien, dafür aber Wände aus schlierigem, schwarzgrauem Nebel. Erst nach ein paar Sekunden wurde ihr ihr Irrtum klar: Die Wände waren nur Abtrennungen aus deckenhohen Glasscheiben, die so hoffnungslos verdreckt waren, dass sie das hereinfallende Tageslicht nahezu vollkommen absorbierten. Die Luft stank nach Alter, Schimmel und so durchdringend nach süßlichem Blut und Tod, dass ihr beinahe übel wurde. Es war dieser Gestank, der sie in diesen Raum gelockt hatte, und als wäre dieser Angriff auf ihren Magen allein noch nicht genug, fühlte sich ihre Phantasie ganz offensichtlich bemüßigt, das passende Szenario dazu dreidimensional und in leuchtenden Technicolor-Farben hinter ihrer Stirn entstehen zu lassen.

Nichts von alledem entsprach der Wahrheit. Conny machte zwei oder drei weitere Schritte, blieb wieder stehen und presste die Augen zu schmalen Schlitzen zusammen, um bei der praktisch nicht vorhandenen Beleuchtung sehen zu können.

Ihr Geruchssinn hatte sie nicht getrogen, ihre Phantasie allerdings dafür umso mehr. Die Quelle des Gestanks lag jetzt vor ihr, und sie war alles andere als appetitlich, entpuppte sich dann aber doch als nichts anderes als eine tote Ratte. Eine wahrhaft gewaltige Ratte, alt und struppig und nahezu so groß wie eine kleine Katze, mit Zähnen und Krallen, deren bloßer Anblick ausreichte, Conny einen kalten Schauer über den Rücken zu jagen. Dennoch hatte sie ihren Meister gefunden. Irgendetwas hatte das Tier regelrecht in Stücke gerissen. Und es konnte noch nicht allzu lange her sein.

Trotz des intensiven Ekelgefühles, das der Anblick in ihr auslöste, zwang sich Conny, sich in die Hocke sinken zu lassen und den Kadaver des toten Tieres genauer zu betrachten. Die Ratte lag mit gebrochenem Genick, aufgerissenem Leib und hervorquellenden Eingeweiden in einer beinahe metergroßen Blutlache, von der nicht nur der intensive, süßliche Gestank ausging, sondern die auch immer noch größer wurde. Conny konnte die Wärme spüren, die davon aufstieg. Zu dem Gefühl von Ekel und Furcht in ihrem Inneren gesellte sich noch etwas, etwas, das sie nicht haben wollte und das sie so sehr erschreckte, dass sie den Gedanken vertrieb, bevor er auch nur wirklich Gestalt hinter ihrer Stirn annehmen konnte. Hastig stand sie auf, wich zwei oder drei Schritte vor dem toten Tier zurück und atmete ein paarmal tief durch den Mund ein und aus, um den Geschmack nach bitterer Galle loszuwerden, der sich plötzlich unter ihrer Zunge breitmachte. Sie versuchte, sich in Gedanken zur Ordnung zu rufen. Gut, etwas hatte diese Ratte getötet, etwas, das sehr viel stärker und gefährlicher als dieses ganz gewiss alles andere als wehrlose Tier gewesen war, und was immer auch geschehen sein mochte, dieses kleine Drama konnte sich erst vor wenigen Minuten hier abgespielt haben. Aber zwischen einem Tier, das fähig war, einer Ratte das Genick zu brechen, und einem gemeingefährlichen Serienmörder, der von den Toten wiederauferstanden war, um sein Unwesen zu treiben, gab es dann doch noch den einen oder anderen Unterschied. Sie hatte abermals etwas von dem kostbarsten Gut verschenkt, das sie im Moment hatte: Zeit.

Aber vielleicht auch nicht.

Sie wollte gerade kehrtmachen und wieder zurück nach draußen gehen, als sie die Fußspur sah. Sie begann direkt in der Blutlache und verschwand irgendwo in der Dunkelheit dahinter. Es war nicht wirklich eine Spur; kein Fußabdruck, den sie als den eines Menschen hätte identifizieren können, sondern eher ein streifiger Schmierer, als wäre jemand in die Blutlache getreten und achtlos weitergegangen. Vielleicht die Spur des – mit großer Wahrscheinlichkeit vierbeinigen – Killers, dem die Ratte zum Opfer gefallen war, aber vielleicht auch etwas anderes.

Conny folgte ihr. Dem ersten Schmierer folgten ein zweiter, dritter und vierter, die jedes Mal kleiner und undeutlicher wurden, sodass sie den letzten Abdruck eigentlich mehr erahnte als wirklich sah; aber sie führten sie immerhin nicht nur bis zur ersten Abzweigung des ehemalig gläsernen Korridors, sondern wiesen ihr auch die Richtung, in der die Spur weiterging, nachdem sie den Bereich des Sichtbaren verlassen hatte. Ohne wirklich darüber nachzudenken, was sie da tat, wandte sich Conny nach links und blieb erst wieder stehen, als sie das Ende des Ganges erreicht hatte.

Und was jetzt?, ertönte eine spöttische, lautlose Stimme direkt hinter ihrer Stirn. *Du bist also der Spur einer ganz besonders rauflustigen Katze gefolgt, die sich gerade einen Mausburger organisieren wollte, oder auch eines tollwütigen Hundes, der hinter der nächsten Tür auf dich lauert und wahrscheinlich alles andere als glücklich darüber ist, dich in seinem Revier zu begrüßen. Herzlichen Glückwunsch.*

Conny blieb stehen und sah sich ein wenig ratlos um. Ihre Augen hatten sich mittlerweile an das graue Dämmerlicht gewöhnt, sodass sie immerhin erkannte, dass sich zu ihrer Rechten kein weiteres Hindernis aus Glas, sondern eine ganz normale Wand erhob, in der es zwei Türen gab. Beide standen offen, und hinter beiden wartete nichts als vollkommene Finsternis auf sie.

Unendlich behutsam streckte sie die Hand aus und tastete über die Wand hinter der ersten Tür. Sie fühlte uralte, staubtrockene Tapeten, die sich unter ihrer Berührung zu Staub auflösten, und kurz darauf einen altmodischen Lichtschalter, den sie kurzerhand umlegte und mit ganz genau dem Ergebnis belohnt wurde, das sie erwartet hatte, nämlich keinem.

Frustriert wandte sie sich der zweiten Tür zu und erzielte dasselbe Ergebnis, nur dass es dahinter dunkel blieb, weil sie erst gar keinen Lichtschalter fand. Ihre Finger tasteten über etwas, das sich zugleich uralt und trocken wie klebrig anfühlte und sie mit einem neuerlichen und noch intensiveren Ekelgefühl erfüllte, aber noch bevor sie angewidert zurückprallen konnte, hatte sie auch ein plötzliches Gefühl von Weite. Der Raum, der sich in der Dunkelheit auf der anderen Seite der Tür verbarg, musste sehr groß sein. Ein sonderbarer Geruch schlug ihr entgegen: Die gleiche Mischung aus Moder und Verfall und uraltem Staub wie hier, aber auch noch etwas anderes, das eine Saite in ihr zum Schwingen brachte, ohne dass sie genau sagen konnte, welche. Nur, dass ihr dieser Geruch auf seltsame Weise das Gefühl verlieh, auf der richtigen Spur zu sein.

Dieser Gedanke war vielleicht noch lächerlicher als alle anderen zuvor, doch wenn sie nicht auf ihre Gefühle gehört hätte, dann wäre sie jetzt nicht hier und vermutlich nicht einmal mehr am Leben.

Mit geschlossenen Augen, alle anderen Sinne zum Zerreißen angespannt, ging sie weiter. Ihre Schritte erzeugten ein lang anhaltendes, hallendes Echo, und das Gefühl von Weite nahm ebenso zu wie der seltsame Geruch. Nach sieben oder acht Schritten stießen ihre tastend vorgestreckten Hände auf Widerstand; eine weitere Tür, die selbst unter dieser flüchtigen Berührung zitternd zurückschwang. Dahinter wartete nur weitere Dunkelheit auf sie, aber als sie vorsichtig mit dem Fuß durch die Öffnung tastete, war da nach einem kurzen Stück nichts mehr. Sie stand am Anfang einer Treppe. Und nun identifizierte sie auch den Geruch, der sie hierher geführt hatte: Es war der typische Kellergeruch einer alten Fabrik, Staub und Schimmel und abgestandenes Wasser, vermischt mit der Ausdünstung alten Öls, faulenden Holzes und Rost.

Und Blut.

Conny erschrak beinahe vor ihrem eigenen Gedanken. Das war lächerlich. Sie war schließlich kein Spürhund, der einer Fährte folgte.

Aber es blieb dabei: Unter all den – ausnahmslos unangenehmen – Gerüchen, die ihr aus der schwarzen Tiefe entgegenschlugen, war ein ganz schwaches, aber unverkennbares Aroma, das etwas tief in ihr anrührte. Es war Blut; derselbe süßlich-metallische Geruch, der sie zu der toten Ratte geführt hatte, nur schwächer und zugleich vollkommen anders; *verlockender*.

Es war dieser letzte Gedanke, der sie wirklich erschreckte. Verdammt, was war eigentlich mit ihr los? Bildete sie sich vielleicht ein, sich allmählich in einen Vampir zu verwandeln?

Conny verzog humorlos die Lippen, als ihr klar wurde, was sie da gerade gedacht hatte. Vampir? Das letzte Mal, als sie in den Spiegel gesehen hatte, hatte sie der Anblick eher an einen Zombie erinnert.

Das heiterte sie nicht wirklich auf, löste jedoch ein Stück weit die Spannung, die von ihr Besitz ergriffen hatte. Sie ging ein wenig schneller weiter, erreichte nach einem guten Dutzend Stufen das

Ende der ausgetretenen Betontreppe und stieß abermals auf Widerstand; diesmal auf Metall. Ihre Finger tasteten nach der Türklinke und drückten sie herunter, und endlich nahm sie wieder einen schwachen Lichtschimmer wahr. Es war tatsächlich nicht mehr als ein Hauch, aber es *war Licht,* nach einer schieren Ewigkeit, die sie durch vollkommene Schwärze gestolpert war, eine wahre Labsal nicht nur für ihre Augen, sondern auch für ihre Seele.

So leise wie möglich schob sie die Tür weiter auf, quetschte sich durch den schmalen Spalt und sah sich mit klopfendem Herzen um. Es war das zweite Mal an einem Tag, dass sie einen Keller betrat, doch der Unterschied hätte nicht größer sein können. Tess' Zimmer war ein behagliches Zuhause gewesen, eine selbst geschaffene Zuflucht tief unter der Erde, in die sie sich verkrochen und die ihr Schutz vor einer feindlichen Welt und einem spießigen Elternhaus geboten hatte; jetzt erstreckte sich vor ihr ein Universum, das nur aus Schatten und unterschiedlichen Abstufungen von Dunkelheit zu bestehen schien. Sie spürte, wie groß der Raum war, der sich vor ihr ausbreitete – kein Keller, sondern ein unterirdischer Saal, der weder einen erkennbaren Anfang noch ein Ende zu haben schien – aber alles, was sie sah, waren ineinanderfließende Schatten und ein sonderbar regelmäßiges Muster aus rauchigen vertikalen Linien, die sie erst auf den zweiten Blick als ein Gewirr meterdicker eckiger Betonsäulen identifizierte, die die Decke trugen. Von irgendwoher drang ein regelmäßiges klopfendes Geräusch an ihr Ohr, als liefe irgendwo noch eine der uralten Maschinen, die früher einmal hier gearbeitet hatten, oder als schlüge tief unter ihren Füßen ein gewaltiges stählernes Herz. Schatten glitten auf lautlosen Schwingen durch die Luft, und irgendetwas bewegte sich; ganz eindeutig außerhalb ihres Sichtfeldes, aber sie spürte es trotzdem.

Jemand war hier.

Etwas war hier.

Conny gemahnte sich zum wiederholten Male an diesem Tag in Gedanken zur Ordnung, schloss die Tür ebenso lautlos hinter sich, wie sie sie geöffnet hatte, und blieb dann wieder stehen, um noch einmal zu lauschen. Nach ein paar Sekunden gelang es ihr, sowohl das schwere Schlagen ihres eigenen Herzens als auch die anderen

Laute auszublenden, mit denen ihre eigene Phantasie ihr zusetzte, aber das unheimliche Geräusch blieb. Es hatte etwas Mechanisches. Und auch der Geruch war immer noch da.

Es war schwer, die Richtung auszumachen, aus der die Geräusche kamen. Der Keller hatte eine irritierende Akustik, die von der düsteren Beleuchtung und dem sinnverwirrendenden Tanz von Licht und Schatten nur noch verstärkt wurde. Wenn sie in der Dunkelheit oben nicht gänzlich die Orientierung verloren hatte, musste sie sich jetzt unter einer der leer stehenden Produktionshallen befinden. Vermutlich gab es ein Dutzend Ausgänge, wenn nicht mehr, und eine Anzahl von Räumen, die mindestens dreistellig sein musste. Aber irgendetwas sagte ihr, dass sie auf dem richtigen Weg war. Die Polizistin in Conny, jener Teil von ihr, den sie ein Leben lang auf logisches Denken, das Erkennen von Zusammenhängen und Abschätzen von Wahrscheinlichkeiten konditioniert hatte, schien sich bei diesem Gedanken zu krümmen wie ein getretener Wurm. Dennoch setzte sie ihren Weg fort.

Ihre Schritte erzeugten leise, schmatzende Geräusche auf dem mit jahrzehntealtem Schmutz und Öl getränkten Betonboden, und das lautlose Huschen der Schatten rings um sie herum schien hektischer zu werden, als gäbe es hier drinnen etwas Unsichtbares und Körperloses.

Sie sollte nicht hier sein. Ein Teil von ihr, dessen Existenz sie möglicherweise Zeit ihres Lebens gespürt, aber hartnäckig verleugnet hatte, fühlte die Gefahr, die sich rings um sie herum zusammenballte; nicht die bloße physische Gefahr eines Ortes wie diesem mit all seinen unsichtbaren Fallen, Hindernissen und Abgründen, die einem unvorsichtigen Eindringling nur zu leicht zum Verhängnis werden konnten, sondern eine andere, viel größere Gefahr, die direkt *ihr* galt.

Das beunruhigende Geräusch war lauter geworden, wenn auch nicht deutlicher. Mehr denn je erinnerte es sie an einen düsteren Herzschlag, der zugleich etwas wie eine unaussprechliche Drohung beinhaltete, nicht näher zu kommen.

Dann, ganz plötzlich, wurde ihr klar, was sie da hörte: Musik. Und mit diesem Begreifen erkannte sie sie auch. Gregorianische Chöre, düster, bedrohlich und unheimlich zugleich, und in dieser ganz speziellen Umgebung von einer nie gekannten Intensität, die ihr beinahe die Luft nahm.

Dennoch atmete sie insgeheim auf. Es war Musik, nicht mehr. Nichts, wovor sie Angst haben musste; nicht jene Art von Angst, die wie giftiger Nebel aus einem ihr bis zu diesem Moment unbekannten Teil ihres Unterbewusstseins emporstieg und ihr das Denken schwer machte. Sie war auf dem richtigen Weg. Das allein zählte.

Dennoch blieb sie natürlich auf der Hut, als sie ihren Weg fortsetzte. Sie ging immer nur drei oder vier Schritte weit, bevor sie sich aufmerksam nach rechts und links umsah und lauschte. Auch wenn sich das graue Zwielicht rings um sie herum weiter hartnäckig weigerte, sich zu irgendeinem erkennbaren Bild zusammenzufügen, so bekam sie doch allmählich ein Gefühl für ihre Umgebung. Sie befand sich in einem offensichtlich sehr großen und ebenso offensichtlich vollkommen leeren Raum, näherte sich aber seinem Ende. Vor ihr war ein Hindernis, massiv und groß – offensichtlich eine Wand –, und das graue Licht, das sie hierher gelockt hatte, sickerte durch eine halb offen stehende und schräg in den Angeln hängende Tür. Es gab noch andere Lichtquellen, kleiner und über ihr: Löcher in der Decke, wo Rohrleitungen und Kabelschächte herausgerissen worden waren, unregelmäßige Einbrüche, wo der Beton allen Versicherungen seiner Erbauer zum Trotz dem Zahn der Zeit schon nach wenigen Jahrzehnten nachgegeben hatte, und andere, nicht zu identifizierende Durchlässe. Aber ihr Ziel lag vor ihr. Die Musik, die nun ganz deutlich zu hören war, kam aus dem Raum hinter der offenen Tür.

Und nun identifizierte sie auch andere Laute: Schritte (Stimmen?), ein beständiges Rascheln und Huschen und vielleicht etwas wie ein halblautes, fast ersticktes Schluchzen. Ein Teil von ihr registrierte entsetzt, dass sie mit einem Male über das gute Gehör einer Fledermaus zu verfügen schien, die sich in dieser völligen Dunkelheit nur anhand von Geräuschen zurechtfand. Sie versuchte dem befremdlichen Gedanken mit Logik beizukommen. Schließlich hatte sie stets ein gutes Gehör gehabt, und wahrscheinlich hatte sich das

Verhältnis von Blut und Adrenalin in ihrem Kreislauf mittlerweile umgekehrt, was sie zu dieser erstaunlichen Leistung befähigte.

Sie erreichte die Tür, lauschte mit angehaltenem Atem und wagte erst dann, vorsichtig hindurchzuspähen. Auch dahinter war nichts anderes als graues Licht und lautlos hin und her huschende Schatten zu erkennen. Die Geräusche wurden nochmals lauter. Sie identifizierte jetzt mindestens zwei Personen, die sich gedämpft unterhielten, auch wenn sie die Worte nicht verstehen konnte, und nun ganz eindeutig etwas wie eine Mischung aus einem Schluchzen und halb erstickten Atemzügen. Ihr Herz begann schneller zu schlagen. Die Mädchen waren hier.

Conny wartete, bis sich die tanzenden Schatten vor ihren Augen zu verschwommenen Umrissen zusammengefügt hatten und sie zumindest eine vage Vorstellung von dem bekam, was sie erwartete; nichts Dramatischeres als ein weiterer leerer Raum, der allerdings kaum mehr als zehn oder zwölf Schritte maß und von dem eine Anzahl Türen in alle Richtungen abzweigten. Ein blasser, gelblicher Lichtschein wies ihr den Weg zu der, hinter der ihr Ziel lag. Behutsam schlich sie weiter, spürte, wie ihr Fuß gegen ein Hindernis zu stoßen drohte, und prallte zurück, atmete aber zugleich auch insgeheim erleichtert auf. Die Fledermaus in ihr war anscheinend immer noch wachsam.

Die Musik verstummte plötzlich. Ein hartes, metallisches Klacken erklang, und der düstere Gesang setzte kurz darauf wieder ein. Jemand hatte die CD gewechselt, das war alles.

Bevor sie weiterging, ließ sie sich in die Hocke sinken und betrachtete aufmerksam das Hindernis, gegen das sie um ein Haar gestoßen wäre; Musik und Stimmen hin oder her, es war hier unten nahezu unheimlich leise, und jeder Laut, der nicht hierher gehörte, musste Aisler ganz zweifellos alarmieren. Und sie wurde sich plötzlich wieder schmerzhaft des Umstandes bewusst, dass sie unbewaffnet war – und so ganz nebenbei diesem Kerl körperlich hoffnungslos unterlegen, wie er ihr bereits zweimal demonstriert hatte.

Es war nichts Gefährlicheres als ein Stein, doppelt so groß wie ihre

Faust und an einem Ende mit etwas Schmierigem und Grünem besudelt, das nicht so aussah, als würde sie es gerne berühren. Der Anblick brachte sie allerdings auf eine Idee. Rasch erhob sie sich wieder, drehte sich einmal im Kreis und ließ ihren Blick aufmerksam über den Boden gleiten. Überall lagen Unrat und Trümmer, heruntergefallene Steine und Betonbrocken, aber auch achtlos liegen gelassenes Werkzeug und mit Rost verkrustete, metallene Dinge, deren ehemalige Bestimmung nicht mehr zu erkennen war. Conny wählte eine unterarmlange und gut daumendicke Eisenstange, die an einem Ende gefährlich ausgezackt und verbogen war, wo man sie offensichtlich grob von einem größeren Stück abgebrochen hatte. Eine erbärmliche Waffe, aber besser als gar keine. Erst dann setzte sie ihren Weg fort und näherte sich auf Zehenspitzen der Tür, durch die der gelbe Lichtschein drang.

Diesmal erwies sich ihre Vorsicht nicht als überflüssig.

Hinter der Tür lag ein quadratischer Raum von vielleicht vier mal fünf Metern, dessen Boden erstaunlicherweise aus rostigen Eisenplatten bestand. An den Wänden aus rissigem Beton hingen verrottete Kabelkanäle und schwere, rostige Streben. So etwas wie eine Decke schien es nicht zu geben. Aus der Dunkelheit über ihr hing eine Schlaufe aus einem daumendicken, zerfaserten Stahlseil. Ein Liftschacht.

Der Tür gegenüber, auf einer zu einem niedrigen Tisch umfunktionierten, umgedrehten Holzkiste stand ein riesiger Gettoblaster, aus dessen Boxen jetzt ein anderer, nicht minder düsterer Gesang dröhnte: getragene Stimmen, die versuchten, wie gregorianischer Gesang zu klingen, aber von kreischenden Heavy-Metal-Gitarren und dumpfen Schlagzeugrhythmen begleitet wurden. Zahllose Kerzen sorgten für eine helle, unstete Beleuchtung und einen durchdringenden Brandgeruch in der Luft, und gleich neben der Kiste stand eine Gestalt in einem schwarzen Kapuzenmantel, die ihr den Rücken zudrehte, sodass sie ihr Gesicht nicht erkennen konnte. Eine zweite, gleichartig gekleidete Gestalt saß in der Hocke vor einem der beiden bis auf die Slips entkleideten Mädchen, die auf dem Boden des

Schachtes knieten und nur deshalb noch nicht zusammengebrochen waren, weil man ihre zusammengebundenen Hände mit Draht an das Stahlseil gefesselt hatte, das von der Decke hing. Die Köpfe der beiden Mädchen waren gesenkt, sodass Conny auch ihre Gesichter nicht erkennen konnte, aber sie identifizierte Tess' violett gefärbtes Haar. Der Kerl, der vor ihr hockte, hatte ein Messer gezogen und zeichnete mit der stumpfen Seite der Klinge die Konturen ihrer Brust nach.

Das Mädchen rührte sich nicht; sie war entweder bewusstlos oder bereits tot. Ihre Freundin hob jedoch mühsam den Kopf und begann zu schluchzen. Conny hätte sie wiedererkennen müssen, denn es war ganz eindeutig das Mädchen aus dem Krankenhaus, Mirjam. Aber etwas in ihr weigerte sich, es zu tun. Ihr Gesicht war angeschwollen – offensichtlich hatte man sie schwer geschlagen – und so schmutzig, dass es wie eine grausige schwarze Clownsmaske wirkte. Tränen, vielleicht auch Blut, hatten schmierige Spuren in der unfreiwilligen Schminke hinterlassen, und in ihren Augen flackerte die nackte Todesangst. Ganz offensichtlich hatte sie Schmerzen.

»Nur keine Sorgen, Schätzchen«, zischte der Kerl, der neben dem Radio stand. »Du kommst auch noch dran. Ihr müsst euch nur noch einen Moment gedulden.«

Connys Gedanken rasten. Die Stimme war ihr unbekannt – immerhin war ihr zweifelsfrei klar, dass sie nicht Aisler gehörte – und klang jung; nicht mehr die eines Kindes, aber auch noch ganz und gar nicht die eines erwachsenen Mannes. Und obwohl ihr der zweite ebenfalls den Rücken zuwandte, handelte es sich auch bei ihm nicht um den Vampir. Was zum Teufel ging hier vor? Hatte dieser Verrückte eine ganze Armee um sich geschart?

»Bitte!«, wimmerte das Mädchen. »Wir … wir haben doch gar nichts …«

Der Junge, der vor Tess kniete, ließ das Messer fallen und schlug ihr blitzartig und so hart mit dem Handrücken ins Gesicht, dass ihr Kopf in den Nacken flog und sie zu schluchzen begann, und Conny war mit einem einzigen Schritt durch die Tür und mit einem zweiten hinter dem Burschen, genau in dem Augenblick, in dem er erschrocken herumfuhr und aufzuspringen versuchte.

Es war tatsächlich nicht Aisler. Es war nicht einmal ein junger Mann, sondern ein *Kind*, höchstens dreizehn oder vierzehn Jahre alt; was Conny aber nicht daran hinderte, ihm einen so kräftigen Tritt mitten ins Gesicht zu versetzen, dass er mit haltlos rudernden Armen nach hinten flog und wuchtig genug gegen seinen Kumpan prallte, um auch ihn noch halbwegs von den Füßen zu reißen.

Er tat ihr nicht den Gefallen, endgültig zu stürzen und sich vielleicht freundlicherweise dabei auch gleich noch den Schädel einzuschlagen, sondern fing seinen Sturz mit einer blitzartigen Bewegung ab und ging praktisch im gleichen Sekundenbruchteil seinerseits auf sie los.

Conny wich seinem ersten, wütenden Schwinger mit mehr Glück als Verstand aus, sprang zur Seite und versuchte ihn über ihr vorgestrecktes Bein stolpern zu lassen. Es gelang, aber der Zusammenprall war so heftig, dass sie ebenfalls strauchelte und gegen Mirjam fiel. Das Mädchen schrie vor Schmerz, als die dünnen Drähte, mit denen ihre Handgelenk an das Stahlseil gefesselt waren, mit grausamer Kraft in ihr Fleisch schnitten, und plötzlich war ihr warmes Blut nicht nur auf ihren eigenen Armen, sondern auch auf Connys wild nach festem Halt tastenden Fingern. Sie ergriff das Stahlseil trotzdem fester, stemmte sich selbst in die Vertikale zurück und sah sich hastig nach ihren beiden jugendlichen Gegnern um. Der Bursche, der sie angegriffen hatte, war auf die Knie gefallen und stemmte sich benommen wieder in die Höhe, und auch der andere war keineswegs außer Gefecht gesetzt, sondern wirkte viel mehr verwirrt und maßlos überrascht als wirklich angeschlagen. Blut lief aus seiner Nase, und auch seine Unterlippe war aufgeplatzt und blutete. Conny korrigierte ihre Schätzung, was sein Alter anging, noch einmal um ein Jahr nach unten. Trotzdem beging sie keinen Sekundenbruchteil lang den Fehler, ihn und seinen Begleiter zu unterschätzen. Die beiden mochten noch halbe Kinder sein, aber sie hatte erst vor ein paar Stunden am eigenen Leib gespürt, wozu diese *Kinder* fähig waren.

»Hört sofort auf!«, sagte sie scharf »Ich will euch nicht wehtun, aber das hier hat jetzt ein Ende!«

Natürlich antwortete keiner der beiden, und Conny fragte sich ganz instinktiv, ob sich ihre Worte in den Ohren der beiden Jungen wohl genauso lächerlich anhörten wie in ihren eigenen. Wahrscheinlich. Selbst der Junge, den sie als Ersten niedergeschlagen hatte, war ein gutes Stück größer als sie und vermutlich doppelt so stark; und er hatte ganz bestimmt nicht die leisesten Hemmungen, diese überlegene Kraft auch einzusetzen.

Irgendetwas in ihr übernahm die Kontrolle, und Conny erinnerte sich endlich daran, nicht mit leeren Händen gekommen zu sein. Als der Junge zum zweiten Mal heranstürmte, rammte sie ihm die Eisenstange mit solcher Wucht in den Leib, dass er mit einem fast komisch klingenden Pfeifen auf die Knie fiel, sich krümmte und dann verzweifelt nach Atem ringend aufs Gesicht fiel. Aus der gleichen Bewegung heraus fuhr sie herum, packte den zweiten mit der freien Hand am Kragen und stieß ihn mit solcher Wucht gegen die Wand, dass sein Hinterkopf gegen den schmutzigen Beton prallte und er halb bewusstlos zusammenbrach, wobei er nicht nur den Gettoblaster herunterriss, der mit einem letzten, protestierenden Kreischen den Dienst quittierte, sondern auch ein halbes Dutzend Kerzen.

Nicht genug!

Etwas in ihr schrie in schierem Blutdurst auf, und ihre rechte Hand schloss sich völlig ohne ihr Zutun so fest um die Eisenstange, dass es wehtat. Sie wollte den Tod dieses Jungen. Sie wollte die Stange nehmen und sie mit aller Gewalt auf seinen Schädel niedersausen lassen, bis er aufplatzte wie eine überreife Tomate und sein Gehirn in alle Richtungen verspritzte.

Mein Gott!

Stattdessen ließ sie die Eisenstange fallen, fuhr herum und griff hastig mit beiden Händen nach Mirjams Armen. Das Mädchen war nach hinten gerissen worden und hing in einer grausam überdehnten Haltung an den ausgestreckten Armen. Sie wimmerte jetzt nicht mehr vor Angst, sondern vor purer Agonie und berechtigter Todesangst. Die Drähte hatten ihre Handgelenke bis auf die Knochen aufgerissen, und das Blut sprudelte nur so aus ihren zerfetzten Arterien.

Es wurde schlimmer, als Conny sie mit zusammengebissenen Zähnen hoch und in eine Haltung stemmte, die den mörderischen Druck auf ihre Handgelenke wenigstens etwas milderte. Mirjam kreischte jetzt vor Schmerz und Angst und versuchte sich mit aller Kraft loszureißen, wodurch sie ihre Handgelenke nur noch weiter aufriss und sich selbst noch mehr Schmerzen zufügte.

»Beruhige dich!«, keuchte Conny. »Um Gottes willen, hör auf damit! Ich mache dich los, aber du musst still halten, hörst du?«

Sie selbst hatte vielleicht am wenigsten damit gerechnet, doch Mirjam reagierte tatsächlich auf die Worte; vielleicht auch nur auf den bloßen Klang ihrer Stimme. Sie hörte auf, sich wild hin- und herzuwerfen, sank wieder kraftlos nach vorne und begann leise zu weinen. Ihre Handgelenke bluteten heftig.

Conny ergriff ihre Hände und musste spürbare Kraft aufwenden, um ihre verkrampften Finger zu lösen und so um das Stahlseil zu legen, dass sie sich selbst daran festhielt und somit zumindest einen Teil ihres eigenen Körpergewichts abfing.

»Halt dich fest, verstehst du?«, fragte sie. »Lass auf gar keinen Fall los, sonst schneidest du dir selbst die Hände ab! Hast du das verstanden?«

Sie bekam keine Antwort, aber Conny hatte auch gar keine andere Wahl, als es darauf ankommen zu lassen. Es war wie eine schreckliche Wiederholung der Szene aus dem *Trash*, nur tausendmal schlimmer, denn diesmal war es *ihre* Schuld: Das Mädchen würde verbluten, wenn sie sie nicht innerhalb der nächsten zwei oder drei Minuten losband und ihre Wunden verband.

Conny verschwendete zwei oder drei weitere, unendlich kostbare Sekunden damit, vollkommen nutzlos an den dünnen Drähten herumzuzerren, mit denen ihre Handgelenke zusammengebunden waren, bevor sie zurücktrat und verzweifelt nach irgendetwas suchte, womit sie die Drähte durchschneiden konnte. Das Messer des Jungen lag neben ihm auf dem Boden, und Conny wunderte sich fast ein bisschen, dass er noch nicht auf den Gedanken gekommen war, danach zu greifen und sich für den Fußtritt in sein Gesicht zu revanchieren. Das mochte allerdings auch daran liegen, dass er gerade ziemlich benommen versuchte, sich nicht nur in eine halbwegs sitzende Position hochzustemmen, sondern auch seinen Mantel zu löschen, dessen Saum an einer der heruntergefallenen Kerzen Feuer gefangen hatte.

Conny nahm dieses unerwartete Geschenk dankbar hin, bückte

sich nach dem Messer und säbelte weitere unersetzliche Sekunden lang an Mirjams Fesseln herum, bevor sie endlich auf die Idee kam, die Messerspitze zwischen die haarfeinen Drähte zu zwängen und sie auseinanderzubiegen. Mirjam begann wieder zu schreien, und Conny konnte die neuerlichen Schmerzen, die sie dem Mädchen mit ihrer stümperhaften Befreiungsaktion zufügte, beinahe wie ihre eigenen fühlen, doch sie hörte nicht auf, sondern verdoppelte ihre Anstrengungen und tröstete sich damit, dass sie es kaum noch schlimmer machen konnte. Es gab nichts mehr zu verlieren, aber alles zu gewinnen. Mirjam kreischte vor Qual, und endlich zerriss der letzte Draht mit einem peitschenden Laut. Das abgerissene Ende traf Conny im Gesicht und hinterließ eine dünne Linie aus brennendem Schmerz, aber sie nahm es kaum zur Kenntnis, sondern ließ das Messer fallen und konnte gerade noch die Arme ausstrecken, als Mirjam mit einem wimmernden Laut zur Seite kippte. Ihre rechte Hand baumelte so kraftlos herunter, dass Conny ernsthaft befürchtete, das Gelenk würde bei einer unvorsichtigen Bewegung einfach abfallen, und aus den zerfetzten Pulsadern sprudelte hellrotes Blut wie aus einem durchschnittenen Wasserschlauch. Noch während Conny Mirjam vorsichtig zu Boden sinken ließ, registrierte sie, dass ihr anderer Arm zwar ebenfalls blutüberströmt, aber so gut wie unversehrt war. Sie machte sich nichts vor: Diese Verletzung war schlimm genug, um das Mädchen binnen weniger Minuten zu töten.

Hilflos, wie sie sich fühlte, versuchte sie Mirjams Pulsadern dicht unter der schrecklichen Verletzung abzudrücken, hatte aber das Gefühl, es damit eher noch schlimmer zu machen. Schließlich streifte sie ihre Jacke ab, riss – mit erheblich mehr Mühe, als sie erwartet hätte – den Ärmel ihrer Bluse ab und versuchte, einen Verband zu improvisieren.

Es blieb bei dem Versuch. Der Stoff färbte sich beinahe schneller rot, als sie dabei zusehen konnte, und aus ihrer Verzweiflung wurde etwas anderes, Schlimmeres. Es war ein *Déjà-vu*, doch alles von der schrecklichsten Art: Aisler hatte sein Ziel endlich erreicht. Sie hatte ein Mädchen gerettet, nur damit ein zweites jetzt unter ihren Händen starb, und als kleine Verzinsung für das Vergnügen, das ihm entgangen war, diesmal durch *ihre* Schuld.

Hinter ihr scharrte es. Conny registrierte eine Bewegung aus den Augenwinkeln, fuhr herum und reagierte, ohne nachzudenken, als sie sah, dass es dem Jungen endlich gelungen war, seinen schwelenden Mantel zu löschen, und er Anstalten machte, sich auf sie zu werfen. Sie schlug zu, diesmal nicht mit dem Handrücken, sondern mit der Faust.

Dem stechenden Schmerz nach zu schließen, der in ihrem Handgelenk explodierte, musste der Schlag sehr fest gewesen sein. Der Junge verdrehte die Augen, kippte ein zweites Mal nach hinten und schlug schwer mit dem Hinterkopf auf den heruntergefallenen Gettoblaster auf, der daraufhin ein protestierendes Knirschen hören ließ. Die Klappe sprang auf und spie eine in Stücke gebrochene CD aus, und Conny fuhr hastig zu dem zweiten schwarz gekleideten Jungen herum, der nur ein kleines Stück hinter ihr lag und immer noch würgend und keuchend nach Luft rang.

So, wie es aussah, würde er das wohl auch noch eine ganze Weile tun. Er versuchte nicht nur, das Luftholen neu zu lernen, sondern hatte sich auch blutig erbrochen, und Conny kam erst im Nachhinein zu Bewusstsein, *wie* hart sie zugeschlagen hatte. Sie musste ihn schwerer verletzt haben. Und sie spürte nicht einmal so etwas wie ein schlechtes Gewissen, sondern allenfalls eine grimmige Befriedigung.

Hastig wandte sie sich wieder zu Mirjam um. Das Mädchen hatte sich in einer fötalen Haltung auf dem Boden zusammengekrümmt und den verletzten Arm unter den Körper geschoben. Es weinte jetzt nur noch leise und reagierte auch nicht, als Conny sie vorsichtig an der Schulter berührte. Doch als sie sie mit sanfter Gewalt umdrehte, sah sie, wie erbärmlich wenig ihr improvisierter Verband tatsächlich genutzt hatte: Der Stoff glänzte mittlerweile in einem dunklen, nassen Rot, und sie glaubte regelrecht sehen zu können, wie Mirjams Gesicht mit jeder Sekunde blasser wurde. Das Leben sickerte sichtbar aus ihr heraus.

Verzweifelt sah sie sich nach etwas um, was sie als *wirklichen* Verband benutzen konnte, fand aber nichts, sodass sie schließlich auch noch den anderen Ärmel ihrer Bluse abriss und zu einem schmalen Band zusammendrehte; sie knotete es so fest um Mirjams Ellbogengelenk, wie sie nur konnte. Auch das brachte nicht den erhofften Erfolg, sodass sie schließlich das Messer aufhob, die Klinge unter den Verband schob und anderthalbmal umdrehte, um auf diese Weise die Schlagader abzubinden. Auch, wenn sie wenig von Medizin oder auch nur Erster Hilfe verstand, war sie sich doch schmerzhaft der Gefahr bewusst, dass das Mädchen auf diese Weise die Hand oder gar den ganzen Unterarm verlor, wenn sie nicht wirklich *sehr* schnell ärztliche Hilfe bekam ... aber welche andere Wahl hatte sie schon?

Erst jetzt, als zumindest die unmittelbare Gefahr für Mirjams Leben gebannt schien, wagte sie es, sich auch um Tess zu kümmern. Das Mädchen saß noch immer in völlig unveränderter Haltung da, der Kopf nach vorne gesunken, mit halb geschlossenen Augen. Conny spürte, dass sie bei Bewusstsein war, wenn auch in einem Zustand, in dem sie kaum noch etwas von ihrer Umgebung wahrnahm.

Obwohl nun nichts so kostbar war wie Zeit, verwandte sie einen Moment darauf, Tess' Handfesseln aufmerksam in Augenschein zu nehmen und genau zu dem Ergebnis zu kommen, das sie erwartet hatte: Ihre Handgelenke waren mit Kupferdraht zusammen- und zusätzlich an das Liftkabel gebunden, eine ganz besonders niederträchtige Art der Fesselung, die praktisch keinem anderen Zweck diente als dem, seinem Opfer Schmerzen zuzufügen.

Der Anblick erfüllte sie mit einer kalten Wut, aber auch erneuter Sorge. Ohne irgendein geeignetes Werkzeug würde sie Tess vermutlich ebenfalls verletzen, wenn sie versuchte, den Draht zu entfernen.

Conny warf einen raschen, sichernden Blick zur Tür – dahinter rührte sich nichts – bevor sie sich vor Tess in die Hocke sinken ließ und versuchte, ihren Blick einzufangen. Ohne Erfolg.

»Tess, verstehst du mich?«

Das Mädchen starrte einfach mit leerem Blick durch sie hindurch. Conny versuchte weitere zwei oder drei Sekunden lang, ihren Blick festzuhalten, dann streckte sie die Hand aus und zwang Tess mit sanfter Gewalt, sie anzusehen, ohne ihren schwächlichen Widerstand auch nur zur Kenntnis zu nehmen.

»Hör mir zu, Kleines«, sagte sie. »Ich weiß, wie du dich fühlst. Du hast große Angst, aber jetzt ist alles in Ordnung. Ich bringe euch hier raus, doch dazu muss ich dich erst losmachen, hast du das verstanden? Versuch nicht, dich selbst loszureißen. Ich suche irgendetwas, um diese Drähte durchzuschneiden, okay?«

Tess' Blick blieb leer, aber sie hatte keine Zeit, um ihr so lange und beruhigend zuzureden, wie es notwendig gewesen wäre. Sie sah sich suchend um, dann ging sie zu dem bewusstlosen Jungen hin und durchwühlte seine Taschen. Sie waren vollkommen leer – was sie bei einen Berufsverbrecher kein bisschen überrascht hätte, bei diesem halben Kind dafür umso mehr – doch bei seinem älteren Kumpan wurde sie fündig, wenn auch nicht auf Anhieb.

Als sie neben ihm niederkniete, rang er zwar noch immer röchelnd und mit mäßigem Erfolg nach Atem, was ihn aber nicht davon abhielt, schwächlich nach ihr zu schlagen; oder es wenigstens zu versuchen. Conny überzeugte ihn davon, dass das keine wirklich gute Idee war, indem sie ihm einen Schlag mit der flachen Hand versetzte, der nicht nur sein Gesicht mit seinem eigenen Erbrochenen, sondern auch seine Stirn ziemlich unsanft mit dem rostigen Eisenboden kollidieren ließ. Danach durchsuchte sie seine Taschen. Sie fand ein Springmesser (das sie einsteckte), eine angebrochene Packung Mentholzigaretten und eine Rolle haardünnen Kupferdraht … und einen Seitenschneider mit rotem Kunststoffgriff. Sie nahm ihn an sich, ging rasch zu Tess zurück und knipste die dünnen Drähte durch, ohne Tess oder sich selbst weitere Blessuren zuzufügen. Das Mädchen ließ langsam die Arme sinken und gab ein leises, erschöpft klingendes Seufzen von sich; der erste Laut, den Conny überhaupt von ihr hörte, seit sie hereingekommen war.

»Deine Hände!«, verlangte sie. Tess reagierte nicht, sodass sich Conny rasch in die Hocke sinken ließ, ihre Arme ergriff und mit sanfter Gewalt zu sich heranzog, um ihre Handgelenke zu untersuchen. Sie waren zerschunden und blutig, aber es waren nur oberflächliche Schnitte und Kratzer; sicherlich sehr schmerzhaft, doch keinesfalls lebensbedrohlich.

»Gut«, sagte sie. »Ich bringe euch jetzt hier raus, hast du das verstanden? Aber du musst allein gehen. Ich muss mich um Mirjam kümmern und kann dich nicht tragen. Tess?«

Der Blick des Mädchens fiel einfach weiter durch sie hindurch, auch wenn er jetzt nicht mehr so leer war, sondern auf einen Punkt gerichtet und von etwas erfüllt, das sie weder erkennen konnte noch *wollte.*

»Tess!«, sagte sie noch einmal. Tess reagierte auch jetzt nicht, und Conny zog sie auf die Füße und wartete, bis sie sicher war, dass sie aus eigener Kraft stehen konnte. Erst dann beugte sie sich zu Mirjam hinab und half auch ihr in die Höhe, was sich als wesentlich schwieriger erwies. Das Mädchen war mehr bewusstlos als wach. Ihre Wunde hatte aufgehört zu bluten, auch wenn es aus dem durchnässten Verband noch immer rot zu Boden tropfte, aber die Hand und der Unterarm begannen sich bereits blau zu färben. Ihr Gesicht war unter all dem Schmutz und eingetrockneten Blut so bleich, dass Conny sich beherrschen musste, um sich ihren Schrecken nicht allzu deutlich anmerken zu lassen; auch wenn das Mädchen sicherlich nicht in einer Verfassung war, es überhaupt zu bemerken.

»Kannst du allein gehen?«, fragte sie. Sie hatte nicht mit einer Antwort gerechnet und bekam auch keine, sodass sie sich Mirjams unversehrten Arm über die Schulter legte und sich umdrehen wollte, um zu gehen, dann aber etwas tat, was ihr im ersten Moment selbst vollkommen sinnlos erschien: Ihr Oberarm streifte Mirjams nackte Brust, und die Berührung löste etwas sehr Seltsames in ihr aus. Erst jetzt kam ihr wirklich zu Bewusstsein, dass die beiden Mädchen nichts als ihre knappen Slips trugen, und plötzlich erschien es ihr als vollkommen unmöglich, mit zwei nackten Mädchen durch dieses unterirdische Labyrinth oder gar auf die Straße hinauszugehen. Behutsam lehnte sie das Mädchen gegen die Wand, ließ sie vorsichtig los und sah sich rasch nach ihren und Tess' Kleidern um, fand sie jedoch nicht. Die beiden Kerle mussten sie an einem anderen Ort entkleidet und schon so hier heruntergebracht haben. Vielleicht nur in einem der angrenzenden Räume oder draußen in der Halle, nur ein paar Schritte entfernt, aber sie hatte gewiss keine Zeit, danach zu suchen.

Kurz entschlossen beugte sie sich zu dem bewusstlosen Jungen hinab, drehte ihn auf den Bauch und schälte ihn mit einiger Anstrengung aus dem schwarzen Kunstledermantel; eine Aufgabe, die nahezu ihre gesamten Kräfte beanspruchte. Der Junge konnte nicht mehr als fünfzig oder sechzig Kilo wiegen, aber sein schlaffer Körper setzte ihr so hartnäckigen passiven Widerstand entgegen, dass sie fast eine Minute brauchte, bis sie den schwarzen Mantel endlich in Händen hielt. Sein Saum schwelte noch immer, und der verschmorte Kunststoff verströmte einen so erbärmlichen Gestank, dass ihr leicht schwindelig wurde.

Conny trat die schwelende Stelle sorgfältig aus, spürte die Hitze, die selbst durch ihre dicken Schuhsohlen drang, und wurde sich eines weiteren und sehr viel ernsteren Problems bewusst: Die beiden Mädchen waren nicht nur nackt, sondern trugen auch keine Schuhe, und der Kellerboden war nur so gespickt mit Schutt und Trümmern, scharfkantigem Metall und Glasscherben. Sie würden keine zehn Schritte weit kommen, ohne sich zu verletzen. Conny machte sich nichts vor. Ihre Kräfte reichten nicht aus, um auch nur eine von ihnen bis zum Wagen hinaufzutragen, geschweige denn beide.

So absurd ihr der Gedanke auch vorkam – sie hatte nur eine Wahl. Rasch hängte sie Tess den angesengten Mantel um die Schultern, kniete ein zweites Mal neben dem bewusstlosen Jungen nieder und begann mit vor Ungeduld zitternden Fingern, die Schnürsenkel seiner groben Stiefel zu lösen. Er reagierte so wenig darauf wie auf alles andere zuvor, und eigentlich hätte sie sich spätestens jetzt fragen müssen, ob er tatsächlich nur bewusstlos war und mit ein bisschen Kopfschmerzen (und dem einen oder anderen Jahr Jugendarrest) davonkam, aber sie verschwendete nicht einmal einen Gedanken darauf, sondern zerrte ungeduldig die Stiefel herunter und warf sie Tess hin. »Zieh die an!«

Tess starrte genauso teilnahmslos durch die Stiefel hindurch wie gerade durch sie, und Conny schluckte einen Fluch herunter, ging zu ihr und versuchte ihr die Stiefel anzuziehen; keine unbedingt leichte Aufgabe, denn das Mädchen tat rein gar nichts, um ihr dabei zu helfen. Sie kam sich vor wie eine Mutter, die zum ersten Mal versuchte, ihrem Kind die Schuhe anzuziehen und zuzubinden – allerdings wie eine Mutter mit zwei linken Händen und einem sechzig Kilo schweren autistischen Kind.

Irgendwie gelang es ihr dennoch, und sogar, ohne noch allzu viel von ihrer kostbaren Zeit zu verschwenden, doch damit war erst die Hälfte ihres Problems gelöst. Die zweite Hälfte lehnte mit aschfahlem Gesicht an der Wand neben der Tür und presste den verletzten Arm an sich. Ihre Füße waren genauso nackt wie die von Tess, und das Letzte, was sie jetzt gebrauchen konnte, waren noch mehr blutende Schnittwunden.

Aber es gab ja noch ein zweites Paar Schuhe hier drinnen.

Durch ihre Erfahrungen beim ersten Mal gewarnt, drehte Conny den Jungen sehr behutsam um und war jederzeit auf einen weiteren heimtückischen Angriff gefasst, während sie ihm seinen Mantel auszog. Er begann sich stöhnend zu regen und versuchte ganz instinktiv, ihre Hände von sich wegzuschieben, aber nicht noch einmal, nach ihr zu schlagen. Als sie jedoch den Mantel beiseite legte und sich seinen Stiefeln zuwandte, spürte sie, dass er sich anspannte, um nach ihr zu treten.

»Versuch es nur, und ich breche dir beide Beine«, sagte sie kalt.

Der Junge erschlaffte wieder, drehte sich aber auch mühsam auf den Rücken und starrte sie aus hasserfüllten, blutunterlaufen Augen an, während sie immer hektischer an den Schnürsenkeln zerrte. »Dafür wirst du bezahlen!«, stieß er keuchend hervor. Sein Atem stank nach Erbrochenem und Blut. »Wenn … der Meister da ist, macht er dich fertig!«

»Ja, möglicherweise«, antwortete Conny grimmig, während sie ihm mit einer völlig unnötig groben Bewegung den Stiefel herunterzerrte. »Aber wenn du noch ein einziges Wort sagst, erlebst *du* das ganz bestimmt nicht mehr.«

Das half. Der Junge verstummte, und Conny konnte sich endlich wieder Mirjam zuwenden und ihr dabei helfen, in die viel zu großen Stiefel zu schlüpfen. Anders als Tess versuchte Mirjam sie zu unterstützen, so gut es ging, aber ihre Kräfte waren schon mit dieser einfachen Aufgabe überfordert. Conny konnte sie gerade noch auffangen, als sie zusammenzubrechen drohte.

»Also gut«, zischte sie. »Wir müssen jetzt hier raus, habt ihr das verstanden? Und zwar schnell. Ihr habt gehört, was der Kerl gesagt hat. Wir haben nicht viel Zeit.«

Mirjam nickte, doch Tess starrte einfach nur weiter ins Leere und rührte sich nicht. Conny wickelte Mirjam so gut in den schwarzen Mantel, wie sie es konnte, eilte zu ihr und zog sie auf die Füße. Tess leistete nicht den geringsten Widerstand, aber sie rührte auch keinen Finger, um ihr zu helfen, sondern benahm sich so kooperativ wie eine täuschend echt wirkende Aufziehpuppe.

Allmählich begann sich Verzweiflung in Conny breitzumachen. Tess war nicht wirklich schwer verletzt, doch offensichtlich in einen Schockzustand verfallen, in dem sie ungefähr so selbstständig und kooperativ war wie ein drei Monate alter Säugling, und bei Mirjam war es nicht mehr eine Frage des *ob*, sondern nur noch des *wann*, bis auch sie entweder katatonisch wurde oder sofort starb. Aber irgendetwas *musste* Conny tun!

Sie ergriff Tess am Handgelenk, registrierte dankbar, dass sie sich wenigstens widerstandslos von ihr führen ließ, und griff mit der anderen Hand nach Mirjams Arm, um ihn sich über die Schulter zu legen. Mirjam versuchte ihr zu helfen, so gut es eben ging, doch das änderte nichts daran, dass sie ungefähr eine Tonne zu wiegen schien und mit jedem Schritt noch schwerer wurde.

Erstaunlicherweise ging es auf dem ersten Stück ganz gut, auch wenn ihr klar war, dass die Schwierigkeiten noch nicht einmal wirklich begonnen hatten. Sie hatte nicht nur keine Ahnung, wie sie die beiden Mädchen die Treppe hinaufbekommen sollte, sie war nicht einmal sicher, ob sie sie überhaupt *fand*.

Aber das musste sie auch nicht.

Es gelang ihr, die beiden Mädchen nicht nur relativ problemlos aus dem Schacht heraus, sondern auch durch den Vorraum über die Schwelle in den eigentlichen Keller zu bugsierten, und als sie den zweiten Schritt in die Dunkelheit hinausmachte, flammte vor ihr ein unerträglich grelles Licht auf und stach wie ein weiß glühendes Messer in ihre Augen.

Conny prallte wie unter einem Hieb zurück und besaß erstaunlicherweise genug Geistesgegenwart, Tess loszulassen, um die Hand schützend über die Augen zu heben, und nicht Mirjam, aber damit waren ihre Reaktionen auch schon erschöpft. Irgendetwas schepperte, und sie glaubte so etwas wie ein überraschtes Keuchen zu hören, und in der nächsten Sekunde versank ihr privates Universum in einem Strudel aus Frustration und purer Todesangst.

»Na, wenn das keine Überraschung ist«, drang eine schrill klingende Stimme aus gnadenlos gleißendem Licht irgendwo hinter der Barriere hervor. »Da suchen wir die ganze Stadt nach dir ab, und dann kommst du ganz von selbst zu uns.«

Conny blinzelte und versuchte den Schmerz zu ignorieren, mit dem das grausame Licht an ihren Sehnerven entlangtobte und sich erbarmungslos in ihr Gehirn brannte. Schatten bewegten sich dahinter, vielleicht aber auch nur Trugbilder. Irgendetwas *stank* erbärmlich.

Die Zeit schien einfach stehen zu bleiben und lief dann mit dreifacher Schnelligkeit weiter, allerdings nicht für sie – alles rings um sie herum bewegte sich plötzlich mit schier übernatürlichem Tempo, während sich ihre eigenen Gedanken wie durch einen zähen Sumpf vorwärtsquälen mussten und ihr Körper einfach erstarrte. Einer der wabernden Schemen hinter der Novabarriere wuchs zu einem Körper, der plötzlich auf sie zusprang und Tess – vielleicht auch Mirjam, nicht einmal das konnte sie in diesem Moment mit Sicherheit sagen – aus ihrer schützenden Umarmung riss und zu Boden schleuderte. Irgendetwas traf Conny – vielleicht ein Schlag. Es tat weh, war zugleich aber auch seltsam irreal – und endlich fand die Zeit in ihren normalen Ablauf zurück; wenn auch um den Preis einer schwarzen Lücke in ihrer Wahrnehmung. Eine oder zwei Sekunden fehlten einfach, ein unsauberer Schnitt in diesem grotesken Horrorfilm, in dem sie die Hauptrolle spielte. Sie fand sich plötzlich keuchend gegen die Wand gelehnt wieder, Blut floss über ihr Gesicht, und ihr Unterkiefer tat entsetzlich weh. Etwas Silbernes flackerte schemenhaft vor ihrem Gesicht und stabilisierte sich nach einer weiteren grausigen Sekunde zur handlangen Klinge eines Springmessers. Sie hörte ein krampfhaftes Schluchzen und war nicht einmal ganz sicher, ob es nicht ihre eigene Stimme war.

Ein Schlag traf sie im Gesicht und schmetterte ihren Hinterkopf so hart gegen die Wand, dass grelle Blitze aus reinem Schmerz vor ihren Augen explodierten. Ihr wurde übel, aber sie war geradezu dankbar dafür, riss dies sie doch in die Wirklichkeit zurück und bewahrte sie davor, endgültig in den schwarzen Abgrund zu stürzen, der plötzlich unter ihren Füßen klaffte. Blindlings versuchte sie zurückzuschlagen, traf nichts als Luft und kassierte im Gegenzug einen weiteren Hieb, der diesmal in ihren Magen hämmerte und ihr nicht nur die Luft aus den Lungen trieb, sondern sie auch kraftlos auf die Knie sinken ließ.

»*Aufhören!*«

Der nächste Schlag, zu dem ihr Gegenüber schon angesetzt hatte, kam nicht. Conny spürte die intensive Welle von Enttäuschung, die von dem anderen ausging, stemmte sich mit trotzig zusammengebissenen Zähnen auf die Knie und blinzelte erneut, als sich das grelle Licht teilte und zu einem gleißenden Augenpaar wurde, das voller stummer Bosheit auf sie herabstarrte. Dazwischen wogten Schatten. Gestalten.

Vielleicht auch Gespenster.

Im nächsten Sekundenbruchteil krallte sich eine Hand in ihre Haare, riss Conny grob vollends in die Höhe und nutzte die Gelegenheit auch noch, um ihren Schädel noch einmal gegen die Wand zu wuchten. Diesmal fand sie den Schmerz weniger erbaulich.

»Aufhören, habe ich gesagt!«

Auch die Hand verschwand aus ihrem Haar und löste sich wieder in dem Meer aus gleißender Helligkeit auf, an dessen Ufer sie noch immer stand und vergeblich versuchte, irgendetwas zu erkennen. Die Messerklinge blieb. Etwas Rotes schimmerte darauf. Blut. Conny war sicher, dass es ihr eigenes war.

»Keiner rührt sie an! Das Miststück gehört mir!«

»Ja, danke«, brachte Conny mühsam hervor. »Ich freue mich auch, euch zu sehen.«

Das Messer bewegte sich wütend wie der Kopf einer angreifenden Schlange auf sie zu und prallte im letzten Moment zurück. Das Klatschen eines Schlags erscholl, gefolgt von einem Wimmern und einem zweiten, lauteren Schlag, nach dem Stille einkehrte.

»Lasst sie … in Ruhe«, murmelte Conny. »Die beiden Mädchen haben nichts damit zu tun. Wenn ihr ein Problem mit mir habt, dann nehmt mich, aber lasst sie gehen.« Die Antwort bestand aus einem weiteren höhnischen Lachen.

»Das ist ja verdammt großzügig von dir«, sagte eine andere Stimme. »Ich meine: Wenn wir dich schon haben, dann ist es doch echt nett von dir, dass du dich uns freiwillig zum Tausch für etwas anbietest, was uns längst gehört.«

Die Messerklinge fuchtelte erneut vor ihrem Gesicht herum, das dämonische weiße Augenpaar senkte sich in verschiedene Richtungen und wurde zu zwei unterschiedlich starken Taschenlampen, deren Schein an den Wänden auseinanderspritzte und aus dem weißen Albtraum, in dem sie für wenige Sekunden gefangen gewesen war, einen anderen und vielleicht schlimmeren machte. Vor ihr standen zwei hochgewachsene Gestalten, beide selbstverständlich ganz in Schwarz gekleidet und mit schulterlangem, schwarz gefärbtem Haar. Conny schätzte sie kaum älter ein als die beiden Jungen, mit denen sie es gerade zu tun gehabt hatte, wenn sie auch beide deutlich kräftiger wirkten. Der Größere der beiden hielt das Messer in der Hand, mit dem er gerade vor Connys Gesicht herumgefuchtelt hatte, während der andere (der Junge war höchstens dreizehn, nichts als ein großes, durchgeknalltes *Kind*!) zu ihrem blanken Entsetzen eine ausgewachsene 357er Magnum schwenkte. Wenn er damit schoss, würde ihm der Rückstoß vermutlich das Handgelenk brechen.

»Du hast wirklich Schneid, das muss man dir lassen«, bekannte der Junge mit dem Messer. »Hätte ich dir gar nicht zugetraut, dass du wirklich her kommst, nur um deine kleine Freundin rauszuholen.«

Conny tat ihm nicht den Gefallen, darauf zu antworten, sondern versuchte die dritte, noch immer nur schemenhaft erkennbare Gestalt mit Blicken zu fixieren, die sich im Hintergrund hielt. Irgendetwas … ging von ihr aus, etwas Körperloses, das Conny unmöglich in Worte fassen konnte, das sie aber bis auf den Grund ihrer Seele erschreckte. Das Gespenst war viel zu weit entfernt und viel zu unscharf, um auch nur seine genauen Umrisse erkennen zu lassen, geschweige denn sein Gesicht, aber sie spürte einfach, dass es ihren Blick erwiderte.

Sie wusste auch, wer es war.

»Lasst die beiden gehen«, sagte Conny jetzt mit mühsam beherrschter, wenn auch immer noch leicht bebender Stimme. »Ihr wolltet mich. Ich bin hier.«

»Halt die Fresse, Schlampe!«, fuhr sie der Messerschwinger an. »Du sprichst nur, wenn …«

»Sei still, Frank.« Das Gespenst hob die Hand und kam näher, schien dabei aber immer noch auf dieselbe unheimliche Weise substanzlos zu bleiben; etwas, das nicht ganz in diese Welt gehörte, sondern nur seinen Schatten aus einer anderen, düstereren Dimension herüberwarf. Connys Herz schlug schneller und mit einem Male so hart, dass sie es bis in die Fingerspitzen fühlen konnte. »Schau nach, was mit Rolf und Benny los ist, diesen Versagern.«

Der Junge wirkte nicht begeistert, aber er hatte auch sichtlich nicht den Mut, zu widersprechen oder auch nur zu zögern, sondern warf ihr nur einen gleichermaßen trotzigen wie kommendes Unheil versprechenden Blick zu und verschwand durch die Tür neben ihr. Die Hälfte des Lichts verschwand mit ihm, und sein jüngerer Begleiter fuchtelte wild mit dem Revolver herum, was allerdings kein bisschen drohend aussah, sondern einfach nur lächerlich. Conny ignorierte ihn. Sie versuchte, die beiden Mädchen auszumachen, aber irgendwie schien ihr Körper nicht mehr zu gehorchen. Als sie den Kopf drehen wollte, konnte sie es nicht. Ihr Blick hing wie gebannt an der unheimlichen Gestalt.

Sie kam langsam näher, blieb noch einmal stehen, wie um die Spannung zu steigern – ein billiger Effekt in dem drittklassigen Horrorfilm, in dem sie immer noch gefangen war – und trat dann gänzlich in den scharf abgegrenzten Lichtschein der verbliebenen Taschenlampe hinein, und Connys Herz machte einen neuerlichen Sprung und schlug noch einmal schneller und härter weiter, obwohl das eigentlich gar nicht mehr hätte möglich sein dürfen.

Sie hätte auch nicht erschrecken dürfen.

Sie hatte gewusst, wer es war, nicht *geahnt*, sondern *gewusst*.

Sie kannte dieses Gesicht.

Das letzte Mal hatte sie es vor weniger als zwei Stunden auf dem winzigen Bildschirm in Trauschs Wagen gesehen und das Mal davor in einem anderen, ebenso tödlichen Keller, verbrüht und von Agonie und Todesangst gezeichnet.

Es war Aisler.

16

Es war unmöglich. Er war tot. Conny hatte seine Leiche *gesehen*. Sie war *dabei gewesen*, als Vlad ihm das Genick gebrochen hatte, und jetzt stand er vor ihr, ein Ungeheuer, das von den Toten zurückgekehrt war, um sie mit sich in sein finsteres Reich zu nehmen und ihr unbeschreibliche Dinge anzutun. Sie sollte Angst haben, und ihr *Körper* zeigte auch alle Symptome von Furcht und schierer Todesangst. Ihr Herz raste, sie zitterte am ganzen Leib, und in ihrem Mund war der bittere Metallgeschmack von purem Adrenalin, und ihr Magen zog sich langsam zu einem Ball aus schneidendem Eis zusammen. Ein Teil von ihr wollte weglaufen und sich irgendwo verkriechen, das Kind, das sie tief in sich immer noch war und das einfach die Bettdecke über den Kopf ziehen und die Augen fest zusammenpressen wollte und jenseits jeder Logik davon überzeugt war, dass das Monster aus dem Wandschrank sie nicht sehen konnte, solange *sie* es nicht sah. Aber zugleich ergriff auch eine schon beinahe unnatürliche Ruhe von ihr Besitz. Was sie erlebte, war nicht nur der schiere Horror, sondern auch vollkommen unmöglich, und vielleicht war es gerade die völlige Absurdität dieses Augenblicks, die es der Angst letzten Endes verwehrte, sie endgültig zu lähmen. Einem Teil von ihr war nur zu klar, wie gering ihre Chancen standen, lebend aus diesem Keller herauszukommen … aber was konnte ihr schon passieren, wenn das Ungeheuer, das sie töten wollte, gar nicht existierte?

»Überrascht, mich wiederzusehen?«, fragte der Vampir. Etwas lag in seiner Stimme, doch es dauerte eine Weile, bis Conny begriff, was. Sie klang … *nass*. Ein feuchtes Röcheln, das aus einem zerfetzten Kehlkopf drang, der längst nicht mehr mit den Stimmen der Lebenden sprechen sollte. Und hohl. Als dränge sie unter einer Maske hervor oder aus der Tiefe eines grundlosen schwarzen Abgrunds. Conny antwortete nicht.

»Ich habe dir versprochen, dass wir uns wiedersehen«, fuhr Aisler (*Aisler? Was zum Teufel* dachte *sie da? Der Kerl war* tot! *Er* konnte *nicht vor ihr stehen*!) fort, als sie nicht antwortete. »Ich schätze, du hast mir nie geglaubt.«

»Was sich als böser Fehler herausstellen könnte«, kicherte der Junge mit der Magnum. »Als *wirklich* böser Fehler.«

»Sei still«, sagte Aisler scharf. Er kam einen halben Schritt näher, blieb aber dann wieder stehen, bevor sein Gesicht vollends ins weiße Streulicht der Taschenlampe geriet. Dennoch reichte der Anblick, Connys Kehle noch enger zusammenzuschnüren. Es war Aisler, aber er sah zugleich aus wie seine eigene, grässliche Karikatur. Seine Haut war nicht blass, sondern grau, mit einem Stich ins Grünliche, und über den Wangen und dem Kinn gerissen und zerfetzt, wo sie sich im Tode zusammengezogen hatte.

Die schrecklichen Verbrühungen, die er sich in seinem Bemühen, sie umzubringen, selbst zugefügt hatte, sahen schlimmer aus denn je; die Haut wirkte wie gesotten, und Muskeln und Fleisch schienen sich darunter verflüssigt zu haben und zogen sein Gesicht auf der Seite herunter, ein nasser Sack aus Verwesung, der ihm ein sonderbar asymmetrisches Aussehen verlieh. Er *roch* sogar tot. Das einzig Lebendige an ihm waren die Augen, in denen unstillbarer Hass und Bosheit lauerten.

»Dir scheint es vor lauter Freude ja wirklich die Sprache verschlagen zu haben«, fuhr Aisler fort, als sie auch nach weiteren endlosen Sekunden nicht antwortete, sondern ihn nur weiter wortlos ansah. Seine rechte Hand glitt in die Tasche. Etwas klimperte.

»Wenn sie ihre Zunge sowieso nicht braucht, dann können wir sie ihr genauso gut herausschneiden«, schlug der Junge mit der Pistole vor. »Darf ich das machen?«

»Oh, nur keine Sorge«, antwortete Aisler. »Wir werden ihre Stimme schon noch zu hören bekommen, da bin ich ganz sicher.« Er zog die Hand wieder aus der Manteltasche, und sie hatte sich verändert. Etwas Reißendes, Bösartiges aus Metall und schartigem Rost hatte die Stelle seiner Finger eingenommen. »Wir *werden* deine Stimme hören, nicht wahr, Miststück?«

»Was ... willst du von mir?«, brachte sie mühsam hervor. Ihre

Stimme klang unvertraut in ihren eigenen Ohren; brüchig und schwach und alt. Aber immerhin konnte sie wenigstens wieder sprechen.

Aisler lachte leise; ein böser, durch und durch unmenschlicher Laut, der ihr einen eisigen Schauer über den Rücken laufen ließ. »Das fragst du jetzt nicht im Ernst, oder?« Irgendetwas schien sich *unter* seinem Gesicht zu bewegen, als kröchen Tiere zwischen seiner Haut und dem Schädel umher.

»Du wolltest mich. Jetzt bin ich hier. Mach mit mir, was du willst, aber lass die beiden Mädchen gehen. Sie haben nichts damit zu tun.« Conny war immer noch nicht in der Lage, sich aus dem Bann seines Blickes zu lösen, doch sie hörte ein krampfhaftes Schluchzen, wie als Reaktion auf ihre Worte, ohne dass sie sagen konnte, ob es Tess oder Mirjams Stimme gewesen war.

»Sagst du das jetzt nur, um Eindruck zu schinden, oder bist du wirklich so dämlich, Schlampe?«, zischte Aisler.

Bevor Conny antworten konnte, wehte ein zorniger Schrei aus dem angrenzenden Raum herüber; zunächst ungläubig, dann erschrocken und wütend. Nur einen Augenblick später kam Frank zurück, zitternd vor Aufregung und sein Springmesser hin und her schwenkend wie ein tobsüchtiger Wikinger-Krieger auf Speed. »Verdammte Schlampe!«, brüllte er. »Sie hat Benny und Rolf fertiggemacht! Rolf kotzt sich die Seele aus dem Leib, und Benny rührt sich gar nicht mehr! Ich glaube, er ist tot! Dafür werde ich dir …«

»Gar nichts wirst du«, unterbrach ihn Aisler. »Ihr rührt sie nicht an!« Er machte eine blitzende Geste mit seiner eisernen Kralle. »Nehmt euch die beiden Kleinen da und macht mit ihnen, was ihr wollt, aber das Miststück gehört mir!«

Für einen winzigen Moment war Conny fast sicher, dass Frank Aislers Worte einfach ignorieren und sich auf sie stürzen würde, um ihr die Kehle durchzuschneiden. Seine Augen loderten vor Mordlust, und sie konnte geradezu sehen, wie es hinter seiner Stirn arbeitete. Aber dann erlosch sein Zorn und machte etwas anderem und ungleichBöserem Platz, der Vorfreude auf etwas, das tausendfach schlimmer war als der Tod. Nach einer weiteren Sekunde trat er

– widerwillig – zurück; wenn auch nicht, ohne noch einmal mit seiner Messerklinge in ihre Richtung zu deuten.

Wieder hatte Conny das Gefühl, eine unsichtbare Bewegung in den Schatten wahrzunehmen; ein lautloses Huschen und Wogen. Diesmal nicht unter Aislers Gesicht, sondern hinter und ein Stück *über* ihm; als gleite etwas Lautloses und Großes an der unsichtbaren Decke heran.

Conny schüttelte den Gedanken ab, als sie ein neuerliches Schluchzen hinter sich hörte. Diesmal gelang es ihr, den Blick von Aislers schrecklich verunstaltetem Gesicht zu lösen und zur Tür zu sehen. Sie konnte die Mädchen nicht sehen, aber Frank nutzte die Gelegenheit, um rasch an ihr vorbei und in den angrenzenden Raum zu schlüpfen. Etwas klatschte. Aus dem Schluchzen wurde ein Wimmern, das nach einem zweiten und noch lauteren Schlag verstummte. Dann kehrte Frank breit grinsend zurück. Der andere Junge nickte anerkennend.

»Hört auf.« Connys Stimme war ein wenig fester geworden, wenn auch nicht lauter, und ihre Hände zitterten noch immer. Dennoch fanden ihre Gedanken allmählich zu ihrem normalen, logischen Ablauf zurück.

Nicht, dass ihr das Ergebnis gefallen hätte.

»Aufhören? Warum sollten wir?«, fragte Aisler. »Wo wir doch noch nicht einmal angefangen haben …« Er versuchte zu grinsen, aber sein schrecklich zerstörtes Gesicht machte eine Grimasse daraus. Erneut verspürte Conny den Odem des Todes, als er sich bewegte. Und auch der Schatten war wieder da, lautlos und dräuend und unvorstellbar groß, ein riesiges *Ding* aus geballter Dunkelheit und schlagenden Schwingen, das einer rauchigen Fledermaus gleich an der Decke herankroch und sich Aisler und den beiden Jungen näherte.

Conny zwang sich, ihren Blick von dem unheimlichen Spiel der Schatten und ihrer eigenen überbordenden Phantasie zu lösen und den toten Mann vor sich anzusehen. Bisher hatte sie sich noch einreden können, dass es nur ihre Nerven waren, die ihr einen bösen Streich spielten, doch nun war ihr diese Ausrede genommen: Er stank *tatsächlich* nach Verwesung, ein süßlicher, in der Kehle würgender

Gestank, der eine blitzartige Assoziation von reißendem Stahl und alles verschlingendem Schmerz in ihr auslöste. Obwohl sie es nicht wollte, wäre sie ein Stück vor ihm zurückgeprallt, hätte die rissige Wand in ihrem Rücken sie nicht daran gehindert.

Ein schmutziges Grinsen huschte über Franks Gesicht, und er fuchtelte mit seinen Messer herum. »Schau an, schau an«, sagte Aisler spöttisch. »Lara Croft bekommt es doch nicht etwa mit der Angst zu tun?«

»Doch«, antwortete Conny. »Wenn du mir Angst machen wolltest, dann hast du es geschafft. War es das?«

»Nicht … ganz«, antwortete Aisler. Das bleiche Streulicht der Taschenlampen brach sich auf den Klingen seiner künstlichen Raubtierklaue und ließ den geschliffenen Stahl aufblitzen, ein Bild, das an nichts anderes als Schmerz erinnerte. Aber es brach sich auch noch auf etwas anderem, Düsterem, das riesig und dräuend und mit weit gespreizten Schwingen über ihnen an der Decke lauerte.

»Aber es ist ein Anfang«, schloss Aisler. Er machte eine Geste mit der freien Hand. »Haltet sie fest.«

»Das ist nicht nötig«, sagte Conny rasch, als Frank und der zweite Junge seinem Befehl unverzüglich nachkommen wollten. Plötzlich rasten ihre Gedanken. Sie hatte die Wahrheit gesagt: Sie *hatte* Angst, Angst wie noch nie zuvor in ihrem Leben; Angst vor diesem … *Ungeheuer,* das von den Toten zurückgekommen war, um sie mit sich in sein finsteres Reich zu nehmen und ihr unbeschreibliche Dinge anzutun, Angst vor dem Tod und vor Schmerz, aber auch Angst um die beiden Mädchen, die durch nichts anderes als ihre Schuld in diese grauenhafte Lage gekommen waren und sterben würden.

Genau wie sie.

Ganz plötzlich und mit einer Kälte, die sie selbst erschreckte, wurde ihr klar, wie erbärmlich gering ihre Chancen waren, lebend hier herauszukommen. Die beiden Burschen – Kinder hin oder her – waren nicht nur jeder für sich stärker als sie, sondern zu allem entschlossen und noch dazu bewaffnet, und der Beweis dafür, dass man Aisler nicht umbringen konnte, stand leibhaftig vor ihr. Es war vorbei, dachte sie bitter. Selbst wenn ihre Kollegen schon auf dem Weg zu ihr waren, selbst wenn sie in diesem Moment und mit gezogenen Waffen in den Keller gestürmt wären, würden sie zu spät kommen. Es war vorbei.

Der Gedanke weckte ihren Trotz. Nein, so einfach würde sie nicht aufgeben.

»Ich werde mich nicht wehren«, fuhr sie fort. Ihre Zunge fuhr ohne ihr Zutun über ihre Lippen, die plötzlich rissig und ausgedehnt waren und sich anfühlten, als würden sie beim nächsten unvorsichtigen Wort einfach aufplatzen. »Ich gebe euch mein Wort, dass ich nicht wegzulaufen versuche und mich auch nicht wehre … wenn ihr die beiden Mädchen gehen lasst.«

Aislers Augen wurden schmal. Frank schwang sein Messer, aber Aisler hielt ihn mit einer raschen Bewegung seiner unbewaffneten Hand zurück und sah sie weiter nachdenklich und mit schräg gehaltenem Kopf an. Der Schatten an der Decke über ihm schien zustimmend zu nicken.

»Du meinst das wirklich ernst, wie?« Er klang beinahe überrascht. »Du hast dich kein bisschen verändert. Edel und selbstlos bis zum Letzten, wie?« Er lachte leise. »Aber ich finde, so viel Edelmut muss belohnt werden.« Seine freie Hand glitt in die Manteltasche und tauchte mit einem zusammengeklappten Stilett wieder auf. Als er die Klinge mit einem hässlichen metallischen Geräusch herausschnappen ließ, spannte sie sich instinktiv – und hielt den Atem an, als er das Messer umdrehte und ihr die Waffe mit dem Griff voran hinhielt.

»Was … soll das?«, fragte sie. Auch Frank riss ungläubig die Augen auf, und sein jüngerer Kumpan hob die Pistole und zielte nervös in ihre Richtung; und damit genau auf Aisler, der zwischen ihr und ihm stand.

»Du kannst es dir aussuchen«, sagte Aisler böse. »Nimm das Messer. Los schon.«

Er wiederholte seine auffordernde Geste, und Conny griff zögernd nachdem Messer und nahm es an sich. Aisler trat mit einem raschen Schritt zurück und damit nicht nur aus der unmittelbaren Reichweite des Messers, sondern auch aus der Schusslinie der Magnum.

»Was wird denn das?«, fragte Frank misstrauisch. »High Noon im Keller?«

Aislers Gesicht verzog sich erneut zu jener schrecklichen Grimasse, die er für ein Grinsen zu halten schien. Der Hautsack auf der linken Seite seiner Fratze bewegte sich, als wollte das, was immer auch darin eingesperrt war, nunmehr mit aller Gewalt heraus. »Nicht doch«, spottete er. »Wir wollen doch fair bleiben, oder? Du kannst es dir aussuchen.«

Das Messer lag schwer und verlockend in Connys Hand, und ein winziger Teil von ihr überlegte, wie groß ihre Chancen wohl waren, einfach vorzuspringen und es Aisler in die Kehle zu stoßen. Vielleicht gar nicht einmal so schlecht. Was hatte sie zu verlieren?

»Wenn du irgendeinen Blödsinn versuchst, lasse ich die beiden auf deine kleinen Freundinnen los. Wenn du vernünftig bist, dann lassen wir eine laufen.«

»Was soll das heißen?«.

»Du kannst dir aussuchen, welche von ihnen überlebt«, antwortete Aisler böse. »Nimm das Messer und schneide einer von ihnen die Kehle durch.Wir lassen die andere laufen. Du hast mein Wort darauf.«

»Das ist Wahnsinn«, sagte Conny schleppend.

»Nein, es ist ein fairer Handel«, antwortete Aisler. »Aber entscheide dich. Ich weiß nicht, wie lange ich meine Jungs noch zurückhalten kann. Such eine von ihnen aus, oder wir töten beide.«

Natürlich wusste Conny, dass er log. Es war nur eine weitere Grausamkeit, die er sich ausgedacht hatte, um sie zu quälen. Und doch ertappte sie sich dabei, sich ernsthaft zu fragen, welche der beiden sie wählen würde. Was, wenn er gegen jede Wahrscheinlichkeit Wort hielt und eins der beiden Mädchen gehen ließ? Hatte sie das Recht, beide zum Tode zu verurteilen, weil ihr die Kraft fehlte, die andere zu töten?

Sie erschrak vor ihrem eigenen Gedanken, starrte ihn trotzig an und ließ das Messer fallen. Sie bereute es im nächsten Moment.

»Wie du willst«, sagte Aisler. »*Schnappt sie euch!*«

Alles geschah gleichzeitig. Conny warf sich zur Seite und fiel gleichzeitig auf die Knie, um das Messer wieder aufzuheben, und

Frank und der andere Junge sprangen in einer vollkommen synchronen Bewegung vor, um Aislers Befehl nachzukommen und sie festzuhalten. Sie hatte keine Chance. Ihre eigenen Bewegungen kamen ihr mit einem Male grotesk langsam vor, wie eine grausame Parodie auf sich selbst, während sich die beiden Jungen ungeheuer schnell bewegten, kaum mehr als Nebelschwaden, die einfach zu verschwinden und im nächsten Sekundenbruchteil neben ihr wieder aufzutauchen schienen.

Keiner von ihnen erreichte sie, denn plötzlich fiel etwas Riesiges lautlos von der Decke, stieß Aisler zurück und breitete aus der gleichen Bewegung heraus die gewaltigen Schwingen aus. Die beiden Jungen wurden von den Füßen gefegt und verschwanden schreiend in der Dunkelheit. Eine der beiden Lampen prallte gegen die Wand und zerbrach klirrend, die andere fiel zu Boden und rollte davon, ein kaleidoskopisches Chaos aus Licht und Schatten hinter sich herschleppend. Der Schatten richtete sich zu seiner ganzen gewaltigen Größe auf, faltete die Schwingen zusammen und drehte sich endgültig zu Aisler herum, während Conny die Hand um den Messergriff schloss. Das alles geschah in einer einzigen Sekunde.

In der zweiten gerann der Schatten zu einer schlanken Gestalt mit schwarzem Haar, in das eine blitzförmige blonde Strähne hineingefärbt war. Er trug eine altertümliche schwarze Pelerine mit Rüschenkragen, darunter einen ebenso altmodischen Frack und einen schlanken Gehstock mit einem Griff in der Form eines silbernen Drachenkopfes, den er in einer eleganten Bewegung herauszog und damit die schlanke Klinge eines Stockdegens offenbarte, der darin verborgen war.

»Hol die Mädchen!«, sagte Vlad scharf. »Schnell!«

Conny kam irgendwie auf die Füße und torkelte los, sah aber trotzdem aus den Augenwinkeln noch, wie sich Aisler wieder hochrappelte und seine stählerne Klaue schwang, um sich auf Vlad zu stürzen. Jemand schrie. In dem schmalen Durchgang schien sich nichts verändert zu haben. Tess hockte mit an den Leib gezogenen Knien am Boden und starrte aus leeren Augen ins Nichts, und Mirjam lehnte mit schmerzverzerrtem Gesicht an der Wand und hatte den verletzten Arm gegen den Leib gepresst. Ihre Hand hatte wieder zu bluten begonnen, wenn auch nicht mehr ganz so heftig wie zuvor. Dennoch lief ein beständiges rotes Rinnsal an der Seite ihres schwarzen Mantels hinab und hatte bereits eine glitzernde Lache zu ihren Füßen gebildet, von der ein durchdringender Kupfergeruch aufstieg.

Conny warf ihr einen fragenden Blick zu, den sie mit einem ebenso kraftlosen wie tapferen Nicken beantwortete, bevor sie neben Tess in die Hocke ging und die Hand unter ihr Kinn legte. Tess' Haut fühlte sich kalt und glatt wie gefrorenes Kerzenwachs an.

»Ist alles in Ordnung?« Die Frage kam ihr selbst lächerlich vor, aber es ging ihr auch nur darum, die Barriere zu durchbrechen, die Tess zwischen sich und dem Rest der Welt errichtet hatte.

Es gelang ihr nicht. Tess' Augen blieben leer. Vielleicht würde sie nie wieder in die wirkliche Welt zurückfinden. Und vielleicht, dachte Conny schaudernd, hätte sie die falsche Wahl getroffen, hätte Aisler sie gezwungen, sich zu entscheiden.

Conny zog das Mädchen auf die Beine, drehte sich zu Mirjam um und streckte den anderen Arm aus, um sich den Mirjams wie vorhin um die Schulter zu legen und sie zu stützen, aber das Mädchen schüttelte nur den Kopf und stieß sich mit zusammengebissenen Zähnen von der Wand ab. Sie schwankte bedrohlich, nahm jedoch irgendwoher die Kraft, nicht nur aufrecht zu stehen, sondern auch einen zweiten Schritt zu tun. Conny hatte selten etwas Tapfereres gesehen.

Aber vielleicht auch kaum etwas Sinnloseres.

Es gab nichts, wohin sie gehen konnten. Die beiden anderen Türen, die es außer der zum Liftschacht noch gab, waren verschlossen. Conny hätte vor Enttäuschung und Frustration am liebsten aufgeschrien.

»Wir müssen zurück!«, stieß sie hervor, zwar an Tess und Mirjam gewandt, sich jedoch zugleich schmerzhaft des Umstandes bewusst, dass nur eines der Mädchen die Worte überhaupt hörte. »Was immer passiert, ihr bleibt auf keinen Fall stehen, habt ihr das verstanden?«

Mirjam nickte zwar, was aber nichts daran änderte, dass Conny es besser wusste. Weder Tess noch Mirjam würden irgendwo hingehen ohne ihre Hilfe.

Und vielleicht nicht einmal mit ihrer Hilfe.

Zurück im Keller erwartete sie ein geradezu bizarrer Anblick: Sowohl Aisler als auch seine beiden jugendlichen Mitläufer waren wieder auf den Beinen und gingen zu dritt auf Vlad los, der sich zwar erstaunlich gut hielt, es jedoch mit drei Gegnern zu tun hatte, von denen mindestens zwei nicht nur gefährlich, sondern auch ein eingespieltes Team waren, wie es aussah: Vlad schwang seinen Stockdegen mit ebenso großem Geschick wie Schnelligkeit, aber die beiden attackierten ihn abwechselnd und so rücksichtslos, dass er die überlegene Reichweite seiner Waffe kaum ausspielen konnte. Frank blutete zwar aus einem hässlichen Schnitt, der sich quer über sein Gesicht zog. Conny bezweifelte dennoch, dass Vlad sich noch lange würde halten können: Aisler mochte aussehen (und riechen) wie ein lebender Toter, aber er bewegte sich wie ein Derwisch mit einer Tigerkralle, die Vlad mehr als einmal bedrohlich nahe kam.

»Lauft!«, brüllte er. »Schnell! Ich halte sie auf, so lange ich kann!«

Conny hatte nicht angehalten, während sie dem bizarren Kampf folgte, sondern schleppte Tess und sich Schritt für Schritt weiter in die Richtung, in der sie den Ausgang vermutete. Mirjam folgte ihnen mühsam, und Conny ertappte sich bei dem hässlichen Gedanken, dass Tess und sie ohne sie schneller gewesen wären, und der noch hässlicheren Überlegung, dass ihre Langsamkeit vielleicht ihre einzige Chance verspielte, es gegen jede Logik doch noch lebend hier heraus zu schaffen.

Hinter ihnen erscholl ein gellender Schrei, gefolgt von dem Geräusch von reißendem Stoff und einem dumpfen Stöhnen. Conny warf einen hastigen Blick über die Schulter zurück und sah, dass Frank auf die Knie gesunken war und sich vor Schmerz krümmte. Vlads Degen hatte ihn ein zweites Mal gezeichnet und einen weiteren, diagonalen Schnitt quer durchs Gesicht gesetzt, nur diesmal in der entgegengesetzten Richtung. Es sah aus wie ein Foto, das jemand mit rotem Filzstift durchgestrichen hatte. Aber allem Anschein nach war es ein Pyrrhussieg gewesen, denn auch Aislers Tigerkralle hatte ihr Ziel getroffen. Vlads Mantel hing über der linken Schulter in Fetzen und war nass und schwer von seinem Blut.

»*Tom!*« brüllte Aisler. »*Die Schlampen! Lass sie nicht entkommen! Knall sie ab!*« Vlad attackierte ihn mit seinem Degen, und Aisler parierte den Angriff mit einem Hieb seiner Stahlklaue, der die zerbrechliche Waffe eigentlich hätte zerschmettern müssen. Hinter ihm versuchte der zweite Junge auf Conny zu zielen, hatte damit aber ebenso wenig Erfolg wie zuvor bei Vlad, schließlich wollte er nicht Gefahr laufen, statt seines eigentlichen Ziels Aisler zu treffen. Er gab es mit einem Fluch auf und machte zwei Schritte zur Seite, um mit gespreizten Beinen Aufstellung zu nehmen und beidhändig und mit durchgedrückten Armen auf sie zu zielen; die jugendliche Ausgabe von Dirty Harry, dadurch jedoch nicht weniger gefährlich.

»*Mirjam! Runter!*«

Connys Schrei ging in dem lauten Knall unter, mit dem sich die Waffe entlud. Der Schuss hätte zweifellos getroffen, doch es kam genauso, wie Conny erwartet hatte: Der Junge hatte zwar eine perfekte Combat-Haltung angenommen, wie er sie zweifellos aus unzähligen Action-Filmen und Computerspielen kannte, aber er hatte ebenso zweifellos noch nie eine richtige Waffe in Händen gehalten, und schon gar nicht *so eine:* Der enorme Rückschlag der Magnum riss seine Arme in die Höhe, brach ihm beide Handgelenke (Conny konnte es *hören!)* und die Kugel schlug Trümmer und Funken aus der Decke über ihren Köpfen, während Tom mit einem schrillen Kreischen auf die Knie fiel und fassungslos seine Hände anstarrte. Dort, wo der zersplitterte Knochen die Haut durchstoßen hatte, bluteten seine Gelenke wie die Mirjams.

»Lauft!«, schrie Vlad noch einmal. »Ich beschäftige sie, so lange ich kann!«

Was möglicherweise nicht mehr lange war. Aisler ging immer heftiger und rücksichtsloser auf ihn los. Vlad schwang seinen Stockdegen mit der Virtuosität eines Künstlers und bewegte sich so schnell, dass seine Bewegungen zu einem fließenden Tanz zu werden schienen, denen das bloße Auge kaum noch zu folgen vermochte, doch was seinem Gegner an Geschick und Eleganz fehlte, machte er durch Rücksichtslosigkeit und Brutalität wieder wett. Vlad wurde langsam, aber unerbittlich zurückgedrängt, und wenn es Aisler erst einmal gelungen war, ihn in die Enge zu treiben, dann würden ihm auch seine Schnelligkeit und Beweglichkeit nichts mehr nutzen. Ein weiteres Leben, dachte Conny bitter, das durch ihre Schuld in Gefahr geriet und möglicherweise ausgelöscht wurde.

Mirjam reagierte mit Verspätung auf ihren warnenden Schrei, machte einen stolpernden Schritt zur Seite und verlor das Gleichgewicht, sodass Conny sie gerade noch auffangen konnte, bevor sie fallen und sich möglicherweise auf dem mit Schutt und scharfkantigen Trümmern übersäten Boden verletzte. Ihr Aufprall brachte die Ermittlerin um ein Haar selbst aus dem Gleichgewicht. Irgendwie blieb sie nicht nur auf den Beinen, sondern bewahrte auch Mirjam vor einem üblen Sturz, aber weitere, kostbare Zeit war verloren, und als wäre das alles noch nicht schlimm genug, ging Tess einfach weiter, wie ein Aufziehspielzeug, das man in eine bestimmte Richtung losgelassen hatte. Conny zerbiss einen Fluch auf den Lippen, torkelte hinter dem Mädchen her, so schnell sie konnte, und schlang sich Mirjams Arm um die Schulter. Hinter ihnen steigerten sich die Schreie des verletzten Jungen zu einem schrillen Kreischen, das kaum noch wie etwas klang, das aus einer menschlichen Kehle stammte, aber auch die Kampfgeräusche wurden lauter. Sie glaubte nicht, dass Vlad sich noch lange halten würde. Wie sollte er auch einen Feind überwinden, der nicht zu töten war?

All diese irrationalen Überlegungen hinderten sie nicht daran, unter Mirjams Last ächzend, hinter Tess herzustolpern und sie nach ein paar mühsamen Schritten zurückzureißen; vielleicht in letzter Sekunde. Der bleiche Schein der Taschenlampe reichte nicht mehr bis hierher, doch sie spürte einfach, dass da irgendetwas Großes und Gefährliches in der Dunkelheit vor ihnen lauerte.

»Wo bist du, du verdammte Schlampe?«, kreischte Franks Stimme irgendwo in der Dunkelheit hinter ihnen. »Lauft ruhig davon! Ich krieg euch trotzdem! Ihr entkommt mir nicht!«

Ein Krachen. Das Geräusch von brutalem Eisen auf scharf geschliffenem, zerbrechlichem Stahl, und dann das Reißen von Stoff und ein keuchender Schmerzenslaut. Conny erlaubte sich nicht, auch nur zurückzusehen, aber sie vergaß auch noch ihre letzten Hemmungen, krallte die Finger in Tess' Schulter und zerrte sie grob herum, ganz egal wohin, nur fort von diesen schrecklichen Geräuschen und dem flackernden Licht, das mehr denn je zu ihrem Feind geworden war.

»Lauf ruhig davon!«, kreischte der verletzte Junge hinter ihr. »Du entkommst mir nicht! Ich krieg dich!«

Was vermutlich stimmte, wenn kein Wunder geschah und sie nicht in den nächsten paar Minuten hier herausfand. Nahezu verschluckt von Franks Geschrei und dem immer noch anhaltenden Kreischen seines Freundes hörte Conny weiter die Geräusche eines verbissenen Kampfes, aber ihr war auch klar, dass es letzten Endes nur eine Frage der Zeit war, bis Vlad dieses ungleiche Duell verlor. Halb blind vor Angst und wachsender Verzweiflung stolperte sie weiter, prallte gegen ein Hindernis und ließ Tess' Schulter los, um sich mit klopfendem Herzen umzusehen. Irgendwo hinter ihnen war ein hin- und herrollendes Licht; die Taschenlampe, die sich aus irgendeinem Grund immer noch bewegte und tanzende Schatten und unheimliche Formen aus der Dunkelheit riss, doch alles andere ringsum bestand aus Schwärze und verschwommenen grauen Schemen, die alles oder auch nichts bedeuten konnten. Verzweifelt versuchte sie sich zu erinnern, aus welcher Richtung sie gekommen war und wie lange sie gebraucht hatte, aber ihr Kopf war mit einem Male wie leer gefegt. Sie konnte nur hoffen, in die richtige Richtung zu gehen und nicht noch tiefer in dieses unterirdische Labyrinth hinein.

Aber das Wunder geschah: Beinahe eher, als sie zu hoffen gewagt hatte, fand sie die Treppe wieder und stolperte hinauf, doch natürlich ließ sich das Schicksal diese kleine Großzügigkeit umso teurer bezahlen. Auf der Hälfte der Treppe kam Tess zu dem Entschluss, dass es genug sei, und riss sich so plötzlich los, dass sie nur wie durch ein Wunder nicht zusammen mit Mirjam kopfüber die Betonstufen hinunterstürzte. Mit einiger Mühe fand sie ihr Gleichgewicht wieder, drängte das Mädchen gegen die Wand und überzeugte sich davon, dass Mirjam aus eigener Kraft stehen konnte, bevor sie dann mit einer umso wütenderen Bewegung zu Tess herumfuhr, sie mit beiden Händen an den Schultern packte und so fest schüttelte, dass ihre Zähne aufeinanderschlugen.

»Jetzt reicht's!«, zischte Conny sie an. Sie hätte geschrien, hätte sie nicht Angst gehabt, Aisler und seinen messerschwingenden Kumpan damit auf sich aufmerksam zu machen. »Du wirst dich jetzt zusammenreißen, hast du das verstanden? Wir müssen hier raus, und das schnell, und ich habe verdammt noch mal keine Lust, deinetwegen draufzugehen! Also reiß dich zusammen und geh weiter!«

Zunächst sah es tatsächlich so aus, als reagierte das Mädchen auf ihre Worte. Irgendetwas erschien in der Leere in ihrem Blick, und sie schien etwas erwidern zu wollen. Conny ließ ihre Schulter los, und Tess drehte sich langsam um, machte einen einzelnen Schritt – und setzte sich auf die nächste Stufe. Was immer in ihrem Blick gewesen war, erlosch und machte einer neuerlichen und umso schrecklicheren Leere Platz. Conny hätte beinahe laut aufgeschrien.

»Verdammt noch mal, Tess, du …«

»Lassen Sie sie«, murmelte Mirjam. »Sie hört Sie nicht. Sie müssen weg. Nehmen Sie sie mit.«

Conny verstand nicht, wovon sie sprach. »Wie?«, murmelte sie. Mirjam lehnte mit totenbleichem Gesicht an der Wand und presste den verletzten Arm gegen den Bauch. Er blutete noch immer. Sie zitterte.

»Sie müssen sie tragen.«

»Und du?«

»Ich schaffe das schon«, behauptete Mirjam. Aber sie würde nirgendwo hingehen, begriff Conny, jedenfalls nicht aus eigener Kraft. Selbst in dem kaum erleuchteten Treppenhaus konnte sie sehen, wie blass das Mädchen war. Mirjam zitterte am ganzen Leib, und ihre Stimme war flach.

»Das kommt überhaupt nicht infrage«, antwortete sie. »Es sind nur noch ein paar Schritte.«

»Aber Sie müssen weg«, beharrte das Mädchen. »Sie können uns nicht beide tragen.«

»Das muss sie auch nicht, Süße«, sagte eine Stimme vom unteren Ende der Treppe aus. Conny fuhr erschrocken herum und blickte in ein blutiges, verheertes Gesicht. Ein Springmesser mit einer handlangen Klinge blitzte darunter auf. »Ich hab dir doch gesagt, dass ich dich kriege«, fuhr Frank fort. Seine Stimme war schrill und hysterisch. Conny hörte den beginnenden Wahnsinn darin, aber auch den schier unerträglichen Schmerz, den der Junge empfinden musste. Vlads Degen hatte sein Gesicht bis auf den Knochen aufgeschlitzt. Blut lief in Strömen an seinen Wangen hinab und bildete kleine glitzernde Rinnsale auf dem schwarzen Kunststoff seines Mantels.

»Das war's dann, Süße«, fuhr er fort. »Du kannst jetzt freiwillig runterkommen, und wir bringen die Sache kurz und schmerzlos hinter uns ... na ja ...«, er kicherte, »... sagen wir, wenigstens kurz ... oder du tust mir einen Gefallen und versuchst wegzulaufen. Das macht die Sache spannender, finde ich.« Er fuchtelte weiter mit seinem Messer herum. »Und die beiden Kleinen da lässt du natürlich hier. Du hattest schließlich deine Chance, oder?«

»Lauf weg«, murmelte Mirjam. »Ich ... kann ihn aufhalten. Hol ... Hilfe.« Sie hatte mittlerweile Mühe, überhaupt noch zu sprechen. Conny bezweifelte, dass sie wirklich wusste, was sie sagte. Tess reagierte überhaupt nicht.

»Klar kannst du mich aufhalten«, kicherte Frank. Seine Stimme klang jetzt schleppend, als wäre er betrunken. »Wir werden sogar eine Menge Zeit miteinander verbringen. Aber zuerst muss ich mich um deine Freundin kümmern, weißt du?«

Conny warf Mirjam einen raschen, mahnenden Blick zu, schüttelte unmerklich den Kopf und versuchte, nicht nur die Panik niederzukämpfen, sondern sich auch zumindest äußerlich zur Ruhe zu zwingen. Sie hätte sich gerne eingeredet, dass sie schon öfter in solchen oder gar gefährlicheren Situationen gewesen war und sie gemeistert hatte, aber wenn sie die letzten Tage einfach einmal außer Acht ließ, dann wäre das eine glatte Lüge gewesen. Dennoch wusste sie, dass ihre einzige Chance darin bestand, einen klaren Kopf zu bewahren. Letzten Endes stand sie einem Kind gegenüber, das sich nur in den Körper eines beinahe Erwachsenen verirrt hatte. Sie wusste zumindest theoretisch, was zu tun war: Ruhe bewahren, ihre Überlegenheit demonstrieren und an seine Vernunft appellieren.

Außerdem bestand immer noch die Chance, dass dieser kleine Mistkerl verblutete, wenn sie ihn lange genug hinhielt.

»Wenn du jetzt einfach gehst, dann kommst du noch halbwegs ungeschoren davon, Frank«, sagte sie. »Bis jetzt ist nicht viel passiert.

Jedenfalls nichts, was man nicht irgendwie geradebiegen könne. Also wirf das Messer weg und hilf uns, oder verschwinde einfach.«

Sie fragte sich, warum sie das eigentlich sagte. Selbst wenn der Junge noch in einem Zustand gewesen wäre, ihre Worte wirklich aufzunehmen, hätte er kaum auf sie gehört.

»Du gehst nirgendwohin und ich auch nicht«, lallte Frank. Er packte sein Messer fester, suchte mit der linken Hand festen Halt an der rauen Betonwand des Treppenhauses und machte einen einzelnen, schwerfälligen Schritt die erste Stufe herauf. Das Blut, das an seinem Mantel hinabrann, hinterließ eine unregelmäßige Spur winziger, in der schummerigen Beleuchtung schwarz aussehender Tropfen. Etwas an diesem Anblick ... verwirrte Conny. Sie versuchte sich einzureden, dass es Frank war, die Gefahr, die trotz allem von ihm ausging, seinem Messer und vor allem der schieren Mordlust in seinen Augen, aber das stimmte nicht. Es war etwas anderes. Etwas, das zu erkennen sie sich weigerte. Weil es nicht sein durfte.

»Bleib stehen«, beschwor sie ihn noch einmal. »Zwing mich nicht, dir wehzutun, Junge.«

Frank lachte dreckig, schleppte sich mit einem torkelnden Schritt eine weitere Stufe herauf und versuchte sein Messer zu heben, und Conny trat ihm die Waffe ohne die geringste Mühe aus der Hand. Das Messer flog in hohem Bogen davon, verschwand in der Dunkelheit und schlug irgendwo klappernd auf. Der Junge keuchte vor Schmerz und Wut, rang mit wild rudernden Armen um sein Gleichgewicht und verlor diesen Kampf, indem er gegen die Wand prallte und in seinem eigenen Blut ausrutschte. Er fiel nicht wirklich, sondern fing seinen Sturz im letzten Moment mit beiden Händen ab, und damit hätte es vorbei sein können ...

... wäre da nicht noch immer dieses lautlose Flüstern in ihr gewesen; etwas wie eine Stimme, die in einer nie gekannten Sprache zu ihr sprach und ihr Dinge einflüsterte, die sie nicht hören wollte und nicht hören durfte, gegen die sie hilflos war; vielleicht, weil Conny sich tief drinnen in sich gar nicht wehren *wollte.* Statt sich einfach umzudrehen und diesen schrecklichen Ort zu verlassen, wie sie es selbst von sich in einer Situation wie dieser erwartet hätte, überwand sie die beiden letzten Stufen mit einem einzigen Satz, packte den

Jungen an den Aufschlägen seines schwarzen Kunststoffmantels und riss ihn so grob in die Höhe, dass er ein zweites Mal erschrocken aufschrie – allerdings nur so lange, bis sie ihn mit solcher Wucht gegen die Wand stieß, dass ihm nicht nur die Luft wegblieb, sondern auch sein Hinterkopf mit einem hörbaren Knirschen gegen den schmutzigen Beton stieß. Frank verdrehte die Augen und erschlaffte in ihren Händen, und damit hätte es vorbei sein *müssen*, aber das war es immer noch nicht.

Plötzlich war da nur noch Wut in ihr, ein rasender, roter Zorn, der jeden anderen klaren Gedanken einfach hinwegfegte. Dieser verdammte kleine Mistkerl hatte die Mädchen und sie töten wollen, und dafür würde sie *ihm* wehtun und *ihn* töten!

Statt ihn loszulassen, packte sie ihn nur noch fester, wirbelte ihn an den Mantelaufschlägen herum und warf ihn mit noch größerer Wucht an die gegenüberliegende Wand. Frank quietschte vor Schmerz und Angst, kippte in einer grotesk langsamen Bewegung zur Seite, und Conny half der Entwicklung nach, indem sie ihn an der Schulter ergriff und ihm einen Stoß versetzte, der ihn die zwei Stufen hinunterschleuderte, bis er mit ausgebreiteten Armen und dem Gesicht voran zu Boden fiel und gute zwei oder drei Meter weit davonschlitterte. Aus seinem Schrei wurde ein Wimmern, und Conny konnte seinen Schmerz im wahrsten Sinne des Wortes körperlich nachempfinden.

Seinen Schmerz – und die Angst.

Irgendetwas ... geschah mit ihr. Ein Teil von ihr registrierte mit einer Mischung aus Unglauben und kaltem Entsetzen, wie sie ihm nachsetzte, mit einem einzigen, gewaltigen Sprung neben ihm war und die Hand in sein langes Haar krallte, um ihn derb herumzuzerren. Frank wimmerte. Sein zerschnittenes Gesicht war endgültig zu einer Fratze geworden, nur dass es jetzt eine Grimasse der Furcht war, grenzenloser, nackter Panik, beherrscht von Augen, die schwarz vor Angst waren, und in denen das Wissen um den bevorstehenden Tod stand, und eine grenzenlose Furcht davor.

Diese Furcht entzückte Conny.

Sie schlug ihm den Handrücken quer über das Gesicht, und die Wunden, die Vlads Degen ihm zugefügt hatten, platzten weiter auf.

Mehr süße Furcht erschien in seinen Augen, mehr Blut lief über seine Wangen und sein Kinn, besudelte seine Kleider und Connys Hand, und es war diese Berührung, diese lebendige Wärme, der *Geruch*, der endgültig und alles änderte. Die entsetzte Stimme in ihren Gedanken, die sie zurückzuhalten versucht hatte, verstummte. Da war kein Unglauben mehr, kein Entsetzen vor ihrem eigenen Tun, sondern nur noch Zorn. Sie wollte sein Blut. Sein *Leben*.

Frank versuchte schützend die Hände vor das Gesicht zu heben, aber Conny fegte seine Arme achtlos zur Seite und schlug noch einmal zu, diesmal mit der geballten Faust und aller Kraft. Blut spritzte, und die Furcht des Jungen explodierte zu etwas, das sie mit der Gewalt eines Orgasmus durchfuhr und jeden einzelnen Nerv in ihrem Leib in Brand zu setzen schien. Alles verschwamm vor ihren Augen in einem rötlichen Meer. Da war plötzlich eine Stimme, die ihren Namen schrie, vielleicht die Vlads oder eines der Mädchen, vielleicht ihre eigene, aber das spielte keine Rolle mehr. Nichts war wichtig, außer seinem Blut, dem Leben, das sie aus ihm herausreißen und sich aneignen wollte.

Frank sank mit einem würgenden Laut auf die Knie und krümmte sich, und Conny riss seinen Kopf in den Nacken und schmetterte ihm das Knie ins Gesicht. Sie spürte, wie irgendetwas in seinem Schädel zerbrach. Frank kippte nach hinten, riss die Arme hoch und begann mit plötzlich heller, winselnder Kinderstimme zu weinen. Conny setzte nach, trat ihm in die Seite und hörte mit grimmiger Befriedigung ein Geräusch, das sich wie das Brechen eines trockenen Zweiges anhörte. Weinend wälzte sich der Junge auf die Seite, zog die Beine an den Leib und verbarg das blutende Gesicht zwischen den Armen, und Conny trat noch einmal zu und brach ihm eine weitere Rippe, vielleicht zwei, riss ihn dann brutal an den Haaren in die Höhe und holte mit der freien Hand zu einem noch härteren Schlag aus. Ihre versteiften Finger zielten auf seinen Adamsapfel.

»Aufhören!«

Dann würden seine Augen an der Reihe sein. Conny würde ihm die Finger in die Augen rammen, sie herausreißen und in blutige Höhlen verwandeln, ihm *Schmerz* zufügen, denselben Schmerz, den er ihr zugedacht hatte, nur hundertmal schlimmer, hundertmal *süßer*, und eine übermenschlich starke Hand packte ihren Arm und stieß sie gleichzeitig so heftig herum, dass sie strauchelte und auf die Knie fiel. Es tat weh, und da war plötzlich ein Schatten, riesig und drohend, der sich zwischen sie und den gestürzten Jungen schob und ihn mit seinem eigenen Körper beschützte. Vlad. Egal. Conny sprang hoch, versuchte ihn wegzustoßen und wieder nach Frank zu treten, und diesmal stieß Vlad sie nicht einfach weg, sondern versetzte ihr eine Ohrfeige, die sie gleich mehrere Schritte zurückstolpern ließ.

»Aufhören, habe ich gesagt!«, fauchte er. »Sind Sie verrückt geworden? Der Junge hat längst genug! Wollen Sie ihn umbringen?« Sein Gesicht loderte vor Zorn, und seine gewaltigen schwarzen Schwingen flatterten erregt, zu reiner Drohung geronnene Schwärze, die den unterirdischen Dom von einem Ende zum anderen auszufüllen schien. Aber etwas stimmte damit nicht. Irgendetwas war ... nicht so, wie es sein sollte.

»Conny! Hören Sie mich?«

Conny blinzelte ein paarmal, hob benommen die Hand ans Gesicht und registrierte erst jetzt, wie fest er zugeschlagen haben musste: Ihre Wange brannte wie Feuer, und ihr Kiefer tat weh. Vlad starrte sie noch immer aus brennenden Augen an. Seine gewaltigen Fledermausschwingen bewegten sich unruhig, und der Degen in seiner Hand deutete abwechselnd auf sie und das wimmernde Bündel am Boden, das er nach wie vor mit seinem eigenen Körper beschützte.

Dann, von einem Sekundenbruchteil auf den anderen, fiel sie in die Wirklichkeit zurück. Vlads Fledermausschwingen schrumpften zu einem schäbigen Trenchcoat zusammen, der Degen verwandelte sich in etwas Kleineres und Tödlicheres, und aus Vlads Antlitz wurde ein anderes, viel vertrauteres, aber nicht weniger besorgtes Gesicht.

»Ist alles wieder in Ordnung?«, fragte Trausch.

Conny wollte antworten, aber ihre Stimme versagte. Sie fand sogar noch die Zeit für den Gedanken, dass das ja wohl die dämlichste Frage war, die sie seit langer Zeit gehört hatte, dann versagten ihre Knie und den Bruchteil einer Sekunde später auch ihr Bewusstsein.

Alles wurde schwarz.

17

Später. Conny wusste nicht, wie spät. Draußen, vor den bis auf schmale Schlitze geschlossen Jalousien, war die Sonne untergegangen, aber sie wusste nicht, wann, ob vor einer Stunde oder zwei oder erst vor wenigen Minuten, und es spielte auch keine Rolle; nicht in jener finsteren Ecke des Universums, in die sie gestürzt war und aus der sie vielleicht nie wieder herausfinden würde. Man hatte ihr Fragen gestellt, und sie erinnerte sich an blitzende Lichter und das Wimmern zahlloser Sirenen, an Uniformen und Stimmen und noch mehr Fragen, die sie vielleicht beantwortet hatte, vielleicht nicht; es interessierte sie nicht.

Eichholz räusperte sich übertrieben, um ihre Aufmerksamkeit zu erwecken – zum zweiten oder dritten Mal –, und Conny wandte vorsichtig den Kopf und sah zuerst ihn, dann Trausch, dann wieder Eichholz an. Es war wie eine getreuliche Wiederholung der Szene vom Anfang. Dieselbe Besatzung, dachte sie matt, sogar dasselbe Zimmer und dieselbe Armesünderbank, auf die man sie gesetzt hatte. Nichts hatte sich verändert.

Außer ihr.

Eichholz räusperte sich noch einmal und zwang ein dünnes Lächeln auf seine Lippen. »Also, ich fasse zusammen«, sagte er. Conny fragte sich, was er damit wohl meinte. Erst dann erinnerte sie sich wieder, dass sie schon eine geraume Weile hier saßen und redeten. Sie erinnerte sich nicht, worüber. Wahrscheinlich hatte ohnehin nur Eichholz geredet, und Trausch und sie hatten zugehört. Oder wenigstens Trausch. »Sie lehnen es nach wie vor ab, ins Krankenhaus gebracht zu werden, und sie möchten auch sonst keinerlei ärztliche Hilfe, obwohl ich Sie ausdrücklich darauf hingewiesen habe, dass Sie diese Entscheidung auf eigenes Risiko treffen.«

Neben ihm blinzelte ein winziges rotes Auge im Rhythmus seiner Worte. Er zeichnete das Gespräch auf; selbstverständlich. Nicht aus

Misstrauen – natürlich nicht –, sondern nur zu ihrem eigenen Schutz. Man konnte ja nie wissen. Wahrscheinlich, dachte sie spöttisch, ließ er sich auch eine Verzichtserklärung unterschreiben, bevor er mit seiner Frau schlief, und zeichnete die ganze Show vorsichtshalber auch noch auf Video auf, damit ihm hinterher niemand vorwerfen konnte, er hätte irgendetwas falsch gemacht. Conny versuchte sich allerdings vergebens zu erinnern, wann er das letzte Mal irgendetwas *richtig* gemacht hatte. Diesmal ließ sie ganz bewusst zwei oder drei Sekunden verstreichen, bevor sie nickte. Mal sehen, wie sein geliebter Digitalrekorder *das* aufzeichnete.

»Nur der Ordnung halber und mit Kommissar Trausch als Zeugen«, fuhr Eichholz ungerührt fort, »Sie fühlen sich also in der Lage, meine Fragen zu beantworten?«

Conny reagierte auch darauf nur mit einem wortlosen Nicken und einem Blick, der geradewegs durch Eichholz hindurch ins Leere ging, und Trausch schien plötzlich alle Mühe zu haben, ein schadenfrohes Grinsen zu unterdrücken. Als er allerdings sprach, klang seine Stimme kein bisschen amüsiert, sondern sehr ernst und entschieden.

»Ich bezweifle, dass Frau Feisst in der Lage ist, irgendwelche Fragen zu beantworten«, sagte er betont. »Meiner Meinung nach steht sie unter Schock. Ich schlage vor, die Befragung auf morgen zu verlegen.«

Eichholz schenkte ihm einen bösen Blick, beließ es darüber hinaus aber bei einem Schulterzucken und zog eine halb volle Packung aus der Tasche, um ihr eine Zigarette anzubieten. Conny lehnte mit einem stummen Kopfschütteln ab.

»Ich habe Ihren Einwand zur Kenntnis genommen, Herr Trausch«, sagte er ruhig. »Und glauben Sie mir, nichts wäre mir lieber, als Ihrem Wunsch nachzukommen und Frau Feisst ein bisschen von der Ruhe zu gönnen, die sie so dringend benötigt. Vor allem nach einem Tag wie diesem.« Er betrachtete die Zigarettenpackung eine halbe Sekunde lang enttäuscht, bevor er sie mit einem lautlosen Seufzen wieder einsteckte. »Leider ist die Sache nicht ganz so einfach, fürchte ich.«

Conny machte eine Kopfbewegung in Richtung des flackernden

roten Auges. »Warum schalten Sie das Ding nicht ab und sprechen wieder wie ein normaler Mensch?«

Anscheinend hatte Eichholz sich gut auf dieses Gespräch vorbereitet, denn er ließ sich nicht aus der Ruhe bringen. Er schaltete das Gerät auch nicht aus, aber seine Stimme wurde eine Spur weicher. »Wie Sie wollen«, seufzte er. »Aber wie ich bereits sagte: Leider ist die Geschichte nicht ganz so einfach. Ich habe nicht nur den Polizeipräsidenten im Nacken, sondern auch den Oberstaatsanwalt und die versammelte Presse des gesamten Landes. Von den Eltern der verletzten Jungen gar nicht zu reden. Und sie alle wollen nur eins von mir: Antworten.« Er seufzte. Unecht. »Ja, und wie es aussieht, möchte ich dasselbe von Ihnen.«

»Ich dachte, das hätte ich alles schon einmal erzählt«, antwortete sie lahm, was in diesem Moment sogar der Wahrheit entsprach. Sie glaubte es nur. Sie erinnerte sich, mit ihm gesprochen zu haben, aber sie war nicht ganz sicher, was sie ihm erzählt hatte. Sie war ja nicht einmal ganz sicher, was wirklich passiert war.

»Das haben Sie«, bestätigte Eichholz, »aber ich würde es trotzdem gerne noch einmal hören. Es könnte ... wichtig sein.«

Das fast unmerkliche Zögern in seinen Worten entging Conny so wenig, wie es ihr gefiel. »Für wen?«, fragte sie.

»Für uns alle«, entgegnete Eichholz ruhig. Er *würde* sich nicht aus der Ruhe bringen lassen, begriff Conny. »Aber vor allem für Sie, Kollegin.«

»Für mich?«

Eichholz zögerte, und bevor er schließlich antwortete, tauschte er einen raschen Blick mit Trausch, fast als müsse er ihn um Erlaubnis fragen. »Selbstverständlich für Sie, Kollegin. Muss ich Ihnen das wirklich erklären?«

»Ja«, antwortete Conny. »Ich dachte, ich wäre so etwas wie die Heldin des Tages. Nicht, dass ich irgendeinen Wert darauf lege ... aber immerhin habe ich diesen beiden Mädchen das Leben gerettet. Zählt das überhaupt nichts?«

»Selbstverständlich zählt das«, antwortete Eichholz ungerührt. Trausch sah ein bisschen schockiert aus, und auch Conny fragte sich, warum sie das eigentlich gesagt hatte. So ziemlich das Letzte, was sie sein wollte, war *die Heldin des Tages.* »Und ich möchte auch nicht, dass Sie mich falsch verstehen. Ohne Sie wären diese beiden Mädchen jetzt vermutlich tot. Aber wir haben auch vier ziemlich übel zugerichtete Jugendliche, die im Krankenhaus liegen, und bei einem von ihnen ist es noch nicht sicher, ob er überhaupt durchkommt.« Er hob rasch die Hand, als Conny zu einer Antwort ansetzte. »Sie haben vollkommen richtig gehandelt, bitte verstehen Sie mich da nicht falsch. Es waren ganz eindeutig Notwehr und Nothilfe. Sie mussten sich verteidigen, und Sie mussten vor allem das Leben der beiden Mädchen schützen. Sie können mir das jetzt glauben oder nicht, aber in dieser Sache stehe ich voll und ganz hinter Ihnen. Trotzdem müssen wie jetzt sehr vorsichtig sein. Vier verletzte Jugendliche. Drei davon sind noch keine sechzehn. Ich sehe die Schlagzeilen schon vor mir, wenn sich die Presse erst einmal auf uns eingeschossen hat.«

»Ich auch«, pflichtete ihm Trausch bei. »Nur sehen die, die *ich* mir vorstelle, ein bisschen anders aus.« Er machte eine Kopfbewegung in ihre Richtung. »Conny hat vollkommen recht, wissen Sie? Sie *ist* die Heldin des Tages.«

Conny konnte einen überraschten Blick nicht vollkommen unterdrücken.

»Heute, ja«, sagte Eichholz ungerührt. »Und morgen und übermorgen wahrscheinlich auch noch. Sie wissen allerdings beide, wie schnell die öffentliche Meinung in einem solchen Fall kippen kann. Irgendwann ist der Reiz des Neuen weg, und dann dauert es gar nicht mehr lange, bis irgendein Hintertreppenjournalist auf die Idee kommt, die *Heldin des Tages* zu demontieren. Vor allem, wenn Kinder im Spiel sind.«

»Die beiden Mädchen, die sie gerettet hat?«, fragte Trausch.

Eichholz ignorierte den Einwurf. »Es ist noch keine Stunde her, da hatte ich einen ziemlich aufgebrachten Vater am Telefon, der behauptet, Sie hätten seinem dreizehnjährigen Sohn beide Handgelenke gebrochen.«

»Dazu hat er meine Hilfe gar nicht gebraucht«, sagte Conny spröde. »Das hat er ganz allein erledigt.«

»Was schwer zu beweisen sein dürfte.« Eichholz hob noch einmal die Hand, um sie zum Schweigen zu bringen, obwohl sie gar nicht vorgehabt hatte, etwas zu sagen. Alles erschien ihr so … unwirklich. »Natürlich glaube ich Ihrer Schilderung … aber die Kerle sind zu viert. Und Sie allein. Wir müssen Ihre Aussage also ganz genau durchgehen. Vor allem, was das angebliche Auftauchen von Aisler angeht.«

»Angeblich?«, fragte Trausch.

»Niemand hat ihn gesehen, außer Ihnen«, antwortete Eichholz, an Conny gewandt. »Die beiden Mädchen nicht und auch Kollege Trausch nicht. Und von diesen vier Früchtchen haben wir bisher nichts außer wüsten Beschimpfungen und jede Menge dummes Zeug gehört.«

»Aber er war da«, beharrte Conny. *Und er war tot.* Das sprach sie jedoch vorsichtshalber nicht laut aus.

»Aisler ist tot«, erinnerte Eichholz sanft. »Daran gibt es nicht den geringsten Zweifel. Vermutlich haben Sie jemanden gesehen, der sich für Aisler ausgegeben hat. In ihrem angespannten Zustand und bei der schlechten Beleuchtung dort unten ist das eine Verwechslung, die mir wahrscheinlich genauso unterlaufen wäre. Jemand spielt seine Rolle. Ein Trittbrettfahrer oder einer seiner … *Jünger*. So wie es aussieht, scheinen wir es ja mit einer regelrechten Sekte zu tun zu haben.«

»Eine Sekte?« Trausch wirkte überrascht.

»Vielleicht war das das falsche Wort«, seufzte Eichholz. »Nennen Sie es, wie Sie wollen, aber ich gebe Ihnen Brief und Siegel, dass spätestens morgen früh das erste Mal der Begriff *Satanisten* in einem dieser Schmierblätter auftauchen wird.« Er legte eine winzige, aber beredte Pause ein. »Und jetzt versuchen Sie sich vorzustellen, was passiert, wenn Kollegin Feisst bei ihrer Behauptung bleibt, Sie wäre einem Mann begegnet, dessen aufgeschnittenen Leichnam ich mit eigenen Augen gesehen habe.«

»Ich glaube nicht …«, begann Trausch, und Conny fiel ihm rasch, wenn auch mit sehr leiser Stimme ins Wort: »Ich glaube, ich möchte jetzt doch Schluss machen.«

»So plötzlich?«, fragte Eichholz.

»Nach einem Tag wie heute hätte sie gar nicht mit Ihnen sprechen dürfen«, sagte Trausch, noch bevor Conny antworten konnte. »Nur der Ordnung halber und für Ihren kleinen neugierigen Freund da …«, er machte eine Kopfbewegung auf das Aufzeichnungsgerät, »… ich bezweifle, dass sich nach einem solchen Tag irgendjemand an Details erinnern könnte. Und ich bezweifle auch, dass Connys Aussage auf dem Ding da auch nur die Batterieladung wert ist, die die Aufnahme gebraucht hat.«

Erstaunlicherweise blieb Eichholz noch immer vollkommen ruhig, auch wenn es in seinen Augen aufblitzte. »Vermutlich haben Sie recht«, sagte er, machte aber immer noch keine Anstalten, den Apparat abzuschalten. »Vielleicht ist es das Beste, wenn Sie Kollegin Feisst – Conny – jetzt nach Hause bringen und wir uns morgen früh in aller Ruhe unterhalten.« Er wartete, bis Conny gerade dazu ansetzte, aufzustehen, und sagte dann in fast beiläufigem Ton: »Nur eins noch.«

Conny hielt inne und sah ihn ebenso fragend wie misstrauisch an. »Ja?«

»Sie haben mir immer noch nicht verraten, woher Sie überhaupt wussten, wo die Mädchen sind.«

Conny seufzte lautlos. »Ein Informant.«

»Ihr geheimnisvoller Freund, nehme ich an«, sagte Eichholz. »Hat er Sie angerufen?«

Conny war nicht ganz sicher, ob sie einen Fehler beging, aber gar nicht zu antworten oder zu lange zu zögern wäre vermutlich ebenso falsch gewesen. Sie nickte.

»Und statt uns zu informieren, haben Sie es vorgezogen, einen Polizeiwagen zu stehlen, meine Anrufe und Anweisungen zu ignorieren und auf eigene Faust loszuziehen.« Eichholz beantwortete seine eigene Frage mit einem Nicken und einem nachhaltigen Seufzen. Er wirkte vielmehr gekränkt als zornig.

»Wie gesagt, wir sollten dieses Gespräch vielleicht besser morgen früh fortsetzen«, sagte Trausch.

»Ja, wahrscheinlich«, sagte Eichholz. Er wartete, bis Conny ganz aufgestanden war, bevor er mit einem übertrieben gespielten Ächzen den Arm nach seinem Aufnahmegerät ausstreckte und es in die

Hand nahm, aber noch immer nicht ausschaltete. »Fahren Sie nach Hause und schlafen Sie sich gründlich aus, Kollegin. Es reicht vollkommen, wenn Sie sich morgen Nachmittag wieder melden. Kollege Trausch wird Sie nach Hause fahren. Und entschuldigen Sie, wenn ich vielleicht etwas … grob gewesen bin.«

Grob? Conny hätte um ein Haar gelacht. Für seine Verhältnisse war Eichholz heute geradezu lammfromm gewesen. Sie war nicht einmal sicher, wie sie selbst auf ein Verhalten wie das ihre reagiert hätte – bestimmt nicht so ruhig und verständnisvoll wie er. Aber sie fing gerade noch rechtzeitig genug Trauschs warnenden Blick auf und beließ es bei einem dankbaren Lächeln. Allerdings sparte sie sich auch jedwede Verabschiedung, ging wortlos an ihm vorbei und aus dem Zimmer und blieb erst stehen, als sie den Aufzug erreicht hatte. Sie sollte ärgerlich sein, wütend auf Eichholz, dessen plötzliche Sanftmütigkeit ihr wie eine gezielte Provokation vorkam, und wütend auf Trausch, der ihr nicht so beigestanden hatte, wie sie es sich von ihm gewünscht hätte, und irgendwie waren alle diese Gefühle auch da, tief in ihr, aber sie schienen sie nicht mehr wirklich zu berühren, als wäre sie plötzlich gar nicht mehr imstande, irgendwelche Gefühle zu empfinden.

Und zumindest für diesen Tag stimmte das wahrscheinlich sogar.

Wenn sie Glück hatte. Wenn nicht …

»Der Aufzug kommt nicht, wenn Sie den Knopf nicht drücken.«

Trausch beugte sich umständlich an ihr vorbei und machte einen langen Arm, um den Rufknopf zu erreichen, wobei er ihr näher kam, als wirklich nötig gewesen wäre, und seine Nähe …

Trausch erstickte den Gedanken im Keim, noch bevor er Gestalt annehmen konnte, und Conny trat ihrerseits ein kleines Stück weiter zur Seite, als notwendig gewesen wäre.

Sie bewegte sich auf dünnem Eis. Ohne in Selbstmitleid verfallen zu wollen, entsprach das, was Trausch zu Eichholz gesagt hatte, der Wahrheit: Nach dem, was sie heute (zweimal) durchgemacht hatte, wäre jeder andere an ihrer Stelle längst zusammengeklappt. Die vermeintliche Stärke, die sie dem Rest der Welt – sich selbst eingeschlossen – vorspielte, war nichts anderes als ebendas: gespielt. Darunter war sie verletzt und blutete aus einem Dutzend schrecklicher

Wunden, die möglicherweise tiefer gingen, als ihr selbst jetzt schon bewusst war und die vielleicht nie wieder vollständig heilen würden. Wenn sie sich jemals nach etwas gesehnt hatte, von dem es ohnehin viel zu wenig in ihrem Leben gab, dann jetzt. Sie musste aufpassen, dass sie nicht Dinge tat, die sie später bereuen würde. Als die Kabine kam und sie eintraten, quetschte sie sich in die hinterste Ecke, so weit von Trausch entfernt, wie es ging; was in dem winzigen holzvertäfelten Quadrat bedeutete, dass sie nahezu auf Tuchfühlung beieinanderstanden.

Trausch drückte den Knopf für die Tiefgarage und wandte sich diskret ab, konnte aber an der rein körperlichen Nähe nichts ändern, die ihnen der beschränkte Platz aufzwang. Sie nahm seinen Geruch wahr, eine Mischung aus demselben eingetrockneten Schweiß und all den anderen, unangenehmen und alten Dingen, mit denen er sich auf der Suche nach ihr in dem unterirdischen Kellerlabyrinth besudelt haben musste und die jetzt seinen Kleidern und seinem Haar anhafteten. Genau wie ihren. Das war unangenehm und leicht abstoßend, zugleich aber auch …

Conny starrte blicklos zu Boden, und das so lange, bis sie die Tiefgarage erreicht hatten und die Kabine mit einem spürbaren Ruck anhielt. Vielleicht, dachte sie, musste sie nicht nur aufpassen, nicht Dinge zu tun, die sie später bereuen würde, sondern sich noch viel mehr davor hüten, Dinge zu tun, die so vielleicht *nicht* bereuen würde …

Trausch schien sich anzuspannen, als die Türen aufglitten und er vor ihr aus der Kabine trat, und auch sie selbst zögerte fast unmerklich, ihm zu folgen. Aber es war nur ein Reflex, von irgendetwas tief in ihr ausgelöst, das längst keine Rolle mehr spielte. In Wahrheit erlebte sie etwas sehr Seltsames, als sie die Tiefgarage betrat: Der Raum war groß und bis auf Trausch und sie selbst menschenleer und nur schwach erleuchtet. Im Zuge der mittlerweile auch hier um sich greifenden und manchmal immer verrücktere Blüten treibenden Sparwut brannte nur jede vierte Neonröhre unter der Decke, was dazu führte, dass der größte Teil der Tiefgarage zu einem Meer verschwommener Schatten wurde, im dem formlose … *Dinge* zu treiben schienen. Trotz aller Unterschiede erinnerte der Anblick auf beunruhigende Weise an das schreckliche Kellerlabyrinth des Vampirs, und er hätte sie erschrecken müssen; ihr Angst machen.

Das genaue Gegenteil war der Fall. Der Anblick hatte etwas Beruhigendes. Die Dunkelheit war endgültig zu ihrem Freund geworden. Die Schatten waren nicht länger Versteck für namenlose Schrecken, die nur darauf warteten, sie zu verschlingen, sondern im Gegenteil zu ihrer eigenen Zuflucht, die Sicherheit und Schutz versprach. Trausch warf einen raschen Blick über die Schulter zurück – als müsse er sich davon überzeugen, dass sie ihm auch tatsächlich folgte! – schritt ein wenig schneller aus und grub seinen Schlüsselbund aus der Tasche, steckte ihn aber auch fast in der gleichen Bewegung wieder ein, um einen einzelnen Schlüssel aus der anderen Jackentasche zu ziehen. Conny runzelte fragend die Stirn, als sie sah, dass er nicht seinen eigenen, betagten BMW ansteuerte, der wie üblich ganz am Ende der Reihe stand, wohin man diesen Schandfleck in der Fahrzeugflotte der SOKO verbannt hatte, sondern ein viel neueres, schwarzes Modell. Sie erkannte es erst wieder, als sie den Wagen fast erreicht hatten.

»Sagen Sie nicht, Eichholz überlässt Ihnen seinen eigenen Wagen«, entfuhr es ihr.

Trausch grinste flüchtig und zielte demonstrativ mit der Fernbedienung auf den schwarzen BMW. Die Türen entriegelten sich mit einem schweren Klacken, das als mehrfach gebrochenes Echo in der Garage widerhallte. Ihre Phantasie machte etwas anderes daraus, etwas, das gut das Geräusch eines Springmessers sein konnte, dessen schartige Klinge aus dem Griff fuhr.

»Wohl eher sein GPS«, antwortete er, während er einen Schritt zulegte, um vor ihr am Wagen zu sein und ihr die Tür aufzuhalten. »Damit er immer weiß, wo ich bin.«

Conny blickte fragend, und Trauschs Schuljungen-Grinsen erlosch und machte einem mitleidigen Ausdruck Platz. »Was dachten Sie, wo ich so schnell hergekommen bin? Den Wagen zu orten hat keine drei Minuten gedauert. Eichholz hat mich angerufen, und ich war zufällig ganz in der Nähe.« Er wartete, bis sie eingestiegen war, schloss – noch immer ganz Gentleman der alten Schule – die Tür hinter ihr und eilte um den Wagen herum. Nachdem er hinter dem

Lenkrad Platz genommen und den Motor angelassen hatte, redete er ansatzlos weiter. »Hätten Sie auf mich gewartet, dann wäre vielleicht so manches anders verlaufen.«

»Sie meinen, dann wären die beiden Mädchen jetzt vielleicht tot«, antwortete Conny. Die plötzliche Feindseligkeit in ihrer Stimme erschreckte sie selbst, aber Trausch warf ihr nur einen leicht irritierten Blick zu und drehte sich dann umständlich im Sitz um, um den Wagen rückwärts aus der Parklücke zu rangieren.

»Entschuldigung«, setzte sie hastig nach. »Das ... wollte ich nicht sagen.«

»Doch, das wollten Sie«, antwortete Trausch; allerdings erst, nachdem er den Wagen umständlich zweimal hin und her rangiert und die bullige Schnauze auf das Tor am anderen Ende der Garage ausgerichtet hatte. Conny hatte das Gefühl, er würde innerlich aufatmen, diese schwere Aufgabe bewältigt zu haben. »Und es gibt keinen Grund, sich für irgendetwas zu entschuldigen. Nicht nach dem, was Sie heute durchgemacht haben. Wenn es jemanden gibt, der sich entschuldigen muss, dann bin ich das. Ich hätte Sie nie allein dort zurücklassen dürfen.«

»Wo?«

Trausch tippte auf einen der zahlreichen zusätzlichen Knöpfe, die am Armaturenbrett des BMW angebracht waren, und das Schiebedach begann sich summend zu öffnen. Conny beugte sich rasch zur Seite, schloss es wieder und betätigte den Schalter, der das Garagentor öffnete, was ihr sonderbarerweise allerdings keinen Dank, sondern einen eher ärgerlichen Blick von Trausch eintrug. »In dieser verdammten Leichenhalle«, antwortete er. »Wenn ich dabei gewesen wäre, als dieser Kerl angerufen hat ...«

»Er hat nicht angerufen«, unterbrach ihn Conny.

Trausch sah sie stirnrunzelnd an, und sie fuhr fort: »Er war einfach da.«

Trausch trat so hart auf die Bremse, dass sie in ihrem Sitz nach vorne geworfen wurde und sich nicht nur instinktiv am Armaturenbrett abstützte, sondern auch hastig mit der anderen Hand nach dem Sicherheitsgurt griff, um sich anzuschnallen. »Er war *was?*«, ächzte er.

»Er war da«, wiederholte Conny. »Ich stand draußen bei der Kapelle, um auf Eichholz zu warten, und plötzlich war er da. Und er hat mir verraten, wo ich die Mädchen finde.«

Trausch starrte sie einfach nur an, und Conny war es unmöglich zu sagen, ob er wütend, entsetzt oder einfach nur fassungslos war. Vielleicht von allem etwas. »Und Sie hatten nichts Besseres zu tun, als ihm zu glauben und auf eigene Faust loszuziehen?«, fragte er schließlich. Jetzt *klang* er wütend. Und er erwartete anscheinend auch keine Antwort – und möglicherweise war sie gut beraten, es gar nicht erst mit einer zu versuchen –, denn er sprach unmittelbar und mit lauterer und vor Zorn bebender Stimme weiter: »Verdammt noch mal, allmählich beginne ich mich zu fragen, ob Eichholz Sie nicht in dem einen oder anderen Punkt richtig einschätzt! Wieso haben Sie nicht mit ihm gesprochen – oder wenigstens mich angerufen?«

»Weil er gesagt hat, dass die Mädchen sterben, wenn ich Sie oder einen anderen Kollegen informiere«, antwortete Conny.

Aber auch das war anscheinend nicht das, was Trausch hatte hören wollen, denn sein Gesicht verdüsterte sich nur noch mehr. »Und Ihnen ist nicht einmal eine Sekunde lang der Gedanke gekommen, dass das eine Falle sein könnte?«, fauchte er.

Nein, sie war nicht *auf die Idee gekommen,* dass es eine Falle sein könnte, sie hatte *gewusst,* dass es eine war. Trotzdem schüttelte sie den Kopf. »Wenn er mir etwas antun wollte, dann hätte er das schon ein halbes Dutzend Mal gekonnt«, antwortete sie, zwar mit erstaunlich sicherer Stimme, nichtsdestotrotz aber wider besseres Wissen. »Warum also sollte er mir eine Falle stellen?«

»Vielleicht, damit genau das passiert, was passiert ist?«, schlug Trausch vor.

»Was ist denn passiert, Ihrer Meinung nach?«

Trausch seufzte. Der Zorn verschwand so schnell wieder aus seinem Blick, wie er darin erschienen war. »Wenn ich nur zwei Minuten später gekommen wäre, dann hätten Sie diesen Jungen totgeschlagen«, sagte er ernst. »Ich mache Ihnen keinen Vorwurf, Conny. Ich weiß nicht, was ich an Ihrer Stelle getan hätte und in dieser Situation. Vielleicht dasselbe. Aber ich weiß, was *Sie* um ein Haar getan hätten. Haben Sie schon einmal darüber nachgedacht, dass es vielleicht ganz genau das ist, was dieser Kerl will?«

»Dass ich diese kleine Ratte umbringe?«

»Dass Sie sich selbst zerstören, Conny«, sagte er ernst. »Sie sind auf dem besten Weg dazu. Wenn ich nicht gerade noch im letzten Moment gekommen wäre, dann hätten Sie es vielleicht schon getan.«

Und natürlich hatte er recht damit, dachte Conny bitter. Vielleicht nicht mit dem, was er über Vlad gesagt hatte, doch dafür umso mehr, was *sie* anging. Wäre Trausch auch nur eine einzige Minute später aufgetaucht, dann *hätte* sie diesen Jungen umgebracht … aber das war nicht einmal das Schlimmste. Viel schlimmer als das, was er gesehen und sie getan hatte, war das, was sie dabei *empfunden* hatte. Trausch und alle anderen (und sogar sie selbst, so hatte sie es sich eine Zeit lang mit Erfolg eingeredet) mochten der Meinung sein, dass Conny einfach die Kontrolle verloren hatte und ausgerastet war … doch das stimmte nicht. Die Wahrheit war viel schlimmer. Die Wahrheit war: Sie hatte es *genossen*. Sie hatte nicht die Beherrschung verloren und diesen armen Jungen in übertriebener Notwehr halb totgeschlagen, sie hatte ihm wehtun *wollen*. Die Wahrheit war: Tief in sich bedauerte sie jetzt noch, ihn nicht getötet zu haben.

Plötzlich hatte sie Angst vor sich selbst. Vor dem, was Vlad aus ihr gemacht hatte. Auch in diesem Punkt irrte sich Trausch: Vlad versuchte nicht, ihr Leben zu zerstören. Er hatte es längst getan.

»Fahren Sie weiter«, bat sie.

Trausch sah plötzlich noch trauriger aus. Er setzte dazu an, etwas zu sagen, schüttelte aber dann nur den Kopf und legte mit einem trotzigen Verziehen der Lippen den Gang ein. Conny streckte nochmals die Hand aus und schloss das Garagentor hinter ihnen, und diesmal verzichtete er sogar auf einen vorwurfsvollen Blick.

Sie fuhren eine geraume Weile schweigend weiter, bis sich Trausch räusperte. »Ich finde, Sie haben sich ziemlich gut geschlagen.«

»Gegen ein paar halbe Kinder?«

»Gegen *vier* ausgeflippte Jugendliche, vermutlich auf Speed oder irgendeinem anderen Scheißzeug, alle bis an die Zähne bewaffnet und jeder Einzelne fast so stark wie ich«, verbesserte sie Trausch. »Jetzt stellen Sie Ihr Licht mal nicht zu sehr unter den Scheffel. Aber das habe ich nicht gemeint.«

»Sondern?«

»Eichholz«, antwortete er. »Er wollte Sie auflaufen lassen, mit seinem Diktiergerät und seinem angeblichen Verständnis. Ich finde, Sie haben sich verdammt gut aus der Affäre gezogen.«

»Ohne Ihre Hilfe wäre es vermutlich nicht so einfach gewesen.«

Trausch ignorierte das. »Aber Sie sollten trotzdem auf der Hut bleiben. Ich kenne Eichholz. Er ist ein nachtragender Mistkerl, und wenn er jemanden erst einmal ins Visier genommen hat, dann lässt er so schnell nicht locker. Spätestens morgen ist es vorbei mit seiner Freundlichkeit. Wenn Sie mich fragen, dann wartet er nur darauf, Sie der Meute zum Fraß vorzuwerfen.«

»Welcher Meute?«

Trausch grinste humorlos. »Suchen Sie sich eine aus.«

Conny setzte zu einer ärgerlichen Antwort an, runzelte dann die Stirn und drehte sich demonstrativ im Sitz um. »Wir hätten an der Ampel abbiegen müssen.«

»Wir fahren nicht in Ihre Wohnung«, antwortete er.

Conny sah ihn stirnrunzelnd an. »Sagten Sie nicht, Sie bringen mich nach Hause?«

»Nicht zu Ihnen nach Hause«, sagte er. »Wir fahren zu mir. Vor Ihrer Tür herrscht schon wieder Belagerungszustand. Außerdem ist es bei mir gemütlicher … Verzeihung.«

»Da gibt es nichts zu entschuldigen. Sie liegen mit Ihrer Einschätzung ja nicht ganz verkehrt … aber was glauben Sie wohl, wird Eichholz dazu sagen, wenn er erfährt, dass wir die Nacht zusammen verbringen?«

Trausch blieb ernst. »Eichholz hat mich beauftragt, auf Sie aufzupassen. Er hat nicht gesagt, wie und wo. Außerdem habe ich ein Gästezimmer mit einer massiven Tür und einem Schloss … wenn es Ihnen recht ist. Ich kann Sie natürlich auch in ein Hotel bringen.« Er hob die Schultern. »Das ist kein Problem. Ein Anruf genügt, und Eichholz stellt Ihnen eine Wache vor die Tür und sorgt persönlich dafür, dass Sie bis morgen früh nicht gestört werden.«

»Das ist Erpressung«, antwortete Conny.

»Ich weiß«, antwortete Trausch ungerührt. »Und? Entscheiden Sie sich. Hotel Steigenberger auf Kosten des Polizeipräsidiums oder Pension Trausch.«

»Solange Ihre Frau und Ihre Kinder nichts dagegen haben.«

Trausch reagierte nur mit einem knappen Lächeln, bog an der nächsten Ampel mit quietschenden Reifen ab und beschleunigte.

18

Trauschs Haus lag in einem ruhigen Vorort der Stadt, in dem Conny noch nie gewesen war, selbst zu dieser vorgerückten Stunde und bei der ungewohnt rasanten Fahrweise, zu der sich Trausch durch den PS-starken Wagen hatte verleiten lassen, fast eine halbe Stunde Fahrtzeit vom Präsidium entfernt, und es entsprach zugleich nahezu genauso vollkommen ihren Erwartungen, wie es gänzlich anders war. Nachdem sie die Stadtautobahn verlassen hatten, waren die Straßen beständig schmaler, aber auch gepflegter geworden. Hatten am Anfang noch Wohn- und Geschäftshäuser die Strecke flankiert, waren die Gebäude rasch kleiner (und kostspieliger) geworden, und mittlerweile fuhren sie durch etwas, für das Conny beim besten Willen keine andere Bezeichnung als Villengegend einfiel: vornehme, größtenteils weiße Gebäude mit einem oder maximal zwei Stockwerken und Doppelgaragen, die sich ein gutes Stück von der Straße zurückgesetzt hinter gepflegten Vorgärten erhoben, die meisten zusätzlich von schmiedeeisernen Zäunen oder niedrigen Ziermauern beschützt und in Inseln aus dezenter Gartenbeleuchtung. Auf den Straßen parkten kaum Autos, und obwohl es gerade einmal kurz nach zehn war, waren sie praktisch menschenleer. Trotzdem lenkte Trausch den Wagen jetzt mit vorschriftsmäßigen dreißig Stundenkilometern und in einem gemächlichen Slalom zwischen den versetzt auf der Straße aufgemalten Parkflächen hindurch, wovon er sich auch von Connys spöttischen Blicken nicht abbringen ließ. Ab und zu sah er in den Rückspiegel, kurz, aber nicht schnell und vor allem nicht unauffällig genug, dass es Conny entgangen wäre.

»Haben Sie Angst, dass uns jemand verfolgen können?«, fragte sie spöttisch.

»Verfolgen? Wieso?«

»Sie sehen dauernd in den Spiegel.«

»Ach, das.« Trausch machte eine wegwerfende Handbewegung und sah noch einmal und sogar deutlich länger in den Innenspiegel. »Das hat nichts zu bedeuten. Eine dumme Angewohnheit.«

Conny widersprach zwar nicht, drehte sich aber auf ihrem Sitz um und warf einen langen, taxierenden Blick durch die getönte Heckscheibe. Die Straße hinter ihnen war leer.

»Eine alte Polizistenkrankheit«, behauptete Trausch, nachdem sie sich wieder umgedreht und ihn zweifelnd angeblickt hatte.

»Ja, sicher.«

Schweigend fuhren sie weiter, wenn auch nur noch ein kleines Stück und ohne dass Trausch noch einmal in den Spiegel gesehen hätte. Sie bogen noch zweimal ab, dann lenkte Trausch den Wagen eine gepflasterte Auffahrt hinauf und hielt vor einem geschlossenen Tor, hinter dem sich eine weiß gestrichene Jugendstilvilla erhob, alt, aber soweit sie das bei der schwachen Beleuchtung erkennen konnte, in ausgezeichnetem Zustand. Sämtliche Jalousien waren heruntergelassen, und nirgendwo brannte Licht.

Conny machte ein fragendes Gesicht, doch Trausch wich ihrem Blick demonstrativ aus und stieg aus, um das Tor zu öffnen. Das weiß gestrichene geschmiedete Eisen zeigte ein Muster aus von Blumen und Blättern umrankten Drachen und anderen mythologischen Wesen.

Trausch schob die beiden Torhälften unnötig weit auseinander und kam zum Wagen zurück, stieg jedoch nicht ein, sondern öffnete nur die Tür, um dann plötzlich wieder stehen zu bleiben und konzentriert zur anderen Straßenseite hinzusehen. Conny blickte in dieselbe Richtung und sah erst jetzt den dunklen Kombi, der dort parkte. Eigentlich hätte er ihr sofort ausfallen müssen. Es war der einzige Wagen weit und breit.

»Auch wieder nur eine dumme Angewohnheit?«, fragte sie spöttisch.

Trausch sah nicht so aus, als ob er diese Bemerkung besonders lustig finden würde. »Wenn das schon wieder irgendwelche Pressefuzzies sind, dann vergesse ich meine gute Erziehung und setzte meine Pension aufs Spiel«, knurrte er. Zornig fuhr er auf dem Absatz herum und stürmte die Auffahrt wieder hinunter. Conny beobachtete im Rückspiegel, dass das Seitenfenster des Kombis heruntergefahren wurde, nach bevor er ihn erreichte.

Trausch beugte sich demonstrativ vor, legte beide Hände auf den Fensterrahmen und steckte den Kopf und einen Teil seiner breiten Schultern ins Wageninnere, und Conny ertappte sich bei einem flüchtigen Lächeln. Wenn in diesem Wagen tatsächlich zwei übereifrige Journalisten saßen, die irgendwie Trauschs Adresse herausbekommen hatten und nun eine große Story witterten, dann würden sie sich wahrscheinlich spätestens in einer Minute wünschen, lieber zur Jahresversammlung des örtlichen Kaninchenzüchtervereins gegangen zu sein.

Trausch wechselte nur ein paar Worte mit den Wageninsassen und kam dann – etwas weniger erregt, aber immer noch in Eile – zurück. Wortlos ließ er sich hinter das Steuer sinken und rangierte den Wagen durch das Tor, ohne sich die Mühe zu machen, die Tür zu schließen.

»Ich nehme an, Sie mussten Ihre Pension nicht riskieren«, vermutete Conny. Ein rascher Blick in den Innenspiegel zeigte ihr, dass der Wagen noch immer auf der anderen Straßenseite stand und auch keine Anstalten machte, loszufahren.

»Das waren keine Journalisten«, antwortete Trausch. Es gelang Conny nicht, in seinem Gesicht zu lesen.

»Sondern?«

»Zwei bemitleidenswerte Kollegen von der Bereitschaft, die sich bis morgen früh die Hintern platt sitzen dürfen«, antwortete er. »Viele Grüße vom Kollegen Eichholz. Anscheinend traut er mir auch nicht.«

»Eichholz?«, wiederholte Conny verblüfft. »Und woher weiß er, wo wir sind?«

»Nicht von mir.« Trausch schaltete den Motor ab, stieg jedoch noch nicht aus, sondern maß das lederbezogene Armaturenbrett des Luxuswagens mit einem feindseligen Blick. »Wahrscheinlich vom GPS dieser Scheißkarre. Ich hätte mir gleich denken können, dass die Sache einen Haken hat. Wahrscheinlich hat er schon auf seinen verdammten Monitor gesehen, als wir noch in der Tiefgarage waren.«

»Möglicherweise hört er jetzt sogar mit«, fügte Conny mit einer

Kopfbewegung auf das mit Elektronik gespickte Cockpit des BMW hinzu. Sie meinte das nicht ernst, doch Trausch wirkte plötzlich ein bisschen nervös, sagte keinen Ton mehr, stieg stattdessen hastig aus und eilte zum Tor zurück, um es zu schließen.

Conny nutzte die Zeit, um sich unverhohlen neugierig umzusehen. Es war dunkel hier. Trauschs Haus gehörte zu einem der wenigen in dieser Straße, deren Vorgärten oder Fassaden nicht beleuchtet waren, und der Himmel hatte sich in den letzten Minuten bezogen, sodass auch der Mond kein nennenswertes Licht spendete. Trotzdem konnte sie erstaunlich gut sehen. So lichtempfindlich ihre Augen im Sonnenlicht auch geworden sein mochten, machten sie dieses Manko doch durch ein verbessertes Sehvermögen im Dunkeln wieder wett.

Das Haus hielt, was es von Weitem versprochen hatte: Es war groß, alt – mindestens hundert Jahre, wenn nicht deutlich mehr – und in ausgezeichnetem Zustand. Eine Villa, in der man einen Bankdirektor vermuten würde, einen erfolgreichen Künstler oder einen Manager oder Chefarzt. Aber einen Polizisten?

Trausch kam zurück, schloss den Wagen mit dem Schlüssel ab, ohne die Fernbedienung zu benutzen, und machte eine auffordernde Handbewegung, ihm ins Haus zu folgen.

Sie betraten einen schmalen, lang gestreckten Flur, im dem es nach frischer Farbe und Putzmittel roch, aber auch ein wenig abgestanden. Trausch schaltete kein Licht ein, sondern bewegte sich mit der Sicherheit eines Menschen, der sein Leben lang in diesen Räumlichkeiten verbracht hatte, während er vorauseilte und eine Tür am anderen Ende des langen Flures öffnete. Selbst Connys verbessertes Sehvermögen versagte hier drinnen. Sie hatte einen flüchtigen Eindruck von einer hohen, holzvertäfelten Decke gewonnen und von einer geschwungenen Treppe, die ins Obergeschoss führte, aber mehr auch nicht. Dennoch reichte schon das wenige, was sie sah, um sie ihre Meinung noch einmal revidieren zu lassen: Von außen hatte das Haus ausgesehen wie eine Villa. In seinem Innern war es ein Schloss.

Trausch öffnete die Tür und schaltete das Licht in dem dahinter liegenden Raum ein, wodurch er für einen Sekundenbruchteil zu einem flachen und absurd großen Schatten zu werden schien. »Kommen Sie, Conny.«

Die vertraute Anrede wurde hier drinnen zu … etwas anderem. Sie wusste nicht, ob sie es mochte. Dennoch beeilte sie sich, ihm zu folgen, und erlebte eine weitere Überraschung, als sie an ihm vorbei in ein Zimmer trat, das deutlich größer war als ihre gesamte Wohnung und schrecklich altmodisch eingerichtet. Nicht etwa antik, sondern irgendetwas aus den Fünfziger- oder frühen Sechzigerjahren des vergangenen Jahrhunderts: Nierentische, Brokatdeckchen auf den Sitzmöbeln und Tischen und eine dicke, gepolsterte Couch mit gedrechselten Beinen. Es gab keine beleuchteten Plastiktulpen auf den Fensterbrettern, aber irgendwie erwartete man sie. Immerhin protzte der Saal mit einem gewaltigen Kronleuchter, in dem allerdings nur eine Handvoll Glühbirnen brannten, und einem noch protzigeren offenen Kamin.

»Beeindruckend«, entfuhr es Conny.

»Vor allem für einen Beamten im mittleren Dienst und meiner Besoldungsgruppe, ich weiß«, bestätigte Trausch. »All diese Fragen habe ich schon den lieben Kollegen von der Inneren beantwortet, und das Finanzamt hat alles dreimal durchleuchtet und mich auf Herz und Nieren geprüft. Ich glaube, ich kann ohne Übertreibung behaupten, dass ich zu den ehrlichsten Polizeibeamten der Stadt gehöre. Oder jedenfalls zu denen, denen man nichts nachweisen konnte. Nicht einmal den winzigsten Verdacht.«

»So habe ich das nicht gemeint«, sagte Conny hastig. Trauschs Worte waren ihr ein bisschen peinlich.

»Ich weiß«, sagte er. »Aber ich möchte nicht, dass Sie sich den Rest des Abends den Kopf über dieselbe Frage zerbrechen, die sich jeder stellt, der das hier sieht, also beantworte ich sie gleich, und wir können uns wichtigeren Dingen zuwenden, einverstanden?«

Conny nickte zaghaft. Trauschs Worte machten die Situation eher noch peinlicher, fand sie.

»Ich habe diesen Kasten vor zwölf Jahren geerbt«, fuhr er mit einer ausholenden Geste fort. »Von einem Onkel, von dessen Existenz ich bislang noch nicht einmal etwas gewusst habe. Ich war am

Anfang nicht einmal sicher, ob ich das Erbe überhaupt annehmen sollte.« Er seufzte. »Und ich hätte es besser auch nicht getan.«

»Wieso?«, fragte Conny. »Es ist doch sehr hübsch.«

Trausch warf ihr einen schrägen Blick zu, und Conny verbesserte sich: »Ich meine: Man kann sicher etwas daraus machen.«

»Wenn man die Zeit dazu hat und das nötige Kleingeld«, bestätigte Trausch. »Zurzeit fehlt mir leider beides. Wer weiß, vielleicht kaufe ich mir einen Werkzeugkasten und ein Heimwerkerbuch, wenn ich erst einmal in Pension bin … wenn mich dieser Kasten bis dahin nicht aufgefressen hat, heißt das. Haben Sie eine Vorstellung, was es kostet, ein solches Haus zu unterhalten?«

»Nein«, antwortete Conny. »Und ich glaube, ich will es auch nicht wissen.« Sie sah sich demonstrativ um. »Warum verkaufen Sie es nicht einfach?«

Trausch legte den Kopf schräg und schwieg einen Augenblick, als müsse er tatsächlich über diese Frage nachdenken. »Keine Ahnung«, gestand er. »Irgendwie bin ich bisher einfach nicht dazu gekommen. Vielleicht aus sentimentalen Gründen. Ich habe ein paar schöne Jahre hier verbracht.« Er ließ seine Worte wirken, dann grinste er plötzlich breit. »Außerdem steigen die Immobilienpreise in dieser Gegend seit zehn Jahren ununterbrochen. Ich wäre vollkommen bescheuert, jetzt zu verkaufen. Das hier ist meine Altersversorgung. Und wenn ich noch ein paar Jahre warte und es so weitergeht, auch noch eine hübsche Finca auf Mallorca.«

Jetzt war es Conny, die *ihm* einen schrägen Blick zu warf. Trausch als fideler Rentner am Strand von Mallorca, der sich die Sonne auf den Bauch scheinen ließ? Das war nun wirklich das Letzte, was sie sich vorstellen konnte.

Er anscheinend auch, aber es dauerte noch ein paar Sekunden, bis sie das spöttische Glitzern in seinen Augen bemerkte. »Sie nehmen mich auf den Arm«, vermutete sie.

»Wer weiß?«, erwidertet Trausch. »Vielleicht kennen Sie mich ja doch nicht so gut, wie Sie bisher dachten.«

Genau genommen, dachte Conny, kannte sie ihn *überhaupt nicht.* Bis vor wenigen Augenblicken war sie der Meinung gewesen, das eine oder andere über ihn zu wissen, doch ein einziger Blick in die Rund reichte, um sie plötzlich auch das in Zweifel ziehen zu lassen. Sie hob nur die Schultern und hoffte, sich auf diese Weise um eine direkte Antwort herummogeln zu können. Wenigstens für den Augenblick schien es zu funktionieren, denn Trausch griente nur noch breiter und sah in seiner albernen Kinderjacke nun endgültig aus wie ein zu groß geratener Schuljunge, aber er ging auch nicht weiter auf das Thema ein, sondern warf nur noch einen langen, missmutig wirkenden Blick in die Runde und fragte dann mit veränderter Stimme: »Kaffee? Oder lieber etwas Stärkeres?«

»Das kommt ganz auf Ihren Kaffee an«, antwortete sie.

»Er weckt Tote auf, wenn Sie das meinen«, erwiderte Trausch fröhlich. »Mein Kaffee ist berüchtigt.« Er wedelte mit der Hand. »Aber zuerst zeige ich Ihnen Ihr Zimmer. Kommen Sie. Wir müssen nach oben.«

»Besser als in den Keller«, seufzte Conny. Trausch lachte leise, ging an ihr vorbei und stürmte zum zweiten Mal durch den langen Flur, ohne das Licht einzuschalten. Conny fand das ungewöhnlich, selbst wenn er sich hier wirklich auskannte wie in der sprichwörtlichen Westentasche. Normalerweise *schalteten* die Leute das Licht an, wenn es dunkel wurde.

Als hätte er ihre Gedanken gelesen, holte er sein Versäumnis nach, als sie die Treppe erreicht hatte. Ein altmodischer Kronleuchter, den irgendein Öko-Barbar mit klobigen Energiespar-Birnen bestückt hatte, verbreitete blaustichiges Licht, das ihr unter normalen Umständen wohl kaum gereicht hätte, um sicher einen Fuß vor den anderen zu setzen, und während sie ihm über die knarrenden Holzstufen nach oben folgte, drang ihr abermals der charakteristische Geruch nach frischer Farbe in die Nase. Hier war vor kurzem renoviert worden, auch wenn davon zumindest in diesem Teil des Hauses nichts zu sehen war.

Trausch ging mit schnellen Schritten voraus, und Conny wollte ganz instinktiv ebenfalls schneller gehen, um zu ihm aufzuschließen, tat dann aber das genaue Gegenteil und ließ sich ein weiteres

Stück zurückfallen, um ihn zu betrachten. Seltsam – ihr war noch nie zuvor so deutlich aufgefallen, wie elegant und zugleich kraftvoll er sich bewegte. Der Tag, der hinter ihm lag, war fast so anstrengend gewesen wie ihr eigener, und er war kein junger Mann mehr und sollte eigentlich jeden einzelnen Schritt, den er heute getan hatte (von allem anderen gar nicht zu reden), in den Knochen spüren. Wahrscheinlich tat er es, aber anzumerken war ihm davon nichts. Ganz im Gegenteil: Selbst etwas so Banales wie das Emporgehen einer Treppe schien bei ihm zu etwas wie einem Tanz zu werden. Sie glaubte das Spiel seiner kraftvollen Muskeln unter seiner Kleidung sehen zu können, die mühelose Selbstverständlichkeit, mit der er …

Das war genug. Sie war hier, um zur Ruhe zu kommen und vielleicht mit Trausch ihr weiteres Vorgehen zu besprechen, vielleicht auch den Dämonen der Einsamkeit zu entkommen, die in ihrer leeren Wohnung auf sie lauerten, aber *mehr auch nicht.*

Oben angekommen, betraten sie eine andere Welt. Der Geruch nach frischer Farbe wurde nicht nur noch einmal intensiver, sondern auch durch den Anblick einer Aluminiumleiter und einer Anzahl Farbeimer unter einer bekleckerten Plastikfolie komplettiert, die eine wunderschöne Stolperfalle abgegeben hätten, hätte Trausch auch hier oben darauf verzichtet, das Licht einzuschalten. Die Tapeten auf der linken Seite des Flurs waren alt und ausgeblichen, zerfranste Textiltapeten mit Rosen- und Efeumuster, auf der anderen Seite weiße Raufaser, die Trausch offenbar selbst angestrichen hatte; einschließlich Teile der Stuckdecke und der antiken Facettentüren. Conny runzelte die Stirn, und Trausch, der anscheinend Augen im Hinterkopf hatte (vielleicht war er diese Reaktion auch einfach von jedem seiner Besucher gewohnt), sagte: »Wie gesagt: Das große Buch des kleinen Heimwerkers muss ich mir erst noch kaufen.«

»Ich schenke es Ihnen. Nach allem, was Sie heute für mich getan haben, ist das das Mindeste, was ich Ihnen schuldig bin.«

»Und Sie glauben, so billig kommen Sie davon?« Trausch schüttelte lachend den Kopf und deutete zugleich auf eine von zahlreichen Türen auf der linken Seite. »Da ist das Bad. Machen sie sich frisch, wenn Sie wollen. Ich kümmere mich inzwischen um den Kaffee.«

Damit wandte er sich auf dem Absatz um und verschwand ohne

ein weiteres Wort durch eine der anderen Türen. Conny blieb ein wenig hilflos zurück, hob schließlich nur die Schultern und steuerte die Tür an, die er ihr bedeutet hatte.

Dahinter lag ein ganz normales, wenn auch sehr großes Badezimmer, das einen ebenso unbelebten Eindruck machte wie alles, was sie bisher von diesem Haus gesehen hatte: Alles wirkte sehr sauber und aufgeräumt, aber auf eine sonderbar unbenutzte Art, als hätte jemand dieses Zimmer irgendwann einmal liebevoll eingerichtet und seither nie wieder betreten. Auch hier lag ein leichter Geruch nach frischer Farbe und Terpentin in der Luft, wenn auch nicht annähernd so penetrant wie im Flur, aber es hätte des kundigen Blicks einer Polizistin nicht gebraucht, um ihr den feinen Staub auf dem Acryl der Badewanne zu zeigen, die blinde Schicht auf dem Spiegelschrank und den kaum mehr vorhandenen Glanz der Fliesen. Dieses Bad war seit mindestens einem Jahr nicht mehr benutzt worden. Trausch, dachte sie, war entweder ein verkappter Schmutzfink, oder es gab noch eine Menge anderer Fragen, die mit ihm zusammenhingen …

Oder ein zweites Bad, fügte sie in Gedanken hinzu.

Es klopfte, und Trauschs Stimme drang gedämpft durch das dicke Holz der Tür. »Im Wandschrank sind Handtücher und ein paar Sachen von meiner Frau, die Ihnen passen müssten. Bedienen Sie sich.«

Frage Nummer drei (oder eigentlich eins): Wo waren eigentlich seine Frau und seine Kinder, von denen ihre Kollegen ununterbrochen sprachen?

Conny legte auch diese Frage auf den allmählich immer größer werdenden Stapel mit Punkten, auf die sie Trausch unbedingt ansprechen musste, hob mit einem angedeuteten Seufzen die Schultern und streckte die Hand nach dem Schlüssel aus, nur um festzustellen, dass es keinen gab.

Also gut, dann würde sie Trausch eben vertrauen müssen. Nicht, dass es ihr etwas ausgemacht hätte, wenn er dieses Vertrauen ausnützte, aber …

Conny würgte auch diesen Gedanken mit einem leisen Anflug von schlechtem Gewissen ab und begann ihre Bluse aufzuknöpfen. Ihre Finger waren steif und verweigerten ihr im ersten Moment den Gehorsam, sodass der oberste Knopf absprang und mit einem leisen Klimpern auf dem Waschbeckenrand aufschlug und davonhüpfte. Conny runzelte die Stirn, gab mit einem lautlosen Seufzen auf und löste das Problem, indem sie die Bluse kurzerhand öffnete, ohne sich um die übrigen Knöpfe zu kümmern. Sie verteilten sich auf dem Fußboden. Conny warf die besudelte Bluse hinterher, öffnete den Wandschrank und unterzog ihn einer raschen Inspektion. Die Handtücher waren sauber, fühlten sich jedoch an, als lägen sie seit mindestens einem Jahr hier (Männer!), und dasselbe galt mehr oder weniger für die Kleidung, von der er gesprochen hatte: Alles war sauber und penibel zusammengelegt, aber schon seit einer geraumen Weile nicht mehr benutzt. Und noch etwas fiel ihr auf: Trausch hatte behauptet, die Kleider müssten ihr ungefähr passen, doch sie entsprachen exakt ihrer Größe und auch hundertprozentig ihrem Geschmack. Anscheinend hatte seine Frau nicht nur dieselbe Figur wie sie, sondern auch dieselben Vorlieben für Mode. Sie wählte Jeans, eine einfache weiße Bluse und völlig altmodische, aber sehr bequem aussehende Sandalen (selbst sie passten wie angegossen), bevor sie sich vollends entkleidete und der riesigen Badewanne einen sehnsüchtigen Blick zuwarf. Ein heißes Bad – möglichst in der Größenordnung ab einer Stunde aufwärts – erschien ihr ungemein verlockend. Sie war allerdings auch sehr sicher, dass sie einschlafen würde, gäbe sie dieser Verlockung nach. Schweren Herzens wählte sie stattdessen die Dusche, fummelte ungeschickt an den Knöpfen herum, mit denen man die Temperatur einstellen konnte, und trat schließlich resignierend unter den viel zu heißen Strahl.

Eine Stunde darunter stehen zu bleiben wäre fast genauso verlockend gewesen, wie sich in einer Wanne mit heißem Wasser zu aalen, aber Conny beließ es bei knappen fünf Minuten. Danach kasteite sie sich ein zweites Mal, indem sie sich mit einem der zwar tatsächlich sauberen, wenn auch bretthart Handtücher abrubbelte. Bevor sie sich anzog, trat sie noch einmal ans Waschbecken und wischte den beschlagenen Spiegel darüber sauber.

Anscheinend war es der Tag der Überraschungen, denn sie erlebte schon wieder eine, als sie in den Spiegel sah.

Nach einem Tag wie heute hatte sie nicht erwartet, wie das blühende Leben auszusehen, und natürlich tat sie das auch nicht. Ihr Gesicht wirkte erschöpft und abgespannt. Unter ihren Augen lagen dunkle Ringe, und in ihnen sowie um ihren Mund entdeckte sie eine neue Härte, deren Anblick sie zu jedem anderen Zeitpunkt erschreckt hätte. Sie sah müde aus und ziemlich erschöpft, wie nach einem langen, anstrengenden Arbeitstag, und sie fühlte sich auch so ... aber das war auch alles. Ihre Haut hatte keinen Kratzer.

Conny blinzelte ein paarmal – das Bild blieb –, hob die Hände vors Gesicht und betrachtete jeden einzelnen Finger zuerst direkt, dann im Spiegel und dann wieder mit ihren eigenen Augen, dann trat sie zwei Schritte zurück und besah sich zur Gänze im Spiegel, soweit das in dem winzigen Ding möglich war. Das Ergebnis war dasselbe: Ihre Haut war rot von dem viel zu heißen Wasser, mit dem sie geduscht hatte, aber darüber hinaus vollkommen unversehrt. Wie es aussah, hatte sie die schlimmste Tracht Prügel ihres Lebens kassiert (und das gleich zweimal), ohne auch nur eine einzige Schramme davongetragen zu haben. Glückskind.

»Wenn Sie dann so weit wären«, drang Trauschs Stimme ungeduldig durch die Tür. »Der Kaffee ist fertig.«

»Ich auch«, antwortete Conny. »Noch eine Minute!«

Es wurden zwei daraus, bis sie sich angezogen und eines der Handtücher als improvisierten Turban um ihr nasses Haar gewunden hatte, dann verließ sie das Bad und folgte dem verlockenden Duft von frisch aufgebrühtem Kaffee bis zu einer Tür am anderen Ende des Flurs. Sie hatte eine Küche erwartet, trat stattdessen jedoch in ein großzügiges Studio mit einer Dachschräge auf einer Seite, die nahezu vollkommen aus Glas bestand. Die Einrichtung unterschied sich wohltuend von der des Kaminzimmers unten – nicht supermodern oder außergewöhnlich luxuriös, sondern einfach nur normal – und hier roch es nicht nach Terpentin und Latexfarbe und alten Socken, sondern belebend.

Und vor allem nach frischem Kaffee. Der Duft ließ ihr das Wasser im Mund zusammenlaufen.

Trausch saß an einem an zwei Seiten von deckenhohen Bücherregalen eingerahmten Tisch und goss gerade in diesem Moment Kaffee aus einer jener sonderbaren Glaskannen ein, bei denen man das Kaffeepulver mit einem Sieb von oben durch das Wasser drückt und deren genaues Funktionsprinzip sie niemals verstanden hatte. Die Bewegung wirkte irgendwie künstlich, und Conny ging auf, dass er wahrscheinlich mit der Kanne in der Hand auf das Geräusch der Badezimmertür gelauscht hatte, um genau dann einzuschenken, als sie hereinkam. Ganz instinktiv fragte sie sich, ob vielleicht jeder einzelne Schritt, den er bisher in diesem Haus getan hatte, genauso sorgsam inszeniert gewesen war; und wenn ja, warum.

»Die Sachen stehen Ihnen ausgezeichnet«, sagte er, während er sie zugleich mit einer einladenden Bewegung mit der freien Hand aufforderte, sich zu setzen. Es gab nur einen einzigen weiteren Stuhl, direkt ihm gegenüber.

»Und sie passen auch ausgezeichnet. Ihre Frau hat Geschmack.« Conny nahm Platz, griff nach der Tasse, die er ihr eingeschenkt hatte, und verzog das Gesicht, nachdem sie den ersten Schluck genommen hatte.

»Zu heiß?«, fragte Trausch ohne einen Hauch von Mitleid.

»Viel zu heiß«, bestätigte Conny, während sie bereits einen zweiten, allerdings sehr viel vorsichtigeren Schluck zu sich nahm. »Aber deutlich besser als der im Präsidium. Und sehr viel besser als mein eigener.«

»Das stimmt«, bestätigte Trausch. »Doch dazu gehört ja auch nicht viel.«

Conny maß ihn mit einem geschauspielert übertrieben bösen Blick und nippte zum dritten Mal an ihrer Tasse. Trausch hatte mit allem recht. Trotzdem: »Zuerst machen Sie meine Wohnung schlecht, und dann mäkeln sie an meinem Kaffee herum. Was kommt als Nächstes an die Reihe? Meine Frisur?«

»Davon ist im Moment nicht viel zu sehen«, antwortete Trausch ausweichend. »Aber dieser Turban passt zu Ihnen. Meine Frau hat es auch immer so gemacht, nach dem Duschen.«

»Ich denke, das machen die meisten Frauen so«, erwiderte Conny.

»Ich selbst eingeschlossen ... obwohl ich es eigentlich scheußlich finde.«

»Warum tun Sie es dann?«

»Es ist praktisch. Und man legt sich rasch ein paar dumme Angewohnheiten zu, wenn man allein lebt und auf niemanden Rücksicht nehmen muss ... wie lange ist Ihre Frau schon fort?«

Die Intimität dieser Frage erschreckte sie selbst ein bisschen, aber Trausch schien es nicht übel zu nehmen. Er trank nur selbst einen – winzigen – Schluck Kaffee und antwortete in ganz selbstverständlichem Ton. »Seit vier Jahren. Viereinhalb, um genau zu sein.«

»Die übliche Geschichte, nehme ich an?«

»Die übliche Geschichte«, bestätigte Trausch. »Zu viel Arbeit, zu wenig Zeit, die wir miteinander verbringen konnten, und zu viele Sorgen, die sie sich angeblich um mich gemacht hat. Polizistenschicksal eben.« Er zuckte mit den Achseln. »Plus eine vollkommene Inkompatibilität zwischen einem knurrigen alten Polizisten und einer streitsüchtigen Xanthippe.«

Conny lächelte pflichtschuldig, aber ihr Blick blieb ernst. »Und Ihre Kinder?«

»Meine Tochter hat plötzlich ihre Solidarität zu ihrer Mutter entdeckt, mit der sie sich die sechzehn Jahre zuvor praktisch an einem Stück gestritten hat, und mein Sohn ... die letzte Postkarte kam vor einem halben Jahr aus Neuguinea ... vielleicht auch aus Neuseeland, so genau weiß ich das nicht mehr. Ist auch völlig egal. Wahrscheinlich treibt er sich mittlerweile in der äußeren Mongolei herum oder in Pakistan oder auch nur zwei Straßen weiter. Er wird sich melden, wenn er das möchte.«

»Das tut mir leid«, antwortete Conny. »Ich wusste nichts davon.«

»Ich laufe auch nicht herum und binde es jedem auf die Nase«, antwortete Trausch leichthin. »Und es muss Ihnen nicht leidtun. Meine Kinder gehen ihre eigenen Wege, und das ist auch vollkommen in Ordnung. Und meine Frau war ein Miststück. Wir hätten uns wahrscheinlich schon viel früher getrennt, wenn ich nicht viel zu beschäftigt gewesen wäre, um überhaupt zu merken, wie sie wirklich ist.«

Beim Wort *Miststück* zuckte Conny ein wenig zusammen, und

allmählich wurde ihr das Thema wirklich unangenehm, obwohl (oder vielleicht auch gerade weil) sie spürte, wie wenig es Trausch ausmachte, darüber zu reden. Trotzdem fuhr sie fort: »Und seitdem leben Sie hier oben?«

»Schon vorher«, antwortete Trausch kopfschüttelnd. »Dieser Kasten ist viel zu groß, selbst für vier Personen. Die Kinder hatten ihre Zimmer unten, aber meine Frau und ich haben von Anfang an hier oben gewohnt.«

»Dann haben Sie dieses Zimmer ausgebaut?«

»Ich?« Trausch lachte. »Gott bewahre! Ich habe zwei linke Hände, wussten sie das nicht?«

»Sie?«, fragte Conny zweifelnd.

»Ich gehöre zu den Leuten, die den ADAC rufen, wenn sie eine Reifenpanne haben«, behauptete Trausch. »Das hier war alles schon so, als wir eingezogen sind. Anscheinend haben die Vorbesitzer angefangen, den Kasten im einen bewohnbaren Zustand zur versetzten, aber das Schicksal hat sie dahingerafft, bevor sie sich auch um den Rest kümmern konnten. Schade eigentlich. Von mir aus hätten Sie noch ein paar Jahre leben und auch den Rest in Ordnung bringen können, bevor das Testament eröffnet wurde.« Er lachte. »So, ist das Verhör damit beendet?«

»Das sollte kein …«, begann Conny verlegen, bemerkte das spöttische Glitzern in seinen Augen und brach mitten im Satz ab. Anscheinend war sie schon wieder auf ihn hereingefallen. Sie räusperte sich unecht. »Ich werde jedenfalls niemandem etwas sagen.«

»Und wie kommen Sie auf die Idee, dass mir das etwas ausmacht?« Trausch schnitt ihre Antwort mit einer entsprechenden Handbewegung ab und stand auf. »Kommen Sie. Ich zeige Ihnen das Gästezimmer. Wenn Sie wollen, mache ich uns hinterher noch eine Kleinigkeit zu essen … Sie sind doch hungrig?«

»Und wie«, antwortete Conny – was ganz und gar nicht der Wahrheit entsprach. Nach einem Tag wie heute sollte sie hungrig sein, aber sie hatte ganz im Gegenteil das Gefühl, nie wieder im Leben auch nur einen Bissen herunterzubekommen. Und die bloße Vorstellung, danach ins Bett zu gehen und zu schlafen, als wäre gar nichts gewesen, jagte ihr einen eisigen Schauer über den Rücken.

Sie folgte Trausch in ein kleines, behaglich eingerichtetes Zimmer, das wie alles hier penibel aufgeräumt und sauber war und deutlich bewohnter wirkte. Sie war ziemlich sicher, dass es Trauschs eigenes Schlafzimmer war, kein Gästezimmer, auch ohne einen Blick in den großen Kleiderschrank werfen zu müssen, aber sie sagte nichts dazu. Wenn er Gentleman (und dumm) genug war, ihretwegen auf der Couch zu schlafen und sich einen schmerzenden Rücken einzuhandeln, sollte es ihr egal sein.

»Jetzt müssen Sie sich entscheiden«, sagte Trausch, nachdem er ihr gezeigt hatte, wo sie alles Notwendige fand. »Trauen sie meinen Kochkünsten, oder soll ich uns eine Pizza bestellen?«

»Wenn Ihr Essen besser ist als mein Kaffee …«

Trausch tätschelte seinen nicht vorhandenen Bauch. »Bisher bin ich jedenfalls noch nicht verhungert.«

»Das beweist gar nichts«, antwortete Conny. »Vielleicht kennen Sie ja einen guten Chinesen. Aber ich mache Ihnen einen Vorschlag: Sie geben mir die Chance, meinen angeschlagenen Ruf als Hausfrau wiederherzustellen, und wir kochen zusammen eine Kleinigkeit.«

Hinterher kam es ihr vor, als wäre es die erste halbwegs normale Stunde gewesen, die es seit einer kleinen Ewigkeit in ihrem Leben gegeben hatte … dabei war nichts an dieser Stunde irgendwie *normal* gewesen. Es war Wochen her, dass sie das letzte Mal gekocht hatte, und *Jahre*, dass sie es zusammen mit einem Mann getan hatte; oder auch nur *für* einen Mann.

Und es hatte ihr noch nie so viel Vergnügen bereitet wie mit ihm; obwohl sie eigentlich wenig mehr tat, als ihm zuzusehen. Trausch hatte sie ein weiteres Mal überrascht, indem er sich nicht als der ganz passable Hobbykoch outete, der zu sein er behauptet hatte, sondern als wahrer Zauberkünstler am Herd. Spätestens beim ersten Blick in seinen Kühlschrank waren Conny doch ernsthafte Bedenken gekommen, was ihr verspätetes Abendessen anging – er war zwar ungleich größer und moderner als ihr eigener und musste trotzdem irgendwie mit ihm verwandt sein, denn er war genauso leer. Trausch hatte nur gegrinst und sich über die diversen Küchenschränke und Schubladen hergemacht, um ein *Resteessen* zusammenzusuchen, wie er es bezeichnete – für Connys an Fertiggerichte und Pizza gewohnte Geschmacksnerven ein wahres Festmahl, bei dessen bloßem Geruch ihr schon das Wasser im Mund zusammenlief. Ihr Magen tat ein Übriges und knurrte ein paarmal hörbar, was ihr ziemlich peinlich war, von Trausch aber nur mit einem fast väterlichen Grinsen kommentiert wurde.

Darüber hinaus ließ er sich nicht im Geringsten aus der Ruhe bringen, sondern hantierte mit der Gewissenhaftigkeit und Geduld eines Virtuosen mit Töpfen, Pfannen und Messern, und das mit sichtlichem Spaß. Conny bereitete es mindestens ebenso großes Vergnügen, ihm dabei zuzusehen; vielleicht, weil sie zum ersten Mal das Gefühl hatte, Trausch bei etwas zu beobachten, das ihm *wirklich* Vergnügen bereitete. Natürlich tat er *alles*, was er tat, mit der ihm eigenen Gewissenhaftigkeit und Präzision, aber das hier war ... etwas anderes. Sie redeten und scherzten die ganze Zeit, belangloses Geplapper und Albernheiten zumeist, die zumindest von ihrer Seite aus keinem anderen Zweck dienten, als die Zeit totzuschlagen (und vielleicht die sonderbare Anspannung zu mildern, die plötzlich wieder von ihr Besitz ergriffen hatte). Dabei blieben seine Bewegungen präzise und sicher wie die eines Chirurgen. Obwohl ihm das wiederholte Knurren ihres Magens klargemacht haben musste, wie hungrig sie war, ließ er sich nicht im Geringsten hetzen und zauberte aus Dingen, von denen Conny nicht einmal gewusst hatte, dass man sie essen konnte, ein nicht nur köstlich duftendes, sondern auch beeindruckend aussehendes Drei-Gänge-Menü, bei dem sie schließlich eine halbe Stunde vor Mitternacht zusammensaßen.

Conny war kurz zuvor noch einmal ins Bad gegangen, um sich frisch zu machen, und als sie – nach deutlich weniger als drei Minuten – zurückgekommen war, hatte sie ernsthaft zu argwöhnen begonnen, dass Trausch irgendwo in diesem riesigen Haus eine Kolonie Heinzelmännchen beherbergte: Der kleine Tisch im Studio, an dem sie vorhin Kaffee getrunken hatten, war jetzt festlich gedeckt. Kerzen brannten, und er hatte eine Flasche Wein – dunkelrot wie Blut und so schwer, dass sein Bouquet das ganze Zimmer erfüllte und sogar den allgegenwärtigen Farbgeruch überdeckte, aber ohne Etikett – geöffnet und bereits zwei Gläser eingeschenkt. Irgendwie, fand sie, empfing er sie mit einem sonderbaren Blick.

»Es ist angerichtet, Mylady«, sagte er nicht nur lächelnd, sondern war sogar Gentleman genug, aufzustehen und um den kleinen Tisch herumzueilen, um ihr den Stuhl zurückzuziehen. Er setzte sich erst wieder, nachdem sie Platz genommen und ihm ebenso spöttisch wie gönnerhaft zugenickt hatte.

»Lassen Sie es sich schmecken.« Trausch griff nach seinem Weinglas, prostete ihr zu und nippte vorsichtig an der dunkelroten Flüssigkeit, und Conny tat – sehr behutsam – dasselbe. Einen Moment später verstand sie, warum er nur einen so winzigen Schluck genommen hatte. Sie war ungefähr so weit davon entfernt, eine Weinkennerin zu sein wie Eichholz von einem netten Menschen, doch sie konnte zumindest sagen, dass sie noch niemals zuvor auch nur etwas *Ähnliches* getrunken hatte. Der Wein schmeckte so schwer, wie er aussah, und hatte eine schon fast sirupartige Konsistenz, ein wenig bitter, aber fruchtig. Und sie konnte spüren, wie stark er war.

Behutsam stellte sie das Glas wieder ab und wurde sich erst dann der sehr aufmerksamen Blicke bewusst, mit denen Trausch sie maß.

»Schmeckt er Ihnen?«

»Ja«, antwortete Conny impulsiv. »Köstlich.« Dann lächelte sie leicht verlegen. »Ehrlich gesagt, habe ich keine Ahnung. Ich bin keine Weinkennerin.«

»Das muss man auch nicht sein, um zu wissen, ob einem etwas schmeckt oder nicht«, antwortete Trausch lächelnd. »Ich verstehe auch nichts davon.«

Conny maß die unbeschriftete, sichtlich alte Flasche mit einem zweifelnden Blick, während Trausch nur den Kopf schüttelte.

»Ich habe nicht die leiseste Ahnung, was das ist«, behauptete er. »Ich habe das Zeug zusammen mit dem Haus geerbt. Der ganze Keller ist voll davon. Alles, was ich weiß, ist, dass man sich damit nach Herzenslust betrinken kann, ohne Angst vor Kopfschmerzen und einem Kater am nächsten Morgen haben zu müssen.«

»Dann muss es ein guter Wein sein«, vermutete Conny. »Sie sollten ihn schätzen lassen. Wer weiß, vielleicht ist das ja das wahre Erbe?«

»Um mich über die zwei bis drei kleinen Vermögen zu ärgern, die ich schon ahnungslos in mich hineingekippt habe?« Er schüttelte erneut den Kopf. »Ich bin doch nicht verrückt!«

Conny lachte zwar, obwohl sie nicht ganz sicher war, ob diese Bemerkung tatsächlich nur ein Scherz gewesen war. Neben einigen anderen Dingen hatte sie sich von diesem Abend vor allem erhofft, Trausch ein wenig besser kennenzulernen; nicht den Trausch, den sie und alle anderen kannten und respektierten, sondern den Menschen dahinter. Doch wie es schien, entfernte sie sich immer weiter von ihm, statt sich ihm zu nähern.

»Und jetzt essen Sie«, sagte Trausch. »Es schmeckt besser, solange es warm ist.«

Was wie ein Gemeinplatz klang, entpuppte sich schon nach den ersten Bissen als weitere angenehme Überraschung: Obwohl sie mitgeholfen hatte, das Essen zuzubereiten (oder zumindest dabei zuzusehen und ihm nach Kräften im Weg zu stehen, um der Wahrheit die Ehre zu geben), wusste sie nicht wirklich, was sie da aß ... und nach den ersten zwei oder drei Gabeln interessierte es sie auch nicht mehr. Natürlich war ihr bewusst, dass sie sich noch immer in einer Art Ausnahmezustand befand, sowohl seelischer als auch körperlicher Natur. Sie war am Ende ihrer Kräfte und auf ihre eigene, stille Art noch immer völlig überdreht; und so ganz nebenbei hatte sie seit annähernd vierundzwanzig Stunden nichts mehr gegessen.

Trotzdem war sie sicher, dass ihr selten zuvor etwas Köstlicheres untergekommen war. Vielleicht nie. Sie musste sich beherrschen, um nicht zu schlingen, und vertilgte die reichliche Portion, die Trausch ihr aufgetan hatte, bis auf den allerletzten Krümel, selbst als sie das Gefühl hatte, schon lange satt zu sein. Schließlich spülte sie mit einem winzigen Schluck des köstlichen roten Weins nach und ließ sich rundum zufrieden in ihrem Stuhl zurücksinken. Sie musste sich beherrschen, um nicht ein wenig damenhaftes Geräusch von sich zu geben. Trausch grinste, als hätte sie es getan.

»Und das haben Sie tatsächlich selbst zubereitet?«, fragte sie zufrieden.

»Ich glaube, Sie waren dabei,« antwortete Trausch lächelnd. »Es sei denn, Sie haben eine Zwillingsschwester, die Sie vertreten hat, ohne dass es mir aufgefallen ist.«

»Ich war kurz im Bad«, entgegnete Conny ernst. »Sie könnten die Chance genutzt und es gegen etwas ausgetauscht haben, das Sie in einem Viersternerestaurant bestellt haben.«

Trausch lachte. »Danke für das Kompliment, aber Kochen war schon immer mein Hobby. Leider habe ich nie genug Zeit gefunden, um mich wirklich darum zu kümmern.«

»Gott sei Dank«, antwortete Conny ernst. »Sonst wäre der Stadt vielleicht ein ausgezeichneter Polizist verloren gegangen.« Sie maß ihren blank geputzten Teller mit einem langen, nachdenklichen Blick und einem Kopfschütteln. »Ich weiß ja nicht, was sonst noch zwischen Ihnen vorgefallen ist, und es geht mich auch nichts an, aber Ihre Frau muss vollkommen verrückt gewesen sein, sich das entgehen zu lassen.«

»Sie brauchen keine Skrupel zu haben«, antwortete Trausch. »Es macht mir nichts aus, darüber zu sprechen. Dieser Teil ist vorbei, gottlob.«

»So schlimm?«, fragte Conny. Ein Teil von ihr wusste sehr wohl, dass sie das alles nichts anging, nicht einmal jetzt und hier und obwohl sie spürte, dass es ihm tatsächlich nicht nur nichts ausmachte, sondern er ganz offensichtlich darüber reden *wollte.*

»Schlimmer«, antwortete er. »Sie ist mein einziger ungelöster Fall, wissen Sie?« Conny blickte fragend, und Trausch fuhr todernst fort: »Ich habe nie herausgefunden, warum ich sie eigentlich geheiratet habe. Sie war ein Miststück, vom ersten Tag an.«

Conny lachte zwar, aber sie fuhr trotzdem leicht zusammen und spürte selbst, wie ihr Lächeln nach einer oder zwei Sekunden endgültig entgleiste.

»Entschuldigung«, sagte Trausch. »Ich belästige Sie mit Dingen, die nun wirklich nicht Ihr Problem sind.«

»Das ist es nicht«, antwortete Conny hastig. »Es wäre mir nur lieber, wenn wir uns auf ein … anderes Wort einigen können.«

»Ein anderes Wort? Wofür?«

»Wie wäre es mit dumme Kuh oder Zicke? Miststück ist …«

»Ich verstehe«, sagte Trausch, als sie nicht weitersprach. »Es tut mir leid. Er hat Sie immer so genannt, nicht wahr? Das hatte ich vergessen.«

»Er nennt mich *noch* so.« Conny hätte sich für diese Worte selbst ohrfeigen können. Wenn er denn überhaupt je wirklich existiert hatte, so hatten ihre eigenen Worte den Zauber des Augenblicks endgültig zerstört. Die Realität hatte sie wieder.

Falls es so etwas wie Realität überhaupt noch gab.

»Sie denken tatsächlich, dass es Aisler war?«, fragte Trausch. Conny lauschte vergeblich auf einen Unterton von Spott in seiner Stimme. Es war nur eine Frage, mehr nicht. Trotzdem fiel ihre Antwort hörbar schärfer aus, als sie selbst beabsichtigt hatte.

»Nein«, sagte sie. »Das *glaube* ich nicht. Ich *weiß* es. Ich habe ihm gegenübergestanden. Er war nicht weiter entfernt von mir als Sie jetzt.«

Trausch blieb unbeeindruckt. »Und Sie sind ganz sicher, dass es Aisler war? Nicht nur jemand, der sich für ihn ausgegeben hat?«

»Wenn, dann war es ein verdammt guter Doppelgänger«, erwiderte sie. »Oscarverdächtig, würde ich sagen. Er hat nicht nur so ausgesehen wie er, er *war* Aisler, verstehen Sie?«

»Ich glaube, ja«, antwortete Trausch. »Aber trotzdem … sind Sie ganz sicher? Ich meine: Dort unten war es dunkel. Das reinste Labyrinth, und Sie waren in einer Ausnahmesituation. Immerhin wird man nicht jeden Tag von einer Bande ausgeflippter Jugendlicher mit Messern bedroht.«

»Es soll Leute geben, denen das sogar zweimal an einem Tag passiert«, antwortete Conny.

Trausch schwieg einen Moment, und Conny fragte sich schon, ob sie ihn mit ihrer Antwort vor den Kopf gestoßen hatte, doch dann zuckte er nur mit den Schultern und griff nach seinem Glas, um einen ebenso bedächtigen wie winzigen Schluck zu trinken. Vielleicht war das schon das Geheimnis, dachte Conny, warum dieser Wein weder Kopfschmerzen noch einen Kater verursachte: Wenn er in dem Tempo weitertrank, dann reichte dieses eine Glas problemlos bis morgen früh.

»Also gut. Tun wir einfach mal so, als wäre es wirklich Aisler gewesen. Welche Rolle spielt es auch schon? Außer uns beiden wird nie irgendjemand von diesem Gespräch erfahren, nicht war?«

»Wenn Sie niemandem davon erzählen ...«

»Ganz bestimmt nicht«, antwortete Trausch. Conny dachte vorsichtshalber nicht darüber nach, wie *das* gemeint war.

»Wenn er es wirklich war, wie sind Sie ihm dann entkommen?«

Das war die Frage, vor der sich Conny am meisten gefürchtet hatte. Sie hatte bisher niemandem erzählt, auf wen Sie in dem Keller unter dem verlassenen Fabrikgebäude wirklich getroffen war, weder Trausch noch Eichholz noch irgendeinem ihrer zahllosen anderen Kollegen, die ihr im Laufe des Tages noch zahllosere Fragen gestellt hatten. Es fiel ihr selbst jetzt schwer, dieses eine Wort auszusprechen.

»Vlad.«

»Ihr geheimnisvoller Freund.« Trausch wirkte überhaupt nicht überrascht. »Er war dort?«

»Ohne ihn wäre ich nicht hier«, antwortete sie ernst. »Und die beiden Mädchen auch nicht.«

»Sie sind ja auch nicht hier.«

»Sie wissen genau, was ich meine«, antwortete Conny ärgerlich. »Er hat Aisler und die beiden Jungen abgelenkt, damit wir entkommen konnten. Ich meine: Ich bin nicht sicher, aber ich glaube, er wurde dabei verletzt.«

»Und jetzt bricht Ihnen das Herz?«

»Ich verstehe es nicht«, erwiderte Conny. »Ich verstehe nicht, was er von mir will.«

»Falls er überhaupt etwas von Ihnen will«, wandte Trausch ein. »Das ist auch eine Möglichkeit. Haben Sie daran schon einmal gedacht?«

»Woran?«

»Dass es keinen Grund gibt«, antwortete er. »Dass er sich irgendein armes Schwein gesucht hat, dessen Leben er zerstören kann. Und Sie haben einfach das Pech gehabt, im falschen Moment am falschen Ort zu sein?«

Natürlich hatte sie darüber nachgedacht. Hundert Mal. Und sie war auch zu einer Antwort gekommen. Trotzdem tat sie so, als müsse

Sie angestrengt darüber nachdenken, um dann umso entschiedener den Kopf zu schütteln. »Nein.«

»Nein – was?«

»Nein, so ist es nicht. Ich wollte, es wäre so. Mit einem Verrückten könnte ich umgehen, selbst mit einem unberechenbaren Verrückten. Aber dieser Kerl ist ... schlimmer. Er hat etwas mit mir vor. Ich weiß nicht, was, aber es macht mir Angst.«

»Sie wissen, wie sich das anhört?«, fragte Trausch.

»Ziemlich verrückt?«, schlug Conny vor.

»Zumindest sonderbar«, antwortete er. »Kollege Eichholz würde sagen: verdächtig.«

»Kollege Eichholz«, seufzte Conny. »Schade. Bis jetzt war es ein so schöner Abend.«

»Außer Ihnen hat bisher niemand diesen Vlad gesehen«, gab Trausch zu bedenken.

»Und Tom.«

»Und Tom«, bestätigte Trausch. »Der leider tot ist.«

Das sollte sie wütend machen, tat es jedoch nicht. Ganz im Gegenteil sagte sie sehr ruhig: »Ja. Das ist er. Aber Vlad existiert. Vor ein paar Stunden hat er mir das Leben gerettet. Und heute Morgen uns beiden.«

»Und warum sollte er das tun?«, fragte Trausch. Er hob rasch die Hand, als sie etwas sagen wollte. »Nein, jetzt einmal ganz sachlich, *Kollegin.* Polizistenlogik. Das, was *ist,* nicht wonach es aussieht.«

Conny war nicht ganz sicher, ob sie ihn verstand ... Nein, das stimmte so nicht: Sie war ganz und gar nicht sicher, ob sie ihn verstehen *wollte*. Es war ja nicht so, als hätten sie dieses Gespräch nicht schon einmal geführt – mehr als einmal, wenn sie sich richtig erinnerte – ohne zu irgendeinem Ergebnis gekommen zu sein. Wozu sollte das führen, außer den ohnehin angekratzten Zauber dieses Augenblicks endgültig zu ruinieren? Sie griff, aus keinem anderen Grund als dem, ihre Hände zu beschäftigen und überhaupt etwas zu tun, nach ihrem Weinglas und nahm einen winzigen Schluck. Seltsamerweise hatte sie das Gefühl, dass sich der Geschmack verändert hatte. Er kam ihr jetzt fruchtiger vor und noch schwerer, und er schien einen leicht metallischen Beigeschmack zu haben, aber nicht unangenehm. Sie musste sich beherrschen, um nicht sofort einen zweiten und deutlich größeren Schluck zu nehmen, was in ihrer augenblicklichen Verfassung vermutlich fatal gewesen wäre. Schon die winzige Menge, die sie bisher getrunken hatte, begann ihr zu Kopf zu steigen.

Aber was sprach eigentlich dagegen?, flüsterte eine Stimme in ihren Gedanken.

Conny brachte sie mit einem ärgerlichen Stirnrunzeln zum Schweigen. »Und was genau meinen Sie damit?«, fragte sie.

Trausch seufzte, und sein Blick hatte ein paar Sekunden lang etwas von dem eines Lehrers, der zum fünfzigsten Mal versucht, einem besonders begriffsstutzigen Schüler zu erklären, warum zwei und zwei eben *nicht* zweiundzwanzig ergibt. »Wenn Sie recht haben, stellt sich tatsächlich nur eine einzige Frage: Was *will* dieser Mistkerl eigentlich von Ihnen?«

»Dann glauben Sie mir also wenigstens, dass es ihn gibt?«, hakte Conny nach.

Trausch lächelte. Und schwieg.

»Ich weiß es nicht«, gestand Conny nach einer Weile. »Vielleicht stimmt es ja, und er spielt einfach nur ein böses Spiel mit mir. Aber vielleicht …«

»Ja?«, fragte Trausch, als sie abbrach und nur mit leerem Blick in ihr Weinglas starrte, statt weiterzusprechen.

Conny suchte einige weitere endlose Sekunden vergeblich nach den richtigen Worten (als ob sie sie nicht längst hatte!), dann nahm sie einen großen Schluck Wein und spürte sofort, wie sich ein leises, wenn auch durchaus angenehmes Schwindelgefühl hinter ihrer Stirn ausbreitete. Gut. Wenn sie Unsinn redete (oder noch schlimmer: etwas Unsinniges *tat)*, konnte sie morgen früh immer noch dem Alkohol die Schuld geben. Oder noch viel besser Trausch, dass er sie betrunken gemacht hatte.

»Ja?«, fragte er noch einmal, als sie immer noch nicht weitersprach.

Conny nahm all ihren Mut zusammen und sah ihn so fest an, wie sie konnte. »Glauben Sie an Vampire?«

Was immer sie erwartet hatte, seine Reaktion fiel anders aus. Er lachte nicht. Er sah sie auch nicht an, als hielte er sie für verrückt oder überlege ernsthaft, ob all der Stress und die Anstrengung und überstandene Todesangst einfach zu viel für sie gewesen waren, sondern schien im Gegenteil ernsthaft über diese Frage nachzudenken.

»Das kommt ganz darauf an, was Sie darunter verstehen«, sagte er schließlich.

Jetzt war es Conny, die *ihn* verständnislos ansah.

»Wenn Sie damit ein übernatürliches Wesen meinen, das sich nachts in eine Fledermaus verwandelt und seinen Opfern die Zähne in den Hals schlägt, um ihnen das Blut auszusaugen, dann lautet die Antwort ganz eindeutig nein.«

»Warum?«, fragte Conny. Plötzlich *sah* er sie auf genau jene sonderbare Art an, vor der sie sich so sehr gefürchtet hatte, aber nur für einen ganz kurzen Moment, dann wurde er wieder ernst und sehr nachdenklich. »Ich verstehe. Sie wollen den *Advocatus Diaboli* spielen. Warum eigentlich nicht? Eliminieren wir einfach alle unsinnigen Antworten, dann bleibt am Ende vielleicht die Wahrheit übrig.«

»Wenn es so etwas wie Wahrheit gibt«, murmelte sie. Die Worte klangen selbst in ihren eigenen Ohren zumindest ... sonderbar, aber es war seltsam: Jetzt, wo die Grenze, vor der sie sich so sehr gefürchtet hatte, einmal hinter ihr lag, machte es ihr überhaupt nichts aus, weiter auf diesem Weg zu gehen.

»Wenn Sie mich fragen, gibt es keine Wahrheiten. Doch das ist ein anderes Thema, glaube ich.« Trausch lächelte flüchtig. »Also gut, Sie haben mich gefragt, warum der klassische Vampir aus unseren Sagen und Horrorgeschichten nicht existiert. Die Antwort ist ganz einfach: Weil es uns gibt.«

Conny legte fragend den Kopf auf die Seite.

»Ich kenne mich da nicht so genau aus«, fuhr er fort, »aber verhält es sich in der Legende nicht so, dass jeder, der von einem Vampir gebissen wird, seinerseits zum Vampir wird und sich dann ein neues Opfer sucht, das er auch wieder beißt und es ebenfalls zum Vampir macht, und so weiter und so weiter? Wenn es so wäre, dann müsste die Welt längst voller Vampire sein, und uns gäbe es nicht mehr. Es ist wie die Geschichte mit dem Schachbrett und dem Reiskorn. Legen Sie ein Korn auf das erste Feld, zwei auf das zweite, vier auf das dritte und acht auf das vierte ...« Er zuckte die Achseln und machte zugleich eine flatternde Handbewegung, die wohl so etwas wie Unendlichkeit andeuten sollte. »Am Anfang ist es harmlos, aber irgendwann kippt die Sache, und die Zahl der Reiskörner ist größer als die der Atome im ganzen Universum.«

»Ich weiß, was eine mathematische Progression ist«, sagte Conny.

»Dann wissen Sie auch, warum es diese Art von Vampiren nicht geben kann«, dozierte Trausch. »Aber ich war noch nicht fertig. Sie haben mich gefragt, ob ich an Vampire glaube. Ja. Das tue ich. An eine andere Art von Vampiren. An Menschen, die absolut böse sind. An kranke Ungeheuer, die nichts anderes können, als Unheil und Leid zu verbreiten und zu zerstören. Die kein anderes Vergnügen kennen, als die Existenz anderer zu vernichten und ihnen das Leben auszusaugen. Und ihr größter Triumph ist es, ihre Opfer nicht zu töten, sondern sie am Ende genau so zu machen, wie sie selbst sind. An solche Vampire glaube ich. Ich bin ihnen oft genug begegnet.« Sein Blick wurde auf eine schwer fassbare, aber beunruhigende Art ernster. »Wenn das, was Sie mir über Ihren Freund erzählt haben, wahr ist, dann ist er ein solcher Vampir. Passen Sie auf, dass Sie ihm nicht zu nahe kommen, Conny. Sie könnten verbrennen.«

Die Worte jagten ihr Angst ein, denn Trausch sprach genau das aus, was sie tief in sich die ganze Zeit über gespürt hatte. Zugleich war es schlimmer. Wenn er recht hatte (und er *hatte* recht, verdammt noch mal!), dann war es längst zu spät. Sie war dem Licht schon viel zu nahe gekommen.

»Was genau will er von ihnen?«, fuhr er nach einem neuerlichen, noch unbehaglicheren Schweigen fort. »Er hat Ihnen ein Angebot gemacht, nicht wahr? Welche Gegenleistung verlangt er?«

Conny starrte ihn an. Sollte sie jetzt erschrocken oder einfach nur verblüfft sein?

»Sie reden, als wären Sie ihm schon begegnet«, murmelte sie.

»Das bin ich«, antwortete Trausch.

»Wie?«, hauchte Conny.

»Oh, nicht *Ihrem* Vlad, keine Sorge. Aber ich kenne ihn. Er hat oft genug mit mir gesprochen. Er tut es heute noch. Hier.« Trausch tippte sich mit dem Zeigefinger gegen die Schläfe. »Hier drinnen. Glauben

Sie, ich kenne seine Stimme nicht? Ich weiß, was er von Ihnen will, und seine Argumente haben einiges für sich. Es ist nicht einmal schwer zu begreifen: Sie können alles erreichen, was Sie wollen. Sie können all die bösen Jungs erwischen und jedem noch so gerissenen Verbrecher das Handwerk legen. Er bietet Ihnen seine Hilfe dabei an, und wissen Sie was? Er meint das ernst. Er wird sein Wort halten. Alles, was Sie dafür tun müssen, ist, genauso zu werden wie er. Vergessen Sie alles, was sie gelernt haben. Vergessen Sie alles, woran Sie bisher geglaubt haben. Vergessen Sie, warum Sie diesen Beruf irgendwann einmal ergriffen haben. Werden Sie rücksichtslos und gemein und hart, und Sie werden eine gute Polizistin ... oder wenigstens eine erfolgreiche.«

Conny begriff nur ganz allmählich, worauf er hinauswollte. Sie hätte über diesen naiven Versuch lächeln sollen, doch das genaue Gegenteil war der Fall: Sein Versuch, so gut er gemeint sein mochte, erschreckte sie. Ganz einfach, weil er sich irrte.

Er *musste* sich irren, denn wenn es nicht so war, dann bedeutete das nichts anderes, als dass sie *wirklich* verrückt war. Aber sie sagte nichts. Sie hatte das sichere Gefühl, dass es wichtig für sie war, ihn einfach reden zu lassen.

»Und wer weiß – vielleicht hat er sogar recht«, sagte Trausch plötzlich.

»Wer?« Conny versuchte zu lächeln, aber sie spürte selbst, wie kläglich es misslang. »Ihr Vlad – oder meiner?«

»Glauben Sie wirklich, da gäbe es einen Unterschied?«, erwiderte Trausch. Er hatte sich ein wenig zurückgelehnt, sodass sein Gesicht im Schatten lag und sie sein Lächeln nicht wirklich deuten konnte; aber es kam ihr traurig vor. Erst jetzt fiel ihr auf, dass in dem großen Zimmer kein Licht brannte. Die einzige Helligkeit kam von den beiden Kerzen auf dem Tisch zwischen ihnen. Bisher war ihr diese Beleuchtung angenehm vorgekommen, eine winzige Insel aus warmem, gelbem Licht in einem Ozean aus Schatten, auf die Trausch und sie sich zurückgezogen hatten. Plötzlich begann ihr die Dunkelheit ringsum Unbehagen zu bereiten. Bewegte sich etwas darin?

Nein, natürlich nicht.

»Sie *sind* ihm begegnet«, stellte sie fest.

»Ja«, antwortete er. »Viel zu oft. Was glauben Sie, warum ich hier bin?«

Das verstand Conny nicht, und sie sagte es auch. »Ich meine nicht hier, in diesem Haus, oder jetzt, mit ihnen.« Trausch lachte leise. Es klang bitter, und der Umstand, dass sein Gesicht dabei noch weiter in die Schatten zurückwich und sie die Art seines Lachens nicht deuten konnte, machte etwas Unheimliches daraus. »Ich war nicht immer so«, fuhr er fort. »Ich *habe* auf ihn gehört; früher. Ich war sehr erfolgreich, bevor ich hergekommen bin. Wussten Sie, dass ich der jüngste Kriminalhauptkommissar aller Zeiten war? Ich hatte eine Aufklärungsquote von annähernd hundert Prozent. Erstaunlich, nicht? Hätte ich weitergemacht, dann wäre *ich* heute Ihr Vorgesetzter, und nicht Kollege Eichholz. Mindestens. Wahrscheinlich wäre ich schon Polizeipräsident ... oder tot oder im Gefängnis.«

»Was ist passiert?«, wollte Conny wissen. Sie hatte ein unbehagliches Gefühl, weniger wegen dem, was er ihr sagte, sondern wegen der Art, auf die er es tat. Was vorhin so leichtfertig zerstört worden war, schien plötzlich wieder da zu sein, aber anders, filigraner und tiefer gehender – in seiner Stimme war eine Intimität, vor der etwas in ihr instinktiv zurückschreckte. Hatte sie sich nicht vorgenommen, *ihm* ihr Herz auszuschütten? Und nun war es genau umgekehrt.

»Ich habe auf ihn gehört«, antwortete er. »Ich bin den Handel eingegangen. Ich bin so geworden wie er. Ich war gemein. Ich war brutal. Ich war rücksichtslos und ungerecht, und ich habe mich einen Scheißdreck um andere gekümmert. Ich war der Meinung, dass nur ein Verbrecher einen Verbrecher fangen kann, und das Ergebnis hat mich bestätigt. Ich war schon sehr weit auf diesem Weg, bis ich irgendwann begriffen habe, wo er endet. Also habe ich kehrtgemacht. Aber ich weiß bis heute nicht, ob es richtig war.«

»Wieso?«

»Vielleicht wäre es das Opfer wert gewesen«, antwortete er. »Es ist die uralte Frage, Conny. Vielleicht darf man ein Leben opfern, um hundert andere zu retten. Vielleicht muss man es sogar. Vielleicht hatte ich nicht das Recht, dieses Geschenk zurückzuweisen, nur um mich zu retten.«

»Jetzt reden Sie Unsinn«, erwiderte Conny. »Was für ein Geschenk soll das sein?«

»Das Unheil zu verhüten«, antwortete Trausch ernst. »Wie viele Verbrechen hätte ich wohl verhindert, hätte ich so weitergemacht? Was meinen Sie – wie viele Morde würden nicht geschehen, wären wir nicht an ebenjene Gesetze und Regeln gebunden, die unsere Konkurrenz mit Füßen tritt? Wie viele Kinder wären nicht drogenabhängig, würden wir uns die Dreckskerle einfach schnappen, die ihr Zeug auf den Schulhöfen verkaufen, und sie verschwinden lassen? Wie viele Existenzen würden nicht vernichtet, wenn wir einschreiten dürften, *bevor* etwas passiert ist? Um wie vieles besser wäre diese Welt, wenn die Verbrecher vor uns ebenso große Angst hätten, wie ihre Opfer vor ihnen?«

Conny spürte ein neuerliches, noch viel eisigeres Frösteln, als sie an ihr letztes Gespräch mit Sylvia dachte. Ihre ehemalige Schulfreundin hatte nicht wirklich, sehr wohl aber sinngemäß dasselbe gesagt, und die Wahrheit war: Tief in sich drinnen *hatte* sie ihr recht gegeben. Sie tat es noch. Und sie dachte an Frank zurück, den Jungen mit dem zerschnittenen Gesicht und dem Messer, den sie beinahe umgebracht hätte, ohne es zu bedauern. Vergeblich – ja, beinahe verzweifelt – suchte sie wenigstens jetzt in ihrem Inneren nach einer Spur von Bedauern, von Schuld oder schlechtem Gewissen, doch da war nichts. Ganz im Gegenteil: Wenn Sie etwas bedauerte, dann ihn *nicht* getötet zu haben.

Trotzdem und so leise und mitfühlend, wie sie konnte, fragte sie: »Und was wäre aus Ihnen geworden?«

»Was *ist* aus mir geworden?«, gab Trausch mit einem leisen, bitter klingenden Lachen zurück. »Ein verkrachter Polizist, der irgendwie versucht, die letzten Wochen bis zu seiner vorzeitigen Pensionierung zu überstehen und sich jetzt schon vergeblich fragt, was er mit all der Zeit wohl anfangen wird. Meine Frau hat mich verlassen, weil meinem kometenhaften Aufstieg ein ebenso schnelles Verglühen gefolgt ist – was ein Glück war –, meine Kinder verachten mich, und meine Kollegen werden mich nach einer Woche beinahe und nach einem Jahr endgültig vergessen haben. Ich kann stolz auf mich sein!«

»Das können Sie wirklich«, warf Conny ernst ein. »Sie haben es gerade selbst gesagt, erinnern Sie sich? Sie wären daran zerbrochen.«

»Wer spielt jetzt den Advocatus Diaboli?«, antwortete er ernst, schnitt ihr aber zugleich auch mit einer neuerlichen Handbewegung das Wort ab und machte eine Geste, die wohl bedeuten sollte, dass das Thema damit für ihn erledigt sei. Für Conny war es das nicht. Ganz im Gegenteil. Im ersten Moment war sie verwirrt gewesen, dass er überhaupt damit angefangen hatte, jetzt fühlte sie sich aufgewühlt und zutiefst verunsichert. Sie hatte ihn kennenlernen wollen, aber nicht auf diese Weise. Der Einblick, den er ihr in seine Seele gewährt hatte, war nicht nur intimer und tiefer, als sie es jemals gewollt hatte, er berührte auch etwas in ihr, das sie zutiefst erschreckte. Sie hatte das nicht haben wollen, und sie wollte es auch jetzt nicht.

»Lassen Sie uns das Thema wechseln«, fuhr Trausch mit veränderter Stimme fort; fast als hätte er ihre Gedanken gelesen, und wahrscheinlich hatte er es, auf ihrem Gesicht. Sie hatte das Gefühl, so etwas wie ein Lächeln über sein immer noch halb im Schatten verborgenes Gesicht huschen zu sehen. Er regte sich in seinem Stuhl, und wie als Reaktion darauf schien ein ganz sachtes Zittern und Regen durch die Schatten hinter ihm zu gehen; ein lautloses Seufzen, mit dem die Wirklichkeit wieder erwachte. Conny blinzelte ein paarmal. Was waren das für Gedanken? War das wirklich … sie? »Ich wollte nicht an ihr Mitleid appellieren, Conny. Sie sollen nur wissen, dass ich Sie verstehe.«

Sie räusperte sich, stellte ihr Glas mit einer demonstrativen Bewegung ab und richtete sich noch demonstrativer kerzengerade in ihrem Stuhl auf. »Sie täuschen sich«, sagte sie. Ihre Stimme war nicht so fest, wie sie es sich gewünscht hatte. »Vlad existiert. Er ist real. Ich habe ihm gegenübergestanden. Er war mir näher als Sie jetzt.« Sie schüttelte heftig den Kopf. »Nein. Glauben Sie mir – ich würde mir wünschen, er wäre nichts als ein Gespenst. Aber das ist er nicht.«

»Dann haben Sie ein Problem«, stellte Trausch fest.

Conny konnte nur wortlos darauf nicken. Sie lauschte in sich hinein. Da war noch immer etwas, das ihr Angst machte, gestaltlos und leise jetzt, wenn auch auf eine furchtbare Art präsent. Als wäre er da, jetzt, hier in diesem Raum und in diesem Moment, unsichtbar und lauernd und nur darauf wartend, dass sie einen Fehler machte, für einen unendlich kurzen Augenblick den Schild herunternahm, der sie bis jetzt immer noch davor bewahrt hatte, endgültig zu verbrennen. Was, dachte sie schaudernd, wenn es stimmte und Vlad tatsächlich nichts als eine Ausgeburt ihrer eigenen Phantasie war, ein dunkler Teil ihres Selbst, den sie mit Gesprächen und Gedanken wie diesen nur weiter heraufbeschwor, ihn nährte und ihm Kraft gab, statt ihn zu verscheuchen?

»Haben Sie …« Sie suchte fast krampfhaft nach Worten und begriff erst dann, dass sie begonnen hatte zu reden, ohne überhaupt zu wissen, was sie sagen wollte. Sie plapperte einfach nur, um das Schweigen nicht übermächtig werden zu lassen und die Schatten zurückzudrängen. Etwa schien ihr den Atem zu nehmen, eine unsichtbare Hand, die sich ihr über Mund und Nase legte und sie zu ersticken begann; warm und weich und so unbarmherzig wie Schlamm. Vielleicht wollte Vlad nicht, dass sie weitersprach. War da etwas wie Panik, das sie in den Schatten spürte, vermischt mit Zorn? Konnte es sein, dachte sie verwirrt, dass es so einfach war? Konnte sie ihn mit *Worten* besiegen?

»Ja?«, fragte Trausch.

»Nichts«, antwortete Conny halblaut. Plötzlich fühlte sie sich verloren. Aus dem winzigen Eiland aus gelbem Licht, auf das Trausch und sie sich gerettet hatten, war ein Gefängnis geworden, ein einsamer Berggipfel inmitten eines flüsternden Meeres aus Schatten, die sie belagerten und anstarrten und nur darauf warteten, sie in ihr dunkles Reich hinabzuzerren und sie zu verderben. Und mit einem Mal meinte sie seine Nähe fast körperlich zu spüren. Trausch irrte sich. Vlad war kein Gespenst. Er war real, und er war hier. Jetzt. In diesem Raum, und in diesem Moment. Er starrte sie an.

»Ich … wollte nur wissen, ob sie irgendetwas herausgefunden haben«, setzte sie neu und noch immer mit stockender, unsicherer Stimme an. »Über Aisler. Den Film.«

»Nicht viel. Das Labor nimmt sich die CD Bild für Bild vor. Die

Qualität ist allerdings nicht gerade berauschend. Wer immer darauf zu sehen ist, *sieht aus* wie Aisler, aber ob er es ist ...« Er hob die Schultern und beugte sich wieder vor, um beide Ellbogen und die Unterarme auf die Tischplatte zu stützen. Seine Finger spielten mit dem Stiel des geschliffenen Weinglases, und das gelbe Licht der Kerzen brach sich auf der dunkelroten Flüssigkeit darin und schien sie endgültig in Blut zu verwandeln. Conny schloss die Augen und presste die Lider so heftig zusammen, dass bunte Blitze über ihre Netzhäute flackerten und es wehtat, doch als sie wieder hinsah, hatte sich nichts geändert. Das unheimliche Bild blieb. »Vielleicht findet die Spurensicherung mehr heraus. Sie haben DNS-Proben vom Tatort genommen. Wenn Aisler wirklich dort war, wissen wir es spätestens übermorgen.«

Das *wenn* ärgerte sie, und anscheinend zeichnete sich auch dieser Gedanke überdeutlich auf ihrem Gesicht ab, denn plötzlich wirkte er ein bisschen verlegen, und sie konnte ihm ansehen, wie angestrengt er nach etwas suchte, um diesen kleinen Fauxpas wiedergutzumachen.

»Schon gut«, sagte sie rasch. »Ich verstehe. Sie ... haben ja recht. Warten wir einfach ab.«

»Irgendetwas werden Sie Eichholz morgen erzählen müssen«, sagte er sanft. Seine Finger spielten weiter mit dem Weinglas, und der Tanz der gelben Halbmonde aus Licht wurde schneller. Etwas kroch zwischen dem Licht heran, etwas Finsteres und Böses, das wie Licht aussah. Sie presste noch einmal und noch fester die Augen zusammen, um die unheimlichen Bilder und falschen Gedanken zu vertreiben, aber es funktionierte nicht. Irgendetwas ... begann zu zerbrechen. Entweder die Wirklichkeit rings um sie herum oder sie selbst.

»Was ist los mit Ihnen?«, fragte Trausch. Er klang plötzlich besorgt. Ein Gefühl, das wohltat, wenn es auch die schreckliche Irrealität nicht wirklich vertreiben konnte.

»Nichts«, behauptete sie. »Ich musste nur ...« Sie zwang sich zu einem Lächeln, oder versuchte es wenigstens. »Haben Sie mich gerade wirklich durch die Blume aufgefordert, mir eine Lügengeschichte auszudenken, um Eichholz zufriedenzustellen?«

»Ich?« Trausch sah sie mit perfekt gespielter Empörung an. »Wie kommen Sie auf *die* Idee? Sie wissen doch, dass mir die Wahrheit über alles geht.«

»Außer bei Eichholz«, vermutete sie.

»Außer bei Eichholz«, bestätigte Trausch ungerührt, fügte aber auch praktisch im selben Atemzug hinzu: »Und dem Rest unserer Kollegen.«

Conny blickte ihn leicht erschrocken an. »So schlimm?«

»Schlimmer«, antwortete er ernst.

»Dann hat Eichholz ganze Arbeit geleistet«, vermutete sie.

»Sie haben es ihm auch ziemlich leicht gemacht«, seufzte Trausch.

»Ich?«, entfuhr es Conny. »Was zum Teufel habe ich getan – außer meine Arbeit?«

»Ihre Arbeit?« Trausch seufze. Seine Worte klangen vorwurfsvoll, seine Stimme nicht. »Wo leben Sie, Conny? Haben Sie auch nur eine Sekunde lang versucht, sich in seine Lage zu versetzen?«

»In Eichholz' Lage?« Conny lachte. »Ganz bestimmt nicht! Warum sollte ich?«

»Weil Sie dann vielleicht verstehen würden, wie die Sache für ihn aussieht«, antwortete er ernst.»Alles, was Sie in den letzten Tagen getan haben. Alles, was passiert ist.«

»Was *ist* denn passiert?«, fauchte sie, »Ihrer Meinung nach?«

Trausch ignorierte den zweiten Teil ihrer Frage. »Ich kann Ihnen sagen, wie es für Eichholz aussieht ... und für alle anderen.«

»Auch für Sie?«

Trausch überhörte auch das.

»Sie reden mit einem Zeugen, den außer Ihnen niemand gesehen hat. Sie treffen einen Toten und schwören, mit ihm auf Leben und Tod gekämpft zu haben, und Sie haben offensichtlich Insider-Informationen und weigern sich, irgendjemandem zu verraten, woher diese Informationen stammen.«

»Das habe ich, aber niemand glaubt mir«, bestätigte Conny, nur um mitzuerleben, dass er auch diesen Einwurf nicht zur Kenntnis nahm. Immerhin war er lernfähig, dachte sie wütend. Das hätte glatt von Eichholz stammen können.

»Ich glaube Ihnen, Conny. Ich glaube Ihnen, dass Sie in bester Absicht gehandelt haben und überzeugt davon sind, die Wahrheit zu sagen. Ich fürchte allerdings, ich bin mittlerweile der Einzige.« Er zögerte unmerklich. »Ich will Sie nicht erschrecken, Conny, aber ich habe mich für Sie starkgemacht. Wenn ich mich nicht für Sie verbürgt hätte, dann hätte Eichholz Sie in Untersuchungshaft genommen.«

»Für mich verbürgt«, wiederholte Conny. »Das war leichtsinnig von Ihnen. Wo doch immerhin die Möglichkeit besteht, dass ich verrückt bin.«

»Verrückt?« Trausch lachte, sah sie mit schräg gehaltenem Kopf an und griff nach seinem Weinglas, um einen – diesmal großen – Schluck zu nehmen. Dann schüttelte er den Kopf, »Nein«, sagte er lächelnd. »Sie sind möglicherweise eine Menge, Conny, aber *verrückt* gehört ganz bestimmt nicht dazu.«

»Und was gehört dazu?«, fragte sie.

Auch dazu sagte er nichts, sondern sah sie nur noch einmal auf dieselbe, sonderbare Weise an, bevor er sein Weinglas endgültig leerte, es mit einer fast zeremoniell anmutenden Bewegung auf den Tisch zurückstellte und dann aufstand.

»Mitternacht ist vorbei«, bekannte er nach einem Blick auf die Uhr und veränderter Stimme. »Es war ein anstrengender Tag für uns beide. Und unsere beiden Wachhunde draußen haben auch ein Anrecht auf ein paar Stunden Schlaf im Dienst, finde ich.«

Conny verstand. Sie erhob sich ebenfalls, zögerte aber, sich umzudrehen und in das angebliche Gästezimmer zu gehen. Die Schatten flüsterten ihr düstere, verlockende Dinge zu, doch dahinter, tief im Reich der Nacht und der Finsternis, lauerte die Angst, und noch etwas anderes, Großes, das raschelnd seine Flügel zusammenfaltete und sie aus unsichtbaren Augen voller gewaltiger Bosheit anstarrte.

»Und Sie?«, fragte sie.

Trausch machte eine vage Geste hinter sich. »Ich mache es mir auf der Couch gemütlich. Nur kein schlechtes Gewissen. Ich schlafe oft hier.«

»Ich habe kein schlechtes Gewissen«, antwortete Conny. »Aber wozu die Umstände? In meinem Bett ist Platz genug für zwei.«

19

Gestern Abend war es ihr nicht aufgefallen, aber das Zimmer verfügte über ein ganz ähnliches – wenn auch deutlich kleineres – schräges Dachfenster wie das Studio, in dem sie gegessen hatten, und das Bett war dergestalt nach Osten ausgerichtet, dass die ersten Strahlen der aufgehenden Sonne ihr Gesicht berührten und sie wach kitzelten. Trausch, dachte sie missmutig und noch träge von dem noch nicht ganz vollzogenen Wechsel zwischen Schlaf und Wachsein, musste ein heimlicher Sonnenanbeter sein; oder er misstraute seinem Wecker. Auf Conny traf nichts von beidem zu. Obwohl sie die Augen weiter geschlossen hielt, empfand sie schon das schwache, blassrosa Licht, das durch ihre Lider drang, als unangenehm. Dazu ein fauler Geruch, aber sie war nicht in der Stimmung und auch nicht bereit, irgendetwas Unangenehmes an sich herankommen zu lassen, und schob den Gedanken von sich.

Conny war weit davon entfernt, der typische Morgenmuffel zu sein, wenn sie sich selbst auch niemals als Frühaufsteherin bezeichnet hätte, sondern als irgendetwas dazwischen. Auch zu Zeiten, in denen sie noch keinen Grund gehabt hatte, den Blick in den Spiegel zu fürchten, war sie ihm in den ersten fünf oder zehn Minuten wohlweislich ausgewichen, und wenn es ihr geplanter Tagesablauf und ihr Dienstplan zuließen (und manchmal auch, wenn nicht), dann genoss sie es, noch eine Weile einfach liegen zu bleiben und ganz allmählich in die Realität herüberzudämmern.

Heute sollte sie es eigentlich ganz besonders genießen, dachte sie. Die vergangene Nacht war … nun ja, *außergewöhnlich* gewesen. Trausch hatte ziemlich überrascht auf ihr sehr eindeutiges Angebot reagiert, trotzdem aber nur zwei oder drei Sekunden gezögert, und er hatte sich auch kein zweites Mal bitten lassen (was sie ohnehin nicht getan hätte), sondern war nur noch einmal kurz im Bad verschwunden und dann zu ihr hereingekommen. Sie hatten sich zweimal geliebt, das erste Mal scheu und schüchtern, wie zwei Teenager, die sich das erste Mal in diese neue, ebenso unbekannte wie aufregende Welt vortasteten, das zweite Mal zunächst mit viel Geduld und noch größerer Zärtlichkeit, dann ebenso wild und beinahe gierig fordernd, wie sie es von sich erwartet hatte, nach so langer Zeit, die es diesen Teil des Lebens für sie nicht mehr gegeben hatte.

Sie hatte sich eingeredet, dass er ihr nicht fehlte, und solange es niemanden in ihrem Leben gegeben hatte, war das auch tatsächlich so gewesen. Aber jetzt, wo sie die Welt der Sinnlichkeit wieder und neu zu entdecken begann, hatte sie begriffen, wie sehr sie ihr *tatsächlich* gefehlt hatte. Es war nicht einmal sosehr der körperliche Teil gewesen, der reine Sex (den sie über die Maßen genossen hatte und ganz bestimmt noch einmal genießen würde, bevor Trausch und sie das Haus verließen und sich wieder der Realität stellten, dachte sie voller kribbelnder Vorfreude), sondern vielmehr das Gefühl der Nähe, das Wissen um einen anderen, lebenden Menschen neben sich, das ihr eine Geborgenheit und einen Schutz vermittelte, von der sie gar nicht gewusst hatte, wie sehr sie sie wirklich vermisste. Trausch hatte sich nicht einmal als sensationell guter Liebhaber erwiesen, sondern allenfalls als guter Durchschnitt (soweit sie das mit ihrem beschränkten Erfahrungsschatz beurteilen konnte), aber auch das spielte überhaupt keine Rolle. Sie hatte ihn nicht in ihr Bett eingeladen, um artistische Kunststücke zu erleben oder einen Super-Orgasmus, von dem sie ihren besten Freundinnen erzählen konnte, die es niemals geben würde, sondern weil sie sich nach Wärme und Zärtlichkeit sehnte, und davon hatte er ihr mehr gegeben, als sie zu hoffen gewagt hatte.

Conny drehte den Kopf ins Kissen, um dem quälenden Licht zu entkommen, das hartnäckig weiter versuchte, ihre Lider zu durchdringen, machte die Augen jedoch immer noch nicht auf, sondern entspannte sich und genoss das Gefühl, einfach gar nichts zu tun; sich in Sicherheit und beschützt zu wissen und als einzige intensive Erinnerung die an seine warmen und kraftvollen Hände zu haben, die ihren Körper streichelten und jeden Zentimeter davon mit geduldiger Zärtlichkeit erforschten.

Natürlich wusste sie, dass es nicht so kommen würde – doch dann leistete sie sich den kleinen Luxus, ihre Phantasie von den Zügeln zu lassen und sich vorzustellen, wie ihr Leben möglicherweise nach dieser Nacht aussehen könnte: Sie waren beide einsam. Sie hatten beide niemanden, auf den sie Rücksicht nehmen mussten oder der ihnen gar etwas bedeutete, und spätestens seit dem vergangenen Abend wusste sie auch, dass es dann noch eine und vielleicht sogar die größte Gemeinsamkeit zwischen ihnen gab. Trausch erwartete so wenig wie sie noch irgendetwas von der Zukunft, und es waren seine Worte gewesen, die ihr die Augen geöffnet und ihr klargemacht hatten, dass es ihr nicht anders erging. Was, dachte sie, und die vollkommene Gewissheit, dass es niemals so kommen würde, änderte nichts an dem Gefühl behaglicher Wärme und Geborgenheit, das sie dabei durchströmte – was, wenn sie sich einfach zusammentaten? Wenn es nicht nur bei dieser einen Nacht und diesem Morgen bliebe, sondern mehr daraus wurde; vielleicht ein ganzes Leben?

Der für Logik und Realität zuständige Teil in ihr, der zu Connys großem Verdruss offensichtlich schon hellwach und überaus geschwätzig war, versuchte ihr zu erklären, wie dünn das Eis war, auf dem sie sich bewegte: Natürlich würde es so nicht kommen. Trausch und sie kannten sich praktisch nicht. Auch, wenn sie nicht darüber gesprochen hatten, so hatte sie doch gespürt, dass es für ihn mindestens ebenso neu und selten gewesen war wie für sie. Auch er war ausgehungert nach Liebe und Wärme, und auch für ihn hatte es viel zu lange niemanden mehr gegeben, der ihm so nahe gewesen war.

Obwohl sie es nicht wollte und sich beinahe selbst dafür hasste, erforschte sie diesen Gedanken weiter. Die Erkenntnis stimmte sie traurig, aber sie glaubte nicht, dass da wirklich etwas wie Liebe zwischen ihnen war. Es gab ein sonderbar kompliziertes, kaum in Worte zu fassendes Gefühl. Conny gestand sich ein, dass es sich dabei um etwas anderes handelte; Zuneigung und Sympathie sicherlich, und eine tiefe, ehrlich empfundene Dankbarkeit. Er war seit viel zu langer Zeit einfach der erste Mensch gewesen, der es gut mit ihr meinte und der sie einfach und ohne Hintergedanken und Heimtücke so nahe an sich herangelassen hatte. Dennoch blieb er ein Fremder, jetzt vielleicht sogar mehr denn je. Dieses Haus und noch viel mehr das, was er über sich erzählt hatte, waren so vollkommen anders als das, was sie erwartet hätte, dass sie sich fragte, ob es überhaupt jemanden gab, der ihn wirklich kannte.

Und wahrscheinlich erging es ihm andersherum ganz genauso. Sie waren einfach zwei Menschen, die viel zu lange allein gewesen waren und jemanden gebraucht hatten, der nicht ihr Feind war. Sie würden Freunde bleiben, dessen war sich Conny sicher, möglicherweise auch ein bisschen mehr, aber eben nur ein bisschen. Und eigentlich war das auch in Ordnung.

Darüber hinaus berührten diese Erinnerungen auch noch etwas anderes in ihr; einen Teil, dessen bloße Existenz sie noch vor wenigen Stunden empört abgestritten hätte. Er lag neben ihr. Obwohl sie den Kopf in die andere Richtung gedreht und die Augen immer noch geschlossen hatte, konnte sie seine Nähe spüren. Er schlief so fest, dass sie nicht einmal seine Atemzüge hörte, aber er war da. Ihre nackte Schulter berührte die Decke, in die er sich irgendwann tief in der Nacht im Schlaf eingedreht hatte, und schon diese flüchtige Berührung jagte ihr einen sanften Schauer über den ganzen Körper. Ein Gefühl kribbelnder Wärme begann sich in ihrem Schoß breitzumachen, und ihr Herz klopfte ein wenig schneller. Conny öffnete nun doch die Augen – widerwillig und mit leicht zusammengebissenen Zähnen, das Sonnenlicht war unnatürlich grell und schien ihre Sehnerven mit winzigen, glühenden Nadeln zu malträtieren – sah auf die Armbanduhr, die alles war, was sie trug und stellte mit einem Gefühl leiser Überraschung fest, dass es beinahe neun war. Sie hatte verschlafen, was sie selbst angesichts des Tages, der hinter ihr gelegen hatte, kein bisschen erstaunte, bei Trausch jedoch vollkommen überraschte. Trausch und verschlafen, das passte einfach nicht zusammen. Andererseits, dachte sie amüsiert, hatte sie schließlich auch ihr Möglichstes getan, um ihn zu erschöpfen.

Aber schließlich gab es ja auch noch den einen oder anderen Weg, um ihn auch ebenso schnell wieder aufzuwecken.

Conny setzte sich auf, ließ dabei die Decke von den Schultern gleiten und rekelte sich ebenso ausgiebig wie vermutlich umsonst; schließlich schlief er und bekam von dieser gekonnten Vorstellung nichts mit. Man konnte allerdings nie wissen …

Sie beließ es für eine oder zwei Sekunden einfach dabei und genoss ohne die Spur eines schlechten Gewissens das wohlige Kribbeln, das sie schon bei der bloßen Vorstellung durchströmte, dann drehte sie sich um, erhob sich auf die Knie und betrachtete ihn für etliche weitere Sekunden ebenso wortlos wie zärtlich. Er hatte sich wie ein erschöpft schlafendes Kind in die Decke gedreht und die Knie an den Körper gezogen. Natürlich hatte er nicht wirklich die Hand gehoben und dem Daumen in den Mund gesteckt, aber irgendwie ließ sein Anblick dieses Bild vor ihrem geistigen Auge entstehen, und sie musste leise lachen. Ein Teil von ihr wünschte sich, dass dieses Lachen ihn aufweckte und es das erste Geräusch wäre, das er hörte, doch das geschah nicht, und so beugte sie sich über ihn, stützte sich mit der linken Hand auf dem Bett ab und griff mit der anderen nach seiner Schulter, um ihn umzudrehen. Wenn Sie ihn schon nicht mit einem Lachen wecken konnte, dann vielleicht mit der Berührung ihrer Lippen.

Dann wurde ihr klar, dass er nie wieder die Berührung ihrer Lippen auf den seinen spüren würde. Trauschs Kopf rollte ein gutes Stück weiter herum als seine Schultern, was daran lag, dass seine Kehle so tief durchtrennt worden war, dass sie den weißen Knochen seines Rückgrats sehen konnte. Das Bett und sein Kissen waren schwarz und schwer von eingetrocknetem Blut, während sich auf der Decke, in die er sich gedreht hatte, nicht ein einziger Tropfen befand. Immerhin begriff sie jetzt, woher der üble Geruch kam, den sie die ganze Zeit über unterschwellig gespürt hatte.

Dann begann sie zu schreien.

Die Handschellen taten weh. Anscheinend hatte sie versucht, sich davon zu befreien, denn ihre Handgelenke waren aufgescheuert und wund, an einigen Stellen sogar blutig. Sie erinnerte sich nicht, sich gegen die Fesseln gewehrt zu haben oder sogar gegen denjenigen ihrer Kollegen, der sie ihr angelegt hatte. Sie erinnerte sich auch nicht, wer es gewesen war oder was sonst geschehen war. *Genau genommen* erinnerte sie sich an gar nichts, zugleich aber auch an alles. Plötzlich waren ihre Kollegen da gewesen, vielleicht alarmiert durch ihre Schreie, die tatsächlich bis auf die Straße hinab zu hören gewesen waren, vielleicht auch aus irgendeinem anderen Grund, den sie vermutlich nie erfahren würde. Jemand hatte mit ihr gesprochen, sie festgehalten und geschüttelt und schließlich angeschrien, und danach waren noch andere, aufregendere und lautere Dinge geschehen. Mehr Kollegen waren gekommen, mehr Fragen an sie gerichtet und nicht beantwortet worden, und mindestens einer ihrer Kollegen war rücksichtsvoll genug gewesen, Trauschs Kleiderschrank zu öffnen und nach einem Bademantel zu durchsuchen, den er ihr um die Schultern gelegt hatte.

So musste es gewesen sein, obwohl sie sich an nichts davon erinnerte. Die Bilder waren da, alle und in der richtigen Reihenfolge und so scharf und klar wie eine Aufzeichnung in HD-Qualität, aber sie schienen irgendwie nicht zu ihr zu gehören, als hätten sich die Erinnerungen einer Fremden in ihren Kopf verirrt und dort den Platz ihrer eigenen eingenommen. Was immer auch in den zurückliegenden beiden Stunden mit ihr und um sie herum geschehen war, schien einer anderen zugestoßen zu sein. Sie war zur unfreiwilligen Hauptdarstellerin in einem Film geworden, der das Leben einer anderen Frau zeigte, eine Rolle, die sie perfekt bis ins letzte Detail ausfüllte, die sie jedoch nicht wirklich berührte.

Sie selbst … war nicht einmal mehr sicher, ob es sie überhaupt noch gab. Vielleicht war ein Teil von ihr zusammen mit Trausch gestorben oder doch zumindest so tief paralysiert, dass das Ergebnis dasselbe war. In ihr war nichts als Leere, ein tiefer, verzehrender Abgrund, in dem nicht einmal mehr Platz für Schmerz war.

Conny sah auf die Uhr. Erst, während sie es tat, wurde ihr bewusst, dass sie dasselbe schon fünf- oder sechsmal getan hatte, aber es war wie mit ihren Erinnerungen: Sie betrachtete die winzigen Zeiger und deren Stellung zueinander, und selbstverständlich wusste sie, was sie bedeutete, doch zugleich erschien ihr diese Bedeutung so absurd, dass es ihr nicht einmal der Mühe Wert erschien, danach zu greifen. Seit sie die Augen aufgeschlagen hatte und ihre Welt von einer Sturmflut aus rotem Entsetzen davongespült worden war, waren jetzt beinahe drei Stunden vergangen, und jede einzelne Minute davon war die Hölle gewesen; und zugleich schien überhaupt keine

Zeit vergangen zu sein. Sie hatte sich aus der Wirklichkeit ausgeklinkt, und sie war weder sicher, ob sie ihren vermeintlich angestammten Platz darin jemals wiederfinden würde, noch, ob sie es überhaupt *wollte*.

»Warten Sie auf etwas Bestimmtes?«

Conny sah auf, blickte in ein von grauem Haar eingerahmtes, müdes Gesicht, sah noch einmal auf die Uhr und begriff ohne die geringste Spur von Überraschung, dass es natürlich eine Erinnerung gab, die von der sonderbaren Taubheit ihrer Gefühle ausgenommen war. Sie antwortete nicht.

»Ich frage nur, weil Sie zum vierten Mal auf die Uhr gesehen haben, und das allein, seit ich hereingekommen bin«, fuhr Eichholz fort. Diesmal schien er gar nicht mehr mit einer Antwort gerechnet zu haben, denn er setzte sich neben sie, sah sie nachdenklich an und starrte dann deutlich länger einfach zu Boden. Schließlich seufzte er tief, zog eine Packung Zigaretten aus der Tasche und hielt sie ihr hin. Conny schüttelte stumm den Kopf, und Eichholz bediente sich selbst, ließ ein schweres goldenes Feuerzeug aufschnappen und nahm einen genießerischen Zug. »Eine schreckliche Angewohnheit, ich weiß«, sagte er mit geschlossenen Augen und unüberhörbar genussvoller Stimme. »Ich bewundere Sie, dass Sie es geschafft haben, so einfach von einem Tag auf den anderen damit aufzuhören, ehrlich. Ich nehme nicht an, dass Sie mir den Trick verraten möchten?« Er nahm einen weiteren Zug, sah sie auffordernd an und hob schließlich andeutungsweise die Schultern.

»Na ja, so wichtig ist das ja eigentlich auch nicht. Wann genau haben Sie noch einmal damit aufgehört? Vor ein paar Tagen, nicht wahr?« Er hielt ihr noch einmal die offene Packung hin, und diesmal verzichtete Conny sogar auf ein Kopfschütteln und starrte ihn nur an.

»Was ist passiert?«, fragte er.

»Ich weiß es nicht.« Connys Stimme klang in ihren eigenen Ohren spröde, und auf eine erschreckende Weise leblos. Etwas fehlte darin.

»Ich verstehe«, seufzte Eichholz. »Also gut, versuchen wir es anders. Sie sind gestern Abend hierhergekommen. Was haben sie dann getan?«

»Miteinander geredet«, antwortete Conny. Eigentlich wollte sie ihm nicht antworten, weder ihm noch sonst irgendjemandem. Was sollte Reden jetzt noch nutzen?

»Geredet«, wiederholte Eichholz nachdenklich. »Worüber?«

»Über alles Mögliche. Privates.« Sie wollte immer noch nicht reden, nicht über ihn und schon gar nicht über Trausch, aber sie wusste auch, dass er nicht lockerlassen würde. »Über dieses Haus, seine Familie ...«

»Und dann?«

»Trausch hat für uns gekocht. Ich weiß nicht was, nur, dass es ganz ausgezeichnet war.«

Eichholz lächelte flüchtig. Es wirkte ehrlich. »Ja, das glaube ich Ihnen sofort. Er ist ... er *war* ... ein ausgezeichneter Koch. Er hat immer behauptet, es wäre nur ein Hobby. Wenn Sie mich fragen, dann hat es bei ihm allerdings besser geschmeckt als in den meisten Restaurants, die ich kenne.« Er sog wieder an seiner Zigarette. »Und danach?«

»Haben wir ein Glas Wein getrunken und noch ein wenig geredet«, erwiderte Conny. Es war seltsam – mit einem Male war sie Eichholz fast dankbar. Irgendwie hatte sein unerwünschtes Erscheinen den Bann gebrochen, ohne dass sie es auch nur selbst gemerkt hätte. Bisher hatte sie sich jedes einzelne Wort mühsam abringen müssen und nicht wirklich eingesehen, warum sie mit ihm oder irgendjemandem sprechen sollte, doch nun schien es, als fände sie ganz allmählich in die Wirklichkeit zurück. Sie wollte auch das nicht, aber was sie wollte, zählte schon lange nicht mehr. »Nichts was den Fall betrifft oder die Opfer oder überhaupt unseren Beruf. Nur privat.« Sie lachte leise und hart. »Er hat sich noch über die beiden Kollegen lustig gemacht, die Sie uns draußen vor die Tür gestellt haben.«

Eichholz sah sie an, als würde er gar nicht verstehen, wovon sie sprach, ging jedoch nicht weiter darauf ein. »Und dann sind Sie schlafen gegangen«, vermutete er. »Allein?«

Conny blickte demonstrativ an sich hinab. Alles, was sie trug, waren Trauschs mindestens zwanzig Jahre alter Bademantel und ein Paar Handschellen. Zum ersten Mal fragte sie sich, warum man sie ihr überhaupt angelegt hatte. Aber eigentlich interessierte sie die Antwort auch nicht wirklich. »Ich wüsste nicht, was Sie das angeht«, sagte sie. »Trotzdem: nein.«

»Ein Mensch ist tot, Frau Feisst«, antwortete Eichholz, wobei es ihm irgendwie gelang, gleichzeitig sanft als auch genauso überheblich und scharf wie gewohnt zu klingen. »Ein Kollege. Ein Mann, den wir alle gemocht haben und der Ihnen anscheinend auch nicht vollkommen gleichgültig war. Und nebenbei auch noch einer meiner besten Männer. Ich muss Ihnen nicht erzählen, dass mich in diesem Fall *alles* etwas angeht.« Er schnippte seine Zigarettenasche zu Boden, was Conny auf eine vollkommen absurde Art wütend machte. Es war respektlos Trausch gegenüber, und es würde ihm auch nicht unbedingt die ewige Dankbarkeit ihrer Kollegen von der Spurensicherung einbringen. Nachdem sie das Schlafzimmer Stück für Stück auseinandergenommen hatten, fielen sie in ihren weißen Alien-Anzügen und mit all ihren Kameras und technischen Spielzeugen jetzt über das Studio her, in dem sie gestern Abend gesessen hatten; und wahrscheinlich auch über den Rest des Hauses. Conny kam erst jetzt richtig zu Bewusstsein, dass sich außer Eichholz und ihr mindestens ein Dutzend weiterer Männer hier drinnen aufhielten. Anscheinend hatte Eichholz die gesamte SOKO Vampir zusammengetrommelt.

»Also?«

»Nichts also«, antwortete Conny scharf. »Wir haben miteinander geschlafen, okay? War es das, was Sie wissen wollten? Oder interessieren Sie sich auch noch für Details?«

»Im Augenblick jedenfalls nicht«, antwortete Eichholz ungerührt. »Sie haben also miteinander geschlafen. Bis wann, ungefähr?«

»Ich habe nicht auf die Uhr gesehen«, fauchte Conny. »Vielleicht eine Stunde, oder auch zwei. Warum fragen Sie nicht die beiden Spione, die Sie uns vor die Tür gesetzt haben?«

Eichholz ließ sich nicht aus der Ruhe bringen. »Das Licht hier in diesem Raum ist acht Minuten nach Mitternacht ausgegangen. Weitere vier Minuten später auch das im Bad. Das Schlafzimmer liegt nach hinten heraus. Das Fenster ist von der Straße aus nicht sichtbar. Sie sind also irgendwann zwischen eins und zwei eingeschlafen. Vielleicht auch etwas später. Und dann?«

»Was … dann?«

»Sie haben nichts gehört, nichts gesehen? Ihnen ist nichts aufgefallen? Auch nicht später? Jetzt, im Nachhinein? Denken Sie in aller Ruhe darüber nach. Wir haben Zeit.«

Das Verrückte war, dass sie ganz genau zu spüren glaubte, dass seine Freundlichkeit nicht gespielt war. Er meinte es ernst. Er *wollte* ihr helfen, aber diese Erkenntnis machte sie nur umso wütender.

»Was glauben Sie?«, fauchte sie. »Dass ich neben ihm im Bett gelegen und mitbekommen habe, wie ihm jemand die Kehle durchgeschnitten hat, ohne etwas zu sagen?«

»Ich glaube gar nichts, und als *die Kehle durchgeschnitten* würde ich das nicht mehr unbedingt bezeichnen«, antwortete Eichholz ruhig. »Trausch wurde nahezu enthauptet. Der Arzt meint, dass es eine größere Waffe gewesen sein muss … eine Machete, ein großes Schlachtermesser … etwas in dieser Art. Vielleicht sogar ein Schwert.«

»Und?«

»Und«, erwiderte Eichholz ruhig, »das bedeutet, dass die Sache mit großer Wahrscheinlichkeit nicht gerade lautlos vonstatten gegangen ist und auf jeden Fall eine ziemliche Schweinerei gewesen ist. Und Sie haben nichts davon bemerkt?«

»Selbstverständlich habe ich es mitbekommen«, antwortete Conny giftig. »Aber ich war müde, und es war mir einfach zu lästig, mich umzudrehen und um Ruhe zu bitten.« Sie hob die Schultern. »Sie wissen ja, wie das ist.«

Eichholz ignorierte auch diese Antwort und sah sie nur weiter traurig und vorwurfsvoll an, und seine einzige Reaktion darüber hinaus bestand darin, einen weiteren tiefen Lungenzug aus seiner Zigarette zu nehmen und noch mehr Asche auf den Boden zu streuen. »Ich muss Ihnen nicht sagen, wie sich das anhört, oder?«

Nein, das musste er nicht. Conny hatte ja schon beinahe Schwierigkeiten, *sich selbst* zu glauben. Sie schwieg.

»Also gut.« Eichholz seufzte tief. »Vielleicht verlange ich auch einfach zu viel von Ihnen. Möglicherweise fällt Ihnen ja doch noch das eine oder andere ein, wenn Sie ein wenig zur Ruhe gekommen sind. Sie sind vollkommen sicher, dass Sie keinen Arzt benötigen?«

Conny musste eine Weile in ihren Erinnerung graben, um den Sinn dieser Frage überhaupt zu ergründen. Bevor – vielleicht auch nachdem – man ihr die Handschellen angelegt hatte, hatten ihre Kollegen sie mehrmals gedrängt, sich untersuchen und im Zweifelsfall auch irgendeine Spritze geben zu lassen. Als ob irgendetwas davon Trausch wieder lebendig machen würde! Sie schüttelte den Kopf.

»Ganz, wie Sie wollen.« Eichholz wirkte nicht überrascht, ließ aber eine weitere Sekunde verstreichen, in der er stirnrunzelnd ihre Handschellen betrachtete. »Möchten Sie jemand Bestimmtes anrufen, oder soll ich mich um einen Anwalt kümmern?«

Einen Anwalt? Conny hatte das Gefühl, selten eine sinnlosere Frage gehört zu haben, und sah Eichholz auch nur auf entsprechende Weise an.

»Sie haben nicht wirklich gedacht, dass ich Ihnen mein Beileid ausspreche und die Sache damit erledigt ist, oder?«, fragte Eichholz.

Ganz genau genommen hatte sie gar nichts gedacht. »Brauche ich denn einen Anwalt?«, murmelte sie, mehr an sich selbst als an ihn gewandt. Ein winziger Teil von ihr empfand Überraschung, die beinahe augenblicklich ihn Empörung und fassungslose Wut überging, dass er nicht einmal jetzt davor zurückschreckte, seinen privaten Feldzug gegen sie fortzusetzen, dass das Wichtigste an Trauschs Tod offensichtlich der Umstand zu sein schien, dass er ihn gegen sie verwenden konnte. Die Stimme verhallte jedoch ungehört in ihr, schon, weil sie wusste, dass es Unsinn war.

»Er steht Ihnen zu«, antwortete Eichholz. »Natürlich kann ich Sie nicht zwingen, sich einen Anwalt zu nehmen oder auch nur mit ihm zu reden. Ich würde es Ihnen allerdings dringend raten. Es werden Fragen gestellt werden. Eine Menge Fragen, das wissen Sie.« Er sog wieder an seiner Zigarette und blies den Rauch diesmal so heftig aus, dass sein Gesicht in einer schmierigen, graublauen Wolke zu verschwinden schien. »Ich weiß, dass ich das jetzt besser nicht sagen sollte, und ich werde es abstreiten, sollten Sie mich zitieren. Aber wenn ich Ihnen einen guten Rat geben darf, dann sagen Sie jetzt gar nichts mehr. Sie stehen doch sicher unter Schock, nicht wahr?«

Es *war* ein gut gemeinter Rat, und im Grunde sogar das einzige halbwegs Vernünftige, was sie im Augenblick tun konnte. Sie selbst hatte diesen Rat unzählige Male anderen erteilt und sich genauso oft darüber geärgert, wenn sie ihn in den Wind schlugen. Vielleicht – auch wenn es ihr selbst jetzt noch schwerfiel, diesen Gedanken zu akzeptieren – hatte sie sich in Eichholz ja doch getäuscht.

Aber vielleicht ging sie mit *dieser* Unterstellung dann doch etwas zu weit.

»Gut«, seufzte Eichholz. »Das alles hat Zeit bis später. Wenn wir hier fertig sind, dann lassen Sie sich zuerst einmal gründlich von einem Arzt durchchecken, und danach reden wir in aller Ruhe.«

»Sagte ich bereits, dass ich keinen Arzt will?«, fragte Conny.

»Ja«, erwiderte Eichholz. »Ich kann Sie allerdings auch für vierundzwanzig Stunden zur Beobachtung in die Psychiatrie einweisen lassen, wenn Sie darauf bestehen, weiter das trotzige kleine Mädchen zu spielen. Möchten Sie das? Es ist natürlich Ihre Entscheidung … aber Sie wissen schon, dass aus vierundzwanzig Stunden leicht vierundzwanzig Tage werden können oder auch ein paar Monate?« Er wartete einen Moment lang vergeblich auf eine Antwort, die aus mehr als einem hasserfüllten Blick bestand, dann sah er sich suchend nach einem Aschenbecher um, fand keinen und schnippte seinen Zigarettenstummel schließlich in den unberührten Kamin, was ihm einen vorwurfsvollen Blick eines der weißen Aliens eintrug.

»Okay. Können Sie zur Abwechslung auch eine gute Nachricht vertragen?«

»Und welche?«

»Aisler«, sagte Eichholz. »Wir sind ihm auf der Spur … beziehungsweise demjenigen, der sich für ihn ausgibt.«

»Aisler?«

Eichholz machte eine Handbewegung, deren Bedeutung Conny verborgen blieb. »Aisler ist tot«, sagte er überflüssigerweise. »Aber einer der Jungs, die wir in diesem Keller eingesammelt haben, hat anscheinend begriffen, dass sein kleiner Scherz nicht mehr unter Dummerjungenstreich fällt, und er redet wie ein Wasserfall.«

»Haben Sie ihm Daumenschrauben angelegt oder ihm nur ein paar Fingernägel ausgerissen?«, fragte Conny.

»Weder noch. Ich habe lediglich damit gedroht, ihn zusammen mit Ihnen in eine Zelle zu sperren«, antwortete Eichholz ungerührt. »Im Grunde war es ganz einfach. Das Bürschchen ist vor drei Wochen vierzehn geworden und damit strafmündig. Einen seiner Kumpel müssen wir laufen lassen – sobald er wieder laufen kann, heißt das –, aber bei ihm kommen selbst bei einem milde gestimmten Richter leicht zwei bis drei Jahre Jugendstrafe zusammen. Irgendwie hat ihm die Vorstellung nicht gefallen, glaube ich.«

»Und er hat Ihnen verraten, wo Aislers Double steckt?«

»Nein, aber eine Menge anderer interessanter Details. Aisler – der echte Aisler – war anscheinend doch nicht der große Einzelgänger, für den wir ihn bisher gehalten haben.«

»Er hatte einen Komplizen?«

»Nicht im klassischen Sinn«, erwiderte Eichholz. »Ich würde sie eher als Groupies bezeichnen.«

»Groupies? Bei einem Serienmörder?«

»Die Jungs wussten nichts von der Morden«, antwortete Eichholz schulterzuckend. »Jedenfalls behauptet er das. Die übliche Geschichte: ein paar dumme Kinder, die nichts mit ihrer Zeit anzufangen wissen und auf noch dümmere Ideen kommen. Schwarze Messen und laute Musik und vermutlich ein bisschen Gras ... normalerweise endet so etwas schlimmstenfalls mit einem Brummschädel und ein paar Sozialstunden wegen Verstoßes gegen das Betäubungsmittelgesetz. Aisler war so etwas wie ihr ...«, er suchte nach dem richtigen Wort, »Guru. Ihr Anführer eben. Hat sich von ihnen bewundern lassen, den charismatischen Führer gespielt und seinen angeblichen Ruhm kräftig ausgenutzt, um seine Jungen für sich springen zu lassen und ab und zu ein Mädchen aufzureißen.«

»Lassen Sie mich raten«, sagte Conny. »Das geht seit ungefähr zwei Jahren so.«

»Etwas mehr als anderthalb, laut ihrem kleinen Freund mit dem zerschnittenen Gesicht«, antwortete Eichholz. »Ihre Eltern waren vermutlich nicht glücklich über die Freizeitbeschäftigung ihrer Sprösslinge, aber im Grunde war die Geschichte vollkommen harmlos.«

»Nur, dass es Aisler irgendwann einmal nicht mehr gereicht hat«, fügte Eichholz hinzu. »Angeblich haben die anderen nichts davon gewusst, jedenfalls nicht von Anfang an. Ich glaube ihnen.«

»Warum?«

»Sie sind zu siebt«, erwiderte Eichholz. »Vielleicht auch zu acht, so genau wissen wir das noch nicht. Die meisten sind noch Kinder, auch wenn sie vielleicht nicht mehr so aussehen. Sie hätten es nicht durchgestanden, die ganze Zeit über zu schweigen. Einer von ihnen hätte geredet. Ihr kleiner Freund Frank jedenfalls behauptet, sie hätten erst aus dem Fernsehen erfahren, was ihr dunkler Herrscher wirklich getan hat.«

»Und auch dann ist keiner von ihnen auf die Idee gekommen, sich bei uns zu melden?«

»Angeblich wollten sie es«, sagte Eichholz. »Aber dann ist Aisler von den Toten auferstanden und zurückgekommen, und dann war für sie klar, dass er tatsächlich so etwas wie der Stellvertreter Satans auf Erden ist.« Er zuckte erneut mit den Schultern. »Kinder eben.«

»Kinder?« Conny dachte an Sylvia und den unversöhnlichen Hass in den Augen des Jungen, der mit seiner Stahlkralle auf sie losgegangen war. So, wie sie das Wort ausgesprochen hatte, bekam es selbst in ihren eigenen Ohren einen bitteren Klang.

Eichholz sah zuerst sie und dann ihre mit Handschellen aneinandergebundenen Handgelenke an und ging darüber hinaus nicht weiter darauf ein. »Bisher wissen wir noch nicht alle Einzelheiten. Eigentlich haben wir nicht mehr als das Gestammel eines verängstigten Kindes, das allmählich begreift, was für einen gewaltigen Mist es gebaut hat, und sich vor Angst schon zweimal in die Hosen gepinkelt hat.«

»Und deshalb …« Conny hob die aneinandergeketteten Hände, und Eichholz wich dem Anblick geflissentlich aus und fuhr nun schon beinahe im Plauderton fort: »Immerhin scheint eine Menge von dem zu stimmen, was er erzählt hat. Bis auf zwei haben wir die Jungs bisher eingesammelt, und die letzten beiden kriegen wir auch noch. Wie gesagt: Nachdem er einmal begriffen hat, wie tief er wirklich in Schwierigkeiten steckt, hört das Jüngelchen gar nicht mehr auf zu reden. Und es gibt da noch eine Kleinigkeit. Bis jetzt ist es nur eine Behauptung, aber sollte sie sich als wahr erweisen, dann würde sie eine Menge erklären.«

Conny ließ die Arme wieder sinken. Die Handschellen klirrten leise, und sie hatte plötzlich eine ganz andere Art von ungutem Gefühl. »Und welche?«

»Sie behaupten, ihr Meister hätte einen mächtigen Freund, der ihn beschützt.«

»Vlad«, murmelte Conny. Warum war sie nicht überrascht?

»Nein, einen Freund bei der Polizei«, antwortete Eichholz. »Ich weiß, wie das klingt. Aber es würde eine Menge erklären. Mehr als hundert Beamte haben einen Monat lang nach dem angeblichen Vampir gefahndet, ohne dass wir auch nur den Hauch einer Spur gefunden hätten. Ich muss Ihnen das nicht erzählen. Sie waren eine davon. Wenn er wirklich einen Freund bei der Polizei gehabt hat, dann würde das wirklich *eine Menge* erklären.«

»Aha. Und jetzt glauben Sie also, dass ich dieser Freund war?« Conny lachte schrill auf. Zwei oder drei Männer in ihrer unmittelbaren Nähe wandten überrascht die Köpfe und sahen in ihre Richtung, blickten jedoch hastig wieder weg, als Eichholz sich regte.

»Sie vergessen dabei nur ein paar Kleinigkeiten«, erinnerte sie ihn. »Ich kannte zuvor weder Aisler noch einen seiner *Groupies*. Und das erste Opfer war die Tochter meiner besten Freundin. Sie glauben doch nicht wirklich, was Sie da reden?«

»Ich bin Polizist, Frau Feisst«, antwortete Eichholz kühl. »Genau wie Sie. Und da muss ich mich an eine Faktenlage halten, die zurzeit leider deutlich gegen Sie spricht. Es gibt einfach zu viele Ungereimtheiten. Zu viele Fragen, auf die ich noch keine Antwort habe. Und zumindest ein paar, von denen ich sicher bin, dass *Sie* die Antworten kennen und sie mir nur nicht sagen wollen. Warum?«

»Sie glauben nicht wirklich, dass ich etwas mit Trauschs Tod zu tun habe, oder?«

»Sagen Sie es mir«, erwiderte Eichholz.

Conny schloss nur für einen Moment die Augen und fragte sich, wann dieser Albtraum ein Ende haben würde. Das Schlimme war, dass sie Eichholz tief im Innern beipflichten musste. Es *sah* nicht gut für sie aus. Man würde sie nicht wegen des Mordes an Trausch verurteilen, aber es sprach einfach zu viel gegen und viel zu wenig für sie. Und selbst, wenn sie irgendwie aus dieser Geschichte herauskam (was ihr wenig wahrscheinlich erschien), würde ihr Leben nie wieder so sein, wie es einmal gewesen war; oder auch nur so, wie es vielleicht hätte *sein können*. Vlad, dachte sie bitter, hatte sein Ziel erreicht. Die Conny, die es einmal gegeben hatte, existierte nicht mehr. Er hatte sie zerstört. Und sie wusste noch nicht einmal, warum.

»Wenn Sie mich verhaften wollen, dann tun Sie es«, sagte sie trotzig, funkelte ihn herausfordernd an und hob schließlich zum zweiten Mal die aneinandergebundenen Hände. »Wenn nicht, dann lassen Sie mich in Ruhe und nehmen mir endlich diese verdammten Dinger ab!«

»Ich sollte es eigentlich tun«, antwortete Eichholz. »Sie verhaften, meine ich. Genau genommen müsste ich es wahrscheinlich, so, wie die Dinge im Moment liegen. Aber eigentlich möchte ich es nicht. Geben Sie mir einen einzigen guten Grund, es nicht zu tun.«

»Weil ich unschuldig bin?«, schlug Conny vor.

Das war ganz eindeutig nicht die Antwort gewesen, auf die Eichholz gehofft hatte. Seine Stirn umwölkte sich, und für eine oder zwei Sekunden war sie sicher, dass er nun aus der Haut fahren und wieder zu demselben ungerechten und überheblichen Idioten werden würde, als den sie ihn vom ersten Tag an kennengelernt hatte. Dann jedoch schüttelte er nur mit einem nochmaligen Seufzen den Kopf, stand auf und winkte den erstbesten uniformierten Kollegen heran, der ihm unter die Augen geriet. »Machen Sie Kollegin Feisst die Dinger ab, und zwar schnell«, polterte er. »Und dann will ich den Namen des Idioten, der sie ihr überhaupt erst angelegt hat!«

Wenigstens einer dieser beiden Wünsche wurde ihm sofort erfüllt. Ein uniformierter Beamter, der höchstens zwanzig Jahre alt war und ihrem Blick betreten auswich, eilte herbei und fummelte mit zitternden Fingern einen winzigen Schlüssel in die Handschellen. Er brauchte trotzdem drei Versuche, bis sie mit einem hörbaren Klicken aufsprangen, und Conny konnte nur mit Mühe den Impuls unterdrücken, sich mit einem erleichterten Seufzen die Handgelenke zu massieren. Die Dinger taten *weh*.

»Danke«, sagte sie nur und grinste trotzig.

Eichholz deutete ein Nicken an. »Ich lasse Sie jetzt ins Präsidium bringen und bestelle einen Arzt dorthin. Ich nehme an, das ist Ihnen lieber, als ins Krankenhaus gebracht zu werden?«

Conny nickte, und Eichholz fuhr nach einem irgendwie verärgert wirkenden Stirnrunzeln, aber in unverändertem Ton fort: »Ich rede später mit Ihnen. In meinem Büro. Nur wir beide und in aller Ruhe, das verspreche ich Ihnen – wenn Sie mir im Gegenzug Ihr Wort geben, halbwegs vernünftig zu sein.«

Conny verstand nicht genau, was er damit meinte, aber was hatte sie schon zu verlieren? »Darf ich mich zuerst noch umziehen?«

»Ihre Kleider sind schon im Labor, fürchte ich«, antwortete Eichholz. »Sie wissen ja, wie das läuft. Ich glaube allerdings kaum, dass Kollege Trausch etwas dagegen hätte, wenn Sie sich etwas aus seinem Kleiderschrank ausleihen.«

Er gab demselben Kollegen, der sie von den Handschellen befreit hatte, einen Wink, und Conny folgte ihm über den Flur ins Gästezimmer. Der junge Mann wich ihrem Blick weiter aus, genau wie die anderen Kollegen, denen sie auf dem kurzen Weg begegnete, und Conny bedauerte ihre eigene Bitte schon, bevor sie den Raum betrat. Die Tür war – zu ihrer Überraschung – nicht versiegelt, und auch die Spurensicherung war mit ihrer Arbeit fertig und hatte das Zimmer geräumt, doch dafür, dass sie sich Spurensicherung nannte, dachte Conny, hatten die Kollegen selbst eine Menge Spuren hinterlassen, um nicht zu sagen, der Raum glich einem Schlachtfeld. Ein sonderbarer Geruch hing in der Luft, eine Mischung aus verschiedenen Chemikalien, Reinigungsbenzin und dem Geruch zu vieler Menschen, die zu lange hier drinnen gewesen waren; und noch etwas, das sie zunächst nicht einordnen konnte, bis sie begriff, dass es Trauschs Geruch war.

Die Erkenntnis stimmte sie traurig, doch da war auch ein plötzlicher, tief gehender Schmerz, der sich wie ein weiß glühender Dolch in ihre Brust bohrte, und es tat nicht nur entsetzlich weh, es machte sie auch wütend. Noch heute Morgen (vor nicht einmal ganz drei Stunden, um genau zu sein) hatte sie sich selbst eingestanden, dass sie ihn nicht liebte und es wahrscheinlich auch niemals tun würde. Aber was geschehen war, wer immer ihr das angetan hatte, hatte ihr auch jede Chance genommen, dass es vielleicht *doch* so kommen würde. Auch wenn es nur ein alberner Kleinmädchentraum gewesen war und er nur wenige Minuten gedauert hatte, es war *ihr* Traum gewesen, und niemand hatte das Recht, ihn ihr zu nehmen.

Ihr Begleiter räusperte sich, und Conny begriff, dass sie seit mindestens einer Minute dastand und das Bett anstarrte. Von den Spuren der letzten Nacht war nichts mehr darauf zu sehen. Die Bettwäsche und auch das Laken waren verschwunden und vermutlich längst auf dem Weg ins Labor, und trotz der erschreckenden Menge Blut, die sie am Morgen darauf gesehen hatte, war auf der Matratze nur ein kaum sichtbarer dunkler Fleck zurückgeblieben. Für einen Moment dachte sie noch einmal daran, was sie in der zurückliegenden Nacht in diesem Bett getan hatten, und so obszön und unangebracht ihr diese Erinnerung auch selbst vorkommen mochte, es war ihre letzte Erinnerung an den *lebenden* Trausch, und sie würde sie verdammt noch mal nicht aufgeben.

Ihr Begleiter räusperte sich zum zweiten Mal, und Conny streifte die quälenden Bilder endgültig ab, trat mit schnellen Schritten an den Schrank und sah hinein. Er war gründlich durchwühlt worden, das konnte man sehen, obwohl sich ihre Kollegen alle Mühe gegeben hatten, alles wieder ordentlich zurückzulegen. Sie sah auch, dass nur Trauschs Kleider darin lagen. Dann fiel ihr etwas ein.

»Im Bad sind noch ein paar Sachen von Trauschs Frau«, sagte sie. »Ist es in Ordnung, wenn ich mich dort bediene?«

»Selbstverständlich«, sagte er hastig. Etwas machte *klick* hinter ihrer Stirn, und Conny erinnerte sich, woher sie sein Gesicht kannte. Er war es gewesen, der ihr die Handschellen angelegt hatte. Sie sagte nichts dazu, aber er senkte trotzdem so schuldbewusst den Blick, als hätte er ihre Gedanken gelesen, und hatte es plötzlich sehr eilig, vor ihr aus dem Zimmer und quer über den Flur ins Badezimmer zu stürmen.

Auch Conny hatte das Gefühl, wieder freier atmen zu können, nachdem sie das Schlafzimmer verlassen hatte. Es war weiß Gott nicht der erste Tatort, den sie in ihrem Leben sah, aber es war der erste Tatort, der sie persönlich betraf.

Selbst im Badezimmer hatten ihre Kollegen ihre Spuren hinterlassen, wenn auch nicht ganz so schlimm wie in den beiden anderen Zimmern. Dieser Raum kam ihr kälter und auf sonderbare Weise verändert vor, als hätte ihn jemand genommen und ein winziges Stück weiter in die Richtung verrückt, in der die Schatten und die bösen Träume lauerten.

Conny gestattete ihren Gedanken nicht, sich ebenfalls weiter in diese Richtung zu bewegen, sondern trat rasch an den Einbauschrank neben der Tür und nahm praktisch wahllos ein paar Sachen heraus. Ihr Bewacher war unter der Tür stehen geblieben und gab sich zwar alle Mühe, an ihr vorbei auf einen Punkt irgendwo an der Wand zu starren, machte jedoch auch keine Anstalten, zu gehen oder gar die Tür zu schließen. Das tat er erst, nachdem sich Conny demonstrativ geräuspert und noch demonstrativer an sich herabgesehen hatte.

Sie schloss zusätzlich hinter ihm ab, glitt rasch aus dem geliehenen Morgenmantel und schlüpfte noch schneller in Jeans, bequeme weiße Turnschuhe und einen gleichfarbenen Pullover, der im Gegensatz zu der Kleidung von Trauschs Frau um mindestens zwei Nummern zu groß war, wenn auch äußerst bequem.

Als sie den Blick hob und in den Spiegel sah, starrte sie in Vlads Gesicht.

20

»Ich muss gestehen, dass ich ein wenig im Zweifel war, als ich deine Auswahl gesehen habe«, sagte Vlad lächelnd, »aber die Kleider stehen dir ausgezeichnet. Irgendwie habe ich immer geahnt, dass es nichts gibt, worin du nicht gut aussiehst.«

Conny wartete vergebens darauf, zornig zu werden oder auch nur überhaupt etwas zu empfinden, aber sie war auch nicht sicher, ob sie in diesen Sekunden geatmet oder ihr Herz auch nur geschlagen hatte. Sie blieb weitere Atemzüge lang einfach stehen, starrte im Spiegel sein Konterfei an, das lächelnd über ihre Schulter sah, und presste schließlich für mindestens ebenso lange Zeit die Lider aufeinander. Als sie die Augen wieder öffnete, war Vlad nicht nur noch immer da, sondern sah sie auch mit einer Mischung aus sachter Missbilligung und vielleicht nicht ganz so sachtem Spott an.

»Ich bin keine Halluzination, wenn es das ist, was du glaubst«, sagte er. »Oder, um genauer zu sein, glauben *möchtest*. Du hättest es vielleicht gern, weil es alles um so viel leichter für dich machen würde. Aber ich fürchte, ich bin ebenso real wie du.«

»Nein, ganz bestimmt nicht«, antwortete Conny überzeugt, nur, um im nächsten Atemzug etwas eingedenk ihrer eigenen Worte vollkommen Widersinniges hinzuzufügen: »Was wollen Sie von mir?«

»Bitte!«, seufzte Vlad. »Glaubst du wirklich, jetzt wäre der richtige Moment, um Zeit mit Fragen zu verschwenden, deren Antwort du schon kennst?«

Conny starrte ihn weiter an. Das Einzige, was sie wirklich wusste, war, dass er nicht existierte und sie ihm nicht noch mehr Macht über sich einräumen würde, als er sowieso schon hatte, indem sie ihm auch nur die bloße *Möglichkeit* dieser Existenz zubilligte. Sie beließ es bei einem abfälligen Verziehen der Lippen, drehte sich mit einem

Ruck um und streckte die Hand nach der Tür aus, und Vlad sagte: »Willst du denn gar nicht wissen, wer ihn getötet hat?«

Conny entriegelte die Tür und drückte die Klinke herunter, fest entschlossen, ihn einfach zu ignorieren und das Gespenst endgültig aus ihrem Leben zu verbannen, auch wenn es viel zu spät dafür war, und Vlad fügte hinzu: »Oder warum?«

Conny erstarrte. Ihre Hand schloss sich so fest um das kalte Metall des Türgriffs, dass es wehtat, und für einen Sekundenbruchteil kam sie sich vor wie in einem jener schrecklichen Albträume, in denen sich die Wände des Raumes ebenso lautlos wie unaufhaltsam immer weiter um einen herum zusammenzogen, um einen zu ersticken. Ob sie es wissen wollte? Natürlich wollte sie wissen, wer Trausch getötet hatte, mehr als irgendetwas auf der Welt, aber nicht von ihm. Um keinen Preis von *ihm*. Wenn er es wusste, dann bedeutete das, dass auch sie es bereits wusste. Und das hätte sie nicht ertragen.

»Ich verstehe«, sagte Vlad. Conny sah jetzt nicht mehr in den Spiegel, und sie drehte sich auch nicht zu ihm herum, doch sie konnte hören, wie er sich bewegte. Seine Kleider raschelten, und sie konnte regelrecht sehen, wie seine Finger mit dem Spazierstock mit dem silbernen Knauf zu spielen begannen. Vielleicht, um die verborgene Klinge hervorzuziehen und auch ihrem Leben ein Ende zu bereiten. Zugleich wusste sie, dass es nicht geschehen würde. Das konnte er nicht, und hätte er es gekonnt, so hätte er es ihr niemals so einfach gemacht. Sie wollte nichts mehr, als die Klinke herunterdrücken und aus diesem Raum und aus seiner Nähe fliehen, aber sie stand einfach weiter wie gelähmt da. Er *hatte* Macht über sie. Jetzt mehr denn je.

»Du bist jetzt aufgewühlt und durcheinander«, fuhr Vlad fort. »Der Schmerz über den Verlust deines Freundes sitzt noch zu tief in dir. Ich kann dich verstehen. Ich würde dir gerne mehr Zeit zugestehen, um deinen Schmerz zu überwinden; und zu erkennen, dass er nicht dein Feind ist.«

Conny drückte die Klinke endgültig herunter, doch die Tür rührte sich nicht. Schließlich hatte sie sie ja selbst abgeschlossen. Widerstrebend drehte sie sich noch einmal zu dem Phantom um, das sie sich selbst geschickt hatte. »Wer?«

»Der Schmerz«, erwiderte Vlad. »Du fürchtest ihn, wie die meisten, und du erliegst demselben Irrtum wie die meisten. Es gibt keinen Grund, den Schmerz zu fürchten. Er ist nicht unser Feind, sondern unser Freund. Vielleicht unser verlässlichster Freund.«

»Quälen Sie mich deshalb so?«

»Quälen?« Vlad sah ein wenig betrübt aus. »Wenn du das wirklich glaubst, dann hast du immer noch nicht verstanden, wohin du gehörst.«

»Jedenfalls nicht hierher«, antwortete Conny. »Nicht in Ihre Nähe.«

Es klopfte. Conny reagierte nicht darauf, aber das Klopfen wiederholte sich nach kaum einer Sekunde, und als sie auch darauf nicht reagierte, drang die Stimme des jungen Streifenbeamten gedämpft durch die Tür. »Ist bei Ihnen alles in Ordnung?«

Sie sollte darauf antworten, das war ihr klar. Doch sie konnte es nicht. Sie sah Vlad an, und er erwiderte ihren Blick schweigend und auf eine sonderbare Art, die ihr irgendwie das Gefühl gab, dass es vernünftiger wäre, Angst davor zu haben, ohne dass sie sich wirklich einstellte.

»Deine Zeit läuft ab, Conny«, sagte er schließlich. Conny war nicht ganz sicher, ob sich seine Lippen dabei bewegten oder sie die Stimme nur in ihrem Kopf hörte. Das Phantom verlor allmählich an Glaubwürdigkeit. Ihre Phantasie begann schlampig zu werden. »Es widerstrebt mir zutiefst, dich unter Druck zu setzen, doch ich fürchte, mir bleibt keine andere Wahl. Du musst dich entscheiden.«

»Wozu?«

»Welchen Weg du beschreiten willst. Den der Schwachen und Verlierer, oder den richtigen.«

»Wie wäre es mit meinem eigenen?«, fragte Conny bitter. Die Situation kam ihr immer absurder vor. Stand sie wirklich hier und sprach mit sich selbst?

»Du kennst die Antwort auf diese Frage«, sagte Vlad. Er klang fast ein bisschen resignierend.

Conny wollte etwas erwidern, wurde jedoch unterbrochen. »Ist alles in Ordnung dort drinnen?«, drang die Stimme des jungen Polizisten zum zweiten Mal durch die geschlossene Tür. Obwohl das dicke Holz ihr den Großteil der Lautstärke und Tiefe nahm, spürte Conny doch die Nervosität ihres Besitzers. Vlad sah sie weiter an und lächelte traurig; auf eine Art, als verberge sich hinter diesem Lächeln ein Wissen um Dinge, von denen er gehofft hatte, dass auch sie sie wüsste. »Lass ihn nicht zu lange warten«, fuhr er schließlich und mit einer Geste auf die geschlossene Tür hinter ihrem Rücken fort, lächelte dann noch einmal und irgendwie noch resignierender und fügte mit leiser Stimme hinzu: »Obwohl es wahrscheinlich keinen Unterschied mehr macht. Er belügt dich.«

»Was meinen Sie damit?« Conny war nicht einmal ganz sicher, von wem er überhaupt sprach.

»Er belügt dich«, sagte Vlad nur noch einmal. »Aber das weißt du, nicht wahr?«

Es klopfte zum dritten Mal, und diesmal hörte es sich eindeutig ungeduldiger an, fast schon ein bisschen drohend. »Es wird jetzt wirklich Zeit«, fuhr die gedämpfte Stimme fort. »Bitte beeilen Sie sich.«

Sie war vielleicht seit drei Minuten hier drinnen. Ein Teil von ihr, der noch zu der Conny von gestern gehörte und unbeeindruckt von all dem Entsetzen und Schrecken geblieben war, das dieser neue Tag gebracht hatte, ärgerte sich über die Unverschämtheit des Burschen, aber das Gefühl war schwach und verebbte zusehends; so, wie vermutlich alles, was von der alten Conny übrig geblieben war, schwächer werden und mehr und mehr verblassen würde, bis es nicht mehr da war. Der Gedanke sollte sie erschrecken, tat es jedoch nicht.

Sie wandte sich noch einmal an das Phantom und stellte fest, dass es verschwunden war. Der selbstzerstörerische Teil von ihr, der es erschaffen und all diesen Schrecken und Wahnsinn heraufbeschworen hatte, begann nachlässig zu werden. Und warum auch nicht? Er hatte sein Ziel erreicht.

Müde drehte sich Conny endgültig um, drückte die Klinke und trat mit steinernem Gesicht auf den Flur hinaus.

Eichholz hatte ihr nicht gestattet, ihre Sonnenbrille aufzusetzen, sondern sich darauf hinausgeredet, dass ihre Handtasche zusammen mit all ihren anderen Sachen schon auf dem Weg ins Labor sei (was eine Lüge war: Sie hatte sie in der Hand eines der weißen Gespenster *gesehen*), und die grausame Sonne, die sich inzwischen schon fast im Zenit befand, fiel nicht nur wie mit glühenden Messerklingen über ihre Augen her, sondern schien auch ihr Gesicht zu versengen. Sie spürte ein Brennen auf Stirn und Wangen; wie einen beginnenden Sonnenbrand. Sie verwandelte sich also tatsächlich langsam in ein Geschöpf der Nacht.

Der Gedanke ließ ein ebenso flüchtiges wie humorloses Lächeln auf ihren Lippen erscheinen, das Eichholz offensichtlich weder verborgen blieb noch ungerührt ließ, denn er hielt mitten in der Bewegung inne, mit der er einen der zahlreichen Streifenwagen hatte heranwinken wollen, die die sonst so beschaulich und still daliegende Straße in ein Chaos aus silberfarbenem und blauem Lack und blitzenden Lichtern verwandelte, zwischen denen die schwarz uniformierten Beamten aussahen wie winzige Fische, die in Panik durcheinanderwuselten und vergeblich versuchten, wieder einen geordneten Schwarm zu bilden. Alles erschien ihr so ... planlos.

»Was ist so komisch?«, wollte er wissen.

»Komisch?«

»Sie lächeln, als wäre Ihnen gerade etwas besonders Lustiges eingefallen«, bestätigte Eichholz. »Würde es Ihnen etwas ausmachen, mich am Grund Ihrer Erheiterung teilhaben zu lassen?«

Einen Moment lang zweifelte Conny an seinem Verstand. Hatte er *wirklich* keine anderen Sorgen? Dann registrierte sie eine Bewegung aus den Augenwinkeln, sah genauer hin und erkannte ein silberhelles Aufblitzen hinter einem Dachfenster auf der gegenüberliegenden Straßenseite. Sie zwang sich, der feindseligen Helligkeit standzuhalten und war nicht einmal überrascht festzustellen, dass ihre Augen trotz der plötzlichen Lichtempfindlichkeit deutlich an Sehschärfe gewonnen hatten. Das Dachfenster lag im Schatten eines der uralten Bäume, die die Straße flankierten, und sie erkannte nicht nur deutlich die beiden Gestalten hinter der vermeintlich blickdichten Gardine, sondern auch die zumindest professionell aussehende Kamera, die eine von ihnen in den Händen hielt. Die kleine Armee, die Eichholz aufgeboten hatte, hatte die Straße zwar in beiden Richtungen bis zur nächsten Kreuzung abgesperrt, aber Journalisten fanden offensichtlich immer einen Weg. Conny wunderte sich, dass noch keiner von ihnen auf die Idee gekommen war, sich einen Kranwagen zu chartern, um in aller Ruhe aus der Vogelperspektive seine Schnappschüsse zu machen.

Immerhin schienen Eichholz' Augen zumindest in diesem speziellen Punkt ebenso scharf zu sein wie ihre. Vielleicht hatte er auch einfach nur ein Gespür für Öffentlichkeit, dachte Conny; wie ein Raubtier, das seine Beute schon lange wittert, bevor sie es sieht.

Oder ein Trüffelschwein.

»Warum sparen Sie sich nicht die Mühe, nach einem Vorwand zu suchen?«, fragte sie, statt seine Frage zu beantworten. »Lassen Sie mir einfach wieder Handschellen anlegen – oder tun Sie es selbst. Das ist öffentlichkeitswirksamer.«

Eichholz hatte sich gut in der Gewalt, wenn auch nicht so gut, dass er eine winzige Bewegung in die Richtung hätte unterdrücken können, in der sie das Aufblitzen gesehen hatte. Sein Gesicht zeigte jedoch keine Regung, als er antwortete: »Ich halte das dumme Zeug, das Sie gerade reden, ihrer momentanen Verfassung zugute. Aber Sie sollten meinen guten Willen trotzdem nicht übermäßig strapazieren.«

Er belügt dich, flüsterte Vlads Stimme in ihren Gedanken. Als ob sie seine Warnung gebraucht hätte, um *das* zu begreifen!

Eichholz ließ drei weitere Sekunden verstreichen, in denen er sie mit einem Blick voll perfekt geschauspielertem Mitgefühl musterte, dann deutete er ein bedauerndes Kopfschütteln an. »Vielleicht sollte ich Sie doch in die Psychiatrie einweisen lassen. Natürlich nur für einen Tag und nur zur Beobachtung. Sind Sie sicher, dass Sie damit fertig werden?«

»Mit Ihnen?«, gab Conny kühl zurück.

Diesmal verzichtete er auf eine Antwort, aber falls es in seinem Blick überhaupt noch so etwas wie echte Freundlichkeit gegeben hatte, dann erlosch sie nun endgültig. Noch einmal glaubte sie Vlads Warnung lautlos in sich widerhallen zu hören, aber auch noch eine andere, leisere und fast schon verzweifelte Stimme, die ihr vergeblich klarzumachen versuchte, wie nahe sie daran war, sich endgültig um Kopf und Kragen zu reden ... und das sogar ganz ohne Vlads Hilfe. Und wieso auch nicht?, dachte sie spöttisch. Sie war schon immer eine gelehrige Schülerin gewesen.

Eichholz seufzte noch einmal und tiefer, ließ den Arm endgültig sinken und wandte sich ab. Statt den Streifenwagen herbeizuwinken, den er gerade ins Auge gefasst gehabt hatte, gestikulierte er ebenso herrisch wie ungeduldig zum Ende der Straße hin. Genau wie gerade oben in Trauschs Studio wimmelte es auch hier von Polizeibeamten in Uniform und Zivil, von denen scheinbar kein Einziger in ihre Richtung geblickt hatte, doch genau wie dort verging auch hier nur der Bruchteil eines Atemzuges, bis sein Befehl ausgeführt wurde. Ein paar Beamte liefen hektisch zu ihren kreuz und quer abgestellten Wagen und rangierten sie zur Seite, um den Weg für einen mittlerweile ungewohnt gewordenen, altmodischen grünweiß lackierten Kastenwagen freizumachen, der ganz am Ende der Kolonne stand und als eines von sehr wenigen Fahrzeugen das Blaulicht abgeschaltet gehabt hatte. Seine rückwärtigen Fenster waren vergittert, und als die beiden Türen an seinem Heck von innen geöffnet wurden, sah Conny, dass es eine zusätzliche Abtrennung aus dicken Eisenstangen zur Fahrerkabinen gab. So viel, dachte sie, zum Thema *öffentlichkeitswirksam.*

»Sie lassen mir keine andere Wahl«, sagte Eichholz, als hätte er ihre Gedanken gelesen. »Es tut mir leid.«

Ja, das glaubte Conny ihm auf Anhieb. Sie gab ihm nicht die Genugtuung, sie in den Wagen zu schieben oder auch nur eine auffordernde Geste machen zu müssen, sondern trat mit einem raschen Schritt hinein und ließ sich auf der ungepolsterten Metallbank nieder. Der Beamte, der die Türen von innen geöffnet hatte, folgte ihr, und diesmal gelang es Eichholz tatsächlich, sie zu überraschen: Er zwang einen zutiefst betrübten Ausdruck väterlicher Sorge auf sein Gesicht und folgte ihr, um neben dem Streifenbeamten Platz zu nehmen. Der Mann stand unverzüglich wieder auf und wollte die Türen von innen schließen, doch Eichholz schüttelte rasch den Kopf. »Das wird nicht nötig sein. Sie können vorne mitfahren.«

Der Mann zögerte. Für einen Moment erschien ein Ausdruck völliger Hilflosigkeit auf seinem Gesicht, und sein Blick irrte zwischen Eichholz und ihr hin und her und erzählte eine Geschichte, die nur sehr wenig von der scheinbaren Freundlichkeit und all dem Verständnis hatte, die Eichholz bisher an den Tag gelegt hatte. »Sind Sie sicher, dass …?«, begann er, und Eichholz unterbrach ihn, nicht einmal lauter, aber hörbar schärfer.

»Ja, ich bin sicher. Frau Feisst ist immer noch eine Kollegin von uns. Schließen Sie die Tür. Von außen. Wir fahren ins Präsidium. Und sagen Sie dem Fahrer Bescheid, dass er die Sirene auslässt. Wir müssen nicht noch mehr Aufsehen erregen.«

Der Mann tat, wie ihm befohlen worden war, und Eichholz wartete nicht nur, bis er um den Wagen herumgeeilt und auf der Beifahrerseite eingestiegen war, sondern auch, bis sie losfuhren. Erst dann beugte er sich ächzend vor und verzog missmutig die Lippen, wobei Conny nicht ganz sicher war, ob es der ungepolsterten Metallbank galt, auf der er saß, oder ihrer Gesellschaft, und sprach mit leiserer Stimme weiter; leise genug, um ganz sicher zu sein, dass die beiden Männer vorne ihn nicht verstehen konnten. Natürlich versuchten sie es trotzdem. Conny sah nicht hin, konnte jedoch ihre ebenso neugierigen wie scheuen Blicke im Innenspiegel beinahe körperlich spüren.

»Auch wenn Sie es mir vermutlich nicht glauben«, sagte Eichholz, »es tut mir wirklich leid.«

Da war schon wieder jene leise, immer schwächer, aber auch immer verzweifelter werdende Stimme in ihren Gedanken, die sie davon zu überzeugen versuchte, dass er es tatsächlich ehrlich meinte. Und vielleicht tat er das ja sogar, auf seine Art. Nicht, dass das an dem Ergebnis – zumindest für sie – irgendetwas ändern würde. »Und was erwarten Sie jetzt von mir?«, fragte sie. »Dass ich Ihnen alles gestehe und Sie um Gnade anflehe?«

»Gäbe es denn etwas zu gestehen?«, bohrte er nach.

»Eine Menge«, erwiderte Conny. »Aber nicht das, was Sie gerne hören würden.«

»Warum überlassen Sie diese Entscheidung nicht mir? Überlegen Sie es sich gut, Conny. Das ist jetzt vielleicht ihre allerletzte Gelegenheit, noch irgendwie aus dieser Geschichte herauszukommen. Wir sind allein. Niemand hört uns zu, und ich habe auch kein Aufzeichnungsgerät dabei.« Er entblödete sich nicht einmal, die Jacke zu öffnen und eine auffordernde Kopfbewegung zu machen. »Sie können sich davon überzeugen, wenn Sie wollen.«

Conny würdigte ihn nicht einmal einer Antwort, und Eichholz schloss seine Jacke umständlich wieder, ließ sich zurücksinken und versuchte vergeblich, eine einigermaßen bequeme Stellung auf der harten Bank zu finden. Conny sah kurz nach vorne und erkannte, dass sie das Ende des Hindernisparcours aus kreuz und quer aufgestellten Polizeifahrzeugen erreicht hatten und nun auf die Hauptstraße einbogen. Der Wagen wurde schneller, und aus dem sanften Zittern der metallenen Bank unter ihr wurde ein nun wirklich unangenehmes Rütteln und Hüpfen. Eichholz verzog erneut das Gesicht.

»Also gut«, seufzte er. »Ich weiß zwar selbst nicht genau, warum ich das tue, aber ich gebe Ihnen noch eine letzte Chance, Conny. Sagen Sie mir hier und jetzt die Wahrheit. Erzählen Sie mir alles, was passiert ist, und ich sorge dafür, dass Sie mit einem blauen Auge davonkommen. Vielleicht auch mit zweien … ich kann nichts versprechen. Es wird allerdings mit Sicherheit nicht so schlimm, wie es wird, wenn sie weiter auf stur schalten. Was ist wirklich passiert? Was haben Sie mit Aisler und diesen verrückten Kids zu tun? Sehen Sie … es ist vollkommen egal, was *ich* glaube. Man wird Ihnen Fragen stellen. Nicht nur ich, sondern andere. Andere, die es vielleicht weniger gut mit Ihnen meinen.«

»Noch weniger?«, fragte Conny spöttisch.

Ein kurzes Aufblitzen von Unmut erschien in Eichholz' Augen und verschwand wieder. »Sie nehmen die Sache immer noch nicht ernst, glaube ich. Hören Sie mir zu, Conny. Sie haben jetzt und hier die Wahl, mich endgültig zu Ihrem Feind zu machen oder zu jemandem, der versuchen wird, zumindest den größten Schaden von Ihnen abzuwenden.«

»So, wie Sie es die ganze Zeit über getan haben, vermute ich«, sagte Conny. Sie spürte selbst, dass ihre Stimme lauter geworden war, und musste auch diesmal wieder nicht zur Fahrerkabine hinsehen, um zu wissen, wie aufmerksam sie beobachtet und belauscht wurden.

»Das ist Unsinn, und Sie wissen das auch«, entgegnete Eichholz. »Wir waren niemals Freunde. Doch das hat keine persönlichen Gründe.«

»Sondern?«, fragte Conny.

»Ich halte Sie einfach nicht für eine gute Polizistin«, antwortete Eichholz, »und ich glaube nicht, dass ich irgendjemandem – Sie eingeschlossen – einen Gefallen damit getan hätte, so zu tun, als wäre es nicht so. Sie hatten Ihre Chance. Sie haben es vielleicht niemals bemerkt, aber ich habe Ihnen jede Gelegenheit gegeben, mich vom Gegenteil zu überzeugen. Leider haben Sie sie nicht ergriffen. Ganz im Gegenteil. Ihr Verhalten hat mich nur in meiner Meinung bestärkt.«

»Und wieso?«, wollte Conny wissen.

»Glauben Sie, es wäre das erste Mal, dass ich so etwas erlebe, Conny?«, fragte er. Schon wieder sprach er sie mit dem Vornamen an, und es war ihr genauso unangenehm wie beim ersten Mal. Aus seinem Mund klang es nicht vertraulich, sondern irgendwie ... lauernd. »Bestimmt nicht. Es passiert immer wieder, und gerade Leuten wie Ihnen. Polizisten, die nicht wirklich schlecht in ihrem Beruf sind, aber auch nicht wirklich gut, so wie Trausch es gewesen ist, und die das auch wissen. Irgendwann sehen sie eine Chance, allen zu zeigen, was wirklich in ihnen steckt. Sie wissen etwas, was kein anderer weiß. Eine Information, über die sie vielleicht durch Zufall gestolpert sind oder an die sie auf nicht ganz legale Weise gekommen sind.« Er hob die Hand, als ihn Conny unterbrechen wollte. »Nein, sagen Sie jetzt nichts. Hören Sie mir einfach zu, und dann sagen Sie mir, ob ich mich irre oder nicht. Ich kenne Ihre Personalakte, vergessen Sie das nicht. Sie waren keine außergewöhnlich schlechte Polizeibeamtin, wenn Sie auch niemals wirklich gut waren. Man hat Sie mehr oder weniger mit durchgeschleift, und Sie hätten nie eine nennenswerte Karriere gemacht ... stimmt das so weit? Ich nehme an, Sie haben sich längst damit abgefunden oder sich wenigstens eingeredet, es getan zu haben. Aber mit so etwas findet man sich nicht ab. Nicht wirklich. Tief in einem tut es weh, wenn man sieht, wie alle anderen an einem vorbeiziehen, nicht wahr? Wenn Kollegen, die nach einem angefangen haben, plötzlich Karriere machen, oder der Azubi von gestern mit einem Male der Vorgesetzte ist. Wenn ich richtig informiert bin, ist Ihnen das mindestens einmal passiert. Vielleicht häufiger.«

»Worauf wollen Sie hinaus?«, fragte Conny.

»Und dann kam der erste Mord. Die Tochter Ihrer besten Freundin. Wie es der Zufall wollte, waren Sie die erste Beamtin vor Ort.« Er legte den Kopf schräg, und seine Augen wurden so kalt und hart wie die einer Schlange. »Hatten Sie damals schon einen Verdacht, den Sie für sich behalten haben, um den Fall ganz allein zu lösen und vor Ihrer Freundin und der ganzen Welt und vor allem all Ihren Kollegen als die große Heldin dazustehen?«

»Sicher«, antwortete Conny böse. »Und die anderen Opfer habe ich billigend in Kauf genommen, um die Sache noch ein bisschen spannender zu machen.«

»Manchmal verselbstständigen sich die Dinge einfach«, mutmaßte Eichholz. »Der richtige Moment ist schnell verpasst. Man begreift, dass man einen Fehler gemacht hat, und hat Angst vor den Konsequenzen, und man sagt nichts, weil man glaubt, es würde schon nichts mehr passieren. Aber dann passiert doch etwas, etwas wirklich Schlimmes diesmal, und man erkennt, dass man schon wieder den richtigen Moment verpasst hat. Nur, dass man dieses Mal wirklich bis zum Hals in der Scheiße steckt, wenn die Wahrheit herauskommt. Also sagt man auch jetzt nichts. Und dann passiert etwas *wirklich* Katastrophales …« Er schüttelte mit einem tiefen Seufzen den Kopf, ließ sich wieder zurücksinken und breitete die Hände aus, wie um anzudeuten, dass er die Aufzählung noch eine ganze Weile fortsetzen konnte. »Wie gesagt: Es ist nicht das erste Mal, dass ich so etwas erlebe.«

»Was genau wollen Sie mir eigentlich unterstellen?«, fragte Conny.

»Gar nichts«, behauptete Eichholz. »Aber es ist nur eine Frage der Zeit, bis irgendjemand auf ganz genau diese Idee kommt, Conny. Sie haben Informationen zurückgehalten.«

»Das habe ich nicht«, fauchte sie.

»Und irgendjemand wird sich fragen, warum, oder ob Sie vielleicht jemanden schützen wollten.«

»Sie wissen verdammt genau, dass es nicht so war«, sagte sie aufgebracht.

»Ich weiß lediglich, dass Sie die Einzige sind, die diesen geheimnisvollen Informanten jemals gesehen hat«, antwortete Eichholz ruhig. »Ich sage nicht, dass ich Ihnen nicht glaube. Was ich sage, ist, dass es überhaupt keine Rolle spielt, ob ich Ihnen glaube oder nicht.

Fast ein Dutzend unschuldiger Opfer ist tot, vielleicht sogar noch mehr, je nachdem, wie viele tote Mädchen wir in nächster Zeit noch irgendwo finden. Ein *Polizist* ist tot. Die Leute werden anfangen, Fragen zu stellen. Und Sie haben nicht die richtigen Antworten, fürchte ich.«

»Aber Sie das richtige Opfer«, vermutete Conny. »Aber wenn ich schön brav bin und tue, was Sie von mir verlangen, dann ist am Ende wahrscheinlich noch eine kleine Beförderung für mich drin, habe ich recht?«

»Sie sollten das wirklich ernst nehmen«, sagte Eichholz ungerührt. »Ich kann Ihnen keine Wunder versprechen, doch das, was Sie mir jetzt erzählen oder verschweigen, macht möglicherweise den Unterschied zwischen ein paar Monaten in einer guten Psychiatrie und einem anschließenden normalen Leben, sicher nicht mehr als Polizistin, aber wenigstens in Freiheit aus, oder vielen Jahren Gefängnis.«

Gut, jetzt war es ihm zum zweiten Mal gelungen, sie zu verblüffen. Es war nicht mehr der Umstand, *dass* er sie bedrohte, sondern die Unverhohlenheit, mit der er es tat. Er gab sich nicht einmal mehr Mühe, überzeugend zu lügen.

»Sie wollen, dass ich mich für verrückt erklären lasse?«, fragte sie ungläubig. »Warum? Und sagen Sie jetzt nicht, um mich zu beschützen!«

»Nein. Mir liegt allerdings auch überhaupt nichts daran, Ihnen zu schaden.« Er hob scheinbar gleichmütig die Schultern. »Sie sollten sich entscheiden. In zwanzig Minuten sind wir im Präsidium, und alles, was Sie dann sagen – oder auch nicht – ist offiziell. Dann kann selbst ich nichts mehr für Sie tun.«

»Entscheiden?« Conny lächelte bitter. »Ich hätte mich für Vlad entscheiden sollen.«

Sie hatte kaum mehr als geflüstert, aber Eichholz hatte die Worte trotzdem verstanden. »Vlad?« Dann nickte er. »Ich verstehe. Ihr geheimnisvoller Freund. Sitzt er zufällig gerade neben mir?«

Nein, das tat er nicht. Conny wandte – eigentlich ohne selbst zu wissen warum – den Kopf und sah, dass Vlad nicht neben Eichholz saß, sondern keine zwanzig Meter entfernt auf dem Bürgersteig stand und genau in diesem Moment gelassen auf die Straße hinaustrat, einen einzelnen Schritt machte und dann wieder stehen blieb und sich ruhig und mit einem Lächeln zu ihnen herumdrehte. Eichholz folgte ihrem Blick und ächzte vor Schrecken, und der Fahrer schrie: *»Ist der Kerl wahnsinnig geworden?!«*, und trat im gleichen Sekundenbruchteil mit aller Kraft auf die Bremse.

Der Wagen war alt genug, um nicht über einen Luxus wie ABS zu verfügen, und an den Einbau von Sicherheitsgurten für seine – zumeist unfreiwilligen – Fondpassagiere hatte anscheinend auch niemand gedacht. Das Ergebnis war fatal. Die Räder blockierten augenblicklich, und der Wagen sackte vorne durch, rutschte auf kreischenden Reifen weiter und begann gleichzeitig auszubrechen, und der plötzliche Ruck führte nicht nur dazu, Conny und Eichholz von ihren Bänken zu schleudern und hilflos übereinanderstürzen zu lassen, sondern auch, den Fahrer gegen das Lenkrad und seinen Begleiter so wuchtig in die Sicherheitsgurte zu schleudern, dass er ein schmerzerfülltes Keuchen ausstieß.

Trotzdem konnte Conny den dumpfen Schlag spüren, mit dem der Wagen gegen ein Hindernis stieß und es überrollte.

Die Reifen rutschten weiter kreischend über den Asphalt, und plötzlich stank es durchdringend nach verbranntem Gummi. Irgendetwas stieß von unten gegen den Wagenboden, und Conny registrierte erst mit Verzögerung das splitternde Geräusch von zerbrechendem Glas. Jemand schrie, außerhalb des Wagens, aber trotzdem so laut, dass es in ihren Ohren gellte, und der Wagen hüpfte ein zweites Mal, jetzt mit den Hinterrädern, über ein Hindernis, brach endgültig aus und schlitterte noch ein kleines Stück unkontrolliert weiter, bevor er mit der rechten Seite so heftig gegen die Bordsteinkante prallte, dass Conny ernsthaft damit rechnete, dass er einfach umkippte.

Stattdessen bewegte er sich mit einem noch vernichtenderen Schlag in die Waagerechte zurück. Weiteres Splittern von Glas erklang, und der Schlag war so hart, dass Conny schwarz vor Augen wurde. Irgendwo neben ihr stürzte etwas mit einem Geräusch auf den Boden, das Schmerz verhieß (sie hoffte inständig, dass es Eichholz war), und plötzlich drang auch von außen das Kreischen von Bremsen herein, gefolgt von einem kurzen, wütenden Hupkonzert und einem zweiten, sonderbar dumpfen Aufprall.

Dann herrschte Stille.

Conny blinzelte ein paarmal, um die Benommenheit abzuschütteln, stemmte sich auf und biss im nächsten Moment die Zähne zusammen, um einen Schrei zu unterdrücken. Sie hatte sich den Ellbogen verletzt; offensichtlich schwer. Blut lief an ihrem Arm hinab und erfüllte den ganzen Wagen mit seinem durchdringenden Geruch, und der Schmerz trieb ihr die Tränen in die Augen. Sonderbarerweise dauerte das Geräusch von splitterndem Glas immer noch an.

Conny stemmte sich weiter in die Höhe, blinzelte noch einmal und sah sich benommen um. Eichholz war inzwischen wenigstens von ihr heruntergerollt und bei Bewusstsein, sah jedoch so aus, als hätte er nicht nur Mühe, sich daran zu erinnern, wo er war, sondern auch, wer. Der Wagen stand schräg, wie ein gestrandetes Schiff, das auf ein Riff aufgelaufen war. Der Motor lief noch, aber er klang nicht besonders gesund, und in der Windschutzscheibe prangte ein Riss, der das Glas diagonal von links oben nach rechts unten spaltete. In ihren Ohren war ein trübes Rauschen und zahllose andere, hektische Geräusche, die sie nicht identifizieren konnte. Etwas schien mit der Zeit nicht zu stimmen. Alle Bewegungen, die sie sah, liefen grotesk langsam ab, wie bei Tauchern tief unter Wasser, während ihre eigenen Gesten von dieser sonderbaren Verlangsamung der Zeit nicht betroffen waren.

Conny blinzelte, und der unheimliche Effekt (sie erinnerte sich, ihn schon einmal erlebt zu haben) verschwand so plötzlich, wie er gekommen war. Sie stemmte sich weiter hoch, presste die Hand gegen den verletzten Ellbogen und taumelte zur hinteren Tür. Sie war abgeschlossen, aber durch die winzigen vergitterten Fenster konnte sie etwas Dunkles erkennen, das ein Stück hinter dem Wagen auf der Straße lag. Menschen kamen herbeigerannt. Jemand schrie.

Sie vernahm das Geräusch der vorderen Wagentür und Eichholz' Stimme, die irgendetwas Unverständliches murmelte. Eine weitere

Hupe dröhnte – kurz – und aufgeregte Stimmen wurden laut. Weit entfernt begann eine Sirene zu heulen, aber das konnte nur Zufall sein; der Zusammenstoß war gerade einmal ein paar Sekunden her. Der Motor erstarb mit einem letzten, würgenden Husten, und Eichholz stemmte sich vollends nach oben, war mit einem taumelnden Schritt neben ihr und wäre wahrscheinlich augenblicklich wieder gestürzt, hätte die geschlossene Tür ihn nicht aufgefangen. Sein Blick wirkte leicht verschleiert, und ein einzelner Blutstropfen sickerte aus seinem schütteren Haar und hinterließ eine schmierige Spur auf seiner Schläfe. Offenbar, dachte Conny, hatte er sich ziemlich heftig den Kopf angeschlagen. Gut so.

»Was zum Teufel ist …?«, begann er nuschelig, brach dann mit einem erschrockenen Keuchen ab und riss die Augen auf, als er sah, was hinter dem Wagen auf der Straße lag. »Verdammte Scheiße!« Dann brüllte er: »Die Tür auf! Sofort!« Gleichzeitig begann er wie verrückt mit den flachen Händen gegen die geschlossenen Türen zu schlagen. Es gab keinen Griff auf der Innenseite.

»Das sollten Sie lieber nicht …«, begann Conny. Aber es war längst zu spät.

Einer der beiden Fahrer eilte zu der Gestalt, die lang ausgestreckt auf dem Asphalt lag und sich aller Logik zufolge nie wieder rühren würde (Conny dachte voller Entsetzen an den zweiten, grässlich *weichen* Ruck, mit dem der tonnenschwere Wagen darüber hinweggepoltert war), der andere machte im letzten Moment kehrt und riss die Türen auf. Eichholz verlor das Gleichgewicht und gewann es mit wild rudernden Armen zurück, bevor Conny ganz instinktiv nach ihm greifen wollte, und dann geriet die Wirklichkeit endgültig aus den Fugen.

Ihr Leben, so wie sie es kannte, endete …

Conny wollte dem Fahrer noch eine Warnung zurufen, aber ihre Stimme versagte. Die Kehle war ihr wie zugeschnürt, und diesmal schien sich die Zeit in die entgegengesetzte Richtung zu wenden: Alles um sie herum geschah mit entsetzlicher Schnelligkeit, während sie in einem unsichtbaren, zähen Morast gefangen schien, der alle ihre Bewegungen, ja, selbst ihre Gedanken auf einen Bruchteil ihrer normalen Geschwindigkeit verlangsamte.

Aber es wäre ohnehin zu spät gewesen. Sie war endgültig zu einer Zuschauerin in einem Film geworden, der ihr eigenes Leben zeigte.

Eichholz rief etwas, das vermutlich nicht einmal ihn selbst interessierte, der Fahrer kniete neben der Gestalt nieder, die lang ausgestreckt und reglos hinter dem Wagen lag, und musterte erschrocken die schmutzige Spur, die die Zwillingsreifen des Wagens auf ihrem Rücken hinterlassen hatten. Irgendetwas in Conny versuchte noch einmal mit verzweifelter Kraft, sich aus dem Sumpf des Wahnsinns zu ziehen, in dem sie immer schneller zu versinken drohte, und kapitulierte dann, lautlos und mit einer Endgültigkeit, die ihr klarmachte, dass sie diese Stimme in ihrem ganzen Leben nie wieder hören sollte.

Zum zweiten Mal schnappte die Zeit mit der Gewalt einer überdehnten Stahlfeder in ihren normalen Ablauf zurück, aber diesmal versuchte sie nicht mehr, die Zuschauerränge zu verlassen. Sie blieb einfach reglos stehen und beobachtete. Es dauerte nicht lange.

Der Fahrer streckte die Hände aus, um die reglose Gestalt in der schwarzen Pelerine auf den Rücken zu drehen, prallte dann jedoch mit einem überraschten Aufschrei wieder zurück, als diese sich unsicher zu regen begann und ihm dann die Arbeit abnahm, indem sie sich herumwälzte und sich mit einem Ruck aufsetzte. Eichholz keuchte entsetzt.

»Also, das ist jetzt wirklich ärgerlich«, sagte Vlad, während er nach seinem Spazierstock griff und ihn stirnrunzelnd begutachtete. Einer der Reifen musste den Stock erwischt haben. Er war zerbrochen. Wo die untere Hälfte des Schaftes aus poliertem schwarzen Holz sein sollte, glänzte jetzt der nackte, bösartige Stahl der Degenklinge.

»Aber was …?«, japste Eichholz. Der Fahrer riss nur die Augen auf und starrte Vlad an, der seinerseits den zerbrochenen Stock noch einen Moment lang betrachtete, bevor er die Klinge mit einer bedächtigen Bewegung aus der zerstörten Umhüllung zog und sie ihm, ohne die geringste Hast, regelrecht gemächlich, dicht unterhalb des Herzens in den Leib trieb.

»Nein«, hauchte Conny. Und dann, praktisch im gleichen Atemzug und so laut sie konnte, schrie sie noch einmal: *»Nein! Tun Sie das nicht!«*

Vlad fing den Körper des zusammenbrechenden Polizisten in der gleichen, zugleich ungemein kompliziert wie spielerisch wirkenden Bewegung auf, in der er die Degenklinge aus seiner Brust zog und sich erhob. Eine Frau begann zu kreischen, und zwei oder drei der Passanten, die herbeigeeilt waren, um dem vermeintlichen Unfallopfer zu helfen, erstarrten, aber die meisten ergriffen sofort die Flucht. Motoren heulten auf und Wagen schossen mit kreischenden Reifen davon.

Eichholz stand einfach da und glotzte, aber der zweite Polizist griff blitzschnell nach seiner Waffe und versuchte sie auf Vlad zu richten, und wahrscheinlich wäre es ihm gelungen, hätte Conny nicht ebenso schnell von hinten den Arm um seinen Hals geschlungen und seinen Kopf mit einem harten Ruck nach hinten gerissen, der ihm das Bewusstsein raubte.

»Was zur Hölle tun Sie da?«, keuchte Eichholz. Dann blitzte ein wilder Triumph in seinen Augen auf. »Also doch! Ich wusste, dass …«

Vlad schlug ihm den Handrücken mit solcher Wucht ins Gesicht, dass Eichholz gegen die Wand des Wagens geschleudert wurde und benommen auf der Bank zusammensackte. Die blutige Klinge in seiner Hand schwenkte herum und richtete sich auf Eichholz' Kehle, und Conny fiel ihm mit einer hastigen Bewegung in den Arm.

»Nicht!«, flehte sie. »Töten Sie ihn nicht … bitte!«

Ihre Blicke trafen sich, und für die unendlich kurze Zeit, die ein Gedanke braucht, um zu entstehen und wieder zu vergehen, sah sie nichts als Verachtung in seinen Augen, die dann einer fast väterlichen Güte Platz machte. Statt Eichholz die Klinge in den Hals zu rammen, wischte er den blutigen Stahl an seinem Mantel ab und schüttelte den Kopf.

»Du bist einfach zu weich«, sagte er gleichermaßen resignierend wie amüsiert. »Den Schlag war ich ihm schuldig. Schon deinetwegen.«

Conny blickte fragend, und Vlad schob die Klinge in den zerbrochenen Rest ihrer Umhüllung zurück.

»Hören Sie auf«, flehte Conny. Ihr Blick wanderte über den verblutenden Polizisten draußen auf der Straße, seinen bewusstlosen Kollegen und Eichholz, so benommen, dass es ihm nicht einmal gelang, sich wieder in die Höhe zu stemmen.

»Ja, ich verstehe«, seufzte Vlad. Er wandte sich um, kniete neben dem verletzten Beamten nieder und tat irgendetwas, das Conny nicht erkennen konnte. Ringsum brach endgültig Panik aus, und die Resignation in seinem Blick war gewachsen, als Vlad zurückkam.

»Er wird es überleben. Auch wenn du das möglicherweise noch bitter bereuen wirst.« Er hob die Hand, als Conny etwas sagen wollte. »Das ist jetzt nicht der richtige Zeitpunkt. Sosehr ich es auch genieße, mit dir zu plaudern, fürchte ich doch, dass deine Zeit allmählich knapp wird.«

Er machte eine ausholende Handbewegung. Die Straße war mittlerweile wie leer gefegt. Aber auch das entfernte Wimmern einer Sirene war noch immer zu hören. Und nun kam sie näher.

»Warum tun Sie mir das an?«, flüsterte sie.

Vlad schüttelte den Kopf. »Du warst es, die mich gerufen hat.« Er wiederholte seine abwehrende Geste. »Auch dafür ist jetzt keine Zeit, meine Liebe. Du musst dich entscheiden, Conny. Jetzt. Willst du auf deine Kollegen warten und aufgeben, oder hast du den Mut, dir selbst gegenüberzutreten? Die Wahrheit ist manchmal schwer zu ertragen.«

Conny verstand nicht, wovon er überhaupt sprach, und Vlad musste ihre Gedanken wohl deutlich in ihrem Gesicht lesen, denn er seufzte noch einmal, sah sie eine endlose Sekunde lang durchdringend an und drehte sich dann zu Eichholz um. Scheinbar genauso langsam und dennoch so schnell, dass die Bewegung zu einem verschwommenen Huschen wurde, trat er ihm in den Leib. Eichholz rutschte von der Bank, fiel auf die Knie und krümmte sich japsend. Conny machte einen raschen Schritt zur Seite und suchte vergebens nach einer Spur von Mitleid oder wenigstens Bedauern in sich. Trotzdem streckte sie nochmals die Hand aus und hielt Vlad zurück.

»Bitte nicht.«

Vlad wirkte zornig. »Du hast es immer noch nicht verstanden, habe ich recht?«

»Was? Dass Sie mein Leben zerstören wollen? Doch. Das habe ich verstanden. Aber warum die Mühe? Nehmen Sie Ihr Schwert und stoßen es mir ins Herz. Das geht schneller.«

»Um mich dabei um eine Menge Spaß zu bringen?«, fragte Vlad belustigt, wurde jedoch sofort wieder ernst und sah wieder auf Eichholz hinunter. »Schade. Ich hätte dich für klüger gehalten. Aber vielleicht bist du einfach nur zu vertrauensselig. Noch.« Er bückte sich, zerrte Eichholz mit einer groben Bewegung auf die Füße und zwang ihn, Conny anzusehen. In Eichholz' Augen stand die nackte Todesangst … und noch etwas. Für einen unendlich kurzen Moment war da etwas anderes hinter der Panik in seinem Blick, etwas, das sie erkannte und das sie so wütend machte, dass sie sich am liebsten auf ihn gestürzt und die Zähne in das Fleisch seines Halses gegraben hätte, aber dieses Erkennen erlosch, bevor sie den Gedanken wirklich greifen konnte.

»Also gut, ganz, wie du willst«, seufzte Vlad, als hätte er ihr eine Frage gestellt und eine enttäuschende Antwort bekommen. Eichholz versuchte seine Chance zu nutzen und sich loszureißen, und Vlad versetzte ihm eine Ohrfeige, die seinen Kopf in den Nacken warf und seine Lippen aufplatzen ließ.

»Hören Sie auf!«, sagte Conny scharf.

»Ich verstehe. Du willst dich selbst an ihm rächen.« Er holte aus, wie um noch einmal zuzuschlagen, packte ihn dann stattdessen mit beiden Händen am Mantelkragen und schleuderte ihn aus dem Wagen. Eichholz torkelte zwei, drei ungeschickte Schritte mit wild rudernden Armen, stolperte über den verwundeten Polizisten und fiel der Länge nach auf den Asphalt. Dort blieb er reglos liegen.

»Jetzt wird es wirklich Zeit«, sagte Vlad. Plötzlich war seine Stimme so hart und kalt wie die einer Maschine. Die näher kommende Polizeisirene wimmerte. »Willst du, dass er gewinnt, oder interessiert dich die Wahrheit – auch auf die Gefahr hin, dass sie vielleicht schlimmer ist als alles, was du dir vorstellen kannst?«

Conny starrte ihn einen zeitlosen Herzschlag lang an, und Vlad las auf einer Ebene in ihr, die viel, viel tiefer lag als die, auf der ihre Gedanken existierten.

»Gut«, nickte er. »Dann geh dorthin, wo alles angefangen hat. Du weißt, wo das ist?«

Diesmal antwortete sie laut: »Ja.«

21

Dieses Mal hatte sie kein GPS-System gebraucht, um ihr Ziel zu finden, und auch keinen hundert Jahre alten Sarg auf dem Dach eines kaum weniger alten Wagens. Trotzdem wunderte sie sich ein bisschen, es überhaupt bis hierher geschafft zu haben.

Die Fahrt hatte eine Dreiviertelstunde gedauert, und sie hatte befürchten müssen, dass der Wagen einfach unter ihr zusammenbrach. Der Motor lief unruhig, hatte eine Fehlzündung nach der anderen, und mit dem rechten Vorderrad stimmte etwas nicht. Wenn sie schneller als sechzig fuhr, sprühten Funken unter der Karosserie hervor, und seit ein paar Minuten erfüllte der Gestank von heißem Metall das Führerhaus, obwohl sie die Fenster geschlossen und die Lüftung auf volle Kraft gestellt hatte. Noch ein paar Minuten oder ein Dutzend Kilometer mehr, und er würde wahrscheinlich Feuer fangen, wenn er nicht vorher einfach in Stücke brach.

Darüber hinaus war ein zweites, beinahe noch größeres Wunder geschehen: Der alte Transporter war alles andere als ein Rennwagen, und trotzdem war das Heulen der Polizeisirene rasch hinter ihr zurückgefallen. Beinahe ebenso oft, wie sie damit gerechnet hatte, dass ihr der Motor um die Ohren flog, hatte sie erwartet, im Rückspiegel das Flackern eines Blaulichts zu erblicken oder gleich den Schatten eines Polizeihubschraubers, der im Tiefflug heranraste und aus einem Maschinengewehr das Feuer auf sie eröffnete.

Nichts von alledem war geschehen. Conny war sicher, dass Eichholz die größte Ringfahndung der Nachkriegszeit eingeleitet hatte, und als *unauffällig* konnte man den antiquierten Kastenwagen, der noch dazu eine blaugraue Rauchwolke hinter sich herzog und in fast regelmäßigen Abständen Funken auf die gegenüberliegende Fahrbahn spie, auch nicht gerade bezeichnen. Dennoch hatte man sie nicht aufgehalten, und nun war sie hier.

Conny nahm den Fuß vom Gas und drehte – wohl wissend, dass der Motor nie wieder anspringen würde – den Zündschlüssel herum, berührte das Bremspedal jedoch nicht, sondern ließ den Wagen ausrollen.

Natürlich kam er mitten in einer gewaltigen Pfütze zum Stehen. Obwohl es in den zurückliegenden Tagen nicht ein einziges Mal geregnet hatte, war der Parkplatz praktisch ein einziger See aus schlammigem Wasser und Morast. Sie konnte tatsächlich spüren, wie der Wagen ein winziges Stück weit einsank, nachdem die Räder aufgehört hatten, sich zu drehen.

Das alles war vollkommen nebensächlich. Irgendetwas sagte ihr, dass sie diesen Ort ohnehin nicht mehr verlassen würde.

Obwohl sie den Schlüssel schon vor etlichen Sekunden herumgedreht hatte, ließ der Motor noch eine abschließende Fehlzündung hören, die nicht nur wie ein Pistolenschuss über den fast leeren Parkplatz hallte, sondern sie auch aus ihren Gedanken riss und wieder daran erinnerte, warum sie eigentlich hierhergekommen war.

Dort, wo alles begonnen hat.

Der logische Teil ihres Denkens war immer noch nicht ganz sicher, was Vlad damit gemeint hatte. Aber welche Rolle spielte schon Logik im wirklichen Leben? Sie hatte seine Frage mit *ja* beantwortet, und er hatte nicht widersprochen, und mehr brauchte sie nicht.

Sie stieg aus, versank prompt bis an die Knöchel im eiskalten Matsch und machte einen einzelnen, saugenden Schritt, bevor sie noch einmal kehrtmachte und sich in den Wagen beugte, um die Pistole vom Beifahrersitz zu nehmen, die sie ihrem bewusstlosen Kollegen abgenommen hatte. Logik mochte ja in jenem sonderbaren Winkel der Wirklichkeit nichts mehr gelten, an dem sie gestrandet war, aber ein wenig Vorsicht konnte auf keinen Fall schaden.

Sie kontrollierte die Waffe – das Magazin war voll geladen, womit ihr dreizehn Schuss zur Verfügung standen –, schob sie unter den Bund ihrer geliehenen Jeans und sah sich noch einmal mit dem kühlen, nichts anderes als analytischen Blick einer Polizistin um.

Der Parkplatz war nahezu leer. Eine Handvoll Wagen war ohne erkennbares Muster auf dem weiten Areal verteilt (mindestens einer davon, ein schwarzer Angeber-BMW ganz am anderen Ende des Platzes, würde ohne Hilfe ganz bestimmt nicht mehr aus dem Schlamm herauskommen) und drei oder vier ausnahmslos kleine Wagen standen derzeit vor dem Eingang. Conny vermutete, dass der eine oder andere Gast seinen Wagen gestern Nacht vorsichtshalber stehen gelassen hatte, die Fahrzeuge unmittelbar vor dem *Trash* dagegen jemandem vom Personal gehörten, vielleicht der Putzkolonne, vielleicht auch einem übereifrigen Buchhalter oder DJ ... vielleicht aber auch jemand anderem.

Connys Hand tastete nach dem Pistolengriff in ihrem Hosenbund.

Etwas zwickte an ihrem Ellbogen. Sie bemerkte den hässlichen dunkelbraunen Fleck auf ihrem Pullover und schob den Ärmel beinahe erschrocken nach oben. Die Haut darunter wirkte unversehrt. Hatte sie sich verletzt? Sie erinnerte sich nicht. Und auch das war jetzt vollkommen nebensächlich.

Sie schüttelte den Ärmel wieder herunter und sah das riesige, zerklüftete Gebäude vor sich aufmerksam an. Es kam ihr schäbiger vor als beim letzten Mal, obwohl sie auch da bei Tageslicht und alles andere als in optimistischer Stimmung hier angekommen war. Etwas fehlte der ehemaligen Fabrik ... vielleicht das Lebendige? Es war nicht nur der jetzt fast völlig verlassene Parkplatz. Als sie das erste Mal im *Trash* gewesen war, hatte im Inneren eine ausgelassene Party getobt, und obwohl davon hier draußen nur sehr wenig zu sehen und rein gar nichts zu hören gewesen war, hatte man es irgendwie ... *gespürt.*

Jetzt spürte sie das genaue Gegenteil: die Abwesenheit von Leben.

Nein. Das stimmte nicht. Conny lauschte in sich hinein und nahm etwas anderes wahr; nicht die Abwesenheit von, sondern so etwas wie *negatives* Leben, eine düster-schwärende Wunde im Fleisch des Lebens, deren fauligen Geruch sie selbst hier draußen wahrnehmen konnte ...

Irgendwie gelang es ihr, diesen Gedanken abzuschütteln, aber es blieb trotzdem so etwas wie ein schlechter Geschmack auf ihrer Seele zurück.

Sie griff wieder nach der Waffe, spürte ihr beruhigendes Gewicht und maß das *Trash* zum zweiten Mal mit ebenso aufmerksamen wie nachdenklichen Blicken, während sie sich zugleich fragte, warum

Vlad sie eigentlich hierher geschickt hatte. In einem Punkt war sie sich jedoch sicher: Was immer sie hier finden würde, es war gefährlich.

Sie machte ein paar ausgreifende, albern aussehende Schritte, um aus dem flachen Schlammsee herauszukommen, in dessen Zentrum sie der Wagen so zielsicher abgeladen hatte, blickte missmutig auf das hinunter, was von ihren ehemals weißen Turnschuhen übrig geblieben war, und stampfte ein paar Mal mit den Füßen auf. Die Schuhe wurden dadurch nicht wieder weiß (das würden sie nie wieder), aber vielleicht war es nicht das Dümmste, *keine* kilometerweit sichtbare Schlammspur zu hinterlassen, wenn man sich ungesehen in ein Gebäude schleichen wollte.

Was sie zur nächsten Frage brachte: Wie kam sie hinein?

Der Eingang war nicht wie beim letzten Mal bewacht, und sie sah schon aus einer gewissen Entfernung, dass die Tür nur angelehnt war. Obwohl sie eigentlich noch viel zu weit weg war, meinte sie Geräusche zu hören: ein emsiges Hantieren und Rascheln, Stimmen, die durcheinanderredeten, ein Lachen. Als sie sich der Tür näherte und vorsichtig durch den Spalt lugte, sah sie praktisch nichts, registrierte stattdessen einen schwachen Geruch nach Chemikalien, und nun identifizierte sie eindeutig zwei Frauenstimmen, die sich ausgelassen und offensichtlich über größere Entfernung hinweg unterhielten, und dazu ein dünnes elektrisches Summen. Ihre erste Idee war richtig gewesen. Dort drinnen tobte sich gerade eine Putzkolonne aus, was sie zu einem neuerlichen und diesmal besorgten Stirnrunzeln veranlasste. Angesichts der Größe des *Trash* war es gewiss nicht mit einer oder zwei Putzfrauen getan, und das Letzte, was sie wollte, war, noch mehr Unbeteiligte in Gefahr zu bringen.

Conny zögerte kurz, trat dann wieder von der Tür zurück und begann das Gebäude zu umrunden. Als sie aus seinem Schatten heraustrat, musste sie blinzeln. Die Sonne stach so unbarmherzig von einem wolkenlosen Himmel, dass Conny nun wie blind war und sich mehr von ihren Erinnerungen und Instinkten leiten ließ als von den verschwommenen Schemen, die durch ihr Blickfeld huschten.

Trotzdem erreichte sie nach wenigen Augenblicken den mit Gitterelementen eingezäunten Raucherbereich auf der Rückseite.

unheil stand auf dem mit Graffiti verzierten Mauervorsprung. Ja, dachte sie bitter. Hier hat das Unheil begonnen, hier wird es enden.

Mit einer Bewegung, deren Leichtigkeit und Eleganz sie selbst erstaunt hätte, hätte sie sie überhaupt zur Kenntnis genommen, stieg sie über den Zaun hinweg und verzog angewidert das Gesicht, als sie an den überquellenden Standaschenbechern vorbeikam und ihr der Gestank nach kaltem Rauch und nass gewordenem Tabak in die Nase stieg. Zu ihrer Enttäuschung war die Tür abgeschlossen, aber sie musste nur die Hand auf die Klinke legen und sie prüfend herunterdrücken, um zu spüren, wie morsch und altersschwach die scheinbar so massiv aussehende Konstruktion war. Conny musste sich nicht einmal wirklich anstrengen, um das Schloss zu zerbrechen und die Tür aufzuschieben. Das lauteste Geräusch, das sie dabei verursachte, war das Knirschen der uralten Angeln, die vermutlich das letzte Mal Öl gesehen hatten, als hier noch Dampflokomotiven verkehrten. Ein Teil von ihr, der völlig widersinniger Weise noch immer zu glauben schien, dass es so etwas wie Realität gab und solch profane Dinge irgendeine Bedeutung hatten, fragte sich grimmig, was die Versicherungsgesellschaft des *Trash* wohl zu einer derart einladend offen stehenden Hintertür sagen würde.

Sie wandte ihre volle Aufmerksamkeit wieder ihrer Umgebung zu und glitt vollends durch die Tür, um sie so leise wie möglich hinter sich zu schließen. Trotzdem hatte sie das Gefühl, dass das Geräusch der rostigen Angeln wie das Kreischen einer Kreissäge durch das gesamte Gebäude hallte.

Conny beruhigte sich selbst damit, dass ihre Sinne im Augenblick vermutlich Amok liefen und der Laut in Wahrheit in dem riesigen Gebäude einfach versickern musste, huschte aber trotzdem in einen finsteren Winkel neben die Tür und presste sich mit geschlossenen Augen gegen die Wand, um zu lauschen. Nachdem es ihr gelungen war, das rasende Hämmern ihres eigenen Herzens auszublenden, stellte sie fest, dass das Gebäude nicht so still war, wie es zunächst den Anschein gehabt hatte: Die verwirrende Akustik der ehemaligen Maschinenhalle sorgte dafür, dass sie die Stimmen der Putzfrauen selbst hier noch hörte, ohne allerdings die Worte oder auch nur die Sprache zu erkennen, derer sie sich bedienten. Das elektrische Summen, das sie nun als das Geräusch einer viel zu lange nicht mehr gewarteten Klimaanlage erkannte, war noch immer zu hören, und nun vernahm sie auch Musik; nicht die düsteren Gothic-Klänge und wummernden Bässe, die dieses Gebäude normalerweise beherrschten, sondern andere, fremdartige Töne, vielleicht türkische, die aus einem Kofferradio oder den gesundheitsgefährdend laut aufgedrehten Kopfhörern eines Walkman drangen.

Conny verschenkte noch eine weitere, kostbare Sekunde, in der sie einfach dastand und sich über diese plötzliche und schon fast unheimliche Schärfe ihrer Sinne wunderte, aber sie hütete sich, diesem Gedanken zu einem Ende zu folgen, an dem etwas lauerte, was sie ganz gewiss nicht kennenlernen wollte, sondern öffnete stattdessen die Augen und nahm dankbar das zweite und womöglich noch größere Geschenk entgegen, das ihr gemacht wurde: So überempfindlich und nutzlos ihre Augen auch draußen in dem feindseligen Sonnenlicht gewesen sein mochten, so phantastisch scharf dienten sie ihr jetzt. Nachdem sie die Tür geschlossen hatte, sollte es vollkommen dunkel hier drinnen sein, doch sie konnte sehen, wenn auch auf eine völlig neue, bisher unbekannte Art: Sie fand sich in einer Welt wieder, die nur aus Grautönen und einer unendlichen Anzahl unterschiedlicher Abstufungen von Schwarz und Silber bestand. Ihr Sehvermögen war so scharf, dass es beinahe wehtat.

Dann nahm sie einen neuen Geruch wahr.

Im ersten Moment war er schwach, kaum mehr als ein Hauch, der unter dem allgegenwärtigen Mischmasch nach Putzmitteln und kaltem Schweiß und Öl und abgestandenem Rauch und Alkohol kaum wahrzunehmen war. Doch dann, einmal darauf aufmerksam geworden, sprang er sie an wie ein Raubtier, das bisher geduldig in seinem Versteck gelauert hatte, und schlug seine Krallen mit solcher Gewalt in ihren Hals, dass sie würgen musste. Es stank nach Tod. Nicht im übertragenen, sondern im wortwörtlichen Sinne. Sie roch Fäulnis, süßliche Verwesung, wie von toten Dingen, die in den Schatten verfaulten, sich jedoch auf widernatürliche Weise immer noch bewegten, als wollten sie das Leben verspotten, das sie selbst nicht mehr hatten.

Sie schluckte die bittere Galle herunter, die sich unter ihrer Zunge angesammelt hatte, ignorierte die Woge von Übelkeit, die dieser nicht besonders clevere Reflex in ihrem Magen auslöste, und zwang sich, dem widerwärtigen Gestank bis zu seinem Ursprung zu folgen. Er kam von oben, und Conny registrierte ohne die geringste Spur von Überraschung, dass es genau so war, wie Vlad gesagt hatte: *dort, wo alles begonnen hat.* Die Tür am oberen Ende der schmalen Treppe, die Tom und sie damals hinaufgegangen waren, stand offen. Dahinter flackerte blasses Licht, das sie vor einer Woche vermutlich noch nicht einmal wahrgenommen hätte, ihr jetzt aber wie ein grelles Leuchtfeuer vorkam. Geräusche und Stimmen und der Gestank des Todes. Aisler war dort. Er wartete auf sie.

Eine weitere, allerletzte Sekunde lang stand sie vollkommen reglos da und versuchte, nicht nur die irrationalen, sondern *alle* Gedanken aus ihrem Bewusstsein zu verbannen, dann zog sie die Waffe aus dem Hosenbund, legte die linke Hand über den Schlitten, um das metallische Klicken zu dämpfen, mit dem sie sie durchlud, und huschte nahezu lautlos die rostigen Gitterstufen hinauf. Alle ihre Sinne waren bis zum Zerreißen angespannt, und wieder geschah etwas mit der Zeit. Diesmal veränderte sie nicht ihr Tempo, sondern schien in winzige, scharf voneinander abgegrenzte Bereiche zu zerfallen, als betrachte sie den Film ihres Lebens nun in einer Folge von Einzelbildern, die sie nach Belieben anhalten und aus unterschiedlichen Blickwinkeln und so lange studieren konnte, wie sie wollte. Alles war überscharf und so klar und eindeutig, dass sie sich vorkam wie eine Neugeborene, die zum ersten Mal in ihrem Leben die Augen aufschlug und voller Staunen begriff, was es hieß, zu *sehen.*

Es war keine wirklich getreuliche Wiederholung der Szene. Alles war äußerlich so wie beim ersten Mal – der zum Stauraum umfunktionierte Dachboden, das Gewirr von Kisten und Kabeln und ausrangierten Lautsprecherboxen und Scheinwerfern und Gitterboxen voller anderer Dinge, deren wirkliche Bedeutung ihr verborgen blieb –, aber nun wusste sie, wonach und vor allem *wo* sie zu suchen hatte. Nichts anderes hätte Sinn gemacht. Aisler wartete dort auf sie, wo sich ihre Wege das erste Mal gekreuzt hatten. Es war kein Zufall oder gar Dummheit. Nach der kruden Logik, nach der sein verdrehter Verstand funktionierte, musste er es hier zu Ende bringen.

Und es war auch das Einzige, was für *sie* Sinn ergab. Der Kreis hatte sich – fast – geschlossen. Hier hatte er das erste Mal versucht, sie umzubringen. Und genau hier würde sie ihn töten.

Conny runzelte die Stirn und blieb stehen, als ihr klar wurde, was sie gerade gedacht hatte. Sie sollte erschaudern und vielleicht sogar so etwas wie Entsetzen vor sich selbst empfinden, aber Tatsache war, dass sie lediglich zum ersten Mal wirklich zugegeben hatte, was sie tief in sich schon die ganze Zeit über wusste: Sie war nicht hier, um für die hehre Gerechtigkeit einzutreten oder irgendeinem anderen albernen Prinzip zu gehorchen, das ihr Leben bisher bestimmt hatte, sondern um dieses Schwein zu erledigen.

Und es war gut so.

Sie ergriff, vielleicht nur aus alter Gewohnheit und weil irgendetwas in ihr noch immer der Meinung war, es müsse einfach so sein, ihre Waffe fester und schlich geduckt und lautlos und unsichtbar wie ein Schatten weiter in die Richtung, aus der die Stimmen und der Gestank kamen. Unter dem Odem der Verwesung konnte sie jetzt noch einen anderen, vertrauten Geruch wahrnehmen: Furcht. Jemand hatte Angst. Und er litt unter einem Schmerz, der schlimmer war, als jede Klinge ihn verursachen konnte.

Etwas in ihr labte sich an diesem Schmerz, ein Teil, vor dem sie immer noch erschrak, den sie aber nun nicht mehr bekämpfte, denn sie spürte zugleich auch, wie die Schmerzen und die Furcht des anderen zu ihrer Kraft wurden und sie mit genau jener Stärke erfüllten, die sie so bitter nötig brauchte, um das Ungeheuer zu besiegen, das dort vorne auf sie lauerte.

Sie erreichte den Durchgang, hielt kurz inne und ließ ihren Blick rasch und sehr aufmerksam durch den großen Raum dahinter tasten, um sich zu orientieren, bevor sie die Gitterbox fixierte, die beinahe zu ihrem Grab geworden wäre. Alles war wie damals, nur dass die dröhnende Musik fehlte und statt eines Stakkatos buntfarbener Lichtblitze ein gleichmäßiger bleicher Schein durch die Ritzen im Fußboden drang. Niemand wartete auf sie. Wenn Aisler wusste, dass sie kam (und sie war überzeugt davon, dass er es wusste), und ihr eine Falle gestellt hatte, dann jedenfalls nicht hier. Sie hätte es gespürt.

Und auch in der Gitterbox regte sich nichts. Die Stimmen kamen von dort, gedämpft und aus irgendeinem Grund so verzerrt, dass sie die Worte immer noch nicht verstehen konnte, und gelbes Licht wie von einer Kerze oder einer altmodischen Petroleumlampe sickerte durch die Ritzen der unordentlich übereinandergestapelten Wand aus Pappkartons hinter dem Metall. Ein Durcheinander aus – jetzt größtenteils zerrissenen – rot-weißen Kunststoffbändern verwandelte das letzte Stück Weg in einen Hindernisparcours, der sie gewiss nicht zu Fall bringen würde, es aber vollkommen unmöglich machte, sich ihrem Ziel lautlos oder auch nur *leise* zu nähern.

Conny zerbrach sich einen Moment lang den Kopf über dieses nicht nur unerwartete, sondern auch geradezu lächerlich anmutende Hindernis, sah sich noch einmal und aufmerksamer um und huschte dann nach links, statt geradewegs auf ihr Ziel zu, um die Gitterbox in weitem Bogen zu umgehen und sich ihr von hinten zu nähern. Einem Teil von ihr kam ihr eigenes Benehmen absolut grotesk vor: Aisler wusste, dass sie kam. Es war vollkommen überflüssig, sich anzuschleichen. Aber alte Gewohnheiten ließen sich offensichtlich nur sehr schwer ablegen.

Sie lächelte flüchtig über sich selbst, setzte ihren überflüssigen Umweg trotzdem fort und erreichte die Rückseite des Drahtverhaus, den Aisler in eine private Folterkammer umgestaltet hatte. Die Stimmen waren lauter geworden – es waren zwei, mindestens, die in unterschiedlicher Schärfe und Tonart miteinander redeten, ohne dass sie in ihrer Aufregung ihre Worte mitbekam –, und ihre plötzlich so scharfen Sinne erwiesen sich nun als Fluch. Sie roch nicht nur all die üblen und schrecklichen Dinge, die an diesem Ort stattgefunden hatten, sondern auch die unterschiedlichen Chemikalien, mit denen ihre Kollegen von der Spurensicherung ihre Arbeit getan hatten, den typischen Geruch einer brennenden Kerze und noch immer und sehr viel intensiver als bisher das süße Aroma der Furcht, vermischt mit dem allgegenwärtigen Verwesungsgestank, der mittlerweile an ihren Kleidern, ihrer Haut und in ihrem Haar haftete. Sie war nicht sicher, ob sie ihn jemals wieder loswerden würde.

Auf Zehenspitzen und mit angehaltenem Atem umrundete sie die Box, sah sich noch einmal sichernd nach rechts und links um und schlüpfte dann lautlos durch die Tür. Der flackernde Kerzenschein nahm an Intensität zu und warf nun mehrere, einander überschneidende Schatten, die ihr verrieten, dass dort drinnen mehrere Kerzen brannten, und etwas wie Weihrauch hing in der Luft, wenn auch süßlicher, irgendwie … *verdorben*. Der Verwesungsgeruch, der hier noch ungleich stärker war als draußen. Etwas bewegte sich, in den Schatten und in ihren Augenwinkeln, doch sie wagte es nicht, hinzusehen. Stattdessen lauschte sie konzentriert und konnte nun endlich wenigstens ein paar Wortfetzen verstehen. »… nichts, was du dagegen tun könntest, Opa«, sagte eine hämisch klingende Stimme. Sie lachte. »Aber eines muss man dir lassen: Du hast Schneid. Ich hätte nie gedacht, dass du mutig genug bist, hierherzukommen.«

Conny schob sich ein winziges Stückchen weiter. Sie konnte jetzt einen Blick zwischen den aufeinandergestapelten Pappkartons hindurch werfen. In dem winzigen Ausschnitt der versteckten inneren Kammer hielten sich mindestens zwei Personen auf, von denen sie allerdings nur eine zur Gänze erkennen konnte: Einen vielleicht dreizehn-, oder vierzehnjährigen, blassgesichtigen Jungen in schwarzem Leder und einer Unmenge Nieten, der eine filterlose Zigarette rauchte und kein Make-up nötig hatte, um wie der Tod auf Latschen auszusehen. Die zweite Gestalt drehte ihr den Rücken zu und war auf ganz ähnliche Weise gekleidet, und obwohl sie sein Gesicht nicht sehen konnte, spürte sie, dass sie kaum älter sein konnte.

»Ich kann das nicht zulassen, Michael«, antwortete eine andere Stimme. Sie war zu tief und zu alt, um von dem anderen Jungen zu stammen.

Und außerdem kannte Conny sie nur zu gut.

Aber das war vollkommen unmöglich.

»Ach? Und was willst du dagegen unternehmen, Opa?«, höhnte der Junge, paffte an seiner Zigarette und fügte mit einem abfälligen Verziehen der Lippen hinzu: »Und nenn mich nicht Michael. Mein Name ist Mike. Merk dir das.«

Es war und blieb unmöglich. Conny hatte die Stimme viel zu oft gehört, um sie nicht mit vollkommener Sicherheit und sofort wiederzuerkennen. Trotzdem konnte es, *durfte* es nicht sein.

Sie wechselte ihre Position, um einen anderen Blickwinkel zu finden, und bedauerte fast, dass es ihr auch gelang. Es blieb unmöglich, und der allergrößte Teil von ihr weigerte sich selbst jetzt noch, ihn zu erkennen, obwohl sie ihm direkt ins Gesicht sah. Er hatte sich umgezogen und trug jetzt einen beigefarbenen Trenchcoat statt des leichten Sommeranzugs vom Morgen, und sein Gesicht hatte sich grün und blau verfärbt, wo ihn Vlads Schlag getroffen hatte, aber er sprach mit Eichholz' Stimme, sah aus wie Eichholz und *war* Eichholz, auch wenn es noch so wenig Sinn ergab.

»Bitte, sei vernünftig, Micha … Mike«, sagte er. »Wenn du nicht sofort von hier verschwindest, dann kann nicht einmal mehr ich dir helfen. Du musst hier weg! Sofort!«

»Ach, muss ich das?«, höhnte Mike. »Wieso?«

»Verdammt noch mal, weil sie gleich hier sein werden!«, begehrte Eichholz auf. »Verstehst du das denn nicht?! Meine Leute sind bereits auf dem Weg hierher!«

»Dann schick sie weg«, antwortete Mike grienend. »Wozu bist du der Chef?«

»Das kann ich nicht, Michael«, sagte Eichholz traurig.

Mike kicherte, sog an seiner Zigarette und schnippte die Asche in Eichholz' Richtung. »Na, dann wird es ja richtig spannend«, sagte er glucksend. »Mal sehen, wer eher da ist: deine Leute oder das Miststück. Unser Meister freut sich schon auf sie, weißt du?«

»Sie wird nicht kommen«, antwortete Eichholz leise. »Sie hat keine Chance. Jeder Polizist der Stadt sucht nach ihr. Und euer sogenannter *Meister* wird erst recht nicht kommen.«

»Nein?«, fragte Mike hämisch. »Bist du da sicher?«

»Wach endlich auf, Junge«, sagte Eichholz. Seine Stimme zitterte, aber nicht vor Angst oder Zorn, wie Conny zunächst angenommen hatte. Sie konnte seinen Schmerz jetzt schmecken wie einen süßen Wein. Er stand kurz davor, zu zerbrechen.

»Das hier ist kein Spiel mehr, Michael! Euer Meister ist tot! Die Einzigen, die kommen werden, sind meine Kollegen, und dann kann nicht einmal mehr ich euch helfen. Du und dein Freund werden im Gefängnis landen. Willst du das?«

»Nö«, antwortete der Junge feixend. »Und das wird auch nicht passieren. Ich bin nämlich gerade erst mal dreizehn und noch nicht strafmündig. Niemand kann mir was.« Er klimperte mit den Augenlidern und sprach mit verstellter Kinderstimme weiter: »Ich bin nur ein armes Kind, das nicht für das verantwortlich ist, was es tut, und deshalb auch nicht bestraft werden kann. Das weiß ich von meinem Opa. Der hat es mir erzählt, und er muss es wissen. Er ist schließlich Polizist.«

Conny hatte genug gehört. Sie konnte später versuchen, irgendeinen Sinn in alldem zu entdecken.

Sie ergriff ihre Waffe mit beiden Händen, trat mit zwei raschen Schritten zwischen den aufeinandergestapelten Pappkartons hindurch und zielte auf den Jungen mit der Zigarette. »Damit hat er sogar recht, mein Junge«, sagte sie kalt. »Aber *ich* kann dich erschießen, und mich wird auch niemand dafür bestrafen, weißt du?«

Michael riss die Augen auf, während sein Freund erstaunlich kaltblütig (und schnell) reagierte und in einer fließenden Bewegung herumfuhr und unter die Jacke griff, dann aber ebenso plötzlich wieder erstarrte, als Conny die Waffe herumschwenkte und nicht nur auf ihn zielte, sondern auch gleichzeitig einen halben Schritt zur Seite und in eine Position trat, aus der heraus sie die beiden Jungen gleichzeitig im Auge behalten (und im Zweifelsfall auch praktisch gleichzeitig auf sie schießen) konnte. Eichholz bewegte sich überhaupt nicht. Conny hatte auch nicht damit gerechnet.

»Ich weiß ja nicht, was du da unter deiner Jacke hast, Kleiner«, sagte sie kalt, »aber was immer es ist, du wirst es jetzt ganz vorsichtig herausnehmen und noch vorsichtiger auf den Boden legen.«

Ganz kurz blitzte Trotz in den Augen des Jungen auf, doch dann betrachtete er die Pistole in ihren Händen, fuhr sich nervös mit der Zungenspitze über die Schneidezähne und führte die begonnene Bewegung unendlich behutsam zu Ende, indem er ein Messer mit einer gut fünfundzwanzig Zentimeter langen, auf einer Seite gezahnten Klinge hervorzog und in die Knie ging, um es vorsichtig zu Boden zu legen.

»Brav.« Conny zielte wieder auf Mike. »Und jetzt du. Und erzähl mir nicht, du hättest nur Zigaretten und Feuerzeug bei dir.«

»Und wenn nicht?«, fragte der Junge. Er war noch blasser geworden und zitterte eine bisschen, fand seine Fassung jedoch erstaunlich schnell wieder. »Willst du dann etwa auf mich schießen?«

Conny sagte gar nichts darauf, aber der Junge musste irgendetwas in ihren Augen gesehen haben, was seine Frage beantwortete, denn er wurde schlagartig noch nervöser und hatte es plötzlich sehr eilig, unter seine Jacke zu greifen und ein Messer hervorzuziehen, das nur wenig kleiner war als das seines Freundes.

»So, und jetzt?«, fragte er, nachdem er die Waffe ebenfalls auf den Boden gelegt und sich wieder aufgerichtet hatte. »Was glaubst du, wirst du jetzt tun?«

Conny wandte sich zu Eichholz um, ohne ihn und seinen Begleiter dabei allerdings ganz aus den Augen zu lassen. Eichholz hatte sich nicht einen Millimeter bewegt. Und er wirkte auch nicht wirklich erschrocken, dachte sie verwirrt. Nicht einmal wirklich überrascht.

»Frau Feisst«, murmelte er nur. »Ich weiß, Sie …«

»… können mir das alles später erklären«, fiel ihm Conny ins Wort. »Haben Sie Handschellen dabei?«

Eichholz blickte sie zwei oder drei Atemzüge lang stumm und traurig an, dann nickte er müde und griff in seine Manteltasche, um ein Paar silberfarbener Handschellen hervorzuziehen. Conny war sich ziemlich sicher, dass es die waren, die sie selbst vor weniger als einer Stunde getragen hatte. Sie schüttelte den Kopf. »Legen Sie sie ihnen an. Binden Sie sie irgendwo fest. Am besten daran.« Sie deutete auf das eiserne Bettgestell, das noch immer an derselben Stelle lag wie bei ihrem ersten Besuch; nur dass jemand es wieder herumgedreht und eine Anzahl roter Friedhofskerzen ringsum aufgestellt hatte.

Eichholz gab einen sonderbaren Laut von sich, ein Seufzen wie das eines uralten Mannes, das zugleich wie ein nur noch mühsam unterdrücktes Wimmern klang. Zuerst bewegte er sich gar nicht, dann jedoch tat er, was Conny von ihm verlangt hatte, zog die Kette der Handschellen durch das massive eiserne Bettgestell hindurch und ließ die verchromten Ringe um die Handgelenke der beiden Jungen zuschnappen. Sie leisteten nicht den geringsten Widerstand, aber in Mikes Augen blitzte es hasserfüllt auf. »Überleg dir lieber genau, was du jetzt tust, Alterchen«, zischte er. »Es könnte sein, dass du das hier sonst bitter bereust!«

»Das tue ich bereits, mein Junge«, murmelte Eichholz. »Du ahnst ja nicht, wie sehr.«

»Und du hast keine Ahnung, was gleich passieren wird«, behauptete Mike. »Du lebst überhaupt nur noch, weil ich den Meister gebeten habe, dich zu verschonen. Aber wenn er das hier sieht, dann …«

Conny versetzte ihm eine schallende Ohrfeige, die seinen Kopf in den Nacken warf und die Zigarette in hohem Bogen davonfliegen ließ. Sie prallte Funken sprühend gegen die Wand aus Pappkartons und fiel zu Boden, und Conny ging rasch hin und trat sie aus – das fehlte ihr noch, dass der ganze Laden hier in Flammen aufging –, drehte sich danach hastig wieder um und zielte mit der Waffe auf ihn.

Eichholz hatte sich nicht gerührt, und er bewegte sich auch jetzt nicht. Er schüttelte nur den Kopf.

»Das wird nicht nötig sein«, sagte er.

Conny zog es vor, nicht darauf zu antworten.. Stattdessen sagte sie: »Ich nehme nicht an, dass Sie noch ein zweites Paar Handschellen bei sich tragen?«

Eichholz schwieg, und sie machte eine knappe und eigentlich vollkommen sinnlose Geste mit der Pistole. »Aber ein Handy. Rufen Sie die Kollegen.«

»Sie sind bereits unterwegs. Eigentlich müssten sie schon hier sein.« Eichholz griff trotzdem sehr vorsichtig in die Manteltasche, zog sein verchromtes Designer-Handy heraus und hielt es ihr hin. Conny sah ihn nachdenklich an und schüttelte dann nur den Kopf. Sie glaubte ihm. Eichholz hatte nicht mehr die Kraft, sie zu belügen. Er war ein gebrochener Mann – und das nicht erst seit jetzt. Plötzlich ergab so vieles einen Sinn, was sie bis heute Morgen einfach nur auf die Annahme geschoben hatte, dass er eben ein Idiot war.

»Dann bleibt uns ja noch ein bisschen Zeit für ein paar Erklärungen, nicht wahr?«, fragte sie.

»Weniger, als du glaubst, blöde Kuh«, zischte Mike. Conny warf ihm einen eisigen Blick zu, und er verstummte. Seine Augen loderten immer noch vor Hass, obwohl er gleichzeitig sichtbar mit den Tränen kämpfte. Der Abdruck ihrer Hand erschien langsam als rote Silhouette auf seiner leichenblassen Wange, und sie begriff erst im Nachhinein, wie hart sie zugeschlagen hatte.

»Sie werden es mir wahrscheinlich nicht glauben«, sagte Eichholz, »aber ich bin froh, dass es vorbei ist. Sie brauchen die Waffe nicht.« Er wartete eine Sekunde lang – vergeblich – darauf, dass sie die Pistole herunternahm, und fuhr dann leiser und mit einem dünnen, sehr bitteren Lächeln auf den Lippen fort: »Ich wollte das alles nicht, das müssen Sie mir glauben. Es tut mir leid. Ich wollte Ihnen nicht wehtun. Aber ich hatte keine Wahl.«

Conny glaubte ihm. Sie wollte es nicht. Alles in ihr *weigerte* sich einfach, ihm auch nur eine Spur von Menschlichkeit zuzubilligen oder gar so etwas wie *Gefühle*, doch sie spürte zugleich auch, dass er die Wahrheit sagte. Und sie spürte seinen Schmerz. Keinen körperlichen Schmerz, sondern die Qualen, die seine Seele litt, und die hundertmal schlimmer waren. Sie schmeckten unglaublich süß. Statt ihm ihren Hass und ihre Verachtung entgegenzuschleudern, wie sie es eigentlich gewollt hatte, wurde ihre Stimme weicher. Sie machte eine Kopfbewegung in Richtung Mike.

»Er hat sie nicht ohne Grund *Opa* genannt, habe ich recht?«

»Nein.« Eichholz seufzte. Es klang wie ein kleiner Schrei. »Michael ist mein Enkel. Mein einziger Enkel. Ich wusste nichts davon, bitte glauben Sie mir. Ich … habe das alles erst erfahren, nachdem Aisler tot war und wir damit begonnen haben, sein Umfeld zu durchleuchten.«

»Der Meister ist nicht tot!«, fauchte Mike. »Er kann nicht sterben.«

Conny brachte ihn mit einem eisigen Blick zum Verstummen, bedeutete Eichholz mit einem auffordernden Nicken, fortzufahren, und bemerkte plötzlich selbst, wie lächerlich die Pistole in ihrer Hand war. Sie steckte sie ein.

»Es sind doch nur dumme Jungs, Conny«, fuhr Eichholz fort. Er klang jetzt fast flehend, pure Verzweiflung. »Sie sind doch noch Kinder!«

Conny dachte an ein *Kind*, das mit einer Magnum auf sie gezielt hatte, und an ein anderes mit einem zwanzig Zentimeter langen Springmesser, das nichts lieber getan hätte, als ihr die Klinge in den Leib zu rammen. Ihr Verstand sagte ihr, dass Eichholz recht hatte, aber da war auch noch eine andere, mächtigere Stimme in ihr, die ihr klarmachte, wie sehr er sich irrte.

»Kinder?«, wiederholte sie bitter.

»Ja, verdammt noch mal, Kinder!« Der Klang von Eichholz' Stimme passte nicht zur Wahl seiner Worte. Er versuchte einfach nur, sich selbst von etwas zu überzeugen, von dem er tief in sich ebenso gut wusste wie sie, dass es nicht stimmte. »Kinder, die mit dem Feuer spielen und nicht einmal merken, wenn sie sich verbrennen! Ich habe Ihnen die Wahrheit gesagt! Sie wussten nichts von dem, was Aisler getan hat! Sie haben es selbst erst aus der Zeitung und dem Fernsehen erfahren, aber da war es zu spät!«

Es ist niemals zu spät, um umzukehren, wollte Conny sagen, begriff jedoch gerade noch rechtzeitig, wie albern das in dieser Situation geklungen hätte, und schwieg. Die Zeit für Plattitüden war endgültig vorbei. Sie setzte zu einer anderen und sanfteren Antwort an, doch in diesem Moment drang ein fernes, unendlich leises Wimmern an ihr Ohr. Das Geräusch einer Polizeisirene. Nein. Mehrerer. Eichholz hatte die Wahrheit gesagt. Die Kavallerie kam. Sie spürte nichts als Erleichterung. Wäre der Leichengestank nicht mittlerweile auch hier drinnen beinahe unerträglich gewesen, hätte sie aufgeatmet.

»Und da haben Sie beschlossen, mich zu opfern, um ihren Enkel zu retten.« Ihre Stimme klang nicht so bitter, wie sie es sich gewünscht hätte. Ein Teil von ihr hasste ihn, weil er ihr all das angetan hatte, während ein anderer Teil von ihr, den sie vergeblich zum Schweigen zu bringen versuchte, ihn sogar verstehen konnte. Das war absurd.

»Mir blieb nichts anderes übrig«, sagte Eichholz leise. »Er ist mein Enkel. Mein Fleisch und Blut.«

Der Verwesungsgestank wurde plötzlich noch stärker und hüllte sie ein wie eine klebrige Wolke. Saurer Speichel sammelte sich immer rascher unter ihrer Zunge und ließ sie zusätzlich würgen, und die

Luft, die sie atmete, schien plötzlich wie mit rostigen Rasierklingen in ihre Kehle zu schneiden. Aber sie war nicht einmal sicher, dass er allein der Grund für die Übelkeit war, die sie plötzlich verspürte. Trotz allem musste sie mit einem Mal fast ihre gesamte Willenskraft aufbieten, um nicht die Pistole zu ziehen und ihm ins Gesicht zu schießen.

Das Geräusch der Polizeisirenen wurde lauter und war nun offensichtlich auch für die weniger scharfen Ohren der anderen hörbar. Mike legte den Kopf auf die Seite. Seine Augen wurden schmal.

»Nur noch eine Frage, bevor die Kollegen da sind«, murmelte Conny. »Was hätten Sie getan, wenn das hier nicht passiert wäre? Zugesehen, wie ich ins Gefängnis gehe und dort versauere?«

Eichholz sah sie nur traurig an, doch Mike sagte: »Weißt du was, Süße? Ich glaube, *das* ist im Augenblick deine geringste Sorge.«

Conny wog für eine Sekunde ernsthaft die Möglichkeiten gegeneinander ab, ihn einfach mit einem weiteren, eisigen Blick zum Verstummen zu bringen oder dem roten Handabdruck auf seiner rechten Wange das passende Gegenstück auf der anderen Seite hinzuzufügen, aber da war plötzlich etwas in seinen Augen, das sie alarmierte. Sie schwammen immer noch in den Tränen, die er nicht völlig zurückhalten konnte, und trotzdem erschien jetzt ein böser, lodernder Triumph darin. Süßlicher Leichengestank hüllte sie ein, und irgendetwas warnte sie; vielleicht Eichholz' erschrockenes Zusammenfahren oder die Mischung aus Unglauben und blankem Entsetzen, die plötzlich auf seinem Gesicht erschien. Vielleicht war es auch eine Bewegung aus den Augenwinkeln, die sie nicht bewusst wahrnahm, oder ihr geschärfter Instinkt – es ließ sie herumfahren und sich ducken und aus der gleichen Bewegung heraus nach ihrer Waffe greifen.

Beinahe wäre ihr das sogar gelungen.

Die eiserne Raubvogelklaue verfehlte ihren Hals, schlitzte den Pullover über ihrer rechten Schulter auf und zerfetzte auch den Ärmel fast bis zum Ellbogen hinab, ohne die Haut darunter zu berühren, und Conny verzichtete darauf, die Waffe zu ziehen, und riss den Arm stattdessen zurück, als die Kralle ihren Weg fortsetzte, um ihren Unterarm und die Hand aufzureißen. Ein Schatten, riesig und nach süßem Tod stinkend, wuchs hinter ihr empor, und das enttäuschte Knurren, mit dem er seinen fehlgeschlagenen Angriff begleitete, ging beinahe in den triumphierenden Schreien der beiden Jungen unter. Alles geschah gleichzeitig, die Welt verwandelte sich in einen Albtraum, in dem der Unterschied zwischen Normalität und Wahnsinn nicht mehr existierte, und Conny konnte nicht mehr denken, nicht mehr rational, sondern nur noch instinktiv reagieren. Und sie tat instinktiv das Falsche.

Statt sich sofort auf ihren Gegner zu stürzen und die Reichweite seiner fürchterlichen Waffe damit zu unterlaufen, machte sie einen ungeschickt stolpernden Schritt zurück und hätte vor Entsetzen beinahe laut aufgeschrien, als sich ein schmaler, erstaunlich starker Arm von hinten um ihren Hals schlang und sie mit einem so harten Ruck zurückriss, dass sie das Gleichgewicht verlor und schwer gegen Michael stürzte. Dem Jungen trieb der Aufprall zwar die Luft aus den Lungen, sodass sein triumphierendes Gebrüll zu einem überraschten Krächzen wurde, er ließ sie aber trotzdem nicht los, sondern verstärkte seinen Griff noch. Sein Kumpan erwachte schlagartig aus seiner Erstarrung, fuhr herum und hämmerte ihr die Faust in den Leib. Die Übelkeit in ihrem Magen explodierte zu einer Woge aus gleißendem Schmerz; diesmal ihrem eigenen, der weniger erquicklich war als der der anderen. Conny trat blindlings zu, spürte, wie sein Knie unter dem Absatz ihres Turnschuhs brach und er mit hilflos rudernden Armen und vor Qual brüllend zurücktaumelte; und als sie fiel, begriff sie im gleichen Sekundenbruchteil, dass das vielleicht ihr letzter Fehler gewesen war, denn Aisler, der zum zweiten Mal von den Toten zurückgekehrt war, um sich an ihr zu rächen, fuhr zugleich mit einem abermaligen und noch wütenderen Knurren herum und schwang seine Eisenklaue zu einem tödlichen Hieb. Diesmal würde er sie nicht verfehlen.

Eichholz brüllte auf, warf sich mit weit ausgebreiteten Armen gegen ihn und brachte ihn aus dem Gleichgewicht. Sein Anprall reichte nicht, den in zerrissenes schwarzes Leder gehüllten Riesen zu Boden zu reißen, doch Aisler (es *war* Aisler, begriff sie voller Entsetzen. Es war *sein* Gesicht, verbrüht und zerschnitten und nur noch eine Maske aus fauligen Fleischfetzen, die sich voneinander zu lösen begannen, aber es *war ganz eindeutig sein Gesicht!)* stolperte einen weiteren Schritt zurück, fing Eichholz' ungeschickt gezielten Faustschlag mit dem Unterarm ab und rammte ihm aus der gleichen Bewegung heraus die Spitzen seiner eisernen Kralle in die Schulter. Eichholz brüllte wieder, diesmal vor Schmerz, taumelte zurück und brach in die Knie. Blut sprudelte in einem hellroten, erschreckend heftigen Strom zwischen den Fingern seiner Hand hervor, die er gegen die Schulter geschlagen hatte.

Etwas in ihr – nicht ihr Bewusstsein, sondern etwas Älteres und ungleich Mächtigeres – begriff endgültig, dass sie sterben würde, wenn sie nichts tat, und übernahm kurzerhand die Kontrolle über ihr Handeln. Conny warf den Oberkörper herum, ohne auf den würgenden Griff an ihrem Hals zu achten, rammte Mike den Ellbogen ins Gesicht und wurde mit einem befriedigenden Knirschen und einem Schwall sprudelnder Wärme belohnt, der sich über ihren Arm und die Schulter ergoss, riss sich aber auch sofort los und stürzte sich auf Aisler. Ihr Angriff war nur wenig geschickter als Eichholz' ungestümer Hieb, und Aisler war unglaublich *schnell*, als er herumfuhr und den Arm hochriss, um sie abzufangen. Er war nicht in der richtigen Position, um seine fürchterliche Waffe einzusetzen, und Conny blieb keine Zeit, um ihre eigene zu ziehen, sodass sie im Grunde wenig mehr tat, als ihn zu rammen. Ihr bloßer Aufprall reichte jedoch, um ihn aus dem Gleichgewicht zu bringen und haltlos einen Schritt nach hinten und gegen die Wand aus Pappkartons stolpern zu lassen. Ein Teil davon brach zusammen und stürzte auf Conny und ihn herab, und obwohl sie zum Großteil leer oder doch wenigstens so gut wie gewichtslos waren, trennte das plötzliche Bombardement sie nicht nur voneinander, sondern ließ sie auch in entgegengesetzte Richtungen auseinanderstolpern. Aisler stieß ein wütendes Knurren aus, zerfetzte einen leeren Karton mit seiner Klaue und wollte sich mit hochgerissenem Arm auf sie stürzen, prallte dann zurück, als Conny die Pistole aus dem Hosenbund zerrte und auf ihn anlegte. Sie hatte eine Chance, ihn zu erwischen; vielleicht den Bruchteil einer Sekunde nur, aber sie *hatte* ihn im Visier, und so kurz die Zeit auch war, sie hätte gereicht, um abzudrücken … doch zu ihrer eigenen Verblüffung zögerte sie, und als sie ihre Hemmungen überwunden hatte, war es zu spät. Aisler war längst auf dem Absatz herumgefahren und stürzte davon.

Conny schluckte einen Fluch herunter, gewann endlich auch ihr Gleichgewicht zurück und hetzte mit weit ausgreifenden Schritten hinter ihm her. Mike versuchte nach ihr zu greifen. Conny spürte einen kurzen, harten Ruck an der Wade und hörte einen schrillen Schmerzensschrei, als ihn seine eigene Reaktion zwei oder drei Fingernägel kostete, die einfach abgerissen wurden und davonflogen. Ein neuer, scharfer Schmerz blitzte irgendwo am Rande ihres Bewusstseins auf, während er sich wimmernd auf dem Boden krümmte und die blutende Hand an den Leib presste, doch sie achtete nicht darauf, sondern war mit einem einzigen Satz hinter Aisler her und schon halbwegs aus der Box heraus.

Natürlich erwartete er sie. Conny hatte damit gerechnet und fing die Tür, die er ihr ins Gesicht zu schlagen versuchte, ab. Gleichzeitig duckte sie sich und feuerte blindlings auf den riesigen Schatten, der plötzlich vor ihr aufragte.

Sie spürte selbst, dass sie nicht traf, aber der Schuss ließ ihn zurückprallen. Seine Eisenkralle hämmerte Funken sprühend in den Maschendraht neben ihrer Schulter und verfing sich in dem zähen Metallgeflecht; nur einen Moment, bevor es ihm gelang, sich mit einem wütenden Knurren loszureißen, doch so kurz diese Zeit auch gewesen sein mochte, sie reichte Conny, die Tür aufzustoßen und auf ihn loszugehen. Ihre Hand umklammerte sein Gelenk und presste seine Eisenklaue mit einer Gewalt gegen das Gitter, der er nichts entgegenzusetzen hatte. Zugleich rammte sie ihm den Pistolenlauf mit solcher Wucht in den Leib, dass er sich krümmte und wie ein Fisch auf dem Trockenen nach Luft japste. Offensichtlich brauchten auch von den Toten Zurückgekommene Sauerstoff zum Atmen.

Sie hätte abdrücken können, eine winzige Bewegung des Zeigefingers nur, und es wäre vorbei gewesen, ein für alle Mal, und noch vor ein paar Stunden hätte sie es getan, ohne auch nur einen Sekundenbruchteil zu zögern … doch jetzt konnte sie es nicht mehr. Alles in ihr sträubte sich dagegen, diesen Kerl einfach zu erschießen, wie er es verdient hatte. Sie würde ihn töten, jetzt und hier, aber nicht mit einer Waffe, sondern auf die einzig richtige Art, mit bloßen Händen.

Als er zusammenklappte, riss sie die Waffe hoch und schmetterte ihm den Lauf unter das Kinn. Ein trockenes Knacken erklang, und Aisler schien nun doch wieder Luft zu bekommen, denn er stieß ein schrilles Kreischen aus, taumelte und fiel schwer auf den Rücken, als Conny seine Hand losließ. Blut lief über sein Kinn und seinen Hals und verschmolz mit dem schwarzen Leder seiner Kleidung, und als er sich stöhnend aufzusetzen versuchte, bemerkte sie, dass sein ganzes Gesicht verschoben wirkte, als hätte ihr Hieb es halb vom Schädel gelöst.

Und genau das war auch der Fall.

Die Erkenntnis, wie simpel (also gut, ja, und zugleich auch durch und durch entsetzlich) die Lösung dieses vermeintlich übernatürlichen Rätsels war, traf sie mit solcher Wucht, dass sie eine geschlagene Sekunde lang erstarrte und auf die stöhnende Gestalt hinabsah. Aislers Gesicht war ein ganzes Stück zur Seite gerutscht. Da, wo der Pistolenlauf die längst in Verwesung übergegangene Haut getroffen hatte, war sie zerrissen und befand sich in wässriger Auflösung. Es war nicht mehr als eine – grausige – Maske. Der lähmende Schrecken, den allein seine Anwesenheit ausgelöst hatte, war wie weggeblasen. Sie empfand nur noch Ekel.

Trotzdem blieb sie vorsichtig. Dieser Kerl mochte kein lebender Toter sein, aber er hatte zur Genüge bewiesen, wie gefährlich er war. Als er sich stöhnend weiter aufzusetzen versuchte, schleuderte Conny ihn mit einem Fußtritt erneut zurück, blockierte mit dem linken Fuß seine Krallenhand und rammte ihm das andere Knie gegen die Brust, um ihn an den Boden zu nageln. Aisler ächzte vor Schmerz, und Conny wechselte ihre Pistole von der rechten in die linke Hand, kämpfte das immer stärker werdende Ekelgefühl nieder und griff mit der anderen nach seinem Totengesicht.

Es löste sich mit einem widerwärtigen, saugenden Laut, und darunter kam ein anderes, kaum weniger bleiches Gesicht zum Vorschein. Es war mit Blut und anderen, schlimmeren Klebrigkeiten besudelt und vor Schmerz und Angst verzerrt, aber es war das Gesicht eines Lebenden, nicht das eines Toten.

Das hielt sie in der Hand.

Conny schluckte die bittere Galle herunter, die sich schon wieder unter ihrer Zunge zu sammeln begann, und zwang sich, die grausige Trophäe genauer anzusehen, die sie in der rechten Hand hielt. Es war nicht einfach nur eine Maske, sondern tatsächlich Aislers Haut, die der Kerl offensichtlich mit einem Skalpell entfernt und wie eine Maske über sein eigenes Fleisch gestülpt hatte.

Der Junge unter ihr versuchte sich loszureißen, doch seine Bewegungen waren schwächlich. Conny ließ die grässliche Totenmaske fallen, steckte die Pistole ein und zwang ihn mit der frei gewordenen Hand, sie anzusehen. Es war schwer, ihn wirklich zu erkennen. Sein Gesicht war besudelt und blutig und begann da, wo ihn der Pistolenlauf getroffen hatte, bereits anzuschwellen. Trotzdem sah Conny, dass auch er nicht sehr viel älter sein konnte als Mike und die anderen, siebzehn, allerhöchstens achtzehn; ein Kind, das sich in den Körper eines Erwachsenen verirrt hatte. Plötzlich empfand sie tatsächlich so etwas wie Mitleid, aber auch Empörung. Und Zorn, einen immer stärker werdenden, rasenden Zorn, der weniger der erbärmlichen wimmenden Gestalt unter ihr galt, sondern der bloßen Tatsache, dass so etwas geschehen konnte.

Und mit einem Mal begriff sie, dass Trausch unrecht gehabt hatte. Es war falsch gewesen, auf halbem Wege kehrtzumachen. Er hätte weitermachen und selbst zu seiner persönlichen Ausgabe von Vlad werden sollen, ganz gleich, welchen Preis er dafür bezahlt hätte. Er hatte ihn ja doch bezahlt, letzten Endes, aber hätte er weitergemacht, dann wäre es ihm vielleicht gelungen, zu verhindern, dass Kreaturen wie Aisler ihre böse Saat verbreiteten und aus unschuldigen Kindern *so etwas* machten. *Ihr* würde dieser Fehler nicht passieren. Vlad hatte ihr den Weg gewiesen, und sie würde ihn zu Ende gehen.

Conny zog die Pistole wieder heraus, setzte die Mündung auf die Stirn des Jungen und zog den Hahn zurück. Seine Augen weiteten sich vor Entsetzen, und ein neuer, widerlicher Geruch hüllte sie ein, als er sich vor Angst besudelte.

Eine Sekunde verging, dann noch eine, und dann ließ Conny den

Hahn behutsam wieder zurückschnappen, steckte die Waffe ein und schüttelte den Kopf.

»Nein, mein Junge«, machte sie verächtlich. »So leicht mache ich es dir nicht.«

Sie stand auf, Aisler ließ sich mit einem erleichterten Seufzen zurücksinken und stieß ihr aus der gleichen Bewegung heraus die Spitzen seiner Eisenklaue ins Bein.

Der Schmerz explodierte wie eine weißglühende Lohe in ihrem Unterschenkel, grub sich mit grausamer Langsamkeit nach oben, wobei er jeden einzelnen Nerv auf seinem Weg in Brand setzte, und setzte ihre Hüfte in Flammen. Conny schrie auf und kippte zur Seite, und der falsche Aisler rollte sich auf die Knie und schlug nach ihrem Gesicht. Conny warf instinktiv den Kopf herum, sodass die eisernen Zinken, auf denen nun ihr eigenes Blut glitzerte, ihr Ziel verfehlten und sich knirschend in die morschen Fußbodenbretter bohrten. Der Junge brüllte vor Wut, riss seine Klaue heraus und holte zu einem zweiten und besser gezielten Schlag aus. Conny rammte ihm den Handballen unters Kinn und versuchte gleichzeitig, die Knie an den Leib zu ziehen, um ihn von sich herunterzustoßen. Er war zu schwer, aber immerhin gelang es ihr, ihn aus dem Gleichgewicht zu bringen. Statt ihr sein tödliches Werkzeug ins Gesicht zu rammen, kämpfte er plötzlich mit wild rudernden Armen um sein Gleichgewicht, und Conny schlug ein zweites Mal nach ihm und warf sich gleichzeitig herum. Er stürzte mit einem dumpfen Laut zu Boden und versuchte sofort wieder hochzukommen, und Conny versetzte ihm einen Stoß vor die Brust, der ihn deutlich schneller nach oben riss, als er es vorgehabt hatte.

Der falsche Aisler wurde regelrecht auf die Füße katapultiert, stolperte mit wild fuhrwerkenden Armen nach hinten und machte einen albern aussehenden Ausfallschritt zur Seite, um nicht sofort wieder zu stürzen, und Conny rappelte sich auf, setzte ihm nach und zog noch im Aufspringen ihre Waffe. Sie kam nicht dazu, sie zu benutzen. Der Junge hatte den Kampf um sein Gleichgewicht gewonnen und zögerte keinen Sekundenbruchteil, sich unverzüglich wieder auf sie zu stürzen. Trotz der Schmerzen in ihrem Bein wich Conny seiner herabsausenden Klaue erstaunlich schnell aus, aber sie hatte ihn trotz allem unterschätzt: Sein Fuß traf ihre Hand mit solcher Wucht, dass die Pistole davonflog und irgendwo in der Dunkelheit des Dachbodens verschwand. Die schiere Wucht des Tritts ließ sie zurücktaumeln und zum zweiten Mal so schwer auf den Rücken fallen, dass die morschen Fußbodenbretter hörbar unter ihrem Gewicht ächzten. Ihr Bein und ihre Hüfte schienen endgültig in Flammen aufzugehen, und einen hämmernden Herzschlag lang wurden Schmerz und Übelkeit so schlimm, dass ihr schwarz vor Augen wurde. Der Junge stieß ein triumphierendes Heulen aus und stürzte sich mit hoch erhobener Kralle auf sie. Conny zielte instinktiv mit einer Waffe auf ihn, die sie schon gar nicht mehr hatte, hörte sein triumphierendes Kreischen und zog gleichzeitig die Beine an den Körper. Als er heranstürmte, rammte sie ihm beide Füße in den Leib.

Diesmal war der Schmerz so grässlich, dass sie einen gellenden Schrei ausstieß und an den Rand der Ohnmacht glitt. Am Ufer des Ozeans aus schierer Qual, in den sich ihr privates Universum verwandelt hatte, herrschten verwirrende Laute und Empfindungen: ein gellender Schrei, ein dumpfes Krachen und Splittern, das sonderbar lange anhielt, das Aufblitzen schieren Entsetzens, das nicht ihr eigenes war und dann in plötzlichen Zorn umschlug. Dann schwand auch der Zorn.

Conny schlug die Augen auf.

22

Sie war noch am Leben, was sie selbst am meisten erstaunte. Ihr Bein pochte vor Schmerz, fern und undeutlich, und es war auf beinahe unheimliche Weise still; sie begriff, dass diese Stille nicht von außen kam, sondern in ihr war, ein Schweigen, das alle anderen Laute verdrängte, als hätte sie eine Grenze überschritten, hinter der nichts mehr Bestand hatte.

Wo war der falsche Aisler? Mit zusammengebissenen Zähnen rollte sie sich herum, fest davon überzeugt, ihn zu erblicken, wie er sich aufrichtete und seine Kralle hob, um die Sache zu Ende zu bringen. Sie wusste, dass es nichts mehr gab, um ihn daran zu hindern. Sie war verletzt und unbewaffnet. Ihre Kraft reichte kaum für diese eine Bewegung aus, ganz bestimmt nicht dafür, um sich gegen ihn zu verteidigen. Sie hätte ihn erschießen sollen, als sie die Gelegenheit dazu gehabt hatte. Jetzt war es zu spät. Das hatte sie nun davon.

Aber der Junge war fort. Er konnte höchstens zwei oder drei Meter hinter ihr aufgeschlagen sein, doch da, wo er liegen sollte, gähnte nichts als ein unregelmäßig geformtes Loch im Boden, aus dem blasses Licht herausdrang. Wenn man genau hinsah, konnte man sogar die groben Umrisse eines menschlichen Körpers darin erkennen, wie in einem albernen Comicheft, wenn es Karl den Kojoten wieder mal durch den Boden gerammt hatte.

Conny blinzelte zwei- oder dreimal, aber das unglaubliche Bild blieb. Der Junge war verschwunden. Für die morschen Dielen war der Aufprall seines Körpers einfach zu viel gewesen.

Die Vorstellung war so absurd, dass sie gegen ein hysterisches Lachen ankämpfen musste. Vorsichtig stemmte sie sich auf Hände und Knie hoch und kroch mit zusammengebissenen Zähnen zum Rand des Lochs. Das Licht wurde heller, und jetzt meinte sie auch wieder Geräusche zu vernehmen: rennende Schritte und ein hastiges

Schleifen und Trappeln und eine schrille Stimme, die in einer ihr unbekannten Sprache immer wieder dasselbe Wort schrie. Sirenengeheul, das sonderbarerweise noch immer nicht wirklich näher gekommen zu sein schien. Dann erreichte sie ihr Ziel und schob sich behutsam über die morschen Bretter weit genug vor, um nach unten sehen zu können.

Wie sie erwartet hatte, befand sie sich unmittelbar über der Tanzfläche des vorderen, größeren Saals. Aislers Nachfolger lag zehn oder zwölf Meter unter ihr auf dem Bauch. Seine Glieder waren verdreht und gebrochen, und unter ihm breitete sich eine Blutlache aus. Ein angemessenes Ende, fand Conny.

Ihr Bein pochte wieder spürbar. Blut lief warm und klebrig an ihrer Wade hinab, und plötzlich waren auch Schwäche und Übelkeit wieder da, wenn auch nicht in dem Maße, das sie erwartet hätte. Eine Frau in einem hellblauen Kittel kam unter ihr herangelaufen, sah den zerschmetterten Leichnam auf der Tanzfläche und blieb wie angewurzelt stehen. Zwei oder drei Herzschläge lang starrte sie ihn einfach nur an, dann flog ihr Kopf mit einem Ruck in den Nacken, und ihre Augen wurden groß, als sich Connys und ihre Blicke trafen. In der nächsten Sekunde ergriff sie mit einem spitzen Schrei und wehendem Kittel die Flucht.

Conny dachte nicht darüber nach, welchen Anblick sie bieten musste, um eine solche Reaktion hervorzurufen, sondern kroch behutsam zurück und versuchte sich aufzurichten. Das Sirenengeheul war noch immer entfernt, aber es *kam* näher, und vielleicht war es besser, wenn sie wenigstens *versuchte,* Eichholz lange genug am Leben zu halten, bis ihre Kollegen hier waren und er ihnen alle ihre Fragen beantwortet hatte.

Zu ihrer eigenen Überraschung gelang es ihr, aufzustehen und mit zusammengebissenen Zähnen zur Box zurückzuhumpeln. Sie zog eine Blutspur hinter sich her, aber sie war dünner als erwartet, und auch die Schmerzen waren nicht so schlimm, wie sie befürchtet hatte. Anscheinend hatte die Klaue sie doch nicht so schlimm erwischt, wie es zunächst den Anschein gehabt hatte. Ganz flüchtig dachte sie daran, ihre Waffe zu suchen, verwarf diesen Gedanken jedoch augenblicklich wieder. Sie brauchte sie nicht mehr.

Mike und der andere Junge bedachten sie mit hasserfüllten Blicken, als sie wieder in den winzigen Raum hinter der Kartonwand trat. Eichholz lehnte an der Wand, saß mit geschlossenen Augen da. Sein Mantel hatte sich dunkelrot gefärbt und klebte in nassen, schweren Falten an seinem Körper. Er war so blass, dass sie überzeugt war, ihn nur noch tot vorzufinden, aber als sie neben ihm niederkniete, sah sie, dass sich seine Brust in schwachen, wenn auch hektischen Stößen bewegte. Sie erkannte allerdings auch, dass jeder einzelne Herzschlag einen weiteren, erschreckend hellen Schwall zwischen seinen Fingern hindurchpumpte, die er noch immer gegen die Schulter geschlagen hatte, ohne den warmen Strom, in dem das Leben aus ihm herausfloss, aufhalten zu können.

Conny legte die Hand auf seine Finger. Sie konnte spüren, wie sein Herz raste, und sein Blut fühlte sich warm und lebendig und auf so schrecklich vertraute Weise *gut* an, dass sie um ein Haar erschrocken zurückgeprallt wäre.

Stattdessen verstärkte sie den Druck auf seine Hand jedoch noch einmal. Eichholz stöhnte leise vor Schmerz, und Conny drückte noch fester zu, und das Wunder geschah: Der Blutstrom wurde schwächer, versiegte nach kaum einem Dutzend weiterer Herzschläge ganz, und sie konnte spüren, wie sich sein Puls allmählich beruhigte. Nach einer weiteren Sekunde öffnete er die Augen und sah sie an.

»Wie zum Teufel haben Sie das gemacht?«, fragte er röchelnd.

Conny lächelte aufmunternd. »Sie wissen doch, dass ich eine Hexe bin.«

Die Worte hatten scherzhaft klingen sollen, taten es jedoch nicht. Conny verspürte ein rasches, eiskaltes Frösteln, und in Eichholz' Augen flammte abgrundtiefes Erschrecken auf. Doch dann zwang er sich zu einem gequälten Lächeln, versuchte sich weiter aufzusetzen und sank mit einem schmerzerfüllten Japsen wieder zurück, als Conny ihn mit einer entsprechenden Bewegung daran hinderte und zugleich seine Hand noch einmal fester auf die Wunde presste.

»Sie bewegen sich besser nicht«, empfahl sie. »Die Kollegen sind gleich hier, und dann rufen wir einen Krankenwagen. Keine Sorge. Wir kriegen Sie schon wieder hin. Sie werden sehen, spätestens in ein paar Tagen sind Sie wieder das alte Ekel, das wir alle kennen.«

Eichholz lächelte dünn, obwohl seine Lippen vor Schmerz zuckten. Nach einer Sekunde verschwand auch das angedeutete Lächeln von seinem Gesicht. »Was ist mit ... Aisler?«, fragte er mühsam.

»Er ist tot«, antwortete Conny. »Jetzt endgültig.«

»Das ist nicht wahr!«, begehrte Mike auf. »Du lügst, du Schlampe! Der Meister kann nicht sterben.«

Conny machte sich nicht einmal die Mühe, ihn anzusehen. »Und es war auch nicht Aisler«, fuhr sie in unverändertem Tonfall fort. »Nur ein Wahnsinniger, der sich für ihn ausgegeben hat.«

»Das ist nicht wahr!«, heulte Mike. »Der Meister kann nicht sterben! Aber er wird dich umbringen, wart's nur ab!«

»Sei bitte still, Michael«, presste Eichholz zwischen zusammengebissenen Zähnen hervor. »Du machst es nur schlimmer.«

»Sie lügt!«, kreischte Mike. »Der Meister wird zurückkommen, und dann wird er sie umbringen, und er wird uns rausholen, und ...«

Conny stand auf, ging ruhig zu ihm und versetzte ihm eine schallende Ohrfeige. Mike verstummte mit einem schrillen Quietschen, hob die ungefesselte Hand an die Wange und begann zu wimmern. Seine Augen füllten sich mit Tränen.

»Das ... das darfst du gar nicht!«, stammelte er. »Du ... du darfst mich nicht schlagen! Dafür zeig ich dich an! Das kostet dich deinen Job, hörst du? Ich ...«

Conny versetzte ihm eine zweite Ohrfeige – der Symmetrie halber nun wirklich auf die andere Wange – und Mike hörte endlich auf, sinnlose Drohungen auszustoßen, und verwandte seine verbliebene Energie stattdessen darauf, loszuheulen. Conny kehrte zu Eichholz zurück und ließ sich wieder in die Hocke sinken. Ihr Bein tat immer noch weh, wenn auch nicht mehr annähernd so schlimm wie am Anfang, und sie streckte es aus und versuchte ihre zerrissenen Jeans weit genug nach oben zu ziehen, um ihre Wade zu betrachten.

»Sie sind verletzt«, stellte Eichholz fest.

»Das ist nichts«, behauptete sie. »Nur ein Kratzer.«

Zu ihrer eigenen Überraschung entsprach das fast der Wahrheit. Was sich angefühlt hatte, als hätte weißglühendes Eisen ihr Bein durchbohrt, entpuppte sich als drei beinahe schon harmlos aussehende, bereits mit eingetrocknetem Blut verkrustete Schnittwunden.

»Es tut mir wirklich leid«, sagte Eichholz. »Wenn ich gewusst hätte, was …«

»Schon gut«, unterbrach ihn Conny. »Für eine Weile habe ich ja selbst an meinem Verstand gezweifelt.« Eichholz musste spüren, dass sie es ernst meinte, denn sein Blick wurde auf sonderbare Weise weich, und er streckte die Hand nach ihr aus, wie um sie tröstend zu berühren, besann sich zu Connys Erleichterung dann aber eines Besseren und presste die Finger wieder auf die Schulter. Von seiner blutigen Hand berührt zu werden, wäre vielleicht mehr gewesen, als sie ertrug; wenn auch aus einem anderen Grund, als er sich vorstellen konnte.

»Dafür wirst du bezahlen«, heulte Mike hinter ihr. »Wenn der Meister zurückkommt, dann wirst du darum betteln, dass er dich tötet. Aber so leicht wird er es dir nicht machen, verlass dich drauf!«

Conny sann ernsthaft darüber nach, dass er mit einer geschwollenen Lippe vermutlich nicht mehr so große Reden halten könnte, doch Mikes Kumpan kam ihr zuvor. »Verdammt noch mal, halt endlich die Schnauze. Es ist vorbei, begreif das endlich.«

Als Conny sich zu ihm umdrehte, las sie in seinem Blick nichts als Resignation; ein vielleicht allmähliches Begreifen dessen, was er getan hatte. Und möglicherweise auch der Konsequenzen, die nun auf ihn zukommen mochten. Conny sah ihn fragend an, und er nickte in Richtung der Kartonwand neben ihr.

Conny tauschte einen fragenden Blick mit Eichholz, stand auf und bückte sich nach einem der beiden Messer, die sie den Jungen abgenommen hatte. Mike folgte jeder ihrer Bewegungen aus hasserfüllten Augen, wagte es jedoch nicht, auch nur ein einziges Wort zu sagen, geschweige denn etwas zu tun.

Mit dem Messer in der Hand kniete sie vor den Pappkartons nieder, auf die der Junge gedeutet hatte, rammte die Klinge hinein und stieß schon nach wenigen Zentimetern auf gummiartigen Widerstand. Der üble Geruch wurde stärker, aber sie zog die Klinge trotzdem mit einem entschlossenen Ruck nach unten, dann nach links und wieder herauf. Die Wand klappte auf und gab einen in schwarze

Plastikfolie eingewickelten Körper frei, der ihr mit einem dumpfen Geräusch vor die Füße fiel.

Conny zog die rasiermesserscharfe Schneide des Jagdmessers durch die Folie und klappte sie mit der Messerklinge auseinander. Eine klebrige Woge süßlichen Gestanks schlug ihr entgegen und nahm ihr endgültig den Atem, und obwohl sie gewusst hatte, was sie finden würde, erschrak sie so heftig, dass sie wahrscheinlich laut aufgestöhnt hätte, hätte sie die nötige Luft dafür gehabt.

Es war der echte Aisler. Sie erkannte ihn, obwohl er nackt war, der Länge nach aufgeschlitzt und auseinandergeklappt wie ein noch nicht vollständig filetierter Fisch und kein Gesicht mehr besaß. Wo es sein sollte, grinste sie ein blanker Totenschädel an, an dem nur noch wenige, schwarz verfaulende Fleischfetzen hingen. Wer ihm sein Gesicht genommen hatte, hatte die Augen zurückgelassen. Das rechte, verbrühte Auge war eingefallen und zerknittert wie eine verschrumpelte Weintraube, das andere war nahezu unversehrt und wirkte auf eine grässlich *falsche* Weise lebendig. Als Conny zurückprallte und den verwesenden Leichnam dabei versehentlich berührte, rollte sein Schädel herum, und es sah aus, als versuche der Blick dieses einen untoten Auges ihr zu folgen. Ihre eigene Phantasie, die mit scharrenden Hufen in den Startlöchern gestanden und nur auf einen Moment wie diesen gewartet hatte, nutzte die Steilvorlage und machte ihr weis, dass er sich in die Höhe stemmte und die halb skelettierten Arme ausstreckte, um sie an sich zu reißen. Aber die Vision erlosch so schnell, wie sie gekommen war, und plötzlich hätte sie beinahe aufgelacht. Nur der grässliche Verwesungsgestank hielt sie davon ab.

»So viel also zum Thema unsterblich, wie?«, murmelte sie bitter. »Jetzt frage ich mich nur, wie der Kerl heißt, der sich dein hübsches Gesicht ausgeliehen hat, Arschloch. Aber das finden wir auch noch heraus.«

Der tote Aisler schien spöttisch zu nicken, als sie aufstand und ihn dabei erneut streifte, und hinter ihr heulte Mike so schrill und unvermittelt auf, als hätte er eine glühende Herdplatte berührt. Conny wandte sich erst um, als Eichholz erschrocken die Luft zwischen den Zähnen einsog.

Zuerst begriff sie nicht einmal wirklich, was sie sah. Mike hatte sich in einer grotesk anmutenden Haltung zur Seite gebeugt, und irgendwie (Conny hatte nicht die geringste Vorstellung, *wie*, aber sie begriff dafür umso siedend heißer den unverzeihlichen Fehler, der ihr unterlaufen war) das zweite Messer aufgehoben, das sie ihm und seinem Kumpan abgenommen und achtlos zu Boden geworfen hatte. Im ersten Moment sah es so aus, als stochere er mit der Messerklinge in seinem Handgelenk herum, was Conny ihm ohne Weiteres zugetraut hätte, aber es floss kein Blut, und als Conny begriff, was er wirklich tat, war es zu spät.

»Nicht!«, sagte sie.

Das Wort ging in dem hellen Klicken unter, mit dem die Handschelle aufsprang, obwohl sie sich doch gar nicht auf so rohe Weise hätte öffnen lassen dürfen, und Mike war mit einem Satz auf den Füßen und nahm mit gespreizten Beinen, halb nach vorne gebeugt, eine aggressive Messerstecher-Haltung ein.

»Michael, um Himmels willen, bist du verrückt geworden?«, keuchte Eichholz.

Mike schien sich dasselbe zu fragen, denn er starrte eine Sekunde lang das Messer in seiner Hand an, dann deutlich länger die gezahnte Klinge, die Conny noch immer in der Rechten trug – dann fuhr er mit einer blitzschnellen Bewegung auf dem Absatz herum und war verschwunden.

»Holen Sie ihn sich, Conny«, bat Eichholz. Conny starrte ihn einfach nur fassungslos an, aber Eichholz wiederholte seine Worte, und seine Stimme klang jetzt flehend. »Ich beschwöre Sie, Conny, suchen Sie ihn, bevor die Kollegen hier sind und ihn mit dem Messer in der Hand antreffen!« Täuschte sie sich, oder füllten sich seine Augen mit Tränen? »Ich weiß, ich habe kein recht, Sie um irgendetwas zu bitten, und ich würde es auch nicht tun, wenn es um mich ginge. Aber es geht um den Jungen. Er weiß nicht, was er tut; ganz egal, was er auch sagt.«

Es stimmte, dachte Conny. Ihre Kollegen waren zweifellos mit gutem Grund nervös, und die Chancen, dass sie erst schossen und dann nachdachten, wenn sie einen Jungen in schwarzen Klamotten und mit blutigem Gesicht sahen, der sich über einen Leichnam beugte und noch dazu ein dreißig Zentimeter langes Messer in der Hand hielt, standen nicht so schlecht.

Die Vorstellung gefiel ihr.

Noch mehr befriedigte sie allerdings die Gewissheit, dass Eichholz den Rest seines Lebens mit dem Wissen verbringen würde, dass ausgerechnet *sie* es gewesen war, die seinem Enkel das Leben gerettet hatte.

»Passen Sie auf den da auf!«, befahl sie mit einer Geste auf den zweiten Jungen. Eichholz versuchte auch tatsächlich, sich in die Höhe zu stemmen, doch der Bursche kam ihm zuvor und bewies ein erstaunliches Maß an Vernunft, indem er die Handschelle ergriff, die Mike gerade abgestreift hatte, und sie um das eiserne Bettgestell zuschnappen ließ. *Braver Junge*. Nicht, dass er mit einem gebrochenen Knie noch *irgendwohin* hätte gehen können …

»Bitte!«, wiederholte Eichholz weinerlich. Conny sah nicht zu ihm zurück, nicht um *ihm*, sondern um *sich* die Peinlichkeit zu ersparen, tatsächlich Tränen auf seinem Gesicht zu sehen.

Stattdessen trat sie rasch aus der Box heraus und blickte sich um.

Von Mike war keine Spur zu sehen, und sie fühlte auch, dass er nicht mehr hier oben war. Sie hätte ihn gehört, hätte seine Anwesenheit gespürt. Wahrscheinlich war er auf dem Weg nach unten, um über seinen Meister zu wachen und darauf zu warten, dass er zum zweiten Mal aufstand und von den Toten zurückkehrte.

Sie lauschte einen Moment konzentriert und dachte für einen noch kürzeren Moment daran, die Pistole zu suchen, die der falsche Aisler ihr aus der Hand getreten hatte, verwarf die Idee jedoch. Sie konnte sich zwar nicht vorstellen, wie, aber sie traute Eichholz durchaus zu, sich herauszureden und gegen jede Logik den Kopf aus der Schlinge zu ziehen, wenn sie ganz aus Versehen von ihren Kollegen erschossen wurde – die sie schließlich inzwischen für eine durchgeknallte Kriminelle halten mussten – und sein Enkel entkam. Conny hetzte mit schnellen Schritten zur Treppe zurück, statt das Nächstliegende zu tun und die wenigen Meter zur Tanzfläche einfach hinunterzuspringen.

Sie runzelte die Stirn, als ihr die Absurdität dieses Impulses bewusst wurde, und ein knappes, verächtliches Lächeln huschte über ihre Lippen. Wofür hielt sie sich eigentlich? Für Batgirl? Dabei fand sie im Grunde die Vorstellung eines Sprungs in die Tiefe nicht komisch. Im Gegenteil: Tief in ihr machte sie ihr Angst, ganz einfach, weil sie so *selbstverständlich* davon ausgegangen war, ihn trotz der nicht unbeträchtlichen Höhe unbeschadet zu überstehen.

Statt sich weiter selbst verrückt zu machen, beschleunigte sie ihre Schritte, bis sie schließlich die Tür erreichte. Die Treppe dahinter und auch der Flur tief unter ihr waren verlassen. Das hatte sie gewusst. Sie hätte es schlicht und einfach *gehört,* wenn er dort gestanden und ihr aufgelauert hätte, und außerdem hatte diese kleine Ratte gar nicht den Mut für einen solchen Hinterhalt. Trotzdem blieb sie stehen und lauschte. Das Sirenengeheul war nicht mehr zu hören – die Wagen hatten ihr Ziel entweder erreicht und draußen auf dem Parkplatz flogen jetzt Dutzende von Türen auf, um ebenso viele nervöse Polizisten mit mindestens genauso vielen entsicherten Pistolen auszuspucken, oder die Wände waren in diesem Teil des Gebäudes einfach zu dick, um das Geräusch durchzulassen. Conny war nicht ganz sicher, welcher Möglichkeit sie den Vorzug gegeben hätte.

Sie schlich auf Zehenspitzen die Treppe hinunter und maß die Tür zum Raucherhof mit einem nachdenklichen Blick, bevor sie sich in die entgegengesetzte Richtung wandte. Auch wenn es ihr subjektiv anders erschien, konnte der Vorsprung des Jungen real nur einige Sekunden betragen, und seine Kräfte hätten wahrscheinlich nicht einmal ausgereicht, um die schwere Tür allein aufzubekommen. Und sollte er tatsächlich draußen sein, hätte sie ohnehin keine Chance, ihn einzuholen, bevor er ihren Kollegen in die Arme lief.

Außerdem hatte sie eine ziemlich konkrete Vorstellung davon, wo sie ihn finden würde.

Sie erreichte das Ende des Gangs, warf einen raschen, aber sehr aufmerksamen Blick in den verwaisten Kinosaal und betrat schließlich den Durchgang zum kleineren der beiden Tanzsäle, in dem bei ihrem ersten Besuch die bizarre Vampirschau stattgefunden hatte. Im Nachhinein hätte sie das warnen müssen, dachte sie. Doch sie hatte noch nie an Omen geglaubt. Weder an gute noch an schlechte.

Sie lauschte abermals und vernahm auch jetzt kein Geräusch, blieb jedoch noch einige Augenblicke lang stehen, um sich zu orientieren.

Der Raum kam ihr größer vor als bei ihrem ersten Besuch, auf unheimliche Weise zweckentfremdet und düsterer, ohne all die Menschen und die dröhnende Musik und zuckenden Lichter, und dabei gleichzeitig auch schäbiger. Auch wenn sie Mike nicht sah oder hörte, konnte sie seine Nähe doch ebenso deutlich spüren, wie sie gerade Aislers Leichengestank wahrgenommen hatte.

Er war ganz in der Nähe, wenn auch nicht *unmittelbar* bei ihr.

Sie ging weiter, erreichte den Durchgang zum vorderen Saal und sah sich mit klopfendem Herzen um. Etwas war anders, als es sein sollte. Zunächst konnte sie nicht sagen, was. Sie hatte ein intensives Gefühl von Gefahr; einer Bedrohung, die unmittelbar gegen sie gerichtet war. Irgendetwas ... kam näher, wie ein Kreis aus unsichtbaren Schatten, der sich lautlos um sie herum zusammenzog und unheimlichen und bedrohlichen ... *Dingen* Schutz gewährte.

Dann wurde ihr klar, was hier nicht stimmte.

Aislers Nachfolger. Der eigentlich mit gebrochenen Gliedern hier liegen musste.

Er war nicht mehr da.

In der morschen Zwischendecke über ihr gähnte ein unregelmäßig geformtes Loch, und dort, wo sie ihn von oben gesehen hatte, glänzte eine noch feuchte, erschreckend große Blutlache, aber der Leichnam war verschwunden.

Etwas knackte, und ein greller Scheinwerferstrahl richtete sich direkt auf ihr Gesicht und ließ sie mit einem schmerzerfüllten Zischen die Hand vor die Augen reißen. Nur eine Sekunde später gab der Scheinwerferstrahl ihr Gesicht wieder frei und zeichnete eine verschwommene Pfütze aus Licht vor ihre Füße. Das Knacken wiederholte sich, es war plötzlich viel lauter, und Mikes elektronisch verstärkte Stimme sagte: »Wenn ich du wäre, würde ich mich jetzt nicht mehr bewegen, Süße.«

Connys Augen schmerzten noch immer. Behutsam ließ sie die Hand sinken, blinzelte die Tränen weg und versuchte, den Ursprung der verzerrten Stimme auszumachen, ohne dass es ihr gelang.

»Ich bin hier oben, Schlampe«, dröhnte Mike aus einem Dutzend unterschiedlicher Richtungen. »Aber wie gesagt: Rühr dich lieber nicht.«

Conny hob blinzelnd den Kopf und sah den Jungen. Er saß in einer Art halbrunder Kanzel, die in drei oder vier Metern Höhe an der Wand angebracht und mit zerknitterter Metallfolie verkleidet war; vermutlich der Platz des DJs, der normalerweise von dort oben aus die Musik- und Lichtanlage steuerte. Jetzt hockte Mike darin... genauer gesagt, er lehnte über der niedrigen Brüstung, hielt sich mit der linken Hand fest und umklammerte mit der anderen eine Polizeipistole, mit der er auf sie zielte. So viel zu ihrem weisen Entschluss, nicht nach der Waffe zu suchen.

»Dumm von dir, hier herunterzukommen, Süße«, fuhr der Junge fort. »Du hättest bei dem Alten bleiben sollen, dann würdest du vielleicht noch ein paar Tage leben. Aber jetzt ist es zu spät. Selbst schuld.«

Conny ignorierte seine Worte ebenso wie die Waffe, mit der er verbissen auf sie zielte. Sie hörte die Sirenen wieder. Sie waren jetzt sehr nahe.

Der Junge war gute zehn oder zwölf Meter von ihr entfernt, übernervös und hielt die Waffe noch dazu nur mit einer Hand. Seine Chancen, sie zu treffen, waren gleich null. Statt auf seine Worte zu reagieren, machte sie eine Kopfbewegung auf das näher kommende Sirenengeheul. »Hörst du das? In ein paar Minuten sind meine Kollegen hier. Was glaubst du wohl, was passiert, wenn sie dich sehen, wie du mit einer Pistole auf mich zielst?«

»Keine Ahnung«, griente Mike. »Aber das wirst du kaum noch erleben, schätze ich.«

»Willst du wirklich sterben?«, fragte Conny ruhig. »Ich finde, du bist ein bisschen jung dafür.«

»Niemand stirbt. Außer dir, natürlich.« Mike wedelte wieder mit seiner Pistole. »Und jetzt wirf das Messer weg.«

»Und wenn nicht?«, fragte Conny spöttisch. »Erschießt du mich dann?«

Einen Moment lang war sie davon überzeugt, den Bogen überspannt zu haben, denn Mikes Gesicht verzerrte sich vor Wut, und plötzlich ergriff er die Waffe mit beiden Händen und zielte auf sie. »Wirf sofort das Messer so weit wie möglich weg«, zischte er, »oder ich ballere das Magazin leer, mit dir als Zielscheibe.«

Conny wog die gefährliche Klinge in der Hand. Sie zu werfen, erschien ihr plötzlich ausgesprochen verlockend. Hing davon ab, in welche Richtung sie sie warf ... und ob sie ihr Ziel fand, bevor der Junge Ernst machte und zu schießen begann.

»Mach bloß keinen Blödsinn, Schlampe!«, donnerte Mike. »Mein Opa hat mich früher oft auf den Schießstand mitgenommen. Ich durchsiebe dich, bevor du auch nur mit der Wimper zucken kannst!«

Conny zögerte noch immer. Mike beugte sich weiter vor – und Conny gab sich einen Ruck und schleuderte das Messer.

Es sauste durch Luft, knallte irgendwo rechts von ihnen gegen die Wand und fiel klappernd zu Boden.

Mike klappte der Unterkiefer herunter und er schüttelte den Kopf, wohl erst jetzt begreifend, welche Gefahr von dem Messer wirklich ausgegangen war.

»Und jetzt?«, fragte sie kühl. »Willst du mich jetzt erschießen?«

Mike stieß ein nervöses Lachen aus, ließ die Pistole sinken und schüttelte dann den Kopf. »O nein«, sagte er böse. »Das wäre zu leicht.«

Und damit ging das Licht aus; nicht nur der grelle Scheinwerfer, der auf den Boden vor ihr gerichtet war, sondern *sämtliche* Lichter.

Selbst für Connys scharfen Blick war die Dunkelheit im ersten Augenblick vollkommen. Das *Trash* hatte keine Fenster, die Wände waren vornehmlich in schwarz gestrichen, und wo kein Licht war, da vermochten auch die geübtesten Augen nichts zu sehen. Eine Sekunde lang.

Dann flammte der grelle Scheinwerferstrahl erneut auf, direkt auf ihr Gesicht gerichtet, und verschwand wieder, gefolgt von einem zweiten, dritten und vierten. Und plötzlich ertönte ein Zischen. Ein durchdringender chemischer Geruch erfüllte die Luft. Trockeneisnebel zischte aus versteckt angebrachten Düsen und hüllte sie ein, und die Scheinwerfer über ihrem Kopf begannen zu kreisen und tauchten die Tanzfläche in stroboskopisch flackerndes Licht, in dem sie beinahe weniger sah als in der vollkommenen Dunkelheit zuvor. Das Knacken wiederholte sich, doch diesmal war es nicht Mikes

Stimme, die aus den Lautsprechern dröhnte. »Hallo, Miststück«, sagte eine neue Stimme.

Conny erstarrte. Das konnte nicht Mikes Stimme sein, wohl aber die des falschen Aislers, der sein Gesicht gestohlen und in seine Rolle geschlüpft war.

»Jetzt bist du erstaunt«, fuhr die dröhnende Lautsprecherstimme fort. »Dabei habe ich dir doch versprochen, dass wir uns wiedersehen. Hast mir nicht geglaubt, wie? Glaub mir, ich halte immer mein Wort.«

Das Flackern der Lichter nahm zu, wurde hektischer und schneller, und noch mehr verschiedenfarbige Scheinwerfer erwachten zu stroboskopischem Leben, das den immer dichter werdenden Kunstnebel mit der Illusion tanzender Schatten erfüllte. Doch da war keine Bewegung.

Bis auf eine.

Conny registrierte sie fast zu spät, warf sich herum und entging um Haaresbreite der dreizinkigen Stahlklaue, die nach ihrem Gesicht schlug. Etwas prallte mit fürchterlicher Wucht gegen ihre Schulter und riss sie zu Boden, und es gelang ihr gerade noch, die Arme hochzureißen und den brutalen Tritt abzufangen, der auf ihr Gesicht gezielt hatte. Dumpfer Schmerz explodierte in ihren Unterarmen und ließ sie aufstöhnen, aber sie trat trotzdem zurück und traf. Der Angreifer grunzte, torkelte zur Seite und verschwand in den brodelnden Schwaden, und Conny sprang mit einer hastigen Bewegung auf die Füße und jagte ihm nach.

Nach zwei oder drei Schritten prallte sie so heftig gegen die Wand, dass sie um ein Haar gestürzt wäre.

Halb benommen taumelte sie zurück, fand irgendwie ihr Gleichgewicht wieder und fuhr herum, als sie eine weitere Bewegung aus den Augenwinkeln heraus wahrzunehmen glaubte. Sie reagierte instinktiv, riss die Arme vors Gesicht und trat mit aller Gewalt zu. Ihr Tritt ging ins Leere, und die Kraft ihrer eigenen Bewegung brachte sie aus dem Gleichgewicht. Wenn Aislers Nachfolger überhaupt da gewesen war, dann war er jetzt verschwunden …

Sie fiel, kam mit einer geschmeidigen Rolle wieder auf die Füße und fuhr geduckt herum. Der Tanz aus bunt flackerndem Licht und leuchtenden Gespenstern wurde hektischer; wieder glaubte sie einen Schatten zu sehen und traf nichts als scharf riechenden farbigen Nebel, als sie danach schlug.

Conny wich hastig wieder zurück, bis sie mit dem Rücken gegen die Wand stieß, an der das Messer abgeprallt war, und sah sich hektisch nach rechts und links um. Sie versuchte vergeblich, die lodernden bunten Schwaden mit Blicken zu durchdringen. Ihre scharfen Augen wandten sich plötzlich gegen sie: Alles, was sie erkennen konnte, waren grelle Farbblitze und tanzende Schatten, so hell und scharf gegeneinander abgegrenzt, dass ihr Anblick *wehtat,* und der scharfe Chemiegeruch der Trockeneismaschine narrte ihre Sinne zusätzlich. Ein Schemen erschien vor ihr, hackte mit einer schartigen Eisenklaue nach ihr und war wieder verschwunden, bevor sie nach ihm greifen konnte. Erst eine geschlagene Sekunde danach registrierte sie den brennenden Schmerz und das warme Blut, das an ihrem Arm hinablief.

Ihre mit einem Mal so phantastisch scharfen Sinne, die ihr bisher so gute Dienste geleistet hatten, erwiesen sich nun als Danaergeschenk: Sie schien im Zentrum eines gigantischen Wirbelsturms zu stehen, der nur aus gleißendem Licht und zuckenden Farben bestand und sie so gut wie blind machte. Dieser verrückte Junge konnte überall und nirgends sein.

In der nächsten Sekunde war er allerdings unmittelbar vor ihr, rammte ihr die Faust in den Leib und hackte mit seiner Klaue nach ihrem Gesicht. Conny warf den Kopf zur Seite, die eisernen Zinken fuhren splitternd in die Wand hinter ihr und überschütteten sie mit einem Hagel aus Kalk- und Holzsplittern. Irgendwie gelang es Conny, ihn von sich zu stoßen, bevor er seine Krallenhand ein zweites Mal einsetzen konnte, doch er verschwand wieder in den zuckenden Schwaden, bevor sie ihn packen konnte.

Conny wich mit zwei, drei schnellen Schritten von der Wand der ehemaligen Maschinenhalle weg – den Rücken frei zu haben, war ja schön und gut, aber so wusste er immer genau, wo sie war – duckte sich und versuchte vergeblich, die zuckenden bunten Schwaden mit Blicken zu durchdringen. Es war sinnlos.

Aber vielleicht konnte sie ihn ja *hören.*

Conny schloss die Augen, kämpfte die Panik nieder und konzentrierte sich. Zuerst hörte sie nichts außer dem Zischen der Nebelmaschine und ihrem eigenen, hämmernden Herzschlag und einem Durcheinander anderer, gleichermaßen sinnloser wie bedrohlicher Laute, doch dann … *sortierten* sie sich, als hätte etwas in ihr ein uraltes Muster erkannt, von dessen Existenz sie bisher nicht einmal etwas geahnt hatte. Sie konnte ihn *hören*, so deutlich, als stünde er vor ihr: Als er das nächste Mal heranstürmte, fing sie seinen Krallenhieb mit einer mühelosen Bewegung ab, packte seinen anderen Arm und verdrehte ihn so hart, dass er mit einem Schmerzensschrei auf die Knie fiel.

Ein Orkan aus Lärm brach über sie herein und ließ sie zurücktaumeln, kreischende Heavy-Metal-Gitarren, hämmernde Schlagzeugrhythmen und dröhnende Bässe, die ihre Ohren marterten und sie nicht nur blind, sondern auch fast taub machten. Ein Teil ihres Bewusstseins registrierte, wie der falsche Aisler sich aufrichtete und davonkroch, aber sie war völlig unfähig, darauf zu reagieren. Panik hüllte sie ein wie eine erstickende Umarmung. Sie schrie, ohne sich dessen auch nur bewusst zu sein, und taumelte einen Schritt zurück, als ein Schatten auf sie zuflog und eine reißende Wunde aus purer Qual über ihren Rücken zog. Blindlings schlug sie zurück. Der Angreifer wich ihrem unbeholfenen Hieb mit einer spielerischen Bewegung aus, tänzelte herum und versetzte ihr ein klaffendes Mal auf dem Handrücken, bevor er wieder in dem Chaos aus Lärm und zuckenden Lichtern und Nebel verschwand. Conny setzte ihm nach, aber das graue Wogen hatte ihn bereits verschluckt und hämmerte nun an seiner Stelle mit unsichtbaren Fäusten auf ihre Augen und Ohren ein; sie war nicht nur taub und blind, sondern verloren in einem Wirbel aus kreischendem Lärm, einem tobenden Blitzgewitter, in dem nichts anderes mehr Bestand hatte. Es würde sie zermalmen wie ein Hagelsturm eine filigrane Statue aus hauchdünnem Glas.

Der nächste Angriff schleuderte sie zu Boden. Noch mehr Blut floss aus drei tiefen, gezackten Schnittwunden unter ihrer zerfetzten Jeans, und bevor er sich wieder in den kreischenden Nebel zurückzog, trat Aisler ihr noch so hart in die Seite, dass sie ihre Rippen brechen hörte.

Conny krümmte sich, unterdrückte mit verzweifelter Kraft den Brechreiz, der in ihrer Kehle aufstieg, und wälzte sich schwerfällig herum, als er – plötzlich und so schnell, als wäre überhaupt keine Zeit vergangen – auf der anderen Seite auftauchte und wieder nach ihr schlug; ein Gespenst, das keinen eigenen Körper hatte, sondern einfach Teil des Nebels war und sich an jeder beliebigen Stelle materialisieren konnte. Sein nächster Hieb riss ihre linke Schulter auf und rammte sie regelrecht in den Boden, aber er tötete sie nicht.

Noch nicht.

Er spielte mit ihr, begriff Conny. Er hätte sie längst umbringen können, schon bei seinem ersten oder zweiten Angriff, aber das wollte er nicht. Er genoss es, dass sie litt, dass sie sich innerlich vor Schmerzen und Angst wand, an denen er sich laben und seine Kräfte mehren konnte.

Und es würde ihm gelingen, dachte sie schaudernd. Ihr ganzer Körper war ein einziger Schmerz. Sie blutete aus einem Dutzend mehr oder weniger tiefer Wunden, ihre Kräfte ließen mit jedem Augenblick weiter nach.

Und du wirst sterben, wenn du die Augen noch länger vor der Wirklichkeit verschließt, wisperte eine Stimme in ihren Gedanken. *Worauf wartest du noch? Dass er endgültig gewinnt?*

Conny war nicht sicher, ob sie die Stimme wirklich hörte oder es nur eine weitere, böse Halluzination war, mit der ihre durchgeknallte Phantasie das ihre dazu beitrug, sie fertigzumachen. Alles drehte sich um Conny. Kreischende Musik und ein stroboskopisches Flackern und Tanzen grellbunt in Stücke gerissenen Nebels hüllten sie ein, zerhackten die Wirklichkeit in eine rasend schnelle Abfolge kreischend bunter, sinnloser Einzelbilder, die wie Axtblätter auf ihre Sinne einschlugen. Irgendwie – taumelnd – kam sie auf die Füße, sah einen Schatten auf sich zurasen und riss die Arme vor das Gesicht.

Irgendwo ein reißender Schmerz und noch mehr Blut. Conny taumelte zurück, prallte gegen die Wand und brach kraftlos in die Knie. Schartiges Eisen schrammte Funken sprühend an der Wand über ihrem Kopf entlang und überschüttete sie mit einem Sprühregen aus Kalk und verkohlten bunten Papierfetzen. Aisler verschwand sofort wieder in den brodelnden Schwaden, versetzte ihr aber noch einen derben Tritt in die Seite.

Sie fiel auf Hände und Knie, kämpfte verzweifelt gegen die Ohnmacht, die ihre Gedanken verschlingen wollte, und spürte, dass sie diesen Kampf zu verlieren drohte. Etwas ... geschah mit ihr. Sie hatte Angst.

Und das mit Recht, wisperte eine Stimme hinter ihrer Stirn, die nur Vlads sein konnte und doch ganz anders klang. *Und das wirst auch du bald sein. Willst du das? Willst du, dass er gewonnen hat? Willst du, dass Trausch umsonst gestorben ist?*

Conny erstarrte. Alle Furcht und jeglicher Schmerz fielen von ihr ab, und eine sonderbar körperlose Kälte ergriff an ihrer Stelle von ihren Gedanken Besitz. Was all die Schmerzen und Wunden, die er ihr zugefügt hatte, nicht gekonnt hatten, das vollbrachte diese einfache Frage. Wollte sie, dass Trauschs Tod umsonst gewesen war? Nein. Das wollte sie nicht. So durfte es nicht sein, weil es ... *ungerecht* gewesen wäre. Sie empfand nicht einmal Zorn bei diesem Gedanken oder gar das Bedürfnis nach irgendetwas so Banalem wie etwa *Rache*.

Eigentlich empfand sie gar nichts. Es war allerhöchstens etwas wie eine – sehr simple – Rechenaufgabe. Ihre Konten waren nicht ausgeglichen, und sie hatte nicht vor, sie mit einem so eklatanten Ungleichgewicht zu schließen.

Als der falsche Aisler das nächste Mal heranstürmte, gelang es ihm nicht mehr, sie zu überraschen ... und wie hätte er das auch gekonnt? Wie *hatte* er es überhaupt je gekonnt? Jetzt, wo die Furcht und alle Emotionen erloschen waren, wurde ihr bewusst, wie unglaublich scharf ihre Sinne mit einem Mal waren: Er hatte keine Chance, sich ungehört zu nähern; niemand hatte das, nicht einmal inmitten dieses Höllensturms aus tanzendem Lärm und kreischenden Farben. Sie hörte ihn, nahezu eine volle Sekunde, bevor er geduckt und lächerlich langsam aus dem Trockeneisnebel auftauchte.

Ohne die geringste Mühe fing sie seinen Fuß nicht nur ab, sondern packte und verdrehte ihn mit einem so harten Ruck, dass er mit einem überraschten Keuchen zurücktaumelte und zu Boden stürzte. Sie hörte das Reißen von Leder und Stoff, dann von Fleisch.

Der falsche Aisler stieß einen gurgelnden Schrei aus, und sie spürte seinen Schmerz wie eine lodernde Flamme, die am Rande ihres Bewusstseins aufblitzte und dann ebenso schnell wieder erlosch. Diesmal war es der Geruch *seines* Blutes, der ihr in die Nase stieg, nicht ihres eigenen oder des toten Aisler.

Aber es war nicht nur sein Blut. Sie konnte die Wärme und das pulsierende Leben darin spüren, wie auch seinen Wahnsinn und die unstillbare rasende Wut, die daraus erwachsen war … und noch etwas anderes, ebenso Künstliches wie durch und durch Falsches, das durch seine Adern floss. Kein uralter Zauber, sondern moderne Chemie, PCB oder irgendein anderes Teufelszeug, das ihn überhaupt erst zu diesen unglaublichen Leistungen befähigte; wenn auch vielleicht um den lächerlichen Preis, ihm auch noch den allerletzten Rest Verstand aus dem Schädel zu brennen.

Sie spürte, was er plante, sodass es ihr nicht schwerfiel, seine Eisenkralle zur Seite zu schlagen, als sie ihn auf den Rücken drehte und er nach ihrem Gesicht zu hacken versuchte. Das frische Rot auf den rasiermesserscharfen Klingen stammte jetzt von ihm, und ungleich mehr glänzte auf seinem Oberschenkel. Er war in seine eigene Waffe gefallen. Wäre er nicht bis unter die Haarspitzen mit *Angel Dust* oder irgendeinem anderen Scheißzeug vollgedröhnt gewesen, hätte allein diese Verletzung ausgereicht, um ihn kampfunfähig zu machen.

Unglückseligerweise war das genaue Gegenteil der Fall.

Aislers Nachahmer keuchte mittlerweile vor Schmerz, und in seinem Röcheln schwang etwas mit, das schlimmer war als Wahnsinn, aber all das hinderte ihn nicht daran, blitzschnell die Beine an den Leib zu ziehen und Conny mit beiden Füßen von sich zu stoßen. Conny fing sich mühelos und trat nach seiner Hand, als er mit unglaublicher Behändigkeit aufsprang und sie mit der Vampirklaue attackierte. Schon diese flüchtige Berührung brachte ihn aus dem Gleichgewicht. Conny packte ihn mit beiden Händen an den Aufschlägen seines schwarzen Kunstledermantels und warf ihn mit solcher Wucht gegen die Wand, dass er mit einem erstickten Laut erneut zu Boden sackte.

Sie ließ ihm keine Zeit, zu Atem oder auf irgendeine andere, dumme Idee zu kommen. Sofort war sie über ihm, riss ihn in die Höhe und schmetterte ihn noch einmal mit solcher Wucht gegen die Mauer, dass sie spüren konnte, wie die letzte Kraft aus ihm herausgepresst wurde. Und endlich kehrten sich die Vorzeichen um, endlich war er es, in dem Angst aufstieg, und nicht sie. Und da war noch mehr: Er schien zum ersten Mal die *Möglichkeit* in Betracht zu ziehen, dass er diesen Kampf verlieren könnte.

Conny schlug ihm mit dem Handrücken ins Gesicht, bis seine Lippen aufplatzten und Blut aus seiner Nase schoss. Alles in ihr schrie danach, ihn zu töten. Es wäre leicht. Nicht nur ihre Sinne waren plötzlich unvorstellbar scharf geworden, sie spürte auch die übermenschliche Kraft, die durch ihre Glieder floss, eine Stärke, die nicht nur ihre eigene war, sondern auch die anderer, geboren aus Schmerz und Furcht, die sie verzehrt hatte. Ein einziger, wirklich ernst gemeinter Hieb, ein kurzes Drücken ihrer Fingerkuppen auf seinem Hals, und es wäre vorbei.

Stattdessen lockerte sie ihren Griff wieder, packte ihn erneut mit beiden Händen am Kragen und warf ihn einfach zu Boden. Der Kerl stöhnte. Seine eiserne Klaue machte eine unbewusste Bewegung und Conny trat sie beiseite.

Die blutbesudelte Gestalt versuchte sich auf die Seite zu wälzen und davonzukriechen, ein grotesker, blutender Wurm, ein glänzendes schwarzes *Ding* ohne den geringsten Anspruch auf Menschlichkeit, das sich wimmernd davonschlängelte und eine schmierige braunrote Spur hinter sich herzog. Ein Ding, das kein Mitleid verdiente, nicht einmal irgendein Gefühl, sondern das sie einfach zermalmen sollte.

Doch das war falsch. Der Teil von ihr, der sich längst in einen Blutrausch hineingesteigert hatte, der einfach nur zerreißen und Schmerz zufügen wollte, schrie so enttäuscht wie ein Raubtier auf, das sich im letzten Moment um seine Beute betrogen sah, aber da war noch eine andere Seite, ein winziger Rest der Conny, die sie einmal gewesen war und nie wieder sein würde, und der sie noch einmal zur Vernunft brachte. Sie versetzte dem am Boden liegenden einen Tritt, hart genug, um einen wimmernden Schmerzenslaut auf seine Lippen zu zwingen, aber sie brachte ihn nicht um, sondern riss ihn wieder auf die Füße und warf ihn gegen die Wand. Der Junge erschlaffte. Nicht einmal die aufpeitschende Chemie in seinen Adern vermochte den Schmerz und die Schwäche zu besiegen, die sie plötzlich in ihm spürte. Conny nahm den Teil dieser Gefühle, der ihr nützlich erschien, dankbar an, fügte ihn ihrer eigenen, düsteren Kraft hinzu und grub die Finger ihrer freien Hand in seine Haare, um seinen Kopf in den Nacken zu zwingen. In der Dunkelheit war nichts weiter zu sehen als das blanke Entsetzen, das sich in seinen Augen spiegelte.

Da waren plötzlich andere Geräusche in dem kreischenden Nebel, der sie einhüllte, und irgendwo hinter ihr flammte Licht auf, zerrissen die Strahlen starker Stablampen die erstickende Finsternis. Schritte, aufgeregte Stimmen und Lärm. Die Verstärkung, auf die sie gewartet hatte, war da; zu spät, um sie zu retten, wäre Conny noch die Frau gewesen, für die sie sie hielten, aber vielleicht noch rechtzeitig genug, um zu verhindern, dass sie endgültig zu dem wurde, was sie tief in sich spürte.

»*Ich bin hier!*«, versuchte sie die kreischende Musik zu überbrüllen.

»Ich weiß«, sagte eine Stimme direkt hinter ihr.

Nicht einmal mehr ihre übermenschlich schnellen Reaktionen reichten aus. Etwas knallte. Ein sonderbar heller, lächerlich dünner Laut in dem Chaos, das sie umgab, wie das Geräusch einer Spielzeugpistole. Ein dumpfer Schlag traf ihre Schulter, riss sie herum und schleuderte sie unmittelbar neben dem falschen Aisler gegen die Wand. Der Schmerz, auf den sie wartete, kam nicht, wohl aber eine lautlose Woge der Lähmung. Ihre übermenschliche Kraft war noch da, doch sie konnte sich ihrer plötzlich nicht mehr bedienen, sondern brach hilflos in die Knie und sackte an der Wand entlang zu Boden. Ihr Blick begann sich zu verschleiern. Schwäche schwappte wie Wasser in einem zu hastig getragenen Aquarium immer schneller in ihr hin und her und drohte sie endgültig niederzureißen, und inmitten der wogenden roten Schleier vor ihren Augen erschien eine kleine, in schwarzes Leder gehüllte Gestalt mit einem totenbleichen, blutigen Gesicht und einer fast noch lächerlicher wirkenden Pistole, die sie mit beiden Händen hielt und die auf ihre Stirn zielte. Conny sollte Angst haben, doch seltsamerweise gelang es ihr nicht einmal, sich zu diesem Gefühl aufzuraffen.

Der Typ, der sie angriffen hatte, war nicht ein mit Drogen bis zum Stehkragen vollgepumpter Mike gewesen, denn dann hätte der Junge wohl kaum drei Schritte entfernt vor ihr stehen und mit der Pistole auf sie zielen können. Was aber viel mehr wog als diese Erkenntnis: Jetzt hatte Mike die Gelegenheit, das Magazin ihrer eigenen Dienstwaffe auf sie zu entleeren, ohne das ein Schuss danebenging. Was nichts an der – völlig absurden – Gewissheit in ihr änderte, dass er sie auf diese Art nicht töten *konnte*.

Anscheinend hatte er das auch nicht vor, denn er trat zwar noch einen weiteren Schritt auf sie zu, und die Pistole in seinen schmalen Händen zitterte so stark, dass sie ernsthaft damit rechnete, er würde den Abzug ganz aus Versehen drücken, doch statt ihr eine Kugel zwischen die Augen zu jagen, machte er plötzlich eine Bewegung zur Seite, hielt die Waffe nun nur noch mit einer Hand und versuchte mit der anderen, seinem Meister auf die Beine zu helfen. Hinter ihm näherten sich Schritte.

Mike zog seinen angeblichen Meister mit der freien Hand und erstaunlicher Kraft in die Höhe. Alles geschah langsam, wie in bizarrer *slow motion*, und Conny wurde auf eine sonderbar emotionslose Art klar, dass ihre Kollegen zu spät kommen würden, ganz egal, wie sehr sie sich auch beeilten. Dieser Teil der Wirklichkeit existierte in seiner eigenen Zeit, die andauern würde, bis es vollbracht war. Es war von Anfang an ihr Kampf gewesen, ein Duell zwischen dem Ungeheuer, das seine Opfer so brutal abgeschlachtet hatte, und ihr, das hier begonnen hatte und hier enden musste; nicht ein Kampf zwischen ihr und diesem Wahnsinnigen, der Aislers Gesicht gestohlen und sich eingeredet hatte, sich an seiner Stelle an ihr zu rächen. Dieser falsche Aisler war nur ein Werkzeug, von einem Drogencocktail aufgeputscht, der ihn gleichzeitig gefügig und ungemein gefährlich machte. So deutlich, wie sie gerade noch die Stimme des echten Aisler zu hören geglaubt hatte, spürte sie, dass sie ihm hier und jetzt ausgeliefert war, auch wenn er sich mittlerweile eines anderen Körpers bediente. Die Gestalt, die sich mühsam hochrappelte, um sich mit erhobener Eisenklaue über sie zu beugen, war nur eine Puppe, an deren Fäden ein unsichtbarer Spieler zog. Eine Puppe, die nicht einmal wusste, dass es diesen Spieler gab.

Er war der falsche und der echte Aisler zugleich.

Ich habe dir gesagt, dass ich dich kriege, Miststück, wisperte seine Stimme, ohne dass seine Lippen sich bewegt hätten. Hinter dem Schmerz und dem Zorn und dem künstlich erzeugten Wahnsinn in seinen Augen erschien ein düsteres, durch und durch böses Glühen, das sie schon einmal in den Augen eines anderen gesehen hatte, am selben Ort, aber in einem anderen Leben und einer anderen Zeit.

Trappelnde Schritte kamen näher. Schatten und Gestalten wogten am Rande der isolierten Zeit, in der sie gefangen waren, und plötzlich brach die kreischende Musik ab. Jemand schrie etwas und ein scharfer, peitschender Knall erscholl; vielleicht ein Schuss, vielleicht auch etwas anderes. Der böse Triumph in Aislers Augen loderte noch heller. Als hätte er alle Zeit der Welt, beugte er sich vor, riss sie so mühelos, wie sie selbst es gerade mit ihm getan hatte, in die Höhe und stieß sie mit dem Rücken gegen die Wand. Seine andere, eisenbewehrte Hand hob sich, und die Spitzen an Zeige- und Ringfinger zielte nun auf ihre Augen.

Eine der schattenhaften Gestalten kam näher. Sie trug keine Polizeiuniform, sondern eine alberne Windjacke, wie man sie eher bei einem Halbwüchsigen erwartet hätte. Blut strömte aus ihrer zerschnittenen Kehle und färbte das Hemd darunter rot, und in ihren Augen stand ein Vorwurf geschrieben, dass sie ein Versprechen, das sie ihm in dieser Form niemals gegeben hatte, nun doch nicht einlösen würde.

Das war's dann, Miststück, sagte Aisler, auch diesmal wieder, ohne dass seine Lippen sich bewegt hätten. *Wir sehen uns in der Hölle.*

»Nicht ganz«, antwortete Conny. »Aber warum wartest du nicht dort auf mich?«

Seine Hand stieß mit fürchterlicher Wucht zu, und Conny griff ohne Hast nach seinem Handgelenk, verdrehte seinen Arm und rammte ihm die eisernen Zinken seiner künstlichen Klaue bis zum Anschlag ins Herz.

Es hatte zu regnen begonnen. Die Luft, die durch die weit offen stehenden Hecktüren hereindrang, roch auf eine ihr sonderbar unangemessen erscheinende Weise frisch. Der Regen strich mit einem seidigen Geräusch über das Wagendach und die Scheiben, und Conny ertappte sich bei dem Gedanken, dass sich ein Mensch offensichtlich an alles gewöhnt. Mittlerweile erschien es ihr vertraut, auf der harten Pritsche eines Krankenwagens zu sitzen und jemanden an sich herumfummeln zu lassen. Selbst der fassungslose Ausdruck im Gesicht des jungen Notarztes kam ihr bekannt vor – auch, wenn sie ihn bisher noch nicht in dieser Ausprägung erlebt hatte.

»Ich verstehe das einfach nicht«, murmelte er, zum vierten oder fünften Mal ... vielleicht war es auch schon öfter gewesen. Conny hatte nicht mitgezählt.

Der Arzt (es fiel ihr sonderbar schwer, ihn als einen solchen zu sehen. Er konnte keinen Tag älter als fünfundzwanzig sein und wirkte in seiner orangeroten Jacke eher wie ein Kind, das die Arbeitskleidung seines großen Bruders angezogen hatte) sah sie verunsichert an. »Dass sie nicht den kleinsten Kratzer haben«, fuhr er fort.

»Und das stört Sie?«, fragte Conny. Sie registrierte sein Erschrecken und fügte mit einem leisen Lächeln und in versöhnlichem, fast heiterem Ton hinzu: »Also, eigentlich bin ich ganz froh darüber.«

»Ich natürlich auch«, versicherte er hastig. »Nur ...« Er rang sichtlich um Worte und rettete sich schließlich in ein nur umso hilfloser wirkendes Schulterzucken. »So, wie Sie aussehen ...«

Conny setzte zu einer noch scherzhafteren Antwort an, die etwas mit ihrem Alter und dem Unterschied zu seinem und vielleicht seiner Sichtweise von Frauen zu tun hatte, beließ es aber dann bei einem Lächeln. Der arme Kerl war sowieso schon völlig neben der Spur. Was sie gut verstehen konnte. Die beiden Kollegen, die Conny schließlich unter Aisler hervorgezogen hatten, nachdem er sterbend über ihr zusammengebrochen war, hatte fast der Schlag getroffen, als sie sie sahen. Conny hatte ihre Gedanken nicht lesen müssen, um zu wissen, dass sie fest davon überzeugt gewesen waren, sie nur noch tot bergen zu können. Selbst jetzt, wo sie wenigstens den gröbsten Schmutz und das meiste Blut von ihrer Kleidung und ihre Haut entfernt hatte, sah sie bestenfalls so aus, als käme sie von den Dreharbeiten zu einen blutigen Zombie-Film zurück, in dem sie als Statistin mitgewirkt hatte. Ihre Kleider hingen in Fetzen, wortwörtlich, und es gab kaum einen Zentimeter an ihr, der nicht mit Blut oder anderen, nicht weniger unangenehmen Flüssigkeiten getränkt war. Und natürlich musste der junge Notarzt an seinem Verstand oder zumindest seinen Sinnen zweifeln, nachdem er festgestellt hatte, dass ihr Körper darunter nicht die kleinste Schnittwunde aufwies.

Statt ihn also noch weiter zu verunsichern, gab sie sich redliche Mühe, ihr Lächeln ein wenig herzlicher und zugleich versöhnlich wirken zu lassen, und fuhr in verändertem Tonfall fort. »Ich hatte verdammtes Glück, das ist alles. Das Blut stammt von dem Kerl, der über mir zusammengebrochen ist.«

Der Gesichtsausdruck ihres Gegenübers blieb zweifelnd. »Nehmen Sie es mir nicht übel«, sagte er. »Aber Sie sehen aus, als wären sie in einen Mähdrescher geraten.«

»Und genauso fühle ich mich auch. Und ich wage gar nicht daran zu denken, wie ich morgen aufwachen werde.« Conny gab sich redliche Mühe, etwas Wehleidiges in ihr Lächeln einfließen zu lassen, und griff gleichzeitig nach einem Fetzen ihres Pullovers, um ihre Brust notdürftig damit zu bedecken. »Als ich klein war, hat meine Mutter mich manchmal *Kätzchen* genannt. Wahrscheinlich hatte sie recht damit. Ich fürchte, ich habe heute mindestens fünf meiner sieben Leben verbraucht.«

Sie vernahm ein Räuspern, und beide wandten sich um. Connys Lächeln gefror, als sie die grauhaarige Gestalt erkannte, die im Nieselregen hinter dem Krankenwagen aufgetaucht war und zu ihnen hereinsah. Eichholz hatte Trenchcoat, Jacke und Hemd abgelegt und trug jetzt nur noch ein mit Blut gesprenkeltes Unterhemd und einen wuchtigen Verband über der Schulter, der ihm die Gestalt eines Buckligen gab. Sein Arm hing in einer Schlinge, und die Farbe seines Gesichts hatte sich der seines schütteren Haars angepasst.

»Was tun Sie denn noch hier?«, entfuhr es dem Arzt. »Sie sollten längst auf dem Weg ins …«

»… Krankenhaus sein, ich weiß«, unterbrach ihn Eichholz. Er schüttelte den Kopf, eine Bewegung, die er unverzüglich zu bereuen schien, dem schmerzhaften Verziehen seiner Lippen nach zu urteilen, fuhr aber trotzdem in einem keinen Widerspruch duldenden Ton fort: »Ich werde auch gleich ein gehorsamer Patient sein und mich in die Obhut Ihrer Kollegen begeben, Herr Doktor. Aber lassen Sie mich bitte noch eine Minute mit Frau Feisst allein.«

Der Arzt gehorchte nicht nur, sondern schloss auch unaufgefordert die Tür hinter sich, nachdem er den Wagen verlassen hatte. Schattiges Halbdunkel und das Geräusch des Regens auf dem Wagendach hüllte sie ein.

Schließlich sagte Eichholz leise: »Es tut mir leid.«

Conny glaubte ihm. Sie war noch nicht so weit, ihm verzeihen zu können oder auch nur zu lächeln, aber sie spürte seinen Schmerz und verzichtete ganz bewusst darauf, auch ihn an sich zu reißen. Sie sah ihn nur an.

Eichholz wartete umsonst darauf, dass sie reagierte. Sein Blick tastete sich mit immer größerem Erstaunen, das rasch zu einem Erschrecken wurde, über ihre Gestalt, die zerfetzte Kleidung und die völlig unversehrte Haut, die darunter hervorblitzte. Conny konnte die Frage, die er in Gedanken formulierte, deutlich auf seiner Stirn lesen, doch er wagte es nicht, sie auszusprechen. Wahrscheinlich hatte er Angst vor der Antwort.

»Ich werde alles in Ordnung bringen, das verspreche ich«, sagte er schließlich. Conny schwieg weiter. Auch, wenn es ihr nicht mehr wirklich gelingen wollte, ihn zu hassen oder wenigstens zu verachten – ein bisschen schmoren lassen konnte sie ihn ruhig.

Eichholz räusperte sich unbehaglich. »Ich ... werde alles aufklären«, fuhr er leiser und langsamer fort. Es wollte ihm immer noch nicht gelingen, ihrem Blick standzuhalten. »Und ich werde noch heute meinen Antrag auf Entfernung aus dem Dienst einreichen, wenn Ihnen das genügt.«

Diesmal antwortete Conny. »Nein«, sagte sie, zögerte ganz bewusst einige Sekunden und genoss nun doch das erschrockene Flackern in seinen Augen. »Meinetwegen müssen Sie das nicht. Ich kann Sie verstehen.«

Eichholz wirkte nur noch unsicherer. Vermutlich wartete er darauf, dass sie etwas hinzufügte, um das Messer in der Wunde noch einmal genüsslich herumzudrehen. Ihr war auch ein bisschen danach, aber sie widerstand der Verlockung.

»Sie meinen …?«

»Der Junge braucht jetzt Ihre Hilfe«, unterbrach ihn Conny. »Sie können nichts für ihn tun, wenn Sie zurücktreten oder gar im Gefängnis sitzen. Es ist vorbei.«

Eichholz schwieg, aber sein Blick machte ihr klar, dass es *nicht* vorbei war. Nicht für ihn. Für ihn würde es nie vorbei sein, und Conny begriff erst im Nachhinein, dass er ihre vermeintliche Großzügigkeit ganz richtig als das auffasste, was sie eigentlich war: das genaue Gegenteil. Sich an einem vermeintlichen Feind zu rächen und ihm denselben Schmerz zuzufügen, den man empfangen hatte, war ein kurzes und allzu billiges Vergnügen. Doch so lange er lebte, würde kein Tag vergehen, ohne dass er sich daran erinnerte, wem er dieses Leben, seine Freiheit und die seines Enkels verdankte. Der Gedanke erfüllte sie mit einer tiefen Zufriedenheit.

»Ich werde mich nicht von Ihnen erpressen lassen«, sagte er, und seine Stimme war frei von Vorwurf oder gar Empörung. Es war nur eine Feststellung.

»Das habe ich auch nicht vor«, erwiderte Conny ebenso ruhig. »Sie können einfach nicht aus Ihrer Haut, wie? Es ist vorbei, und mehr will ich nicht.«

»Und Sie verlangen … nichts?«, vergewisserte sich Eichholz.

Conny schüttelte den Kopf. »Ich wüsste nicht, was Sie mir geben könnten.« Ohne dass sie es wollte, wurde ihre Stimme bitterer und zugleich trauriger. »Es sei denn, Sie könnten Trausch wieder zum Leben erwecken.«

Eichholz sah sie fast eine halbe Minute lang durchdringend an, wobei sein Blick ihr einen kalten Schauer über den Rücken laufen ließ. Dann fragte er im selben, rein sachlichen Ton: »Haben Sie ihn getötet?«

»Warum hätte ich das tun sollen?«, murmelte Conny. Aber tief in sich, leise und voller Angst vor der Antwort, stellte sie sich dieselbe Frage.

»Gut«, sagte Eichholz. »Dann ist die Sache damit erledigt.« Er versuchte aufzustehen, verzog wieder schmerzerfüllt die Lippen und sank mit einem nur noch halb unterdrückten Ächzen zurück. »Nur noch eine Frage, Conny.«

Sie wusste, wie sie lauten würde. »Ja?«

»Wer ist er?«

»Er?«

»Ihr sonderbarer Freund. Vlad.«

»Ich weiß nicht, von wem sie sprechen«, antwortete Conny.

Noch einmal warf Eichholz ihr diesen beunruhigenden, wissenden Blick zu, aber dann quälte er sich endgültig auf die Füße, schlurfte zwei Schritte zur Tür und öffnete sie unter sichtbarer Anstrengung. Die Mühe wurde ihm abgenommen, als eine Hand die Tür von außen aufzog und eine andere nach ihm griff, um ihm beim Aussteigen zu helfen.

Conny sah ihm müde nach, während er, schwer auf die Schulter des jungen Arztes gestützt, durch den Regen auf den zweiten Krankenwagen zutrottete.

EPILOG

Bei Tageslicht, wieder einsam und in die vornehme Stille gehüllt, die so viele Jahrzehnte lang hier geherrscht hatte, wirkte das Haus nicht mehr so beeindruckend und luxuriös, wie sie es in Erinnerung hatte, sondern einfach nur alt; und ein wenig schäbig. Die Schatten waren vor dem grellen Licht der Mittagssonne geflohen und enthüllten nun ebenso erbarmungslos die unübersehbaren Anzeichen beginnenden Verfalls, während der weiße Glutball über ihr in ihre Augen stach; trotz der Sonnenbrille, die sie trug.

Der Taxifahrer reichte ihr das Wechselgeld und machte ein erfreutes Gesicht, als sie den Kopf schüttelte, ohne auch nur hinzusehen. »Soll ich auf Sie warten?«, fragte er.

»Das wird nicht nötig sein«, antwortete Conny. Sie drehte sich immer noch nicht zu ihm um, sondern tat so, als würde sie ihre Sonnenbrille zurechtrücken, nutzte die Bewegung in Wahrheit aber, um ihre Augen zusätzlich abzuschirmen, denn das Sonnenlicht war trotz der dicken getönten Gläser noch immer unerträglich grell. »Nein. Das hier wird eine Weile dauern. Trotzdem, danke.«

Der Mann zögerte noch einmal, und sie konnte seinen zweifelnden Gesichtsausdruck regelrecht spüren – man sah dem Haus an, dass es unbewohnt war –, doch dann hob er nur die Schultern, ließ die Scheibe hochgleiten und fuhr los. Conny wartete, bis das Motorengeräusch am Ende der Straße verklang, bevor sie das Tor öffnete und langsam durch den verwilderten Vorgarten ging. Der Anblick hatte sie mehr als überrascht. Es war noch nicht einmal vier Wochen her, seit sie das letzte Mal hier gewesen war. Inzwischen hatte sich die Natur das kleine Stückchen Land bereits mit solchem Ungestüm zurückerobert, als wäre ein Jahrzehnt vergangen.

Aber vielleicht hatte es hier ja auch schon immer so ausgesehen. Trausch, der nach Feierabend in einer grünen Schürze und mit Gärtnerhut und Schere bewaffnet in seinem Vorgarten arbeitete (am besten noch von einer Abteilung Gartenzwerge flankiert), das war ein Bild, das irgendwie nicht passen wollte. Nicht einmal zu dem Trausch, den *sie* kennengelernt hatte.

Der Gedanke an ihn stimmte sie traurig, wie stets, wenn sie an ihn dachte. Doch statt sich in Erinnerungen zu verlieren, ging sie mit gesenktem Blick und weiter zu engen Schlitzen zusammengekniffenen Augen weiter und grub in der Handtasche nach dem Schlüsselbund, den sie vor einer Stunde in ihrem Briefkasten gefunden hatte. Er bestand aus einem Dutzend unterschiedlich großer (und ausnahmslos alter) Schlüssel, und natürlich musste sie sie alle probieren, bis der letzte schließlich passte. Die Tür schwang mit einem Quietschen auf, das ihr ein flüchtiges Lächeln entlockte: Ein Geräusch wie aus einem alten Richard-Price-Film, wie sie es sich passender zu diesem Spukhaus kaum hätte ausdenken können. Aber es war ein schmerzerfülltes Lächeln, und es erlosch wieder, bevor sie die Tür hinter sich geschlossen hatte. Sie versuchte sich zu erinnern, wo der Lichtschalter war, was ihr allerdings nicht gelang – und es war auch nicht nötig. Nachdem sie die Sonnenbrille abgenommen hatte, fügte sich das Durcheinander von Schatten und formlosen Schemen zu einem Bild in sanften Sepia-Tönen, das ihren gemarterten Augen schmeichelte. Nachdenklich drehte sie sich einmal im Kreis und sah sich in dem großen, sehr stillen Haus um.

Es war ein seltsames Gefühl, hierher zurückzukommen; unangenehm und auf eine Art nostalgisch, als wäre es Jahre her, dass sie das letzte Mal hier gewesen war, und nicht nur vier Wochen. Aber es lag ja auch ein ganzes Leben zurück …

Natürlich war es doch nicht so einfach gewesen, wie Eichholz es sich vorgestellt hatte; nicht einmal so einfach, wie *sie selbst* sich einzureden versucht hatte. Sie wusste nicht genau, wie (sie hatte nicht danach gefragt, und Eichholz hatte von sich aus nichts gesagt), doch irgendwie war es ihm gelungen, *sie* aus der Schusslinie zu nehmen, und wie es aussah, auch seinen Enkel und sich selbst. Er war nicht ganz unbeschadet davongekommen. Seine letzte Beförderung war unwiderruflich die letzte seines Lebens gewesen, und man munkelte, dass er in absehbarer Zeit in den vorgezogenen Ruhestand versetzt werden würde. Allerdings hatte niemand allzu neugierige Fragen gestellt (wenigstens nicht laut) und Conny mutmaßte, dass niemand die Antworten, die sich vielleicht ergeben hätten, wirklich hören wollte.

Auch Vlad hatte sie seit jenem Tag nicht mehr wiedergesehen. Seltsamerweise bedauerte ein Teil von ihr das. Aber ein anderer war mehr als erleichtert.

Damit hätte es vorbei sein können, und bis zum heutigen Morgen hatte sie das auch geglaubt. Ihr Leben hatte sich ganz allmählich wieder normalisiert, sie hatte ihren Dienst wieder angetreten, und selbst die Presse hatte nach einer Weile endlich das Interesse an ihr verloren und sie mittlerweile endgültig vergessen. Inzwischen war Conny sogar (fast) davon überzeugt, dass alles nur wenig mehr als eine Mischung aus einem Albtraum, Zufall und purem Glück gewesen war. Der gedankenlose Scherz, den sie sich dem jungen Arzt gegenüber erlaubt hatte, war gründlich nach hinten losgegangen: Sie hatte den Albtraum im *Trash* äußerlich tatsächlich so gut wie unversehrt überstanden, doch es hatte allein zwei Tage gedauert, bis sie sich auch nur wieder halbwegs bewegen konnte; und nahezu *eine Woche*, bis sie es ohne Schmerzen konnte. Scheinbar unverletzt davongekommen zu sein, bedeutete ganz eindeutig nicht, sich nicht den schlimmsten Muskelkater auf dieser Seite der Erdkugel einhandeln zu können.

Darüber hinaus war beinahe alles wieder beim Alten … oder war es gewesen, bis es heute Morgen an ihrer Wohnungstür geklopft und sie diesen Schlüsselbund gefunden hatte; zusammen mit einem winzigen Zettel, auf dem diese Adresse vermerkt war. Sie hatte nicht einmal erkannt, dass es sich um Trauschs Haus handelte, sondern erst begriffen, wohin sie überhaupt fuhren, als das Taxi in die Straße eingebogen war.

Etwas knackte, und Conny fuhr aus ihren Gedanken hoch und sah sich erschrocken um. Ihr Herz klopfte. Jemand war hier. Natürlich … was hatte sie denn erwartet? Immerhin hatte er sie ja hierher bestellt. Sie hätte sich nur zu wissen gewünscht, warum.

»Vlad?«

Nur das gedämpfte Echo ihrer eigenen Stimme antwortete ihr, ein leises Knacken, fast unmerkliches Knistern und sich Regen, wie man es oft in alten Häusern hören kann. Sie glaubte etwas wie einen Schatten davonhuschen zu sehen, war zugleich aber beinahe sicher, dass es nur Einbildung war.

»Vlad?«, rief sie noch einmal. Auch jetzt bekam sie keine Antwort. Trotzdem spürte sie, dass sie nicht allein war. Er war hier. Er wartete auf sie. Er würde nicht antworten, nicht jetzt, und Conny war nicht ganz sicher, ob sie beunruhigt oder verärgert sein sollte. Vlad liebte Spielchen, das hatte sie wirklich begriffen …

Sie machte ein paar Schritte in das Halbdunkel hinein, das den Flur erfüllte und ihn so unheimlich und zugleich zu einem sonderbar verlockenden Ort machte, bevor sie wieder stehen blieb und zur Treppe sah, die ins Obergeschoss hinaufführte. Wahrscheinlich würde er dort oben auf sie warten. Doch dort oben wartete noch mehr auf sie, eine Erinnerung, die zu sehr schmerzte, und eine Wunde, die noch zu frisch war, als dass sie jetzt schon dort hinaufgehen konnte.

Stattdessen setzte sie ihren Weg fort und blieb erst wieder stehen, als sie die geschlossene Tür zum Kaminzimmer erreichte. Sie war versiegelt. Conny nahm an, dass ihre Kollegen sämtliche Türen hier im Haus abgeriegelt hatten, nachdem sie mit ihrer Arbeit fertig gewesen waren. Sie versuchte sich zu erinnern, ob es auch draußen an der Haustür ein Siegel gegeben hatte, konnte es aber zu ihrer eigenen Verblüffung nicht.

Es spielte auch keine Rolle.

Ohne Skrupel drückte sie die Klinke herunter und erbrach das Siegel. Anders als die Haustür bewegte sich das riesige Türblatt vollkommen lautlos und so leicht, als wöge es gar nichts.

Vor den Fenstern des Kaminzimmers waren die Jalousien heruntergelassen, sodass nur ein waagerechtes Muster aus haarfeinen, hellen Linien einen Hauch von Licht spendete; selbst ihren scharfen Augen kaum ausreichend, um mehr als verschwommene Umrisse und das Tanzen der Staubkörner zu erkennen, die ihre eigenen Schritte aufwirbelten, als sie eintrat.

Und die hochgewachsene, schlanke Gestalt, die in der Mitte des Zimmers stand und ihr entgegensah.

»Du kommst spät«, sagte Vlad.

»Ich war nicht sicher, ob ich überhaupt kommen soll«, antwortete sie. Warum erschrak sie nicht? Warum verspürte sie keine Angst? Dieser Mann hatte ihr mehr angetan als je ein anderer Mensch zuvor. Er hatte ihr Leben zerstört. Er hätte es um ein Haar *beendet*, und er trug zumindest indirekt die Schuld daran, dass der einzige Mensch umgekommen war, der ihr seit vielen Jahren wieder etwas bedeutet hatte.

»Du versuchst immer noch, dich selbst zu belügen«, meinte Vlad tadelnd. »Du musstest kommen, und das weißt du auch. Warum fürchtest du dich immer noch vor mir?«

»Tue ich das?« Conny war nur zwei Schritte hinter der Tür stehen geblieben, und er trat mit dem Rascheln seiner altmodischen Kleidung auf sie zu. Das Stöckchen mit dem silbernen Drachenkopf begleitete seine Schritte mit einem klackenden Geräusch.

»Ich habe nicht viel Zeit«, sagte er, nachdem er wieder stehen geblieben war; ganz gewiss nicht durch Zufall so, dass sie sein Gesicht gerade noch nicht deutlich erkennen konnte, sondern es ein Schemen blieb, auf dem keine wirkliche Regung abzulesen war. »Auf jeden Fall nicht genug, um mit dir zu streiten.«

Conny lachte leise und bitter und bemühte sich, den Blick eines Augenpaares festzuhalten, das sie nicht sehen konnte. Ihre Finger spielten nervös mit den Verschlüssen ihrer Handtasche, die sie nun mit beiden Händen festhielt. »Warum haben Sie mich dann herbestellt?«

»Das weißt du«, antwortete er.

Conny machte einen Schritt auf ihn zu und blieb wieder stehen. »Wollen Sie es zu Ende bringen?«, fragte sie. »Ich verstehe. Es hat nicht funktioniert. Ich lebe noch, und ich sitze nicht einmal im Gefängnis.«

Vlad schüttelte sanft den Kopf. Er rührte sich nicht, auch nicht, als sie einen weiteren Schritt auf ihn zumachte und wieder stehen blieb. »Warum sagst du das?« Er klang nicht verletzt oder zornig, sondern einfach nur erstaunt. »Du weißt so gut wie ich, dass es nicht die Wahrheit ist. Und du weißt auch, warum ich dich hierher bestellt habe. Es wird Zeit.«

»Zeit, wofür?«, wollte Conny wissen. Ihre Finger spielten immer nervöser mit der Handtasche. Sie klappte sie auf, wieder zu und wieder auf. Sie begann am ganzen Leib zu zittern.

»Um Abschied zu nehmen«, antwortete Vlad. Er klang nun doch ganz leicht verstimmt, aber auf eine Art, die sie nicht verstand. »Und um dir zu danken.«

»Mir danken?«, ächzte sie. »Wofür? Dass Sie sich so wundervoll amüsiert haben, auf meine Kosten? Dass sie mich belogen haben?«

»Ich habe nichts von alledem getan, Conny«, belehrte er sie sanft. »Wir hatten eine Abmachung, hast du das wirklich vergessen?«

»Nein«, antwortete Conny. Ihre Stimme zitterte. »Wie könnte ich? Sie haben mir den Vampir gebracht und mir dafür mein Leben genommen.«

Vlad klang traurig, als er fortfuhr: »Ich habe nichts genommen, was du mir nicht freiwillig gegeben hättest, Conny. Das kann ich gar nicht. Selbst ich muss mich an Regeln halten.«

»Sie haben mich belogen.« Sie hatte die Worte schreien wollen, aber sie kamen nur als ein Flüstern über ihre Lippen. »Sie haben gesagt, ich müsste freiwillig zu Ihnen kommen. Das habe ich nie getan.«

»Oh doch«, erwiderte Vlad. »Du warst es, die mich gerufen hat.«

»Und Sie haben mir den einzigen Menschen genommen, der mir etwas bedeutet hat.« Ihre Hand glitt in die Tasche und kam mit der Pistole wieder zum Vorschein, die sie entsichert hatte, noch bevor sie ihre Wohnung verlassen hatte. »Haben Sie ihn getötet?«

Vlad legte den Kopf schräg und betrachtete die Waffe mit einer Art von kühlem, wissenschaftlichem Interesse; als versuche er zu ergründen, worum es sich dabei überhaupt handelte. »Du weißt, dass mich diese Waffe nicht verletzen kann. So wenig wie dich.«

»Haben Sie ihn getötet?«, fragte Conny noch einmal.

»Wen?«, fragte er lächelnd, trat einen einzelnen, langsamen Schritt auf sie zu und wurde zu Trausch.

Es war keine Illusion. Keiner seiner üblichen Tricks, mit denen er sie und die ganze Welt zu narren vermochte. Er war Trausch. Er war es immer gewesen.

»Du bist freiwillig zu mir gekommen, Conny«, sagte er, während er langsam die Hand hob und ihren Arm mit der Waffe herunterdrückte. »Du hast deinen Teil der Vereinbarung eingehalten, so wie ich meinen.«

»Aber Sie … du …« Ihre Stimme versagte. Ihre *Gedanken* versagten. Alles erstarrte.

»Du kennst die Antwort auf alle deine Fragen«, sagte er sanft. »Du kanntest sie schon immer, schon bevor du sie überhaupt gestellt hast.« Er sprach jetzt mit Trauschs Stimme, und es waren seine Augen, mit denen er sie ansah. Er lächelte warm, und für einen Moment musste sie gegen einen Sturm von Gefühlen ankämpfen, die nicht sein durften. Und Schmerz. Einen entsetzlichen, so unbeschreiblich grausamen Schmerz.

»Aber wieso …«, stammelte sie. »Was …?«

»Oh, das?« Trausch – Vlad! – lächelte milde und führte die Hand an die Kehle, in der plötzlich ein zweiter, blutiger Mund grinste, wenn auch nicht lange genug, um sie wirklich zu erschrecken. Vielleicht war in ihr auch einfach kein Platz mehr für weiteren Schmerz. »Es war der einfachste Weg. Es tut mir leid, wenn ich dir damit Schmerzen bereitet habe, aber es musste sein.«

»Aber warum?«, hörte sie sich mit einer Stimme wie der einer Fremden fragen. Sie konnte sich nicht einmal erinnern, diese Frage überhaupt gestellt zu haben.

»Weil es Zeit wird, weiterzuziehen«, sagte er. »Das ist unser Schicksal. Wir können nie lange an einem Ort bleiben oder bei einem Menschen. Eine Lebensspanne zieht schnell vorbei … das wirst du bald selbst spüren.«

»Und deshalb musstest du …«, sie erinnerte sich mühsam wieder daran, wer er wirklich war, »… musste Trausch sterben?«

»Es ist leichter auf diese Weise«, antwortete er. »Früher war es einfach. Du bist gegangen, und niemand hat Fragen gestellt. Doch die Welt ist kleiner geworden. Du kannst nicht mehr einfach so gehen und hoffen, dass niemand nach dir sucht … aber wem erzähle ich das? Du weißt es mindestens genauso gut wie ich.«

Sein Gesicht flackerte, wurde für einen winzigen Moment wieder zu dem Vlads und floss dann erneut zu den Zügen zusammen, die ihr auf so furchtbare Weise vertraut waren.

Conny stolperte zurück und starrte ihn an. Sein Gesicht … *fla-*

ckerte, als glitte es ständig zwischen zwei Wirklichkeiten hin und her, ohne in einer davon Halt zu finden.

Etwas griff nach ihren Gedanken und beruhigte die Panik, die immer noch alles andere auslöschen wollte, doch sie spürte auch noch etwas anderes, ein düsteres Regen und Erwachen tief am Grunde ihrer Seele.

»Ich weiß, welchen Schmerz ich dir zugefügt habe«, gestand er. »Und es tut mir leid. Aber es musste sein.«

»Dann warst du ...«, sie verbesserte sich erneut, »dann hat es Trausch nie gegeben?«

»Vielleicht hat es Vlad nie gegeben?«, lächelte Trausch. »Man kann nicht immer nur in den Schatten leben, Conny. Auch wir brauchen einen Ort, an den wir gehören. Ein Heim. Menschen, denen wir vertrauen und unsere Liebe schenken können ... oder wenigstens unsere Sympathie.« Er bemerkte ihren ungläubigen Blick und wirkte plötzlich traurig. »Du glaubst mir nicht.«

»Warum sollte ich?«, fragte Conny bitter.

»Weil du mich für ein Ungeheuer hältst?« Er lachte. Es klang sehr warm. »Das sind wir nicht, Conny. Wir sind keine reißenden Bestien. Das waren wir nie. Ich weiß, was die Menschen über uns sagen, und ich kann sie verstehen. Sie fürchten uns, weil wir von ihrem Schmerz leben, und weil wir stärker sind als sie, und klüger, und länger leben ... aber wir sind keine Monster. Wir leben von ihrem Schmerz, das ist wahr, aber wir fügen ihn ihnen nicht zu. Wir nehmen nur, was sie uns freiwillig geben. Sie nennen uns Vampire ... doch wie viele habe ich getötet, die es nicht wirklich verdient haben?«

Trotzdem antwortete sie bitter: »Und wer hat dich zum Richter ernannt?«

Trausch sah sie verdutzt an – und begann dann schallend zu lachen.

»Habe ich gerade etwas Komisches gesagt?«, fragte Conny mühsam beherrscht. Die düstere Kraft war noch immer in ihr, und sie wurde stärker. Sie war nicht neu. Sie war der Grund, aus dem sie noch lebte, aber sie hatte gehofft und gebetet, sie nie wieder spüren zu müssen.

»Nein«, antwortete er. »Du hast mich nur an mich selbst erinnert … vor vielen, vielen Jahren. Ich glaube, ich habe dieselbe Frage gestellt, vielleicht sogar wortwörtlich.« Er wurde wieder ernst. »Um deine Frage zu beantworten: vielleicht das Leben. Vielleicht auch Gott, wenn es so etwas gibt.« Er zuckte mit den Schultern. »Vielleicht hat sich die Natur auch nur einen grausamen Scherz mit uns erlaubt, und wir sind nichts als Raubtiere. Eine überlegene Spezies, aber bestehend aus wenigen, was uns zu einem Leben in den Schatten verdammt.«

»Hör auf, *uns* zu sagen. Es gibt kein *uns*«, fuhr Conny auf. Ihre Stimme zitterte, und ihre Hand umklammerte die Waffe noch immer so fest, dass die Muskeln und Nerven darin wehtaten.

»Warum?«, fragte Trausch. »Weil du es nicht hören willst? Du bist wie ich. Das warst du immer. Wir sind von einem Blut.« Er schnitt ihr mit einer energischen Bewegung das Wort ab, als sie widersprechen wollte. »Hast du wirklich geglaubt, ich hätte dich willkürlich ausgewählt? Ich habe nach dir gesucht, Conny. Nach jemandem *wie* dir.«

»Einer naiven Kuh, die Sie manipulieren können?«

»Einem Nachfolger«, antwortete er ernst, »oder einer Nachfolgerin. Jemandem, der meinen Platz einnimmt. Ich bin sehr froh, dass du es warst.«

»Wozu?«, fragte sie, immer noch von einem Sturm von Gefühlen erfüllt, die sie zu übermannen drohten und es wahrscheinlich längst getan hätten, wären sie nicht so vollkommen gegensätzlicher Natur gewesen.

»Weil es auch uns geben muss.« Er lachte leise. »Jemand muss schließlich für die Ordnung der Dinge sorgen.«

»Und ich dachte, das wäre meine Aufgabe, und die meiner Kollegen«, antwortete Conny. Sie kam sich selbst lächerlich dabei vor.

»Ihr beschützt euresgleichen vor euresgleichen. Aber wer beschützt euch vor uns?« Er schnitt ihr mit einer Geste das Wort ab, als sie auffahren wollte. »Ich bin nicht hier, um mich zu rechtfertigen. Was geschehen ist, ist geschehen, ob es nun richtig war oder falsch.«

»Aisler war …«, sie zögerte, dann brachte sie es doch über sich, und das Wort ging ihr glatter von den Lippen, als sie es erwartet hätte, und er kommentierte es mit einem flüchtigen, wenn auch sehr warmen Lächeln, »… *dein* Werk, nicht wahr?«

»Mein Fehler.« Er klang traurig, aber nicht sehr. »Nicht mein erster, vielleicht jedoch mein größter. Ich war auf der Suche nach einem Nachfolger. Wie sich gezeigt hat, war meine Wahl falsch. Aisler war ein Versager.«

»Also hast du mich auf ihn angesetzt, um deinen Fehler wiedergutzumachen.«

»Um dich zu bewähren.«

»Das heißt, man kann euch töten.«

Trausch – Vlad, und vielleicht war sein Name auch Legion – blickte wieder einen Moment lang auf die Waffe in ihrer rechten Hand hinab. Es gelang ihr nicht, in seinem Gesicht zu lesen. »Ja«, gestand er schließlich. »Aber nicht auf diese Weise. Du wirst es lernen.«

»Und wenn ich das gar nicht will?« Ihre Stimme bebte jetzt so stark, dass es sich anhörte, als kämpfe sie mit aller Macht gegen die Tränen. Aber in ihrem Inneren war … nichts. Nur Leere. Eine schreckliche, verschlingende Leere, und darunter das allmähliche Erwachen von etwas Uraltem, unendlich Starkem und Wissendem.

»Ich fürchte, diese Wahl bleibt dir nicht«, antwortete er mitfühlend. »Ich habe dich nicht zu dem gemacht, was du bist, Conny. Ich habe dich nur gefunden.«

Sie wollte ihn hassen für diese Worte. Aber sie konnte es nicht. Das Vakuum in ihr begann sich ganz allmählich zu füllen, mit etwas, das ihr neu und doch vom ersten Tag ihrer Existenz an vorhanden gewesen war. So vieles ergab plötzlich einen Sinn. Sie setzte dazu an, etwas zu sagen, brachte jedoch keinen Ton heraus, und plötzlich trat er auf sie zu, schloss sie in die Arme, und ihre Lippen berührten sich, warm und verlockend und unendlich süß, auf eine Art, die nur wenigen Menschen seit Anbeginn der Zeit vergönnt gewesen war.

Als sie die Augen wieder öffnete, war er wieder zu Vlad geworden.

»Es ist Zeit«, verkündete er. Mehr nicht. Kein Wort des Abschieds, kein weiteres Lächeln, keine weitere zärtliche Berührung. Er entließ sie einfach aus seiner Umarmung, wandte sich um und ging mit langsamen Schritten an ihr vorbei. Conny wollte etwas sagen, ihn zurückrufen, ihn anflehen, zu bleiben, und gleichzeitig verfluchen, aber ihre Kehle war wie zugeschnürt, und sie brachte keinen Ton heraus.

Bevor er die Tür erreichte, blieb er noch einmal stehen und sah zu ihr zurück. Noch ein letztes Mal wurde sein Gesicht zu dem Trauschs, und sie erblickte jenes sanfte, verführerische Lächeln darauf, gegen das sie vom ersten Moment an so wehrlos gewesen war. »Gefällt dir dieses Haus?«, fragte er.

Conny schüttelte verwirrt den Kopf, antwortete aber zugleich und ehrlich: »Ja.«

»Jemand wird sich bei dir melden«, sagte er. »Ein Notar. Es ist alles geregelt.«

»Aber …«

»Denk daran, auch wir brauchen ein Heim, Conny«, unterbrach er sie. Sein Gesicht veränderte sich zu einem, das sie noch nie zuvor gesehen hatte und das ihr trotzdem auf eine seltsame Art vertraut vorkam. Plötzlich wusste sie, dass sie ihn immer erkennen würde, ganz gleich, in welcher Verkleidung er ihr auch gegenübertrat und in welcher Gestalt. Der Gedanke hatte etwas Tröstliches. »Einen Platz, an den wir gehören und an dem wir unsere Erinnerungen aufbewahren können.«

Und damit ging er endgültig, langsam und ohne die Tür zu öffnen, gemessenen Schrittes und ohne sich auch nur noch ein einziges weiteres Mal zu ihr umzublicken. Conny sah ihm nach, bis er in den Schatten verschwunden war, und sie blieb auch danach noch eine Ewigkeit stehen und lauschte auf seine Schritte, obwohl sie schon längst nicht mehr zu hören waren.

Als sie die Augen wieder öffnete, sah sie, dass er etwas zurückgelassen hatte. Es war sein Spazierstock. Er hatte ihn gegen den Kamin gelehnt, und sie ging hin, nahm ihn in die Hand, und der silberne Drachenkopf gab das Geheimnis seiner verborgenen Mechanik preis, kaum dass sie ihn berührt hatte. Conny zog den Knauf ein Stück weit heraus und betrachtete die schmale, rasiermesserscharf geschliffene Klinge, die sich darunter verbarg. Es war, als begänne der uralte Stahl mit lautloser Stimme zu ihr zu flüstern. *Wer beschützt euch vor uns?*

Conny lächelte. Sie schob die Klinge wieder zurück in ihr Versteck, und das kaum hörbare Klicken, mit dem sie einrastete, schien gleichermaßen auch in ihr etwas zum Abschluss zu bringen. Schmerz und Zorn erloschen für immer und machten etwas Neuem und Entschlossenem Platz.

Langsam drehte auch sie sich um und verließ das Kaminzimmer. Anders als er musste sie die Tür – noch – öffnen, denn sie hatte gerade erst begonnen, jene neue, aufregende Welt zu entdecken, die nun vor ihr lag. Aber sie hatte damit auch keine Eile. Es gab Wichtigeres.

Conny verließ das Haus, trat auf die Straße hinaus und setzte die getönte Brille auf, um ihre Augen vor dem feindseligen Licht der Sonne zu schützen. Aber sie lächelte. Das war ein kleiner Preis, den sie gerne zahlte.

Als sie das Gartentor hinter sich schloss, hörte sie Motorengeräusch und erkannte das Taxi, dessen Fahrer natürlich doch in Sichtweite angehalten hatte, um auf sie zu warten. Wortlos öffnete er die Tür, und sie stieg ebenso wortlos ein. Sie brauchte ihm ihr Ziel nicht zu nennen, als er losfuhr.

Es wurde Zeit, auf die Jagd zu gehen.

SERIE PIPER

Ralf Isau

Die Dunklen

Thriller. 608 Seiten. Serie Piper

Die berühmte Pianistin Sarah d'Albis verfügt über eine besondere Gabe: Sie »sieht« Töne als Farben und Formen. Während der Aufführung eines Musikstücks von Franz Liszt in Weimar offenbart sich ihr eine unheimliche Botschaft. Sarah kommt auf die Spur des gefährlichen Geheimbunds der Dunklen. Seit Jahrhunderten sind sie auf der Suche nach einem Musikstück, dessen Besitz unendliche Macht über die Menschen verspricht. Gemeinsam mit dem zwielichtigen Russen Oleg Janin setzt Sarah alles daran, um diesen Plan zu vereiteln. Denn die Zukunft unserer Welt hängt davon ab, wer die Partitur zuerst entdeckt …

»Hoch spannend und fesselnd bis zur letzten Zeile.«
Focus

05/2265/01/L

David Wellington

Krieg der Vampire

Thriller. Aus dem Amerikanischen von Andreas Decker. 368 Seiten. Serie Piper

Nie wieder – das hat sich Detective Laura Caxton nach dem letzten Gefecht gegen die Vampire geschworen. Doch nun taucht ihr alter Partner Jameson Arkeley wieder auf und bittet sie um Hilfe. In Pennsylvania wurden neunundneunzig Vampirsärge gefunden. Caxton und Arkeley stellen fest, dass die Herzen der Vampire entfernt wurden. Doch dann kehrt der hundertste Vampir zurück, um eine Armee der Untoten zum Leben zu erwecken – und eine gnadenlose Jagd auf die Menschen zu eröffnen.

»Action pur vom neuen Horrorstar David Wellington.«
Publishers Weekly

05/2266/01/R